TANA FRENCH

FEUER JAGD

ROMAN

Aus dem Englischen
von Ulrike Wasel und Klaus Timmermann

 FISCHER

Erschienen bei FISCHER

Die Originalausgabe erschien 2024 unter dem Titel
»The Hunter« im Verlag Viking Press, New York
© Tana French 2024
Für die deutschsprachige Ausgabe:
© 2024 S. Fischer Verlag GmbH,
Hedderichstraße 114, 60596 Frankfurt am Main
Die Nutzung unserer Werke für Text- und Data-Mining im Sinne
von § 44b UrhG behalten wir uns explizit vor.
Satz: C.H.Beck.Media.Solutions, Nördlingen
Druck und Bindung: GGP Media GmbH, Pößneck
ISBN 978-3-949465-10-9

Für David,
der jetzt für immer nett
zu mir sein muss.

1

_____

TREY KOMMT MIT einem kaputten Stuhl über den Berg. Sie trägt ihn auf dem Rücken, die Stuhlbeine ragen an ihrer Taille und den Schultern nach vorn. Das helle Blau des Himmels sieht aus wie glasiert, und die Sonne brennt ihr im Nacken. Selbst in den schwachen spitzen Rufen der Vögel, die zu hoch fliegen, als dass man sie sehen könnte, vibriert die Hitze. Die Frau, der der Stuhl gehört, hat angeboten, sie heimzufahren, aber Trey hatte keine Lust, ihr einen Einblick in ihr Leben zu geben, und weder Lust noch Kraft, für die Dauer einer Autofahrt über holprige Bergstraßen Konversation zu machen.

Ihr Hund Banjo trabt in weiten Kreisen abseits des Fußwegs, schnüffelt und buddelt im dichten Heidekraut, das für Juli schon zu braun an den Rändern ist und viel zu stark duftet. Wenn der Hund sich hindurchschlängelt, raschelt es trocken. Alle paar Minuten kommt er angelaufen und berichtet Trey mit freudigen Schnaufern und Japsern, was er gefunden hat. Banjo ist eine schwarzbraune Promenadenmischung mit dem Kopf und Körper eines Beagles, aber auf Beinen, die für etwas Stämmigeres gedacht sind, und er ist sehr viel mitteilsamer als Trey. Seinen Namen hat er dem banjoförmigen weißen Fleck am Bauch zu verdanken. Trey wollte eigentlich etwas Originelleres, aber sie kam nur auf Namen, die sich irgendein Trottel aus einem Kinderbuch für einen Hund ausdenken würde.

Cal Hooper, der Amerikaner, der unten in der Nähe vom Dorf wohnt, hat einen Hund aus demselben Wurf wie Banjo. Er hat ihn Rip genannt, und wenn ein simpler Name für Cals Hund gut genug ist, dann ist er es auch für Treys. Außerdem verbringt sie viel Zeit bei Cal, weshalb auch die beiden Hunde viel zusammen sind und es blöd klänge, wenn die Namen nicht zueinanderpassten.

Trey wird den Stuhl später zu Cal bringen. Cal und Trey reparieren Möbel für andere Leute oder bauen welche, und sie kaufen kaputte alte Möbel und restaurieren sie, um sie dann auf dem Samstagsmarkt in Kilcarrow zu verkaufen. Einmal haben sie einen Beistelltisch ergattert, den Trey zuerst völlig unbrauchbar fand, zu klein und wackelig, aber dann hat Cal im Internet rausgefunden, dass das Teil fast zweihundert Jahre alt war. Als sie den Tisch fertig hatten, konnten sie ihn für hundertachtzig Euro verticken. Bei dem Stuhl, den Trey auf dem Rücken schleppt, sind zwei Streben und ein Bein gesplittert, als hätte ihm jemand ein paar kräftige Tritte verpasst, aber wenn sie ihn repariert haben, wird keiner mehr merken, dass er je kaputt war.

Vorher geht sie zum Lunch nach Hause, weil sie bei Cal zu Abend essen will – Trey wächst in diesem Sommer so schnell, dass sie ihre Tage hauptsächlich nach den Mahlzeiten taktet –, und sie ist zu stolz, um gleich zweimal an einem Tag zur Essenszeit bei ihm aufzutauchen. Sie achtet streng darauf, Grenzen einzuhalten, gerade weil sie am liebsten bei Cal wohnen würde. Da ist alles so ruhig. Treys Elternhaus liegt oben in den Bergen, weit weg von irgendwelchen Nachbarn, deshalb müsste es eigentlich ganz friedlich sein, doch sie fühlt sich dort eingeengt. Ihre beiden älteren Geschwister sind fort, aber Liam und Alanna sind sechs und fünf und die meiste Zeit am Rumschreien. Maeve ist elf, meckert andauernd und knallt die Tür zu dem Zimmer, das Trey und sie sich teilen. Selbst wenn die anderen zufällig mal keinen Krach machen, sind sie ein ständiges Hintergrundrauschen. Ihre Mam ist schweigsam, aber es ist kein friedliches Schweigen. Es nimmt Raum ein, als steckte sie in einer schweren Schale aus rostigem

Eisen. Lena Dunne, die unten im Tal wohnt und Trey den Hund geschenkt hat, sagt, Treys Mam hätte früher viel geredet und gelacht. Sie würde ihr gern glauben, aber sie kann es sich einfach nicht vorstellen.

Banjo kommt aus dem Heidekraut geschossen. Bester Laune schleppt er irgendetwas an, das Trey eine Meile gegen den Wind riechen kann. »Aus!«, befiehlt sie. Banjo blickt sie vorwurfsvoll an, aber er ist gut erzogen und lässt das Ding fallen, das dumpf auf den Weg plumpst. Es ist schmal und dunkel, vielleicht ein junges Hermelin. »Braver Hund«, sagt Trey, nimmt eine Hand von dem Stuhl und will Banjo streicheln, doch der ist gekränkt. Statt wieder loszurennen, trottet er mit hängendem Kopf und Schwanz neben ihr her, um ihr zu zeigen, dass sie seine Gefühle verletzt hat.

An manchen Stellen führt der Weg steil bergab, aber Treys Beine sind daran gewöhnt, und sie kommt nicht aus dem Tritt. Ihre Turnschuhe wirbeln Staubwölkchen auf. Sie hebt die Ellbogen an, um ihre verschwitzten Achselhöhlen an der Luft trocknen zu lassen, doch bei der schwachen Brise bringt das nicht viel. Weiter unten erstrecken sich die Weiden, ein Mosaik aus Grüntönen in seltsam verwinkelten Formen, das Trey genauso gut kennt wie die Risse in ihrer Zimmerdecke. Die Heuernte ist im Gange: Winzige Ballenpressen tuckern hin und her, folgen geschickt den unerklärlichen Krümmungen der Steinmauern und hinterlassen dicke gelbe Zylinder wie Pferdeäpfel. Die Lämmer sind weiße Schnipsel, die übers Gras flattern.

Trey nimmt eine Abkürzung über eine halb verfallene Trockenmauer, so niedrig, dass sie Banjo nicht hinüberhelfen muss, durch hüfthohes kratziges Unkraut, das eine ehemalige Weide überwuchert hat, und hinein in ein dichtes Fichtenwäldchen. Die Äste zersieben das Sonnenlicht zu einem verwirrenden Schattenspiel, das ihr den Nacken kühlt. Über ihr schwirren kleine Vögel sommertrunken hin und her, eifrig bemüht, sich gegenseitig zu übertönen. Trey pfeift einen Triller zu ihnen hoch und grinst, als sie schlagartig verstummen und versuchen, aus ihr schlau zu werden.

Sie kommt zwischen den Bäumen hervor auf die gerodete Fläche hinter ihrem Elternhaus. Vor ein paar Jahren hat das Haus einen neuen buttergelben Anstrich bekommen, und das Dach wurde stellenweise ausgebessert, aber nichts kann den heruntergekommenen Eindruck übertünchen. Der First hängt durch, und die Fensterrahmen sind verzogen. Der aus Unkraut und Staub bestehende Garten geht in den Berghang über und ist mit irgendwelchem Zeug übersät, das Liam und Alanna zum Spielen benutzen. Trey hat jeden ihrer Schulfreunde einmal mit nach Hause genommen, um zu zeigen, dass sie sich nicht dafür schämt, und sie danach nie wieder eingeladen. Sie hält die Dinge aus Prinzip getrennt. Was dadurch erleichtert wird, dass sie ohnehin keine Freunde hier aus dem Dorf hat. Trey gibt sich mit Leuten aus Ardnakelty nicht ab.

Sobald sie die Küche betritt, weiß sie, dass etwas anders ist. Die Atmosphäre wirkt angespannt, alles ist reglos und still. Noch ehe sie Zeit hat, aus diesem Umstand und dem Geruch von Zigarettenrauch Schlüsse zu ziehen, hört sie das Lachen ihres Vaters aus dem Wohnzimmer.

Banjo wufft einmal kurz. »Nein«, sagt Trey leise und schnell. Er schüttelt mit schlackernden Ohren Heidekraut und Dreck ab und stürzt zu seinem Wassernapf.

Trey bleibt einen Moment in dem breiten Streifen Sonnenlicht stehen, der durch die Tür auf das abgelaufene Linoleum fällt. Dann schleicht sie in den Flur und verharrt vor dem Wohnzimmer. Die Stimme ihres Vaters klingt klar und heiter, während sie eine Frage nach der anderen stellt, die mit aufgeregtem Geplapper von Maeve oder mit Gemurmel von Liam beantwortet werden.

Trey spielt mit dem Gedanken, wieder zu gehen, doch sie will ihn sehen, will es genau wissen. Sie stößt die Tür auf.

Ihr Dad sitzt mitten auf dem Sofa, bequem zurückgelehnt und grinsend, die Arme um Alanna und Maeve gelegt. Die beiden grinsen ebenfalls, aber unsicher, als hätten sie gerade ein dickes fettes Weihnachtsgeschenk bekommen, das sie vielleicht gar nicht wollten. Liam hat sich in eine Ecke des Sofas gequetscht und starrt seinen Dad mit offenem Mund an. Ihre Mam sitzt in einem Sessel, ganz vorn auf der Kante, den Rücken gerade und die Hände flach auf den Oberschenkeln. Obwohl sie die ganze Zeit hier war und Treys Dad sich seit vier Jahren nicht mehr hat blicken lassen, sieht Sheila aus, als fühle sie sich fremd in dem Zimmer.

»Na, Donnerwetter.« Johnny Reddys Augen mustern Trey zwinkernd. »Da schau her. Die kleine Theresa ist groß geworden. Wie alt bist du jetzt? Sechzehn? Siebzehn?«

Trey sagt: »Fünfzehn.« Sie weiß, dass sie eher noch jünger aussieht.

Johnny schüttelt staunend den Kopf. »Dann muss ich wohl demnächst die jungen Burschen mit 'nem Knüppel von der Haustür vertreiben. Oder bin ich zu spät dran? Hast du schon einen Freund? Oder sogar mehrere?« Maeve kichert schrill und blickt dann fragend zu ihm hoch, ob das in Ordnung ist.

»Nee«, sagt Trey knapp, als klarwird, dass er auf eine Antwort wartet.

Johnny seufzt erleichtert. »Dann hab ich ja noch Zeit, mir 'nen guten Knüppel zu suchen.« Trey hat vergessen, den Stuhl abzustellen, und jetzt deutet Johnny mit dem Kinn darauf. »Was ist das? Hast du mir ein Geschenk mitgebracht?«

»Den reparier ich wieder«, sagt Trey.

»Sie verdient damit Geld«, sagt Sheila. Ihre Stimme ist klarer als sonst, und auf ihren Wangen sind leuchtende Flecken. Trey kann nicht einschätzen, ob sie froh oder wütend über seine Rückkehr ist. »Deshalb konnten wir uns die neue Mikrowelle leisten.« Johnny lacht. »Der Apfel fällt nicht weit vom Stamm, was? Immer ein bisschen was am Laufen haben. Ganz wie der Vater.« Er zwinkert Trey zu. Maeve windet sich unter seinem Arm, damit er merkt, dass sie auch noch da ist.

Trey hat ihn hochgewachsen und kräftig in Erinnerung, aber er ist bloß mittelgroß und ziemlich schmächtig. Sein Haar, das genau dieselbe mausbraune Farbe hat wie ihres, fällt ihm in die Stirn wie bei einem Teenager. Seine Jeans, sein weißes T-Shirt und die schwarze Lederjacke sind die neusten Sachen im Haus. Um ihn herum wirkt das Wohnzimmer sogar noch schäbiger.

Sie sagt zu ihrer Mam: »Ich bring den zu Cal.« Sie dreht sich um und geht in die Küche.

Von hinten hört sie Johnny belustigt fragen: »Cal, wer ist das? Einer von Senan Maguires Jungs?«

Banjo trinkt noch immer geräuschvoll aus seinem Napf, aber als Trey hereinkommt, springt er hoch, schwänzelt mit dem ganzen Hinterteil und starrt hoffnungsvoll auf seinen Futternapf. »Nee«, sagt Trey zu ihm. Sie hält das Gesicht unter den Wasserhahn und wäscht sich Schweiß und Staub ab. Sie spült den Mund aus und spuckt kräftig ins Becken. Dann legt sie die hohlen Hände zusammen und trinkt ausgiebig.

Als sie hinter sich ein Geräusch hört, fährt sie herum, aber es ist nur Alanna. Sie hat ihr schlaffes Plüschhäschen unter einen Arm geklemmt, während sie mit der anderen Hand die Tür hin und her schwingt. »Daddy ist wieder da«, sagt sie, als wäre es eine Frage.

»Stimmt.«

»Er sagt, du sollst wieder reinkommen.«

»Muss los«, erwidert Trey. Sie durchsucht den Kühlschrank, findet eine Packung Schinkenscheiben und klatscht ein paar davon zwischen zwei Scheiben Brot. Sie packt das Sandwich in Küchenpapier und stopft es in die Gesäßtasche ihrer Jeans. Alanna schwingt weiter die Tür hin und her, während sie zusieht, wie Trey sich den Stuhl wieder auf den Rücken hievt, Banjo mit einem Fingerschnippen zu sich ruft und hinaus in die Weite des Sonnenlichts geht.

Cal ist dabei, seine Hemden auf dem Küchentisch zu bügeln, und überlegt, sich den Bart abzurasieren. Als er ihn damals in Chicago wachsen ließ, beruhten seine Vorstellungen vom irischen Wetter auf Touristen-Websites, die überwiegend sattgrüne Weiden und glückliche Menschen in Strickpullovern zeigten. In seinen ersten zwei Jahren hier entsprach das Klima mehr oder weniger der Werbung. Aber dieser Sommer scheint sich von einer ganz anderen Website angeschlichen zu haben, vielleicht einer über Spanien. Die Hitze hat etwas Schamloses, Stures an sich. Cal, der sich daran gewöhnt hat, dass die meisten Tage einen Mix aus magerem Sonnenschein, unterschiedlich starker Bewölkung und allen Arten von Regen bieten, findet es ziemlich beunruhigend. Die Hitze passt nicht zu der Landschaft, deren Schönheit auf zurückhaltendem Wandel beruht, und sie zerrt an den Nerven der Farmer, weil sie ihren Zeitplan für Silage und Heuernte durcheinanderbringt, die Schafe unruhig macht und die Weideflächen verdorren lässt. Bei den Männern im Pub hat die Dürre als Hauptgesprächsthema nicht nur die Nationale Meisterschaft der Hütehunde verdrängt, sondern auch die Frau, die Itchy O'Connors Ältester aus Dublin mitgebracht hat, und die mutmaßlichen Bestechungen beim Bau des neuen Freizeitzentrums in der Stadt. Eine der kleineren Unannehmlichkeiten der Hitze ist, dass sie Cals Bart in eine Wärmefalle verwandelt hat. Sobald er nach draußen geht, fühlt es sich an, als hätte seine untere Gesichtshälfte ihr eigenes tropisches Klima.

13

Aber Cal mag seinen Bart. Ursprünglich war er auf diffuse Art mit seinem vorzeitigen Ruhestand verbunden: Er hatte genug davon, ein Cop zu sein und wie ein Cop auszusehen. Was die Leute in Ardnakelty betrifft, so erwies sich der Bart als sinnlos. Die hatten ihn schon durchschaut, bevor er überhaupt seine Kartons ausgepackt hatte. Aber er hängt trotzdem an ihm.

Selbst in der Hitze bleibt sein Haus kühl. Es ist ein kleines Cottage aus den 1930ern, an dem nichts Besonderes ist, aber die Wände sind dick und solide und erfüllen ihren Zweck. Als Cal es kaufte, war es so gut wie verfallen, aber er hat es wieder hergerichtet und sich dabei Zeit gelassen, weil er sonst nicht viel zu tun hat. Der Raum, in dem er jetzt steht, eigentlich eine Kombination aus Wohnzimmer und kleiner Küche, fühlt sich mittlerweile nicht mehr wie ein Projekt an, sondern einfach wie ein guter Ort zum Verweilen. Er hat ihn weiß gestrichen, nur die Ostwand ist goldgelb – Treys Idee –, passend zum Licht des Sonnenuntergangs, das auf sie fällt. Nach und nach hat er Möbel angeschafft, um die vom Vorbesitzer zurückgelassenen Stücke zu ergänzen: Er hat jetzt drei Stühle für den Küchentisch, einen alten Sekretär, an dem Trey ihre Hausaufgaben macht, einen Sessel, ein zerschlissenes blaues Sofa, das mal aufgepolstert werden müsste, und sogar eine Stehlampe. Außerdem hat er sich einen Hund zugelegt. In seiner Ecke neben dem Kamin bearbeitet Rip gründlich einen Kauknochen. Der Mischling hat Schlappohren, ist klein und ein Muskelpaket. Er ist halb Beagle, mit einem niedlichen Beagle-Gesicht und den wahllosen schwarzen, braunen und weißen Flecken, aber die andere Hälfte gibt Cal noch immer Rätsel auf. Er tippt auf Vielfraß.

Durch das offene Fenster dringt das ausgelassene Gezwitscher der Vögel, die sich anders als die Schafe an Hitze und Insektenüberfluss ergötzen. Der leichte Wind treibt sanft und sahnig herein. Mit ihm kommt eine Hummel ins Zimmer und fliegt gegen

Schränke. Cal lässt ihr ein bisschen Zeit, und schließlich begreift sie, wo das Fenster ist, und taumelt wieder hinaus ins Sonnenlicht.

Draußen vor der Hintertür sind Bewegung zu hören und fröhliches Kläffen. Rip schießt aus seiner Ecke und flitzt durch den Flur, um seine Nase so kräftig gegen die Tür zu drücken, dass Cal sie nicht mehr aufkriegt. So läuft das immer ab, wenn Trey und Banjo kommen, aber Rip, ein geselliger Bursche, vergisst es vor lauter Freude jedes Mal wieder.

»Zurück«, befiehlt Cal und schiebt Rip mit dem Fuß beiseite. Rip schafft es bebend, sich gerade so lange zu beherrschen, bis Cal die Tür öffnen kann. Zwei junge Krähen flattern von der Türstufe auf und hinüber zu ihrer Eiche am Ende des Gartens. Sie keckern dabei so heftig, dass sie förmlich durch die Luft purzeln.

Rip jagt hinter ihnen her, fest entschlossen, sie in Stücke zu reißen. »Gibt's ja nicht«, sagt Cal amüsiert. Seit er in das Haus eingezogen ist, hat er versucht, eine Beziehung zu dieser Krähenkolonie aufzubauen, aber die gestaltet sich anders als erhofft. Er hatte so eine disneymäßige Vorstellung, sie würden ihm Geschenke bringen und aus der Hand fressen. Die Krähen betrachten ihn ganz eindeutig als Bereicherung für die Nachbarschaft, aber hauptsächlich, weil er ihnen Essensreste hinlegt, und wenn ihnen langweilig wird, schimpfen sie von oben in seinen Schornstein, schmeißen Steine in den Kamin oder klopfen an die Fenster. Das keckernde Kläffen ist neu.

Kurz vor dem Baum macht Rip eine Hundertachtziggradwende und saust ums Haus herum Richtung Straße. Cal weiß, was das bedeutet. Er geht zurück ins Wohnzimmer, um das Bügeleisen auszustöpseln.

Trey kommt allein herein: Rip und Banjo jagen sich gegenseitig durch den Garten oder ärgern die Krähen oder stöbern irgendwas in den Hecken auf. Die Hunde finden auf Cals vier Hektar großem Grundstück mehr als genug Beschäftigung. Sie werden keine Schafe hetzen und sich erschießen lassen.

»Hab den hier abgeholt«, sagt Trey. Sie nimmt den Stuhl vom Rücken. »Von der Frau hinterm Berg.«

»Prima«, sagt Cal. »Hunger?«

»Nee. Hab schon gegessen.«

Cal, der selbst in bitterer Armut aufgewachsen ist, versteht Treys empfindliche Reaktion auf solche Angebote. »Kekse sind in der Dose, falls du noch was Süßes willst«, sagt er. Trey geht zum Schrank.

Cal hängt noch ein Hemd auf einen Kleiderbügel und stellt dann das Bügeleisen zum Abkühlen auf die Küchenarbeitsplatte. »Ich überlege, den hier loszuwerden«, sagt er und zupft an seinem Bart. »Was meinst du?«

Trey bleibt mit einem Keks in der Hand stehen und starrt ihn an, als hätte er vorgeschlagen, nackt durch die Hauptstraße von Ardnakelty zu spazieren. »Nee«, sagt sie mit Nachdruck.

Cal sieht ihren Gesichtsausdruck und muss grinsen. »Nee? Wieso nee?«

»Du würdest blöd aussehen.«

»Besten Dank, Trey.«

Sie zuckt die Achseln. Cal kennt sämtliche Spielarten ihres Achselzuckens. Diesmal bedeutet es, sie hat gesagt, was sie davon hält, und damit ist die Sache für sie erledigt. Sie stopft sich den Rest des Kekses in den Mund und trägt den Stuhl in das kleinere Zimmer, das sie jetzt als Werkstatt nutzen.

Da Treys Konversationsfähigkeiten nun mal sind, wie sie sind, verlässt sich Cal meistens darauf, dass Timing und Qualität ihres Schweigens ihm vermitteln, was er wissen sollte. Normalerweise hätte sie das Thema nicht so schnell fallenlassen, sondern ihn noch ein bisschen damit aufgezogen, wie er glatt rasiert aussehen würde. Irgendwas beschäftigt sie.

Er bringt die Hemden in sein Schlafzimmer und geht zu Trey in die Werkstatt. Der kleine sonnige Raum, den sie mit der übrig gebliebenen Farbe vom Haus gestrichen haben, riecht nach Sägemehl, Lack und Bienenwachs. Er ist eng und vollgestopft, aber gut sortiert. Als Cal klarwurde, dass sie das Möbelrestaurieren ernsthaft betreiben würden, hat er mit Trey ein stabiles Regal samt Fächern für Nägel, Dübel, Schrauben, Lappen, Stifte, Schraubzwingen, Wachs, Holzbeize, Holzöl, Schubladengriffe und so weiter gebaut. An den Wänden sind Lochplatten mit reihenweise Halterungen für Werkzeuge, deren Umrisse säuberlich aufgezeichnet sind. Cal hat mit der alten Werkzeugkiste seines Großvaters angefangen und mittlerweile sämtliche Schreinerwerkzeuge angesammelt, die es gibt, und noch ein paar mehr, die es offiziell nicht gibt, die er und Trey aber für ihre Bedürfnisse entworfen haben. Es gibt einen Arbeitstisch, eine Drechselbank, und in einer Ecke stapeln sich Restholzstücke für Reparaturarbeiten. In einer anderen Ecke lehnt ein kaputtes Wagenrad, das Trey irgendwo gefunden hat und das sie behalten, weil man ja nie weiß.

Trey schiebt mit dem Fuß ein Stück Abdeckplane zurecht, um den Stuhl daraufzustellen. Der Stuhl ist von guter Qualität, Handarbeit, und so alt, dass zahllose Hinterteile eine Mulde in die Sitzfläche gescheuert haben und viele Füße eine weitere in die vordere Querstrebe. Rückenlehne und Beine sind fein gedrechselte Stäbe, hier und dort mit Rillen und Wülsten verziert. Aber er hat die längste Zeit seines Lebens nah an einem Kamin oder Herd gestanden: Rauch, Fett und Politurschichten haben ihn mit einem dunklen, klebrigen Film überzogen.

»Schöner Stuhl«, sagt Cal. »Müssen wir erst gründlich reinigen, ehe wir mit der eigentlichen Arbeit anfangen.«

»Hab ich ihr auch gesagt. Sie war einverstanden. Ihr Großvater hat ihn gebaut.«

Cal kippt den Stuhl, um den Schaden zu begutachten. »Am Telefon hat sie gesagt, die Katze hätte ihn umgestoßen.«

Trey stößt ein skeptisches *Pfft* aus.

»Klar«, sagt Cal.

»Ihr Sohn Jayden ist auf meiner Schule«, erklärt sie. »Er ist ein Arsch. Schlägt kleine Kinder.«

»Wie auch immer«, sagt Cal. »Das hier muss alles ausgetauscht werden. Welches Holz würdest du nehmen?«

Trey inspiziert die Sitzfläche, die von den vielen Hinterteilen so sauber geblieben ist, dass man die Maserung sieht und die Bruchstellen. »Eiche. Weiß.«

»Guck mal nach, ob wir ein Stück haben, das dick genug zum Drechseln ist. Farbe ist erst mal egal, wir beizen es sowieso. Aber die Maserung muss möglichst ähnlich sein.«

Trey hockt sich vor den Stapel Holzreste und beginnt, ihn durchzusehen. Cal geht in die Küche und mischt in einer alten Kanne Essigessenz mit warmem Wasser. Dann wischt er mit einem weichen Lappen den Staub vom Stuhl, lässt Trey Raum, in den sie hineinreden kann, falls sie Lust dazu hat, und beobachtet sie.

Sie ist groß geworden. Vor zwei Jahren, als sie zum ersten Mal in seinem Garten auftauchte, war sie ein mageres, schweigsames Kind, das sich selbst die Haare geschoren hatte und zwischen Fluchtimpuls und Angriffslust hin und her pendelte wie eine halbwüchsige Raubkatze. Jetzt reicht sie ihm bis über die Schulter, die raspelkurzen Haare sind einem passablen Bubikopf gewichen, ihre Gesichtszüge bekommen allmählich eine neue Klarheit, und sie kramt in seinem Haus herum, als würde sie hier wohnen. Sogar richtige Gespräche führt sie, zumindest an den meisten Tagen. Sie zeigt nichts von dem gezierten Getue und der Raffinesse, die manche Teenager an den Tag legen, aber sie ist trotzdem ein Teenager, was bedeutet, dass ihre Psyche und ihr Leben mit jedem Tag komplizierter werden. In den Dingen, die sie sagt, über die Schule, ihre Freunde und so weiter, schwingen neue Bedeutungen mit. Cal hat damit offenbar mehr Probleme als sie selbst. Wenn er auch nur ansatzweise wahrnimmt, dass sie irgendwas beschäftigt, breitet sich neuerdings die Sorge in ihm weiter und dunkler aus. Mit fünfzehn kann zu viel passieren, das zu viel Schaden anrichtet. Auf ihre eigene Art wirkt Trey solide wie Hartholz, aber sie hat schon zu viele Schläge eingesteckt, um nicht irgendwo in ihrem Innern Risse zu haben.

Cal nimmt einen sauberen Lappen und fängt an, den Stuhl mit der Essigmischung abzureiben. Der klebrige Film löst sich leicht, hinterlässt lange braune Streifen auf dem Lappen. Vor dem Fenster tönt melodischer Amselgesang von weit her über die Felder, und Bienen schwelgen in dem Klee, der Cals Garten erobert hat. Die Hunde haben einen Stock gefunden, mit dem sie Tauziehen spielen.

Trey hält zwei Holzstücke nebeneinander, um sie zu vergleichen, sagt:»Mein Dad ist wieder da.«

Cal erstarrt schlagartig. Das zählte nicht zu den vielen Ängsten, die in ihm herumschwirrten.

Nach einer gefühlten Ewigkeit sagt er:»Seit wann?« Es ist eine dumme Frage, aber etwas anderes fällt ihm nicht ein.

»Heute Vormittag. Als ich den Stuhl geholt hab.«

»Okay«, sagt Cal.»Und? Ist er für immer zurück? Oder bloß zu Besuch?«

Trey antwortet mit einem übertriebenen Achselzucken: keine Ahnung.

Cal wünscht, er könnte ihr Gesicht sehen. Er sagt:»Wie findest du das?«

Trey sagt barsch:»Von mir aus kann er sich verpissen.«

»Okay«, sagt Cal.»Das ist verständlich.« Vielleicht sollte er ihr eine Ansprache halten, in der die Worte»aber er ist doch dein

Daddy« vorkommen, doch Cal hat es sich zur Regel gemacht, Trey nie irgendwelchen Schwachsinn zu erzählen, und seine Gefühle in Bezug auf Johnny Reddy decken sich zufälligerweise mit ihren.

Trey fragt:»Kann ich heute Nacht hierbleiben?«

Schon wieder erstarrt Cal innerlich. Er macht sich weiter daran, den Stuhl abzureiben, achtet auf einen gleichmäßigen Rhythmus. Nach einem Moment sagt er:»Hast du Angst, dein Dad könnte irgendwas machen?«

Trey schnaubt.»Nee.«

Sie klingt, als meine sie es ehrlich. Cal entspannt sich ein wenig.»Was hast du dann?«

»Er kann nicht einfach wieder so reingeschneit kommen.«

Sie steht mit dem Rücken zu Cal und kramt in dem Holzstapel, aber ihre gebeugte Wirbelsäule wirkt angespannt vor Wut.

»Stimmt«, sagt Cal.»Würde ich wahrscheinlich genauso sehen.«

»Also darf ich hierbleiben?«

»Nein«, sagt Cal.»Keine gute Idee.«

»Wieso?«

»Tja«, sagt Cal.»Dein Dad ist vielleicht nicht glücklich darüber, dass du abhaust, sobald er wieder da ist. Und ich denke, ich sollte ihn nicht gleich am Anfang verärgern. Falls er dableibt, wäre es besser, wenn er nichts dagegen hat, dass du Zeit hier verbringst.« Dabei belässt er es. Sie ist alt genug, zumindest einige der anderen Gründe zu verstehen, die dagegensprechen.»Ich ruf Lena an. Vielleicht kannst du bei ihr übernachten.«

Sie will widersprechen, überlegt es sich dann aber anders und verdreht stattdessen die Augen. Cal merkt zu seiner eigenen Überraschung, dass er sich zittrig fühlt, als ob er von irgendetwas Hohem heruntergefallen wäre und sich hinsetzen müsste. Er lehnt sich an den Arbeitstisch und zieht sein Handy aus der Tasche.

Nach kurzem Nachdenken schickt er Lena eine Textnachricht,

statt sie anzurufen. Kann Trey heute bei dir übernachten? Keine Ahnung, ob du es schon gehört hast, aber ihr Dad ist wieder da. Ihr ist nicht danach, in seiner Nähe zu sein.

Er bleibt still stehen – beobachtet, wie das Sonnenlicht auf Treys schmalen Schultern spielt, während sie Holzstücke herauszieht und wieder weglegt –, bis Lena zurückschreibt: Scheiße. Kann sie gut verstehen. Klar kann sie bei mir übernachten. Kein Problem.

Danke, antwortet Cal. Ich schick sie nach dem Abendessen rüber.

»Sie schreibt, du kannst gern bei ihr schlafen«, sagt er zu Trey und steckt sein Handy ein. »Aber du musst deiner Mama Bescheid geben, wo du bist. Oder bitte Lena, dass sie das macht.«

Trey verdreht die Augen noch mehr. »Hier«, sagt sie und zeigt ihm eine alte Eichenschwelle. »Geht das?«

»Sieht gut aus.«

Trey markiert das Ende der Schwelle mit einem schwarzen Filzstift und legt sie wieder in die Ecke. »Geht das Zeug ab?«, fragt sie.

»Ja, ganz prima. Kinderleicht.«

Trey sucht sich einen sauberen Lappen, tunkt ihn in die Essigmischung und wringt ihn kräftig aus. Sie sagt: »Was, wenn er nicht will, dass ich herkomme?«

»Meinst du, er hat was dagegen?«

Trey denkt darüber nach. »Früher war ihm scheißegal, was wir gemacht haben.«

»Na, dann wird ihm das hier wahrscheinlich auch scheißegal sein. Falls nicht, lassen wir uns schon was einfallen.«

Trey blickt kurz zu ihm hoch.

Cal sagt: »Wir lassen uns was einfallen.«

Sie nickt, eine entschlossene, ruckartige Bewegung, und fängt an, den Stuhl zu bearbeiten. Cal hat schon wieder das Gefühl, sich hinsetzen zu müssen, weil ein Satz von ihm sie noch immer beruhigen kann.

Trotzdem ist sie selbst für ihre Verhältnisse heute einsilbig. Nach einer Weile kriegen Rip und Banjo Durst. Sie kommen durch die offene Haustür herein, trinken lange und geräuschvoll aus ihren Näpfen, um sich dann in der Werkstatt ein bisschen Zuwendung zu holen. Trey hockt sich auf den Boden und schmust ein Weilchen mit ihnen, lacht sogar, als Rip sie so fest unters Kinn stupst, dass sie auf den Hintern fällt. Dann legen sich die Hunde in ihrer Ecke hin, um auszuruhen, Trey nimmt wieder ihren Lappen und bearbeitet weiter den Stuhl.

Auch Cal ist nicht unbedingt nach Reden zumute. Er hätte niemals damit gerechnet, dass Treys Vater zurückkommt. Obwohl er Johnny Reddy nur vom Hörensagen kennt, hält er ihn für einen Typ Mann, mit dem er schon zu tun hatte: ein Kerl, dessen Masche es ist, an einem neuen Ort aufzutauchen und sich als irgendwas auszugeben, was ihm gerade nützlich erscheint. Um dann so viel wie möglich aus der Verkleidung herauszuholen, bis sie zu fadenscheinig wird, um ihn länger zu tarnen. Cal fällt kein überzeugender Grund ein, warum Johnny Reddy ausgerechnet hierher zurückkommen sollte, an den einzigen Ort, an dem er sich nicht als etwas anderes ausgeben kann, als er nun mal ist.

Lena hängt ihre Wäsche an der Leine im Garten auf, was ihr mehr Freude bereitet, als man denken könnte. Sie nimmt nicht nur intensiv die warme, nach frisch gemähtem Gras duftende Luft wahr und das üppige Sonnenlicht, sondern macht sich auch bewusst, dass sie genau da steht, wo schon Generationen von Frauen standen, um vor dem Grün der Weiden und der fernen Silhouette der Berge dieselbe Arbeit zu verrichten. Als ihr Mann vor fünf Jahren starb, eignete sie sich die Fähigkeit an, jedes Fitzelchen Glück mitzunehmen, das sie finden konnte. Ein frisch bezogenes

Bett oder eine perfekt gebutterte Scheibe Toast konnten ihr genug Erleichterung verschaffen, um ein- oder zweimal durchzuatmen. Ein Lufthauch bläht die Laken an der Leine auf, und Lena singt leise vor sich hin, Liedfetzen, die sie im Radio gehört hat.

»Na, da schau her«, sagt eine Stimme hinter ihr. »Lena Dunne. In voller Lebensgröße und doppelt so schön.«

Als Lena sich umdreht, lehnt Johnny Reddy am Gartentor und mustert sie von oben bis unten. Johnny hatte schon immer die Art, Frauen zu beäugen, als würde er sich genüsslich daran erinnern, wie sie mit ihm im Bett waren. Da er nie in Lenas Bett war und auch nie sein wird, geht ihr das gegen den Strich.

»Johnny«, sagt sie und erwidert seinen Paternosterblick. »Hab schon gehört, dass du zurück bist.«

Johnny lacht. »Großer Gott, hier spricht sich noch immer alles rasend schnell rum. Das Kaff hat sich kein bisschen verändert.« Er lächelt sie warm an. »Und du auch nicht.«

»Doch, hab ich«, sagt Lena. »Gott sei Dank. Aber du nicht.« Es stimmt. Abgesehen von den ersten grauen Haaren sieht Johnny noch so aus wie damals, als er regelmäßig Steinchen an ihr Fenster warf und sie mit einem halben Dutzend anderen zur Disco in der Stadt kutschierte, alle zusammengequetscht in dem klapprigen Ford Cortina von seinem Dad. Sie brausten durch die Dunkelheit und kreischten bei jedem Schlagloch. Er steht sogar noch genauso da wie früher, ungezwungen wie ein junger Bursche, was Lenas Theorie bestätigt, dass Taugenichtse am besten altern.

Er grinst, streicht sich mit einer Hand über den Kopf. »Ich hab jedenfalls noch meine Haare. Das ist die Hauptsache. Wie geht's dir?«

»Gut«, sagt Lena. »Und dir?«

»Besser denn je. Ist toll, wieder zu Hause zu sein.«

»Prima. Schön für dich.«

»Ich war in London«, verrät Johnny ihr.

»Weiß ich. Wolltest da ein Vermögen machen. Hast du?«

Sie rechnet mit einer kunstvoll ausgeschmückten Geschichte, in der er ganz kurz davor war, Millionär zu werden, bis irgendein Halunke aufkreuzte und ihm seine große Chance vor der Nase weggeschnappte, eine Story, die seinen Besuch wenigstens so interessant machen würde, dass er halbwegs ihre Zeit lohnt. Stattdessen tippt sich Johnny verschmitzt an die Nase. »Na, na, ich will nix verraten. Die Sache ist im Bau. Zutritt nur für Mitarbeiter.«

»Mist«, sagt Lena. »Ich hab meinen Helm vergessen.« Sie widmet sich wieder ihrer Wäsche und denkt, Johnny hätte sie ihre Arbeit wenigstens bis zum Ende genießen lassen können.

»Soll ich dir helfen?«, fragt er.

»Nicht nötig«, sagt Lena. »Bin gleich fertig.«

»Sehr gut.« Johnny öffnet das Tor weit und macht eine einladende Handbewegung. »Dann kannst du ja einen Spaziergang mit mir machen.«

»Ich hab noch was anderes zu tun.«

»Das kann warten. Du hast dir ein Päuschen verdient. Wann hast du das letzte Mal einfach einen Tag freigemacht? Früher warst du richtig gut darin.«

Lena sieht ihn an. Er hat noch immer dieses Lächeln, das träge, spitzbübische Mundwinkelkräuseln, das den Leichtsinn in dir weckte und dir weismachte, es würde schon alles gut gehen. Lena achtete darauf, kein Risiko einzugehen, bis auf die halsbrecherischen Fahrten im Cortina. Sie hatte Spaß mit Johnny, doch obwohl er der hübscheste Kerl und der größte Charmeur in Ardnakelty und Umgebung war, löste er nie so viel in ihr aus, dass sie ihn weiter kommen ließ als außen an ihren BH. Johnny Reddy hatte keine Substanz. Da war nichts in ihm, was sie anzog. Aber Sheila Brady, die damals Lenas Freundin war, glaubte daran, dass alles gut gehen würde und irgendwo in ihm etwas Substanzielles versteckt war. Bis sie schwanger wurde. Von da an ging es mit ihr immer nur bergab.

Sheila war alt genug und intelligent genug, ihre eigenen Entscheidungen zu treffen, aber Johnnys Dynamik riss auch ihre gemeinsamen Kinder mit. Lena hat Trey Reddy so lieb gewonnen wie kaum einen anderen Menschen.

»Weißt du, wer gern mal einen Tag freimachen würde?«, sagt sie. »Sheila. Die war auch mal richtig gut darin.«

»Sie ist zu Hause bei den Kindern. Theresa ist irgendwohin – die ist ganz der Vater, die Kleine, hat Hummeln im Hintern. Die anderen sind zu klein, um auf sich selbst aufzupassen.«

»Na dann, ab nach Hause mit dir. Pass du auf sie auf, dann kann Sheila einen Spaziergang machen.«

Johnny lacht, und es ist kein aufgesetztes Lachen. Er schämt sich wirklich nicht, ist nicht mal verärgert. Einer der Gründe, weshalb Lena sich nie zu Johnny hingezogen fühlte, war, dass man ihn glatt durchschauen und ihm das auch sagen konnte, ohne dass es ihm was ausmachte. Wenn du nicht auf sein Gelaber reinfielst, gab es jede Menge andere, die es tun würden.

»Sheila hängt die Aussicht bestimmt längst zum Hals raus. Aber mir hat sie jahrelang gefehlt. Komm schon, ich will sie mit dir genießen.« Er schwenkt das Tor auffordernd hin und her. »Dann kannst du mir erzählen, was du die ganze Zeit so getrieben hast, und ich erzähl dir, was ich in London gemacht hab. Der Typ, der über mir gewohnt hat, war von den Philippinen, und er hatte einen Papagei, der auf Filipino, oder wie das heißt, fluchen konnte. So was findest du nicht in Ardnakelty. Wenn dich das nächste Mal wer nervt, kannst du ihn als Sohn einer Heuschrecke beschimpfen. Ich bring's dir bei.«

»Ich hab das Land, auf dem du stehst, an Ciaran Maloney verkauft. Das hab ich getrieben«, erwidert Lena. »Wenn der dich da sieht, jagt er dich weg. Dann kannst du ihn ja als Sohn einer Heuschrecke beschimpfen.« Sie hebt ihren Wäschekorb auf und geht ins Haus.

Vorsichtig lugt sie durchs Küchenfenster und schaut Johnny hinterher, der über die Weide davonschlendert, um sich jemand anderen zum Anlächeln zu suchen. Seinen Akzent hat er sich jedenfalls nicht abgewöhnt, das muss sie ihm lassen. Sie hätte gewettet, dass er wie Guy Ritchie redet, wenn er zurückkommt, aber er klingt noch immer wie ein Junge aus Ardnakelty.

Jetzt, wo ihr Zorn abklingt, wird ihr etwas klar, was die ganze Zeit in ihrem Unterbewusstsein rumort hat. Johnny hat immer Wert auf gepflegtes Aussehen gelegt. Wenn er vor ihrem Fenster auftauchte, roch er nach teurem Aftershave – wahrscheinlich geklaut –, seine Jeans war gebügelt, die Frisur saß tadellos, und der Cortina war auf Hochglanz poliert. Er war der einzige Junge, den Lena kannte, der nie abgebrochene Fingernägel hatte. Seine Kleidung heute war nagelneu bis runter zu den Schuhen und auch kein Billigzeug, aber die Haare hingen über die Ohren und fielen ihm in die Augen. Er hatte versucht, sie mit Gel zu bändigen, aber dafür waren sie zu zottelig. Wenn Johnny Reddy es so eilig hatte, nach Hause zu kommen, dass ihm keine Zeit für einen Friseurbesuch blieb, dann nur, weil ihm irgendwelcher Ärger im Nacken sitzt.

Als Trey und Banjo sich auf den Weg zu Lena machen, ist es nach zehn, und der lange Sommerabend hat sich erschöpft. In der endlosen Dunkelheit flattern Motten und Fledermäuse, und auf den Weiden kann man die gemächlichen Bewegungen der Kühe hören, die sich schlafen legen. Die Luft bewahrt noch die Hitze des Tages, die von der Erde aufsteigt. Der Himmel ist sternenklar: Morgen wird wieder ein heißer Tag werden.

Trey überlegt, was sie von ihrem Dad in Erinnerung hat. Sie hat nicht oft an ihn gedacht, seit er fortging, deshalb braucht sie eine Weile, bis ihr etwas einfällt. Er hatte Spaß daran, ihre Mam abzulenken, sie einfach zu umarmen, wenn sie gerade den Herd putzte, und mit ihr durch die Küche zu tanzen. Manchmal, wenn er was getrunken hatte und irgendwas nicht so gelaufen war, wie er wollte, schlug er sie und ihre Geschwister. Dann wiederum spielte er mit ihnen, als wäre er selbst noch ein Kind. Manchmal nahmen er und Treys großer Bruder Brendan die Kleinen auf den Rücken wie reitende Cowboys und jagten Trey und Maeve durch den Garten, versuchten, sie zu fangen. Er versprach ihnen oft irgendwelche Sachen: Er genoss ihre strahlenden Gesichter, wenn er beteuerte, er würde mit ihnen in den Zirkus in Galway gehen oder ihnen ein Spielzeugauto kaufen, das die Wände hochfahren konnte. Er hielt es offenbar für unnötig, seine Versprechen auch zu halten. Tatsächlich wirkte er immer ein bisschen erstaunt und beleidigt, wenn sie ihn daran erinnerten. Nach einer Weile hörte Trey auf, bei den Cowboyspielen mitzumachen.

In Lenas Haus brennt Licht, drei kleine, säuberliche Rechtecke aus Gelb vor den schwarzen Feldern. Ihre Hunde Nellie und Daisy kündigen an, dass Trey und Banjo kommen. Noch bevor sie am Tor sind, öffnet Lena die Tür und bleibt wartend im Licht stehen. Ihr Anblick entspannt Treys Muskeln ein wenig. Lena ist groß und kräftig gebaut, mit ausgeprägten Rundungen, breiten Wangenknochen und einem breiten Mund. Sie hat volles blondes Haar und sehr blaue Augen. Alles an ihr strahlt Verlässlichkeit aus, nichts ist bloß angedeutet. Cal ist genauso: der größte Mann, den Trey kennt, und auch einer der breitschultrigsten, mit dichtem braunem Haar und einem dichten braunen Bart und Händen so groß wie Schaufeln. Trey selbst ist eher für Wendigkeit gebaut und dafür, nicht aufzufallen. Sie hat kein Problem damit, aber sie findet Cals und Lenas Robustheit ungemein beruhigend.

»Danke, dass ich bei dir übernachten kann«, sagt sie auf der

Türschwelle und reicht Lena einen Ziplock-Beutel voll Fleisch. »Kaninchen.«

»Besten Dank«, sagt Lena. Ihre Hunde kreisen zwischen Trey, Banjo und dem Beutel. Lena drückt ihre Nasen beiseite. »Hast du es selbst geschossen?«

»Ja«, sagt Trey und folgt Lena ins Haus. Cal hat ein Jagdgewehr und einen Kaninchenbau auf seinem Grundstück. Das Kaninchen war seine Idee: Er meint, es gehört sich, dass man seiner Gastgeberin ein Geschenk mitbringt. Trey findet das richtig. Ihr widerstrebt der Gedanke, in jemandes Schuld zu stehen, selbst in Lenas. »Heute Abend, ist ganz frisch. Muss einen Tag in den Kühlschrank, sonst wird's zäh. Dann kannst du es einfrieren.«

»Vielleicht ess ich es morgen. Hab schon länger nicht mehr Kaninchen gegessen. Wie bereitet ihr es zu?«

»Mit Knoblauch und so. Und dann kommen noch Tomaten und Paprika rein.«

»Ah«, sagt Lena. »Ich hab keine Tomaten. Die müsste ich bei Noreen kaufen, und dann wird sie wissen wollen, was ich denn koche und woher ich das Kaninchen hab und wieso du bei mir warst. Selbst wenn ich ihr kein Wort sage, würde sie was wittern.« Lenas Schwester Noreen führt den Dorfladen und hat das ganze Dorf im Griff.

»Wahrscheinlich weiß sie's längst«, sagt Trey. »Das mit meinem Dad.«

»Würde mich nicht wundern. Aber sie braucht nicht noch mehr Wasser auf ihre Mühle. Sie soll sich ruhig ein bisschen anstrengen.« Lena verstaut das Kaninchen im Kühlschrank.

Im Gästezimmer, groß und luftig und weiß gestrichen, beziehen sie das Bett für Trey. Es ist breit und wuchtig mit knorrigen, verschrammten Eichenholzpfosten, die Trey auf siebzig oder achtzig Jahre schätzt. Lena nimmt die Patchworkdecke ab und faltet sie zusammen. »Bei der Hitze brauchst du die nicht.«

»Wer schläft denn sonst hier?«, erkundigt sich Trey.

»Keiner mehr. Früher hatten Sean und ich öfter übers Wochenende Besuch von Freunden aus Dublin. Nach seinem Tod war mir eine Zeitlang überhaupt nicht nach Besuch. Und irgendwie ist es dabei geblieben.« Lena wirft die Decke in eine Kiste am Fußende des Bettes. »Dein Dad war heute Nachmittag hier.«

»Hast du ihm gesagt, dass ich herkomme?«, will Trey wissen.

»Nein, hab ich nicht. Aber ich hab deiner Mam gesimst.«

»Was hat sie geantwortet?«

»›In Ordnung.‹« Lena nimmt ein Laken von dem Stapel auf einem Stuhl und schüttelt es aus. »Ich hab die Bettwäsche auf die Leine gehängt, müsste gut durchgelüftet sein. Was hältst du davon, dass dein Dad wieder da ist?«

Trey zuckt die Achseln. Sie schnappt sich zwei Zipfel des Lakens, als Lena sie ihr zuwirft, und fängt an, sie unter die Matratze zu klemmen.

»Meine Mam hätte ihm sagen können, er soll sich verpissen.«

»Sie hätte alles Recht dazu gehabt«, pflichtet Lena ihr bei. »Aber ich glaube nicht, dass er ihr die Chance dazu gelassen hat. Ich glaube, dass er ganz unverhofft mit einem breiten Grinsen und einem dicken Kuss bei ihr auf der Matte stand und dann reinspaziert ist, ehe sie überhaupt wusste, wie ihr geschah. Und als sie wieder einen klaren Gedanken fassen konnte, war es zu spät.«

Trey denkt darüber nach. Es klingt nicht unwahrscheinlich. »Sie könnte ihn morgen rausschmeißen.«

»Vielleicht macht sie das«, sagt Lena. »Vielleicht auch nicht. Die Ehe ist eine merkwürdige Angelegenheit.«

»Ich heirate nie«, sagt Trey. Sie hegt ein tiefes Misstrauen gegenüber der Ehe und allem, was ihr ähnelt. Sie weiß, dass Lena manchmal die Nacht bei Cal verbringt, aber Lena hat auch ein eigenes Haus, in das sie zurückkehren kann, wann sie will, und wo niemand sonst was zu sagen hat oder einfach auftauchen kann.

Für Trey scheint das das einzig mögliche Arrangement zu sein, das irgendwie Sinn ergibt.

Lena zuckt die Achseln, zieht eine Ecke des Lakens straffer. »Manch einer würde dir sagen, dass du deine Meinung noch ändern wirst. Wer weiß? Für einige Menschen ist die Ehe das Richtige, jedenfalls für einen Teil ihres Lebens. Aber nicht alle sind dafür geschaffen.«

Trey fragt unvermittelt: »Wirst du Cal heiraten?«

»Nein. Ich war gern verheiratet, größtenteils, aber damit bin ich fertig. Ich mag mein Leben, wie es ist.«

Trey nickt. Sie ist erleichtert. Die Frage beschäftigt sie schon eine Weile. Sie findet es gut, dass Cal und Lena zusammen sind – wenn er oder sie mit wem anders zusammenkäme, würde das die Lage verkomplizieren –, aber sie möchte, dass alles so bleibt, wie es ist, dass sie getrennt wohnen.

»Ich hatte aber durchaus Angebote«, schiebt Lena nach und wirft schwungvoll die Decke aufs Bett. »Vor ein paar Jahren ist Bobby Feeney zu mir gekommen, in Schale geschmissen und mit einem Strauß Nelken in der Hand, und wollte mir erklären, wieso er einen prima zweiten Ehemann abgeben würde.«

Trey stößt unwillkürlich ein schallendes Lachen aus. »Na hör mal«, sagt Lena tadelnd. »Es war ihm todernst. Er hatte sich alles genau überlegt. Er meinte, ich könnte ihm mit den Schafen helfen, weil ich mit Vieh umgehen kann, und er kann gut Sachen reparieren, deshalb müsste ich mich um nichts kümmern, wenn mal eine Sicherung rausfliegt oder ein Türgriff abfällt. Weil ich zu alt zum Kinderkriegen bin, würde ich nicht von ihm erwarten, ein guter Daddy zu sein; und weil er selbst auch nicht mehr der Jüngste ist, würde er nicht dauernd was von mir wollen. An den meisten Abenden ist er sowieso unten im Pub oder oben in den Bergen, um Ausschau nach Ufos zu halten, deshalb würde er mich nicht weiter stören. Seine einzige Sorge war, dass seine Mam was dagegen haben könnte, aber er war zuversichtlich, dass wir sie schließlich doch rumkriegen würden, vor allem, wenn ich gut Milchreis kochen könnte. Bei Milchreis wird Mrs. Feeney anscheinend sofort schwach.«

Trey muss die ganze Zeit grinsen. »Was hast du geantwortet?«

»Bobby ist in Ordnung«, sagt Lena. »Er ist ein furchtbarer Trottel, aber das kann ich ihm nicht vorwerfen. So war er schon, als wir noch in den Windeln steckten. Ich hab ihm gesagt, dass er viele gute Argumente hat, aber dass ich mich zu sehr an mein Leben gewöhnt hab, um irgendwas zu ändern. Dann hab ich ihm ein Glas von meiner Brombeermarmelade geschenkt, die kann seine Mam sich auf ihren Milchreis tun, und hab ihn weggeschickt. Ich würde sagen, die Marmelade hat ihn um einiges glücklicher gemacht, als ich es getan hätte.« Sie wirft Trey einen Kissenbezug zu. »Banjo kann hier bei dir schlafen, wenn du willst.«

»Dann springt er aufs Bett.«

»Von mir aus. Solange er nicht reinpinkelt.«

Trey fragt: »Wie lange kann ich bleiben?«

Lena sieht sie an. »Geh morgen nach Hause. Guck dir ein paar Tage lang an, wie es so läuft. Danach sehen wir weiter.«

Trey versucht gar nicht erst zu widersprechen. Lena lässt sich eigentlich nie umstimmen. »Darf ich dann wiederkommen?«

»Wahrscheinlich, wenn du willst. Warten wir's ab.«

»Ich werd das hier wachsen«, sagt Trey und deutet mit dem Kinn auf das Eichenbett. »Kann eine neue Beschichtung gebrauchen.«

Lena lächelt. »Würde ihm wirklich guttun. So, jetzt versuch zu schlafen. Ich hol dir noch ein T-Shirt.«

Das T-Shirt riecht sonnengetrocknet und nach Lenas Waschpulver, das ein anderes ist als das von Treys Mam. Eine Zeitlang liegt Trey wach, lauscht den gedämpften Schritten und dem Rascheln von Lena, die sich im Zimmer nebenan bettfertig macht.

Ihr gefällt das breite Bett und dass Maeve nicht einen Meter entfernt von ihr schnieft und strampelt und genervte Selbstgespräche führt. Sogar im Schlaf ist Maeve mit fast allem unzufrieden.

Hier unten klingt die Nacht anders. Oben am Berg weht immer ein aggressiver Wind, der gegen die losen Fensterscheiben drückt und die Bäume unruhig rauschen lässt, alle anderen Geräusche übertönt. Hier kann Trey Dinge klar hören: das trockene Knacken eines Zweiges, eine Eule auf Jagd, junge Füchse, die weit hinten auf den Feldern balgen. Am Fußende des Bettes dreht Banjo sich um und stößt einen wohligen Seufzer aus.

Trotz des Bettes und der friedlichen Nacht kann Trey nicht einschlafen. Sie hat so ein Gefühl, als müsste sie bereit sein, nur für alle Fälle. Das Gefühl ist vertraut und zugleich fremdartig. Trey ist gut darin, Dinge um sich herum wahrzunehmen, hat aber kein Interesse daran, Dinge in ihrem Inneren zu registrieren, deshalb dauert es eine Weile, bis sie begreift, dass sie sich die meiste Zeit so gefühlt hat, bis sie vor ein paar Jahren Cal und Lena kennenlernte. Es ist ganz allmählich verblasst, so dass sie es vergessen hat, bis jetzt.

Trey weiß sehr genau, was sie mag und was sie nicht mag, und sie mochte ihr Leben sehr viel mehr so, wie es noch heute Morgen war. Sie liegt still im Bett, lauscht den Geschöpfen, die sich vor dem Fenster bewegen, und dem Nachtwind, der vom Berg herabweht.

2

DER NÄCHSTE TAG ist wie der vorangegangene. Morgentau verdunstet rasch unter einem blauen leeren Himmel. Cal ruft bei Lena an, die ihm berichtet, dass es Trey gut geht und sie außer Hundefutter alles isst, was das Haus zu bieten hat. Dann verbringt er den Morgen hinten auf seiner Wiese, wo er ein Gemüsebeet angelegt hat. Letztes Jahr wuchs alles mehr oder weniger von selbst, Cal musste lediglich die Krähen, die Schnecken und die Kaninchen in Schach halten, was ihm mit einer Kombination aus Bierfallen, Hühnerdraht, Rip und einer Vogelscheuche gelang. Die Vogelscheuche durchlief verschiedene Phasen. Erst hatten Cal und Trey ihr ein altes Hemd und eine abgetragene Jeans von Cal angezogen. Dann kramte Lena ein paar alte Schals hervor, die für ein bisschen mehr Geflatter sorgen sollten, aber daraufhin beschwerte sich Cals nächster Nachbar Mart, das sähe ja aus, als vollführe sie den Tanz mit sieben Schleiern, und das würde die ganzen alten Junggesellen in der Gegend ablenken, was zu Missernten und einer Vernachlässigung der Schafe führen würde. Er verhinderte die drohende Katastrophe, indem er der Vogelscheuche etwas überstreifte, das wie eine echte Priesterrobe aussah. Als Cal ein paar Wochen später vom Einkaufen nach Hause kam, stellte er fest, dass eine bislang noch unbekannte Person dem Priester Schwimmflügel und einen My-Little-Pony-Schwimmreifen mit einem pinken Einhornkopf verpasst hatte. Die Krähen hatten die Vogelscheuche trotz der Kostümwechsel bis zum Ende des Sommers durchschaut, was sie dadurch deutlich machten, dass sie sie wahlweise als Spielgerät oder als Toilette nutzten.

Als in diesem Frühjahr der erste Salat spross, ließen Cal und Trey sich was einfallen und reaktivierten die Vogelscheuche mit einem Plastikzombie, den Cal online gefunden hatte. Er reagiert auf Bewegungen. Sobald etwas in seine Nähe kommt, blitzen die Augen rot auf, die Zähne klappern, er wedelt mit den Armen und macht Knurrgeräusche. Bislang jagt er den Krähen eine Heidenangst ein. Cal rechnet damit, dass ihre Rache gut durchdacht und raffiniert sein wird, wenn sie erst mal dahintergekommen sind.

In diesem Jahr ist das Wachstum wegen der Hitze anders. Die Pflanzen brauchen furchtbar viel Wasser, und er muss wesentlich häufiger Unkraut jäten. Auch die Erde ist anders als letzten Sommer, weniger satt und fest. Sie rieselt zwischen seinen Fingern hindurch, statt haften zu bleiben, und sie hat einen herberen, fast fiebrigen Geruch. Cal weiß aus dem Internet, dass das Wetter den Geschmack seiner Pastinaken versauen wird, aber die Tomaten gedeihen prächtig. Manche sind so groß wie Äpfel und werden schon rot.

Rip, der an Kaninchenfährten herumgeschnuppert hat, stößt plötzlich ein Bellen aus, das zu einem Bernhardiner passt. Rip hat sich nie mit seiner Größe abgefunden. In seiner Vorstellung ist er ein Hund, der entflohene Häftlinge aufspürt und lebendig zerfleischt.

»Was ist?« Cal dreht sich zu ihm um.

Er rechnet mit einem Jungvogel oder einer Feldmaus, doch Rip hat den Kopf gehoben, reckt ihn bebend vor, fixiert einen Mann, der über die Weide spaziert kommt.

»Bleib.« Cal richtet sich auf und wartet, während der Mann sich nähert. In der hochstehenden Sonne ist sein Schatten ein kleiner schwarzer Fleck, der ihm um die Füße wabert. Die Hitze verwischt seine Konturen.

»Das ist ein Prachtstück von Hund, den Sie da haben«, sagt der Mann, als er nah genug ist.

»Er ist ein guter Hund«, antwortet Cal. Er weiß, der Typ muss etwa in seinem Alter sein, um die fünfzig, aber er sieht jünger aus. Er hat ein nachdenkliches, fein geschnittenes Gesicht, mit dem er nicht gerade wie ein ärmlicher Kerl aus dem hintersten Irland wirkt. Im Film wäre er der Gentleman, dem unrecht getan wurde, der es verdient, sein Vermögen zurückzubekommen und die schönste Frau zu heiraten. Cal ist geradezu bestürzend erleichtert, dass er keinerlei Ähnlichkeit mit Trey hat.

»Johnny Reddy«, sagt der Mann und streckt Cal die Hand entgegen.

Cal hält beide Hände hoch, an denen dicke Erde klebt. »Cal Hooper«, sagt er.

Johnny grinst. »Weiß ich schon. Sie sind die größte Neuigkeit in Ardnakelty, seit PJ Fallons Schaf das Lamm mit zwei Köpfen geworfen hat. Wie ist es Ihnen denn hier so ergangen?«

»Kann nicht klagen«, sagt Cal.

»Irland, wo die Gastfreundschaft zu Hause ist«, sagt Johnny mit einem jungenhaften Lächeln. Cal misstraut erwachsenen Männern mit jungenhaftem Lächeln. »Wie ich höre, muss ich mich bei Ihnen bedanken. Meine Frau sagt, dass Sie furchtbar viel für unsere Theresa tun.«

»Keine Ursache«, sagt Cal. »Ohne ihre Hilfe hätte ich doppelt so lange gebraucht, um mein Haus auf Vordermann zu bringen.«

»Ah, das hör ich gern. Wär mir unangenehm, wenn Sie sich von ihr belästigt fühlen würden.«

»Überhaupt nicht«, sagt Cal. »Sie wird allmählich eine richtig geschickte Schreinerin.«

»Ich hab den Couchtisch gesehen, den ihr beide für meine Frau gemacht habt. Hat schöne, zierliche Beine. So Beine würde ich gern mal an einer Frau sehen.« Johnnys Grinsen wird breiter.

»Hat sie ganz allein gemacht«, sagt Cal. »Ich hab ihr kein bisschen geholfen.«

»Keine Ahnung, von wem sie das hat.« Johnny ändert rasch die Taktik, als er nicht mit dem lauten Lachen unter Männern belohnt wird, auf das er aus war. »Wenn ich mich an so was versuchen würde, würde ich glatt im Krankenhaus landen. Das letzte Mal hab ich in der Schule mit Holz gearbeitet. Und musste mit zehn Stichen genäht werden.« Er hebt einen Daumen, um Cal die Narbe zu zeigen. »Gab außerdem eine Ohrfeige vom Lehrer, weil ich Schulmobiliar vollgeblutet hab.«

»Tja«, sagt Cal. »Wir können nicht alle dieselbe Begabung haben.« Am liebsten würde er Johnny auf Waffen abtasten und ihn fragen, was er vorhat. Es gibt so Typen, die ihm schon verdächtig vorkommen, wenn sie bloß einkaufen gehen. Ein guter Cop muss herausfinden, ob sie tatsächlich gerade dabei sind, irgendein krummes Ding zu drehen oder ob sie das irgendwann später tun werden. Cal ruft sich in Erinnerung, und das musste er lange nicht, dass »krumme Dinger«, aktuelle oder sonstige, nicht mehr sein Problem sind. Rip kann es kaum erwarten, die Lage zu sondieren, und Cal lässt ihm mit einer Handbewegung freie Bahn. Der Hund umkreist Johnny mit einigem Abstand, überlegt, ob er vernichtet werden muss.

»Und jetzt baut Theresa Couchtische«, sagt Johnny, während er Rip eine Hand zum Beschnuppern hinhält. Er schüttelt verwundert den Kopf. »Als ich ein junger Kerl war, hätten die Leute sich darüber kaputtgelacht. Sie hätten gesagt, dass Sie Ihre Zeit damit vertun, einem Mädchen so was beizubringen, dabei sollte es lieber lernen, wie man einen ordentlichen Braten zubereitet.«

»Ach ja?«, fragt Cal höflich nach. Rip, der ein vernunftbegabtes Wesen ist, hat einmal an Johnny geschnuppert und beschlossen, seine Zeit sinnvoller zu nutzen, indem er sein eigenes Hinterteil auf der Suche nach Flöhen abknabbert.

»Ja klar, Mann. Nehmen die Jungs im Pub Sie deswegen nicht ordentlich auf die Schippe?«

»Nicht dass ich wüsste«, sagt Cal. »Die meisten lassen sich bloß gern ihre Möbel reparieren.«

»Die Welt hat sich sehr verändert«, sagt Johnny und wechselt erneut seine Taktik. Cal merkt, was er vorhat: Er will ihn testen, rausfinden, was für ein Mann Cal ist. Cal hat das selbst schon getan, sehr oft. Jetzt hält er es nicht für nötig, weil er auch so jede Menge über Johnny erfährt. »Ist jedenfalls gut für Theresa, dass sie diese Chance bekommt. Für gute Schreiner gibt's immer Arbeit, damit kommt sie überall auf der Welt zurecht. Haben Sie das auch schon gemacht, bevor Sie hergekommen sind?«

Es ist völlig ausgeschlossen, dass Johnny nicht längst weiß, was Cal früher gemacht hat. »Nee«, sagt Cal. »Ich war bei der Polizei.«

Johnny zieht die Augenbrauen hoch, schwer beeindruckt. »Alle Achtung. Das ist ein Job für harte Kerle.«

»Das ist ein Job, mit dem man die Hypothek abbezahlt.«

»Ist jedenfalls toll, in so einem abgelegenen Dorf einen Polizisten in der Nähe zu haben. Ehrlich, wenn man hier mal die Polizei braucht, wartet man Stunden, bis die Idioten aus der Stadt aufkreuzen – vorausgesetzt, die kriegen überhaupt den Hintern hoch, wenn's nicht gerade um Mord geht. Ich kannte mal wen – den Namen behalt ich für mich –, der hatte ein bisschen zu viel miesen Selbstgebrannten getrunken und ist total durchgedreht. Hat sich auf dem Nachhauseweg verirrt, ist auf der falschen Farm gelandet, hat jede Menge Zeug zerdeppert und die Hausfrau da angebrüllt, wollte wissen, was sie mit seiner Frau und seinem Sofa gemacht hat.«

Cal spielt seine Rolle und lacht mit. Es fällt ihm leichter, als es sollte. Johnny ist ein guter Geschichtenerzähler, wirkt wie ein Mann mit einem Glas Bier in der Hand und einem Abend in netter Gesellschaft vor sich.

»Schließlich hat er sich unter dem Küchentisch verkrochen. Er hat sie mit einem Salzstreuer bedroht und geschrien, wenn sie oder irgendein anderer Teufel ihm zu nahe käme, würde er sie alle totstreuen. Sie hat sich auf dem Klo eingeschlossen und die Bullen angerufen. Das war morgens um drei. Die hatten erst am Nachmittag die Güte, mal wen rauszuschicken. Bis dahin hatte der Bursche seinen Rausch auf dem Küchenboden ausgeschlafen und flehte die arme Frau an, ihm zu verzeihen.«

»Hat sie?«, fragt Cal.

»Ja klar. Sie kannte ihn ja schließlich, seit sie Kinder waren. Aber den Bullen in der Stadt hat sie nie verziehen. Ich vermute schwer, das Dorf ist überglücklich, dass Sie jetzt hier sind.«

Es ist ebenfalls völlig ausgeschlossen, dass Johnny glaubt, Ardnakelty wäre überglücklich, weil ein Cop hergezogen ist. Wie die meisten Provinznester hat Ardnakelty aus Prinzip etwas gegen Polizisten, selbst wenn gerade niemand etwas macht, was einen Cop aufhorchen lassen würde. Das Dorf duldet Cal, aber nicht wegen, sondern trotz seines früheren Jobs. »Was das betrifft, bin ich für die Leute nicht sehr nützlich«, sagt Cal. »Ich bin im Ruhestand.«

»Ach, kommen Sie«, sagt Johnny mit einem schelmischen Lächeln. »Einmal Polizist, immer Polizist.«

»Hab ich schon mal gehört. Aber ich mache keine Polizeiarbeit, für die ich nicht bezahlt werde. Wollen Sie mich engagieren?«

Johnny lacht ausgiebig darüber. Als Cal diesmal nicht mitlacht, wird er ernst. »Tja«, sagt er, »das beruhigt mich irgendwie. Mir ist lieber, Theresa begeistert sich fürs Schreinern als für die Polizei. Ich will nichts Schlechtes über den Job sagen, ich hab großen Respekt vor allen, die ihn machen, aber er ist riskant – klar, wem sag ich das? Ich würde nicht wollen, dass sie sich in Gefahr bringt.«

Cal weiß, dass er mit Johnny auskommen muss, aber sein guter Vorsatz wird irgendwie von dem Verlangen untergraben, dem Kerl in den Hintern zu treten. Das wird er natürlich nicht tun, aber schon allein die Vorstellung verschafft ihm eine gewisse Genugtuung. Cal ist einen Meter dreiundneunzig groß, und nachdem er die letzten zwei Jahre damit verbracht hat, sein Haus zu renovieren und auf einigen Nachbarfarmen auszuhelfen, ist er besser in Form als mit zwanzig, auch wenn er immer noch einen Bauchansatz hat. Johnny dagegen ist ein schmächtiger kleiner Wicht, der aussieht, als bestünde seine größte Kampfkraft darin, andere Leute zu überreden, sich für ihn zu schlagen. Cal schätzt, wenn er ordentlich Anlauf nimmt und seinen Fuß genau richtig anwinkelt, könnte er den kleinen Scheißer bis ins Tomatenbeet katapultieren.

»Ich passe auf, dass sie sich nicht den Daumen absägt«, sagt er. »Aber garantieren kann ich für nichts.«

»Ja, ja, ich weiß«, sagt Johnny und senkt ein wenig kleinlaut den Kopf. »Ich versuch ja nur, sie zu beschützen, mehr nicht. Wahrscheinlich will ich wiedergutmachen, dass ich so lange weg war. Haben Sie auch Kinder?«

»Eine Tochter«, sagt Cal. »Sie ist erwachsen. Lebt in den Staaten, aber sie kommt mich jedes Jahr Weihnachten besuchen.« Ihm ist nicht wohl dabei, mit dem Mann über Alyssa zu reden, aber er will ihm klarmachen, dass sie nicht den Kontakt zu ihm abgebrochen hat oder so. Der wichtigste Eindruck, den er in diesem Gespräch vermitteln muss, ist der von Harmlosigkeit.

»Ein Besuch hier in der Gegend ist bestimmt ganz schön«, sagt Johnny. »Aber den meisten Leuten ist es ein bisschen zu still, um hier leben zu wollen. Ihnen geht das nicht so?«

»Nee«, sagt Cal. »Mir kann es gar nicht friedlich und still genug sein.«

Ein Ruf schallt über Cals hintere Wiese. Mart Lavin kommt auf sie zugestapft, stützt sich schwer auf seinen Schäferstab. Mart ist klein und drahtig, hat ein paar Zahnlücken und flaumiges graues Haar. Als Cal herkam, war Mart sechzig und ist seitdem um keinen Tag gealtert. Inzwischen vermutet Cal, dass er einer von diesen Typen ist, die mit vierzig aussehen wie sechzig und auch mit achtzig noch aussehen werden wie sechzig. Rip rennt los, um mit Kojak, Marts schwarz-weißem Hütehund, Gerüche auszutauschen.

»Großer Gott«, sagt Johnny. »Ist das Mart Lavin?«

»Sieht so aus«, sagt Cal. In der Anfangszeit schaute Mart jedes Mal, wenn ihm langweilig war, bei Cal vorbei, aber inzwischen kommt er nicht mehr so oft. Cal weiß, was ihn heute herführt, wo er doch eigentlich seine Lämmer entwurmen sollte. Er hat Johnny Reddy gesehen und alles stehen und liegen lassen.

»Hätte mir denken können, dass es den noch immer gibt«, sagt Johnny erfreut. »Den alten Hund könnte nicht mal ein Sherman-Panzer umbringen.« Er winkt, und Mart winkt zurück.

Mart hat sich irgendwo einen neuen Hut besorgt. Seine Lieblingskopfbedeckung im Sommer, ein Fischerhut mit orange-khakifarbenem Tarnmuster, ist vor ein paar Wochen im Pub verschwunden. Marts Verdacht fiel auf Senan Maguire, der am lautstärksten erklärt hatte, der Hut sehe aus wie ein verfaulter Kürbis, sei eine Schande für das ganze Dorf und sollte öffentlich verbrannt werden. Mart hielt das für puren Neid. Er ist felsenfest davon überzeugt, dass Senan der Versuchung nicht widerstehen konnte, den Hut zu klauen, und ihn jetzt heimlich auf seiner Farm trägt. Seitdem werden im Pub endlose Streitgespräche geführt, die mitunter fast in Prügelei ausarten, weshalb Cal hofft, dass der neue Hut die Situation ein wenig entschärft. Es handelt sich um ein breitkrempiges Exemplar aus Stroh, in dem Cals Meinung nach nur noch zwei Löcher für Eselsohren fehlen.

»Ich fass es nicht«, sagt Mart, als er bei ihnen ankommt. »Schau sich doch einer an, was die Feen uns vor die Haustür gelegt haben.«

»Mart Lavin.« Johnny grinst breit und streckt ihm die Hand entgegen. »Wie er leibt und lebt. Wie geht's denn so?«

»Könnte nicht besser sein.« Mart schüttelt ihm die Hand. »Scheinst auch bestens in Form zu sein, aber du warst ja schon immer ein schicker Bursche. Hast uns andere alt aussehen lassen.«

»Jetzt hör aber auf. Mit deinem aparten Hut könnte ich es nie im Leben aufnehmen.«

»Der ist bloß Köder«, erklärt Mart ihm. »Senan Maguire hat mir meinen alten geklaut. Er soll denken, ich hätte mich damit abgefunden, damit er aus der Deckung kommt. Wie lange warst du jetzt weg?«

»Zu lange, Mann«, sagt Johnny kopfschüttelnd. »Viel zu lange. Fast vier Jahre.«

»Hab gehört, du warst drüben auf der anderen Seite. Haben die Briten dich nicht gut behandelt?«

Johnny lacht. »Doch, haben sie. London ist toll, Mann. Die schönste Stadt der Welt. Da erlebst du an einem Nachmittag mehr als hier in deinem ganzen Leben. Solltest selbst mal einen kleinen Ausflug dahin machen.«

»Klar, sollte ich«, pflichtet Mart ihm bei. »Die Schafe können auch auf sich selbst aufpassen. Und was hat einen Weltbürger wie dich dann aus der schönsten Stadt der Welt zurück an ihren Arsch geführt?«

Johnny seufzt. »Die Landschaft hier«, sagt er und neigt leicht den Kopf, um über die Weiden hinweg zu den langgestreckten gelbbraunen Bergrücken zu blicken. »Die gibt's sonst nirgendwo. Da kann die Großstadt noch so toll sein, irgendwann kriegt man Heimweh.«

»So heißt es ja auch in den alten Liedern«, bestätigt Mart. Er hat Johnny Reddy fast sein ganzes Leben lang verachtet, das weiß Cal, trotzdem mustert er ihn mit munterem Wohlgefallen. Wenn Mart eines fürchtet, dann ist es Langeweile. Wie er Cal ausführlich erläutert hat, hält er sie für die größte Gefahr im Leben eines Farmers, noch weit vor Treckern und Jauchegruben. Langeweile sorgt für Unruhe im Kopf eines Mannes, und dann versucht er, die Unruhe loszuwerden, indem er irgendwas Blödes anstellt. Was auch immer Mart von Johnny Reddy hält, seine Rückkehr wird vermutlich einiges an Langeweile vertreiben.

»In den alten Liedern steckt viel Wahres«, sagt Johnny, noch immer in die Ferne schauend. »Das merkst du erst, wenn du fort bist.« Dann schiebt er nach, als wäre es ihm gerade eingefallen: »Und ich hab die Familie lange genug allein gelassen.«

Cal merkt, dass ihm Johnny Reddy von Minute zu Minute unsympathischer wird.

»Du kommst nie drauf, wer gestorben ist, während du dich amüsiert hast«, sagt Mart. »Erinnerst du dich an Dumbo Gallon? Den kleinen Burschen mit den großen Ohren?«

»Ja, klar.« Johnny wendet den Blick von der weiten Landschaft ab, um diesem Thema die volle Aufmerksamkeit zu widmen, die es verdient. »Soll das heißen, er ist tot?«

»Herzinfarkt«, sagt Mart. »Keine Chance. Er hat sich nach dem Sonntagsessen auf dem Sofa ausgeruht und eine geraucht. Seine Frau ist bloß mal raus, um die Wäsche abzunehmen, und als sie wieder reinkam, war er mausetot. Die gute Marlboro brannte noch in seiner Hand. Wenn sie wegen der Wäsche länger draußen gewesen wär, hätte er vielleicht das ganze Haus abgefackelt.«

»Mann, das ist eine traurige Nachricht«, sagt Johnny. »Möge er in Frieden ruhen. Er war ein guter Mann.« Sein Gesichtsausdruck hat die angemessene Mischung aus Ernst und Mitgefühl angenommen. Wenn er einen Hut hätte, würde er ihn sich an die Brust drücken.

»Dumbo hat dich doch mal von seinem Land gejagt«, sagt Mart, der Johnny mit einem nostalgischen Blick fixiert. »Hat mächtig rumgebrüllt und getobt. Was war da los, mein Lieber? Hast du seine Frau gevögelt, oder was hast du sonst angestellt?«

»Na, hör mal.« Johnny zwinkert Mart zu. »Jetzt bring mich nicht in Verruf. Sonst glaubt der Mann hier dir noch.«

»Das wird er auch, wenn er schlau ist«, sagt Mart würdevoll. Zum ersten Mal seit einer ganzen Weile sehen sie beide Cal an.

»Zu schlau, um auf dein Gequatsche reinzufallen«, sagt Johnny. Diesmal zwinkert er Cal zu. Der betrachtet ihn weiter mit mildem Interesse, bis er blinzelt.

»Mr. Hooper glaubt mir immer aufs Wort«, sagt Mart. »Stimmt's, mein Freund?«

»Ich bin nun mal ein vertrauensseliger Typ«, sagt Cal, was zumindest Mart ein Schmunzeln entlockt.

»Morgen Abend kommen ein paar von den Jungs zu mir nach Hause«, sagt Johnny beiläufig zu Mart, nicht zu Cal. »Hab ein bisschen was zu trinken besorgt.«

Mart mustert ihn mit hellwachen Augen. »Gute Idee«, sagt er. »Eine kleine Feier, weil du wieder da bist.«

»Ach, bloß ein bisschen quatschen. Ich hab da so eine Idee, die ich mit euch besprechen will.«

Marts Augenbrauen hüpfen. »Ach nee.«

»Ja. Könnte dem Dorf vielleicht ganz guttun.«

»Na, das klingt ja großartig.« Mart lächelt ihn an. »Genau das brauchen wir: ein paar neue Ideen. Wir sind hier alle ziemlich festgefahren, und jetzt kommst du zurück, um uns zu retten.«

»Na ja, so weit würde ich nun nicht gerade gehen«, sagt Johnny und lächelt zurück. »Aber eine gute Idee kann ja nicht schaden. Komm einfach morgen Abend zu mir rauf, dann erfährst du alles Weitere.«

»Weißt du, was du machen solltest?« Mart hat einen Einfall.

»Was denn?«

Mart zeigt mit seinem Schäferstab auf die Berge. »Siehst du den fetten Felsen da? Es hängt mir zum Hals raus, jedes Mal über die Straßen gurken zu müssen, wenn ich über den Berg will. Von den Schlaglöchern fallen einem die Plomben raus. Was wir brauchen, ist so eine pneumatische Eisenbahn unter der Erde. Zu Victorias Zeiten gab's so eine in London. Ein Tunnel mit einem Eisenbahnwaggon drin, genau wie die U-Bahn, bloß mit je einem großen Ventilator an beiden Enden. Der eine hat gepustet und der andere gesaugt, und der Wagen ist durch den Tunnel gesaust wie eine Erbse durch ein Blasrohr. Mit fünfundzwanzig Meilen die Stunde. Das würde uns im Handumdrehen durch den Berg auf die andere Seite bringen. Denk mal drüber nach und besorg uns so eine. Wenn die Briten das hinkriegen, können wir das auch.«

Johnny lacht. »Mart Lavin«, sagt er und schüttelt amüsiert den Kopf. »Du bist unverbesserlich.«

»Bei den Briten ist dann allerdings was schiefgegangen«, ergänzt Mart. »Eines Tages haben sie die Verbindung dichtgemacht, einfach so, haben den Tunnel versiegelt, ohne ein Wort der Erklärung. Fünfzig oder hundert Jahre später hat ein Forscher den Tunnel wiedergefunden, tief unter London. Der Waggon war noch immer drin. Ein Dutzend Männer und Frauen saßen auf ihren Sitzen mit ihren Zylindern und Reifröcken und Taschenuhren, aber alle bloß noch Skelette.« Er lächelt Johnny an. »Bei deiner Bahn würde bestimmt nichts schiefgehen. Heutzutage gibt's ja die beste Technologie. Deine würde tadellos funktionieren. Also kümmer dich mal drum.«

Nach einem Moment lacht Johnny wieder. »Du solltest derjenige mit den Ideen sein, Mart, nicht ich. Komm zu mir rauf, dann erzähl ich dir alles. Bis morgen Abend also.« Zu Cal sagt er: »War nett, Sie kennenzulernen.«

»Gleichfalls«, sagt Cal. »Wir sehen uns.« Er hat zwar keine Lust, eingeladen zu werden und auf Johnnys Rückkehr zu trinken, unter einem Dach, das er selbst repariert hat, aber Unhöflichkeit war ihm schon immer ein Gräuel.

Johnny nickt ihm zu, zeigt kurz auf Mart und wendet sich Richtung Straße. Er geht wie ein Städter, vorsichtig darauf bedacht, alles zu vermeiden, was seine Schuhe schmutzig machen könnte.

»Nichtsnutziger kleiner Scheißer«, sagt Mart. »Das Beste von dem ist seiner Mammy an den Beinen runtergelaufen. Was hat er von dir gewollt?«

»Sich den Kerl ansehen, bei dem seine Tochter sich rumtreibt, schätze ich«, sagt Cal. »Kann ich ihm nicht verübeln.«

Mart schnaubt. »Wenn er sich auch nur einen Funken für das Mädchen interessieren würde, wär er nicht einfach abgehauen. Der Bursche hat in seinem Leben noch nie irgendwas gemacht, außer es ging dabei um Geld oder Vögeln, und du bist nicht sein Typ. Wenn er seinen faulen Arsch hier runterbewegt hat, dann hat er irgendwas gewollt.«

»Er hat mich um nichts gebeten«, sagt Cal. »Jedenfalls noch nicht. Gehst du morgen zu ihm nach Hause und hörst dir seine tolle Idee an?«

»Ich würde mich auf keine Idee von Johnny Reddy einlassen, auch wenn sie in pures Gold eingewickelt wäre und mir von Claudia Schiffer splitternackt überreicht würde«, sagt Mart. »Ich bin bloß hergekommen, um ihm klarzumachen, dass er nicht versuchen soll, dich um den Finger zu wickeln. Wenn er wen anschnorren will, kann er sich einen anderen suchen.«

»Soll er's ruhig probieren«, sagt Cal. Er will keine Gefälligkeiten von Mart. »Hatte er nun was mit Mrs. Dumbo?«

»Er hat sich alle Mühe gegeben. Der würde alles vögeln, was nicht bei drei auf dem Baum ist. Lass ihn bloß nicht in die Nähe von deiner Lena.«

Cal übergeht das. Mart nimmt seinen Tabaksbeutel, zieht eine dünne Selbstgedrehte heraus und zündet sie an. »Vielleicht geh ich wirklich morgen Abend rauf zu ihm«, sagt er nachdenklich, zupft sich dabei einen Tabakkrümel von der Zunge. »Was auch immer der vorhat, es gibt hier ein paar Volltrottel, die drauf reinfallen werden. Da guck ich mir das Ganze lieber aus der Nähe an.«

»Bring Popcorn mit«, rät Cal.

»Ich sag dir, was ich mitbringen werde: eine Flasche Jameson, jawohl. Kann mir nicht vorstellen, dass der irgendwas Gutes anzubieten hat, und wenn ich mir schon sein Geschwafel anhören muss, will ich wenigstens schön angesäuselt sein.«

»Ich glaube, ich ignorier ihn lieber«, sagt Cal. »Dann muss ich nicht so viel für Alkohol ausgeben.«

Mart kichert. »Ach was. Wo bleibt denn da das Vergnügen?«

»Ich versteh unter Vergnügen was anderes als du«, sagt Cal.

Mart zieht an seiner Zigarette. Sein Gesicht, wegen der Sonne verkniffen, wird plötzlich bitterernst. »Ich halt's immer für besser, die durchtriebenen Arschlöcher im Blick zu behalten.« Mit der Spitze seines Schäferstabs stupst er eine von Cals Tomaten an. »Die Tomaten machen sich prima. Falls du ein paar übrig hast, weißt du ja, wo du mich findest.« Dann pfeift er Kojak zu sich und geht wieder zurück zu seiner eigenen Farm. Als er Johnny Reddys Spur überquert, spuckt er darauf.

Johnny zu ignorieren gestaltet sich schwieriger, als Cal gedacht hat. Am Abend, als Lena Trey heimgeschickt hat und zu ihm nach Hause kommt, kann er sich nicht entspannen. Meistens sind ihre gemeinsamen Abende lang und ruhig. Sie sitzen auf der Veranda, trinken Bourbon, hören Musik und unterhalten sich oder spielen Karten. Oder sie legen sich ins Gras und schauen zu, wie der unendliche Sternenraum schwindelerregend über ihnen kreist. Wenn das Wetter zu irisch ist, sitzen sie drinnen auf dem Sofa, während der Regen friedlich und endlos aufs Dach plätschert und das Feuer den Raum mit Torfgeruch erfüllt. Cal ist bewusst, dass sie damit eindeutig in die Kategorie langweilige alte Knacker fallen, aber das stört ihn nicht. Es ist einer der vielen Punkte, bei denen Mart und er nicht einer Meinung sind: Langweilig zu sein zählt zu Cals Hauptzielen. Lange Zeit schienen bestimmte Elemente seines Lebens unbedingt spannend sein zu wollen, bis Ruhe schließlich zu einer unerreichbaren Verlockung für ihn wurde. Seit er sie endlich zu fassen bekommen hat, genießt er jede langweilige Sekunde.

Und genau wie Mart aus der Ferne von seiner Farm aus erkannt hat, ist Johnny Reddy eine Bedrohung der Langeweile. Cal weiß, dass er nichts gegen den Mann unternehmen kann, der mehr Anspruch auf Ardnakelty hat als er, aber er will es trotzdem, und zwar schnell, ehe Johnny anfängt, alles kaputt zu machen. Lena hat sich in den Verandaschaukelstuhl gesetzt, den Cal ihr zum Geburtstag gebaut hat, und trinkt ihren Bourbon mit Ginger Ale, doch Cal kann nicht ruhig sitzen. Er wirft Stöckchen für Rip und Nellie. Die Abweichung von der üblichen Routine überrascht die beiden zwar, aber sie lassen sich die Gelegenheit nicht entgehen. Daisy, Rips Mutter, ist nicht sonderlich spielfreudig, daher hat sie das Stöckchen ignoriert und schläft neben Lenas Stuhl. Die Weiden sind in Dunkelheit versunken, obwohl der Himmel über der Baumlinie noch einen türkisfarbenen Schimmer hat. Der Abend ist still, kein Lüftchen regt sich, das die verbliebene Hitze des Tages davontragen würde.

»Du hast ihr was zu essen gemacht, ja?«, fragt er Lena zum zweiten Mal.

»Genug für einen erwachsenen Mann«, antwortet sie. »Und falls sie noch mehr will, wird Sheila bestimmt noch irgendwo was Essbares im Haus haben, meinst du nicht?«

»Und sie weiß, dass sie wieder zu dir kommen kann, falls nötig?«

»Ja, das weiß sie. Und sie würde den Weg im Dunkeln finden. Oder im Schneesturm, falls plötzlich einer aufzieht.«

»Vielleicht solltest du heute Abend zu Hause schlafen«, sagt Cal. »Sonst kommt sie womöglich zurück, und du bist nicht da.«

»Dann weiß sie, wo sie mich finden kann«, erklärt Lena. Sie übernachtet etwa zweimal die Woche bei Cal, was selbstverständlich das ganze Dorf weiß und vermutlich schon gewusst hat, bevor es begann. Anfangs schlug er zaghaft vor, Lena sollte vielleicht zu Fuß rüberkommen oder er zu Fuß zu ihr gehen, sonst würden die Leute ihr Auto vor seinem Haus stehen sehen und sich die Mäuler zerreißen, aber Lena lachte ihn bloß aus.

Rip und Nellie veranstalten ein wildes Tauziehen mit dem Stock. Rip gewinnt, kommt triumphierend angaloppiert und lässt seine Beute vor Cals Füßen fallen. Cal schleudert den Stock in die Dunkelheit des Gartens, und die Hunde verschwinden wieder.

»Er war nett zu mir«, sagt Cal. »Wieso war er nett zu mir?«

»Johnny ist nett«, sagt Lena. »Er hat jede Menge Fehler, aber niemand kann behaupten, dass er nicht nett ist.«

»Er hat seine Kinder geschlagen. Nicht oft, sagt Trey, und es war wohl auch nicht allzu schlimm. Aber er hat sie geschlagen.«

»Und wenn er das jetzt versuchen würde, wüsste sie, wohin sie flüchten kann. Aber das wird er nicht. Johnny ist in Bestform. Das ganze Dorf redet über ihn, er spendiert Runden im Pub und erzählt allen, was er in London Aufregendes erlebt hat. Er genießt das. Wenn die Welt gut zu Johnny ist, ist er auch gut zu ihr.«

Das deckt sich mit Cals Einschätzung, aber beruhigt ist er trotzdem nicht.

»Er hat Angela Maguire erzählt, er war auf einer Party mit Kate Winslet«, sagt Lena, »und irgendwer hat einen Drink hinten auf ihr Kleid verschüttet, deshalb hat Johnny ihr sein Jackett gegeben, um den Fleck zu verdecken, und sie hat ihm dafür ihr Schultertuch geschenkt. Er zeigt das Tuch im ganzen Dorf rum. Ich denke ja, Kate Winslet würde so ein Teil nie im Leben tragen, aber die Geschichte klingt trotzdem gut.«

»Er hat Mart gesagt, er hätte da eine Idee«, sagt Cal, ebenfalls zum zweiten Mal. »Was für eine Idee kann denn so ein Typ haben?«

»Übermorgen weißt du's«, sagt Lena. »Mart Lavin wird schnurstracks rüberkommen und dir alles brühwarm erzählen.«

»Irgendwas, das dem Dorf guttun könnte, hat er gesagt. Was zum Teufel meint er, würde dem Dorf guttun? Ein Kasino? Ein Escortservice? Eine Schwebebahn?«

»Ich würde mir deswegen keinen Kopf machen«, sagt Lena. Daisy winselt und zuckt im Traum, und Lena greift nach unten, um ihr den Kopf zu streicheln, bis sie wieder ruhig wird. »Was auch immer es ist, es wird nichts draus werden.«

»Ich will nicht, dass Trey mit so einem Typen zusammenwohnt.« Cal weiß, er klingt irrational. Ihm ist bewusst, dass er im Laufe der letzten zwei Jahre allmählich begonnen hat, Trey als seine Tochter zu sehen. Natürlich nicht auf dieselbe Art wie Alyssa, aber auf eine spezielle Weise, die mit nichts zu vergleichen ist. Es erinnert ihn irgendwie an die Trockenmauern, die die Weiden hier umgrenzen: Sie wurden den Erfordernissen entsprechend Stein für Stein von Hand gebaut, sie sehen wacklig aus und haben faustgroße Löcher, aber sie sind so solide, dass sie durch Wetter und Zeit hindurch verlässlich stehen bleiben. Er weiß nicht, ob er irgendwas anders gemacht hätte, wenn er damit gerechnet hätte, dass Johnny zurückkommt und ihm damit vor Augen führt, dass Cal in Wahrheit keinerlei Anspruch auf Trey hat.

»Trey ist nicht dumm«, sagt Lena. »Was auch immer Johnny vorhat, sie wird sich nicht mit reinziehen lassen.«

»Darum geht's nicht.« Er findet keine Worte, nicht mal für sich selbst, um deutlich zu machen, worum es geht. Trey ist in Ordnung, sie ist großartig, auf dem besten Weg, sich ein gutes Leben aufzubauen. Doch das scheint jeder Wahrscheinlichkeit so sehr zu widersprechen, dass es Cal erschreckend brüchig vorkommt, wie etwas, das nicht berührt werden sollte, bis der Leim ausgehärtet ist. Trey ist noch zu jung, als dass irgendwas ausgehärtet sein könnte.

Lena trinkt ihren Bourbon und schaut zu, wie er den Stock mit aller Kraft wirft. Normalerweise hat Cal die innere Ruhe eines großen Mannes oder eines großen Hundes, der es sich leisten kann, die Dinge eine Weile laufen zu lassen und abzuwarten, was dabei rauskommt. Ungeachtet der Situation ist ein Teil von Lena froh, diese andere Seite an ihm zu sehen, ihn besser kennenzulernen.

Sie könnte seine Gedanken zumindest vorübergehend beruhigen, indem sie ihn ins Bett lockt, aber sie hat von Anfang an beschlossen, dass sie Cals Launen nicht zu ihrer Verantwortung machen wird. Er ist nicht oft in so einer Stimmung, aber ihr Mann Sean war ein launischer Mensch, und sie hatte fälschlicherweise geglaubt, sie müsste das Problem lösen. Die Tatsache, dass Cal das nie von ihr erwartet, ist eines der vielen Dinge, die sie an ihm schätzt.

»Mart meint, Johnny hat es immer bloß auf Frauen und Geld abgesehen«, sagt Cal. »Ich könnte ihm Geld geben.«

»Damit er verschwindet?«

»Genau.«

»Nein.«

»Ich weiß«, sagt Cal. Die Gefahr ist viel zu groß, dass Johnny Reddy das falsch versteht oder es ausnutzt oder beides.

»Er würde es sowieso nicht annehmen«, sagt Lena. »Johnny geht's nicht um Geld oder jedenfalls nicht nur. Es geht ihm um eine Geschichte, in der er Geld macht, weil er der große Held ist. Oder zumindest das gerissene Schlitzohr.«

»Und genau dafür hat er seine tolle Idee«, sagt Cal. »Welche auch immer.«

Rip kommt zurückgelaufen, zerrt den Stock an einem Ende hinter sich her, während Nellie am anderen Ende hängt. Cal nimmt ihn den beiden ab, wirft ihn und sieht ihnen nach, wie sie wieder in der Dunkelheit verschwinden. Das letzte Licht verblasst am Himmel, und die ersten Sterne zeigen sich.

Lena überlegt, ob sie ihm erzählen soll, welcher Gedanke ihr am Vortag gekommen ist, als sie Johnny davonspazieren sah. Sie würde gern Cals Meinung dazu hören – nicht nur weil er als ehemaliger Detective mehr Erfahrung mit Ärger in all seinen Formen hat, sondern auch wegen seiner besonderen Art, Probleme gründlich und unaufgeregt zu durchdenken. Die Dinge erscheinen dann bewältigbarer.

Seine Rastlosigkeit hält sie davon ab. Sie hat schließlich bloß eine Vermutung, die lediglich auf zotteligen Haaren und alten Erinnerungen beruht. So besorgt, wie Cal ist, wäre es unfair, ihn aus reiner Neugier damit zu belasten. Lena selbst ist misstrauisch und wachsam, aber sie ist nicht besorgt. Sie ist kein von Natur aus gelassener Mensch; ihre Ruhe ist hart erarbeitet, und Johnny hat nicht das Potenzial in sich, sie zu erschüttern.

Sie setzt die Anspannung in Cals Gesicht und die Tatsache, dass sie ihn unwillkürlich beschützt, mit auf die lange Liste von Gründen, warum sie Johnny Reddy nicht leiden kann. Der Mann ist erst so kurz wieder da, dass seine schicken Schuhe und sein hübsches Lächeln noch ungetrübt glänzen, und trotzdem, ohne es zu wollen, schafft er Probleme, wo vorher keine waren.

»Komm«, sagt Cal unvermittelt, wendet sich ihr zu und streckt eine Hand aus. Lena denkt, er will ins Haus gehen, aber als sie seine Hand nimmt und sich aus dem Schaukelstuhl ziehen lässt, führt er sie die Verandatreppe hinunter auf die Wiese.

»Ich denke, ich sollte mich mal eine Weile um meinen eigenen Kram kümmern«, sagt er. »Wann haben wir zuletzt einen Nachtspaziergang gemacht?«

Lena hakt sich lächelnd bei ihm ein. Rip und Nellie folgen ihnen, als sie zur Straße gehen, die sich zwischen den Weiden hindurchwindet, schwach und bleich im Licht der Sterne. Rip macht nur so zum Spaß große Sprünge über das hohe Gras. Die Nachtblumen haben den satten, honigsüßen Duft eines alten Likörs. Daisy öffnet ein skeptisches Auge, um ihnen hinterherzuschauen, dann schläft sie wieder ein.

Trey weiß, dass Cal es nicht gut findet, wenn sie im Dunkeln auf dem Berg unterwegs ist, obwohl er sich jede Bemerkung dazu verkneift. Wenn sie zum Abendessen bei ihm ist, behält er immer den Himmel im Auge und sagt, sie soll nach Hause gehen, sobald sich der Westen golden färbt. Er fürchtet, sie könnte in einen Graben fallen und sich verletzen oder vom Weg abkommen und im Moor versinken oder einem von den wenigen Leuten begegnen, die hoch oben auf dem Berg wohnen und den Ruf haben, halbe Wilde zu sein. Nichts davon macht Trey Angst. Sie lebt schon immer auf dem Berg, den ihr Körper deshalb besser kennt als ihr Verstand. Die leiseste unerwartete Veränderung in der Konsistenz oder der Neigung des Bodens unter ihren Füßen genügt, um sie vor Fehltritten zu warnen. Die Bergmenschen kennen sie, seit sie ein Baby war, und geben ihr manchmal ein bisschen Geld, damit sie für sie in Noreens Laden einkauft oder einem Nachbarn eine Meile weiter die Straße rauf ein paar Eier oder eine Flasche Selbstgebrannten bringt. Sie spielt mit dem Gedanken, ein Bergmensch wie sie zu werden, wenn sie erwachsen ist.

Seit ein paar Stunden wartet sie am Berghang ab, bis sie einigermaßen sicher sein kann, dass ihr Dad entweder im Bett ist oder noch unten im Pub *Seán Óg's*. Trey ist gut im Warten. Sie sitzt mit dem Rücken an eine Trockenmauer gelehnt, in deren Schatten, und krault Banjos Ohren. Sie hat eine Taschenlampe, aber sie mag sowohl die Unsichtbarkeit als auch das Gefühl der

Macht, weil sie die Lampe nicht benutzt. Die Nacht ist ohnehin recht hell – der Himmel ist mit Sternen übersät und der Mond fast halbvoll. Trey kann über die zerklüfteten, mit Heidekraut und Segge bewachsenen Hänge auf die vom Mondlicht gebleichten Weiden hinabblicken, die von den Schatten der Mauern und Bäume verformt aussehen. Hier oben weht ein leichter, launischer Wind, aber Lena hat ihr einen Hoodie geliehen, der ihr zu weit ist und nach demselben Waschpulver riecht wie Lenas Bettwäsche. Mitunter hört sie ein knisterndes, verstohlenes Rascheln draußen im Moor oder oben zwischen den Bäumen, aber auch das macht Trey nichts aus. Sie bleibt ganz ruhig und passt auf, ob der Hase oder der Fuchs sich zeigen, aber was immer da für Geschöpfe sind, sie wittern Banjo und bleiben in Deckung.

Als die ersten Lichter in den Farmhäusern im Tal erlöschen, geht sie nach Hause. Die vorderen Fenster sind alle dunkel, aber auf der Rückseite ist ein gelber Lichtschein zu sehen: Jemand ist noch wach. Als Trey das Gartentor aufstößt, erstarrt Banjo und gibt ein dunkles, leise warnendes Bellen von sich. Trey bleibt stehen, fluchtbereit.

»Ruf die Hunde zurück«, sagt eine Stimme aus der Nähe leicht amüsiert, »ich tu nix.«

Ein Schatten löst sich von einem Baumstamm und kommt gemächlich auf sie zugeschlendert. »Was für eine Nacht«, sagt ihr Dad. »Einfach herrlich, was?«

»Mam weiß, wo ich war«, sagt Trey.

»Weiß ich doch. Sie hat gesagt, du warst unten bei Lena Dunne und hast ein altes Bett aufpoliert. Ist nett von dir, ihr ein bisschen zu helfen.« Johnny atmet tief ein, blickt mit einem leisen Lächeln in den Sternenhimmel. »Riechst du die Luft? Ehrlich, in ganz London gibt es nichts, was mit diesem Geruch vergleichbar wäre.«

»Okay.« Trey findet, dass die Luft so wie immer riecht. Sie geht Richtung Haus.

»Hey, warte doch mal«, ruft ihr Dad. »So eine Nacht muss man genießen. Wir bleiben noch ein bisschen hier draußen. Alanna wollte einfach nicht einschlafen – war ein bisschen überdreht. Lassen wir deiner Mammy Zeit, sie zu beruhigen.« Er nickt Trey auffordernd zu und nimmt eine bequeme Haltung ein, legt beide Arme auf das Metalltor. Treys Dad macht es sich gern bequem, und darin ist er gut. Er schafft es, überall so auszusehen, als gehöre er dorthin.

Ihr fällt wieder ein, dass Cal gesagt hat, man sollte ihren Dad nicht verärgern. Sie hält das für blöd und weiß zugleich, dass er recht hat. Sie geht zum Tor und bleibt eine Armlänge von ihrem Dad entfernt stehen, die Hände in den Hoodie-Taschen.

»Ich hab deine Mammy vermisst«, sagt Johnny. »Sie ist noch immer eine schöne Frau – du bist vielleicht zu jung, um das zu sehen, aber es stimmt. Ich kann von Glück sagen, dass ich sie habe. Dass sie die ganze Zeit auf mich gewartet hat und nicht mit irgendeinem feinen Pinkel durchgebrannt ist, der bei ihr angeklopft hat, um ihr den Kopf zu verdrehen.«

Trey kann sich nicht vorstellen, dass ihre Mam die Energie hat, mit irgendwem durchzubrennen, und außerdem klopft bei ihnen sowieso nie einer an.

Sie hatte seinen Geruch vergessen, Zigaretten und Seife und ein Aftershave mit irgendeiner kräftigen Note. Auch Banjo erschnuppert es und sieht fragend zu ihr hoch, will wissen, was er davon halten soll. »Sitz«, sagt sie.

»Ich komm nicht drüber weg, wie groß du geworden bist.« Ihr Dad lächelt sie an. »Als ich dich zuletzt gesehen hab, warst du noch ein kleiner Spatz, hattest Angst vor deinem eigenen Schatten. Und jetzt schau dich an: Du bist fast erwachsen, arbeitest und gehst in den meisten Häusern im Dorf ein und aus. Ich würde sagen, du kennst die Hälfte der Leute hier besser als ich. Verstehst du dich gut mit ihnen?«

»Lena geht klar«, sagt Trey. Sie spürt, dass er irgendwas von ihr will, aber sie weiß nicht, was.

»O ja, Lena ist toll. Und ich hab deinen Freund Cal Hooper besucht. Hab mir gedacht, wenn du regelmäßig bei ihm bist, sollte ich ihn mir mal anschauen. Mich vergewissern, dass er in Ordnung ist.«

Eiskalte Empörung erfasst Trey. Er sagt das, als hätte er ihr einen Gefallen getan. Er hat kein Recht, auch nur in Cals Nähe zu kommen. Sie fühlt sich, als hätte er ihr seine Hand in den Mund gestopft.

»Scheint mir ein ganz anständiger Kerl zu sein. Für einen Polizisten.« Johnny lacht. »Mannomann, da hängt meine Tochter mit einem Bullen rum. Ist das zu fassen?«

Trey schweigt. Ihr Dad grinst sie an. »Er ist bestimmt neugierig, was? Geht er dir mit Fragen auf den Senkel? Wo warst du am Abend des Fünfzehnten?«

»Nee.«

»Ich wette, das ganze Dorf hat Schiss, sich bei irgendwas Unerlaubtem erwischen zu lassen. Gott steh uns bei, wenn er mitkriegt, dass die Jungs Selbstgebrannten trinken. Der würde sie schnurstracks zu den Bullen in der Stadt karren.«

»Cal trinkt Selbstgebrannten«, sagt Trey. »Manchmal.« Sie überlegt, ihrem Dad ins Gesicht zu schlagen oder wegzulaufen und irgendwo auf dem Berg in einem verlassenen Cottage zu schlafen. Noch vor zwei Jahren hätte sie wahrscheinlich beides gemacht. Stattdessen bleibt sie einfach stehen, die Fäuste in den Taschen von Lenas Hoodie. Ihr Zorn ist zu geballt und kompliziert, um einen Weg aus ihr herauszufinden.

»Na, immerhin etwas«, sagt ihr Dad amüsiert. »Er muss ja einigermaßen in Form sein, wenn er Malachy Dwyers Zeug verkraftet. Ich werd ihm demnächst mal was davon bringen, dann machen wir uns einen netten Abend.«

Trey schweigt. Wenn er das tut, holt sie sich Cals Gewehr und bläst ihm einen Scheißfuß weg. Dann kann er mal sehen, ob er es noch bis runter zu Cal schafft.

Johnny streicht sich mit einer Hand über den Kopf. »Willst du nicht mit mir reden?«, fragt er zaghaft.

»Hab nix zu sagen«, erwidert Trey.

Johnny lacht. »Du warst schon immer ziemlich still. Ich hab gedacht, das liegt nur daran, dass du nie zu Wort gekommen bist, wenn Brendan da war.«

Brendan ist seit über zwei Jahren verschwunden. Aber noch immer fühlt sich sein Name an wie ein Schlag auf Treys Kehle.

»Falls du sauer auf mich bist, weil ich weggegangen bin, sag's ruhig. Ich werde nicht wütend auf dich.«

Trey zuckt die Achseln.

Johnny seufzt. »Ich bin weggegangen, weil ich was Besseres für euch wollte«, sagt er. »Für euch Kinder und eure Mammy. Ich könnte verstehen, wenn du mir nicht glaubst, aber denk wenigstens mal drüber nach, bevor du das als Schwachsinn abtust. Hier gab es nichts, was ich für euch hätte tun können. Du weißt es doch selbst: Die Schweinebacken im Dorf behandeln uns Reddys, als wären wir Scheiße an ihren Schuhen. Lieg ich etwa falsch?«

Wieder zuckt Trey die Achseln. Sie will ihm eigentlich nicht zustimmen, aber er hat recht, zumindest größtenteils. In den letzten zwei Jahren sind die Leute netter zu ihr und ihrer Familie gewesen, aber der unterschwellige Ton ist unverändert, und sie würde ihre Nettigkeit gar nicht wollen, selbst wenn sie echt wäre.

»Keiner von denen wollte mir eine Chance geben. Alle wissen, dass mein Daddy ein Taugenichts war und auch sein Daddy schon, und mehr interessiert die nicht. Es gibt hier in der Gegend hundert Jobs, für die ich geeignet wäre, aber ich konnte schon froh sein, wenn ich mal einen Tag Mist schaufeln durfte. Ich hab mich in der Fabrik um Jobs beworben, die ich im Schlaf hätte machen können, und die haben mich abgelehnt, bevor ich überhaupt den Mund aufgemacht hatte. Meistens hat den Job dann irgendein Vollidiot gekriegt, der sich kaum die Schuhe zubinden konnte, bloß weil sein Daddy mit dem Geschäftsführer befreundet war. Und es in Galway oder Dublin zu versuchen hätte auch nichts gebracht. Dieses Scheißland ist einfach zu klein. Es hätte immer irgendwen gegeben, der irgendwen kennt, dessen Mam aus Ardnakelty ist, und damit wären meine Chancen dahin gewesen, einfach so.« Er schnippt mit den Fingern.

Trey erkennt die dunkle Schärfe in seiner Stimme. Früher bedeutete sie, dass er losziehen und entweder besoffen oder gar nicht nach Hause kommen würde. Sie ist jetzt schwächer, nur noch ein Echo, aber trotzdem spannen sich ihre Wadenmuskeln an, bereit wegzurennen, falls nötig.

»Das macht einen Mann fertig. Es macht ihn fertig, bis er sich selbst verliert. Ich bin verbittert geworden, hab's an deiner Mammy ausgelassen. Ich bin kein gemeiner Mensch, nie gewesen, aber in den letzten paar Jahren war ich gemein zu ihr. Das hatte sie nicht verdient. Wenn ich geblieben wäre, wäre es nur noch schlimmer geworden. London war die nächstgelegene Möglichkeit vorwärtszukommen.«

Er sieht sie an. In seinem Gesicht zeigen sich die nervösen Linien, die sie noch aus jenen Nächten in Erinnerung hat, doch auch die sind jetzt schwächer. »Du weißt, dass ich die Wahrheit sage, oder?«

»Klar«, sagt Trey, damit er sie in Ruhe lässt. Ihr ist scheißegal, warum ihr Dad abgehauen ist. Von dem Zeitpunkt an war Brendan der Mann im Haus. Er hielt es für seine Aufgabe, sich um die Familie zu kümmern. Vielleicht wäre Brendan noch hier, wenn ihr Dad geblieben wäre.

»Nimm's mir nicht übel oder versuch's wenigstens. Ich hab mein Bestes getan.«

»Wir sind klargekommen«, sagt Trey.

»Das seid ihr wirklich«, bestätigt Johnny freundlich. »Deine Mammy sagt, du warst ihr eine große Hilfe. Wir sind stolz auf dich, alle beide.«

Trey antwortet nicht.

»Muss schwer für dich gewesen sein«, sagt ihr Dad mitfühlend, schlägt eine andere Tonlage an. Sie kann spüren, wie er sie umkreist, nach einem Weg sucht, an sie ranzukommen. »Dass Brendan weggegangen ist, hat es bestimmt nicht gerade leichter gemacht. Ihr beide habt euch doch immer prima verstanden.«

Trey sagt möglichst tonlos: »Stimmt.« Brendan war sechs Jahre älter als sie. Vor Cal und Lena schien er der einzige Mensch zu sein, der von allein an Trey dachte, nicht weil er es musste, und der einzige Mensch, der sie regelmäßig zum Lachen brachte. Sechs Monate bevor sie Cal kennenlernte, ging Brendan eines Nachmittags aus dem Haus und kam nie wieder. Sie denkt nicht an diese sechs Monate, aber sie sind in ihr eingeschlossen wie ein Brandring in einem Baum.

»Deine Mammy meint, er wollte mich suchen. Hat er dir das gesagt?«

»Er hat mir gar nichts gesagt. Ich hab gehört, dass er vielleicht nach Schottland gegangen ist.« Das ist wahr.

»Er hat mich jedenfalls nie gefunden«, sagt ihr Dad kopfschüttelnd. »Hätte nie gedacht, dass er meinen Weggang so schwernehmen würde. Hörst du manchmal von ihm?«

Der Wind streicht rastlos durch die Bäume hinter ihnen. Trey sagt: »Nee.«

»Der meldet sich wieder«, sagt ihr Dad zuversichtlich. »Keine Sorge. Der muss sich bloß ein Weilchen die Hörner abstoßen.« Er grinst, schaut auf die mit dunklem Heidekraut bewachsenen Hänge. »Und drauf hoffen, dass das keine Folgen hat.«

Brendan liegt irgendwo oben in diesen Bergen begraben, Trey

weiß nicht wo. Wenn sie draußen unterwegs ist, hält sie Ausschau nach irgendwelchen Anzeichen – ein Rechteck aufgeworfene Erde, eine Stelle, wo die Büsche noch keine Zeit hatten nachzuwachsen, ein Stofffetzen, von Wind und Regen an die Oberfläche geholt –, aber das Gebiet ist so groß, dass sie es in ihrem ganzen Leben nicht absuchen könnte. Ein paar Menschen im Dorf wissen, wo er ist, weil sie ihn dort begraben haben. Aber sie weiß nicht, wer sie sind. Auch in den Gesichtern der Leute sucht sie nach Anzeichen, obwohl sie nicht damit rechnet, welche zu finden. Die Menschen in Ardnakelty sind gut darin, Geheimnisse zu bewahren.

Sie hat Cal versprochen, dass sie nichts sagen und nicht versuchen wird, mehr herauszufinden. Da sie sonst nicht viel zu geben hat, nimmt sie ihr Versprechen sehr ernst.

»Ich bin zurückgekommen«, erklärt Johnny gut gelaunt. »Und Brendan wird das auch.«

Trey fragt: »Wirst du bleiben?«

Es ist bloß eine Frage – sie will wissen, womit sie es zu tun hat –, aber ihr Dad fasst es als Bitte auf. »Ach, Schätzchen«, sagt er und lächelt sie gerührt an. »Natürlich bleibe ich. Ich geh nirgendwo mehr hin. Daddy ist jetzt wieder zu Hause.«

Trey nickt. Das bringt sie nicht weiter. Sie merkt ihm an, dass er sich selbst glaubt, aber das tut er immer, weil er das Talent hat, jedes Wort aus seinem eigenen Mund für bare Münze zu nehmen. Sie hatte vergessen, wie es ist, mit ihm zu reden, wie vage und unklar.

Johnny beugt sich ein bisschen näher zu ihr, lächelt breiter. »Ich muss nirgendwo mehr hin«, sagt er vertraulich. »Soll ich dir was verraten?«

Trey nickt.

»Ich hab einen Plan. Wenn ich den durchgezogen hab, wartet ein schönes neues Haus mit großen Kinderzimmern auf uns. Und du musst nicht mehr in löchrigen Jeans rumlaufen.«

Er wartet darauf, dass sie nachfragt. Als sie es nicht tut, legt er seine Arme breiter auf das Tor, fängt an, ihr die Geschichte trotzdem zu erzählen. »Ich hab da einen Mann kennengelernt«, sagt er, »drüben in London. Ich hab in einem Irish Pub ein Bier mit ein paar Kumpeln getrunken, als der Kerl mich angesprochen hat. Engländer. Ich hab mich gefragt, was der in so einem Pub macht – der ist nämlich nix für feine Leute, und der Mann war ein Typ, von dem man eher denken würde, dass er in einem schicken Hotel Brandy schlürft. Sein Mantel und die Schuhe, denen konntest du ansehen, dass sie mehr gekostet haben, als ich in einem Monat verdiene. Er hat gesagt, er hätte sich umgehört, ob hier wer aus Ardnakelty ist, und man hätte ihn zu mir geschickt.«

Johnny verdreht übertrieben die Augen. »Ich hab mir natürlich gedacht, das bedeutet irgendwie Ärger. Ich bin kein Pessimist, aber Ardnakelty hat mir bis dahin noch nie irgendwas Gutes gebracht. Ich wollte ihm schon sagen, er soll sich verpissen – was der größte Fehler meines Lebens gewesen wäre –, aber da hat er mich auf ein Bier eingeladen, und ich war an dem Tag ein bisschen knapp bei Kasse. Und was soll ich dir sagen? Es stellte sich raus, dass seine Granny aus Ardnakelty war. Eine von den Feeneys. Ist vor dem Krieg nach London gegangen, hat als Krankenschwester gearbeitet und einen bekannten Arzt geheiratet. Sie hat dem Kerl viele Geschichten über das Dorf erzählt, wie schön die Gegend ist, wie sie in den Bergen rumgestromert ist – genau wie du.« Er lächelt Trey an. »Und sie hat ihm noch was erzählt. Du weißt doch, dass irgendwo am Fuß der Berge hier Gold liegt, oder?«

Trey nickt. »Hat der Lehrer gesagt. In Erdkunde.«

Er zeigt mit dem Finger auf sie. »Alle Achtung, du hast in der Schule aufgepasst. Du wirst es weit bringen. Der Lehrer hat recht. Die Menschen, die hier vor Tausenden von Jahren gelebt haben, die wussten, wo sie suchen müssen. Hier bei uns sind mehr alte

60

Schmuckstücke aus Gold gefunden worden als irgendwo sonst in ganz Europa, hat der Lehrer euch das auch erzählt? Armbänder so breit wie deine Hand, Halsketten groß wie Essteller, kleine runde Stückchen wie Münzen, die sie auf ihre Kleidung genäht haben. Deine Ururgroßväter und Ururgroßmütter waren auf Festen total behängt damit. Wenn die da oben in den Bergen um ihre Feuer saßen, konnte man sie kaum angucken, so haben die geglänzt. Sie müssen es haufenweise ausgegraben haben, dicke Klumpen, so einfach wie wir Torf stechen.«

Er tut so, als würde er sich eine Handvoll davon greifen und es hochhalten. Seine Stimme ist leidenschaftlich geworden, lauter, seine Begeisterung zerrt an Trey, aber sie gefällt ihr nicht. Sie passt nicht in die Stille der Nacht. Trey hat das Gefühl, dass er Aufsehen erregt, auf eine Art, die nicht sicher ist.

»Aber dann sind die Briten gekommen«, fährt Johnny fort, »und haben uns das Land weggenommen. Die Leute sind emigriert oder verhungert, und das Wissen ging nach und nach verloren. Aber …« Er beugt sich näher. Seine Augen leuchten. »So ganz verloren war es nicht. Ein paar wenige Familien haben es all die vielen hundert Jahre weitergegeben. Der Bursche in dem Pub – er heißt Cillian Rushborough –, der Granddad von seiner Granny hat ihr verraten, wo man suchen muss. Und sie hat es Cillian erzählt.«

Er legt den Kopf schief und blickt sie auffordernd an, wartet darauf, dass sie Fragen stellt. Im Mondlicht sieht er mit seinen glänzenden Augen und dem leichten Lächeln im Gesicht kaum älter aus als Brendan.

Trey zieht ein knappes Fazit: »Und dieser Cillian hat's dir erzählt, und jetzt willst du nach Gold graben.« Nur dafür ist er nach Hause gekommen: Geld. Die Erkenntnis bringt ihr jähe Erleichterung. Sie wird ihn nicht ewig am Hals haben. Wenn er nichts findet und sein Neuigkeitswert im Dorf schwindet, haut er wieder ab.

Johnny lacht. »Himmel, nein. Nur ein Volltrottel würde jemandem, den er kein bisschen kennt, eine Schatzkarte übergeben, und Cillian ist nicht blöd. Aber er brauchte jemanden aus Ardnakelty. Die Beschreibungen, die seine Granny ihm gegeben hat, sagen ihm überhaupt nichts: ›In dem alten Flussbett, das jetzt ausgetrocknet ist, gleich an der Nordwestecke von der Weide, die Pa Lavin an die Dolans verkauft hat … ‹ Er braucht einen, der sich hier auskennt. Und wenn er allein hier angerauscht käme, würde ihn kein Schwein auf seinem Land graben lassen. Aber mit mir an Bord …«

Er beugt sich wieder vor. »Ich verrat dir mal was, was ich im Laufe der Zeit gelernt hab. Das Wichtigste, was du im Leben brauchst, ist Ausstrahlung, ein bisschen Flair, ein bisschen Magie. Das zieht die Leute an. Wenn du Ausstrahlung hast, spielt es überhaupt keine Rolle, ob sie dich mögen oder respektieren. Sie werden sich einreden, dass sie das tun. Und dann machen sie alles, was du willst. Weißt du, wo ich gestern Abend war?«

Trey zuckt die Achseln. Nur noch ein paar gelbe Punkte leuchten zwischen den dunklen Weiden unter ihnen, und der Wind wird empfindlich kühler.

»Ich war unten im *Seán Óg's* und hab ein bisschen mit den Leuten gequatscht. Vor vier Jahren hätte ich lichterloh brennen können, und keiner von denen hätte auch nur auf mich gepinkelt, um das Feuer zu löschen. Aber wenn ich in diesen Klamotten da reinspaziere« – er tippt auf den Kragen seiner Lederjacke – »und eine Runde schmeiße und ihnen von dem Leben in London erzähle, dann drängeln sich alle um mich, lachen über meine Witze und klopfen mir auf die Schulter, weil ich ja so ein Pfundskerl bin. Weil ich die Ausstrahlung von ein bisschen Geld und ein bisschen Abenteuer habe. Und das ist noch gar nichts. Wart's ab, bis die merken, was ich in der Hinterhand habe.«

Seit Brendans Verschwinden hat Trey niemanden mehr erlebt,

der so viel redet. Wenn Brendan drauflosquasselte und seine Witze riss, hätte sie gern mitgemacht, obwohl ihr nie was Besseres einfiel, als ihn anzugrinsen. Das Gerede von ihrem Dad überwältigt sie. Es macht sie wortkarger denn je.

»In ein paar Tagen kommt der fabelhafte Mister Cillian Rushborough aus London, sobald er ein paar wichtige geschäftliche Angelegenheiten geregelt hat, und dann ...« Johnny stupst Treys Arm mit dem Ellbogen an. »Dann, hä? Dann lassen wir die Sau raus. Du kriegst Kleider von Giorgio Armani oder VIP-Tickets für Harry Styles. Kannst du dir aussuchen. Dein Hund da kriegt ein Diamanthalsband. Und wo würdest du gerne mal Ferien machen?«

Trey spürt, was er möchte: Sie soll all ihre Hoffnungen auf ihn setzen. Sie weiß nicht mehr, wann ihr klarwurde, dass er zu schwach ist, um diese Last zu tragen. Sie muss an Brendan denken, bevor er das letzte Mal aus dem Haus ging, wie er ihr mit vollem Ernst ein neues Fahrrad zum Geburtstag versprach.

»Was, wenn er kein Gold findet?«, fragt sie.

Johnny grinst. »Der findet welches.«

Irgendwo in den Bäumen weiter oben am Hang schlagen Flügel im Geäst, und ein Vogel stößt einen schrillen Warnruf aus. Plötzlich will Trey nur noch möglichst schnell ins Haus.

»Ich geh rein«, sagt sie.

Ihr Dad mustert sie einen Moment, aber dann nickt er. »Na los«, sagt er. »Bestell deiner Mammy, ich komm auch gleich.«

Als Trey ums Haus herumgeht, wirft sie einen Blick nach hinten und sieht ihn noch immer am Tor stehen, das Gesicht dem Mond zugeneigt.

Sheila ist dabei, die Arbeitsplatte in der Küche zu wischen. Sie nickt, als Trey hereinkommt, schaut aber nicht auf. Trey nimmt sich eine Scheibe Brot, beschmiert sie mit Butter, rollt sie zusammen und lehnt sich an den Kühlschrank, um sie zu essen. Banjo drückt schwer gegen ihr Bein und stößt einen ausdrucksvollen Seufzer aus. Er will schlafen gehen.

»Er ist draußen«, erklärt Trey. »Er sagt, er kommt gleich rein.«

Ihre Mam fragt: »Wo hast du den Hoodie her?«

»Lena.«

Sheila nickt.

Trey sagt: »Lässt du ihn bleiben?«

Sheila wischt weiter. »Er wohnt hier.«

Trey zupft ein Stück von ihrem Brot für Banjo ab und beobachtet Sheila. Sie ist eine große Frau mit langen, knochigen Gliedmaßen und vollem rotbraunem Haar, das allmählich grau wird und zu einem Pferdeschwanz gebunden ist. Ihr Gesicht ist wie altes Holz, an manchen Stellen blank gewetzt, an anderen rau, und es ist reglos. Trey sucht nach der Schönheit, von der ihr Dad gesprochen hat, aber sie hat das Gesicht ihrer Mutter zu oft gesehen. Sie weiß nicht, wie sie es anders wahrnehmen soll.

Sie sagt: »Hast du ihm erzählt, Bren wollte ihn suchen?«

Es ist fast zwei Jahre her, dass Brendans Name zwischen ihnen gefallen ist. Sheila weiß, was Trey weiß, mehr oder weniger. Trey hört, wie sie zischend durch die Nase ausatmet.

Sie sagt: »Hab ich.«

»Wieso?«

Sheila wischt Krümel vom Tisch in ihre Hand. »Ich kenne deinen Daddy gut. Deshalb.«

Trey wartet.

»Und ich hab ihm erzählt, ihr Kinder hättet ihn furchtbar vermisst. Hättet euch jeden Abend die Augen ausgeweint und wolltet nicht zur Schule gehen, weil ihr euch geschämt habt, keinen Daddy zu haben. Und weil ich kein Geld für anständige Klamotten hatte.«

»Mir war's scheißegal, dass er abgehauen ist«, sagt Trey. »Und die Klamotten auch.«

»Ich weiß.«

Die Küche riecht nach Speck und Kohl. Ihre Mam bewegt sich langsam und gleichmäßig, als würde sie mit ihrer Energie haushalten.

»Wenn er ein zu schlechtes Gewissen kriegt«, sagt sie und wirft die Krümel in den Mülleimer, »läuft er davor weg.«

Sheila will ihn also auch loswerden. Trey ist nicht überrascht, doch das Wissen tröstet sie kaum. Wenn Sheila genug Kraft hätte, Johnny wegzuschicken, hätte sie es schon getan.

Ein schläfriges Wimmern dringt durch den Flur. »Mammy!«

Seit ihr Dad fortgegangen ist, hat Alanna bei ihrer Mutter geschlafen, doch jetzt kommt ihre Stimme aus Liams Zimmer. Sheila trocknet ihre Hände am Geschirrtuch. »Mach den Tisch zu Ende sauber«, sagt sie und geht aus der Küche.

Trey stopft sich das letzte Stück von ihrem Brot in den Mund und scheuert den Tisch. Sie lauscht auf Alannas leises Quengeln und das unruhige Rauschen der Bäume. Als sie draußen knirschende Schritte hört, ruft sie Banjo mit einem Fingerschnippen zu sich und geht schlafen.

3

ALS LENA AM MORGEN nach Hause geht, ist die Luft schon heiß und wimmelt von Insekten. Manchmal lässt sie ihr Auto stehen, wenn sie Cal besucht, nur um am nächsten Morgen diesen Spaziergang zu machen, in ihrer zerknitterten Kleidung vor sich hin zu schlendern, mit der Sonne im Gesicht und Cals Geruch auf der Haut. Sie fühlt sich dann jung und ein bisschen leichtsinnig, als sollte sie barfuß laufen, mit den Schuhen an der Hand, als hätte sie etwas Gewagtes getan und jede Minute genossen. Es ist lange her, dass sich Lena die Gelegenheit zu etwas Gewagtem bot, das sie tatsächlich tun wollte, aber sie hat noch immer Lust darauf.

Eigentlich hatte sie vor, Noreen eine Weile aus dem Weg zu gehen. Lena versteht sich gut mit ihrer Schwester, hauptsächlich, indem sie Noreens Flut von Ratschlägen einfach an sich abperlen lässt, aber sie wollte lieber noch etwas warten, bis sie mit ihr über Johnny Reddy redet, und Warten ist nicht gerade Noreens Stärke. Neugier gehört zu ihrem Beruf. Lena glaubt, dass sie Dessie Duggan wenigstens zum Teil auch deshalb geheiratet hat, um ihren Posten hinter der Ladentheke beziehen zu können, dem Gravitationszentrum, das sämtliche Informationen aus Ardnakelty und Umgebung anzieht. Als sie klein waren, führte Mrs. Duggan, Dessies Mam, den Laden. Sie war eine beleibte, langsame, schwerfällige Frau, die nach Wick VapoRub und Lutschbonbons roch, und Lena konnte sie nie leiden. Mrs. Duggan war neugierig, geizte aber mit dem, was ihr zu Ohren kam. Sie sog alles in sich auf und behielt es für sich, manchmal jahrelang, um es erst dann auszupacken, wenn es die meiste Wucht entfaltete. Noreen dagegen ist von Natur aus großzügig und findet ihre Befriedigung nicht darin, Informationen zu horten und auszuschlachten, sondern darin, sie freigebig an alle zu verteilen, die sie hören wollen. Lena findet das in Ordnung – ihrer Ansicht nach hat Noreen alle Befriedigung, die sie kriegen kann, schon allein deshalb verdient, weil sie sich um Dymphna Duggan kümmert, die inzwischen massig ist und wegen ihres Ischias kaum noch das Haus verlassen kann, ein ausdrucksloses, kaltäugiges Gesicht an ihrem Wohnzimmerfenster, das alles beobachtet, was im Dorf vor sich geht. Und das bedeutet, falls irgendwer auch nur eine Ahnung hat, welchen Ärger sich Johnny womöglich in London eingehandelt hat, dann ist das Noreen.

Lena hält sich aus den Angelegenheiten anderer Leute heraus. Zu dieser Entscheidung kam sie an dem Tag, als sie Sean Dunne heiratete. Bis dahin hatte sie vorgehabt, sich auf die übliche Art aus dem Ardnakelty-Netz zu befreien, indem sie nämlich machte, dass sie wegkam: Sie würde nach Schottland gehen und Tierärztin werden und nur zu Weihnachten zurückkommen. Sean dagegen würde die Farm seiner Familie niemals aufgeben. Als sie befand, dass er es wert war, für ihn zu bleiben, musste sie sich etwas anderes überlegen, um das Dorf daran zu hindern, seine Tentakel in jeden Winkel ihres Lebens zu strecken. Dreißig Jahre lang hat sie es auf Abstand gehalten. Sie äußerte keine Meinung zu Oisín Maguires Baugenehmigung, gab Leanne Healy keine Tipps in Bezug auf den windigen Freund ihrer Tochter, machte nicht bei »Unser Dorf soll schöner werden« mit und lehnte es ab, das Gaelic-Football-Team der Mädchen zu trainieren. Im Gegenzug erzählte sie niemandem irgendwas über die finanzielle Lage der Farm oder den Zustand ihrer Ehe oder warum sie keine Kinder hatten. Verschwiegenheit und Zurückhaltung sind keine Eigenschaften, die in Ardnakelty geschätzt werden, besonders nicht bei Frauen, und sie haben Lena den Ruf eingebracht, entweder hochnäsig oder einfach nur sonderbar zu sein, je nachdem, wer sich über sie äußert. Sie stellte schnell fest, dass es ihr egal ist. Manchmal amüsiert es sie, die Leute dabei zu beobachten, wie sie verzweifelt versuchen, sich einen Reim auf sie zu machen.

Ihr missfällt das Gefühl, dass ausgerechnet Johnny Reddy jetzt ihre Angelegenheit ist. Am liebsten würde sie einfach nur zusehen, wie das ganze Dorf seinetwegen aus dem Häuschen gerät, bis er Hals über Kopf fliehen muss, vor Geldeintreibern oder irgendwelchen anderen Leuten, denen er ans Bein gepinkelt hat, und ihn dann wieder komplett aus ihrem Gedächtnis streichen. Aber da ist Cal, beunruhigt, und da ist Trey, die mitten in dem Schlamassel steckt, ob sie will oder nicht.

Die Hunde sind nach Hause vorgelaufen, um den ersten Energieschub des Tages abzuarbeiten. Lena ruft sie mit einem Pfiff zurück und wendet sich Richtung Dorf.

Die zwei kurzen Reihen von geduckten, nicht zueinanderpassenden alten Häusern, die Ardnakelty ausmachen, haben die Fenster geöffnet, um frische Luft hereinzulassen – Fenster, die seit Jahrzehnten geschlossen waren, sind in diesem Sommer aufgehebelt worden. Wer kann, ist im Freien. Drei alte Männer auf dem Mäuerchen um die Mariengrotte nicken Lena zu und halten ihren Hunden die Hände hin. Barty, der das *Seán Óg's* betreibt, hat sich von dem trockenen Wetter dazu inspirieren lassen, etwas mit der Fassade zu machen, die seit mindestens fünf Jahren einen neuen Anstrich braucht. Er hat dafür zwei von Angela Maguires Jungs zwangsrekrutiert, die jetzt bedenklich schief auf Leitern stehen, ausgestattet mit Eimern voll neonblauer Farbe und einem Radio, aus dem Fontaines D. C. dröhnt. Drei Mädchen im Teenageralter lehnen neben dem Laden an der Mauer, essen Chips und halten die Gesichter in die Sonne, während sie alle gleichzeitig reden, lauter Haarmähnen und Beine wie halbwilde Fohlen.

Aus ihrer Kindheit hat Lena den Laden als dunkel und nie ganz sauber in Erinnerung, mit tristen Regalen voller Dinge, die niemand wirklich wollte, die man aber trotzdem kaufte, weil Mrs. Duggan nicht bereit war, für irgendwen ihr Sortiment zu ändern. Als Noreen ihn übernahm, markierte sie ihr Territorium, indem sie den Laden bis zur Unkenntlichkeit schrubbte und neu organisierte, so dass jetzt dreimal so viele Waren in den engen Raum passen, darunter alles, was man mal brauchen könnte, und vieles, was man vielleicht tatsächlich haben will. Die Glocke klimpert munter und entschlossen, als Lena die Tür öffnet.

Noreen liegt auf den Knien in einer Ecke des Ladens, den geblümten Hintern in die Luft gereckt, und räumt Dosen ein. »Du kleine Schlampe«, sagt sie, weil sie Lenas Kleidung vom Vortag mit einem Blick wiedererkannt hat. Sie sagt das nicht tadelnd. Noreen hat Cal und Lena ganz bewusst miteinander bekanntgemacht und rechnet sich deren Beziehung als ihr alleiniges Verdienst an.

»Bin ich«, gesteht Lena. »Soll ich dir helfen?«

»Ist zu eng hier unten. Du kannst die Süßigkeiten sortieren.« Noreen deutet mit dem Kinn vorne auf die Theke. »Bobby Feeney hat sich vorhin welche gekauft. Ich kann dir sagen, der Mann ist wie ein Kind, das sein Taschengeld ausgeben will: Muss alles im Laden anfassen, damit er auch ja das Beste kriegt. Hat alles durcheinandergebracht.«

Lena geht zur Theke und fängt an, die Schokoriegel und Bonbonrollen zu ordnen. »Was hat er am Ende gekauft?«

»Eine Packung Smarties und einen Cola-Lutscher. Verstehst du, was ich meine? Das sind Süßigkeiten für Kinder. Erwachsene nehmen ein Snickers oder vielleicht ein Mars.«

»Na bitte, war richtig von mir, ihn abblitzen zu lassen«, erklärt Lena. Bevor Cal ins Spiel kam, meinte Noreen, Lena sollte Bobby als Option in Betracht ziehen, und wenn auch nur, damit seine

Farm nicht vor die Hunde geht, weil er sie seinen Verwandten in Offaly vererbt. »Ich könnte nicht den Rest meines Lebens zusehen, wie der Mann an Cola-Lutschern nuckelt.«

»Ach, Bobby ist kein übler Kerl«, sagt Noreen prompt. Sie ist nach wie vor fest entschlossen, Bobby unter die Haube zu bringen. Sie muss bloß die richtige Frau finden. »Der ist bloß ganz durcheinander, weil Johnny Reddy wieder da ist. Du kennst Bobby ja: Jede Veränderung wirft ihn gleich aus der Bahn.« Sie blickt Lena kurz über die Schulter an. Noreen und Lena sehen sich überhaupt nicht ähnlich: Noreen ist klein, rundlich und schnell auf den Beinen, mit einer strammen Dauerwelle und wachen dunklen Augen. »Hast du Johnny schon gesehen?«

»Ja. Ist bei mir vorbeigekommen, um sich aufzuplustern.« Lena packt die Smarties nach vorne und in die Mitte, damit Bobby sich welche nehmen kann, ohne Noreen den Tag zu verderben.

»Fall bloß nicht auf Johnnys Blödsinn rein«, sagt Noreen und zeigt mit einer Dose Bohnen auf Lena. »Du bist gut bedient mit Cal Hooper. Der ist zehnmal besser als Johnny, in jeder Hinsicht.«

»Ach, ich weiß nicht. Cal ist nicht schlecht, aber er hat noch nie ein Halstuch von Kate Winslet bekommen.«

Noreen stößt ein verächtliches *Pfft* aus. »Hast du das Teil gesehen? Ein kleiner Fetzen Chiffon, der nicht mal ein Baby warm halten würde. Das ist wieder typisch Johnny: Alles, was er hat, sieht gut aus, ist aber total nutzlos. Was hat er dir erzählt?«

Lena zuckt die Achseln. »Dass er drüben in London kein Vermögen gemacht hat und dass ihm unsere Weiden gefehlt haben. Zu mehr ist er nicht gekommen, weil ich ihn dann verscheucht hab.«

Noreen schnaubt und knallt eine Dose Erbsen oben auf den Stapel. »Unsere Weiden. So ein Blödsinn. Das ist Touristengequatsche. Dem hat jemand gefehlt, der für ihn wäscht und kocht, basta.«

»Du glaubst also nicht, dass Kate Winslet einen ordentlichen Sonntagsbraten hinkriegt?«

»Ich würde sagen, doch, kann sie wohl, aber ich würde auch sagen, sie wäre nicht so blöd, einen für Johnny Reddy zu machen. Nein: Der Bursche ist irgendwo rausgeflogen, so war's. Hast du seine Frisur gesehen? Der würde nur dann so zottelig rumlaufen, wenn er irgendein armes dummes Ding um den Finger gewickelt hat. Wenn er solo wäre, wäre er geschniegelt und gestriegelt, um auf Frauenjagd zu gehen. Ich sag dir: Der hatte eine, und die hat kapiert, was für einer ist, und ihn vor die Tür gesetzt. Und deshalb ist er lieber nach Hause gekommen, als für sich selbst sorgen zu müssen.«

Lena schiebt Twix-Riegel zurecht und denkt darüber nach. Diesen Blickwinkel hatte sie noch nicht in Betracht gezogen. Er ist so plausibel wie beruhigend.

»Und Sheila sollte sich lieber nicht daran gewöhnen, ihn wieder im Haus zu haben«, fährt Noreen fort. »Wenn der seine kleine Freundin überreden kann, ihn zurückzunehmen, ist er so schnell wieder weg, dass wir nur noch ein Staubwölkchen von ihm sehen.«

»Die kleine Freundin wird ihn nicht wieder zurücknehmen«, sagt Lena. »Johnny gehört zu der Sorte ›aus den Augen, aus dem Sinn‹. Alle machen einen großen Wirbel, weil er wieder da ist, aber als er weg war, hat keiner einen Gedanken an ihn verschwendet. In den ganzen vier Jahren hab ich nie ein Wort über ihn gehört. Keiner hat erzählt, sein Neffe hätte ihn zufällig in einem Pub getroffen, oder sein Bruder würde auf einer Baustelle mit ihm zusammen arbeiten. Ich weiß nicht mal, was er überhaupt gemacht hat.«

Noreen nimmt den Ball sofort auf. »Ach, ich hab hin und wieder was gehört. Du kennst doch Annie O'Riordan, die von oben bei Lisnacarragh? Vor ein oder zwei Jahren hat sie erzählt, ihr Vetter in London hätte ihn in einem Pub gesehen, zusammen mit einer jungen Frau in schwarzen Lederleggings, die sich über seine Witze kaputtgelacht hat. Verstehst du, was ich meine? Ohne eine Frau, die für ihn sorgt und ihm sagt, wie toll er ist, würde der Kerl nicht mal ein verregnetes Wochenende überleben.«

»Klingt ganz nach Johnny«, sagt Lena. Noreen fand Johnny früher selber mal toll. Damit ist es wohl vorbei.

»Und erinnerst du dich an Bernadette Madigan, mit der ich im Chor war? Die hat jetzt einen kleinen Antiquitätenladen in London. Und Johnny ist doch tatsächlich da reinspaziert und hat versucht, ihr eine Halskette anzudrehen. Er hat behauptet, die wär aus Diamanten, und hat ordentlich auf die Tränendrüse gedrückt von wegen, seine Frau hätte ihn verlassen, und er wär allein mit drei hungernden Kindern. Er hat sie nicht erkannt – Bernadette hat nämlich schrecklich zugenommen, die gute Seele. Aber sie hat ihn erkannt. Hat ihm gesagt, er soll sich seine falschen Diamanten sonst wohin schieben.«

»Hatte sie was mit ihm, damals in der Schule?«, fragt Lena.

»Das ist ihre Sache, geht mich nix an«, sagt Noreen geziert. »Aber ich würde sagen, ja, hatte sie.«

Der Funken Beruhigung in Lenas Kopf erlischt. Johnny war nie wirklich kriminell, aber vielleicht auch nur aus Mangel an Gelegenheit. Falls er diese Linie überschritten hat, ist schwer zu sagen, wie weit – und aus welchem Grund er zurückgekehrt ist.

»Wann war das, als sie ihn gesehen hat, Noreen?«

»Irgendwann vor Weihnachten. Ganz schön dämlich – Johnny, nicht Bernadette. Sie hat gesagt, ein Blinder hätte sehen können, dass das keine Diamanten waren.«

»Hast du mir nie erzählt.«

»Ich erzähl nicht alles rum, was ich höre«, erklärt Noreen würdevoll. »Du denkst immer, ich bin das größte Klatschmaul im ganzen County, aber ich kann den Mund halten, wenn ich will.

Ich hab keinem erzählt, was Johnny so treibt, weil ich ja weiß, dass du und Cal euch den Hintern aufreißt, damit das Mädchen nicht auf die schiefe Bahn gerät. Und das wollte ich nicht vermasseln, indem ich den Ruf der Familie noch schlechter mache, als er sowieso schon ist. Klar?«

»Klar.« Lena grinst sie an. »Ich hab's begriffen.«

»Das will ich auch schwer hoffen. Wie läuft's eigentlich mit dem Mädchen?«

»Gut. Sie war bei mir und hat Nanas altes Bett neu gewachst.«

»Ah, das ist nett. Wie findet sie das denn, dass ihr Daddy zurückgekommen ist?«

Lena zuckt die Achseln. »Trey ist, wie sie ist. Hat nur gesagt, dass er wieder da ist, und dann hat sie gesagt, der Hund braucht Futter, und das war's.«

»Der Hund sieht irre aus«, sagt Lena. »Als wäre er aus Teilen von anderen Hunden zusammengesetzt, mit denen keiner was anfangen konnte. Deine Daisy sollte sich ihre Typen besser aussuchen.«

»Sie hätte dich vorher fragen sollen. Du hättest sie im Handumdrehen mit einem prächtigen Rüden verkuppelt, der einen Stammbaum hat so lang wie mein Arm.«

»Bis jetzt hab ich von dir noch keine Klagen gehört«, kontert Noreen. Lena neigt den Kopf, gibt sich geschlagen, und Noreen wendet sich mit einem kleinen triumphierenden Nicken wieder ihrer Arbeit zu. Sie sagt: »Hab gehört, das Mädchen hat bei dir übernachtet, als Johnny aufgetaucht ist.«

»Alle Achtung«, sagt Lena beeindruckt. »Hat sie, ja. Cal hat's nicht gern, wenn sie im Dunkeln den Berg raufgeht. Er denkt, sie würde in ein Sumpfloch fallen. Würde sie nicht, aber er ist nicht davon abzubringen.«

Noreen wirft Lena einen scharfen Blick zu. »Gib mir mal den Karton da, den mit der Marmelade. Was ist mit Cal?«

Lena schiebt den Pappkarton mit einem Fuß über den Boden. »Was soll mit ihm sein?«

»Was hält er von Johnny?«

»Er kennt ihn ja kaum. Hat sich bis jetzt noch keine richtige Meinung bilden können.«

Mit gekonntem Schwung räumt Noreen Marmeladengläser ins Regal. »Hast du vor, den Mann zu heiraten?«

»Meine Güte, nein.« Lena widmet sich wieder den Tüten mit Fruchtbonbons. »Weiß steht mir nicht.«

»Beim zweiten Mal würdest du sowieso kein Weiß mehr tragen, und darum geht's nicht. Ich meine nur, warum noch warten, falls du vorhast, ihn zu heiraten? Tu's einfach.«

Lena sieht sie fragend an. »Ist vielleicht irgendwer todkrank?«

»Um Gottes willen, was redest du da? Niemand ist todkrank!«

»Wieso dann die Eile?«

»Einem Reddy kannst du nicht trauen«, sagt Noreen. »Ich rede nicht von dem Mädchen, aus dem wird vielleicht was, aber von den anderen. Du weißt genauso gut wie ich, dass du keine Ahnung hast, auf welche Ideen Johnny vielleicht kommt. Falls ihm Cals Nase nicht passt und er anfängt, ihm Ärger zu machen …«

Lena sagt: »Das lässt er lieber bleiben.«

»Ja, ich weiß. Aber falls doch. Cal wäre sicherer, wenn er mit dir verheiratet wäre. Sogar bei dir einziehen würde. Dann würden die Leute nicht so schnell irgendwelche Sachen glauben.«

Lena zügelt ihr Temperament schon so lange, dass ihr jäher Zorn sie selbst überrascht. »Wenn Johnny auf so eine Idee kommt«, sagt sie, »kann er sich auf was gefasst machen.«

»Ich behaupte ja nicht, dass es so kommt. Renn jetzt nicht gleich los und mach ihn zur Schnecke oder –«

»Ich mach ihn nicht zur Schnecke. Wann hab ich zuletzt irgendwen zur Schnecke gemacht, verdammt nochmal? Aber falls er anfängt –«

Noreen geht in die Hocke und blickt sie erbost an. »Herrgott, Helena. Jetzt reiß mir nicht gleich den Kopf ab. Ich mein's doch nur gut mit euch beiden.«

»Ich werd den Teufel tun und *heiraten*, bloß weil Johnny Reddy vielleicht ein noch größeres Arschloch ist, als ich dachte.«

»Ich sag ja nur, denk mal drüber nach. Kannst du das tun, statt gleich auszurasten?«

»Na gut«, sagt Lena nach einem Moment. Sie dreht sich um und richtet die KitKat-Riegel bündig aus. »Das mach ich, versprochen.«

»Gottverdammich«, sagt Noreen nicht ganz im Flüsterton und knallt ein Marmeladenglas ins Regal.

Der Laden ist heiß, und Noreen hat mit ihrer Räumerei Staubkörnchen aufgewirbelt, die in den breiten Streifen Sonnenlicht tanzen. Nellie winselt dezent vor der Tür und gibt dann auf. Draußen stößt einer der Jungs einen Schreckensschrei aus, und die Mädchenclique prustet los, haltlos und unbekümmert.

»Bitte sehr«, sagt Lena. »Fertig.«

»Ah, du bist lieb«, sagt Noreen. »Hilfst du mir mal eben mit dem obersten Regal? Du kommst ran, wenn du den Hocker nimmst. Ich müsste mir extra die Trittleiter holen.«

»Ich hab die Hunde draußen«, sagt Lena. »Ich muss nach Hause und ihnen Wasser geben, bevor sie mir einschrumpeln.« Ehe Noreen anbieten kann, ihnen Wasser zu bringen, stupst sie noch eine Tafel Cadbury in Reih und Glied und verlässt den Laden.

Lenas Besuch hat Cal nicht beschwichtigt. Er hatte halb gehofft, dass sie, weil sie Johnny und das Dorf besser kennt als er, irgendwas Simples, Beruhigendes über Johnnys Rückkehr sagen könnte, etwas, das die ganze Situation entschärfen und den Kerl auf ein kleines vorübergehendes Ärgernis reduzieren würde. Die Tatsache, dass ihm selbst nichts dergleichen einfällt, heißt nicht viel –

nach über zwei Jahren in Ardnakelty kommt es Cal manchmal so vor, als würde er das Dorf sogar noch weniger verstehen als an seinem ersten Tag. Aber wenn Lena keine Beruhigung zu bieten hat, bedeutet das, es gibt keine.

Er geht mit seiner Unruhe auf die übliche Art um, nämlich indem er arbeitet. Vom iPod lässt er die Dead South in voller Lautstärke laufen und hobelt zu dem virtuosen, nervösen Banjo im schnellen Rhythmus mit ganzer Kraft Kiefernholzbretter für Noreens neuen TV-Unterschrank glatt. Er ist unsicher, was er ihr dafür berechnen soll. Die Preisgestaltung in Ardnakelty ist eine heikle Angelegenheit, bei der nicht nur die gesellschaftliche Stellung beider Parteien eine Rolle spielt, sondern auch ihr Grad an Vertrautheit sowie der Umfang an früheren Gefälligkeiten in beide Richtungen. Falls Cal es nicht richtig hinkriegt, könnte er womöglich feststellen, dass er entweder Lena einen Heiratsantrag gemacht oder Noreen tödlich beleidigt hat. Heute ist ihm danach, ihr das verdammte Ding einfach zu schenken.

Er hat beschlossen, Trey nicht nach Johnny zu fragen. Sein erster Impuls war, Gespräche mit ihr in diese Richtung zu lenken, doch etwas in ihm rebelliert dagegen, Trey so zu behandeln, wie er einen Zeugen behandeln würde. Falls sie mit ihm reden möchte, soll das ihre eigene Entscheidung sein.

Sie kommt am Nachmittag, lässt die Haustür hinter sich zuknallen, damit Cal hört, dass sie da ist. »War drüben bei Lena«, sagt sie. Nachdem sie ein Glas Wasser getrunken hat, wischt sie sich bei ihm in der Werkstatt den Mund am Ärmel ab. »Hab ihr Gästebett gewachst. Weil ich bei ihr übernachten durfte.«

»Gut«, sagt Cal. »Das ist eine nette Art, sich zu bedanken.« Er hat versucht, ihr ein paar Manieren beizubringen, ihr Verhalten, das oft den Eindruck erweckt, als wäre sie von Wölfen großgezogen worden, zu mäßigen. Es funktioniert bis zu einem gewissen Grad, obwohl Cal glaubt, dass sie eher die Technik verstanden hat als das zugrunde liegende Prinzip. Er vermutet, dass Manieren für sie vor allem ein Tauschgeschäft sind: Sie ist niemandem gerne verpflichtet, und ein Akt der Höflichkeit ermöglicht es ihr, die Schuld zu tilgen.

»Yippie-yaya«, sagt Trey, als sie Dead South hört. »Zeig's ihnen, Cowboy.«

»Banausin«, sagt Cal. »Das ist Bluegrass. Und die sind Kanadier.«

»Na und?«, fragt Trey. Cal verdreht kopfschüttelnd die Augen. Sie ist heute in besserer Stimmung als gestern, was ihn erleichtert. »Und ich bin keine Banausin. Hab mein Zeugnis bekommen. Keine einzige Fünf außer in Religion. Eine Eins in Holztechnik.«

»Donnerwetter«, sagt Cal erfreut. Trey ist nicht dumm, aber vor zwei Jahren war ihr die Schule noch so egal, dass sie in fast allen Fächern auf der Kippe stand. »Glückwunsch. Hast du den Beweis mitgebracht?«

Trey zieht ein zerknittertes Blatt Papier aus der Gesäßtasche und reicht es Cal. Der lässt sich mit dem Hintern auf dem Arbeitstisch nieder und studiert es in aller Ruhe, während Trey mit der Arbeit an dem Stuhl anfängt, um zu demonstrieren, dass es für sie keine große Sache ist.

Sie hat auch in Naturwissenschaft eine Eins, außerdem ein paar Dreien und dazwischen auch mal eine Zwei. »Du bist also Banausin und Heidin«, sagt Cal. »Gut gemacht. Darauf kannst du verdammt stolz sein.«

Trey zuckt die Achseln, den Kopf weiter über den Stuhl gebeugt, aber sie kann das Grinsen, das einen Mundwinkel anhebt, nicht unterdrücken.

»Sind deine Mama und dein Dad auch stolz?«

»Meine Mam hat gesagt: gut gemacht. Mein Dad gesagt, ich bin die Intelligenzbestie der Familie, und ich kann aufs Trinity College gehen und mit Doktorhut und Talar mein Examen feiern und eine reiche Nobelpreisträgerin werden und es allen Neidern zeigen.«

»Na ja.« Cal hält seine Stimme bewusst neutral. »Er will das Beste für dich, genau wie die meisten Eltern. Willst du irgendwas mit Naturwissenschaften machen?«

Trey schnaubt. »Nee. Ich werde Schreinerin. Dafür brauch ich keinen blöden Talar. Würde ich sowieso dämlich drin aussehen.«

»Tja, wofür auch immer du dich entscheidest. Mit solchen Noten stehen dir alle Möglichkeiten offen. Das muss gefeiert werden. Sollen wir ein paar Fische fangen und braten?« Normalerweise würde er Trey auf eine Pizza einladen. Nachdem sie fast vierzehn Lebensjahre verbracht hatte, ohne je eine Pizza zu essen, hat sie eine überwältigende Leidenschaft dafür entwickelt, seit Cal sie mit dem Konzept bekanntgemacht hat. Keine Pizzeria liefert nach Ardnakelty, aber bei besonderen Anlässen fahren sie dafür in die Stadt. Jetzt ist er plötzlich vorsichtig geworden. Im Allgemeinen billigt Ardnakelty ihre Beziehung, weil sie wahrscheinlich verhindert hat, dass Trey zu einer Problemjugendlichen wurde, die im Dorf Fenster einschlägt und Motorräder kurzschließt, aber Cal kann Johnny noch nicht einschätzen. Er spürt das Bedürfnis, gewöhnliche Dinge wie ein Pizzaessen in der Stadt daraufhin zu hinterfragen, wie sie von außen wirken und wie sie ausgenutzt werden könnten, und das ärgert ihn.

»Pizza«, sagt Trey prompt.

»Heute nicht«, sagt Cal. »Ein anderes Mal.«

Trey nickt bloß und reibt weiter den Stuhl ab, ohne zu betteln oder zu fragen, was Cal noch saurer macht. Er hat sich große Mühe gegeben, ihr beizubringen, dass man Erwartungen haben darf.

»Weißt du, was?«, sagte er. »Wir machen unsere eigene Pizza. Ich wollte dir schon immer mal zeigen, wie das geht.«

Trey sieht ihn skeptisch an.

»Ist kinderleicht«, sagt Cal. »Wir haben sogar einen Pizzastein: Wir können die Fliesen nehmen, die vom Küchenboden übrig sind. Und wir laden Lena ein, machen ein kleines Fest. Du läufst zu Noreen rüber und holst Schinken, Paprika oder was du sonst draufhaben willst, und dann fangen wir mit dem Teig an.«

Einen Moment lang denkt er, sie wird ablehnen, doch dann grinst sie. »Ich hol dir keine Ananasscheiben«, sagt sie. »Das ist eklig.«

»Du holst, was ich dir sage.« Cal ist ungeheuer erleichtert. »Bring gleich zwei Dosen Ananas mit, zur Strafe. Jetzt los, bevor du dermaßen nach Essig stinkst, dass Noreen dich gar nicht erst in ihren Laden lässt.«

Trey hat alles Mögliche für den Pizzabelag gekauft, was Cal ein bisschen beruhigt. Wenn sie mit Peperoni, Salami und zwei Sorten Schinken sowie Paprika, Tomaten, Zwiebeln und seinen Ananasscheiben zurückkommt, kann sie ihre Erwartungen nicht allzu sehr gezügelt haben. Sie packt das Zeug auf ihre Pizza, als hätte sie seit Wochen nichts mehr gegessen. Der Teig scheint einigermaßen gelungen zu sein, obwohl er sich nicht gut ausrollen lässt und die Pizzen Formen haben, die Cal noch nie gesehen hat.

Lena hat es sich auf dem Sofa bequem gemacht und liest Treys Zeugnis. Die vier Hunde dösen und zucken aneinandergeschmiegt auf dem Boden neben ihr. Lena kocht nicht oft. Sie backt Brot und macht Marmelade, beides nach eigenen Rezepten, aber sie sagt, sie hat in ihrer Ehe jeden Abend ein anständiges Essen zubereitet und hat jetzt das Recht, hauptsächlich von Sandwiches und Fertiggerichten zu leben. Cal macht es Spaß, ihr zur Abwechslung das Beste zu bieten, was er auf den Tisch bringen kann. Als er hier ankam, hat er selbst nicht regelmäßig gekocht, aber er kann Trey nicht immer nur mit Schinken und Eiern ernähren.

»›Akribisch‹«, sagt Lena. »Das bist du nach Meinung deines

Holztechniklehrers. Ich zieh meinen Hut vor dir. Und vor ihm. Das ist ein tolles Wort. Wird nicht oft genug verwendet.«

»Und was bedeutet es?«, fragt Trey mit Blick auf ihre Pizza, die sie mit noch mehr Peperoni belegt.

»Es bedeutet, dass du gründlich bist«, sagt Lena.

Trey bestätigt die Richtigkeit dieser Einschätzung mit einem Nicken.

»Was willst du draufhaben?« Cal sieht Lena an.

»Paprika und ein bisschen Salami. Und Tomaten.«

»Lies mal, was die Chemielehrerin geschrieben hat«, fordert er sie auf. »›Eine intelligente Forscherin mit der erforderlichen Entschlossenheit und Methodik, um Antworten auf ihre Fragen zu finden.‹«

»Tja, das wussten wir schon«, sagt Lena. »Gott steh uns bei. Gut gemacht. Das ist großartig.«

»Ist bloß Miss O'Dowd«, sagt Trey. »Die ist zu allen nett. Solange sie nix in die Luft jagen.«

»Willst du ein bisschen Pizza auf die Peperoni?«, fragt Cal sie.

»Aber nichts von deiner. Zu viel Ananas drauf. Tropft.«

»Ich tu auch noch Chiliflocken drauf. Mitten auf die Ananas. Mal beißen?«

Trey zieht ein Gesicht, als würde ihr schlecht.

»Meine Güte«, sagt Lena. »Mr. Campbell gibt's immer noch? Ich hab gedacht, der wär längst tot. Ist er noch immer die halbe Zeit besoffen?«

»Und ich versuche, dem Mädchen Respekt vor Erwachsenen beizubringen«, wirft Cal ein.

»Mit Verlaub«, sagt Lena zu Trey, »ist er zumeist besoffen?«

»Wahrscheinlich«, sagt Trey. »Manchmal schläft er ein. Er merkt sich unsere Namen nicht, weil er sagt, wir deprimieren ihn.«

»Uns hat er erzählt, wir würden dafür sorgen, dass ihm die Haare ausfallen«, sagt Lena.

»Habt ihr. Er hat jetzt eine Glatze.«

»Ha. Das muss ich Alison Maguire schreiben. Das wird ein persönlicher Triumph für sie sein. Sie hat ihn gehasst, weil er gesagt hat, von ihrer Stimme kriegt er Migräne.«

»Sein Kopf sieht aus wie ein Golfball«, sagt Trey. »Ein deprimierter Golfball.«

»Sei höflich zu Mr. Campbell«, ermahnt Cal sie, während er Pizza von einem Bogen Backpapier auf die Fliesen im Ofen gleiten lässt. »Golfballkopf hin oder her.«

Trey verdreht die Augen. »Ich seh ihn doch die nächste Zeit gar nicht. Es ist *Sommer*.«

»Und der geht vorbei.«

»Ich bin höööflich.«

»Würde ich dich auch höflich finden?«

Lena betrachtet sie beide schmunzelnd. Sie behauptet, dass Trey manche Wörter, die sie von Cal übernommen hat, mit amerikanischem Akzent ausspricht.

»Jaja, schon gut«, sagt Cal zu ihr. »Wenigstens benutzt sie das Wort jetzt. Auch wenn ihr die Bedeutung noch nicht ganz klar ist.«

»Er will sich den Bart abrasieren«, verrät Trey und zeigt mit dem Daumen auf Cal.

»Is nicht wahr!«, sagt Lena. »Im Ernst?«

»Hey!« Cal schlägt mit dem Ofenhandschuh nach Trey, aber sie weicht aus. »Ich hab nur gesagt, dass ich drüber nachdenke. Wieso verpfeifst du mich?«

»Hab gedacht, sie sollte vorgewarnt werden.«

»Und das weiß ich zu schätzen«, sagt Lena. »Sonst wär ich vielleicht eines Tages hier reinspaziert, und dann hätte mich aus heiterem Himmel dein großes nacktes Gesicht angestarrt.«

»Mir missfällt der Ton dieser Unterhaltung«, stellt Cal fest. »Was meint ihr beide denn, was ich darunter verstecke?«

»Wissen wir nicht«, erklärt Trey. »Aber wir haben Angst davor, es rauszufinden.«

»Du wirst ganz schön frech«, sagt Cal. »Dein Zeugnis ist dir wohl zu Kopf gestiegen.«

»Wahrscheinlich siehst du umwerfend aus«, beruhigt Lena ihn. »Aber es gibt schon genug Risiken im Leben.«

»Ich bin ein Traumtyp. Ich bin Brad Pitts gut aussehender Bruder.«

»Klar bist du das. Und wenn du deinen Bart behältst, müssen wir nicht befürchten, was anderes festzustellen.«

»Wer ist Brad Pitt?«, will Trey wissen.

»Daran merkt man, dass wir alt werden«, sagt Lena.

»*Deadpool 2*«, antwortet Cal. »Der Unsichtbare, der in der Hochspannungsleitung landet.«

Trey mustert Cal kritisch. »Nee«, sagt sie.

»Du warst mir lieber, als du noch nicht geredet hast«, kontert er.

»Wenn du dich rasierst«, sagt Trey, während sie die restlichen Peperoni in den Kühlschrank stellt, »bist du zweifarbig. Weil nur eine Hälfte von deinem Gesicht braun ist.«

Sie sind alle drei in diesem Sommer braun geworden. Die meisten Leute in der Gegend, die sich Irlands empathiefreiem Wetter angepasst haben, nehmen einen erschrockenen, leicht schmerzhaft wirkenden rötlichen Hautton an, aber Trey und Lena sind Ausnahmen. Lena bekommt den für Blonde typischen weichen karamellfarbenen Teint; Trey ist praktisch haselnussbraun, und sie hat helle Strähnen im Haar. Cal gefällt sie so. Sie ist ein Geschöpf der freien Natur. Im Winter, blass wegen der Schule und der kurzen Tage, wirkt sie unnatürlich, als sollte er sie lieber zum Arzt bringen.

»Du würdest aussehen wie ein vermummter Bandit«, sagt Lena. »Alle im *Seán Óg's* wären begeistert.«

»Da ist was dran«, sagt Cal. Wenn er glatt rasiert und zwei-farbig in den Pub käme, würde er den Stammgästen monatelang Gesprächsstoff liefern und sich wahrscheinlich einen peinlichen Spitznamen einhandeln, den er nie wieder loswird.

»Scheiß auf die«, sagt Trey.

Cal hört den trockenen, harten Ton in ihrer Stimme, und seine Schultern verspannen sich noch einen Tick mehr. Sie hat allen Grund dazu, aber er findet, ein Mädchen in ihrem Alter sollte noch nicht diese kalte Bestimmtheit im Repertoire haben. Es fühlt sich bedrohlich an.

»Die Ausdrucksweise passt nicht zu einem Schlaukopf wie dir«, sagt Lena zu ihr. »Du solltest sagen: ›Scheiß akribisch auf die.‹«

Trey grinst widerwillig. »Also lässt du den Bart jetzt dran?«, will sie wissen.

»Vorläufig«, sagt Cal. »Solange du dich benimmst. Eine pam-pige Antwort von dir, und du kriegst meine Kinnwarzen zu se-hen.«

»Du hast keine Warzen am Kinn«, sagt Trey und mustert ihn genau.

»Willst du's rausfinden?«

»Nee.«

»Dann benimm dich.«

Der köstliche Duft der Pizza im Ofen breitet sich allmählich im Raum aus. Trey räumt die letzten Zutaten weg und setzt sich zu den Hunden auf den Boden. Lena steht vorsichtig auf, um keinen von ihnen zu stören, und deckt den Tisch. Cal wischt die Arbeitsplatte sauber und öffnet das Fenster, um die Hitze vom Backofen hinauszulassen. Die Sonne ist nicht mehr ganz so bru-tal und legt einen blassgoldenen Glanz über das Grün der Wei-den. Weiter weg treibt PJ seine Schafe gemächlich von einer Weide auf die nächste, hält ihnen das Tor auf und schwenkt sei-nen Schäferstab, um sie hindurchzubugsieren. Trey redet leise mit den Hunden, krault ihnen die Lefzen, während sie genüsslich die Augen schließen.

Die Backofenuhr summt, und Cal schafft es, die Pizzen auf Teller zu befördern, ohne sich zu verbrennen. Lena trägt die Teller zum Tisch.

»Bin am *Verhungern*«, sagt Trey und lässt sich auf ihrem Stuhl nieder.

»Hände weg«, sagt Cal. »Die Ananas ist nur für mich.«

Im Haus seiner Großeltern im hintersten North Carolina, wo er einen Großteil seiner Kindheit verlebte, bestand seine Grandma jeden Abend am Tisch darauf, dass sie sich vor dem Essen an den Händen fassten und den Kopf neigten, während sie ein Dankgebet sprach. Er hat den plötzlichen Drang, dasselbe zu tun. Er will nicht beten oder so, bloß einen Moment lang mit gesenktem Kopf still dasitzen, ihre Hände in seinen.

4

ALS TREY NACH Hause kommt, ist ihr Dad dabei, das Wohnzimmer umzuräumen. Sie bleibt in der Tür stehen und beobachtet ihn. Er hat das Durcheinander auf dem Couchtisch beseitigt und die Küchenstühle hereingetragen, und er summt vor sich hin, während er sie mit Schwung hinstellt, zurücktritt, um einen prüfenden Blick darauf zu werfen, wieder nach vorne springt und sie zurechtrückt. Draußen vor dem Fenster fällt noch immer Sonne auf den kahlen Hof, aber es ist eine milde, späte Sonne, die ihren Griff lockert. Liam und Alanna spielen mit einer verrosteten Grabegabel, die sie abwechselnd so fest zu Boden schleudern, wie sie können, damit sie mit den Zinken in der trockenen Erde stecken bleibt.

Johnny bleibt in Bewegung. Er trägt ein weiß gestreiftes blassblaues Hemd aus irgendeinem rauen Stoff, der edel aussieht. Er hat sich die Haare schneiden lassen, aber nicht von Treys Mam, und jetzt läuft seine Frisur im Nacken und an den Ohren spitz zu, und der jungenhafte Pony ist perfekt gestylt. Er sieht zu gut aus, um in dieses Haus zu gehören.

»Seh ich nicht umwerfend aus?«, fragt er und fährt sich mit einer Hand über den Kopf, als er merkt, dass Trey ihn beobachtet. »War kurz mal in der Stadt. Ich erwarte Gäste, da muss ich doch präsentabel sein, um sie zu begrüßen.«

Trey fragt: »Wer kommt denn?«

»Och, bloß ein paar von den Jungs. Wir trinken ein Gläschen, reißen ein paar Witze, erzählen uns, was so los war. Und plaudern ein bisschen über meine Idee.« Er breitet die Arme aus. Seine Augen strahlen genauso hell und aufgekratzt wie letzte Nacht. Er sieht aus, als hätte er schon das ein oder andere Glas intus, aber Trey glaubt nicht, dass er betrunken ist. »Jetzt sieh dir das an. Besser geht's doch nicht. Wer sagt denn, nur Frauen haben ein Händchen für Gemütlichkeit?«

Trey hatte vorgehabt, Cal von der Idee ihres Dads zu erzählen. Sie wollte ihn fragen, ob er sie für ausgemachten Quatsch hält oder ob er denkt, dass da tatsächlich was dran sein könnte. Aber irgendwie bot sich keine passende Gelegenheit, und sie schaffte es nicht, die Sache anzusprechen. Ihr kam der Gedanke, dass Cal vielleicht ganz bewusst vermeidet, auf ihren Vater zu sprechen zu kommen, weil er keine Lust hat, in das Chaos ihrer Familie hineingezogen zu werden. Sie könnte es verstehen. Er hat sich einmal darauf eingelassen, weil sie ihn dazu überredet hatte, und wurde deswegen fürchterlich zusammengeschlagen. Bei Kälte und wenn das Licht richtig fällt, kann sie noch immer die Narbe auf seinem Nasenrücken sehen. Sie bereut es nicht, aber sie hat kein Recht, das noch einmal von ihm zu verlangen.

Sie sagt: »Ich will dabei sein.«

Ihr Dad dreht sich zu ihr um. »Heute Abend?«

»Ja.«

Sein Mund zuckt amüsiert, als wollte er sie auslachen, aber dann zügelt er sich und sieht sie anders an.

»Na ja«, sagt er. »Warum eigentlich nicht. Du bist schließlich kein Baby mehr. Du bist ein großes Mädchen, das seinem Daddy vielleicht sogar behilflich sein kann. Schaffst du das?«

»Klar«, sagt Trey. Sie hat keine Ahnung, was er von ihr will.

»Und kannst du das, was du heute Abend hörst, für dich behalten? Das ist wichtig. Ich weiß, Mr. Hooper ist gut zu dir, aber was heute hier passiert, geht nur Ardnakelty was an. Er hat damit nix zu tun. Versprichst du mir, dass du ihm nichts erzählst?«

Trey sieht ihn an. Ihr fällt keine einzige Sache ein, in der er Cal schlagen könnte. »Hatte ich sowieso nicht vor«, sagt sie.

»Weiß ich ja. Aber das hier ist was Ernstes. Was für Erwachsene. Versprich's mir.«

»Okay«, sagt Trey. »Versprochen.«

»Braves Mädchen«, sagt Johnny. Er stützt die Arme auf eine Stuhllehne und widmet ihr seine volle Aufmerksamkeit. »Ich sag dir, wer alles kommt. Da wären Francie Gannon, Senan Maguire, Bobby Feeney, Mart Lavin, Dessie Duggan – den hätte ich lieber nicht dabei, weil seine Frau so eine Klatschtante ist, aber geht nicht anders. Wer noch?« Er überlegt. »PJ Fallon. Sonny McHugh und Con auch, falls ihm seine Frau mal Freigang gibt. Ist doch ein schöner Haufen Schlitzohren, findest du nicht?«

Trey zuckt die Achseln.

»Hast du mit welchen von denen zu tun gehabt? Vielleicht mal einen Fensterrahmen für sie repariert oder ein Tischchen gebaut?«

»Für die meisten«, sagt Trey. »Nicht für Bobby.«

»Für Bobby nicht? Hat der was gegen dich?«

»Nee. Der repariert seine Sachen bloß selbst.« Er macht das grottenschlecht. Wenn Bobby mal einem Nachbarn aushilft, müssen Cal und Trey hinterher den Schaden beheben.

»Ach so, prima«, sagt Johnny und tut Bobby mit einer Handbewegung ab. »Am Ende macht Bobby sowieso das, was Senan sagt. Also, du tust heute Abend Folgendes: Wenn die Ersten von ihnen ankommen, öffnest du die Tür. Du führst sie hier rein, ganz freundlich und zuvorkommend« – er tut so, als würde er Leute ins Zimmer bitten –, »und vergiss nicht, sie danach zu fragen, ob sie mit der Arbeit, die du für sie erledigt hast, zufrieden sind. Falls sie irgendwelche Reklamationen haben, entschuldigst du dich und versprichst, das in Ordnung zu bringen.«

»Die haben keine Reklamationen«, sagt Trey bissig. Sie arbeitet nicht gern für die Leute in Ardnakelty. Es hat immer einen Beigeschmack von Herablassung, als würden sie sich selbst auf die Schulter klopfen, weil sie so großmütig sind, ihr einen Job zu geben. Cal sagt, sie soll es trotzdem machen. Trey zeigt ihnen im Geist den Stinkefinger, indem sie dafür sorgt, dass sie nichts an ihrer Arbeit bemängeln können, sosehr sie auch nach Fehlern suchen.

Johnny wirft lachend den Kopf in den Nacken und hebt beide Hände, als wollte er sich entschuldigen. »Mein Gott, ich nehm's zurück, tu mir nix! Ich will deine Arbeit nicht runtermachen, hab sie ja selbst gesehen, ich weiß, dass es weit und breit nichts Besseres gibt. Oder sagen wir sogar auf der ganzen Nordhalbkugel. Zufrieden?«

Trey zuckt die Achseln.

»Wenn dann alle hier sind, kannst du dich da drüben in die Ecke setzen, wo du nicht weiter störst. Hol dir eine Limo oder sonst was zu trinken. Sag nichts, außer ich frag dich was – fällt dir bestimmt nicht schwer, das liegt dir ja.« Er lächelt sie an, und kleine Fältchen kräuseln sich um seine Augen. »Und wenn ich dich was frage, gibst du mir recht. Zerbrich dir nicht den Kopf darüber, sag einfach ja. Kriegst du das hin?«

»Klar«, sagt Trey.

»Gutes Mädchen«, sagt Johnny. Trey denkt, er will ihr auf die Schulter klopfen, aber er überlegt es sich anders und zwinkert ihr stattdessen zu. »So, jetzt machen wir hier noch klar Schiff. Bring die Puppen dahinten rüber in Alannas Zimmer oder in das von Maeve, einer von beiden gehören sie ja wohl. Und wer hat seine Sneaker da unter dem Sessel stehen lassen?«

Trey hebt Puppenkleider, Spielzeugautos, Chipstüten und Socken auf, räumt alles weg. Allmählich schiebt sich der Schatten des Berges quer über den Hof auf das Haus zu. Liam und Alanna haben einen Eimer Wasser geholt und schütten es auf die Erde, um sie aufzuweichen, damit die Grabegabel leichter stecken bleibt. Sheila ruft ihnen von der Küche aus zu, sie sollen reinkommen, es ist Zeit für ihr Bad. Sie überhören sie.

Johnny eilt hektisch im Wohnzimmer hin und her, stellt mit elegantem Schwung Untertassen als Aschenbecher auf, wischt mit einem Küchentuch Staub von den Möbeln, springt zurück, um sein Werk zu bewundern, und dann wieder vor, um letzte Hand anzulegen, pfeift dabei durch die Zähne. Das Pfeifen klingt zittrig vor Anspannung, und er bleibt unablässig in Bewegung. Trey begreift, dass ihr Dad nicht aufgeregt ist, sondern nervös, weil das Ganze schiefgehen könnte. Mehr noch: Er hat Angst.

Trey nimmt sich vor, die McHughs ganz besonders höflich zu fragen, wie ihnen die neuen Bänke für ihre Terrasse gefallen. Sie will, dass ihr Dad sie bei der Sache braucht. Sie hatte Cal noch etwas anderes fragen wollen, falls er den Plan von ihrem Dad nicht für ausgemachten Quatsch hält: nämlich wie man ihn durchkreuzen kann.

Die Männer füllen den Raum, bis es sich anfühlt, als hätten sie alle Luft verdrängt. Das liegt nicht nur an ihrem Umfang, breite Rücken und dicke Oberschenkel, die bei jeder Bewegung die Stühle knarren lassen; es liegt auch an ihrer Körperwärme, dem Qualm ihrer Pfeifen und Zigaretten, dem Geruch nach Erde und Schweiß und Tieren in ihrer Kleidung, dem bodenständigen Dröhnen ihrer Stimmen. Trey hat sich neben dem Sofa in eine Ecke gequetscht und die Knie angezogen, um nicht gegen lang ausgestreckte Beine zu stoßen. Sie hat Banjo in der Küche bei ihrer Mam gelassen. Er würde sich hier nicht wohl fühlen.

Sie kamen an, als der lange Sommerabend zur Neige ging, den Schatten des Berges weit über die Weiden warf und verwirrende Geflechte aus Sonnenlicht durch die Bäume filterte. Sie kamen einzeln, als wäre die Zusammenkunft zufällig. Sonny und Con McHugh polterten laut herein, stritten über eine Schiedsrichterentscheidung bei dem Hurling-Match am letzten Wochenende. Francie Gannon trat wortlos ein und setzte sich auf einen Stuhl in der Ecke. Dessie Duggan witzelte, er könne nicht sagen, ob Trey ein Mädchen oder ein Junge wäre, was er dermaßen lustig fand, dass er es Johnny gegenüber wiederholte, mit genau denselben Worten und genau demselben Kichern. PJ Fallon putzte seine Schuhe zweimal an der Fußmatte ab und erkundigte sich nach Banjo. Mart Lavin drückte Trey seinen großen Strohhut in die Hand und sagte, sie solle aufpassen, dass Senan Maguire die Finger davon lässt. Senan nutzte die Gelegenheit, um Trey sehr laut dafür zu loben, dass sie und Cal den Murks, den Bobby Feeney bei der Reparatur des morschen Fensterrahmens im Haus der Maguires angerichtet hatte, prima wieder hingekriegt hätten, während Bobby gleich neben ihm vor Entrüstung schnaubte. Ihre Gesichter sind von ständigen Sorgen zerfurcht – in diesem Sommer ist das bei allen Farmern so –, doch der Abend hat sie aufgemuntert: Wenigstens für ein paar Stunden können sie an etwas anderes denken als an die Dürre. Der Hof ist zugeparkt mit ihren Autos, die sie einfach wahllos abgestellt haben, ohne Rücksicht aufeinander.

Trey kennt diese Männer seit ihrer Kindheit, wie sie ihr auf der Straße oder im Laden kurze gleichgültige Blicke zuwerfen oder seit zwei Jahren Möbelreparaturen über ihren Kopf hinweg mit Cal besprechen. Aber sie hat sie noch nie so wie jetzt gesehen, wie sie entspannt zusammensitzen und gemeinsam trinken. Sie hat sie noch nie in diesem Haus gesehen. Die Freunde ihres Dads, bevor er fortging, waren leichtfertige Männer, die Gelegenheitsjobs auf Farmen und in Fabriken von anderen machten oder überhaupt nicht arbeiteten. Das hier sind verlässliche Männer, Farmer, die eigenes Land besitzen und es gut bewirtschaften. Und die vor vier Jahren nicht im Traum daran gedacht hätten, den Berg heraufzukommen und sich in Johnny Reddys Wohnzimmer zu setzen. Zumindest in dieser Hinsicht hatte ihr Dad recht: Seine Rückkehr hat etwas verändert.

Seine gespannte, quecksilbrige Energie von vorher ist weg, jetzt ist er strahlender Laune. Er hat den Männern großzügig Drinks eingeschenkt und den Rauchern unter ihnen Aschenbecher hingestellt. Er hat sich nach ihren Eltern erkundigt, mit ihren jeweiligen Namen und Gebrechen. Er hat Geschichten über die Wunder von London erzählt, Anekdoten, bei denen die Männer brüllten vor Lachen, und Storys, bei denen er mit einem Augenzwinkern für die Männer und einem Kopfschwenk in Richtung Trey manche Stellen ausließ. Er hat jedem von ihnen Geschichten entlockt und war fasziniert oder beeindruckt oder mitfühlend. Treys Gefühl ihm gegenüber, das purer Zorn war, wird allmählich von Verachtung überlagert. Er ist wie ein Zirkusaffe, der Kunststückchen vorführt und Purzelbäume schlägt, ehe er seine Mütze hinhält und um Erdnüsse bettelt. Die reine Wut war ihr lieber.

Sie selbst hat den Männern etwas vorgespielt, genau wie ihr Dad das wollte, hat sie ins Wohnzimmer geführt und nach ihren Möbeln gefragt, genickt und *Das ist schön, danke* gesagt, wenn sie voll des Lobes waren. Ihr Zorn auf sie bleibt davon unberührt.

Johnny wartet, bis die Männer bei ihrem dritten Glas sind und sich auf ihren Stühlen wohlig entspannt haben, ihr Lachen aber noch nichts Unkontrolliertes angenommen hat, ehe er Cillian Rushborough in das Gespräch einfließen lässt. Während er redet, verändert sich die Atmosphäre im Raum allmählich. Sie wird konzentriert. Das Deckenlicht ist nicht hell genug und wird von dem mit Fransen besetzten Lampenschirm zusätzlich gedämpft. Als die Männer ruhig werden und zuhören, malt es tiefe, trügerische Schatten auf ihre Gesichter. Trey fragt sich, wie gut ihr Vater diese Männer in Erinnerung hat. Wie viel Wesentliches und Unausgesprochenes an ihnen er vergessen oder schon immer übersehen hat.

»Menschenskind«, sagt Mart Lavin und lehnt sich in seinem Sessel zurück. Er sieht aus, als hätte er gerade ein wunderbares Geschenk ausgepackt. »Ich hab dich unterschätzt, junger Mann. Hab gedacht, du würdest uns irgendein blödes Musikfestival unterjubeln wollen oder Bustouren für Yankees. Dabei hattest du die ganze Zeit den Klondike vor unserer Haustür im Kopf.«

»Jesus, Maria und Josef«, sagt Bobby Feeney ehrfürchtig. Bobby ist klein und rund, und wenn er auch noch runde Augen und einen runden Mund macht, sieht er aus wie ein Spielzeug, das man rollen kann. »Da bin ich mein ganzes Leben lang jeden Tag da draußen und hatte keine Ahnung.«

PJ Fallon hat seine langen dünnen Beine um die Stuhlbeine geschlungen, damit er besser nachdenken kann. »Und du bist dir wirklich sicher, ja?«, fragt er Johnny.

»Ach, Scheiße, natürlich ist er sich nicht sicher«, sagt Senan Maguire. »Ein paar Gutenachtgeschichten, mehr hat er nicht. Die kannst du in der Pfeife rauchen.«

Senan ist ein beleibter Mann mit einem Gesicht wie ein Schinken und einem kurzen Geduldsfaden, wenn er Schwachsinn hört. Trey schätzt, dass Senan ihrem Dad die meisten Schwierigkeiten machen wird. Bobby Feeney und PJ Fallon lassen sich leicht überzeugen, Francie Gannon geht seinen eigenen Weg und lässt andere sich zum Narren machen, wenn sie unbedingt wollen. Auf Dessie Duggan hört kein Mensch. Jeder weiß, dass Sonny McHugh für ein paar Euro alles tun würde, und Con McHugh ist das jüngste von acht Kindern, also spielt es keine Rolle, was er denkt. Mart Lavin ist immer gegen alles, oft nur, weil es ihm Spaß macht, darüber zu streiten, aber daran sind alle gewöhnt und nehmen es nicht weiter ernst. Senan ist ungeduldig. Falls er zu dem Schluss kommt, dass das Ganze eine Dummheit ist, wird er versuchen, es im Keim zu ersticken.

»Dasselbe hab ich zuerst auch gedacht«, pflichtet Johnny ihm bei. »Irgendein Märchen, das seine Granny mal gehört hat und vielleicht falsch abgespeichert, oder vielleicht hat sie's sogar erfunden, um das Kind zu unterhalten. Klar, damit kann man nicht viel anfangen. Aber dieser Rushborough ist keiner, den man so schnell abschreibt. Ihr werdet schon sehen. Das ist einer, den man ernst nimmt. Also hab ich mir gedacht, ich setz mich mal mit einer Karte von unserer Gegend mit ihm zusammen und hör mir an, was er zu sagen hat.«

Er sieht die Männer der Reihe nach an. Francies knochiges Gesicht ist ausdruckslos, und in Senans liegt blanke Skepsis, aber alle hören sie zu.

»Die Sache ist die, Leute: Was auch immer hinter dieser Geschichte steckt, sie ist nicht aus der Luft gegriffen. Und falls Rushboroughs Granny es nach all der Zeit falsch in Erinnerung hatte, ist es schon eigenartig, dass es trotzdem verdammt viel Sinn ergibt. Die Stellen, von denen sie ihm erzählt hat, die gibt's wirklich. Ich kann jede einzelne bis auf ein paar Meter genau lokalisieren. Und die sind nicht querbeet verteilt. Die liegen ungefähr in einer Linie vom Fuß des Berges runter durch euer Farmland bis zum Fluss. Rushborough glaubt, dass da mal ein anderer Fluss war, der jetzt ausgetrocknet ist, und dass der das Gold vom Berg runtergespült hat.«

»Da war wirklich mal ein anderer Fluss«, sagt Dessie und beugt sich vor. Dessie redet immer ein bisschen zu laut, als rechnete er damit, dass ihm jemand anders ins Wort fällt. »Das Flussbett verläuft quer durch mein hinteres Feld. Geht mir jedes Jahr beim Pflügen auf den Sack.«

»Hier gibt's überall ausgetrocknete Flussbetten«, sagt Senan. »Das bedeutet noch lange nicht, dass Gold drin ist.«

»Aber es bedeutet, dass an Rushboroughs Geschichte was dran ist«, sagt Johnny. »Ich weiß ja nicht, wie ihr anderen das seht, aber ich würde gern rausfinden, wie viel.«

»Der Typ klingt wie ein Vollidiot«, sagt Senan. »Wie viel wird ihn das kosten, hä? Maschinen, Arbeitskräfte und weiß der Geier, was sonst noch, und das alles ohne die Garantie, dass auch nur ein Cent für ihn dabei rausspringt.«

»Vertu dich nicht«, sagt Johnny. »Rushborough ist kein Dummkopf. Ein Dummkopf hätt's nicht so weit gebracht wie er. Der Mann kann sich ein teures Hobby leisten, und ihm macht das nun mal Spaß. So wie ein anderer sich ein Rennpferd kauft oder mit seiner Yacht um die Welt segelt. Dem geht's nicht ums Geld – obwohl er ein bisschen mehr davon bestimmt nicht verachten würde. Der Bursche ist ganz verrückt nach seinen irischen Wurzeln. Ist mit irischen Folksongs und Porter-Bier aufgewachsen. Der kriegt feuchte Augen, wenn er erzählt, dass die Briten James Connolly an einen Stuhl gefesselt haben, um ihn zu erschießen. Dem geht's um sein Erbe.«

»Ein Möchtegern-Ire«, sagt Sonny McHugh leicht spöttisch. Sonny ist ein Schwergewicht mit einem Haarschopf aus staubig aussehenden Locken und einem ausladenden Bauch, aber er hat die dünne Stimme eines kleinen Mannes. Aus seinem Munde klingt sie albern. »Wir haben so einen Vetter. In Boston. War vor drei oder vier Jahre mal den Sommer über hier, wisst ihr noch? Der junge Bursche mit dem Stiernacken? Der hat uns eine Digitalkamera als Geschenk mitgebracht, für den Fall, dass wir noch nie eine gesehen hätten. Konnte gar nicht glauben, dass wir *Die Simpsons* kannten. Ihr hättet mal das Gesicht von dem armen Schwein sehen sollen, als er unser Haus gesehen hat.«

»Mit eurem Haus ist doch alles in Ordnung«, sagt Bobby perplex. »Ihr habt Doppelverglasung und alles.«

»Weiß ich, ja. Der hat gedacht, wir wohnen in einem Cottage mit Strohdach.«

»Mein Land ist keine Touristenattraktion«, sagt Senan. Er hat die Füße weit gespreizt und die Arme verschränkt. »Ich lass doch nicht irgendeinen Schwachkopf drübertrampeln und meine Schafe erschrecken, bloß weil seine Granny ihm ›Galway Bay‹ vorgesungen hat.«

»Er würde nicht über dein Land trampeln«, sagt Johnny. »Jedenfalls nicht gleich. Er will erst mal im Fluss nach Gold waschen, ist einfacher als graben. Falls er da Gold findet, auch nur ein kleines bisschen, ist er gerne bereit, jedem Einzelnen von euch einen ordentlichen Batzen Geld zu zahlen, damit ihr ihn auf eurem Land graben lasst.«

Das wird mit kurzem, lebhaftem Schweigen quittiert. Con schielt zu Sonny hinüber. Bobbys Mund steht weit offen.

»Wie viel will er graben?«, fragt Senan.

»Erst mal will er nur Proben nehmen. Bloß ein dünnes Rohr in die Erde treiben und feststellen, was dabei rauskommt. Mehr nicht.«

»Wie viel Geld?«, fragt Sonny.

Johnny öffnet beide Hände. »Das liegt an euch. So viel, wie ihr mit ihm aushandeln könnt. Ein Tausender für jeden, locker. Vielleicht zwei, je nachdem, in welcher Stimmung er ist.«

»Nur für die Proben?«

»Ja klar. Falls er findet, wonach er sucht, springt noch viel mehr dabei raus.«

Trey war auf ihren Dad konzentriert, deshalb hat sie gar nicht an die Möglichkeit gedacht, dass diese Männer durch seinen Plan Geld verdienen könnten. Eine ohnmächtige Wut schnürt ihr die Kehle zu. Selbst wenn Johnny über Brendan Bescheid wüsste, hätte er kein Problem damit, Ardnakeltys Taschen zu füllen, solange er kriegt, was er will. Trey schon. Was sie betrifft, soll Ardnakelty sich bis in alle Ewigkeit ins Knie ficken. Sie würde sich lieber mit einer Kneifzange die Fingernägel rausreißen, als einem von denen einen Gefallen zu tun.

»Wenn da wirklich irgendwo Gold ist …«, sagt Con McHugh.

Er ist der Jüngste von ihnen, ein kräftiger Bursche mit zerzaustem schwarzem Haar und einem netten, offenen Gesicht. »Menschenskind, Leute. Stellt euch das mal vor.«

»Oh, da ist welches«, sagt Johnny so leichthin, als würde er über Brot im Küchenschrank reden. »Meine Kleine da drüben hat das in der Schule gelernt. Stimmt's, Schätzchen?«

Trey braucht einen Moment, bis sie begreift, dass er sie meint. Sie hatte vergessen, dass er weiß, dass sie da ist. »Ja«, sagt sie.

»Was hat der Lehrer euch darüber erzählt?«

Alle Augen sind jetzt auf Trey gerichtet. Sie überlegt kurz, ihnen zu sagen, der Lehrer hätte erzählt, das Gold wäre genau auf der anderen Seite der Berge oder dass es schon vor tausend Jahren restlos ausgegraben worden ist. Ihr Dad würde sie hinterher verdreschen, falls er sie erwischt, doch das spielt bei ihren Überlegungen keine Rolle. Aber selbst wenn sie das sagen würde, würden die Männer sich womöglich nicht von dem Gerede irgendeines zugezogenen Lehrers verunsichern lassen. Ihr Dad kann sehr überzeugend sein und könnte sie trotzdem noch umstimmen. Dann hätte sie ihre Chance vertan.

»Er hat gesagt, am Fuß des Berges gibt es Gold«, erklärt sie. »Und früher haben die Leute hier es ausgegraben und Sachen draus gemacht. Schmuck. Der ist jetzt in einem Museum in Dublin.«

»Ich hab mal im Fernsehen eine Sendung darüber gesehen«, sagt Con und beugt sich vor. »Broschen so groß wie eine Hand und dicke, gewundene Halsketten. Alles wunderschön. Und wie die geglänzt haben.«

»Würde dir mächtig gut stehen«, sagt Senan.

»Er will welche für Aileen«, sagt Sonny. »So ein großer, kräftiger Kerl, und sie hat ihn in der Tasche.«

»Wie hast du denn heute Abend Ausgang gekriegt, Con?«

»Sie denkt, er ist unterwegs und kauft ihr Blumen.«

»Er ist aus dem Badezimmerfenster geklettert.«

»Sie hat ihm so einen GPS-Tracker verpasst. Bestimmt hämmert sie gleich an die Tür.«

»Los, versteck dich hinterm Sofa, Con. Wir sagen, wir hätten dich nicht gesehen –«

Sie witzeln nicht einfach bloß rum. Jeder von ihnen, selbst Con, der rot wird und sagt, sie sollen ihn in Ruhe lassen, schielt mit einem Auge zu Johnny hinüber. Sie schinden Zeit, um darüber nachzudenken, was sie von ihm und seiner Geschichte und seiner Idee halten.

Unterdessen blickt Treys Dad mit einem kaum merklichen anerkennenden Nicken zu ihr rüber. Sie starrt ausdruckslos zurück.

»Ich mein ja nur«, sagt Con, als die Verarscherei aufhört und die Männer sich grinsend wieder auf ihren Stühlen zurücklehnen. »Ich hätte nix gegen ein paar Schaufeln voll mit dem Zeug.«

»Hätte das überhaupt wer?«, fragt Johnny.

Trey beobachtet die Männer, als sie sich das vorstellen. Sie sehen in dem Moment jünger aus, als könnten sie sich schneller bewegen. Ihre Hände sind ruhig geworden, lassen die Zigaretten verglimmen.

»Ein bisschen müsste man behalten«, sagt Con mit einem träumerischen Unterton in der Stimme. »Nur ein kleines bisschen. Sozusagen als Souvenir.«

»Scheiß drauf«, sagt Senan. »Mein Souvenir wär eine Kreuzfahrt in der Karibik. Mit einem Kindermädchen an Bord, das sich um die Kleinen kümmert, damit meine Frau und ich in aller Ruhe Cocktails aus Kokosnüssen schlürfen können.«

»Kalifornien«, sagt Bobby. »Da würde ich hinwollen. Da kannst du dir die ganzen Filmstudios angucken und in Restaurants essen, wo Scarlett Johansson direkt am Tisch nebenan sitzt –«

»Das kriegst du bei deiner Mammy nie im Leben durch«,

unterbricht Senan ihn. »Die wird nach Lourdes wollen oder nach Medjugorje.«

»Machen wir beides«, sagt Bobby. Er hat rote Backen bekommen. »Scheiß drauf, wieso nicht? Meine Mammy ist einundachtzig, wie lange schafft sie das wohl noch?«

»Und diese Dürre kann mir mal den Buckel runterrutschen«, sagt Sonny mit jäher Begeisterung. »Soll sie doch machen, was sie will, ja? Wenn's kein Gras und kein Heu gibt, kauf ich einfach das beste Futter, und mein Vieh kann das ganze Jahr fressen und schlemmen. In einem nagelneuen Stall.«

»Herrje, hört euch den an«, sagt Mart. »Hast du denn keinen Sinn für Romantik, Junge? Schaff dir einen schicken Lamborghini an und ein russisches Supermodel, das du darin rumkutschierst.«

»Ein Stall hält länger. Einen Lamborghini kannst du nach einem Jahr auf unseren Straßen wegschmeißen.«

»Das russische Supermodel auch«, kichert Dessie.

»Der Lamborghini ist für deine Fahrt quer durch Amerika«, erklärt Mart. »Oder Brasilien oder Nepal oder irgendein Land, bei dem du leuchtende Augen kriegst. Wobei, ich würde nicht sagen, dass die Straßen in Nepal viel besser sind als unsere.«

Johnny lacht und schenkt Bobby Whiskey nach, aber Trey fällt auf, dass er Mart die ganze Zeit im Auge behält. Er ist unsicher, ob dessen Zuspruch ernst gemeint ist oder ob Mart sich nicht in die Karten schauen lässt. Das zumindest hat er nicht vergessen: Mart Lavin hat immer eine eigene Agenda.

Er hat auch Francie nicht vergessen. Francie sagt nichts, aber Johnny lässt ihn in Ruhe, ohne auch nur einmal zu ihm rüberzuschauen. Francie mag es überhaupt nicht, wenn man ihn drängt.

Trey korrigiert das Bild, das sie sich von ihrem Vater gemacht hat. Im Umgang mit ihr ist er ungelenk und merkt es nicht mal, aber im Umgang mit anderen ist er geschickt. Seinen Plan zu vereiteln könnte schwieriger werden, als sie dachte. Trey ist nicht daran gewöhnt, mit irgendwem geschickt umzugehen.

»Ich hätte den besten Bock im ganzen Land«, sagt PJ entschieden. »Würde mir den Prachtkerl aus Holland kaufen, der für viertausend weggegangen ist.«

»Aber du müsstest dich nicht mehr abrackern und Schafe züchten«, wendet Mart ein. »Du könntest dich zurücklehnen und zugucken, wie das Gold bei dir aus der Erde kommt. Mit einem Butler, der dir Essen auf Zahnstochern bringt.«

»Meine Güte, Leute, immer langsam mit den jungen Pferden«, sagt Johnny, hebt die Hände und grinst. »Ich behaupte doch nicht, dass ihr alle Millionäre werdet. Wir müssen erst rausfinden, wie viel da rumliegt. Vielleicht reicht's für Butler und Lamborghinis, oder es reicht vielleicht nur für eine Woche auf Lanzarote. Also macht euch nicht zu große Hoffnungen.«

»Die Schafe würde ich trotzdem behalten«, sagt PJ nach kurzem Nachdenken zu Mart. »Bin an sie gewöhnt.«

»Die ganzen Zeitungsreporter würden herkommen«, sagt Dessie. Bei dem Gedanken läuft er rosa an, sogar seine Glatze schimmert rosa. Als Mrs. Duggans Sohn und Noreens Mann ist Dessie immer einen Schritt vom Zentrum des Geschehens entfernt. »Und die Leute vom Fernsehen und vom Radio würden uns interviewen oder so.«

»Du würdest einen Batzen Geld an denen verdienen«, sagt Mart. »Die würden ihren Lunch bei deiner Frau im Laden kaufen. Weil die aus Dublin sind, und Dublinern würde nicht im Traum einfallen, ihre eigenen Sandwiches mitzubringen.«

»Muss ich dann auch Interviews geben?«, fragt PJ besorgt. »So was hab ich noch nie gemacht.«

»Ich würd's tun«, sagt Bobby.

»Wenn du im Fernsehen irgendwas von Aliens faselst, zieh ich dir meinen Hurling-Schläger über den Schädel«, warnt Senan ihn.

»Verdammt, jetzt beruhigt euch doch mal kurz«, sagt Sonny. »Wofür brauchen wir diesen Möchtegern-Iren überhaupt? Falls auf meinem Land Gold liegt, grab ich das selber aus. Da brauch ich keinen Blödmann, der die Hälfte vom Gewinn einstreicht. Und dabei meinen Schafen irische Folksongs vorsingt.«

»Du hast aber keine Ahnung, wo du anfangen sollst«, entgegnet Johnny. »Willst jeden Hektar auf deiner Farm umgraben?«

»Du könntest es uns sagen.«

»Könnte ich, würde dir aber nix nützen. Es gibt Vorschriften. Ohne staatliche Genehmigung darfst du kein schweres Gerät einsetzen. Du müsstest also mit bloßen Händen und einem Spaten drauflosbuddeln. Und selbst wenn du Gold findest, darfst du es nicht verkaufen. Der gute Con ist vielleicht zufrieden, wenn er daraus Broschen für seine Frau machen kann, aber ich denke mal, wir anderen wollen mehr rausschlagen.«

»Ich arbeite schon mein ganzes Leben lang auf der Farm«, sagt Francie. »Und davor mein Vater und mein Großvater. Ich hab noch nie ein einziges Goldkörnchen gesehen oder davon gehört. Noch nie.«

Francie hat eine tiefe Stimme, die schwer im Raum landet. Sie lässt alle für einen Moment verstummen.

»Ich hab mal 'ne alte Münze hinten auf einem Acker gefunden«, sagt Bobby. »Mit Königin Victoria drauf. War aber aus Silber.«

»Und was soll uns das bringen?«, will Senan von ihm wissen.

»Dass der Typ, wenn er im Fluss nach Gold wäscht, vielleicht ein ganzes, wie heißt das noch mal, Flöz aus Schillingen findet, willst du das damit sagen?«

»Leck mich. Ich mein ja bloß –«

»Weißt du, was gut wär? Wenn du einfach mal die Klappe halten würdest, bis du wirklich was zu sagen hast.«

»Hat einer von euch schon mal Gold gefunden?«, fragt Francie in den Raum. »Bloß ein winziges Körnchen?«

»Vielleicht pflügen wir ja nicht tief genug«, sagt Con.

»Ich pflüge nie«, erklärt Mart bereitwillig. »Unter meinem Land könnten die Minen von König Salomo liegen, und ich hätte nicht den blassesten Schimmer. Wie genau guckt ihr euch denn die Erde an, die ihr umpflügt? Sucht ihr da jeden Zentimeter nach Nuggets ab? Und mal ehrlich, würde einer von euch ein Nugget überhaupt erkennen, wenn's ihm auf dem Silbertablett serviert würde?«

»Ich guck genau hin«, sagt Con und wird rot, als sich ihm ihre grinsenden Gesichter zuwenden. »Manchmal. Aber nicht, weil ich nach Gold suche oder so. Nur für den Fall, dass ich irgendwas finde. Man hört doch manchmal, dass die Leute irre Sachen finden, Wikinger-Münzen –«

»Du bist echt ein Trottel«, sagt sein Bruder.

»Hast du mal Gold gefunden?«, hakt Francie nach.

»Nee«, gibt Con zu. »Kein Gold, aber Tonscherben. Und einmal ein Messer, ziemlich alt, Handarbeit –«

»Na bitte«, sagt Francie zu den anderen. »Unser Indiana Jones hat nix gefunden. Es gibt kein Gold.«

»Die Fische da im Fluss«, sagt PJ, der lange genug überlegt hat, um sich eine fundierte Meinung zu bilden, »das sind ganz normale Fische.«

»Leute«, sagt Johnny mit einem spitzbübischen Grinsen, das immer breiter wird. »Eins will ich mal klarstellen. Ich kann nicht garantieren, dass das Gold da ist, wo der Mann glaubt, dass es ist. Vielleicht ist es da, vielleicht aber auch nicht. Ich kann euch nur sagen, dass der gute Cillian keinerlei Zweifel hat, *dass* es da ist.«

»Seine Granny war ja auch eine Feeney«, wirft Senan ein. »Die Feeneys glauben einfach alles.«

»Na, hör mal«, sagt Bobby beleidigt.

»Ja klar, du glaubst doch auch, dass oben auf dem Berg Ufos sind —«

»Das *glaube* ich nicht. Das *weiß* ich. Ich hab sie *gesehen.* Glaubst du, dass es deine Schafe gibt?«

»Ich glaube, dass sie mir Geld bringen. Wenn du irgendwann einen Alien auf dem Markt verkaufst und sechs Euro das Kilo dafür kriegst, dann —«

»Ruhe, ihr beiden«, sagt Francie. »Mag ja sein, dass der gute Cillian keinerlei Zweifel hat, aber ich hab welche. Der Mann wird im Fluss rumplantschen und einen Scheißdreck finden, und dann wird er wieder nach Hause fahren und in sein Glas Porter weinen. Und das wär's dann. Was zum Teufel machen wir eigentlich hier?«

Alle blicken Johnny an. »Tja«, sagt er, und das spitzbübische Lächeln spielt wieder um seine Mundwinkel. »Wenn Mr. Rushborough unbedingt Gold finden will, müssen wir eben dafür sorgen, dass er welches findet.«

Schlagartig wird es still im Raum. Trey ist nicht überrascht. Das ärgert sie, weil es ihr das Gefühl gibt, zu sehr die Tochter ihres Vaters zu sein.

Nach einem regungslosen Moment beginnen die Männer, sich wieder zu bewegen. Sonny greift nach der Whiskeyflasche, Dessie drückt seine Zigarette aus und kramt nach der nächsten. Mart sitzt entspannt im Sessel, eine Selbstgedrehte in der einen Hand, ein Glas in der anderen, und fühlt sich offenbar pudelwohl. Ehe sie irgendwas dazu sagen, warten sie ab, dass Johnny weiterredet.

»Ich weiß, an welcher Stelle im Fluss er nach Gold waschen will«, sagt Johnny. »Er will auf Teufel komm raus daran glauben. Er braucht nur den Hauch einer Witterung, dann jagt er los wie ein verfickter Windhund.«

»Hast du vielleicht gerade ein paar Handvoll Gold bei dir rumliegen und kannst sie entbehren?«, erkundigt sich Mart.

»Mannomann«, sagt Johnny und hebt beide Hände, »jetzt mal

halblang. Wer redet denn hier von ein paar Handvoll? Wir verstreuen nur hier und da ein paar kleine Körnchen von dem Zeug, mehr nicht. Nur damit er zufrieden ist. Vielleicht so im Wert von zwei Riesen, nach heutigem Kurs.«

»Und kannst du vielleicht gerade zwei Riesen entbehren?«

»Jetzt nicht mehr. Ich hab in Rushbouroughs Bergbauunternehmen investiert, das er gegründet hat, um die Genehmigungen zu kriegen und so. Aber wenn jeder von euch dreihundert Euro rausrückt, müsste das reichen.«

Der Raum ist rauchgeschwängert. In dem verqualmten gelben Licht gleiten Schatten über die Gesichter der Männer, wenn sie ihre Gläser heben, ihren Hosenbund hochziehen, sich gegenseitig kurze Blicke zuwerfen und schnell wieder wegschauen.

»Was hast du davon?«, fragt Senan.

»Ich bekomme einen Anteil von allem, was Rushborough findet«, sagt Johnny. »Und zwanzig Prozent von allem, was er euch zahlt. Finderlohn.«

»Du kriegst also von beiden Seiten einen Anteil. So oder so.«

»Stimmt genau. Aber ohne mich würdet ihr gar nichts kriegen und Rushborough auch nicht. Außerdem hab ich schon mehr Geld investiert als ihr alle zusammen. Das will ich zurückhaben, ob hier nun Gold zu finden ist oder nicht. Wenn ihr jetzt nicht selbst auch ein bisschen Geld reinbuttern würdet, würde ich fünfzig Prozent von allem, was er euch zahlt, verlangen.«

»Scheiße«, sagt Sonny. »Kein Wunder, dass du uns nicht verrätst, wo das Gold ist.«

»Ich bin der Mittelsmann«, sagt Johnny. »Und das ist die Aufgabe von Mittelsmännern. Ich verhelfe euch allen liebend gern zu euren neuen Ställen und Kreuzfahrten, aber ich mach das nicht aus reiner Herzensgüte. Ich hab eine Familie zu versorgen. Das Mädchen da könnte ein Zuhause gebrauchen, das keine Bruchbude ist, und vielleicht auch ein paar anständige Schuhe an den

Füßen. Soll ich darauf verzichten, damit du dir schönere Felgen an deinem Lamborghini leisten kannst?«

»Was soll dich davon abhalten, unsere paar Kröten einzusacken und damit abzuhauen?«, fragt Mart interessiert. »Dann gucken wir blöd aus der Wäsche und haben es auch noch mit einem wütenden Touristen zu tun. Falls es deinen Rushsoundso überhaupt gibt.«

Johnny starrt ihn an. Mart starrt vergnügt zurück. Nach einem Moment stößt Johnny ein kurzes, gequältes Lachen aus und lehnt sich kopfschüttelnd zurück. »Mart Lavin, sagst du das, weil mein Daddy dich vor ewigen Zeiten beim Kartenspiel geschlagen hat? Bist du noch immer sauer deswegen?«

»Mit einem Falschspieler will ich nichts zu tun haben«, erklärt Mart. »Da geb ich mich lieber mit einem Mörder ab. Ein Mann kann zufällig zum Mörder werden, wenn's richtig schlecht für ihn läuft, aber an einem Falschspieler ist nichts zufällig.«

»Wenn ich demnächst mal ein bisschen Zeit habe«, sagt Johnny, »würde ich gern beweisen, was für ein großartiger Kartenspieler mein Daddy war. Der Mann konnte an einem Augenzucken ablesen, was du auf der Hand hattest. Aber« – er zeigt mit dem Finger auf Mart – »heute Abend lass ich mich nicht in eine von deinen üblichen Diskussionen verwickeln. Wir haben hier eine geschäftliche Chance und können nicht bis in alle Ewigkeit darüber nachdenken. Bist du nun dabei, oder bist du raus?«

»Du hast doch mit dem Palaver über deinen Daddy und seine Asse im Ärmel angefangen«, stellt Mart klar. »Ich hatte eine Frage. Eine berechtigte Frage.«

»Ach, verdammt nochmal«, sagt Johnny genervt. »Meinetwegen. Ich rühr euer Geld nicht an. Ihr könntet das Gold selbst kaufen. Ich sage euch, welche Sorte wir brauchen, und ich zeige euch, wo man es kriegt und wo wir es verteilen müssen. Ist dir damit wohler?«

»O ja, sehr.« Mart lächelt ihn an. »Das hat mir richtig gutgetan.«

»Und ihr könnt Rushborough selbst kennenlernen, bevor ihr überhaupt irgendwas rausrückt. Ich hab ihm schon gesagt, ihr wollt euch erst mal einen Eindruck von ihm machen, sehen, ob euch seine Visage gefällt, bevor ihr ihn auf euer Land lasst. Da hat er gelacht. Der hält euch für einen Haufen Wilde, die keine Ahnung haben, wie in der echten Welt Geschäfte gemacht werden. Aber umso besser, was?« Johnny lächelt in die Runde. Keiner lächelt zurück. »Er kommt übermorgen an, und am Abend geh ich mit ihm ins *Seán Óg's*. Dann könnt ihr entscheiden, ob ihr ihn vertrauenswürdig findet.«

»Wo wird er denn wohnen?«, erkundigt sich Mart. »Will er auf dem Luxussofa da schlafen? Wegen der Nähe zu den Einheimischen?«

Johnny lacht. »Himmel, nein. Würde er wahrscheinlich sogar machen, wenn er keine andere Möglichkeit hätte. Der Mann ist ganz versessen darauf, das Gold in die Hände zu kriegen. Aber Sheilas Kochkünste würden seinen Ansprüchen nicht genügen. Er hat ein kleines Cottage drüben in Knockfarraney gemietet. Das hat früher der Mammy von Rory Dunne gehört, direkt unten am Berg. Seit sie tot ist, bieten die das bei Airbnb an.«

»Wie lange will er bleiben?«

Johnny zuckt die Achseln. »Kommt drauf an. Eins muss ich euch sagen: Sobald ihr ihn kennengelernt habt, könnt ihr nicht mehr groß rumüberlegen. Dann müssen wir zusehen, dass das Gold in den Fluss kommt. Ich kann ihn ein paar Tage ablenken, ein bisschen rumführen und ihm zeigen, was es hier Schönes gibt, aber dann will er nach Gold waschen. Gleich Dienstagmorgen. Deshalb muss ich wissen, wer mitmacht und wer raus ist.«

»Wie geht's denn dann weiter?«, hakt Francie Gannon nach. »Wenn er auf unserem Land nix findet?«

»Mensch, Francie«, sagt Johnny mit nachsichtigem Kopfschütteln, »du bist ein furchtbarer Pessimist, weißt du das? Vielleicht
hat Rushboroughs Granny ja mit allem recht gehabt, und er findet genug, dass wir alle Millionäre werden. Oder« – er hebt eine
Hand, als Francie etwas sagen will – »vielleicht hat seine Granny
auch nur ein bisschen recht gehabt, und das Gold geht durch
dein Land, aber nicht bis runter zum Fluss, oder es ist längst weggespült worden. Wenn Rushborough also im Fluss nach Gold
wäscht und unsere kleinen Goldkörnchen findet, wird er eben
nicht aufgeben, sondern er wird auf deinem Land graben. Und da
findet er genug, um uns alle zu Millionären zu machen.«

»Und ich kacke vielleicht Diamanten. Was passiert, wenn
nicht?«

»Na gut«, sagt Johnny mit einem Seufzer. »Mal angenommen,
aber nur weil du erst zufrieden bist, wenn du unglücklich bist,
mal angenommen, es gibt nirgendwo in diesem County auch nur
eine Spur von Gold. Dann lässt Rushborough sich aus dem bisschen, was wir im Fluss versenkt haben, eine schöne Krawatten-
nadel mit Harfe und Kleeblatt machen. Er wird sich denken, der
Rest liegt irgendwo unter dem Berg da, zu tief, um ranzukommen. Und er wird zurück nach England fahren und vor seinen
Freunden mit dem schönen Souvenir angeben und ihnen ausführlich von seinem Abenteuer in der Heimat seiner Ahnen erzählen. Er wird rundum zufrieden sein. Und ihr seid alle ein oder
zwei Riesen reicher, genau wie ich. Das ist das Schlimmste, was
passieren wird. Ist das so furchtbar, dass du den ganzen Abend
eine Flappe ziehen musst?«

Trey sieht, wie die Männer darüber nachdenken. Sie beobachten einander dabei, und Johnny beobachtet sie beim Beobachten.
Alle Nervosität, die Trey zuvor an ihm bemerkt hat, ist verschwunden. Er sitzt bequem da, selbstbewusst wie ein König, lächelt
großmütig und lässt ihnen alle Zeit der Welt.

Die Männer sind nicht unredlich oder zumindest nicht das, was sie oder Trey unter unredlich verstehen. Keiner von ihnen würde auch nur eine Packung Pfefferminz aus Noreens Laden klauen, und ein mit Spucke besiegelter Handschlag wäre zwischen ihnen so bindend wie ein beglaubigter Vertrag. Aber für einen Engländer, der etwas aus ihrem Grund und Boden holen will, gelten andere Regeln.

»Warten wir, bis dieser Rushborough hier ist«, sagt Senan. »Ich will mir den Kerl angucken. Dann sehen wir ja, woran wir sind.«

Die anderen nicken. »Abgemacht«, sagt Johnny. »Ich komme Montagabend mit ihm ins *Seán Óg's*, und ihr könnt sehen, was ihr von ihm haltet. Aber bitte, nehmt den armen Kerl nicht zu sehr auf die Schippe. Der ist an feine Leute gewöhnt. Mit euch würde der überhaupt nicht fertig.«

»Ach Gottchen, der Ärmste«, sagt Dessie.

»Wir werden ganz sanft sein«, versichert Mart. »Er wird nichts spüren.«

»Von wegen«, sagt Sonny. »Wenn ich du wär, würde ich das arme Schwein nicht mal in die Nähe von den Rabauken hier lassen. Weißt du, was ein paar von denen mit meinem Yankee-Vetter gemacht haben? Die haben ihm erzählt, die Tochter von Leanne Healy wär scharf auf ihn – Sarah, die Hübsche mit dem drallen Arsch –«

»Pass auf, was du sagst«, unterbricht Senan ihn und nickt Richtung Trey, lacht aber schon. Alle haben angefangen zu lachen. Das Thema Gold wird per einstimmigem Beschluss nicht weiter erörtert. Darüber muss in Ruhe nachgedacht werden, bis Rushborough kommt.

»Geh du mal«, sagt Johnny zu Trey. »Ist ja schon längst Schlafenszeit für dich.«

Johnny würde nicht wissen, wann Treys Schlafenszeit ist, selbst wenn sie eine hätte. Er hat einfach heute Abend keine Verwendung mehr für sie, und er will, dass die Männer ab jetzt lockere Gespräche führen, die sie sich in ihrem Beisein verkneifen würden. Sie erhebt sich aus ihrer Ecke und steigt vorsichtig über ausgestreckte Beine hinweg, verabschiedet sich höflich von den Männern, die ihr zunicken, wenn sie an ihnen vorbeikommt.

»Willst du deinen Daddy denn nicht umarmen?«, fragt Johnny, lächelt zu ihr hoch und streckt einen Arm nach ihr aus.

Trey beugt sich über ihn und legt eine Hand steif auf seinen Rücken, während er die Arme um sie schlingt und sie spielerisch drückt. Sie hält die Luft an, um nicht seinen Geruch nach Aftershave und Zigaretten einzuatmen.

»Mein Mädchen«, sagt er, lacht ihr ins Gesicht und zerzaust ihr das Haar. »Schon zu groß und erwachsen, um ihren alten Daddy vor dem Schlafengehen zu drücken.«

»Nacht«, sagt Trey und tritt von ihm weg. Auch sie will sich diesen Rushborough anschauen.

5

—————————

CAL VERBRINGT DEN nächsten Vormittag damit, in seinem Haus herumzuhantieren und darauf zu warten, dass Mart auftaucht. Er ist sicher, dass Mart irgendwann auftauchen wird, deshalb hätte es keinen Zweck, mit irgendwas ernsthaft anzufangen. Stattdessen macht er den Abwasch und wischt halbherzig hier und da Staub, während er das Fenster im Auge behält.

Es ist lange her, dass Mart sein Haus betreten hat. Das war Cals Entscheidung: Das Schicksal von Brendan Reddy liegt zwischen ihnen, kalt und schwer. Cal hat die Grenzen akzeptiert, die Mart drumherum gezogen hat – er fragt nicht nach Namen, er hält den Mund, er sorgt dafür, dass Trey den Mund hält, und alle können weiter glücklich und zufrieden leben bis an ihr seliges Ende –, aber er wollte Mart nicht so tun lassen, als wäre nichts geschehen. Das Johnny-Reddy-Problem – Cal sieht es immer mehr als Problem – bedeutet jedoch, dass die Dinge sich ändern müssen, auch wenn ihm das gegen den Strich geht.

Mart taucht am späten Vormittag auf. Cal steht schon in der Tür, und Mart lächelt ihn an, als würde er jeden Tag auf einen Sprung vorbeischauen. »Komm rein«, sagt Cal. »Ist zu heiß draußen.«

Falls Mart überrascht ist, lässt er es sich nicht anmerken. »Gute Idee«, sagt er und tritt sich den Dreck von den Stiefeln. Sein Gesicht und seine Arme sind tief rotbraun verbrannt. Unter den Ärmeln seines grünen Poloshirts lugen weiße Ränder hervor, wo der Sonnenbrand aufhört. Er rollt seinen Strohhut zusammen und steckt ihn in die Tasche.

»Die Villa macht was her«, stellt er fest, während er sich umschaut. »Die Lampe da bringt einen Hauch Eleganz. War das Lena?«

»Möchtest du Kaffee?«, fragt Cal. »Tee?« Er lebt inzwischen lange genug hier, um zu wissen, dass Tee immer passt, bei egal welchem Wetter.

»Ah, nee. Nicht nötig.«

Cal lebt inzwischen auch lange genug hier, um zu wissen, dass das kein echtes Nein ist. »Ich wollte mir sowieso gerade einen machen«, sagt er. »Leiste mir ruhig Gesellschaft.«

»Na gut. Kann einen Mann doch nicht allein trinken lassen. Ich nehm ein Tässchen.«

Cal schaltet den Wasserkocher ein und holt Tassen. »Ist schon wieder sauheiß.«

»Wenn das so weitergeht«, sagt Mart, während er sich vorsichtig um seine schmerzenden Gelenke herum auf einem Stuhl niederlässt, »muss ich anfangen, meine Herde zu verkaufen, weil ich nicht genug Gras hab, um sie zu füttern. Und im Frühjahr wird's kaum Lämmer geben. Und was zeigen uns diese Vollidioten im Fernsehen? Kinder, die Eis essen.«

»Die Kinder sind aber viel niedlicher als du.«

»Da hast du recht«, räumt Mart mit einem meckernden Lachen ein. »Aber die Fernsehfritzen gehen mir trotzdem auf den Wecker. Reden vom Klimawandel, als wär der ganz was Neues, und gucken dabei betroffen. Seit mindestens zwanzig Jahren hätte denen jeder Farmer sagen können, dass die Sommer nicht mehr so sind, wie sie mal waren.«

»Was glauben denn die Alten? Gibt's bald Regen?«

»Mossie O'Halloran meint, Ende des Monats schüttet's wie aus Kübeln, und Tom Pat Malone meint, vor September wird das nix. Aber das Wetter ist wie ein streunender Hund. Da weiß man auch nie, wozu der fähig ist.«

Cal stellt die gefüllten Tassen und eine Packung Schokokekse auf den Tisch. Mart kippt reichlich Milch in seinen Tee, streckt mit einem wohligen Seufzer die Beine aus, lässt das Wetter Wetter sein und kommt auf das eigentliche Thema des Tages zu sprechen.

»Soll ich dir mal verraten, was mich an diesem Dorf immer wieder erstaunt?«, sagt er. »Seine gottverdammte Blödheit.«

»Hat das was mit Johnny Reddy zu tun?«, fragt Cal.

»Der Kerl«, erklärt Mart, »würde selbst in Einstein den Blödmann wecken. Ich weiß nicht, wie er das schafft. Ist eine Gabe.« Er sucht sich in aller Ruhe einen Keks aus, um die Spannung zu steigern. »Rate mal, was er in London aufgegabelt hat. Na los, rate.«

»Eine Geschlechtskrankheit«, sagt Cal. Johnny weckt auch in ihm nicht gerade seine beste Seite.

»Höchstwahrscheinlich, aber nicht nur. Johnny hat sich einen Engländer geschnappt. Also keine kleine Engländerin, einen Mann. Irgendeinen Möchtegern-Iren mit jeder Menge Kohle und jeder Menge romantischen Vorstellungen von der Heimat seiner Granny. Und dieser Engländer hat sich in den Kopf gesetzt, dass überall in unseren Äckern Gold rumliegt, das bloß darauf wartet, von ihm ausgegraben zu werden.«

Cal hatte sich sehr viele Varianten für Johnnys tolle Idee überlegt, aber diese zählte nicht dazu.

»Seine Granny war eine Feeney«, erklärt Mart. »Die Feeneys haben den Hang, auf die dümmsten Ideen zu kommen.«

»Und sie hat sich gedacht, dass es hier *Gold* gibt?«

»Nee, eher hat ihr Granddaddy gesagt, sein Granddaddy hätte gesagt, sein Granddaddy hätte gesagt, es gibt welches. Aber Johnnys Engländer hat das für bare Münze genommen, und jetzt will er uns Geld dafür bezahlen, dass wir ihn hier rumwühlen lassen. Sagt Johnny zumindest.«

Cal neigt instinktiv dazu, gar nichts zu glauben, was aus Johnny Reddys Mund kommt, aber er ist sich bewusst, dass auch ein professioneller Schaumschläger zufällig über etwas stolpern könnte, das Substanz hat. »Du bist hier der Geologieexperte«, sagt er. »Könnte da was dran sein?«

Mart pult sich einen Kekskrümel aus den Zähnen. »Das ist ja das Verrückte«, sagt er. »Ich würde es nicht komplett ausschließen. Oben in den Bergen an der Grenze, nicht allzu weit von hier, haben sie schon mal Gold gefunden. Und unten am Fuß von unserem Berg, wo zwei verschiedene Gesteinsarten aufeinanderstoßen, das wäre so eine Stelle, wo Gold durch die Reibung zerkleinert und nach oben gedrückt würde. Und es gibt tatsächlich ein altes Flussbett, durch das mal vor ewigen Zeiten Gold durch unser Land runter bis in den Fluss hinterm Dorf gespült worden sein kann. Es könnte stimmen.«

»Oder es könnte bloß eine verrückte Idee der Feeneys sein«, sagt Cal.

»Höchstwahrscheinlich«, bestätigt Mart. »Das haben wir auch dem schönen Johnny gesagt, hat ihn aber kein bisschen irritiert. Er ist unsereins immer einen Schritt voraus, weißt du. Er will, dass wir jeder dreihundert Euro springen lassen und ein bisschen Gold kaufen, das wir in den Fluss streuen, damit der Engländer glaubt, dass das bei uns aus den Feldern schießt wie Löwenzahn. Und zahlt jedem von uns ein, zwei Riesen, wenn wir ihm erlauben, auf unseren Farmen Proben zu nehmen.«

»Und wenn in den Proben kein Gold ist?«

»Dann wird er angeblich mit seinen paar Körnchen Gold nach Hause abziehen, und wir haben unsere Ruhe. Ich will ja Sheila Reddys Tugend nicht in Zweifel ziehen, aber ich frage mich doch, wo Trey ihre Intelligenz herhat, von ihrem Daddy nämlich ganz sicher nicht.«

»Dann wirst du also nicht mitmachen«, sagt Cal.

Mart wiegt den Kopf hin und her. »Na ja, das hab ich nicht gesagt. Ich hab meinen Spaß bei der Sache. Das beste Unterhaltungsprogramm im Dorf seit Jahren. Das wär's fast wert, ein paar Euro reinzustecken, nur für einen Platz in der ersten Reihe.«

»Schaff dir Netflix an«, sagt Cal. »Ist billiger.«

»Ich hab Netflix. Da kommt nie was Gutes, immer bloß Liam Neeson, der Leute mit Schneepflügen umnietet, und der ist ja praktisch von hier.«

»Du willst ernsthaft Johnny dreihundert Euro geben?«

»Von wegen. Der Schwindler kriegt von mir keinen Cent. Aber vielleicht kauf ich mit den anderen Jungs ein bisschen Gold. Nur so aus Jux.«

»Die wollen das machen?«, fragt Cal. Das passt nicht zu dem, was er über die Menschen von Ardnakelty oder über ihre Haltung gegenüber den Reddys weiß. »Alle?«

»Sie sind misstrauisch – besonders Senan und Francie. Aber sie haben nicht nein gesagt. Und je mehr von ihnen ja sagen, desto eher werden die anderen ihre Chance nicht verpassen wollen.«

»Hm«, sagt Cal.

Mart mustert ihn ungerührt über seine Tasse hinweg. »Du hast gedacht, sie wären vernünftiger, was?«

»Ich hätte jedenfalls nicht gedacht, dass sie auf Johnny Reddys Wort Geld setzen.«

Mart lehnt sich auf seinem Stuhl zurück und trinkt genüsslich schlürfend einen Schluck Tee. »Ich hab dir doch gesagt, dass Johnny großes Talent dafür hat, die Dummheit der Leute zum Vorschein zu bringen. Sheila war wirklich nicht dumm, bis er sich an sie rangemacht hat, und jetzt schau sie dir an. Aber du darfst eins nicht vergessen, mein Freund, dass nämlich jeder Mann hier einer ist, der geblieben ist. Manche von uns wollten das, andere nicht, aber sobald du Land besitzt, gehst du nirgendwo mehr hin. Ist schon schwer genug, jemanden zu finden, der sich mal eine

Woche um deine Farm kümmert, während du nach Teneriffa fliegst, um ein paar Bikinis zu beäugen.«

»Land kann man verkaufen«, sagt Cal. »Lena hat ihres verkauft.«

Mart schnaubt. »Das ist überhaupt nicht vergleichbar. Sie ist eine Frau, und es war nicht ihr Land, es hat ihrem Mann gehört. Ich würde eher meine Nieren verkaufen als das Land meiner Familie. Mein Vater würde aus dem Grab aufstehen und mir den Kopf abreißen. Aber manchmal vergeht ein ganzes Jahr, ohne dass wir ein neues Gesicht sehen oder mal rauskommen oder irgendwas machen, was wir nicht schon unser Leben lang machen. Und dabei haben wir alle Brüder, die uns Fotos von Kängurus whatsappen oder auf Facebook die Taufe ihrer Kinder im brasilianischen Dschungel posten.« Er lächelt Cal an. »Mich stört das nicht. Wenn ich merke, dass ich unruhig werde, lese ich mir was über ein neues Thema an, damit mein Verstand auf Kurs bleibt.«

»Geologie.«

»Ach, das ist Jahre her. Mittlerweile befass ich mich mit dem Osmanischen Reich. Das waren echte Typen, die Osmanen. Wenn du dich mit denen anlegen wolltest, musstest du früh aufstehen.« Mart gibt noch einen halben Teelöffel Zucker mehr in seinen Tee. »Ein paar von den Jungs hier sind diesen Sommer ein bisschen neben der Spur, weil wir jeden Morgen aufwachen und Weiden sehen, die immer dringender Regen brauchen und keinen kriegen. Wir sind nervös, jawohl, und da kommt auf einmal der schöne Johnny angetanzt und erzählt uns was von Filmstars und Millionären und Gold.« Er kostet den Tee und nickt. »Denk mal an PJ, deinen Nachbarn. Meinst du, der ist in der Lage, seinen Verstand auf Kurs zu halten, wenn Johnny ihm die Sterne vom Himmel verspricht?«

»PJ kommt mir ziemlich geerdet vor.«

»Ich sag ja auch nix Schlechtes über PJ. Der Mann ist in Ordnung. Aber er ist mit den Nerven am Ende, weil er rund um die Uhr nur noch drüber nachdenkt, wie er seine Schafe durchbringen soll, wenn nicht bald Regen kommt. Und in seinem Kopf gibt's nix, was ihn ablenken kann, wenn er mal auf andere Gedanken kommen will. Keine Kängurus und Osmanen, nur der immer gleiche Trott, und dann kommt da auf einmal Johnny an und zeigt ihm was ganz Neues, Glänzendes. PJ hat sich bezaubern lassen, und wieso auch nicht?«

»Ja, klar«, sagt Cal.

»Und sogar die anderen, die sich nicht so leicht bezaubern lassen wie PJ: Die sind verlockt, jawohl. Die haben einen schweren Fall von Verlockung.«

»Verständlich«, sagt Cal. Er maßt sich nicht an, sie deswegen zu verurteilen. Das, was ihn nach Ardnakelty geführt hat, könnte aus so mancher Perspektive vermutlich auch als ein schwerer Fall von Verlockung bezeichnet werden. Der ist ihm gründlich ausgetrieben worden. Die Landschaft hat noch immer die Fähigkeit, ihn schlicht und einfach zu bezaubern, aber alles andere hier ist ihm zu undurchsichtig. Er und das Dorf haben einen Modus Vivendi gefunden, freundlich im Umgang, aber nicht sonderlich vertrauensvoll, der mit einem gewissen Maß an Vorsicht von beiden Seiten aufrechterhalten wird. Dennoch, alles in allem bereut er nicht, der Verlockung hierhergefolgt zu sein.

»Und jetzt kommt der springende Punkt«, sagt Mart und zeigt mit dem Löffel auf Cal. »Wer sagt denn, dass sie falschliegen? Du sitzt da und hältst PJ für blöd, weil er auf Johnny reingefallen ist, aber selbst wenn der Engländer sich das mit den Proben anders überlegt, vielleicht ist es PJ ja ein paar hundert Euro wert, mal eine Zeitlang an was anderes denken zu können. So wie mir die Abwechslung ein paar hundert Euro wert ist. Wer weiß, vielleicht ist das besser für ihn, als wenn er die Kohle für einen Psychologen ausgibt, der ihm erzählt, er leidet unter Stress, weil seine Mammy ihn zu früh entwöhnt hat.«

»Vor fünf Minuten hast du sie alle noch als einen Haufen Idioten bezeichnet, weil sie dabei mitmachen wollen«, erinnert Cal ihn.

Mart fuchtelt energisch mit dem Löffel vor Cals Nase. »Nee, nee. Nicht weil sie mitmachen wollen. Wenn sie die Sache so angehen würden, wie sie ein paar Euro auf einen Außenseiter im Pferderennen setzen, wär das überhaupt nicht blöd. Aber wenn sie glauben, dass sie Millionäre werden, ist das was anderes. Das ist Idiotie. Und genau deshalb könnte das alles voll in die Hose gehen.« Er wirft Cal einen scharfen Blick zu. »Deine Theresa hat ihnen erzählt, ihr Lehrer hätte gesagt, dass es hier Gold gibt.«

»Trey war dabei? Gestern Abend?«

»O ja. Hat in der Ecke gehockt wie ein Engelchen und keinen Mucks gesagt, bis er sie angesprochen hat.«

»Hm«, sagt Cal. Er schätzt seine Chancen, durch den Sommer zu kommen, ohne Johnny Reddy die Zähne auszuschlagen, als immer geringer ein. »Na ja, wenn sie sagt, ihr Lehrer hat das gesagt, dann stimmt das wahrscheinlich.«

»Vor ein oder zwei Jahren«, sagt Mart nachdenklich, »wär das noch völlig egal gewesen. Aber jetzt glauben 'ne Menge Leute hier, dass man ruhig auf dein Mädchen hören sollte. Ist schon beachtlich, was ein gut reparierter Tisch so alles bewirkt, hm?«

»Sie ist nicht mein Mädchen«, sagt Cal. »Und diese Goldgeschichte hat nichts mit ihr zu tun.«

»Aber die Männer sehen das anders, und die Kleine hat einen gewissen Einfluss. Ist das nicht verrückt? Wer hätte gedacht, dass eine Reddy im Dorf mal so ernst genommen wird?«

»Sie ist in Ordnung«, sagt Cal. Ihm ist klar, dass Mart eine Warnung ausspricht, die vorläufig noch sanft ausfällt.

Mart studiert die Kekse, will einen mit besonders viel Schokolade finden. »Sie treibt sich jedenfalls nicht rum und macht Ärger«, bestätigt er. »Das ist schon mal gut.« Er entscheidet sich für einen Keks und tunkt ihn in seinen Tee. »Soll ich dir was sagen? Was die Jungs mit dem Gold vorhaben, falls es welches gibt, ist zum Piepen. Kreuzfahrten und neue Ställe und Touren durch Hollywood. Kein Einziger hat auch nur eine ansatzweise originelle Idee gehabt.«

»Wofür willst du denn deins ausgeben?«, fragt Cal.

»An das Gold glaub ich erst, wenn ich's in den Händen halte. Aber falls das passiert, garantier ich dir, dass es nicht für irgendeine bescheuerte Karibikreise draufgeht. Vielleicht stell ich mir ein Weltraumteleskop aufs Dach oder kauf mir ein zahmes Kamel, das den Schafen Gesellschaft leistet, oder einen Heißluftballon, der mich ins Dorf bringt.«

Während Mart redet, ist Cal im Geist halb damit beschäftigt, sich den Verlauf der Ader vorzustellen, die Johnny beschrieben hat, vom Fuß des Berges durch die Farmen der Männer hindurch bis zum Fluss. »Wenn es auf deinem und PJs Land Gold gibt«, sagt er, »dann müsste es auch welches auf meiner hinteren Wiese geben.«

»Hab ich auch schon gedacht«, bestätigt Mart. »Stell dir vor: Vielleicht hast du deine Tomaten auf eine Goldmine gepflanzt. Ob die dann wohl anders schmecken?«

»Aber wieso hat Johnny mich gestern Abend nicht auch eingeladen?«

Mart wirft Cal einen schiefen Blick zu. »Ich würde sagen, Johnny will diesen Engländer irgendwie übers Ohr hauen. Mit so was müsstest du dich besser auskennen als ich.«

»Nicht mein Ressort.«

»Wenn du irgendeine Betrügerei vorhättest, würdest du dann einen Bullen dazu einladen?«

»Ich bin bestenfalls Schreiner«, sagt Cal.

Marts Augenbrauen heben sich. »Ein Bulle und ein Zugezogener. Johnny kennt dich nicht so gut wie ich. Du respektierst einigermaßen, wie die Dinge hier laufen, und du kannst den Mund halten, wenn es das Klügste ist. Aber er weiß das nicht.«

Damit ist die Frage beantwortet, warum Johnny gleich zu Cal gekommen ist, um mit ihm zu plaudern, noch ehe er ausgepackt hatte. Nicht um sich ein Bild von dem Mann zu machen, der so viel Zeit mit seiner Tochter verbringt, sondern um rauszufinden, ob der Ex-Cop einer ist, der ihm bei seiner Schwindelei in die Quere kommen würde.

Cal sagt, ohne groß zu überlegen: »Er wüsste es, wenn du dich für mich verbürgt hättest.«

Marts Augenbrauen hüpfen. »Was ist los, mein Freund? Willst du etwa mitmischen? Hätte nicht gedacht, dass dich das Goldfieber packt.«

»Ich stecke voller Überraschungen«, sagt Cal.

»Ist dir langweilig geworden, oder hast du in deinem Pastinakenbeet Nuggets ausgegraben?«

»Wie du schon sagtest. Auf Netflix kommt nie was Gutes.«

»Großer Gott, erzähl mir nicht, dass Johnny Reddy auch in dir den Blödmann geweckt hat. Du hast doch nicht etwa den Drang, deine alte Dienstmarke abzustauben und die bösen Betrüger am Schlafittchen zur Polizei zu schleifen, oder?«

»Nee«, sagt Cal. »Aber wenn mein Grundstück sowieso betroffen ist, kann ich der Sache doch auch mal nachgehen.«

Mart kratzt nachdenklich an einem Mückenstich an seinem Hals und betrachtet Cal. Cal erwidert seinen Blick. Alles in ihm wehrt sich dagegen, Mart Lavin um einen Gefallen zu bitten, und er ist ziemlich sicher, dass Mart das auch weiß.

»Du willst Unterhaltung und Abwechslung«, stellt er fest. »Dabei zuzusehen, wie Johnny hin und her überlegt, was er mit mir machen soll, könnte sehr unterhaltsam werden.«

»Das ist wahr«, räumt Mart ein. »Aber mir wär nicht recht, dass er die Nerven verliert, sich seinen Engländer schnappt und mit ihm verschwindet, bevor die Sache so richtig interessant wird. Das wär jammerschade.«

»Ich werde mich schön im Hintergrund halten«, verspricht Cal. »Er wird kaum merken, dass ich da bin.«

»Stimmt, den Harmlosen markieren kannst du gut, wenn du willst«, sagt Mart und lächelt Cal an, so dass sein ganzes Gesicht sich liebenswert runzelt. »Also gut. Komm morgen Abend runter ins *Seán Óg's*, dann stellt uns Johnny nämlich den Engländer vor, und dann sehen wir weiter. Einverstanden?«

»Klingt gut«, sagt Cal. »Danke.«

»Bedank dich lieber nicht. Ich würde sagen, ich tu dir keinen Gefallen damit, dich in den Quatsch von dem Burschen mit reinzuziehen.« Er trinkt den Rest von seinem Tee und steht auf, lockert seine Gelenke eins nach dem anderen. »Wofür würdest du deine Million ausgeben?«

»Karibikkreuzfahrt klingt gut«, sagt Cal.

Mart lacht und sagt, die soll er sich sonst wohin stecken, dann stapft er zur Tür und zieht seinen Strohhut tief über das flaumige Haar. Cal räumt die Kekse weg und trägt die Tassen in die Küche, um sie auszuspülen. Er fragt sich, wieso Mart beschlossen hat, einem Bullen und Zugezogenen von einem Vorhaben zu erzählen, das womöglich krimineller Betrug ist. Es sei denn, er will Cal aus ganz eigenen Gründen mit an Bord haben.

Das wichtigste Talent, das Cal bei sich entdeckt hat, seit er in Ardnakelty lebt, ist die robuste Fähigkeit, Dinge ruhen zu lassen. Anfangs vertrug sie sich schlecht mit seinem tief sitzenden Instinkt, Dinge in Ordnung zu bringen, doch mit der Zeit tarierten sie einander aus: Er richtet seinen Instinkt hauptsächlich auf feste Gegenstände wie sein Haus oder irgendwelche Möbel und lässt anderen Dingen Raum, sich selbst zu regeln. Die Johnny-Reddy-

Situation kann er nicht in Ruhe lassen. Aber sie fühlt sich auch nicht so an, als müsste sie in Ordnung gebracht werden. Sie erscheint ihm brisant und unberechenbar. Wie etwas, das genau beobachtet werden sollte, für den Fall, dass es aufflammt und außer Kontrolle gerät.

Trey muss für ihre Mam zum Laden gehen, weil Maeve eine Arschkriecherin ist. Eigentlich wäre sie an der Reihe, aber sie hat sich auf dem Sofa an ihren Dad geschmiegt, stellt ihm eine dämliche Frage nach der anderen zu dem Formel-1-Rennen im Fernsehen und lauscht seinen Antworten, als verrieten sie das Geheimnis des Universums. Als ihre Mam sie zum Einkaufen schicken wollte, schaute sie mit Schmollmund zu ihrem Dad hoch, und der lachte und sagte: »Ach, lass das Kind doch. Uns geht's gerade so gut hier, hab ich recht, Maeve? Ist bestimmt nicht so dringend, oder?« Aber da es doch so dringend ist, weil sie nämlich nichts fürs Abendessen im Haus haben, trottet Trey jetzt runter ins Dorf und zieht einen Einkaufstrolley hinter sich her. Nicht mal Banjo leistet ihr Gesellschaft. Sie hat ihn ausgestreckt auf der kühlsten Stelle des Küchenbodens liegen lassen, wo er jämmerlich hechelnd mit nur einem Auge zu ihr rüberschielte, als sie ihn mit einem Fingerschnippen zu sich rufen wollte.

Trey geht nicht gern in den Laden. Bis vor ein oder zwei Jahren hat Noreen sie mit ihrem starren Blick verscheucht, und Trey ließ irgendwas mitgehen, sobald Noreen Kunden bediente und mal kurz abgelenkt war. Inzwischen bezahlt Trey normalerweise die Sachen, die sie haben will, und Noreen nickt ihr zu und erkundigt sich nach ihrer Mam, aber manchmal klaut Trey noch immer irgendwas, nur um für klare Verhältnisse zu sorgen.

Heute hat sie nicht die Absicht, irgendwas zu klauen. Sie will bloß Kartoffeln und Speck und das ganze andere Zeug kaufen, das auf dem Zettel in ihrer Tasche steht, und wieder nach Hause gehen. Mittlerweile wird Noreen gekonnt und skrupellos jede Einzelheit des gestrigen Abends aus Dessie herausgequetscht haben und nach noch mehr Informationen lechzen. Trey hat keine Lust, über irgendwas davon zu reden. Die Männer sind bis spät in die Nacht geblieben, wurden lauter und lauter, je mehr sie getrunken hatten, und brachen immer wieder in brüllendes Gelächter aus, woraufhin Alanna ganz durcheinander und verängstigt in Treys Zimmer gestolpert kam, um zu ihr ins Bett zu klettern und feucht in ihren Nacken zu atmen. Die Typen fressen Johnny aus der Hand. Trey kommt sich allmählich richtig blöd vor, weil sie gedacht hat, sie könnte gegen irgendeinen von ihnen irgendwas ausrichten.

Noreen ist natürlich nicht allein. Doireann Cunniffe hängt halb über dem Tresen, so dass sie jedes Wort von Noreen als Erste mitbekommt, und in einer Ecke hat Tom Pat Malone sich in dem Sessel niedergelassen, den Noreen für Leute hingestellt hat, die sich ausruhen müssen, bevor sie den Nachhauseweg antreten. Mrs. Cunniffe ist klein und reizbar, mit komischen Zähnen und vorstehendem Kopf, und sie trägt rosa Strickjacken, sogar bei der Hitze. Tom Pat ist weit über achtzig, ein gekrümmtes mageres Männlein, aber er kann das Wetter vorhersagen und ist erblicher Besitzer eines Rezeptes für Wollwachssalbe, die von Hautausschlag bis Rheuma einfach alles heilt. Er wurde nach seinen Großvätern benannt und muss mit beiden Vornamen angeredet werden, um weder den einen noch den anderen zu beleidigen, obwohl die zwei seit fünfzig Jahren tot sind. Um ihre Anwesenheit zu rechtfertigen, hat Mrs. Cunniffe eine Packung langweilige Kekse auf die Theke gelegt, und Tom Pat hat die Sonntagszeitung auf dem Schoß liegen, aber keiner von ihnen ist hier, um etwas zu kaufen. Trey hält den Kopf gesenkt und beginnt, die Sachen zusammenzusuchen, die sie braucht. Aber ihr ist klar, dass sie nicht so leicht davonkommen wird.

»Meine Güte, Noreen, bei dir geht's heute zu wie im Bahnhof von Galway«, sagt Tom Pat. »Gibt's irgendwen im Dorf, der noch nicht hier war?«

»Die folgen nur deinem guten Beispiel«, kontert Noreen schlagfertig. Sie staubt Regale ab – Noreen ist niemals untätig. »Wie geht's deinem Daddy heute, Theresa?«

»Gut«, sagt Trey und nimmt eine Packung gekochten Schinken.

»Jesus, Maria und Josef, wenigstens einem. Er muss ja einen Kopf aus Stahl haben. Was haben die eigentlich getrunken? Ich hab Dessie gefragt, aber der konnte nicht mal den Kopf auf dem Kissen bewegen, um mir zu antworten.«

Mrs. Cunniffe kichert atemlos. Trey zuckt die Achseln.

Noreen wirft ihr über die Schulter einen durchdringenden Vogelblick zu. »Aber als er nach Hause gekommen ist, hat er geredet wie ein Wasserfall, nicht zu fassen. Vier Uhr morgens war das, und da holt er mich aus dem Bett und erzählt mir irgendeine verrückte Geschichte von Goldnuggets und will, dass ich ihm Spiegeleier brate.«

»Hast du?«, will Tom Pat wissen.

»Nein, hab ich nicht. Er hat ein Stück Toast gekriegt und eine Standpauke, weil er die Kinder geweckt hat, sonst nichts. Jetzt sag schon, Theresa, stimmt das, was er da erzählt hat, oder war das nur betrunkenes Gefasel? Kommt da wirklich so ein Engländer und will bei allen nach Gold graben?«

»Ja«, sagt Trey. »Der ist reich. Seine Granny war von hier. Die hat ihm erzählt, dass es hier Gold gibt.«

»Heilige Maria Muttergottes«, haucht Mrs. Cunniffe und rafft ihre Strickjacke zusammen. »Das ist wie im Kino. Ich schwöre, ich hatte Herzrasen, als ich das gehört hab. Und soll ich euch was richtig Seltsames erzählen? Freitagnacht hab ich geträumt, dass ich eine Goldmünze in meiner Küchenspüle finde. Lag einfach so da. Meine Granny hat immer gesagt, manche in unserer Familie hätten das zweite Ges…«

»Wahrscheinlich hast du spätabends noch Käse gegessen«, belehrt Noreen sie. »Wir hatten mal gebackenen Camembert an Weihnachten, und da hab ich geträumt, ich hätte mich in ein Lama im Zoo verwandelt, und war wütend, weil meine guten Schuhe nicht auf die Hufe passten. Finger weg vom Käse, dann passiert so was nicht. Also, Theresa« – Noreen hört mit dem Abstauben auf, beugt sich über die Theke und zeigt mit dem Staubwedel auf Trey –, »hat dein Daddy erzählt, wer die Granny von diesem Kerl war?«

»Nee«, sagt Trey. »Glaub nicht, dass er das weiß.« Sie kann die Marmelade, die sie sonst immer nehmen, nirgends finden. Stattdessen greift sie sich irgendwas mit Aprikose.

»Typisch Mann«, sagt Noreen. »Eine Frau hätte gleich danach gefragt. Ich und Dymphna, das ist Mrs. Duggan, haben den halben Vormittag überlegt, wer sie gewesen sein könnte. Dymphna meint, es könnte Bridie Feeney von drüben auf der anderen Flussseite gewesen sein. Die ist Mitte der dreißiger Jahre nach London gegangen. Hat nie mehr von sich hören lassen. Dymphna sagt, ihre Mammy hätte immer gedacht, Bridie wäre rübergegangen, weil sie ein Baby im Bauch hatte und sich geschämt hat, aber ich glaube, dass sie zuerst einfach keine Lust hatte, Briefe zu schreiben, und als sie dann später irgendeinen vornehmen Arzt geheiratet hat, war sie sich zu fein dafür, Leuten wie uns zu schreiben. Oder es war beides«, fällt ihr nachträglich ein. »Erst das Baby, dann der Doktor.«

»Bridie Feeneys Schwester hat meinen Onkel geheiratet«, sagt Tom Pat. »Ich war noch ganz klein, als sie weggegangen ist, aber die haben immer gesagt, dass sie gut zurechtkommen würde. Das war so ihre Art. Könnte gut sein, dass sie einen Doktor geheiratet hat.«

»Ich kenn Anne Marie Dolan«, sagt Mrs. Cunniffe stolz. »Ihre Mammy war eine Feeney. Bridie müsste ihre Großtante gewesen sein. Ich hab Anne Marie sofort angerufen, als ich mich wieder eingekriegt hatte, stimmt's, Noreen? Sie sagt, weder ihr Großvater noch ihre Mammy haben je was von irgendwelchem Gold erzählt. Nicht ein Wort. Ist das zu glauben?«

»Eigentlich schon«, sagt Tom Pat. »Ich würde sagen, das ist mal wieder typisch. Anne Maries Granddad war der alte Mick Feeney, und Mick hatte für Mädchen nichts übrig. Er fand sie furchtbar geschwätzig, meinte, die könnten alle nichts für sich behalten – Anwesende ausgeschlossen.« Er lächelt in die Runde. Mrs. Cunniffe kichert. »Und er hatte bloß Töchter. Ich kann mir vorstellen, dass er denen nix gesagt hat und lieber warten wollte, bis Anne Maries kleiner Sohn alt genug ist, um es ihm zu erzählen. Aber dann hat Mick einen Herzinfarkt gehabt und ist gestorben, bevor er dazu kam.«

»Und das hat außer ihn keinen überrascht«, sagt Noreen spitzzüngig. »Ich hab gehört, sein Hinterzimmer war ein einziges Flaschenlager. Die mussten extra einen Container kommen lassen. Kein Wunder, dass er nie was wegen des Goldes unternommen hat. Der war mit anderen Dingen beschäftigt.«

»Und ohne diesen Engländer«, sagt Mrs. Cunniffe, eine Hand an die Wange gelegt, »wäre das Geheimnis für immer verschüttgegangen. Da spazieren wir schon unser ganzes Leben auf Gold herum und haben keine Ahnung.«

Noreen hat so lange still gestanden, wie es ihr möglich ist, und schwingt wieder den Staubwedel. »Gott allein weiß, wie viele Generationen von Feeneys rein gar nichts wegen des Goldes unternommen haben. Wenigstens hat dieser Engländer von irgendwoher genug Verstand mitbekommen, was zu machen. Wird auch verdammt Zeit.«

»Du lernst doch den Engländer demnächst kennen, nicht

wahr, Theresa?«, fragt Mrs. Cunniffe und schiebt sich näher an Trey heran. »Würdest du ihn vielleicht fragen, ob auf unserem Stückchen Land auch was liegt? Noreen hat mir erzählt, es ist im Fluss, und da sind wir ja ganz nah dran. Selber graben kann ich leider nicht, ich hab schrecklich Rücken, aber Joe ist bestens dafür geeignet. Der hätte den Garten in null Komma nix ausgehoben.«

Irgendwo auf dem Weg vom Berg runter ins Dorf hat sich das Gold offenbar von einer Möglichkeit in etwas Reales verwandelt.

Trey packt ihre Einkäufe auf die Theke und legt noch eine Packung Chips dazu, als Wiedergutmachung, weil sie Maeves Aufgabe übernommen hat. »Und zwanzig Marlboro«, sagt sie.

»Du bist zu jung zum Rauchen«, erklärt Noreen.

»Für meinen Dad.«

»Aha«, sagt Noreen widerwillig, wirft ihr noch einen letzten misstrauischen Blick zu und dreht sich dann zu den Zigaretten um. »Cal versohlt dir den Hintern, wenn er mitkriegt, dass du nach Rauch riechst. Merk dir das.«

»Klar«, sagt Trey. Sie will bloß weg.

»Komm mal her, Mädchen.« Tom Pat winkt Trey zu sich. »Ich würde ja zu dir kommen, aber nach dem Weg hierher hab ich keine Kraft mehr in den Beinen. Komm her, lass dich anschauen.«

Trey lässt Noreen ihre Einkäufe in die Kasse eintippen und geht zu ihm. Tom Pat fasst ihr Handgelenk und zieht sie zu sich nach unten, damit er sie besser sehen kann – seine Augen sind milchig. Er riecht nach warmer Scheune.

»Du bist deinem Granddad wie aus dem Gesicht geschnitten«, sagt er. »Dem Daddy von deiner Mammy. Das war ein feiner Mann.«

»Okay«, sagt Trey. »Danke.« Ihr Granddad ist gestorben, bevor sie zur Welt kam. Ihre Mam redet nicht oft über ihn.

»Jetzt verrat mir mal was«, sagt Tom Pat. »Du und dieser Yankee drüben in dem alten Haus von den O'Sheas. Macht ihr auch Schaukelstühle?«

»Manchmal«, sagt Trey.

»Ich hätte gern einen Schaukelstuhl«, erklärt Tom Pat, »für vor dem Kamin, im Winter. Ich denk gerade verdammt viel an den Winter, damit ich nicht so schwitze. Würdet ihr mir vielleicht einen machen? Aber einen kleinen, damit ich mit meinen kurzen Beinen auf den Boden komme.«

»Ja«, sagt Trey. »Klar.« Sie nimmt so ziemlich jeden Auftrag an, den sie kriegen. Sie weiß, dass Cal aus irgendwelchen behördlichen Gründen, die sie nicht versteht und die ihr auch egal sind, hier nicht offiziell arbeiten darf. Eine ihrer größten Sorgen ist, dass er nicht genug Geld verdient, um davon leben zu können, und wieder zurück nach Amerika muss.

»Braves Mädchen.« Tom Pat lächelt zu ihr hoch. Die wenigen Zähne in seinem eingefallenen Mund wirken groß wie Pferdezähne. »Die Einzelheiten besprechen wir dann bei mir zu Hause. Ihr müsst zu mir kommen, weil meine Augen zu schlecht zum Autofahren sind.«

»Ich sag Cal Bescheid.« Seine Hand umfasst noch immer ihr Handgelenk, schlaffe, knochige Finger, die leicht zittern.

»Dein Daddy tut was Großartiges für die ganze Gemeinde«, sagt Tom Pat zu ihr. »So was endet nicht einfach mit ein paar Baggern auf ein paar Weiden. In ein paar Jahren erkennen wir hier nix mehr wieder. Und alles nur wegen deines Daddys. Bist du stolz auf ihn?«

Trey sagt nichts. Sie spürt das Schweigen in sich, als würde sie mit Flüssigbeton ausgegossen.

»Natürlich, Kinder wissen ihre eigenen Eltern nie zu schätzen«, seufzt Mrs. Cunniffe. »Wenn wir tot sind, wird ihnen das leidtun. Aber, Theresa, du kannst deinem Daddy von mir bestellen, dass er ein wirklich großer Mann ist.«

»Jetzt hör mal, Schätzchen«, sagt Tom Pat. »Kennst du unseren Brian? Den Jungen von meiner Elaine. Der mit den roten Haaren.«

»Klar«, sagt Trey. Sie mag Brian nicht. Er war in Brendans Klasse. Hat Brendan oft so lange geärgert, bis der wütend wurde, und ist dann zum Lehrer gerannt. Einem Reddy hat nie einer geglaubt.

»Der Mann, dieser Engländer, der wird doch Hilfe brauchen, wenn er da im Fluss rumsucht. Hm? Der will bestimmt nicht, dass seine teuren Schuhe nass werden.«

»Keine Ahnung«, sagt Trey.

»Brian ist nicht besonders groß, aber er ist stark«, sagt Tom Pat. »Und es wäre gut für ihn. Der Junge braucht bloß ein bisschen harte Arbeit, damit er zur Vernunft kommt. Seine Mammy geht zu sanft mit ihm um. Bestell das mal deinem Daddy.«

»Brian ist nicht der Einzige, der auf die Arbeit scharf ist.« Noreen kann einfach nicht länger den Mund halten. »Hier gibt's viele junge Burschen, die schrecklich gern einen Fuß in die Tür bekommen wollen. Theresa, mein Jack ist morgen Abend auch im Pub. Sag deinem Daddy, er soll ihn dem Engländer vorstellen.«

»Ich weiß nicht, ob er überhaupt wen braucht«, sagt Trey. »Bin ihm noch nie begegnet.«

»Mach dir darüber mal keine Gedanken. Du musst das bloß deinem Daddy sagen. Behältst du das?«

Die drei starren Trey mit einer Intensität an, die sie nicht gewohnt ist. Ihr kommt das alles richtig unheimlich vor, wie ein mieser alter Film, in dem Aliens sich in den Körpern von Menschen einnisten. »Ich muss los«, sagt sie und löst ihr Handgelenk aus Tom Pats Griff. »Meine Mam braucht die Sachen fürs Abendessen.«

»Das macht dann sechsunddreißig achtzig.« Noreen rudert geschickt zurück. »Zigaretten sind sehr ungesund, Liebes. Dein Daddy sollte wirklich mal E-Zigaretten probieren. Ich hab Dessie schon vor einem Jahr zu den Dingern überredet, und der raucht überhaupt keine normalen Zigaretten mehr – jetzt guck nicht so, ich weiß, was er gestern Abend getrieben hat, meine Nase funktioniert schließlich noch. Aber jedenfalls die meiste Zeit.«

Die Ladenglocke bimmelt fröhlich, und Richie Casey kommt herein, nachdem er sich die Schuhe an der Fußmatte abgeputzt hat. Er riecht nach Schafscheiße. »Sauheiß draußen«, sagt er. »Demnächst stellen sich die Schafe an und betteln drum, geschoren zu werden, wenn ihnen die Wolle nicht vorher wegschmilzt. Wie läuft's, Theresa? Wie geht's deinem Daddy?«

Richie Casey hat vorher noch nie ein Wort zu Trey gesagt. »Gut«, sagt sie, steckt hastig ihr Wechselgeld ein und flüchtet, ehe irgendwer noch unheimlicher wird. All diese Leute wollen, dass sie Dinge für sie tut, bei denen sie entscheiden kann, ob sie sie tut oder nicht; Dinge, die auf jeden Fall Konsequenzen haben.

Trey hat immer gern klare Verhältnisse gehabt. Ihr erster Impuls war, diese neue Situation abzuwehren, aber allmählich, während sie den ruckelnden Einkaufstrolley über den steinigen Pfad hinter sich herzieht, verschiebt sich etwas in ihrem Kopf. Zum ersten Mal in ihrem Leben hat sie Macht.

Sie denkt darüber nach, prüft, wie sich das anfühlt. Sie ist ziemlich sicher, dass Cal den Plan von ihrem Dad und ganz besonders ihre Beteiligung daran für eine schlechte Idee halten würde, aber das erscheint ihr nicht wichtig. Cal hat damit nichts zu tun. Sie überlegt nicht groß, ob er recht haben könnte, weil er meistens recht hat und weil es keine Rolle spielt.

Die Hitze brennt ihr auf den Schädel. Insekten tanzen und summen über der Heide. Sie denkt an Tom Pats Finger, schwächlich und zittrig, um ihr Handgelenk und an die gierigen Glubschaugen von Mrs. Cunniffe. Anstatt die Situation abzuwehren, beginnt ihr Verstand, sie anzunehmen. Sie weiß noch nicht wie, aber sie wird sie ausschlachten.

6

NORMALERWEISE WÄRE DAS *Seán Óg's* an einem Montagabend fast leer. Barty, der Barmann, würde an der Theke lehnen, sich Pferderennen im Fernsehen angucken und zwischendurch ein paar Worte mit seinen wenigen täglichen Stammgästen wechseln, älteren Junggesellen in verwaschenen Hemden, die aus den hintersten Winkeln der Gemeinde kommen, um mal ein anderes Gesicht zu sehen. Vielleicht würde ein Grüppchen von ihnen *Twenty-Five* spielen, ein Kartenspiel, das in Ardnakelty genauso viel Leidenschaft und Begeisterung auslöst wie Football in den USA. Wenn Cal montags in den Pub geht, dann nur, weil er in Ruhe ein Bier trinken will.

Heute Abend ist es gerammelt voll, denn jedermann im Umkreis von mehreren Meilen will sich den Engländer ansehen. Es sind Leute da, die Cal noch nie gesehen hat und die entweder dem falschen Geschlecht angehören oder Jahrzehnte jünger sind als die übliche Klientel. Alle reden auf einmal, und etliche tragen ihren Sonntagsstaat. In dem stickigen Raum hält Cal nach Lena Ausschau, aber sie ist nicht da. Eigentlich hat er auch nicht erwartet, sie hier zu sehen.

»Ein Pint Smithwick's«, sagt er zu Barty, als er es endlich bis zur Theke geschafft hat. »Heute Abend machst du ordentlich Umsatz.«

»Mann, hör bloß auf«, sagt Barty. Sein Gesicht ist verschwitzt. »So voll war's seit Dumbos Beerdigung nicht mehr. Bringt mir aber nix. Die Hälfte von denen sind Grannys oder Teenager, die ein Scheißglas Sherry oder Cider bestellen und dann den ganzen

Abend dran nuckeln. Wenn du mitkriegst, dass einer von den Blindgängern einen Tropfen verschlabbert, sag mir Bescheid, und ich schmeiß sie hochkant raus.« Vor ein paar Monaten hat Barty die wackeligen Barhocker und Bänke durch neue, glänzend flaschengrüne ersetzt. Seitdem ist er laut Mart wie eine Frau mit einer neuen Einbauküche, kurz davor, dich mit einem Lappen abzuwischen, bevor er dich überhaupt reinlässt. Der abgelaufene rote Linoleumboden oder die wellige, überstrichene Tapete oder die vergilbten eingerahmten Zeitungsausschnitte an den Wänden oder das ausgefranste Fischernetz an der Decke, das mit irgendwelchen wahllosen Gegenständen geschmückt ist, die Gäste aus einer Laune heraus reingeschmissen haben, sind unverändert, so dass der Pub im Grunde aussieht wie vorher, doch Barty ist da anderer Ansicht.

»Ich pass auf, dass sie sich benehmen«, sagt Cal und nimmt sein Glas. »Danke.«

Für Cal ist klar, wo der Engländer ist – in dem hinteren Erker, wo normalerweise Mart und seine Freunde sitzen –, weil alle genau diese Ecke bewusst ignorieren. Er schiebt sich durch die Menge, eine Hand schützend auf seinem Glas, und nickt Leuten zu, die er kennt. Noreen winkt ihm aus einer Ecke, wo sie eingezwängt zwischen ihren Kolossen von Brüdern sitzt. Cal winkt zurück und geht weiter. Eine junge Frau tänzelt in einem neonpinken Kleid herum, das kaum größer ist als ein Badeanzug. Wahrscheinlich hofft sie, dass der Engländer auf sie aufmerksam wird und sie zu einer Party auf seine Yacht einlädt.

Ein beträchtlicher Teil der Stammgäste des *Seán Óg's* hat sich in den Erker gequetscht. Alle sind ein bisschen röter im Gesicht als sonst, was aber, wie Cal vermutet, eher an der Hitze als am Alkoholkonsum liegt. Sie sind heute Abend zu einem bestimmten Zweck hier, und solange der nicht erfüllt ist, möchten sie geistig hellwach bleiben. Im Zentrum des Erkers, die Schulter Cal zugewandt, sitzt ein schmaler blonder Mann in einem auffallend teuren Hemd und lacht über irgendeinen Witz von Sonny McHugh.

Die Männer bieten Rushborough bewusst und methodisch einen ganz normalen Abend im Pub. Dessie Duggan widerspricht Con McHugh laut wegen irgendwas, das mit Schafschur zu tun hat, und Bobby erläutert Francie die neusten Blutwerte seiner Mutter, obwohl der ihn offenbar gar nicht zur Kenntnis nimmt. Keiner von ihnen hat sich für den Anlass schick angezogen. Bobby hat sich das Gesicht geschrubbt, so dass er noch pinker und glänzender aussieht als sonst, und Con – oder vielleicht seine Frau – hat sein widerspenstiges Haar geglättet, aber alle tragen ihre Arbeitskleidung – alle außer Mart, der seinen Hang zum Künstlerischen voll ausgelebt hat und jetzt eine flache Tweedmütze, ein fadenscheiniges Hemd mit Stehkragen und eine braune Fellweste trägt, die Cal noch nie an ihm gesehen hat. Eine Tonpfeife würde das Outfit abrunden, aber ansonsten ist er die fleischgewordene Werbung für Irlandreisen.

Mart und Senan sitzen nebeneinander, damit sie bequemer streiten können. »Der Hut«, sagt Senan gerade mit der Stimme eines Mannes, der sich zum letzten Mal wiederholt, »ist kein Verlust für dich oder sonst wen. Du solltest Gott danken, dass er weg ist. Mal angenommen, ein Nachrichtenreporter würde ins Dorf kommen und dich mit dem Ding auf dem Kopf erwischen –«

»Warum zum Teufel sollte ein Nachrichtenreporter hierherkommen?«, will Mart wissen.

»Wegen …« Senan wird leiser und deutet mit dem Kopf auf den blonden Mann. »Dem da, natürlich. Und mal angenommen, der bringt dich mit dem Ding auf dem Kopf ins Fernsehen. Dann würden wir zur Lachnummer für ganz Irland. Für die ganze Welt. Das würde auf YouTube viral gehen.«

»Weil ihr anderen ja die reinsten Mode-Ikonen seid, hä? Hat Linda Evangelista das Poloshirt da auf dem Laufsteg getragen?

Mein Hut hatte mehr Stil als alles, was du je im Leben angehabt hast. Und falls dieser Reporter je hier auftaucht, weiß ich, was du zu seiner Begrüßung tragen wirst.«

»Ich würde diese verdammte Geschmacklosigkeit nicht tragen, und wenn du mir –«

»Ihr seid beide wunderschön«, sagt Cal. »Wie läuft's?«

»Ah, da bist du ja!«, sagt Mart erfreut und hebt sein Glas in Cals Richtung. »Rück mal ein Stück, Bobby, mach dem großen Burschen hier Platz. Senan kann sich bei dir bedanken, mein Freund. Ich hab ihn bearbeitet, dass er mir meinen Hut zurückgibt, aber das muss jetzt erst mal noch warten. Mr. Rushborough?«

Rushborough, der noch immer mit Sonny lacht, wendet den Kopf, und Cal kann ihn zum ersten Mal richtig sehen. Er ist irgendwas über vierzig, wahrscheinlich, mit der Art von schmalem, glattem, bleichem Gesicht, die man einfach nicht genau einordnen kann. Alles an ihm ist aalglatt: Seine Ohren liegen dicht am Kopf an, sein Haar ist nach hinten gegelt, sein Hemd fällt elegant, ohne sich zu bauschen, und seine hellen Augen stehen eng beieinander.

»Ich möchte Ihnen Mr. Cal Hooper vorstellen«, sagt Mart, »meinen Nachbarn. Cals Haus steht zwischen meiner Farm und der von PJ da drüben.«

Johnny Reddy unterhält sich gerade einige Plätze von Rushborough entfernt mit PJ. Er wirkt alles andere als erfreut, dass Cal sich einfach so dazugesetzt hat. Cal bedenkt ihn mit einem breiten, freundlichen Lächeln.

»Sehr erfreut, Sie kennenzulernen«, sagt Rushborough, beugt sich über den Tisch und schüttelt Cal die Hand. Selbst seine Stimme klingt aalglatt und spricht das, was Cal als vornehmes Englisch bezeichnen würde. Im Vergleich zu dem satten wiegenden Singsang des Ardnakelty-Dialekts um sie herum ist das auffällig genug, um wie eine bewusste Provokation zu wirken.

»Ganz meinerseits«, sagt Cal. »Ich hab gehört, Ihre Familie stammt von hier?«

»Stimmt, ja. In gewisser Weise habe ich dieses Dorf immer als meine wahre Heimat betrachtet, aber nie die Zeit gefunden, es zu besuchen.«

»Besser spät als nie«, sagt Cal. »Wie gefällt es Ihnen, jetzt, wo Sie hier sind?«

»Ich hatte noch keine Zeit, es richtig zu erkunden, aber was ich bislang gesehen habe, ist wirklich bezaubernd. Und diese Burschen hier bereiten mir einen wunderbaren Empfang.« Er hat das Lächeln eines reichen Mannes, zwanglos und unaufdringlich, das Lächeln eines Mannes, der sich nicht anstrengen muss. »Ehrlich, es ist eine schönere Heimkehr, als ich mir hätte träumen lassen.«

»Das freut mich«, sagt Cal. »Wie lange wollen Sie bleiben?«

»Oh, mindestens ein paar Wochen. Wenn schon, denn schon. Möglicherweise noch länger. Kommt drauf an.« Er legt den Kopf schief. Seine hellen Augen taxieren Cal, schnell und routiniert. »Sie sind Amerikaner, nicht wahr? Haben Sie auch familiäre Wurzeln hier?«

»Nee«, sagt Cal. »Mir hat einfach der Ort gefallen.«

»Offensichtlich ein Mann mit ausgezeichnetem Geschmack«, sagt Rushborough lachend. »Ich bin sicher, wir werden uns noch öfter unterhalten.« Damit nickt er Cal zu und widmet sich wieder seinem Gespräch mit Sonny. Seine Augen verweilen eine Sekunde zu lange auf Cal, ehe er sich abwendet.

»Er ist mein Cousin dritten Grades«, sagt Bobby mit großen Augen und zeigt auf Rushborough. »Wusstest du das?«

»Ich hab gehört, seine Grandma war eine Feeney«, sagt Cal. »Hab mir schon gedacht, dass ihr irgendwie verwandt sein müsst.«

»Würde man nicht drauf kommen, wenn man uns beide so anguckt«, sagt Bobby leicht wehmütig. »Er sieht besser aus als ich. Der hat bestimmt einen Schlag bei den Frauen.« Er zieht sein Hemd gerade, versucht, seinem neuen Anspruch gerecht zu werden. »Hätte nie gedacht, dass ich einen reichen Cousin hab. Meine Cousins sind alle bloß Farmer.«

»Wenn die Sache klappt«, sagt Johnny halblaut und grinst ihn über die Schulter an, »bist *du* demnächst der reiche Cousin.« Cal hat bereits bemerkt, dass Johnny zwar scheinbar PJ seine ganze schmeichelhafte Aufmerksamkeit schenkt, aber sehr genau jede andere Unterhaltung im Erker verfolgt.

»Menschenskind«, sagt Bobby leicht fassungslos bei dem Gedanken. »Stimmt ja. Dabei hab ich mein ganzes Leben lang bis zum Hals in Schafscheiße gestanden.«

»In ein paar Monaten riechst du nicht mehr nach Schafscheiße«, versichert Johnny ihm. »Dann gibt's Champagner und Kaviar. Und ich garantier dir, dem Geruch kann keine Frau der Welt widerstehen.« Er zwinkert und wendet sich wieder PJ zu.

»Stimmt das?«, will Bobby von Cal wissen. Bobby hält ihn für eine Autorität in Sachen Frauen, weil Cal sowohl eine Ex-Frau als auch eine Freundin hat. Cal selbst findet, dass eine Scheidung nicht unbedingt ein Beweis für Erfolg auf dem Gebiet ist, aber es wäre herzlos, Bobby darauf hinzuweisen, denn den scheint die Vorstellung aufzumuntern, dass ihm ein Experte zur Verfügung steht.

»Ich weiß nicht«, sagt er. »Den meisten Frauen, denen ich begegnet bin, war egal, ob der Mann reich ist, solange er für sich selbst aufkommt und niemanden anschnorrt. Aber bei manchen ist das wahrscheinlich anders.«

»Ich hätte gern eine Frau«, erklärt Bobby. »Ich mach mir Sorgen wegen meiner Mammy. Sie will nicht ins Heim, aber sie wird so schwierig, dass ich das alles allein nicht mehr schaffe, sie und die Schafe. Aber es ist nicht nur das. Aufs Vögeln kann ich verzichten, überwiegend, aber ich würde so gern mal kuscheln. Mit einer Frau, die nett und weich ist. Bloß nicht knochig.« Er sieht Cal traurig blinzelnd an. Cal revidiert seine anfängliche Einschätzung: Zumindest Bobby ist schon einigermaßen angetrunken. Bobby verträgt von allen im Dorf am wenigsten – Mart sagt gern mit resignierter Herablassung, dass Bobby schon betrunken wird, wenn er bloß an einem Bierdeckel riecht –, aber er weiß das und verhält sich dementsprechend. Die Tatsache, dass er schon ordentlich was intus hat, bedeutet, dass er sich eine Meinung über Rushborough gebildet hat.

Rushborough hat unterdessen seine Unterhaltung mit Sonny beendet und sich Francie zugewandt, die Ellbogen auf den Tisch gestützt, um Fragen zu stellen und bei den Antworten eifrig zu nicken. Francie sieht nicht so aus, als hätte er sich schon eine Meinung gebildet oder sei auch nur kurz davor. Immerhin beantwortet er die Fragen, was für Francie schon regelrecht gesellig ist. Er lehnt Rushborough und dessen Grandma nicht offen ab, jedenfalls noch nicht.

»Wenn ich meinen Anteil von dem Gold kriege«, sagt Bobby mit Nachdruck, »suche ich mir eine hübsche, dicke, weiche Frau, die gern Kaviar riecht. Ich kauf ihr einen ganzen Bratentopf voll damit und ein Pint Champagner zum Runterspülen. Ich bring ihr alles ans Bett, und wenn sie das Zeug isst, liege ich die ganze Zeit daneben und kuschle mit ihr.«

»Klingt, als hättet ihr beide was davon«, sagt Cal.

Mart hat keine Lust mehr, Senan zu piesacken, und beugt sich vor, um das Gespräch zwischen Rushborough und Francie mitzubekommen. »Oha«, sagt er, »den gibt's immer noch, klar. Kein Mensch im ganzen Dorf würde da graben.«

»Oder im Dunkeln auch nur in die Nähe gehen«, sagt Dessie.

»Der Feenhügel auf Mossies Land?«, fragt Bobby und vergisst seine Zukunftsvision. »Mossie pflügt immer drumrum. Und dabei nimmt er sogar einen Rosenkranz mit. Nur für alle Fälle.«

»Tatsächlich?«, fragt Rushborough fasziniert. »Dann ging das nicht nur meiner Großmutter so?«

»Himmel, nein«, versichert Senan ihm. »Meine eigene Mutter, sie ruhe in Frieden« – er bekreuzigt sich, und die übrigen Männer tun es ihm reflexartig gleich –, »die ist mal spätabends nach einem Besuch bei ihrem Daddy, dem's nicht gut ging, an dem Feld vorbeigekommen. Es war Winter, alles still wie auf dem Friedhof, aber dann hat sie Musik gehört. Die kam von dem Hügel. Die schönste Musik, die man sich vorstellen kann, hat sie gesagt, und sie ist kurz stehen geblieben und hat gelauscht, aber dann hat ihr das auf einmal eine Riesenangst gemacht. Sie ist den ganzen Weg nach Hause gerannt, als wär der Teufel hinter ihr her.«

»Mrs. Maguire war keine, die sich irgendwas einbildet«, sagt Sonny zu Rushborough.

»Unser Schlafzimmerfenster geht auf das Feld«, sagt Dessie. »Ich hab schon oft Lichter um den Hügel rum gesehen. Die bewegen sich, in Kreisen und hin und her. Für kein Geld der Welt würd ich nachts auf das Feld gehen.«

»Gütiger Himmel«, haucht Rushborough. »Meinen Sie, der Grundbesitzer würde mich einen Blick darauf werfen lassen? Selbstverständlich tagsüber.«

»Da müssten Sie Mossie erzählen, wer Ihre Granny war«, sagt Con. »Irgendeinen Touristen würde er mit seiner Sense davonjagen, garantiert. Aber wenn er weiß, dass Sie von hier sind, ist das was anderes.«

»Ich führ dich hin, wenn du willst«, verspricht Johnny. Johnny hat sich von Rushborough ferngehalten, damit die anderen ihn nach Belieben unter die Lupe nehmen können. Cal findet das nicht beruhigend. Es bedeutet nämlich, dass der Abend genau so läuft, wie Johnny das will.

»Wirklich?«, fragt Rushborough begeistert. »Das wäre wunderbar. Soll ich irgendetwas mitbringen? Ich meine, mich zu erinnern, dass meine Großmutter eine Art Opfergabe erwähnte, aber das ist so lange her. Sahne, vielleicht? Das mag albern klingen, aber –«

»Genau die hat meine Granny auch dahingestellt«, bestätigt Mart. Marts neugierig schräge Kopfhaltung verrät Cal, dass er Rushborough hochinteressant findet.

»Aber treten Sie bloß nicht auf den Hügel«, sagt Francie beschwörend. »Mossies Neffe hat sich mal draufgestellt, um zu zeigen, dass ihm so ein alter Aberglaube keine Angst macht. Da haben seine Beine angefangen zu kribbeln und zu prickeln. Hatte eine Woche lang kein Gefühl mehr in den Füßen.«

»Gott behüte uns«, sagt Mart feierlich und hebt sein Glas, und alle trinken darauf. Cal auch. Er hat mehr und mehr das Gefühl, dass sie allesamt ein bisschen göttlichen Schutz gebrauchen könnten.

Er hat erlebt, wie diese Männer arglose Touristen verarschten, die stolz darauf waren, einen urigen echten irischen Pub entdeckt zu haben, der in keinem Fremdenführer stand. Einem leichtgläubigen amerikanischen Studenten machten sie weis, das schmale Fenster in der Ecke wäre vom heiligen Latrinius gesegnet worden, und wenn er da durchklettern könnte, käme er garantiert in den Himmel. Der junge Mann war schon halb hindurch, als ein wutschnaubender Barty hinter der Theke hervorstürmte und ihn am Hosenboden wieder zurückzerrte. Sie haben es auch bei Cal in seiner ersten Zeit hier versucht, aber er lehnte ab, sich ganz in Grün zu kleiden, um die Gunst des örtlichen Feenvolkes zu gewinnen oder zum Schutz gegen Unglück einmal rückwärts durch den Pub zu gehen, nachdem ihm sein Wechselgeld runtergefallen war. Das hier ist anders. Sie füttern den Mann nicht mit Unmengen absurder Flunkereien, um rauszufinden, wie viel er schluckt. Das hier ist ein heikleres, sorgfältiges Manöver, und es ist ernst gemeint.

»Ja, prima Idee!«, ruft Johnny und wendet sich von PJ dem ganzen Erker zu. »PJ hat gerade gemeint, wir können einen Mann nicht willkommen heißen, ohne ein bisschen zu singen.«

PJ sieht aus, als hätte er selbst nicht mitbekommen, dass er die Idee hatte, aber er nickt brav. »Meine Güte«, sagt Rushborough begeistert. »Sie wollen singen? So was hab ich nicht mehr erlebt, seit ich als kleiner Junge im Haus meiner Großmutter war.«

»Hol die Gitarre«, sagt Sonny zu Con. Der dreht sich prompt um und zieht sie aus der Ecke hinter sich. Das war eindeutig geplant. Wenn Rushborough irische Folklore will, soll er sie kriegen. »Ach ja«, sagt Mart fröhlich, »es gibt doch nix Schöneres, als zusammen zu singen.«

Normalerweise ist das abendliche Gesangsrepertoire im *Seán Óg's* eine Mischung aus traditionellen irischen Stücken und allem von Garth Brooks bis Doris Day. Heute ist es von Anfang bis Ende irischgrün in geschmackvollen Schattierungen: hauptsächlich Heimweh, Rebellion, Whiskey und schöne Frauen. PJ fängt an und singt »Fields of Athenry« mit voller, melancholischer Tenorstimme. Danach grölt Sonny »The Wild Rover« und schlägt dabei so fest auf den Tisch, dass die Gläser wackeln. Rushborough ist hingerissen. Bei den wehmütigen Liedern legt er den Kopf nach hinten auf die Banklehne, die Augen halb geschlossen, das Pint in seiner Hand vergessen; bei den schmissigen Liedern klopft er den Rhythmus auf dem Oberschenkel und fällt beim Refrain mit ein. Als er nach Aufforderung der Männer an die Reihe kommt, singt er »Black Velvet Band« mit einer hellen, klaren Stimme, die sich gut einfügt, wäre da nicht sein englischer Akzent. Er kann den ganzen Text auswendig.

Das Gedränge im Pub schwillt an und ebbt ab, ohne Hast, aber mit Methode. Die Leute bleiben vor dem Erker stehen, um kurz dem Gesang zuzuhören oder zu plaudern oder darauf zu warten, dass die Theke frei wird. Nach einigen Minuten gehen sie weiter, machen anderen Platz. Keiner von ihnen drängt sich in den Erker. Cal ist auch nicht davon ausgegangen. Sie werden Rushborough möglichst bald kennenlernen wollen, aber das kann auch noch ein paar Tage warten. Vorläufig sind sie damit zufrieden, ihn zu umkreisen, erste Eindrücke zu sammeln, die sie in Ruhe besprechen können: seine Kleidung, sein Haar, seinen Akzent, sein Auftreten; ob er wie ein Feeney aussieht, ob er wie ein Millionär aussieht, ob er so aussieht, als könne er bei einer Prügelei kräftig austeilen; ob er aussieht wie ein Dummkopf. Cal weiß nicht, wie ein Millionär aussehen sollte, aber sein Eindruck ist, dass der Mann bei einer Schlägerei sehr viel Schaden anrichten könnte, und er sieht überhaupt nicht aus wie ein Dummkopf.

Irgendwann ist Cal mit Singen an der Reihe. Er versucht nicht, noch mehr Irischgrün aufzutragen – selbst wenn er das wollte, würde er doch nur wirken wie ein naiver Tourist, und im Moment hat er nicht vor, sich als Tourist zu geben. Er begnügt sich mit »The House of the Rising Sun«. Cals Stimme eignet sich gut fürs Singen in einem Pub. Es ist die Stimme eines großen Mannes, nicht aufdringlich oder sonderlich beeindruckend, aber angenehm im Ohr. Er sieht, dass Johnny überrascht und unwillig registriert, dass er ganz selbstverständlich mitmacht, als er an die Reihe kommt.

Als er den Applaus entgegengenommen hat und Dessie »Rocky Road to Dublin« anstimmt, geht Cal zur Theke. Barty, der zwei Gläser gleichzeitig füllt, nickt ihm zu, kann aber keine Pause machen, um mit ihm zu reden. Sein Gesicht ist noch stärker verschwitzt.

»Frauen«, sagt Mart mit tiefem Missfallen, als er neben Cal auftaucht. »Der Pub ist heute Abend voll mit Frauen.«

»Die kommen allmählich überallhin«, bestätigt Cal ernst. »Meinst du, sie sollten zu Hause bleiben und sich um die Kinder kümmern?«

»Ach was. Wir leben im einundzwanzigsten Jahrhundert. Die haben genauso viel Recht, abends auszugehen. Aber sie verändern die Atmosphäre hier. Das kannst du nicht abstreiten. Guck dir das mal an.« Mart deutet mit dem Kopf auf die junge Frau in dem pinken Kleid, die jetzt mit einer ihrer Freundinnen auf engstem Raum zwischen Tischen und Theke tanzt. Ein dicker Mann in einem zu engen Shirt lungert hoffnungsvoll in ihrer Nähe herum und macht ruckartige Bewegungen, die vermutlich ihrem Tanz ähneln sollen. »An einem Montagabend hier im Pub rechnest du doch nicht mit so was, oder?«

»Ich glaube, so was hab ich hier überhaupt noch nie gesehen«, antwortet Cal wahrheitsgemäß.

»Frauen sollten ihre eigenen Pubs haben, damit sie in Ruhe ihr Bier trinken können, ohne dass irgendein knollennasiges Arschloch versucht, ihnen an die Wäsche zu gehen, und ich meins trinken kann, ohne dass die Hormone von dem Kerl die Luft verpesten und den Geschmack versauen.«

»Wenn sie nicht hier wären«, wendet Cal ein, »hättest du den ganzen Abend keinen schöneren Anblick als mein bärtiges Gesicht.«

»Auch wieder wahr«, gibt Mart zu. »Ein paar von den Frauen heute Abend sind um einiges reizvoller als du, nichts für ungut. Nicht alle, aber einige.«

»Genieß es, solange du kannst«, sagt Cal. »Morgen ist die Aussicht wieder ganz normal.«

»Fast, vielleicht. Nicht ganz, solange unser Bono da drüben Publikum anlockt.«

Sie blicken beide zum Erker hinüber. Rushborough singt gerade ein Lied über einen jungen Mann, der von den Briten hingerichtet wird.

Alle Männer im Erker starren den Mann an. Cal merkt, dass er allmählich die Geduld mit ihnen verliert. Seiner Meinung nach hat Rushborough ein Gesicht, das jeden vernünftigen Menschen dazu bringen würde, auf Abstand zu gehen und nicht dazusitzen und ihn anzuhimmeln.

»Soll ich dir mal was sagen, mein Freund?«, sagt Mart. »Der Kerl gefällt mir nicht.«

»Ach nee«, sagt Cal. »Mir auch nicht.« Er hat versucht, sich vorzustellen, was der Mann wohl machen wird, falls er rausfindet, dass er hereingelegt wurde. Und Cal muss feststellen, dass ihm die verschiedenen Möglichkeiten überhaupt nicht gefallen.

»Aber seine Geschichte stimmt zumindest«, erklärt Mart ihm. »Ich hab gedacht, er wär vielleicht ein Schwindler, der Johnny irgendein Märchen erzählt hat, um ein bisschen Geld von uns zu ergaunern. Johnny ist nämlich nicht so schlau, wie er meint.«

Cal ist noch unschlüssig, welche Option ihm besser gefällt: dass Treys Vater ein guter Betrüger ist oder ein schlechter. Er nimmt die Pints von Barty entgegen und reicht Mart sein Guinness.

»Aber der Bursche weiß von dem Feenhügel und dass man da Sahne hinstellt. Er weiß, dass Francies Urgroßvater mal in den Brunnen gefallen ist und es zwei Tage gedauert hat, ihn wieder rauszuholen. Er weiß, dass die Fallon-Frauen dafür bekannt waren, die besten Strickerinnen im County zu sein. Und hast du zugehört, wie er ›Black Velvet Band‹ gesungen hat? Nur Leute aus Ardnakelty singen, dass die Frau ihm eine Guinee aus der Tasche geklaut hat, bei allen anderen ist es eine Uhr. Seine Familie kommt von hier, so viel ist klar.«

»Mag sein«, sagt Cal. »Auf mich wirkt er trotzdem nicht wie einer, der feuchte Augen kriegt, wenn jemand ›The Wearing of the Green‹ singt.«

»Der Typ da«, sagt Mart und fixiert Rushborough über seine Brille hinweg, »wirkt auf mich wie einer, der überhaupt nie bei irgendwas feuchte Augen kriegt.«

»Also, warum ist er hier?«

Marts hellwacher Blick schwenkt auf Cal. »Vor ein paar Jahren haben die Leute sich bei dir dasselbe gefragt, mein Freund. Ein paar tun das noch immer.«

»Ich bin hier, weil's mich hierherverschlagen hat.« Cal weigert sich, darauf einzugehen. »Der Kerl ist hier, weil er irgendwas vorhat.«

Mart zuckt die Achseln. »Vielleicht sind ihm seine Wurzeln scheißegal, und es geht ihm nur um das Gold, schlicht und ergreifend. Und er denkt, er kann uns besser übervorteilen, wenn wir ihn für einen Trottel halten, der sich mit ein paar irischen Kleeblättern begnügt.«

»Wenn er wirklich glaubt, dass es hier Gold gibt«, sagt Cal, »hat er mehr in der Hinterhand als bloß irgendeine Geschichte, die seine Granny ihm erzählt hat.«

»Eins ist jedenfalls klar: Johnny glaubt, dass es hier Gold gibt. Der würde sich nicht so ins Zeug legen, die Lichter der Großstadt und die Filmstars hinter sich lassen, um in so ein langweiliges Dorf zurückzukehren, wenn für ihn bloß ein oder zwei Riesen dabei rausspringen, falls in den Feldern nichts ist.«

»Meinst du, er weiß mehr als wir?«

»Zuzutrauen wär's ihm. Vielleicht wartet er auf den richtigen Moment, um es uns zu sagen, oder vielleicht will er es für sich behalten. Aber ich würde sagen, er weiß irgendwas.«

»Und wieso macht er dann den Quatsch mit dem Gold im Fluss?«

»Tja«, sagt Mart, »kann natürlich sein, dass er nur auf Nummer sicher gehen will. Aber ich sag dir mal, was ich mir überlegt hab, mein Freund. Jeder, der Johnny ein bisschen Geld gibt, hängt am Fliegenfänger. Psychologisch, mein ich. Wenn du erst mal ein paar hundert Euro in die Sache reingesteckt hast, machst du keinen Rückzieher mehr. Dann lässt du den Engländer Proben nehmen, so viel er will, und sämtliche Felder und Weiden umgraben. Wenn die Jungs ein bisschen Gold in den Fluss streuen, ist das vielleicht Johnnys Absicherung, damit es sich keiner anders überlegt.«

Cal kommt der Gedanke, dass die Absicherung nicht bloß rein psychologisch wäre. Mart hat recht: Das mit dem Gold im Fluss ist wahrscheinlich eine Form von Betrug. Alle, die Johnny das Geld dafür geben, geben ihm auch ein Mittel in die Hand, mit dem er sie unter Druck setzen oder es zumindest versuchen kann.

Die Männer unter Druck zu setzen wäre kein kluger Schachzug. Das sollte Johnny eigentlich wissen, aber Cal ist, schon lange bevor er Johnny kennenlernte, zu dem Schluss gelangt, dass der Mann sehr darauf bedacht ist, nichts zur Kenntnis zu nehmen, das ihm unangenehm sein könnte.

»Dann bist du also raus, ja?«, sagt er.

»Gott, nein«, sagt Mart verblüfft. »Aber ich bin ja vorgewarnt. Meine Psychologie würde mir keine Streiche spielen. Ich würde keine Minute länger mitmachen, als ich will. Ganz ehrlich, wenn die anderen alle beschließen, dass sie dabei sind, muss ich vielleicht schon aus reiner Herzensgüte mitmachen. Die vermasseln die ganze Chose, wenn ich sie nicht berate.« Er betrachtet die Gruppe im Erker mit herablassender Nachsicht. »Die haben doch nicht den blassesten Schimmer, wo genau das Gold im Fluss liegen muss, die würden es einfach irgendwo reinschmeißen. Und ich wette, die würden den Staub einfach ausstreuen, und die Hälfte von dem Zeug würde weggespült werden, bevor es auf den Grund sinkt, und wir würden es nie wiedersehen. Sie müssen den Staub in kleine Schlammkügelchen drücken, die schnell absinken. Der Schlamm löst sich dann auf, das Gold liegt auf dem Boden rum, und Rushborough kann's problemlos finden.«

»Klingt, als wärst du mit von der Partie«, sagt Cal.

Mart legt den Kopf schief und sieht Cal an. »Was ist mit dir, mein Freund, wo du seine Lordschaft jetzt kennengelernt hast? Bist du dabei?«

»Ich bin hier. Mehr kann ich im Moment nicht sagen.« Das Gefühl, mit Mart unter einer Decke zu stecken, behagt Cal nicht. »Das mit dem Feenhügel stimmt also?«, fragt er.

Marts kurzes Grinsen verrät, dass er weiß, was in Cals Kopf vorgeht, und dass er seinen Spaß damit hat. »Es gibt ihn jedenfalls. Und Mossie pflügt wirklich drumherum, aber das könnte auch bloß an seiner Faulheit liegen: Sein Daddy und sein Granddaddy haben das schon so gemacht, und er hat einfach nicht die Energie, es anders zu machen. Ansonsten kann ich nichts mit Sicherheit sagen. Wenn du willst, geh ruhig nachts hin und such nach den Feen. Sag Mossie, ich hätte dich geschickt.«

»Und ich sollte unbedingt ein paar Gläser Selbstgebrannten intus haben«, sagt Cal. »Um meine Chancen zu erhöhen.«

Mart lacht und klopft ihm auf die Schulter, dann dreht er sich zu einem untersetzten Typen um, der an der Theke lehnt. »Wie geht's?«

»Alles bestens«, sagt der Mann. »Der Kerl da fühlt sich jedenfalls sauwohl.« Er nickt Richtung Rushborough.

»Unbedingt, wieso auch nicht, in so einem feinen Etablissement«, sagt Mart. »Ist 'ne Weile her, dass ich dich hier gesehen hab.«

»Na ja, ich komm immer mal wieder her«, sagt der Mann. Er nimmt sein Pint, das Barty ihm hingestellt hat. »Ich überlege, ein paar Hektar zu verkaufen«, erwähnt er beiläufig. »Das Feld unten am Fluss.«

»Ich kauf zurzeit nix«, sagt Mart. »Probier's mal bei unserem Mr. Hooper hier. Der braucht dringend was zu tun.«

»So weit bin ich noch nicht. Ich mein ja nur. Falls da Gold liegt oder der Kerl bloß genau da bohren will, könnte ich das Dreifache verlangen.«

»Na, dann mal los. Schnapp dir 'nen Spaten und fang an zu graben«, sagt Mart mit einem Lächeln.

Die Pausbacken des Mannes verspannen sich trotzig. »Kann ja sein, dass die Granny von dem Kerl gesagt hat, auf deinem Land wär Gold, aber sie hat nicht gesagt, dass es nirgendwo sonst welches gibt. Johnny Reddy kann das nicht bloß zwischen sich und seinen Freunden ausmachen.«

»Ich bin kein Freund von Johnny Reddy, mein Lieber«, sagt Mart. »Aber eins muss ich dem Mann lassen: Es ist klug von ihm, klein anzufangen. Warte doch erst mal ab, wie sich die Sache entwickelt.«

Der Mann grummelt sichtlich unzufrieden vor sich hin. Sein Blick ist auf den Erker gerichtet, wo Dessie gerade mit viel anzüglichem Augenzwinkern ein Lied über einen Mann singt, der betrunken nach Hause kommt, wo er eine große Überraschung erlebt, während Rushborough lachend zuhört. »Bis dann«, sagt er, nimmt sein Glas und nickt Mart knapp zu. »Ich komm bald wieder.«

Mart sieht dem Mann hinterher, der sich durch die Menge zu seinem Tisch drängt.

»Der sah nicht gerade glücklich und zufrieden aus«, sagt Cal.

»Ich hab ernsthaft mit dem Gedanken gespielt, ihn zu Mr. Rushborough rüberzuschicken«, sagt Mart, »nur weil ich gern gesehen hätte, wie unser guter Johnny darauf reagiert. Aber der Kerl hat überhaupt kein Feingefühl. Der würde unserem Engländer glatt den Appetit verderben, und wo bleiben wir dann?«

»Wissen die Leute Bescheid?«, fragt Cal. Und als Mart ihn fragend anblickt: »Dass Johnny vorhat, Gold in den Fluss zu streuen?«

Mart zuckt die Achseln. »Bei uns weiß man nie, wer was weiß. Ich würde sagen, hier im Pub gehen ein Dutzend verschiedene Geschichten um und ein paar Dutzend Versionen, wie Leute mitmischen wollen. Wir können uns auf interessante Zeiten gefasst machen. Jetzt komm, gehen wir wieder nach hinten, sonst schnappt der Windhund uns noch unsere Plätze weg.«

Der Abend schreitet voran. Der Gesang verliert allmählich an Schwung. Con stellt seine Gitarre wieder in die Ecke, und Rushborough gibt ihm und allen im Erker einen doppelten Whiskey aus. Die Nichteinheimischen haben genau das Maß an Betrunkenheit erreicht, bei dem sie es noch für vertretbar halten, über unvertraute Straßen nach Hause zu fahren. Die Alten werden müde und wollen schlafen gehen, und die Jungen beginnen, sich zu langweilen, und gehen, ausgestattet mit einem Vorrat an Bierdosen, zu irgendwem nach Hause, wo sie mehr Freiraum haben. Die junge Frau in Pink verabschiedet sich mit dem Arm des knollennasigen Arschlochs um ihre Taille.

Gegen Mitternacht hängt ein dichter Mief aus Schweiß und Bierfahnen im Pub, Barty wischt mit einem Lappen die Tische ab, und die Männer im Erker sind die letzten Gäste. Aschenbecher sind hingestellt worden. Rushborough raucht Gitanes, was ihn in Cals Achtung noch tiefer sinken lässt: Seiner Meinung nach haben die Menschen zwar ein Recht auf ihre Laster, aber sie sollten wenigstens versuchen, diesen Lastern zu frönen, ohne dass alle andere im Raum davon Halsschmerzen kriegen.

»Ich bin stolz«, sagt Rushborough in die Runde und wirft einen Arm um Bobbys Schultern, »ich bin stolz darauf, diesen Mann als meinen Vetter bezeichnen zu dürfen. Und euch alle, natürlich euch alle, wir sind doch bestimmt irgendwie miteinander verwandt, oder?« Er sieht angetrunken aus. Sein glatt gegeltes Haar ist zerzaust, und er sitzt ein wenig, nicht auffällig, schief. Cal kann seine Augen nicht gut genug sehen, um zu entscheiden, ob sein Zustand nur gespielt ist.

»Wär ein Wunder, wenn wir's nicht wären«, bestätigt Dessie. »Wir sind hier alle irgendwie verwandt.«

»Ich bin der Onkel von dem da«, sagt Sonny zu Rushborough und zeigt mit seiner Zigarette auf Senan. »Entfernter Onkel. Aber für meinen Geschmack nicht entfernt genug.«

»Du schuldest mir Geburtstagsgeschenke für die letzten fünfzig Jahre«, sagt Senan. »Und Geld für meine Kommunion. Bitte in bar.«

»Und du schuldest mir etwas Respekt. Los, geh rüber und hol deinem Onkel Sonny ein Bier.«

»Du kannst mich mal.«

»Leute«, sagt Rushborough mit plötzlicher Entschlossenheit. »Leute, ich will euch was zeigen.«

Er legt seine rechte Hand flach mitten auf den Tisch, zwischen Pint-Gläser und Bierdeckel und Aschereste. Am Ringfinger steckt ein glatter Silberreif. Rushborough dreht ihn um, so dass die Fassung zu sehen ist. Darin eingelassen ist ein unregelmäßiges Klümpchen aus Gold.

»Das hat mir meine Großmutter geschenkt«, sagt Rushborough mit staunender Andacht in der Stimme. »Sie und ein Freund haben es gefunden, Michael Duggan, als sie bei den Duggans im Garten gebuddelt haben. Sie waren ungefähr neun, meinte Granny. Zwei solche Nuggets haben sie gefunden und jeweils eins behalten.«

»Michael Duggan war mein Großonkel«, sagt Dessie. Er ist so ehrfürchtig, dass er ausnahmsweise mal leise redet. »Er muss seins verloren haben.«

Die Männer beugen sich vor und über Rushboroughs Hand. Cal tut es ihnen gleich. Das Nugget ist ungefähr so groß wie ein Hemdknopf, an den erhabenen Stellen vom Lauf der Zeit glänzend geschliffen, schartig in den Vertiefungen, durchsetzt mit weißen Punkten. Im gelblichen Licht der Wandlampen schimmert es mit einem alten, gleichmütigen Glanz.

»Hier«, sagt Rushborough. »Nehmt es. Schaut es euch an.« Er

zieht den Ring mit einem leichtsinnigen kurzen Lachen vom Finger, als täte er etwas Verrücktes, und gibt ihn Dessie. »Ich nehme ihn eigentlich nie ab, aber … Gott weiß, er hätte genauso gut einem von euch gehören können. Ich bin sicher, eure Großeltern haben in denselben Gärten herumgebuddelt.«

Dessie hält den Ring hoch und betrachtet ihn mit zusammengekniffenen Augen, dreht ihn hin und her. »Großer Gott«, haucht er. Er legt eine Fingerspitze auf das Nugget. »Nicht zu fassen.«

»Es ist wunderschön«, sagt Con. Keiner lacht ihn aus.

Dessie hält vorsichtig die hohle Hand unter den Ring, als er ihn an Francie weitergibt. Francie starrt lange darauf, dann nickt er langsam und unbewusst.

»Das müsste Quarz sein«, erklärt Mart. »Das weiße Zeug.«

»Genau.« Rushborough wendet sich ihm eifrig zu. »Irgendwo in dem Berg ist eine mit Gold durchsetzte Quarzader. Und im Laufe von Tausenden von Jahren ist ein Großteil davon aus dem Berg rausgespült worden. Auf das Land von Michael Duggan und auf eure Farmen.«

Der Ring wandert von Hand zu Hand. Auch Cal kommt an die Reihe, aber er sieht ihn gar nicht richtig. Er spürt die Veränderung im Erker. Die Luft verdichtet sich, wird von dem schimmernden kleinen Nugget und den Männern drumherum angezogen. Bis zu diesem Moment war das Gold eine Wolke aus Wörtern und Tagträumen. Jetzt ist es etwas Greifbares in ihren Händen.

»Wichtig ist«, sagt Rushborough, »entscheidend ist, dass meine Großmutter das da nicht bloß zufällig gefunden hat. Das Einzige, was mir Sorgen bereitet, das Einzige, was mich an dem ganzen Projekt zweifeln lässt, ist die Möglichkeit, dass ihre Hinweise nichts taugen. Dass sie über viele Generationen weitergegeben worden sind und dabei so sehr verfälscht wurden, dass sie nicht präzise genug sind, um uns zu den richtigen Stellen zu führen.

Aber eins ist klar: Als sie und ihr Freund Michael das da gefunden haben« – er zeigt auf den Ring, den Con jetzt wie einen Schmetterling behutsam in seiner großen, schwieligen Hand hält –, »da haben sie genau die Stelle ausgesucht, weil ihr Großvater ihr erzählt hatte, sein Vater habe gesagt, da wäre Gold zu finden.«

»Und er hatte recht«, sagt Bobby mit leuchtenden Augen.

»Er hatte recht«, bestätigt Rushborough, »und wusste es nicht mal. Das ist noch so ein fabelhafter Aspekt: Ihr Großvater glaubte eigentlich gar nicht an das Gold. Für ihn war das Ganze bloß ein Märchen, irgendwas, das sich einer seiner Vorfahren hatte einfallen lassen, um eine Frau zu beeindrucken oder ein krankes Kind zu trösten. Selbst als meine Großmutter das da gefunden hatte, hielt er es für ein hübsches Steinchen. Aber weitererzählt hat er die Geschichte trotzdem. Weil sie, ob nun wahr oder falsch, zu unserer Familie gehörte, und er wollte, dass sie nicht in Vergessenheit geriet.«

Cal schielt zu Johnny Reddy hinüber. Johnny hat den ganzen Abend noch kein Wort zu ihm gesagt. Selbst seine Augen waren stets bewusst beschäftigt, nie auf Cal gerichtet. Jetzt sind er und Cal die Einzigen, die nicht auf das kleine Goldnugget starren. Während Cal Johnny beobachtet, beobachtet Johnny aufmerksam die anderen Männer. Falls dieser Ring das Ass ist, das Johnny noch im Ärmel hatte, löst er genau die Wirkung aus, die er sich erhofft hat.

»Das Gold ist irgendwo da draußen.« Rushborough deutet auf das dunkle Fenster und die warme Nacht dahinter, in der es von Insekten und deren Jägern wimmelt. »Tausende von Jahren vor unserer Geburt haben unsere Vorfahren es ausgegraben, eure und meine. Unsere Großeltern haben auf diesen Feldern damit gespielt wie mit hübschen Steinen. Ich möchte, dass wir es gemeinsam finden.«

Die Männer sind still. Aus ihrem Land, das sie in- und auswendig kennen, wird plötzlich ein Geheimnis, eine kodierte Botschaft an sie, die ihnen ihr ganzes Leben lang entgangen ist. Draußen in der Dunkelheit flimmern und schimmern Zeichen auf den Wegen, die sie tagtäglich gehen.

Cal hat das Gefühl, dass er nicht mit ihnen im selben Raum ist oder dass er es nicht sein sollte. Was auch immer auf seinem Land ist, es ist nicht dasselbe.

»Ich schätze mich unglaublich glücklich«, sagt Rushborough leise, »derjenige zu sein, der nach so vielen Generationen in der Lage ist, diese Geschichte Wirklichkeit werden zu lassen. Es ist eine Ehre. Und ich habe vor, ihr gerecht zu werden.«

»Und dabei kann dir bloß dieser Haufen Schwachköpfe helfen«, sagt Senan nach kurzem Schweigen. »Gott steh dir bei.«

Prustendes Gelächter erfüllt den Erker, laut und unbeherrscht. Es will gar nicht mehr aufhören. Lachtränen laufen über Sonnys Gesicht; Dessie hält sich den Bauch, kriegt kaum noch Luft. Johnny lacht auch und klopft Senan auf die Schulter, und Senan schüttelt seine Hand nicht ab.

»Also wirklich«, protestiert Rushborough, der seinen Ring wieder ansteckt, aber er muss auch lachen. »Ich kann mir keine bessere Gesellschaft wünschen.«

»Ich schon«, sagt Sonny. »Zum Beispiel Jennifer Aniston –«

»Die kann bestimmt nicht mit 'ner Schaufel umgehen«, widerspricht Francie.

»Müsste sie auch nicht. Sie müsste sich bloß ans andere Ende vom Feld stellen, und ich würd mich in einem Affenzahn zu ihr rübergraben.«

»Hör mal«, sagt Bobby und krallt seine Finger in Senans massigen Arm, »du nimmst mich doch immer auf die Schippe damit, wieso Aliens ausgerechnet hier an den Arsch der Welt kommen sollen. Weißt du jetzt, wieso?«

»Ach komm, halt die Klappe«, sagt Senan, aber seine Gedanken sind woanders. Er beobachtet Rushboroughs Hand, das Spiel und den Wechsel des Lichts, wenn er gestikuliert.

»Aliens brauchen Gold, ja?«, erkundigt sich Mart an Senans Stelle.

»Sie brauchen irgendwas«, sagt Bobby. »Wieso wären die sonst hier? Ich hab gewusst, dass da draußen irgendwas sein muss, worauf sie scharf sind. Ich hab gedacht, es wär vielleicht Plutonium, aber –«

»Hä? *Plutonium?*«, platzt Senan dazwischen, von so viel Idiotie aus seinen Gedanken gerissen. »Du hast gedacht, der ganze Berg fliegt demnächst mit einer riesigen Pilzwolke in die Luft?«

»Dein Problem ist, dass du ums Verrecken nicht zuhörst. Das hab ich nie gesagt. Ich hab bloß gesagt, dass sie ja wohl Brennstoff brauchen, wenn sie den ganzen weiten Weg –«

»Und jetzt nehmen sie Gold als Brennstoff, ja? Oder tauschen sie das auf dem intergalaktischen Schwarzmarkt gegen Diesel?«

Cal überlässt sie sich selbst und geht zurück zur Theke. Mart folgt ihm erneut, nur für den Fall, dass Cal vergisst, wem er es zu verdanken hat, dass er heute Abend dabei sein darf.

»Hey«, sagt Cal und signalisiert Barty, ihnen zwei Bier zu zapfen.

Mart lehnt sich an die Theke und beugt mehrfach sein Knie, das vom Sitzen steif ist. Über Cals Schulter hinweg behält er den Erker im Auge. Er beobachtet nicht Rushborough, sondern Johnny. Der hat den Kopf schräg über ein Feuerzeug geneigt und schnippt kräftig. In dieser unbedachten Sekunde wirkt sein Gesicht schlaff, beinahe hilflos, von irgendeiner Emotion übermannt. Cal denkt, es könnte Erleichterung sein.

»Ich hab recht behalten«, sagt Mart. »Wir können uns auf interessante Zeiten gefasst machen.«

»Was willst du machen, wenn das Ganze schiefgeht?«

Mart legt die Stirn in Falten. »Was genau meinst du?«

»Falls Rushborough merkt, dass da was faul ist?«

»Ich muss überhaupt nix machen, mein Freund«, sagt Mart sanft. »Johnny Reddy soll sehen, wie er das deichselt. Ich bin nur als Zuschauer hier. Genau wie du. Schon vergessen?«

»Klar«, sagt Cal nach einer Sekunde.

»Keine Sorge«, beruhigt Mart ihn. Er holt seinen Tabaksbeutel hervor und fängt an, sich gemächlich mit geschickten Fingern auf der Theke eine Zigarette zu drehen. »Falls du's vergisst, erinnere ich dich dran.«

Barty flucht wütend über einen Riss in einem seiner neuen Barhocker. Im Erker ertönt ein Pfiff, grell und schrill, er übertönt das Lachen und Stimmengewirr wie ein Warnsignal.

7

BEIM FRÜHSTÜCK STELLT Cal einige verkaterte Überlegungen an. Er will mit Johnny Reddy reden, so bald wie möglich, damit Johnny nicht behaupten kann, er komme zu spät, aber dafür muss Johnny wach sein, und er war noch schwer in Fahrt, als Cal den Pub gegen Mitternacht verließ. Er will nicht, dass Rushborough dabei ist, und obwohl Cal vermutet, dass Johnny den Mann nicht lange unbeaufsichtigt lassen möchte, wirkte der gestern wesentlich betrunkener als Johnny. Somit braucht er wahrscheinlich länger, bis er wieder ansprechbar ist. Außerdem will Cal nicht Trey begegnen, aber die ist in den Ferien dienstagvormittags beim Fußballtraining und hängt hinterher meistens noch mit ihren Freunden ab. Sie sollte also anderweitig beschäftigt sein, zumindest bis sie Hunger bekommt.

Letztlich kalkuliert er, dass um halb elf Trey aus dem Haus sein müsste, Johnny bei Bewusstsein und Rushborough noch nicht funktionsfähig. Um Viertel vor zehn nimmt er dreihundert Euro aus seinem Notgroschenumschlag, steckt sie ein und macht sich auf den Weg. Rip lässt er zu Hause. Der hat seine Meinung zu Johnny gleich bei ihrer ersten Begegnung deutlich gemacht und sollte keine zweite mehr erleben müssen.

Der Berg ist tückisch. Aus der Ferne wirkt er mit seinen gedrungenen, rundlichen Konturen beinahe harmlos, und noch während man den Pfad hinaufgeht, scheint jeder Schritt einigermaßen sanft zu sein, bis man plötzlich merkt, dass einem die Beinmuskeln zittern. Dasselbe gilt, wenn man vom Weg abkommt: Der Pfad ist klar zu erkennen, bis man nach einer kurzen

Ablenkung nach unten blickt und feststellt, dass ein Fuß allmählich in einem wässrigen Sumpfloch versinkt. Die Gefahren des Berges werden einem erst klar, wenn man schon mittendrin steckt.

Da Cal das weiß, geht er langsam und gleichmäßig. Die Hitze nimmt bereits zu. Auf dem lila Sumpfland erfüllen Bienen die Heide mit einem unermüdlichen, emsigen Summen und einem so feinen Rascheln, dass nur ihre schiere Anzahl es hörbar macht. Mit jeder Wegbiegung verändert sich der Ausblick, über bröckelige Steinmauern und Flächen mit hohem Blaugras hinweg auf die scharf umrissenen, geschäftigen Weiden und Felder tief unten.

Auf dem Hof der Reddys haben Liam und Alanna einen Spaten mit abgebrochenem Stiel gefunden und bauen im Schatten eines zerzausten Baums eine Art Burg. Sie kommen angerannt, um Cal ihr Bauwerk zu erklären und ihn auf Schokoriegel zu untersuchen. Als sie feststellen, dass er heute keine mitgebracht hat, flitzen sie zurück zu ihrem Projekt. Die Sonne entlockt dem Fichtenwäldchen hinter dem Haus einen schweren, unruhigen Duft.

Sheila Reddy öffnet ihm die Tür. Cal legt Wert darauf, bei jeder Gelegenheit mit Sheila zu reden, damit sie nicht das Gefühl hat, ihre Tochter hätte Umgang mit einem Wildfremden. Meistens lächelt sie und wirkt erfreut, ihn zu sehen, und erzählt ihm, wie gut das geflickte Dach dem Wetter standhält. Heute zeigt ihr Gesicht dasselbe verschlossene Misstrauen wie damals, als er das erste Mal hier war. Sie hält die Tür fest wie eine Waffe.

»Morgen«, sagt er. »Wird wohl wieder heiß werden heute.«

Sheila blickt nur flüchtig zum Himmel. »Theresa ist beim Fußball«, sagt sie.

»Ich weiß. Ich hatte gehofft, kurz mit Mr. Reddy sprechen zu können, falls er Zeit hat.«

Sheila mustert ihn eine Weile ausdruckslos. »Ich hol ihn«, sagt sie, dann schließt sie die Tür.

Liam fängt an, auf eine Ecke der Burg einzutreten, und Alanna schreit ihn an. Liam tritt noch fester. Alanna schreit lauter und schubst ihn. Cal widersteht dem Drang, beiden zu sagen, sie sollen damit aufhören.

Johnny lässt sich Zeit, bis er an die Tür kommt. Das Erste, was Cal heute an ihm reizt, ist sein Hemd, ein blaues frisch gebügeltes Nadelstreifenhemd mit akkurat umgeschlagenen Manschetten. Es wird wieder ein glühend heißer Tag werden, so dass selbst die runzeligen alten Ladys, die Blumen vor die Mariengrotte stellen, ihre kurzärmeligen Blusen aus dem Schrank holen, aber dieses kleine Arschloch muss unbedingt zeigen, dass er zu schick ist für alles, was mit Ardnakelty zu tun hat, und wenn's das Wetter ist.

»Mr. Hooper«, sagt er freundlich. Diesmal versucht er nicht, ihm die Hand zu schütteln. »Hatten Sie gestern einen angenehmen Abend? Sie und Ihre schöne Stimme waren eine Bereicherung.«

Der Typ ist noch nicht mal aus der Tür und hat es schon geschafft, Cal ein zweites Mal zu ärgern, indem er so tut, als wäre der gestrige Abend seine private Party gewesen und Cal ein ungeladener Gast, den er gütig geduldet hat. »Danke«, sagt Cal. »Sie hören sich auch nicht schlecht an.« Johnny hat natürlich »The West's Awake« gesungen, mit einem eindringlichen Tenor und viel Schmelz bei den langen Tönen.

Johnny tut das mit einem Lachen ab. »Ach was, ich treff die Töne, mehr nicht. Das liegt uns im Blut. Hier bei uns kann jeder einigermaßen singen.«

»Das hat man gehört«, sagt Cal. »Hätten Sie einen Moment Zeit für mich?«

»Selbstverständlich«, sagt Johnny liebenswürdig. Er lässt die Tür offen, um zu zeigen, dass es nicht lange dauern sollte, und schlendert über den Hof zum Tor, so dass Cal ihm folgen muss.

Im Sonnenlicht wird sichtbar, wie verkatert er ist: dicke Tränensäcke und rot unterlaufene Augen. Das passt schlecht zu seinem jungenhaften Auftreten, lässt es künstlich und abgeschmackt wirken. »Was kann ich für Sie tun?«

Cal hat die Erfahrung gemacht, dass Männer wie Johnny Reddy es nicht vertragen können, wenn sie überrumpelt werden. Sie sind daran gewöhnt, sich die leichtesten Opfer auszusuchen, deshalb sind sie es in der Regel, die das Thema, das Tempo und alles andere bestimmen. Wenn ihnen das weggenommen wird, wissen sie nicht, was sie machen sollen.

»Ich hab gehört, Sie suchen nach Investoren, um ein bisschen Gold im Fluss zu verteilen«, sagt Cal. »Ich bin dabei.«

Das lässt Johnny stutzen. Er bleibt stehen und starrt Cal eine Sekunde lang an. Dann lacht er übertrieben laut los. »Ach du Schande. Wie kommen Sie denn da drauf?«

»Mit dreihundert Euro ist man dabei, richtig?«

Johnny schüttelt grinsend den Kopf, atmet tief aus. »Meine Güte. Da muss Theresa irgendwas völlig missverstanden haben. Was hat sie Ihnen denn erzählt?«

»Sie hat gar nichts gesagt«, erwidert Cal. »Kein Wort. Und ich hab sie auch nicht gefragt.«

Johnny hört die Schärfe in seiner Stimme und rudert schnell zurück. »Ich weiß ja, dass Sie das nicht tun würden«, beruhigt er Cal. »Aber, Menschenskind, Sie müssen das verstehen. Das wird eine wunderbare Chance für Theresa, ich werde ihr endlich alles Mögliche bieten können, was sie nie hatte – Musikunterricht, Reitstunden, einfach alles, was sie sich wünscht. Aber ich will nicht, dass die Leute versuchen, sie auszufragen, dass sie sich Sorgen machen muss, was sie sagen kann und was nicht. Das wäre ihr gegenüber nicht fair.«

»Ja«, sagt Cal. »Da gebe ich Ihnen recht.«

»Das hör ich gern«, sagt Johnny mit einem ernsten Nicken.

»Schön, dass wir einer Meinung sind.« Er wischt über die oberste Torstange und stützt die Unterarme darauf, blickt mit zusammengekniffenen Augen den Berghang hinunter. »Aber wer hat Ihnen das denn erzählt, wenn ich fragen darf?«

»Na ja«, sagt Cal und lehnt sich mit dem Rücken ans Tor, »ich muss zugeben, ich hab mich ein bisschen gewundert, dass Sie selbst es mir gegenüber nicht erwähnt haben. Schließlich liegt mein Land ja genau auf der Goldlinie.«

In Johnnys Gesicht zeichnet sich ein Anflug von verlegenem Vorwurf ab, als wäre Cal ins Fettnäpfchen getreten. »Ich hätte Sie sehr gern mit an Bord genommen«, erklärt er. »Das wäre eine Gelegenheit gewesen, mich ein kleines bisschen dafür zu revanchieren, dass Sie so viel für Theresa getan haben, während ich fort war. Aber das muss leider noch ein bisschen warten. Mann, nichts für ungut und nicht böse gemeint, aber das geht nur Ardnakelty was an. Mr. Rushborough wird sich darauf beschränken, seine Proben ausschließlich auf Land zu nehmen, dass Ardnakelty-Männern gehört. Sie haben ihn ja gestern Abend gehört: Die Orte, wo das Gold liegt, sind über Generationen hinweg von seinen und unseren Vorfahren weitergegeben worden. Nicht von Ihren.«

Cal ist aus der Übung. Er hat zugelassen, dass Johnny ihn mit Trey ablenkt, und jetzt hat Johnny genug Redezeit gehabt, um wieder Tritt zu fassen und sich eine Ausrede einfallen zu lassen.

»Tja, ich kann verstehen, dass das eine Rolle spielt«, sagt er und lächelt Johnny an. »Aber es war ein Ardnakelty-Mann, der mir die ganze Geschichte erzählt hat und mich gestern Abend eingeladen hat. Er meinte, ich sollte Sie daran erinnern, dass mein Land mitten in dem fraglichen Gebiet liegt, nur für den Fall, dass Sie es vergessen haben. Beruhigt Sie das?«

Johnny lacht, wirft den Kopf in den Nacken. »Bitte, lassen Sie mich raten. Mart Lavin, stimmt's? Der war schon immer ein schrecklicher Strippenzieher. Ich dachte, das hätte er sich inzwischen abgewöhnt, aber manche können es einfach nicht lassen.«

Cal wartet. Er hat früher schon schlitzohrige kleine Unterhaltungen mit schlitzohrigen kleinen Mistkerlen geführt, Hunderte Male: Gespräche mit doppeltem Boden, bei denen alle wissen, worum es geht, und alle wissen, dass alle es wissen, aber alle müssen sich dumm stellen, weil es dem schlitzohrigen kleinen Mistkerl so passt. Der unnötige Energieaufwand hat ihn schon immer genervt, aber damals wurde er wenigstens dafür bezahlt.

Johnny seufzt und wird ernst. »Mannomann«, sagt er betrübt und reibt sich übers Gesicht, »ich verrate Ihnen mal, womit ich's zu tun hab. Ich bin hier in einer ziemlich heiklen Position. Ich kann keinen Schritt runter ins Dorf machen, ohne dass Leute mich ansprechen und fragen, warum sie nicht dabei sind, warum Mr. Rushborough nicht auf ihrem Land graben will. Und das sind Leute, die ich kenne, seit ich ein kleiner Junge war. Ich hab versucht, ihnen zu erklären, dass nicht ich entscheide, wo Gold liegt und wo nicht, und dass sie einfach geduldig abwarten sollen, weil sich bestimmt noch genug Möglichkeiten bieten werden. Aber …« Er breitet die Arme aus und verdreht erschöpft die Augen. »Man kann die Menschen nicht zwingen, sich etwas anzuhören, was sie nicht hören wollen. Was würden die wohl sagen, wenn ich einen Fremden mitmachen lasse und sie raushalte?«

»Nun ja«, sagt Cal. »Ich möchte wirklich nicht, dass Sie Unannehmlichkeiten bekommen.«

»Und das ist noch nicht alles«, fährt Johnny fort. »Mr. Rushborough geht es nicht in erster Linie darum, Profit zu machen. Es geht ihm darum, zu seinen Wurzeln zurückzukehren. Nichts für ungut, aber ein Amerikaner, der mit ein paar Tausendern in der Tasche hier aufgetaucht ist, um irischen Grund und Boden zu kaufen … Das ist nicht der Kick, nach dem er sucht. Er will, dass keine Außenseiter mitmachen, weil er dann weiß, dass er selbst kein Außenseiter ist. Wenn das Ganze zu einer offenen Veranstaltung wird, verliert er vielleicht die Lust, und was dann?«

»Das will keiner«, bestätigt Cal. Er sieht zum Haus hinüber, zu dem dichten Wäldchen, das sich den Hang hinauf erstreckt. Selbst bei diesem Wetter bewegt ein Wind die Äste, träge, aber unruhig. Er spart seine Kraft auf.

»Wie gesagt«, versichert Johnny ihm, »es wird noch genug Möglichkeiten geben, alles zu seiner Zeit. Warten Sie's ab. Sie bekommen noch Ihren Teil vom Kuchen. Man kann nie wissen: Vielleicht hätte Mr. Rushborough ja sogar Lust, ein eigenes Stückchen Ardnakelty zu besitzen, und will Ihr Land kaufen.«

»Meine Güte«, sagt Cal. »Das wär was, wenn ein Millionär meine kleine Hütte kaufen würde.«

»Nichts ist unmöglich.«

»Was passiert, wenn der Mann beschließt, gleich heute Morgen im Fluss nach Gold zu suchen?«, will Cal wissen. »Sobald er seinen Kater auskuriert hat.«

Johnny schüttelt lachend den Kopf. »Mann, Sie haben eine komische Vorstellung von dem ganzen Unternehmen, wissen Sie das? Sie reden, als wäre Mr. Rushborough nur hier, um alles Gold einzusacken, das er in die Finger kriegt. Aber er ist hier, um sich die Gegend anzusehen, in der seine Vorfahren gelebt haben und gestorben sind. Er hat noch viel zu tun, bevor er sich um den Fluss kümmern kann.«

»Hoffen wir's«, sagt Cal. »Wäre schade, wenn der Goldrausch vorbei ist, bevor er überhaupt angefangen hat.«

»Ganz ehrlich, Mann«, sagt Johnny nachsichtig. »Das mit dem Gold im Fluss verteilen oder was auch immer – ich weiß ja nicht, wer Ihnen das erzählt hat, aber er hat Sie auf die Schippe genommen. Den Leuten hier sitzt der Schalk im Nacken, daran muss man sich erst gewöhnen. Machen Sie bloß nicht den Fehler, die Geschichte rumzuerzählen, vielleicht sogar damit zu Mr. Rushborough zu laufen. Weil, das kann ich Ihnen gleich sagen, der wird Ihnen kein Wort glauben.«

»Wirklich nicht?«, erkundigt Cal sich höflich. Er hat nicht die Absicht, mit Rushborough darüber zu reden, weil er sich nicht vormacht, dass er den Mann schon durchschaut hat.

»Garantiert nicht. Ich sag Ihnen, was Sie machen sollten. Lassen Sie sich nicht anmerken, dass Sie drauf reingefallen sind, verderben Sie Mart Lavin oder wem auch immer den Spaß. Gehen Sie nach Hause und verlieren Sie kein Wort über heute Morgen. Und wenn er Sie fragt, wie es mit mir gelaufen ist, lachen Sie ihn aus und fragen ihn, ob er Sie für blöd hält.«

»Keine schlechte Idee«, sagt Cal anerkennend. Er dreht sich um und stützt die Arme aufs Tor, Schulter an Schulter mit Johnny. »Ich hab noch eine bessere. Sie lassen mich mitmachen, und ich fahre nicht in die Stadt, um Officer O'Malley zu erzählen, was für eine betrügerische Masche Sie in seinem Revier abziehen.«

Johnny sieht ihn an. Cal erwidert den Blick. Sie wissen beide, dass Officer O'Malley rein gar nichts aus Ardnakelty rausbekommen würde, aber das spielt keine Rolle. Wenn Johnny gerade jetzt eines nicht gebrauchen kann, dann ist es ein Polizist, der hier rumschnüffelt und alle nervös macht.

Johnny sagt: »Ich glaube, ich sollte nicht zulassen, dass Theresa so viel Zeit mit einem Mann verbringt, der bei so einer betrügerischen Masche mitmachen will.«

»Sie hatten doch die Idee«, sagt Cal. »Und Sie haben zugelassen, dass Theresa sie mitbekommt.«

»So war das nicht, Mann. Und selbst wenn, ich bin ihr Daddy. Deshalb hab ich sie gern in meiner Nähe. Vielleicht sollte ich Ihre Beweggründe mal genauer unter die Lupe nehmen.«

Cal rührt sich nicht, aber Johnny zuckt dennoch zusammen. Cal sagt: »Das sollten Sie gar nicht erst versuchen, Johnny. Glauben Sie mir.«

Die Hitze nimmt zu. Hier oben ist die Sonne anders, hat etwas Kratziges an sich, als würde sie die Haut wund scheuern, um sie leichter verbrennen zu können. Liam und Alanna haben kichernd angefangen, irgendein Liedchen zu schmettern, aber die hohe Bergluft verdünnt es zu einem Hauch von Klang.

Cal zieht die dreihundert Euro aus der Tasche und hält sie Johnny hin.

Der wirft einen Blick darauf, macht aber keine Anstalten, sie zu nehmen. Nach einem Moment sagt er: »Ich hab nichts damit zu tun. Wenn Sie Ihr Geld loswerden wollen, wenden Sie sich an Mart Lavin.«

Darauf war Cal mehr oder weniger gefasst. Mart hat gesagt, keiner würde Johnny Geld anvertrauen wollen, deshalb würden sie das Gold selbst kaufen. Johnny wäscht seine Hände in Unschuld, und die Männer wiegen sich in dem Glauben, es wäre ihre eigene clevere Idee.

»Das werde ich«, sagt er und steckt die Scheine wieder ein. »War nett, mit Ihnen zu plaudern.«

»Daddy!«, ruft Liam. Er zeigt auf die Burg und fängt an, eine lange aufgeregte Geschichte zu erzählen.

»Wir sehen uns«, sagt Johnny zu Cal, ehe er zu Liams und Alannas Burg hinüberschlendert, sich hinhockt, mit dem Finger auf irgendwas zeigt und anfängt, interessierte Fragen zu stellen. Cal macht sich auf den Weg den Berg hinunter, zu Mart.

Noreen sauer zu machen hat seinen Preis. Lena ist die letzte Person im Umkreis von etlichen Meilen, die von Johnny Reddys Engländer und dem Gold der Granny erfährt. Anders als Noreen glaubt, ist Lena keine Eremitin und hat sogar einen ansehnlichen Bekanntenkreis, aber befreundet ist sie hauptsächlich mit Frauen aus dem Buchclub in der Stadt, bei dem sie vor einigen Jahren mitgemacht hat, und mit ein paar Arbeitskollegen – Lena macht für einen Reitstall hinter Boyle die Buchhaltung und praktisch alles, was sonst noch so anfällt. Es kann vorkommen, dass sie tagelang mit niemandem aus Ardnakelty redet, wenn ihr danach ist, was unter den gegebenen Umständen der Fall war. Sie ist nicht im Laden gewesen, weil sie sich gedacht hat, falls Noreen wieder davon anfängt, sie unter die Haube bringen zu wollen, sagt sie ihr womöglich, sie soll ihr den Buckel runterrutschen und sich um ihre eigenen Angelegenheiten kümmern, was wohltuend, aber kontraproduktiv wäre. Und Lena ist auch nicht bei Cal gewesen. Obwohl sie sich noch nie Gedanken darüber gemacht hat, was Cal in ihr Verhalten hineininterpretieren könnte, will sie nicht, dass er denkt, sie würde sich wie eine Glucke um ihn sorgen, bloß weil der verdammte Johnny Reddy zurückgekommen ist. Sie hatte erwartet, dass Trey sie erneut bitten würde, bei ihr übernachten zu dürfen, aber das Mädchen hat sich nicht blicken lassen.

So kommt es, dass Lena erstmals von dem Gold hört, als sie am Dienstag zu Cal fährt, um ihm Senf zu bringen. Sie freut sich immer, wenn sie kleine Geschenke für Cal findet. Er ist keiner, der sich viele oder ausgefallene Dinge wünscht, deshalb macht ihr die Herausforderung Spaß. Auf dem Rückweg von ihrer Vormittagsarbeit hat sie auf dem Markt in der Stadt einen Senf mit Whiskey und Jalapeños entdeckt, der Cal schmecken und in Treys Gesicht diese Mischung aus Argwohn und Entschlossenheit auslösen müsste, die er und Lena an ihr so mögen.

»Scheiße«, sagt Lena, als Cal sie auf den neusten Stand gebracht hat. Sie sind auf seiner Veranda und essen Schinkensandwiches zum Lunch – Cal wollte den Senf sofort probieren. Ein paar Krähen, die das Essen bereits aufs Korn genommen haben, noch ehe Lena und Cal sich hinsetzen können, stolzieren in sicherer Entfernung über die Wiese, die Köpfe zur Seite gelegt, um ihre Beute im Auge zu behalten. »Das hab ich nicht kommen sehen.«

»Ich dachte, Noreen hätte es dir erzählt«, sagt Cal.

»Wir hatten neulich Krach. Ich wollte ein bisschen Gras drüber wachsen lassen. Ich hätte es wissen müssen. Zwei Tage nicht bei Noreen, und mir entgeht die größte Neuigkeit seit Jahren.«

»Sag ihr, dass du es gerade erst erfahren hast«, schlägt Cal vor. »Dann fühlt sie sich so gebauchpinselt, dass sie dir alles verzeiht.« Rip zuckt vor Anspannung, will sich auf die Krähen stürzen. Cal streicht ihm beruhigend über Kopf und Hals.

Lena denkt daran, wie Johnny bei ihr am Tor stand und sagte, sein Vermögen wäre im Bau. »Ha«, sagt sie, als ihr plötzlich ein Gedanke kommt. »Ich hab mir eingebildet, der kleine Scheißer hat mich besucht, weil er mit mir ins Bett will. Dabei hat er nur ein Auge auf meine Brieftasche geworfen, nicht auf mein hübsches Gesicht. Das hab ich nun von meiner Eitelkeit.«

»Er hat's nur auf das Geld von Leuten abgesehen, deren Land auf dieser Linie liegt«, sagt Cal. »Bis jetzt jedenfalls. Ich schätze, er wollte vor allem, dass du den Leuten erzählst, er wäre ein toller Typ, damit sie ihn unterstützen.«

»Da ist er bei mir an der falschen Adresse.« Lena wirft den Krähen ein Stück Brot hin. »Ich finde, jeder, der sich auf diesen Vollidioten einlässt, hat sie nicht alle.«

»Das gilt dann auch für mich«, sagt Cal. »Ich hab Mart heute Morgen dreihundert Euro gegeben, für meinen Anteil an dem Gold.«

Lena vergisst die Krähen und starrt ihn an.

»Wahrscheinlich hab ich sie nicht mehr alle«, sagt Cal.

Lena fragt: »Hat der Mistkerl Trey in die Sache reingezogen?«

»Er wollte sie dabeihaben, als er die Männer dazu überredet hat. Und sie sollte ihnen erzählen, ihr Lehrer hätte gesagt, dass es hier Gold gibt. Mehr weiß ich nicht.«

Er klingt ruhig, aber Lena weiß, dass er das nicht auf die leichte Schulter nimmt. »Du willst ihn also im Auge behalten«, sagt sie.

»Viel mehr kann ich im Augenblick nicht machen.« Er zupft ein Stück Kruste von seinem Sandwich, vergewissert sich, dass kein Senf dran ist, und wirft es den Krähen hin. Zwei von ihnen kriegen sich deswegen in die Wolle. »Falls sich irgendwas Neues ergibt, will ich vor Ort sein und es mitkriegen.«

Lena beobachtet ihn. »Was denn zum Beispiel?«

»Weiß ich noch nicht. Ich werde einfach abwarten und Tee trinken. Mehr nicht.«

Lena hat Cal immer nur sanft erlebt, aber sie macht sich nicht vor, dass er nur diese eine Seite hat. Sie unterschätzt seinen Zorn nicht. Sie kann ihn förmlich an ihm riechen wie Hitze von glühendem Metall.

»Wie findet Johnny das, dich an Bord zu haben?«, fragt sie.

»Gefällt ihm überhaupt nicht. Aber er wird mich nicht los. Gerade weil er mich nicht dabeihaben will.«

Selbst wenn Lena den Impuls hätte, ihn davon abbringen zu wollen, sie könnte nichts ausrichten. »Geschieht ihm recht«, sagt sie. »Der Kerl ist zu sehr daran gewöhnt, seinen Willen zu bekommen.«

»Tja«, sagt Cal. »Diesmal nicht.«

Lena isst ihr Sandwich – der Senf ist kräftig und scharf – und lässt sich die Neuigkeiten durch den Kopf gehen. Ihre erste Vermutung war richtig, und Noreens war falsch. Johnny ist nicht bloß nach Hause gekommen, weil ihn seine Freundin rausgeschmissen hat und er nicht für sich selbst sorgen kann. Johnny braucht Geld, dringend. Wenn er so viel Aufwand betreibt, geht es nicht bloß um Mietrückstand oder eine gesperrte Kreditkarte. Er hat Schulden, irgendwo, wo es gefährlich werden kann.

Lena ist scheißegal, in welchen Schwierigkeiten Johnny persönlich steckt. Aber sie will wissen, ob die Gefahr drüben in London bleibt oder ob sie ihm hierherfolgen wird.

Cal, der Johnny nicht so gut kennt wie sie, ist wahrscheinlich noch nicht zu demselben Fazit gelangt. Lena überlegt, ob sie ihm ihres mitteilen soll, und entscheidet sich vorläufig dagegen. Es ist eine Sache, keine Verantwortung für Cals Stimmungen zu übernehmen; es ist etwas völlig anderes, seine Ängste und seinen Zorn gezielt zu befeuern, solange sie nur bloße Vermutungen hat.

»Wenn ich Trey das nächste Mal sehe«, sagt sie, »schlag ich vor, dass sie ein paar Tage bei mir bleibt.«

Cal wirft den Krähen noch ein Stück Kruste hin und dreht sich ein wenig, damit die Sonne einen anderen Teil seines Gesichts attackiert. »Ich mag das Wetter nicht«, sagt er. »Wenn es früher, als ich noch gearbeitet hab, so heiß war, wussten wir immer, dass es Ärger geben würde. Die Leute drehen durch, machen so durchgeknallte Sachen, dass du denkst, sie müssen ein halbes Dutzend Drogen auf einmal eingeschmissen haben, und dann kommen die Testergebnisse, und nix da, stocknüchtern. Bloß überhitzt. Immer wenn es zu lange heiß ist, warte ich nur noch darauf, dass es Ärger gibt.«

Lena sagt es zwar nicht, aber sie mag diese Hitzewelle. Ihr gefällt, wie sie alles verändert. Sie verwandelt die matten Blau- und Creme- und Gelbtöne der Häuser im Dorf, gibt ihnen eine strahlende, nahezu unwirkliche Leuchtkraft, und sie reißt die Felder aus ihrer üblichen sanften Schläfrigkeit, verleiht ihnen eine stachelige, kämpferische Lebendigkeit. Es ist, wie wenn sie bei Cal eine neue Stimmung wahrnimmt: Sie lernt Ardnakelty noch besser kennen.

»Das ist aber doch eine andere Art von Hitze«, sagt sie. »Ich hab gehört, die Sommer in Amerika schmelzen einem das Hirn weg. Das hier ist so eine Hitze wie im Urlaub in Spanien, bloß kostenlos.«

»Vielleicht.«

Lena betrachtet sein Gesicht. »Wahrscheinlich gibt's wirklich ein paar Leute, die davon kribbelig werden«, sagt sie. »Letzte Woche hat Sheena McHugh ihren Joe aus dem Haus geworfen. Sie meinte, sie hätte keine Minute länger mehr mit ansehen können, wie er sein Essen kaut. Er musste sich bei seiner Mammy einquartieren.«

»Na bitte«, sagt Cal, aber sein Mund hat sich zu einem Schmunzeln verzogen. »Du musst schon ziemlich durchgedreht sein, wenn du jemanden zwingst, bei Miz McHugh Zuflucht zu suchen. Hat Sheena ihn wieder zurückgenommen?«

»Hat sie, ja. Er ist in die Stadt gefahren und hat einen Ventilator gekauft, so ein richtig großes Teil. Mit App und allem Pipapo. Sie hätte sogar Hannibal Lecter reingelassen, wenn er mit so was ankommt.« Cal grinst. »Die Hitze ist bald vorbei«, sagt Lena. »Dann können wir uns wieder alle über den Regen beschweren.«

Die beiden Krähen zanken sich noch immer um Cals Sandwichkruste. Eine dritte schleicht sich auf einen halben Meter an sie ran und bellt explosionsartig. Die ersten beiden schießen hoch in die Luft, die dritte schnappt sich den Leckerbissen und macht, dass sie wegkommt. Lena und Cal prusten los.

Mitten in der Nacht streiten Treys Eltern in ihrem Schlafzimmer. Trey befreit sich von der verschwitzten, verknäulten Bettdecke, von Banjo und Alanna, die wieder zu ihr ins Bett gekommen ist, und schleicht zur Tür, um zu lauschen. Sheilas Stimme, leise und knapp, aber scharf; dann ein empörter Schwall von Johnny, beherrscht, aber lauter werdend.

Trey geht ins Wohnzimmer und macht den Fernseher an, damit sie einen Vorwand hat, hier zu sein, aber leise, damit sie weiterlauschen kann. Das Zimmer riecht nach Essen und kaltem Rauch. Das Chaos nimmt allmählich wieder überhand, nachdem sie und ihr Dad neulich Abend aufgeräumt haben. Der halbe Teppich ist mit einer Ansammlung von kleinen, starräugigen Puppen übersät, und auf dem Sofa liegen einige Nerf-Kugeln und eine mit Bonbonverpackungen vollgestopfte schmutzige Socke. Trey wirft alles in eine Ecke. Auf der Mattscheibe scheinen sich zwei blasse Frauen in altmodischer Kleidung über einen Brief aufzuregen.

Cillian Rushborough war zum Abendessen bei ihnen. »Ich kann nicht für so einen Schickimicki kochen«, sagte Sheila trocken, als Johnny es ihr ankündigte. »Fahr mit ihm in die Stadt.«

»Mach doch einen klassischen irischen Eintopf«, antwortete Johnny, schlang die Arme um ihre Hüften und gab ihr einen Kuss. Er war den ganzen Tag gut aufgelegt gewesen, hatte mit Liam im Hof Fußball gespielt und Maeve überredet, ihm in der Küche ein paar irische Tanzschritte beizubringen. Sheila erwiderte den Kuss nicht, wich ihm auch nicht aus, sondern bewegte sich einfach weiter, als wäre er gar nicht da. »Mit schön viel Kartoffeln drin. Er wird begeistert sein. Aber dein Eintopf würde ja auch einem Milliardär schmecken und einem Millionär sowieso. Was meint ihr, Kinder, sollen wir ihn demnächst so nennen? Millionärseintopf?« Maeve sprang auf und ab und klatschte in die Hände – seit ihr Dad wieder zu Hause ist, benimmt sie sich wie eine Vierjährige. Liam fing an, gegen seine Stuhlbeine zu treten, und sang irgendwas von Millionärseintopf mit Schweinekopf. »Na los, Maeve«, sagte ihr Dad grinsend. »Zieh deine Schuhe an, dann gehen wir beide runter ins Dorf und kaufen die allerbesten Zutaten. Millionärseintopf für alle!«

Die Kleinen mussten im Wohnzimmer vor dem Fernseher essen, aber Trey und Maeve durften bei den Erwachsenen am Küchentisch sitzen, so dass Trey sich Rushborough in Ruhe ansehen konnte. Er lobte den Eintopf über den grünen Klee, schwärmte verzückt von der Landschaft um Ardnakelty, fragte Maeve, welche Musik sie am liebsten hörte, und Trey, was sie gerade schreinerte, und er erzählte lachend, wie ihn die Gans der Maguires verfolgt hatte. Trey hat was gegen Charme, obwohl er ihr nur bei wenigen Menschen untergekommen ist, hauptsächlich bei ihrem Vater. Rushborough kann ihn geschickter verkaufen. Als er ihre Mam nach der kleinen Aquarelllandschaft fragte, die an der Küchenwand hängt, und bloß eine knappe Antwort erhielt, wechselte er sofort und gekonnt das Thema und unterhielt sich mit Maeve über Taylor Swift. Seine Gewandtheit macht ihn für Trey noch zwielichtiger.

Sie hatte nicht erwartet, Rushborough zu mögen, und hält das auch nicht für wichtig. Entscheidend ist, wie sie mit ihm umgehen soll.

Wenn Maeve irgendeine lustig gemeinte Bemerkung machte, lachte Rushborough sich scheckig und redete dann weiter; aber nur eine Minute später kriegte Trey mit, wie er Maeve kurz musterte und ihre Bemerkung mit dem abglich, was ihm durch den Kopf ging.

Trey vermutet, er will unbedingt, dass das Gold real ist, und hat deshalb beschlossen, nicht allzu genau hinzuschauen. Falls er herausfindet, dass es ein Schwindel oder zumindest teilweise ein Schwindel ist, wird er doppelt wütend werden, weil er dann auch auf sich selbst wütend sein muss. Aber er wird es nicht herausfinden, es sei denn, ihm bleibt keine andere Wahl. Sie könnte ihm unverblümt verraten, was ihr Dad neulich Abend gesagt hat, und er würde sie als bockigen Teenager abtun, der Stress machen will.

Die Stimmen im Schlafzimmer werden hitziger, aber nicht lauter. Trey überlegt gerade, ob sie irgendwas tun sollte, als die Tür ihrer Eltern so heftig aufgerissen wird, dass sie gegen die Wand knallt, und Johnny durch den Flur ins Wohnzimmer kommt. Er ist dabei, sein Hemd zuzuknöpfen, und seine lockeren Bewegungen verraten Trey, dass er angeschickert ist.

»Wieso bist du auf?«, fragt er, als er sie sieht.

»Guck noch Fernsehen«, sagt Trey. Sie glaubt nicht, dass eine unmittelbare Gefahr besteht – wenn ihr Dad sie früher geschlagen hat, ging er meistens zuerst auf ihre Mam oder Brendan los. Sie war nebensächlich und kam erst danach dran, falls er noch dazu in der Lage war. Aber die Geräusche aus dem Schlafzimmer ließen nichts dergleichen vermuten. Dennoch sind ihre Muskeln bereit zur Flucht, falls nötig. Sie empfindet einen jähen, wilden Zorn auf ihren Körper, weil er noch immer so reagiert. Sie hatte sich eingebildet, das wäre vorbei.

Johnny lässt sich in einen Sessel plumpsen, und sein Seufzer klingt fast wie ein Knurren. »Weiber«, sagt er, während er sich mit beiden Händen durchs Gesicht fährt. »Ich schwöre, die machen einen wahnsinnig.«

Er scheint vergessen zu haben, dass Trey ein Mädchen ist. Das passiert einigen Leuten manchmal. Es macht ihr nichts aus, überrascht sie nicht mal, auch nicht, wenn es ihrem Dad passiert. Sie wartet.

»Das Einzige, was ein Mann von einer Frau braucht«, sagt Johnny, »ist, dass sie ihm ein bisschen vertraut. Das gibt ihm nämlich Kraft, wenn's mal schlecht läuft. Ein Mann kann so ziemlich alles schaffen, wenn er weiß, dass seine Frau voll und ganz hinter ihm steht. Aber sie ...«

Er nickt Richtung Schlafzimmer. »Herrschaftszeiten, ständig meckert sie rum. Oh, wie war das schlimm für sie, als ich weg war, so ganz allein, in Todesangst, wie hat sie sich geschämt, durchs Dorf zu gehen, weil die anderen Frauen sie schief angeguckt haben, und der Garda ist aus der Stadt hergekommen, weil du die Schule geschwänzt hast, und zu Weihnachten musste sie sich Geld leihen – stimmt das überhaupt? Oder sagt sie das bloß, damit ich ein schlechtes Gewissen kriege?«

»Keine Ahnung«, sagt Trey.

»Ich hab sie gefragt, wovor sie denn bitte schön Angst gehabt hat, so weit hier oben, und die alten Zicken sollen doch reden, was sie wollen – und wenn dieser Garda nix Besseres zu tun hat, als Kindern Angst einzujagen, weil sie blaugemacht haben, dann scheiß auf ihn. Aber wie soll man mit einer Frau vernünftig reden, die aus jeder Kleinigkeit ein verdammtes Riesenproblem macht?«

Er kramt in seiner Tasche nach Zigaretten. »Nie ist sie zufrieden. Ich könnte ihr die Sterne von Himmel holen, und sie hätte immer noch was zu meckern. Sie war nicht zufrieden, als ich noch hier war, und sie war nicht zufrieden, als ich weg war. Und jetzt« – Johnny reißt empört die Hände hoch –, »jetzt bin ich wieder da. Ich bin zurück. Ich sitze hier. Ich hab einen Plan, wie wir aus der Scheiße hier rauskommen. Und sie ist noch immer nicht zufrieden. Was soll ich denn ihrer Meinung nach noch machen?«

Trey ist unsicher, ob er eine Antwort von ihr hören will oder nicht. »Keine Ahnung«, sagt sie wieder.

»Ich hab sogar Rushborough mit hergebracht, damit sie ihn kennenlernt. Denkt sie etwa, ich hab ihn gern in dieses Drecksloch eingeladen? Ich hab's trotzdem gemacht, damit sie sieht, dass ich keinen Scheiß erzähle. Der Mann, der den Eintopf von deiner Mammy gelobt hat, der hat schon in den besten Restaurants der Welt gegessen. Und sie hat ihn angeguckt, als wär er ein Penner, den ich irgendwo im Straßengraben aufgelesen hab. Hast du das mitgekriegt?«

»Nee«, sagt Trey. »Ich hab den Eintopf gegessen.«

Ihr Dad zündet sich eine Zigarette an und nimmt einen tiefen Zug. »Ich hab sie nach ihrer Meinung gefragt und so. Hab ihr den ganzen Plan erzählt – was hältst du davon, hab ich sie gefragt, damit müsste unser Weihnachten dieses Jahr schöner ausfallen, meinst du nicht? Und weißt du, was sie gemacht hat?« Johnny starrt an Treys Ohr vorbei und zuckt übertrieben die Achseln. »Das hat sie gemacht. Das war ihre Reaktion. Ich hab mir nur gewünscht, dass sie mich ansieht und sagt: ›Großartig, Johnny, gut gemacht.‹ Mich vielleicht sogar anlächelt und küsst. Das ist doch nicht zu viel verlangt. Und stattdessen krieg ich –« Er setzt wieder diesen starren Blick auf und zuckt die Achseln. »Ich schwöre dir, Frauen sind bloß da, um uns kirre zu machen.«

»Vielleicht«, sagt Trey, weil sie das Gefühl hat, er erwartet irgendeine Reaktion.

Daraufhin sieht Johnny sie einen Moment lang an, bis seine Augen klar werden, und scheint sich zu erinnern, wer sie ist. Er ringt sich ein Lächeln ab. Heute Abend hat er seinen üblichen Schwung und seine Strahlkraft verloren, und sein jungenhaftes Aussehen ist dahin. In dem Sessel wirkt er klein und zerbrechlich, als fingen seine Muskeln bereits an, Richtung Greisenalter zu verkümmern. »Du nicht, Schätzchen«, versichert er ihr. »Du bist doch Daddys großes Mädchen. Du hast alles Vertrauen der Welt in mich, stimmt's?«

Trey zuckt die Achseln.

Johnny blickt sie an. Eine Sekunde lang denkt Trey, er wird sie ohrfeigen. Er erkennt, dass sie fluchtbereit ist, und schließt die Augen. »Scheiße, ich brauch 'nen Drink«, flüstert er.

Trey betrachtet ihn: zusammengesunken, den Kopf nach hinten gelehnt und die Beine locker gespreizt. Er hat lila Schatten unter den Augen.

Sie geht in die Küche, nimmt die Whiskeyflasche aus dem Schrank und gibt etwas Eis in ein Glas. Als sie ins Wohnzimmer zurückkommt, hat ihr Vater sich nicht bewegt. Ein dünner Rauchfaden kringelt sich von seiner Zigarette nach oben. Sie geht neben dem Sessel in die Hocke.

»Daddy«, sagt sie. »Hier, bitte.«

Ihr Dad öffnet die Augen und sieht sie eine Sekunde lang verständnislos an. Dann bemerkt er die Flasche und stößt ein heiseres Lachen aus. »Gott«, sagt er leise und traurig.

»Ich hol dir was anderes«, sagt Trey, »wenn du das nicht willst.«

Johnny reißt sich mühsam zusammen und setzt sich gerade hin. »Nein, nein, Schätzchen, das ist genau richtig. Vielen Dank. Du bist ein prima Mädchen, das sich um seinen Daddy kümmert. Was bist du?«

»Ein prima Mädchen«, sagt Trey brav. Sie gießt etwas Whiskey ein und reicht ihm das Glas.

Johnny nimmt einen kräftigen Schluck und atmet langsam aus. »Na bitte«, sagt er. »Siehst du? Alles wieder gut.«

»Ich hab Vertrauen in dich«, sagt Trey. »Das wird super.«

Ihr Dad lächelt zu ihr hinunter, presst aber Daumen und Zeigefinger an den Nasenrücken, als hätte er Kopfschmerzen. »Das ist jedenfalls der Plan. Und mal ehrlich, wieso sollte der nicht klappen? Haben wir denn nicht auch ein paar schöne Dinge verdient?«

»Klar«, sagt Trey. »Mam freut sich bestimmt unheimlich, wenn sie es erst mal versteht. Dann ist sie total stolz auf dich.«

»Dann ja, natürlich. Und wenn dein Bruder nach Hause kommt, wird er ganz schön große Augen machen, was? Kannst du dir sein Gesicht vorstellen, wenn er aus dem Auto steigt und sieht, dass unser Haus auf einmal so groß ist wie ein Einkaufszentrum?«

Für einen ganz kurzen Moment kann Trey es sich wirklich vorstellen, so deutlich, als könnte es tatsächlich wahr werden: Brendans Kopf, der sich zu der glänzenden Fensterreihe hebt, seinen offenen Mund, sein schmales, ausdrucksvolles Gesicht, in dem ein Feuerwerk der Freude erstrahlt. Ihr Dad kann so was gut.

»Ja«, sagt sie.

»Der wird nie mehr hier wegwollen.« Johnny lächelt sie an. »Wird er auch nicht mehr müssen.«

»Mrs. Cunniffe hat gesagt, du sollst Mr. Rushborough fragen, ob auf ihrem Grundstück Gold liegt. Und Tom Pat Malone meint, sein Enkel Brian könnte dabei helfen, das Gold ausm Fluss zu holen.«

Johnny lacht. »Na bitte. Siehst du? Alle wollen unbedingt mitmachen, bloß deine Mammy nicht, und die kriegen wir auch noch so weit. Bestell Mrs. Cunniffe und Tom Pat, dass Mr. Rushborough ihr Interesse zu schätzen weiß und möglicherweise auf sie zurückkommt. Und du erzählst mir weiter, wer dich anspricht und mit dabei sein will, genau wie jetzt. Machst du das?«

»Klar«, sagt Trey. »Kein Problem.«

»Braves Mädchen. Was würde ich nur ohne dich machen?«

Trey fragt: »Wann wollt ihr das Gold im Fluss versenken?«

Johnny trinkt noch einen Schluck Whiskey. »Es kommt morgen irgendwann an«, sagt er. »Nicht hier bei uns – es wird an Mart Lavin geliefert. Wir tun es am nächsten Tag ganz früh morgens rein. Dann kann Mr. Rushborough auf Schatzsuche gehen.« Er neigt den Kopf und sieht Trey fragend an. Der Whiskey hat ihm neue Energie gegeben. »Willst du vielleicht mitkommen? Uns helfen?«

Trey will auf keinen Fall mitkommen. »Um wie viel Uhr?«, fragt sie.

»Das muss in aller Herrgottsfrühe passieren. Noch bevor die Farmer aufstehen. Wir wollen ja schließlich nicht, dass uns irgendwer beobachtet. Gegen halb fünf wird's hell. Also müssen wir dann unten am Fluss sein.«

Trey zieht ein entsetztes Gesicht. »Nee, danke«, sagt sie.

Johnny lacht und wuschelt ihr durchs Haar. »Echt blöd von mir, einem Teenager vorzuschlagen, vor dem Mittagessen aufzustehen! Keine Bange, ich nehm dir deinen Schönheitsschlaf nicht weg. Es gibt auch noch andere Möglichkeiten, wie du mir helfen kannst.«

»Okay«, sagt Trey. »Bloß nicht so früh.«

»Ich find schon was für dich«, versichert Johnny ihr. »Für einen Schlaukopf wie dich gibt's zig Sachen, die du machen kannst.«

»Ich könnte Rushborough für dich im Auge behalten«, sagt Trey. »Morgen, meine ich. Dann könnte ich dafür sorgen, dass er nicht runter zum Fluss geht, bevor ihr alles fertig habt.«

Ihr Dad wendet den Kopf von seinem Glas und sieht sie an. Trey beobachtet, wie er, leicht verlangsamt vom Alkohol, über ihren Vorschlag nachdenkt.

»Er wird mich nicht sehen«, sagt sie. »Ich bleib in Deckung.«

»Weißt du, was?«, sagt ihr Dad nach einem Moment. »Das ist eine prima Idee. Ich denke mal, er will bloß rumspazieren und sich die Gegend angucken, und du wirst dich zu Tode langweilen – aber du musst das auch nicht den ganzen Tag lang machen. Am Nachmittag zeig ich ihm Mossie O'Hallorans Feenhügel. Du müsstest nur vormittags auf ihn aufpassen. Wenn du siehst, dass er runter zum Fluss will, gehst du zu ihm und begrüßt ihn ganz freundlich und höflich und schlägst vor, ihm den alten Steinturm nicht weit von der Hauptstraße zu zeigen. Du erzählst ihm, der hätte den Feeneys gehört, dann folgt er dir brav wie ein Lamm.«

»Okay«, sagt Trey. »Wo wohnt er?«

»In dem grauen Cottage drüben bei Knockfarreney, auf Rory Dunnes Farm. Geh gleich morgen früh dahin, sobald du aus den Federn gekrochen bist, und guck, was Rushborough so treibt. Hinterher erzählst du mir dann alles.«

Trey nickt. »Okay.«

»Das ist super.« Ihr Dad lächelt sie an. »Du tust mir damit einen Riesengefallen, ehrlich. Mein kleines Mädchen hält zu mir. Mehr brauch ich gar nicht.«

»Ja«, sagt Trey. »Ich halte zu dir.«

»Klar tust du das. So, jetzt geh aber schlafen, sonst bist du morgen zu nichts zu gebrauchen.«

»Ich schaff das schon mit dem Aufstehen«, sagt Trey. »Nacht.«

Diesmal versucht er nicht, sie zu umarmen. Als sie sich umdreht und die Tür hinter sich schließt, sieht sie, dass sein Kopf wieder nach hinten sinkt und er sich den Nasenrücken massiert. Sie vermutet, dass sie Mitleid mit ihm haben sollte. Aber das Einzige, was sie empfindet, ist ein jäh aufblitzendes, kaltes Triumphgefühl.

Trey hat eigentlich nicht die Art, Menschen oder Probleme indirekt anzugehen. Sie neigt dazu, alles frontal anzupacken und so lange weiterzumachen, bis sie erreicht hat, was sie will. Aber sie ist bereit, neue Strategien zu lernen, falls nötig. Sie lernt sie von ihrem Dad. Was sie dabei überrascht, ist nicht die Schnelligkeit, mit der sie sich so was aneignet – Cal sagt oft, dass sie eine rasche Auffassungsgabe hat –, sondern dass ihr Dad so leicht auf sie reinfällt.

8

ERST ALS TREY am Mittwochnachmittag bei Cal auftaucht,
wird ihm klar, wie groß seine Angst war, dass Johnny sie von ihm
fernhalten würde. Es wurmt ihn, dass er kein größeres Vertrauen
zu ihr hatte, wo er doch aus persönlicher Erfahrung weiß, wie
schwer es ist, Trey von irgendwas abzuhalten, was sie will. Andererseits müsste er schon komplett verblödet sein, wenn er sich
einbilden würde, genau zu wissen, was Trey im Augenblick will,
wo sie es vielleicht nicht mal selbst weiß. In Cals Kindheit tauchte
sein eigener Daddy sporadisch auf und verschwand dann wieder.
Er war lustiger als Johnny Reddy und längst nicht so gut ausse-
hend, und wenn er denn mal da war, gab er sich mehr Mühe, aber
auch er wirkte stets so, als würde ihn sein eigenes Verhalten genauso überraschen wie alle anderen und dass es taktlos und unfair
wäre, ihn dafür verantwortlich zu machen. Beim fünften oder
sechsten Anlauf hätten Cal und seine Mum alles Recht der Welt
gehabt, dem Mann zu sagen, er solle sich verpissen, aber irgendwie war es nie so einfach. Er hatte viele ungesunde Angewohnhei-
ten, und Cal geht davon aus, dass er inzwischen tot ist.

Sie sind mit der Reinigung des kaputten Stuhls fertig, und
unter den dicken Schichten aus Schmutz und Fett ist ein mattes,
herbstliches Goldbraun zum Vorschein gekommen. Sie zerlegen
ihn ganz vorsichtig, machen dabei mit Cals Handy Fotos und
nehmen die genauen Maße der zerbrochenen Teile, die ersetzt
werden müssen. Cal schweigt oft und lange, um Trey Gelegenheit
zu geben, ihren Dad und Rushborough und das Gold zur Sprache
zu bringen, aber sie tut es nicht.

Cal sagt sich, das ist normal. Sie ist fünfzehn, ziemlich genau in dem Alter, in dem Alyssa aufhörte, ihm irgendwas zu erzählen. Trey hat wenig Gemeinsamkeiten mit Alyssa, einer herzensguten jungen Frau, die das potenziell Gute in den unwahrscheinlichsten Menschen sieht, doch in mancherlei Hinsicht bleibt fünfzehn nun mal fünfzehn. Als Alyssa aufhörte, mit ihm zu reden, dachte Cal sich, dass sie ja immerhin noch mit ihrer Mum redete, und beließ es dabei. Heute ist er unsicher, ob das die richtige Entscheidung war, doch selbst wenn – bei Trey ist diese bequeme Lösung keine Option.

Allerdings spricht nichts dagegen, das Thema selbst anzuschneiden und ihr einfach zu sagen, dass er Bescheid weiß – was sie sich wahrscheinlich schon gedacht hat, weil Mart nun mal den Mund nicht halten kann – und dass er sich in das Gold eingekauft hat. Aber das fühlt sich wie keine gute Idee an. Trey wird wahrscheinlich nicht glauben, dass Cal den Drang verspürt, von irgendeinem Engländer Geld zu ergaunern, und der Gedanke, dass er mitmacht, weil er auf sie achtgeben will, wird ihr nicht gefallen, davon ist er überzeugt. Und falls sie sich dafür schämt, dass Johnny so eine Nummer abzieht, oder falls sie nicht will, dass seine Schwindeleien sich irgendwie auf ihre Zeit mit Cal auswirken, wird sie auf stur schalten, wenn Cal das Thema anspricht. Treys Schweigen kann unterschiedlich tief sein. Cal will auf keinen Fall, dass sie gänzlich verstummt.

»Das reicht für heute«, sagt er, als sie Stücke von der Eichenschwelle auf ungefähr die richtige Größe zurechtgeschnitten und gehobelt haben, so dass sie gedrechselt werden können. »Lust auf Spaghetti bolognese?«

»Okay«, sagt Trey, wischt sich an ihrer Jeans den Staub von den Händen. »Leihst du mir deine Kamera?«

Kurz nachdem Cal nach Irland gezogen war, hat er richtig tief in die Tasche gegriffen und eine teure Kamera gekauft, damit er

Alyssa Fotos und Videos schicken konnte. Sein Handy hätte es auch getan, aber er wollte qualitativ besonders gute Bilder: Er wollte ihr jede Schattierung und jedes Detail zeigen, die ganze wunderbare Palette an Feinheiten, die die Schönheit dieser Gegend ausmachen, damit sie hoffentlich Lust bekäme, sich alles mit eigenen Augen anzusehen. Letztes Jahr hat Trey die Kamera für irgendein Schulprojekt über die heimische Tierwelt benutzt.

»Klar«, sagt Cal. »Wofür brauchst du sie?«

»Nur paar Tage. Ich pass auch gut drauf auf.«

Cal will sie nicht bedrängen, bis sie sich eine Lüge einfallen lässt. Er geht in sein Schlafzimmer und nimmt die Kamera aus einem der übersichtlichen Regale, die sie in den Schrank eingebaut haben.

»Hier«, sagt er, als er wieder ins Wohnzimmer kommt. »Weißt du noch, wie man sie bedient?«

»Einigermaßen.«

»Okay«, sagt Cal. »Suchen wir uns ein gutes Motiv, an dem du üben kannst. Wir haben ja Zeit, falls du nicht kurz vorm Verhungern bist.«

Wie sich herausstellt, hat Trey klare Vorstellungen davon, was sie fotografieren will. Es muss draußen sein, rund fünfzig Meter entfernt, sie braucht die Videofunktion, und sie muss wissen, wie man die Kamera auf schwache Lichtverhältnisse einstellt. Das schwache Licht kann Cal nicht liefern – es ist kurz nach fünf, die Luft ist prall mit Sonnenlicht –, aber sie gehen auf die hintere Wiese, um die Vogelscheuche als Modell zu nutzen. Irgendwer hat wieder mal ihr verborgenes Potenzial zum Vorschein gebracht. Sie war offenbar erfolgreich auf Jagd, denn sie hat eine Wasserpistole in der einen Hand, und an der anderen baumelt kopfüber ein großer Teddybär.

»Mart«, sagt Trey.

»Nee«, sagt Cal. Er fängt an, fünfzig Schritte von der Vogelscheuche abzuzählen, die durch ihr Näherkommen aktiviert wurde, jetzt wild knurrt und drohend den Teddybären schwingt.

»Mart hätte es mir erzählt. Er will gern gelobt werden.«

»PJ jedenfalls nicht.«

»Garantiert nicht. Vielleicht Senan oder seine Kinder.«

»Wie wär's mit einer Überwachungskamera? Die Moynihans haben eine, die mit ihren Handys verbunden ist. Lena hat gesagt, Noreen hat erzählt, dass Celine Moynihan mal nicht mit in die Kirche gekommen ist, weil sie behauptet hat, sie wär krank. Und mitten in der Predigt guckt Mrs. Moynihan auf ihr Handy und sieht Celine im Garten mit ihrem Freund rummachen. Sie hat so laut aufgequietscht, dass der Priester aus dem Konzept gekommen ist.«

Cal lacht. »Nee«, sagt er. »Ich will ja keinen verscheuchen. Bin immer gespannt, was sie sich als Nächstes einfallen lassen. Wie wär's hier? Ist das weit genug?«

Die Hunde haben jeder einen Kauknochen bekommen, damit sie beschäftigt sind, und jetzt nagen und schmatzen sie zufrieden im Gras. Während er Trey zeigt, wie sie den Autofokus verändert und von der Foto- zu Videofunktion wechselt, überlegt Cal, was sie wohl für Johnny filmen will. Am ehesten leuchtet ihm die Theorie ein, dass Johnny Aufnahmen davon haben will, wie die Männer das Gold im Fluss versenken, nur für den Fall, dass er so was wie ein Druckmittel braucht, um sie bei der Stange zu halten. Und natürlich würde Jonny keinen Gedanken daran verschwenden, was ihr passieren könnte, falls sie entdeckt wird.

Bei Tagesanbruch wird Cal unten am Fluss sein. Wenn er will, dass die Männer ihn auf dem Laufenden halten, kann er sich nicht zurücklehnen wie Johnny und andere die Drecksarbeit machen lassen. Er muss dabei sein, die ganze Zeit.

Falls Trey dazukommt und ihn da stehen sieht, knietief in Wasser und Goldstaub und Intrigen, wird sie meinen, er hat sie angelogen. Er revidiert seine Gedanken. Irgendwann heute Abend muss er das Thema zur Sprache bringen.

»Ich muss näher ranzoomen«, sagt Trey. »Ist nicht scharf genug.«

»Sie hat Gesichtserkennung«, sagt Cal. »Keine Ahnung, ob die bei Zombies funktioniert, aber wenn du Personen im Sucher hast, stellt sie sich automatisch auf die Gesichter scharf.«

Trey reagiert nicht darauf. Sie fummelt an den Einstellungen herum, macht eine weitere Aufnahme und blickt prüfend aufs Display. Die Vogelscheuche stiert sie so klar und deutlich an, dass man die künstlichen Blutstropfen an ihren Zähnen erkennen kann. Trey nickt zufrieden.

»Die Knöpfe können beleuchtet werden«, sagt Cal, »wenn's dunkel ist. Damit du besser sehen kannst, was du machst. Willst du das?«

Trey zuckt die Achseln. »Weiß ich noch nicht.«

»Falls ja, drückst du hier drauf«, sagt Cal. »Aber probier's lieber erst im Dunkeln aus, bevor du deine Aufnahmen machst. Nur für den Fall, dass die Knöpfe heller leuchten, als dir lieb ist.«

Trey dreht sich um und sieht ihn an, ein scharfer, fragender Blick. Eine Sekunde lang denkt Cal, dass sie was sagen wird, doch dann nickt sie nur und wendet sich wieder der Kamera zu.

»Die ist schwer«, sagt sie.

»Ja. Du musst dir eine Stelle suchen, wo du festen Stand hast und die Hände schön ruhig halten kannst.«

Trey probiert mehrere Positionen aus, um den Ellbogen auf einem Knie abzustützen. »Vielleicht brauch ich eine Mauer«, sagt sie, »oder einen Felsen oder so.«

»Hör mal«, sagt Cal. »Weißt du noch, wie wir darüber geredet haben, was du machen sollst, wenn jemand dich dazu bringen will, Dinge zu tun, die du nicht tun willst?«

»Auf die Eier zielen«, sagt Trey, während sie durch den Sucher späht. »Oder die Augen.«

»Nein. Ich meine, ja, doch, falls nötig. Oder den Hals. Aber ich meine, falls irgendwer dich überreden will, Drogen oder Alkohol auszuprobieren. Oder irgendwelchen blöden Scheiß zu machen, wie, keine Ahnung, in alte Häuser einsteigen.«

»Ich werde keine Drogen nehmen«, sagt Trey kategorisch. »Und ich werde mich nicht besaufen.«

»Das weiß ich«, sagt Cal. Er registriert automatisch, dass Trey nicht gesagt hat, sie werde überhaupt nicht trinken und nicht in verlassene Häuser einsteigen, aber das kann warten. »Aber wir haben auch darüber geredet, was du machen sollst, wenn Leute dich unter Druck setzen wollen, oder?«

»Tun sie nicht«, beruhigt Trey ihn. »Ist denen scheißegal. Dann haben sie mehr für sich. Und meine Freunde nehmen sowieso keine Drogen, die rauchen nur manchmal Hasch, weil sie nämlich nicht saublöd sind.«

»Okay«, sagt Cal. »Gut.« Irgendwie kam ihm diese Unterhaltung wesentlich einfacher vor, als sie sie das letzte Mal führten, vor rund einem Jahr, während sie am Fluss angelten. Jetzt, wo Johnny Reddy immer bei allem mitschwingt, fühlt er sich wie auf schwierigem und tückischem Terrain. »Aber falls es doch mal wer tut. Dann könntest du damit umgehen, ja?«

»Ich würd sagen, verpiss dich«, sagt Trey. »Guck mal das hier.«

Cal wirft einen Blick auf das Foto. »Sieht gut aus«, sagt er. »Wenn du die Bäume im Hintergrund schärfer haben willst, kannst du ein bisschen hiermit rumspielen. Das mit dem Druck, ich meine, dasselbe kannst du auch mit Erwachsenen machen. Wenn ein Erwachsener versucht, dich für irgendwas einzuspannen, bei dem du dich nicht wohl fühlst, hast du das Recht, ihm zu sagen, er soll sich verpissen. Oder ihr. Egal wem.«

»Ich dachte, du willst, dass ich höflich bin«, grinst Trey.

»Stimmt. Dann sag, sie sollen sich bitte verpissen.«

»Der Irischunterricht ist stinklangweilig«, erklärt Trey. »Kann ich dem Lehrer –«

»Vergiss es«, sagt Cal. »Menschen haben gekämpft und ihr Leben dafür gegeben, damit du deine eigene Sprache lernen kannst. Ich kenn mich nicht damit aus, aber das hat mir jedenfalls Francie erzählt. Also lern gefälligst Irisch.«

»Ich kann schon richtig viel«, sagt Trey. »*An bhfuil cead agam dul go dtí an leithreas.*«

»Ich hoffe, das heißt nicht ›Verpiss dich bitte‹ auf Irisch.«

»Find's raus. Sag es nächstes Mal zu Francie.«

»Ich wette, das heißt überhaupt nichts«, sagt Cal. Die Tatsache, dass Trey gute Laune hat, beruhigt ihn ein wenig, aber nur ein wenig. Treys Sensoren für Gefahr sind falsch kalibriert oder nicht richtig angeschlossen: Sie kann eine gefährliche Situation erkennen, ohne zugleich die Notwendigkeit einzusehen, sich daraus zu entfernen. »Das hast du dir bloß ausgedacht.«

»Hab ich nicht. Das heißt: ›Darf ich aufs Klo gehen?‹«

»Verdammt«, sagt Cal. »Das klingt schöner, als es sollte. Wenn man auf Irisch zu jemandem sagt, er soll sich bitte verpissen, fasst er das wahrscheinlich als Kompliment auf.«

Rip stößt ein knurrendes Bellen aus. Cal dreht sich schnell um. Er spürt, wie Trey hinter ihm erstarrt.

Aus der Abendsonne kommt Johnny Reddy auf sie zu. Mit seinem langen Schatten auf dem trockenen Gras wirkt er wie ein sehr großer Mann, der langsam auf sie zugleitet.

Cal und Trey stehen auf. Cal sagt, ohne nachzudenken: »Du musst nicht mit ihm mitgehen. Du kannst hierbleiben.«

Rip bellt erneut. Cal legt ihm eine Hand auf den Kopf. »Nee«, sagt Trey. »Danke.«

»Okay.« Cals Kehle schmerzt bei dem Wort. »Nur dass du's weißt.«

»Alles klar.«

Johnny hebt winkend einen Arm. Sie winken beide nicht zurück.

»Na, das ist ja eine Überraschung«, sagt Johnny fröhlich, als er bei ihnen ist. »Ich hab Mr. Rushborough gerade Mossie O'Hallorans Feenhügel gezeigt. Allmächtiger, was für eine Begeisterung. Er war wie ein Kind an Weihnachten, ganz ehrlich. Er hat eine Flasche Sahne mitgebracht und in ein Schälchen geschüttet und hat sich angestellt wie eine alte Lady mit ihren Zierdeckchen, wollte unbedingt die beste Stelle dafür finden. Er hat gefragt, welche Seite vom Hügel am traditionellsten ist.« Johnny zuckt gespielt übertrieben die Achseln und verdreht die Augen. »Ich hatte natürlich keine Ahnung. Aber Mossie hat gesagt, die östliche, also hat er es an die östliche Seite gestellt. Mr. Rushborough wollte da draußen bleiben, bis es dunkel wird, aber ich will mein Abendessen. Ich hab ihm gesagt, wir sollten lieber ein anderes Mal wiederkommen, damit wir sehen können, ob die Feen die Sahne angenommen haben.«

»Die Füchse werden sie auflecken«, sagt Trey. »Oder Mossies Hund.«

»Psst.« Johnny droht ihr vorwurfsvoll mit dem Finger. »Sag so was bloß nicht, wenn Mr. Rushborough dabei ist. Es ist schlimm, einem Mann seine Träume zu nehmen. Und man weiß nie: Vielleicht sind die Feen ja schneller als die Füchse.«

Trey zuckt die Achseln.

»Waren Sie auch schon mal da?«, will Johnny von Cal wissen.

»Nee«, sagt Cal.

»Ah, Sie sollten unbedingt mal hin. Ganz gleich, was Sie über Feen denken, es ist ein schönes Fleckchen Erde. Bestellen Sie Mossie, dass ich gesagt hab, er soll Ihnen das komplette Programm bieten.« Er zwinkert Cal zu. Cal unterdrückt den Drang, ihn zu fragen, was dieses bescheuerte Zwinkern soll.

»Ich hab also Mr. Rushborough zu Hause abgesetzt«, sagt Johnny. »Der hatte genug Aufregung für einen Tag. Dann hab ich euch beide hier draußen gesehen und mir gedacht, weil ich mit dem Auto da bin« – er deutet auf Sheilas schrottreifen Hyundai, dessen silbernes Dach über die Mauer an der Straße ragt –, »erspar ich meiner Kleinen den Nachhauseweg. Damit du auch pünktlich zu dem leckeren Essen zu Hause bist, das deine Mammy heute gekocht hat.«

Trey sagt nichts. Sie schaltet die Kamera ab.

»Hier«, sagt Cal und reicht ihr die Kameratasche. »Denk dran, sie aufzuladen.«

»Alles klar«, sagt Trey. »Danke.«

»Was ist das denn?«, erkundigt sich Johnny und beäugt die Kamera.

»Will ich mir ausleihen«, sagt Trey, während sie die Kamera vorsichtig in der Tasche verstaut. »Hausaufgabe für den Sommer. Wir sollen fünf Tierarten fotografieren und ihren Lebensraum beschreiben.«

»Dafür kannst du doch mein Handy nehmen. Sonst machst du vielleicht noch Mr. Hoopers schöne Kamera kaputt.«

»Ich will Vögel aufnehmen«, sagt Trey. »Dafür sind Handybilder nicht scharf genug.«

»Meine Güte, du machst es dir nicht leicht im Leben, was?« Johnny lächelt zu ihr herab. »Nimm doch Käfer. Du könntest fünf verschiedene Käfer in zehn Minuten finden, direkt bei uns hinterm Haus. Und schon wärst du fertig.«

»Nee«, sagt Trey. Sie hängt sich den Kameragurt um. »Käfer machen alle.«

»Das ist mein Mädchen«, sagt Johnny liebevoll und wuschelt ihr durchs Haar. »Nicht mit der Herde mitlaufen. Bedank dich bei Mr. Hooper für die Leihgabe.«

»Hab ich schon.«

Cal verwirft seine früheren Vermutungen. Was Trey auch immer mit der Kamera vorhat, ihr Vater soll es nicht erfahren. Er hat keine Ahnung, was sie plant, und das gefällt ihm überhaupt nicht.

Zumindest ist es jetzt nicht mehr so dringend, Trey seine Verwicklung in das Ganze zu erklären, wenn sie nicht runter zum Fluss kommt und ihn dort sieht.

»Könnte ein Weilchen dauern, bis Theresa wieder herkommen kann«, sagt Johnny zu Cal. »Sie wird demnächst nicht viel Zeit zum Schreinern haben, weil sie mir hier und da ein bisschen zur Hand geht. Stimmt doch, Schätzchen, oder?«

»Ja«, sagt Trey.

»Ich hab's nicht eilig«, sagt Cal. »Ich kann warten.«

Trey pfeift Banjo zu sich, und er kommt angaloppiert, den Kopf ulkig schief gelegt, um den Knochen nicht zu verlieren. »Bis dann«, sagt sie zu Cal.

»Okay«, sagt er, dann, an Johnny gewandt: »Wir sehen uns.«

»Ganz bestimmt«, erwidert Johnny. »In so einem kleinen Dorf entkommt man keinem. Bist du so weit, Mädchen?«

Cal sieht ihnen nach, als sie über die Wiese zum Auto gehen. Johnny plappert drauflos, das Gesicht Trey zugewandt, zeigt auf irgendwas. Trey starrt auf ihre Sneaker, die durchs Gras stapfen. Cal kann nicht erkennen, ob sie ihrem Vater antwortet.

In der Dunkelheit vor Sonnenaufgang sehen die Männer nicht wie Menschen aus. Für Trey sind sie bloß kurze Störungen am Rande ihrer Wahrnehmung: Kleckse aus dunkleren Schatten, die sich am Flussufer bewegen, Fetzen von leisem Gemurmel über das Rauschen und Plätschern des Wassers hinweg, das in der Stille überlaut ist. Die Sterne sind so blass, dass die Wasseroberfläche kaum schimmert. Der Mond ist ein kahler kalter Fleck tief am Horizont, der kein Licht verströmt. Der winzige orange Punkt einer glimmenden Zigarettenkippe fliegt im Bogen über das Wasser und verschwindet. Ein Mann lacht.

Im Juli wird es früh hell. Trey, die die Gabe hat aufzuwachen, wann sie will, war schon vor vier angezogen und aus ihrem Fenster. Dann wartete sie zwischen den Bäumen an der Straße, bis ihr Vater vorbeikam. Es war gar nicht so leicht, ihm zu folgen. Sie hatte ihn sich als einen Städter vorgestellt, der durchs Unterholz kracht, über Steine stolpert und eine halbe Stunde braucht, um eine halbe Meile zurückzulegen. Sie hatte vergessen, dass ihm dieser Berg schon viele Jahre länger vertraut ist als ihr. Er bewegte sich wie ein Fuchs, behände und leise, nahm Abkürzungen über Mauern und durch Wäldchen. Einige Male verlor Trey ihn aus den Augen, weil ihr Sicherheitsabstand zu groß war, aber er hatte eine kleine Taschenlampe dabei, die er von Zeit zu Zeit kurz anmachte, wenn er sich orientieren musste, und das half ihr.

Er führte sie zu einer Biegung im Fluss, nicht weit von der Stelle, wo sie und Cal manchmal angeln. Trey hat sich zwischen Buchen am Ufer hinter einen umgestürzten Baumstamm geduckt, der ihr Deckung gibt und zugleich als Ablage für die Kamera dient. Der Boden unter ihr hat einen warmen, lebendigen Geruch. Hinter der Biegung, wo der Fluss breiter und flacher wird, haben sich die Männer versammelt.

Allmählich lichtet sich die Dunkelheit. Die Männer nehmen Gestalt an, zunächst nicht als Menschen, sondern als hohe, aufrechte Steine, die in unregelmäßigen Abständen dicht am Wasser stehen. Trey macht als Ersten Mart Lavin aus, seinen gekrümmten Rücken über dem Schäferstab. Ihren Dad erkennt sie an seiner hektischen Unruhe, den raschen Bewegungen, und PJ an seinem Gang, als er ein paar Schritte vorwärtsmacht, um in den Fluss zu spähen – PJ scheint immer zu humpeln, bis man merkt, dass er beide Füße nachzieht, nicht bloß einen. Seine schlaksigen

Beine sind so lang, dass er es nicht schafft, sie bis ganz nach unten zu kontrollieren. Sie denkt, der größte Mann da unten muss Senan Maguire sein, bis er sich umdreht und in die Morgendämmerung blickt, und die Bewegung seiner Schultern verrät ihr, dass es Cal ist.

Trey duckt sich noch ein wenig tiefer. Sie glaubt keine Sekunde daran, dass Cal dabei sein könnte, um Rushborough übers Ohr zu hauen. Sie geht automatisch davon aus, dass er genau wie sie seine Gründe hat für das, was er tut, und dass es wahrscheinlich gute Gründe sind.

Trotzdem ist sie wütend und tief verletzt. Cal weiß, dass sie den Mund halten kann. Er weiß oder sollte zumindest wissen, dass sie kein kleines Kind mehr ist, das vor dem Treiben der Großen geschützt werden muss. Was auch immer er vorhat, er hätte es ihr sagen sollen.

Sie schiebt die Kamera unter ihren Hoodie, um das Piepen zu dämpfen, wenn sie sie anschaltet. Dann sucht sie sich eine glatte Stelle auf dem umgestürzten Baumstamm und nimmt die Einstellungen vor, wie Cal es ihr gezeigt hat. Der Himmel wird heller. Sonny McHugh und Francie Gannon, die eifrigsten Angler unter ihnen, ziehen hüfthohe Wathosen an und krempeln die Ärmel hoch.

Trey hat sich hingekniet und späht über den Baumstamm, stellt sich vor, der Sucher der Kamera wäre das Visier von Cals großem Henry-Gewehr. Sie stellt sich vor, wie sie die Männer einen nach dem anderen abknallt, wie Mart über seinem Schäferstab zusammensackt, Dessie Duggan mit seinem dicken Bauch vom Boden hochtitscht wie ein Gummiball, bis nur noch Cal übrig bleibt, der die ganze Zeit reglos stehen geblieben ist, und ihr Dad, der wie ein Hase davonrennt, während sie über Kimme und Korn auf seinen Rücken zielt.

Der Morgen wird lebendig. Am gegenüberliegenden Ufer erwacht ein Schwarm kleiner Vögel in einer wuchtigen Eiche und zwitschert augenblicklich los, und das Rauschen des Flusses ist nur noch eines von vielen morgendlichen Geräuschen. Das Licht ist jetzt hell genug für Filmaufnahmen. Trey drückt auf RECORD.

Mart holt etwas aus seiner Tasche, einen Ziplock-Beutel. Die Männer drängen sich rasch um ihn, wollen einen Blick darauf werfen. Trey hört Con McHugh lachen, ein kurzes Jauchzen vor ungläubiger Freude wie von einem kleinen Jungen. Bobby Feeney will den Beutel anfassen, doch Mart schlägt seine Hand weg, zeigt mit einem Finger auf den Beutel und erklärt irgendwas. Trey versucht, Cal aus dem Bild rauszuhalten, aber es gelingt ihr nicht, weil er mitten zwischen den anderen steht.

Mart gibt Francie den Beutel, und er und Sonny steigen von der Uferböschung in den Fluss. Das Wasser strudelt nur kniehoch um sie herum. Sonny hat einen langen Stock in der Hand, mit dem er überall um sich herumstochert, um die Wassertiefe zu testen. Sie bücken sich und tasten den Grund ab. Dann greifen sie in den Beutel, ihre geschlossenen Fäuste tauchen tief ins Wasser und kommen leer wieder heraus.

Mart gestikuliert mit seinem Stab und erteilt Anweisungen. Johnny redet die ganze Zeit, sieht ständig zwischen den Männern hin und her. Manchmal lachen sie, und das Geräusch erreicht Trey als leises Murmeln über das Rauschen des Flusses hinweg. Trey hält die Kamera ruhig. Einmal sieht sie, wie Cal den Kopf hebt und sich suchend umschaut. Sie erstarrt. Für den Bruchteil einer Sekunde denkt sie, er hat sie bemerkt, doch dann gleitet sein Blick weiter.

Als Francie und Sonny sich aufrichten und Anstalten machen, wieder aus dem Fluss zu steigen, packt Trey die Kamera zurück in die Tasche und beginnt, sich vorsichtig rückwärts durchs Unterholz zu schieben. Sobald sie außer Sicht ist, rennt sie los, die Kamera mit einer Hand an den Körper gedrückt, damit sie nicht schlackert. Auf dem Heimweg macht sie Fotos von jedem Vogel, den sie sieht, nur für alle Fälle.

Als sie zu Hause ankommt, sind Alanna und Liam im Hof und versuchen, Banjo beizubringen, nur auf den Hinterbeinen zu laufen, was Banjo strikt ablehnt. Trey geht ins Haus, um die Kamera zu verstecken, ehe sie jemandem auffällt. Dann in die Küche, um zu frühstücken.

Sheila ist dabei, Johnnys Hemden zu bügeln. »Kein Brot mehr da«, sagt sie, ohne aufzublicken, als Trey hereinkommt.

Der Raum ist schon zu heiß; die Sonne fällt voll durchs Fenster, beleuchtet Sheilas raue Hände, die über das Blau des Hemdes gleiten. Dampf vom Bügeleisen steigt durch das Licht nach oben.

Trey nimmt sich Cornflakes und eine Schale. »Wo ist Dad?«, fragt sie.

»Unterwegs. Ich hab gedacht, du bist bei ihm.«

»Nee. War bloß draußen.«

»Emer hat angerufen«, sagt Sheila. »Ich hab's ihr gesagt.«

Emer ist die Älteste. Sie arbeitet seit ein paar Jahren in einem Geschäft in Dublin und kommt nur zu Weihnachten nach Hause. Zwischendurch denkt Trey nicht oft an sie. »Was gesagt?«, fragt sie.

»Dass euer Daddy wieder da ist. Und das mit dem Engländer.«

»Will sie herkommen?«

»Wieso sollte sie?«

Trey räumt mit einem einseitigen Schulterzucken ein, dass die Gegenfrage berechtigt ist.

»Ich dachte, du würdest eine Weile bei Lena Dunne bleiben«, sagt Sheila.

»Hab's mir anders überlegt.« Trey lehnt sich gegen die Arbeitsplatte und isst ihre Cornflakes.

»Zieh zu Lena«, sagt Sheila. »Ich fahr dich hin, dann musst du deine Sachen nicht den Berg runterschleppen.«

»Wieso?«, fragt Trey.

»Dieser Engländer gefällt mir nicht.«

»Der wohnt nicht hier.«

»Das weiß ich.«

Trey sagt: »Ich hab keine Angst vor ihm.«

»Solltest du aber.«

»Wenn der versuchen würde, was mit mir zu machen«, sagt Trey, »würd ich ihn umbringen.«

Sheila schüttelt den Kopf, nur ein kurzer Ruck. Trey schweigt. Was sie gesagt hat, klang blöd, aber jetzt ist es raus. Das Bügeleisen zischt.

»Was hat Dad heute vor?«

»Irgendwas mit dem Engländer. Ihn rumführen.«

»Und heute Abend?«

»Bei Francie Gannon Karten spielen.«

Trey füllt ihre Schale erneut und denkt nach. Sie hält es für unwahrscheinlich, dass Rushborough zu dem Abend bei Francie eingeladen wird. Falls er nicht auf ein Bier ins *Seán Óg's* geht, wird er zu Hause sein, allein.

Sheila arrangiert das Hemd auf einem Kleiderbügel und hängt ihn an die Rückenlehne eines Stuhls. Sie sagt: »Ich hätte einen besseren Vater für euch aussuchen sollen.«

»Dann gäb's uns gar nicht«, gibt Trey zu bedenken.

Sheilas Mund zuckt amüsiert. »Keine Frau glaubt das«, sagt sie. »Jedenfalls keine Mutter. Wir sagen das den Männern nicht, um ihre Gefühle nicht zu verletzen – sie sind nämlich verdammt empfindlich. Aber ihr wärt dieselben, ganz gleich, wer euch gezeugt hat. Vielleicht wären eure Haare anders oder die Augen, wenn ich mich mit einem dunklen Typ eingelassen hätte. So Kleinigkeiten eben. Aber ihr wärt dieselben.«

Sie schüttelt das nächste Hemd aus und inspiziert es, zieht Falten glatt. »Es hat andere gegeben, die mich wollten«, sagt sie. »Ich hätte euch einen von denen aussuchen sollen.«

Trey denkt darüber nach und verwirft es. Auf den ersten Blick scheinen die meisten Männer der Gegend eine bessere Wahl zu sein als ihr Vater, aber sie will mit keinem von ihnen irgendwas zu tun haben. »Und warum hast du ihn dann genommen?«, fragt sie.

»Das ist so lange her, ich hab's vergessen. Ich dachte, ich hätte meine Gründe. Vielleicht wollte ich ihn nur für mich haben.«

»Du hättest ihm sagen können, er soll sich verpissen. Als er hier aufgetaucht ist.«

Sheila fährt mit der Spitze des Bügeleisens am Hemdkragen entlang. »Er hat gesagt, du hilfst ihm.«

»Stimmt.«

»Wie?«

Trey zuckt die Achseln.

»Egal, was er dir versprochen hat, du wirst es nicht kriegen.«

»Ich weiß. Ich will nix von ihm haben.«

»Du hast keine Ahnung. Weißt du, wo er gerade ist? Er versteckt Gold im Fluss, das der Engländer dann finden soll. Wusstest du das?«

»Ja«, sagt Trey. »Ich war dabei, als er's den anderen vorgeschlagen hat.«

Zum ersten Mal, seit Trey hereingekommen ist, hebt Sheila den Kopf, um sie richtig anzusehen. Das Sonnenlicht verengt ihre Pupillen, so dass ihre Augen nur ein leuchtendes, klares Blau sind.

»Zieh zu Lena«, sagt sie. »Tut so, als wäre Cal Hooper dein Daddy. Vergiss, dass der Kerl je hier war. Ich hol dich wieder ab, wenn du zurückkommen kannst.«

Trey sagt: »Ich will hierbleiben.«

»Pack deine Sachen. Ich fahr dich jetzt runter zu ihr.«

»Ich muss los«, sagt Trey. »Cal und ich müssen einen Stuhl fertig machen.« Sie geht zum Wasserhahn und spült ihre Schale aus.

Sheilas Blick folgt ihr. »Mach das«, sagt sie. Sie beugt sich wieder über das Bügeleisen. »Lerne schreinern. Und denk dran, dein Daddy kann dir nichts geben, was auch nur halb so viel wert ist. Absolut nichts.«

9

TREY IST ÜBERZEUGT, dass es auf dem Berg unsichtbare Dinge gibt. Solange sie denken kann, ist die damit einhergehende unterschwellige Furcht ständig und wie selbstverständlich präsent. Die Menschen, die weiter oben auf dem Berg leben, haben ihr von einigen dieser Dinge erzählt: weiße Lichter, die nachts lockend über der Heide taumeln, wilde Geschöpfe wie große triefende Otter, die aus dem Moor kriechen, weinende Frauen, die gar keine Frauen sind, wenn man näher kommt. Trey hat Cal mal gefragt, ob er an so was glaubt. »Nee«, sagte er, während er vorsichtig eine Verzapfung festklopfte. »Aber es wäre naiv, solche Dinge komplett auszuschließen. Es ist nicht mein Berg.«

Trey hat noch nichts dergleichen gesehen, aber wenn sie nachts draußen auf dem Berg ist, spürt sie es. Das Gefühl hat sich in den letzten ein, zwei Jahren verändert. Als sie jünger war, kam es ihr vor, als würde sie kurz taxiert und dann einfach übergangen, weil sie zu unbedeutend war, um Zeit oder Aufmerksamkeit zu verdienen, bloß irgendein kleines Tier, das mit seinen eigenen Angelegenheiten beschäftigt war. Jetzt ist ihr Verstand komplexer und komplizierter. Sie wird zur Kenntnis genommen, das spürt sie.

Sie sitzt an eine alte Mauer gelehnt und sieht zu, wie die Dämmerung die Luft mit dunstigem Lila füllt. Banjo drückt sich behaglich an ihr Bein, Ohren aufgestellt und Nase erhoben, um den Verlauf des Abends zu verfolgen. Über die dunkler werdenden Felder und Weiden im Tal sind Farmhausfenster verstreut, ordentlich und gelb. Ein einsames Auto folgt der kurvigen Straße, seine Scheinwerfer leuchten weit ins Leere. Das kleine graue Cottage, in dem Rushborough wohnt, steht allein im Schatten des Berges, dunkel.

Was auch immer hier draußen lebt – Trey rechnet damit, ihm in der kommenden Woche zu begegnen. Sie hat sich mit einem Teil des Geldes, das sie mit ihren Schreinerarbeiten verdient hat, Proviant für fünf Tage gekauft, hauptsächlich Brot, Erdnussbutter, Cracker, Wasser und Hundefutter. Dann hat sie die Sachen zusammen mit ein paar Decken und einer Rolle Klopapier in einem verlassenen Haus weiter oben am Hang versteckt. Fünf Tage müssten mehr als genug sein. Sobald sie getan hat, was sie vorhat, wird Rushborough prompt seine Sachen packen und verschwinden. Und sobald die Männer rausfinden, dass er weg ist, wird ihr Dad im Handumdrehen das Weite suchen. Bis dahin muss sie ihm lediglich aus dem Weg gehen.

Sie traut Rushborough nicht, sieht allerdings keinen Grund, warum er sie verraten sollte. Vielleicht an ihren Vater, aber nicht an die anderen Männer. Falls irgendwer fragt, warum sie weg war, wird sie sagen, ihr Dad wäre fuchsteufelswild nach Hause gekommen, weil er sich verplappert hatte und Rushborough misstrauisch geworden war, und sie wäre weggelaufen, weil sie Angst hatte, er würde es an ihr auslassen, was der Wahrheit ziemlich nahekommt. Sie will nicht, dass ihre Mam sich Sorgen macht, deshalb hat sie einen Zettel auf ihr Kopfkissen gelegt, auf dem steht: »Muss wohin. Bin in ein paar Tagen zurück.«

Sogar an ein Messer für die Erdnussbutter hat sie gedacht. Sie grinst bei dem Gedanken, wie stolz Cal auf ihre guten Manieren sein wird, bis ihr einfällt, dass sie es ihm nicht erzählen kann.

Trey denkt an Brendan. Mittlerweile tut sie das nicht mehr so oft wie früher. Zu Anfang, als sie erfuhr, was mit ihm passiert war – ein Unfall, sagte Cal, eine Verkettung unglücklicher Umstände, und er schien zu glauben, dass das einen Unterschied machte –, verbrachte sie Stunden damit, sich zu erinnern und im Geist Dinge anders zu machen, ihn davon abzuhalten, an jenem Nachmittag aus dem Haus zu gehen, ihn zu begleiten und im richtigen Moment das Richtige zu schreien. Sie rettete ihn zahllose Male, nicht weil sie glaubte, es würde etwas ändern, bloß als Atempause von einer Welt, in der er tot war. Sie hörte erst damit auf, als sie merkte, dass Brendan sich allmählich wie eine Erfindung anfühlte. Von da an dachte sie immer nur an den realen Brendan: ging jedes Wort, jede Mimik und jede Bewegung durch, alles, was sie in Erinnerung hatte, tätowierte die Bilder so tief in ihr Gedächtnis ein, dass die Umrisse glasklar bleiben würden. Jedes einzelne Bild tat weh. Selbst wenn sie irgendwas machte, mit Cal arbeitete oder Fußball spielte, war Brendans Schicksal ein kaltes, faustgroßes Gewicht in ihrer Brust, das sie nach unten zog.

Mit der Zeit wurde es besser. Sie kann jetzt, befreit von diesem Gewicht, Dinge tun, Dinge sehen, ohne dass Dunkelheit einen Teil ihres Gesichtsfeldes bedeckt. Manchmal kommt sie sich deshalb wie eine Verräterin vor. Sie hat überlegt, sich Brendans Namen in den Körper zu ritzen, aber das wäre blöd.

Sie hofft, dass sie auf dem Berg Geistern begegnen wird. Sie hat keine Ahnung, ob sie wirklich an sie glaubt oder nicht, aber falls es sie gibt, wird Brendans Geist da sein. Sie weiß nicht, welche Gestalt er haben wird, aber keine der Möglichkeiten ist beängstigend genug, um sie abzuschrecken.

Fledermäuse sind auf der Jagd, rasche, waghalsige Sturzflüge und schrille Schreie. Die ersten Sterne zeigen sich. Ein weiteres Auto kommt die Straße herunter und hält an Rushboroughs Cottage, das in der sich verdichtenden Dunkelheit kaum noch zu sehen ist. Nach einem Moment wendet es und fährt davon, und im Cottage geht Licht an.

Trey steht auf und macht sich auf den Weg den Berghang hinunter, Banjo an ihrer Seite. Die Kamera hat sie unter ihrem geschlossenen Hoodie, um die Hände frei zu haben, falls sie ins Stolpern gerät, aber das wird sie nicht.

Gestern hat sie Rushborough den ganzen Vormittag beobachtet, genau wie sie es ihrem Dad versprochen hatte. Die meiste Zeit spazierte er bloß herum und machte Fotos von Steinmauern, die Trey als Motiv idiotisch findet. Einmal scharrte er in der Erde, hob irgendwas auf, inspizierte es genau und steckte es dann ein. Hin und wieder blieb er stehen, um mit Leuten auf der Straße zu plaudern: Ciaran Maloney, der gerade seine Schafe auf eine andere Weide trieb; Lena, die mit den Hunden unterwegs war; Áine Geary, die die Gartenpflanzen goss, während ihre Kinder an ihr zerrten. Ein- oder zweimal meinte Trey, dass er den Kopf in ihre Richtung drehte, aber sein Blick wanderte stets weiter.

Als sie ihrem Dad Bericht erstattete, schien er erst vergessen zu haben, was sie für ihn machen sollte. Dann lachte er, sagte, sie wäre ein tolles Mädchen, und gab ihr fünf Euro.

Rushborough öffnet die Tür, wirkt verblüfft, sie zu sehen. »Meine Güte«, sagt er. »Theresa, richtig? Tut mir leid, aber dein Vater ist nicht hier. Er war so nett, heute den Fremdenführer für mich zu spielen, und dann hat er mich hier abgesetzt. Er wird sich bestimmt ärgern, dass du ihn verpasst hast.«

Trey sagt: »Ich will Ihnen was zeigen.«

»Aha«, sagt Rushborough nach kurzem Zögern. Er tritt von der Tür zurück. »Wenn das so ist, komm rein. Gern mit deinem Freund.«

Das gefällt Trey nicht. Sie wollte es ihm hier vor der Tür zeigen. Sie findet, Rushborough müsste misstrauischer sein, schließlich kennt er sie kaum. Ihr Dad hat gesagt, Rushborough wäre ein Naivling, der glaubt, ganz Ardnakelty wäre voll mit grünen Kobolden, Feen und anmutigen Jungfrauen, aber Rushborough ist nicht naiv.

Das Wohnzimmer ist sehr sauber und sehr kahl, bloß ein paar ungemütlich angeordnete Kiefernholzmöbel und ein Blumengemälde an der Wand. Es riecht, als hätte hier noch nie jemand gewohnt. Rushboroughs Jacke an einem Kleiderständer in der Ecke sieht aus wie Dekoration.

»Nimm doch Platz«, sagt Rushborough und zeigt auf einen Sessel. Trey setzt sich, schätzt die Entfernung zur Tür ab. Er lässt sich auf dem geblümten Sofa nieder, neigt aufmerksam den Kopf in ihre Richtung, die Hände zwischen den Knien gefaltet. »Also. Was kann ich für dich tun?«

Trey will nichts wie weg. Sie hat ein mulmiges Gefühl, weil seine Zähne zu klein und gleichmäßig sind und seine freundliche Stimme nicht zu der sachkundigen Art passt, mit der er sie ansieht, als wäre sie ein Tier, das er eventuell kaufen will. Sie sagt: »Keiner darf wissen, dass Sie es von mir erfahren haben.«

»Meine Güte.« Rushboroughs Augenbrauen heben sich. »Wie mysteriös. Aber natürlich: Ich werde schweigen wie ein Grab.«

Trey sagt: »Sie wollen doch morgen im Fluss nach Gold suchen.«

»Oh, dein Vater hat dich eingeweiht?« Rushborough lächelt. »Ja, das habe ich vor. Ich mache mir keine allzu großen Hoffnungen, aber wäre es nicht wunderbar, wenn wir welches finden würden? Willst du mir das zeigen? Hast du selbst schon ein bisschen Gold gefunden?«

»Nee«, sagt Trey. Sie öffnet den Reißverschluss ihres Hoodies, nimmt die Kamera aus der Tasche, ruft das Video auf und reicht sie ihm.

Rushborough sieht sie mit einem halb amüsierten, halb fragenden Ausdruck an. Während er sich das Video anschaut, verschwindet dieser Ausdruck aus seinem Gesicht, bis es völlig leer ist.

»Das ist Gold«, sagt Trey. All ihre Instinkte raten ihr zu schweigen, aber sie zwingt sich, es auszusprechen. »Und die versenken es im Fluss. Damit Sie es finden.«

»Ja«, sagt Rushborough. »Das sehe ich.«

Trey spürt, wie es in ihm arbeitet. Er sieht sich das Video bis zu Ende an.

»Tja«, sagt er, die Augen weiter auf das Display gerichtet. »Ich muss sagen, das kommt unerwartet.«

Trey schweigt. Sie ist auf jede plötzliche Bewegung gefasst.

Rushborough blickt auf. »Ist das deine Kamera? Oder musst du sie irgendwem zurückgeben?«

»Muss sie zurückgeben«, sagt Trey.

»Und hast du eine Kopie hiervon gemacht?«

»Nee. Ich hab keinen Computer.«

»In die Cloud hochgeladen?«

Trey sieht ihn verständnislos an. »Cloud?«

»Tja«, sagt Rushborough erneut. »Ich bin dir wirklich dankbar, dass du mir helfen willst. Das ist sehr nett von dir.« Er klopft sich mit einem Fingernagel auf die Schneidezähne. »Ich denke, ich muss mich mal mit deinem Vater unterhalten, meinst du nicht auch?«

Trey zuckt die Achseln.

»O doch, ganz bestimmt. Ich ruf ihn an und bitte ihn, sofort herzukommen.«

»Ich muss los«, sagt Trey. Sie steht auf und streckt die Hand nach der Kamera aus, aber Rushborough rührt sich nicht.

»Ich muss das deinem Vater zeigen«, erklärt er. »Hast du Angst, dass er wütend wird? Keine Sorge. Ich lasse nicht zu, dass er dir was tut. Ich bin sehr froh, dass du mir das gebracht hast.«

»Ich hab doch gesagt, keiner darf wissen, dass Sie es von mir erfahren haben. Sagen Sie einfach, irgendwer hat's Ihnen erzählt.«

»Na ja, er wird es ja wohl kaum überall rumerzählen«, argumentiert Rushborough vernünftigerweise. Er zieht ein Handy aus der Tasche und wählt, während er Trey im Auge behält. »Wird nicht lange dauern«, sagt er zu ihr. »Wir klären das im Handumdrehen. – Johnny? Wir haben hier ein kleines Problem. Deine hübsche Tochter ist hier, und sie hat mir etwas gebracht, das du dir ansehen solltest. Wie schnell kannst du hier sein? … Hervorragend. Bis gleich.«

Er steckt das Handy wieder ein. »Er braucht nur ein paar Minuten«, sagt er lächelnd zu Trey. Dann lehnt er sich auf dem Sofa zurück und fängt an, sich die anderen Fotos auf der Kamera anzusehen, betrachtet jedes einen Moment lang. »Hast du die alle gemacht? Die sind sehr gut. Das hier könnte sogar in einer Galerie hängen.« Er zeigt ihr eines, das Cal von den Krähen in seiner Eiche gemacht hat.

Trey sagt nichts. Sie bleibt stehen. Banjo wird unruhig, stupst seine Nase gegen ihr Knie und winselt kaum hörbar. Sie legt eine Hand auf seinen Kopf, um ihn zu beruhigen. Hier läuft was falsch. Sie will zur Tür rennen, aber sie kann Cals Kamera nicht einfach hierlassen. Rushborough sieht sich weiter interessiert die Fotos an, lächelt hin und wieder dabei. Die Fenster sind schwarz, und sie spürt die Weite dahinter, die Ausdehnung und Stille der Weiden.

Ihr Dad ist erstaunlich schnell da. Sein Auto kommt schotterspritzend die Einfahrt hochgebraust. »Na also«, sagt Rushborough, steht auf und öffnet die Tür.

»Was ist los?«, fragt Johnny sofort. Seine Augen huschen zwischen Trey und Rushborough hin und her. »Was machst du hier?«, will er von Trey wissen.

»Immer mit der Ruhe«, sagt Rushborough. Er reicht Johnny die Kamera. »Schau dir das an«, sagt er freundlich.

Johnnys Gesicht, als er das Video sieht, löst bei Trey ein jähes, unbändiges Triumphgefühl aus. Es wird bleich und fassungslos, als hielte er eine Bombe in der Hand und könnte nichts dagegen machen. Als hielte er seinen Tod in der Hand. Einmal hebt er den Kopf und öffnet den Mund, aber Rushborough sagt: »Guck's dir bis zum Ende an.«

Trey fasst nach Banjo und macht sich bereit. Sie gibt nicht viel auf Rushboroughs Behauptung, er würde nicht zulassen, dass ihr Dad auf sie losgeht; da vertraut sie lieber dem Schutz des Berges. Sobald ihr Dad die Kamera senkt und mit irgendwelchen Ausreden ankommt, wird Trey sie sich schnappen, ihren Dad gegen Rushborough stoßen und zu ihrem verlassenen Haus flüchten. Auf dem Berg könnte man ein Jahr lang nach jemandem suchen, ohne eine Spur von ihm zu finden. Und wenn das Dorf erst erfährt, dass Rushborough weg ist, wird ihr Dad kein Jahr mehr bleiben können.

Als das Video endet und Johnny die Kamera senkt, wartet Trey darauf, dass er irgendeine Geschichte vom Stapel lässt, von der er hofft, dass Rushborough blöd genug ist, sie zu glauben. Stattdessen hebt er die Hände mit der Kamera, deren Riemen wild hin und her schwingt.

»Mann«, sagt er. »Ist kein Problem. Ehrenwort. Sie wird nichts sagen. Das garantier ich dir.«

»Eins nach dem anderen«, sagt Rushborough. Er nimmt die Kamera wieder an sich und fragt Trey: »Wem hast du davon erzählt?«

»Keinem«, sagt Trey. Sie begreift nicht, wieso Rushborough sich verhält, als wäre er der Boss, der ihrem Dad Anweisungen gibt. Das ergibt alles keinen Sinn. Sie hat keine Ahnung, was los ist.

Rushborough mustert sie neugierig, den Kopf zur Seite geneigt. Dann schlägt er ihr mit dem Handrücken ins Gesicht. Trey wird zur Seite geschleudert, stolpert über ihre eigenen Füße, prallt gegen die Sessellehne und fällt zu Boden. Sie rappelt sich auf, stellt sich so hin, dass der Sessel zwischen ihr und Rushborough steht. Es ist nichts Greifbares in der Nähe, das sie als Waffe benutzen könnte. Banjo ist sprungbereit, knurrt.

»Ruf deinen Hund zurück«, sagt Rushborough. »Sonst brech ich ihm das Genick.«

Treys Hände zittern. Sie schafft ein Fingerschnippen, und Banjo kommt widerwillig zurück an ihre Seite. Er knurrt weiter, tief in der Kehle, bereit zum Angriff.

Johnny steht reglos da, nur seine Hände flattern. Rushborough fragt erneut und in demselben Tonfall: »Wem hast du's erzählt?«

»Ich hab keinem ein Wort gesagt. Diese Arschlöcher können mich alle mal. Das ganze Scheißdorf.« Beim Reden kommt Blut aus ihrem Mund.

Rushborough runzelt die Stirn. Trey sieht ihm an, dass er ihr glaubt. »Aha«, sagt er. »Wieso?«

Trey lässt den Blick über seine Schulter hinweg zu ihrem Dad gleiten, der nach Worten sucht. »Wenn die dich nicht wie den letzten Dreck behandelt hätten, wärst du nicht weggegangen.«

Es kommt genau richtig heraus, gequält, mit der richtigen Mischung aus Wut und Scham, wie etwas, das sie niemals ausgesprochen hätte, wenn es nicht aus ihr rausgepresst worden wäre. Das Gesicht ihres Vaters wird offen und weich.

»Ach, Schätzchen.« Er tritt auf sie zu. »Komm mal her.«

Trey lässt ihn einen Arm um sie legen und ihr Haar streicheln. Unter dem kräftigen Aftershave riecht er nach verbranntem Gummi vor lauter Angst. Er sagt irgendwas in der Art, dass er jetzt zu Hause ist und sie es gemeinsam diesen Arschlöchern heimzahlen werden.

Rushborough beobachtet sie. Trey weiß, dass er sich nicht täuschen lässt. Er wusste, wann sie log, genau wie er wusste, wann sie die Wahrheit sagte, aber das scheint ihm egal zu sein.

Trey fürchtet sich nicht leicht, aber Rushborough macht ihr Angst. Nicht weil er sie geschlagen hat. Ihr Dad hat sie früher auch geschlagen, aber nur weil er nicht wusste, wohin mit seiner Wut, und sie zufällig in der Nähe war. Dieser Mann ist berechnend. Sie spürt, wie sein Verstand arbeitet, eine kalt schimmernde, effiziente Maschine, die auf finsteren Gleisen läuft, die sie nicht versteht.

Er wird ungeduldig und schlägt Johnnys Arm von Treys Schultern. Johnny weicht schnell zurück. »Was ist mit dem Amerikaner?«, will Rushborough von Trey wissen.

»Hab ihm nix gesagt.« Treys aufgeplatzte Lippe hat einen Blutfleck auf dem Hemd ihres Dads hinterlassen. »Der würd's den anderen erzählen.«

Rushborough nickt, gibt ihr recht. »Die Kamera gehört ihm, nicht? Was hast du ihm gesagt, wofür du sie brauchst?«

»Schulprojekt. Tierfotos.«

»Ach so, deshalb die Vögel. Nicht schlecht. Gefällt mir. Weißt du, was?«, sagt er zu Johnny. »Das könnte uns schön in die Hände spielen.«

Mit einer Handbewegung dirigiert er Trey zurück in den Sessel. Trey setzt sich, zieht Banjo mit und tupft sich die Lippe mit dem Halsausschnitt ihres T-Shirts ab. Rushborough nimmt wieder auf dem Sofa Platz.

»Nur damit ich das richtig verstehe«, sagt er. »Du hast dir gedacht, ich würde das da sehen« – er klopft auf die Kamera – »und mich prompt zurück nach England verpissen. Die Typen hier würden belämmert aus der Wäsche gucken, keine Kohle, und dann im Fluss rumplanschen, um wenigstens ein bisschen von ihrem Gold zurückzukriegen. Richtig?«

Seine Sprache hat sich verändert, ist nicht mehr so vornehm. Er klingt jetzt ganz normal, wie einer, der in einem Laden arbeiten könnte. Das macht ihn noch bedrohlicher, nicht weniger. Er fühlt sich dadurch näher an.

»Ja«, sagt Trey.

»Weil du sie nicht leiden kannst.«

»Ja.« Trey presst die Hände auf die Oberschenkel, damit sie aufhören zu zittern. Nach und nach fügt sich alles zusammen.

»Die würden mich aus dem Dorf jagen«, sagt Johnny empört, als er plötzlich begreift. »Ich würde keinen einzigen Cent sehen.«

»Hab nicht so weit im Voraus gedacht«, sagt Trey.

»Scheiße«, sagt Johnny. Aus der Macht der Gewohnheit schlagen all seine anderen Gefühle in Wut um. »Wie verdammt undankbar. Da versprech ich dir alles, was du dir nur wünschen kannst –«

»Halt die Klappe«, sagt Rushborough. »Das ärgert mich nicht. Mich ärgert, dass ich mit einem verdammten Schwachkopf arbeite, der sich von einem Kind übertölpeln lässt.«

Johnny hält die Klappe, und Rushborough konzentriert sich wieder auf Trey. »Dein Plan ist nicht schlecht«, sagt er. »Aber meiner ist noch besser. Was würdest du davon halten, wenn jeder von diesen Typen ein paar tausend Euro verliert und nicht bloß ein paar hundert?«

»Hört sich gut an«, sagt Trey. »Vielleicht.«

»Warte hier.« Rushborough geht ins Schlafzimmer. Er nimmt die Kamera mit, wirft Trey dabei ein kleines wissendes Lächeln zu.

»Du tust, was er dir sagt«, befiehlt Johnny ihr im Flüsterton. Sie sieht ihn nicht an. Banjo, von dem Geruch nach Blut und Angst verunsichert, leckt trostbedürftig ihre Hand. Sie reibt seine Schnauze. Das hilft gegen das Zittern ihrer Hände.

Als Rushborough zurückkommt, hat er einen kleinen Schnellverschlussbeutel in der Hand. »Eigentlich war geplant, dass ich das gestern Morgen gefunden habe«, sagt er. »Du hast es gesehen, nicht? Du hättest den Leuten sagen können, dass du gesehen hast, wie ich es gefunden habe. Aber es ist viel besser, wenn es direkt von dir kommt.«

Er gibt Trey den Beutel. Darin ist etwas, das aussieht wie ein Stück Goldfolie, vielleicht von einer Tafel Schokolade oder so, das zu lange in irgendeiner Hosentasche zusammengedrückt worden ist. Es ist ungefähr so groß wie ein Nagelkopf, einer von diesen großen alten handgeschmiedeten, die unheimlich schwer auszutauschen sind, wenn sie rosten. Kleine weiße Steinchen und Dreck stecken mit drin.

»Du hast es direkt unten am Berg gefunden«, sagt Rushborough, »ungefähr eine halbe Meile östlich von hier. Du hast mitgekriegt, wie ich mit deinem Dad geredet hab, du hast begriffen, welche Stelle ich meinte, und bist losgezogen, um heimlich ein bisschen auf eigene Faust nach Gold zu schürfen. Die genaue Stelle kannst du für dich behalten, weil du ohne die Erlaubnis des Grundbesitzers gar nicht dort hättest graben dürfen, aber du bist verdammt stolz auf dich und musst es einfach allen zeigen. Hast du das kapiert?«

»Klar«, sagt Trey.

»Hat sie das kapiert?« Rushborough wendet sich an Johnny. »Kriegt sie das gebacken?«

»Absolut«, versichert Johnny ihm. »Das Kind ist blitzgescheit. Sie wird das toll machen. Wenn man mal richtig drüber nachdenkt, ist das eigentlich sogar noch bes–«

»Gut. Mehr musst du nicht machen«, sagt Rushborough zu Trey, »und schon knöpfst du diesen Typen ein paar tausend Euro ab. Wär doch schön, oder?«

»Klar.«

»Verlier's nicht«, sagt Rushborough. Er lächelt sie an. »Wenn du deine Sache gut machst, darfst du's behalten. Kleines Geschenk. Ansonsten will ich's wiederhaben.«

Trey rollt den Beutel zusammen und schiebt ihn in ihre Jeanstasche.

»Na bitte«, sagt Rushborough. »Siehst du? Wir wollen alle das Gleiche. Das läuft bestimmt spitzenmäßig und macht uns alle glücklich.« Zu Johnny sagt er: »Und du lässt sie gefälligst in Ruhe. Mach ihr keinen Ärger.«

»Himmel, nein«, versichert Johnny. »Würde ich nie tun. Klar, alles super, Mann. Erste Sahne.« Er ist noch immer kreidebleich im Gesicht.

»Immer schön konzentriert bleiben«, sagt Rushborough.

»Ich muss die Kamera zurückgeben«, sagt Trey.

»Nicht so schnell«, widerspricht Rushborough. »Die behalte ich noch ein Weilchen, nur für den Fall, dass wir sie wieder gebrauchen können. Du hast doch wohl ein paar Tage Zeit für dein Schulprojekt.«

»Dann wär ja so weit alles geregelt«, sagt Johnny enthusiastisch und zu schnell. »Alles in bester Ordnung. Dann bring ich mein Töchterchen mal schnell nach Hause. Komm mit, Schätzchen.«

Trey weiß, dass sie die Kamera nicht zurückbekommen wird, zumindest nicht heute Abend. Sie steht auf.

»Sag mir Bescheid, wie's gelaufen ist«, sagt Rushborough zu ihr. »Bau keinen Scheiß.« Er tritt gezielt und mit voller Wucht auf Banjos Pfote.

Banjo jault wild auf und schnappt nach ihm, aber Rushborough ist schon zurückgesprungen. Trey packt Banjos Halsband. Er winselt, hält die Pfote hoch.

»Komm jetzt«, sagt Johnny. Er fasst Trey am Arm und zieht sie zur Tür. Rushborough tritt höflich zur Seite, um sie vorbeizulassen.

Als sich die Haustür hinter ihnen schließt, schüttelt Trey die Hand ihres Dads ab. Sie glaubt nicht, dass er sie schlagen wird, weil sie das Video gemacht hat. Dafür hat er zu große Angst vor Rushborough.

Und tatsächlich, er atmet nur tief aus, ein fast komisch erleichterter Schnaufer. »Gott im Himmel«, sagt er, »das Leben steckt echt voller Überraschungen. Eins muss ich dir lassen, damit hab ich nicht gerechnet. Ich würde sagen, du bist selbst ein bisschen erschrocken, hm?« Es gelingt ihm, wieder ein wenig spielerischen Tonfall in seine Stimme zu legen. Im harten Mondlicht sieht Trey, dass er sie auffordernd angrinst, um auch ihr ein Grinsen zu entlocken. Sie zuckt stattdessen die Achseln.

»Tut deine Lippe weh?« Ihr Dad senkt den Kopf, blickt ihr ins Gesicht. Er nimmt seine sanfteste, mitfühlendste Stimmlage an. »Die ist bald wieder in Ordnung. Du kannst ja sagen, du bist hingefallen.«

»Geht schon.«

»Bist du sauer, weil ich dir nicht alles erzählt hab? Ach, Schätzchen. Ich wollte dich bloß nicht noch mehr mit reinziehen als nötig.«

»Ist mir scheißegal«, sagt Trey. Banjo winselt jedes Mal, wenn er die verletzte Pfote aufsetzt. Sie streichelt seinen Kopf. Sie will sich nicht bücken und ihn untersuchen, ehe sie außer Sichtweite von Rushborough sind.

»Aber jetzt kannst du uns eine große Hilfe sein. Du wirst das schon prima hinkriegen mit dem kleinen Teil da. Du musst es bloß ein paar Leuten zeigen – nimm auf jeden Fall welche, die den Mund nicht halten können –, dann läuft das von ganz allein. Ich würd echt gern das Gesicht von Noreen sehen, wenn du das aus dem Hut zauberst.«

Trey geht an dem Auto vorbei Richtung Straße. »Wo willst du hin?«, fragt Johnny.

»Banjos Pfote muss versorgt werden«, sagt Trey.

Johnny lacht, aber es klingt gezwungen. »Red keinen Quatsch. Dem Hund geht's gut, dem fehlt nix. Du tust ja so, als hätte er ihm das Bein abgehackt.«

Trey geht weiter. »Komm zurück«, blafft Johnny ihr nach.

Trey bleibt stehen und dreht sich um. Prompt scheint Johnny nicht mehr zu wissen, was er sagen soll.

»Ist doch alles gut gegangen, oder?«, sagt er schließlich. »Ich will dir nix vormachen, ich hatte ein bisschen Schiss. Aber er mag dich. Das merk ich ihm an.«

»Er hat gar keine Granny, die von hier ist«, sagt Trey. »Stimmt's?«

Johnny dreht sich zum Haus um. Die Fenster sind leer. »Er ist ein Kumpel von mir. Also nicht direkt ein Kumpel, aber ich kenn ihn von früher.«

»Und es gibt kein Gold.«

»Ha, man kann nie wissen«, sagt Johnny mit erhobenem Zeigefinger. »Schließlich hat dein Lehrer doch selbst gesagt, dass es welches gibt.«

»Irgendwo. Nicht hier.«

»Das hat er nicht gesagt. Er hat bloß nie gesagt, dass es hier welches gibt. Könnte aber sein. Hier genauso gut wie anderswo.«

Trey wird mit neuer Klarheit bewusst, wie sinnlos es ist, mit ihrem Vater ein vernünftiges Gespräch führen zu wollen. Sie sagt: »Und der Kerl ist nicht reich.«

Ihr Dad ringt sich wieder ein Lachen ab. »Na ja, kommt drauf an, was du unter reich verstehst. Er ist kein Milliardär, aber er hat mehr, als ich je hatte.«

»Wie heißt er?«

Johnny tritt auf sie zu. »Jetzt hör mal«, sagt er leise. »Ich schulde ihm Geld.«

»Er hat dir Geld geliehen?« Trey versucht gar nicht erst, ihren Zweifel zu verbergen. Rushborough wäre niemals so blöd, ihrem Dad Geld zu leihen.

»Nee. Ich hab manchmal als Fahrer für ihn gearbeitet. Aber dann musste ich was nach Leeds fahren und bin überfallen worden. War nicht meine Schuld, irgendwer muss mich verpfiffen haben, aber das ist ihm egal.« Johnny kann nicht still stehen. Seine Füße scharren auf dem Schotter der Einfahrt, machen leise knirschende Geräusche. Trey würde ihm am liebsten eine reinhauen, damit er aufhört. »Ich hab nicht die Kohle gehabt, um ihn auszuzahlen. Verstehst du, in welchen Schwierigkeiten ich gesteckt hab?«

Trey zuckt die Achseln.

»Riesenschwierigkeiten. Verstehst du, was ich meine? Riesenschwierigkeiten.«

»Schon klar.«

»Aber ich hatte da diese Idee. Die war mir schon seit Jahren durch den Kopf gegeistert, immer mal wieder. Ich hab mir ausgemalt, wo das Gold sein müsste, auf wessen Land es liegen müsste, und als Beweis hatte ich so einen kleinen Ring mit 'nem Nugget drin, den ich mal in einem Antiquitätenladen gekauft hatte … Ich hab ihn anflehen müssen, es zu probieren. Er war dagegen, dass ich allein herkomme, er meinte, ich würde auf Nimmerwiedersehen verschwinden. Also hab ich gesagt, wenn er wollte, könnte er ja mitkommen und den reichen Engländer spielen.« Johnny schielt wieder über die Schulter zum Cottage hinüber. »Ich hätte nie gedacht, dass er's wirklich macht. Er in so einem Kaff hier, wochenlang, kein Nachtleben, keine Frauen? Aber macht gern was Neues. Er langweilt sich verdammt schnell. Und er will, dass die Leute nie wissen, was er als Nächstes tut. Ich glaub, das war der Grund.«

Trey denkt an Rushborough oder wie immer der Mann heißt, wie er an ihrem Küchentisch sitzt, Maeve anlächelt, sie über Taylor Swift ausfragt. In dem Moment wusste sie, dass der Mann grundfalsch ist. Sie kommt sich dumm vor, dass sie nicht auch alles andere durchschaut hat.

»Ich hab's mir nicht ausgesucht«, sagt Johnny in einem gekränkten Ton, als hätte sie ihm einen Vorwurf gemacht. »Dass er in die Nähe von dir und deiner Mammy und den Kleinen kommt. Aber ich hatte keine andere Wahl. Ich konnte ja schließlich nicht nein sagen, oder?«

Cal hätte nein gesagt, das weiß Trey. Cal hätte sich gar nicht erst in so eine Lage gebracht.

»Das klappt schon«, versichert Johnny ihr. »Läuft alles wie geschmiert. Du musst bloß deine kleine Nummer abziehen, damit die Jungs wissen, dass da draußen Gold einfach so rumliegt. Und wenn er dann das Zeug im Fluss gefunden hat, stellt er sie vor die Wahl: Entweder sie kriegen jeder einen Riesen dafür, dass sie ihn Proben auf ihrem Land nehmen lassen, oder sie können ein paar Riesen in sein Bergbauunternehmen investieren und werden an allem beteiligt, was er findet. In London sind einige Leute schwer daran interessiert, bei ihm Geld anzulegen, werden wir sagen, aber er will zuerst den Männern in seiner alten Heimat die Gelegenheit dazu geben. Doch sie müssen sich schnell entscheiden, weil ihm die Londoner im Nacken sitzen. Es muss schnell gehen, flotti-galoppi, wir müssen sie auf Trab halten, Druck machen, verstehst du? Wenn die sich alle für die Investition entscheiden, bin ich meine Schulden los. Aus dem Schneider. Und wenn wir danach noch mehr Leute mit ins Boot kriegen, umso besser.«

»Die werden ihm kein Geld geben«, sagt Trey. »Jedenfalls nicht bloß, weil sie hören, dass ich das Ding da gefunden hab.«

»Aber sie haben ja schon ein paar hundert reingebuttert. Daran werden sie denken. Warum dann nicht noch ein bisschen mehr riskieren und richtig Geld scheffeln?«

»Weil sie nicht blöd sind«, sagt Trey. »Und weil sie dir nicht trauen.« So wie dieser Abend gelaufen ist, empfindet sie eine Freiheit, die sie selbst überrascht. Sie muss sich bei ihrem Dad nicht mehr einschmeicheln.

Johnny widerspricht ihr nicht. Er lächelt schwach, blickt über die dunklen Weiden. »Ich vergesse manchmal, dass du noch ein Kind bist«, sagt er. »Du musst Männer verstehen. Die Burschen hier bei uns, die haben ihr ganzes Leben lang schwer gearbeitet. Alles, was sie besitzen, haben sie sich verdient. Eigentlich sollte ein Mann stolz darauf sein, aber in Wahrheit hat er es manchmal total satt. Dann will er mal irgendwas haben, was er sich nicht verdienen musste, was ihm in den Schoß fällt, einfach so. Deshalb spielen die Leute Lotto. Dabei geht's ihnen gar nicht ums Geld, auch wenn sie das meinen. Es geht um den Moment, in dem sie sich wie von Gott auserwählte Glückspilze fühlen. Diese Burschen wollen endlich mal das Gefühl haben, auf der Gewinnerseite zu sein. Sie wollen das Gefühl haben, dass Gott und das Land es gut mit ihnen meinen. Vielleicht werden sie keine fünf Riesen anlegen, weil sie hoffen, dass daraus fünfzig werden, aber sie legen sie an, weil sie hoffen, auf die Gewinnerseite zu kommen.«

Trey weiß nicht, was er da redet, und es ist ihr auch egal. Sie sagt: »Halt Cal da raus.«

»Ich wollte doch von Anfang an nicht, dass er mitmacht«, sagt Johnny beleidigt. »Ich würde keinen Penny von einem Mann nehmen, der so gut zu dir ist. Ich hab ihm klipp und klar gesagt, dass er nicht dabei sein kann. Weißt du, was er gemacht hat? Er hat gedroht, zu den Bullen zu gehen, wenn ich ihn nicht mitmachen lasse. Das hast du davon, wenn du dich mit einem Yankee einlässt. Hätte einer von unseren Leuten hier so was gemacht?«

Trey sagt: »Halt ihn da raus, oder ich schmeiß das Ding hier ins Moor.«

»Du tust, was man dir sagt.« Johnny klingt, als wäre alles an ihm verschlissen. »Oder ich prügle dich windelweich.«

Trey zuckt die Achseln.

Johnny reibt sich mit einer Hand übers Gesicht. »In Ordnung«, sagt er. »Ich werd's versuchen. Aber sieh zu, dass du die Sache hinkriegst. Ich fleh dich an.«

Trey wendet sich ab und geht die Straße hinunter. »Wo willst du denn hin?«, ruft Johnny ihr nach. »Um die Uhrzeit hat kein Tierarzt auf.«

Trey ignoriert ihn.

»Willst du zu diesem Hooper?«

Sie möchte schneller gehen, aber sie muss auf Banjo warten. Er winselt nicht mehr, humpelt aber stark, schont seine verletzte Pfote.

»Menschenskind, jetzt komm wieder her!«, ruft Johnny. Sie hört die Autotür aufgehen. »Ich fahr euch beide hin.«

»Fick dich!«, ruft Trey ihm zu, ohne sich umzudrehen.

Trey läuft über Weiden, bis sie sicher ist, dass ihr Dad ihr nicht gefolgt sein kann. Dann sucht sie sich eine mondhelle Stelle an einer Mauer, die ihr Deckung gibt, und geht in die Hocke, um Banjos Pfote zu untersuchen. Ihr Herz rast noch immer.

Die Pfote ist geschwollen. Als Trey versucht, sie nach Verdickungen oder Brüchen abzutasten, winselt Banjo, jault auf und knurrt schließlich, obwohl er gleich darauf wie wild ihre Hand leckt, um sich zu entschuldigen. Trey setzt sich hin und krault ihm den Nacken, wie er es am liebsten hat.

»Ist ja gut«, sagt sie. »Feiner Hund.« Sie wünscht, sie hätte Rushborough ihr Knie in die Eier gerammt.

Rushborough und alles, was mit ihm einhergeht, sind ihr so fremd, dass sie den Abend in keine Kategorie einordnen kann. Sie sitzt da, versucht, es im Geist vor sich auszubreiten, um es klar zu sehen.

Soweit Trey das beurteilen kann, hat sie zwei Möglichkeiten. Sie kann bei ihrem ursprünglichen Ziel bleiben, nämlich den Plan ihres Dads vereiteln und dafür sorgen, dass er verschwindet. Das wäre einfach. Sie könnte mit dem Stückchen Gold zu Cal oder irgendeinem der Männer gehen und erklären, woher sie es hat. Sie misstrauen ihrem Dad ohnehin instinktiv. Sie würden ihn und seinen Engländer im Handumdrehen aus dem Dorf jagen. Rushborough ist zwar ein harter Brocken, aber er ist in der Unterzahl und auf fremdem Terrain: Er wäre weg.

Dagegen spricht, dass Trey sich lieber die Hand abhacken würde, als einem dieser Männer einen Gefallen zu tun. Sie möchte ihnen am liebsten den Brustkorb aufstemmen und ihnen das Herz herausreißen. Sie möchte ihnen am liebsten die Zähne einschlagen.

Dieser Wunsch hat ihr moralisch nie zu denken gegeben. Sie hat akzeptiert, dass sie ihn niemals in die Tat umsetzen kann, selbst wenn sie irgendwann erfahren würde, gegen wen genau er sich richten sollte, aber sie zweifelt nicht daran, dass sie alles Recht der Welt dazu hätte. Das Einzige, was sie davon abgehalten hat, und zwar zu kategorisch, um auch nur ansatzweise in Frage gestellt zu werden, war Cal. Sie haben eine Vereinbarung getroffen: Cal hat für sie herausgefunden, jedenfalls so weit das möglich war, was mit Brendan passiert ist, und im Gegenzug hat sie ihm ihr Wort gegeben, dass sie nichts mit diesem Wissen anstellen wird, niemals. Aber der Plan ihres Dads hat nichts mit Brendan zu tun. Also kann sie mit ihnen machen, was sie will.

Sie könnte tun, was ihr Dad und der Engländer verlangen. Dagegen spricht wiederum, dass sie auch den beiden keinen Gefallen tun will. Ihr Dad soll sich ins Knie ficken, und nach dem, was Rushborough mit Banjo gemacht hat, soll der sich tausendmal ins Knie ficken. Aber falls sie ihnen hilft, könnte ihr Plan halb Ardnakelty hart treffen. Irgendwo mittendrin würde er zwangsläufig auch diejenigen treffen, die Brendan das angetan haben.

Und auf diese Art wäre ihr Dad auch schnell wieder weg. Selbst wenn der Plan perfekt klappt, früher oder später wird klarwerden, dass es kein Gold gibt. Er und Rushborough werden sich so viel Kohle wie möglich unter den Nagel reißen und verschwinden.

Nur allmählich dämmert Trey, dass ihr Dad nie die Absicht hatte hierzubleiben. Es erscheint ihr ganz offensichtlich wie etwas, das sie schon die ganze Zeit hätte wissen können, wenn sie nur genauer hingeschaut hätte. Sie hätte sich einfach bei Lena verkriechen und abwarten können, ohne groß über den Mist nachzudenken, den er ausgelöst hat.

Sie bleibt noch ein Weilchen auf der Weide sitzen, lässt Banjos weiche Ohren durch ihre Finger gleiten und wiegt ihre verschiedenen Rachepläne gegeneinander ab.

»Na komm«, sagt sie schließlich zu Banjo. Sie hebt ihn mit beiden Armen auf und bugsiert seinen Kopf auf ihre Schulter, trägt ihn, als wäre er ein großes Baby. Banjo ist begeistert. Er beschnüffelt ihr Ohr und sabbert in ihre Haare. »Du bist sauschwer«, sagt Trey zu ihm. »Ich setz dich auf Diät.«

Sein warmes, müffelndes Gewicht tut ihr gut. Trey fühlt sich auf einmal entsetzlich einsam. Am liebsten würde sie mit all ihren Gedanken zu Cal laufen, sie ihm vor die Füße werfen und fragen, was sie machen soll, aber das wird sie nicht tun. Was auch immer Cal vorhat, er will sie ganz offensichtlich nicht dabeihaben.

Trey hat befürchtet, dass Lena schon schläft, aber in ihren Fenstern ist noch Licht. Als sie die Tür öffnet, ertönt hinter ihr Musik; eine Frau mit kehliger Stimme singt irgendwas Getriebenes und Melancholisches in einer Sprache, die Trey nicht kennt. »Ach du Schande.« Lenas Augenbrauen schnellen hoch. »Was ist denn mit dir passiert?«

Trey hatte ihre aufgeplatzte Lippe vergessen. »Bin über Banjo gestolpert«, sagt sie. »Er ist mir vor die Beine gelaufen, und ich hab ihm auf die Pfote getreten. Kannst du sie dir mal ansehen?«

Lenas Augenbrauen bleiben erhoben, aber sie fragt nicht nach. »Kein Problem«, sagt sie und dirigiert Trey Richtung Küche. »Bring ihn da rein.«

Als er Nellie und Daisy sieht, fängt Banjo an zu zappeln und will runter, doch sobald seine Pfote den Boden berührt, jault er jämmerlich auf. »O ja«, sagt Lena. »Die tut ihm weh. Raus mit euch«, befiehlt sie Nellie und Daisy und scheucht sie aus der Hintertür. »Die würden ihn nur ablenken. So. Sitz, Banjo.«

Sie stellt die Musik ab. In der jähen Stille fühlt sich die Küche sehr ruhig und friedlich an. Trey würde sich am liebsten auf den kühlen Steinboden setzen und nie mehr aufstehen.

Lena kniet sich vor Banjo hin und schmust kurz mit ihm, reibt ihm die Schnauze, während er versucht, ihr das Gesicht zu lecken. »Stell dich hinter ihn«, sagt sie. »Halt seinen Kopf fest, falls er schnappen will. Wenn er sich zu sehr wehrt, können wir ihm mit einem Verband eine Art Maulkorb machen, aber lieber wär mir ohne.«

»Wird er nicht«, sagt Trey.

»Er ist verletzt. Selbst der beste Hund der Welt verändert sich, wenn er verletzt ist. Aber wir versuchen's erst mal ohne. Na, komm her, Banjo.«

Sie hebt behutsam seine Pfote an und tastet sie ab. Banjo windet sich in Treys Griff, durchläuft sein gesamtes Repertoire an Winseln und Wimmern und Jaulen und packt schließlich sein tiefstes und beeindruckendstes Bellen aus. »Schsch«, sagt Trey ihm leise ins Ohr. »Schön brav sein. Alles wird gut.« Lena, die zum Vergleich mit den Fingern über seine andere Pfote streicht, blickt nicht auf.

»Ich glaub nicht, dass was gebrochen ist«, sagt sie schließlich und richtet sich auf. »Nur gequetscht. Lass ihn in den nächsten Tagen nicht zu viel rumlaufen.«

Trey lässt Banjo los, und der dreht sich im Kreis, will sie beide gleichzeitig ablecken, um zu zeigen, dass er ihnen vergibt. »Danke«, sagt sie.

»Er sollte die Nacht über hierbleiben«, sagt Lena. »Der ganze Weg bis zu dir nach Hause ist zu weit für ihn.«

»Ich kann ihn tragen«, sagt Trey.

Lena sieht sie skeptisch an. »Im Dunkeln?«

»Klar.«

»Und wenn du nur ein einziges Mal stolperst, seht ihr beide noch übler aus als jetzt schon. Lass ihn hier. Falls die Pfote morgen früh schlimmer geworden ist, müssen wir ihn sowieso zum Tierarzt bringen und röntgen lassen. Du kannst auch hierbleiben. Das Bett ist noch vom letzten Mal bezogen.«

Trey denkt an das breite kühle Bett und an ihren unruhigen Dad, der zu Hause darauf wartet, sie weiter beschwatzen zu können. Unvermittelt fragt sie: »Weißt du, wer das mit meinem Bruder gemacht hat?«

Sie haben noch nie darüber geredet. Lena wirkt nicht überrascht, und sie tut auch nicht so, als wüsste sie nicht, was Trey meint. »Nein«, sagt sie. »Niemand hat es verraten, und ich hab keine Fragen gestellt.«

»Du könntest auf jemanden tippen.«

»Könnte ich, stimmt. Aber vielleicht läge ich falsch.«

»Auf wen würdest du tippen?«

Lena schüttelt den Kopf. »Nee. Ratespiele sind okay, wenn's darum geht, wer immer wieder was Neues an eure Vogelscheuche hängt oder wer den Cunniffes vor die Haustür gekackt hat. Nicht bei so was.«

»Ich hasse sowieso schon alle hier«, sagt Trey. »Außer dich und Cal.«

»Ich weiß«, räumt Lena ein. »Und wenn du wüsstest, wer was gemacht hat, würdest du die anderen dann weniger hassen?«

Trey überlegt kurz. »Nee.«

»Na bitte.«

»Aber ich würde wissen, wen ich noch mehr hassen muss.«

Lena gibt ihr mit einem knappen Nicken recht. »Wenn ich es mit Sicherheit wüsste«, sagt sie, »würde ich es dir wahrscheinlich verraten. Wäre bestimmt keine gute Idee, aber ich würd's tun. Ich weiß es aber nicht.«

»Ich schätze, es war Donie McGrath«, sagt Trey. »Das vor der Haustür von den Cunniffes, nicht das mit der Vogelscheuche. Weil Mrs. Cunniffe rumgemeckert hat, er würde zu laut Musik hören.«

»Könnte gut sein«, sagt Lena. »Aber das ist was anderes. Damit liegst du wahrscheinlich richtig, weil es nicht viele Leute gibt, die anderen Scheiße vor die Tür legen würden, und die meisten würden Kuhfladen nehmen. Donie ist eine Ausnahme. Aber es gibt hier eine Menge Leute, die Dinge totschweigen, wenn sie schiefgehen, egal, wie schlimm sie sind. Ich würde nur blind raten.«

»Okay«, sagt Trey. Am liebsten würde sie sagen, der eigentliche Unterschied bestehe darin, dass sie nicht das Recht oder das Bedürfnis hat, die Sache mit der Haustür der Cunniffes rauszufinden, dass sie aber sowohl das Recht als auch das Bedürfnis hat, die Sache mit Brendan rauszufinden, doch vor Erschöpfung ist sie plötzlich wie betäubt. Sie liebt Lenas Küche, die abgenutzt ist und behaglich unaufgeräumt und voll warmer Farben. Sie möchte sich auf dem Boden ausstrecken und einschlafen.

Ihr bleibt noch eine dritte Möglichkeit. Sie könnte den Berg raufgehen und dort bleiben, bis das alles vorbei ist, in ihrem verlassenen Cottage wohnen oder noch weiter raufgehen, zu den Männern, die da oben leben. Die reden nicht viel; die würden keine Fragen stellen, und sie würden sie nicht verraten, ganz egal, wer nach ihr suchen würde. Die haben keine Angst vor Leuten wie Rushborough.

Lena betrachtet sie ruhig. »Wo kommt das her?«, will sie wissen.

Trey sieht sie fragend an.

»Wieso fragst du mich das heute Abend, zwei Jahre danach?«

Damit hat Trey nicht gerechnet. Lena ist der am wenigsten neugierige Mensch, den sie kennt, was einer der Gründe ist, warum Trey sie mag. »Keine Ahnung«, sagt sie.

»Verdammte Teenager«, sagt Lena. Sie steht auf und lässt die

Hunde wieder rein. Die beiden schlittern aufgeregt durch die Küche zu Banjo, um ihn zu begutachten und an seiner Pfote zu schnüffeln. »Hat der arme Kerl schon gefressen?«

»Nee«, sagt Trey.

Lena holt einen zusätzlichen Napf und nimmt eine Tüte Hundefutter aus einem Schrank. Alle drei Hunde vergessen Banjos Pfote und umzingeln sie, wimmeln ihr um die Beine und geben ihr die volle Dröhnung ausgehungerter Beagle-Verzweiflung.

»Als ich sechzehn war«, sagt sie, »ist eine von meinen Freundinnen schwanger geworden. Sie wollte nicht, dass ihre Eltern es erfahren. Weißt du, was ich gemacht hab? Ich hab den Mund gehalten.«

Trey nickt.

»Das war saublöd von mir«, sagt Lena. Sie schiebt die Hunde mit einem Knie beiseite, damit sie das Futter verteilen kann. »Meine Freundin brauchte ärztliche Betreuung, bei einer Schwangerschaft kann auch was schieflaufen. Aber ich hab mir bloß gedacht, die Erwachsenen würden einen Riesenaufstand machen, alles verkomplizieren.«

»Und dann?«

»Eine von unseren anderen Freundinnen hatte mehr Verstand. Sie hat es ihrer Mam erzählt. Meine Freundin konnte zum Arzt gehen, sie hat das Baby gekriegt, alles prima. Aber sie hätte es auch allein irgendwo draußen kriegen können, und beide wären gestorben. Nur weil wir dachten, Erwachsene machen mehr Ärger als sonst was.«

Trey weiß, worauf Lena hinauswill, aber ihr scheint, dass Lena genau wie bei der Haustür der Cunniffes einen wichtigen Unterschied übersieht. Sie wünscht fast, sie wäre gar nicht erst hergekommen, wo Banjo doch nichts Schlimmes hat. »Wer war es?«, fragt sie.

»Scheiße«, sagt Lena. »Darum geht's nicht.«

Trey rappelt sich vom Boden auf. »Kannst du ihn über Nacht hierbehalten?«, fragt sie. »Ich komm ihn morgen früh holen.«

Lena stellt die Hundefuttertüte zurück in den Schrank. »Jetzt hör mir mal zu«, sagt sie. »Cal und ich, wir würden alles für dich tun. Das weißt du doch, oder?«

»Klar.« Trey starrt ausgesprochen verlegen auf die fressenden Hunde. »Danke.« Der Gedanke ist zwar vage tröstlich, aber irgendwie auch verwirrend und chaotisch. Er wäre klarer, wenn sie wüsste, was sie sich von ihnen wünscht.

»Dann vergiss das nicht. Und wasch dir das Gesicht und zieh was über dein T-Shirt, damit die Leute nicht fragen, aus welchem Krieg du gerade kommst.«

Auf dem Heimweg ist der Berg erfüllt von Bewegungen und raschelnden Geräuschen, die da sein könnten oder auch nicht. Ohne Banjo an ihrer Seite fühlt Trey sich nackt.

Sie macht sich keine Sorgen wegen Lena. Falls ihr Dad versuchen sollte, Lena zu überreden, Geld in Rushboroughs erfundene Goldmine zu stecken, wäre das reine Zeitverschwendung. Aber Trey sorgt sich um Cal. Er macht irgendwas, aber sie hat keine Ahnung, was, und er weiß nicht, was Rushborough vorhat. Cal hat schon genug Schaden erlitten, weil er sich für sie und ihre Familie eingesetzt hat. Alles in ihr schreckt bei dem Gedanken zurück, dass er noch mehr einstecken muss. Der Umstand, dass sie sauer auf ihn ist, verstärkt das Gefühl nur: Gerade jetzt will sie auf keinen Fall noch tiefer in seiner Schuld stehen als ohnehin schon.

Ihr wird irgendwas einfallen, wie sie das mit Cal klärt. Irgendwo unterwegs hat sich ihre Entscheidung herauskristallisiert. Ihr Dad und Rushborough sind die einzigen Waffen, die sie gegen das Dorf hat und vermutlich je haben wird. Sie sind geladen und entsichert, griffbereit.

Cal hat ihr vor langer Zeit erklärt, dass jeder Mensch Grundsätze braucht, nach denen er sein Leben lebt. Damals hat Trey ihn nur halb verstanden, aber trotzdem oder gerade deshalb viel darüber nachgedacht. Ihre Grundsätze waren immer lückenhaft und unausgereift, aber seit ihr Dad wieder da ist, sind sie kompakter und härter geworden. Wenn sie niemanden töten oder auch nur ins Gefängnis bringen darf für das, was er Brendan angetan hat, dann will sie mit Geld entschädigt werden.

10

GELEGENTLICH BEFALLEN Lena leichte Zweifel, ob es richtig war, keine Kinder zu bekommen, meistens dann, wenn die ruhige Vorhersehbarkeit ihres Lebens anfängt, ihr auf die Nerven zu gehen, aber heute dankt sie Gott dafür. Trey ist nicht mal ihre eigene Tochter, und trotzdem macht sie Lena kirre.

In Treys Welt geht irgendetwas vor sich. Lena vermutet, dass Johnny sie geschlagen und Banjo verletzt hat, aber Treys Verhalten nach war es nicht bloß ein besoffener Wutanfall; es hatte mit Brendan zu tun. Lena hat sich ungefähr zusammengereimt, was mit Brendan passiert ist, doch zugleich bewusst darauf geachtet, keine Details in Erfahrung zu bringen, aber sie kann da keinerlei Verbindung zu Johnny oder seinem Engländer oder dem Gold erkennen. Sie hatte fast gehofft, dass Banjos Pfote in der Nacht schlimmer werden würde, damit sie auf der Fahrt zum Tierarzt und zurück noch mal Gelegenheit hätte, mit Trey zu reden, aber heute Morgen war die Schwellung abgeklungen, und er konnte wieder auftreten, obwohl er noch immer glaubte, aufgrund dieses Erlebnisses mehr Streicheleinheiten und mehr Fressen als sonst verdient zu haben. Bevor Lena zur Arbeit musste, kam Trey ihn abholen. Sie ließ eine höfliche Dankesrede vom Stapel, die sie offensichtlich eingeübt hatte, sagte aber ansonsten kaum ein Wort. Lena wusste einfach nicht, wie sie mit ihr umgehen sollte. Was auch immer in Treys Leben vor sich geht, hat gerade niemand im Griff.

Lena ist beunruhigt, aber nicht nur wegen Trey. Es ist Cal, kribbelig vor Anspannung, mit brodelndem Zorn unter seiner äußeren Ruhe; und es ist Rushborough, der sie ansprach, als sie mit den Hunden draußen war, und Small Talk über die schöne Aussicht machte und den sie noch weniger mochte, als sie gedacht hätte. Abwarten und Beobachten genügen nicht mehr. Sie hat ihren Stolz heruntergeschluckt und Noreen angerufen, um sich nach dem Streit neulich wieder mit ihr zu vertragen, aber Noreen, deren Fundus an Mutmaßungen und Spekulationen erheblich größer ist als Lenas, wusste auch nichts Genaues. Daher ist Lena jetzt allen inneren Widerständen zum Trotz auf dem Weg zu der einzigen Anlaufstelle, die ihr vielleicht einen Hinweis liefern kann, was zum Teufel eigentlich vor sich geht. Sie ist ziemlich sicher, dass das keine gute Idee ist, aber sie hat keine bessere.

Die Hitze ist bleiern geworden. Die frühe Nachmittagssonne hält das Dorf fest umklammert. Die Hauptstraße ist verlassen, nur die alten Männer sitzen gebeugt auf dem Mäuerchen der Mariengrotte. Ihnen ist zu heiß, um reinzugehen. Einer fächelt sich mit den schlaffen Seiten seiner Zeitung Luft zu.

Mrs. Duggan ist wie immer an ihrem Fenster, raucht und sucht die Straße nach irgendwas von Interesse ab. Lena fängt ihren Blick auf und nickt, und Mrs. Duggan hebt eine Augenbraue. Als Lena an die Tür klopft, rührt sich drinnen nichts, aber nach einem Moment ruft eine schwere, schleppende Stimme: »Na, nun komm schon rein.«

Das Haus riecht nach Noreens Putzmitteln und einem starken süßlichen Anflug von Schweiß. Das Wohnzimmer ist vollgestopft mit alten braunen Möbeln, kitschigem Nippes und gerahmten Fotografien von ehemaligen Päpsten. Mrs. Duggan, tief in ihrem Sessel, quillt auf die Armlehnen über. Sie trägt ein lila Kleid und abgetragene flauschige Hausschuhe. Ihr glänzend schwarz gefärbtes Haar ist zu einem straffen Knoten gebunden. Sie wirkt wie etwas Geologisches, als wäre das Haus um sie herum errichtet worden, weil keiner bereit war, sie von der Stelle zu bewegen.

»Na, da schau her«, sagt sie und mustert Lena mit belustigten Augen unter schweren Lidern. »Lena Dunne kommt mich besuchen. Es geschehen noch Zeichen und Wunder.«

Mrs. Duggan ist einer der Gründe, warum Lena keine Kinder hat. Sie ist das dichte, reife Kondensat von allem an Ardnakelty, das Lena hinter sich lassen wollte. Letzten Endes hat Lena sich auf ihre eigene Art mit dem Dorf arrangiert, aber sie war nie bereit, ein Kind in dessen Hände zu geben.

»Ich hab Brombeermarmelade gemacht«, sagt Lena. »Dachte, Sie freuen sich über ein Glas.«

»Die ess ich«, sagt Mrs. Duggan. Sie beugt sich mit einem angestrengten Ächzen vor, um die Marmelade entgegenzunehmen und prüfend zu betrachten. »Die würde gut zu Sodabrot passen. Ich sag Noreen, sie soll heute Abend welches backen.« Sie stellt das Glas auf dem kleinen Tisch an ihrer Seite zwischen Teetassen und Aschenbechern und Spielkarten und Knabberzeug und Papiertaschentüchern ab. Sie schielt zu Lena hoch. »Bedauerst du deine Schwester jetzt, dass sie in dieser Hitze für eine alte Frau Sodabrot backen muss?«

»Noreen hat, was sie wollte«, sagt Lena. »Ich hab keinen Grund, sie zu bedauern.«

»Die meisten von uns bekommen, was sie wollen«, bestätigt Mrs. Duggan. »Wohl oder übel. Setz dich.« Sie deutet mit dem Kopf auf den Sessel auf der anderen Seite des Fensters. »So wie du diesen Amerikaner oben im O'Shea-Haus bekommen hast. Wie ist der so?«

»Er passt zu mir«, sagt Lena. »Und anscheinend passe ich zu ihm.«

»Ich wusste, dass du ihn kriegen würdest«, sagt Mrs. Duggan. »Als ich ihn das erste Mal gesehen hab, wie er hier am Fenster vorbeiging, da hab ich mit mir selbst gewettet: Den schnappt sich Lena Dunne. Hab mir glatt ein Gläschen Sherry genehmigt, als ich gehört hab, dass ich recht hatte. Wirst du ihn behalten?«

»Ich plane nicht im Voraus«, sagt Lena.

Mrs. Duggan wirft ihr einen höhnischen Blick zu. »Du bist zu alt, um so unvernünftig daherzureden, als wärst du ein naives, dummes Ding. Natürlich planst du im Voraus. Hast ganz recht, ihn noch nicht zu heiraten. Lass ihm ein Weilchen das Gefühl, ihr hättet ein Techtelmechtel. In dem Alter mögen sie das. Dann können sie sich einreden, sie wären immer noch ein bisschen wild.« Sie nimmt einen letzten tiefen Zug von ihrer Zigarette und drückt sie aus. »Jetzt raus damit. Was willst du?«

Lena sagt: »Sie haben bestimmt schon gehört, dass Johnny Reddy und sein Engländer nach Gold suchen.«

»Klar, davon haben sogar die Straßenhunde gehört.«

»Hat's früher schon mal irgendwelche Gerüchte über Gold hier gegeben?«

Mrs. Duggan lehnt sich in ihrem Sessel zurück und lacht, ein tiefes, glucksendes Röcheln, das all ihre Körperwülste in langsame tektonische Bewegung setzt.

»Ich hab mich schon gewundert, wieso noch keiner auf die Idee gekommen ist, mich das zu fragen. Hab mit mir selbst gewettet, wer es schließlich sein würde. Ich hab mich geirrt. Heute Abend gibt's kein Gläschen Sherry für mich.«

Lena fragt nicht, auf wen sie gewettet hat. Sie will Mrs. Duggan nicht mehr Genugtuung gönnen als nötig. Sie wartet.

»Hast du Noreen gefragt?«

»Wenn Noreen was in der Richtung gehört hätte, wüsste ich das längst.«

Mrs. Duggan nickt. Ihre Nasenflügel beben leicht vor Verachtung. »Die kann den Mund nicht halten. Wieso fragst du mich überhaupt, wenn deine feine Schwester dir nix erzählen kann?«

»Dinge geraten in Vergessenheit«, sagt Lena. »Vielleicht gab's vor dreißig oder vierzig oder fünfzig Jahren jemanden, der was von dem Gold wusste, aber inzwischen gestorben ist. Und Noreen geht nicht so in die Tiefe wie Sie früher. Wenn jemand was weiß, dann Sie.«

»Das stimmt. Du schmeichelst mir nicht, wenn du mir nur erzählst, was ich schon weiß.«

»Ich will Ihnen auch nicht schmeicheln«, sagt Lena. »Ich will Ihnen erklären, warum ich hier bin.«

Mrs. Duggan nickt. Sie zieht die nächste Zigarette aus der Packung, ein wenig unbeholfen wegen ihrer dicken Finger, und zündet sie an.

»Mein Dessie ist jetzt mit 'nem ganzen Rudel von den anderen unten am Fluss«, sagt sie. »Die helfen diesem Engländer, das Gold rauszuholen, was sie reingetan haben. Ist deiner auch dabei?«

»Ich glaub schon, ja.«

»Wie eine Bande kleiner Jungs«, sagt Mrs. Duggan. »Buddeln im Schlamm rum und sind mächtig stolz auf sich.« Sie nimmt einen Zug, und ihre Augen gleiten über Lenas Gesicht. »Eines würd ich zu gern wissen«, sagt sie. »Wieso hast du Johnny Reddy geküsst, als du schon mit Sean Dunne verlobt warst?«

Lena hat sich lange geweigert, vor Mrs. Duggan einzuknicken. Sie sagt: »Johnny war damals ein attraktiver Bursche. Wir waren alle in ihn verknallt.«

Mrs. Duggan schnaubt. »Was wolltest du denn mit so einem kleinen Lümmel, wo du doch einen guten Kerl hattest? Sean war doppelt so viel wert wie Johnny.«

»Das war er wirklich«, sagt Lena. »Aber viele Frauen haben Lust auf ein letztes kleines Abenteuer, bevor sie heiraten. Viele Männer auch.«

»Das ist wahr, bei Gott«, räumt Mrs. Duggan mit einem leisen Lächeln ein. »Sehr viele. Aber du warst nie ein Flittchen. Du hast dir immer eingebildet, eine wie du müsste sich nicht an die Regeln halten, aber das war was anderes. Wenn du Lust auf ein letztes Abenteuer gehabt hättest, wärst du mit dem Rucksack durch Australien gereist.«

Sie hat recht, und das gefällt Lena nicht. »Das wäre die bessere Wahl gewesen, stimmt«, sagt sie. »Aber Johnny war schneller und billiger.«

Mrs. Duggan schüttelt nur wieder den Kopf. Sie wartet, beobachtet und raucht. Sie wirkt amüsiert.

Plötzlich spürt Lena wieder die Art von nackter Ohnmacht, die sie seit Jahrzehnten nicht mehr empfunden hat. Diese Frau und dieses Dorf sind beide so beständig, so unverrückbar, so fundamental das, was sie sind, dass es ihr absurd vorkommt, sie überlisten zu wollen. Einen kurzen intensiven Moment lang erinnert sie sich an dieses Gefühl, diese fast kopflose Panik und an Johnnys Hand, die ihren Rücken hochgleitet.

»Wenn Sean es erfahren hätte«, sagt sie, »hätte er vielleicht Schluss gemacht. Und dann wär ich aufs College gegangen.«

Mrs. Duggan lehnt sich zurück und lacht wieder. Diesmal lange. »Na, da schau her«, sagt sie, nachdem sie es in vollen Zügen genossen hat. »Das war's also: Die feine Helena wollte sich nicht damit zufriedengeben, was jemand wie der arme alte Sean Dunne und das arme kleine Ardnakelty ihr bieten konnten. Und du hast gehofft, dass ich für dich die Drecksarbeit mache.«

»Nein«, sagt Lena. »Ich wollte Sean, sonst hätte ich meine Drecksarbeit selbst erledigt. Ich hatte bloß Lust, dieses eine Mal mit dem Feuer zu spielen.«

»Du hast gedacht, du wärst furchtbar schlau«, sagt Mrs. Duggan. »Aber ich lass mich nicht vor anderer Leute Karren spannen.«

»Ich hab gar nicht an Sie gedacht«, sagt Lena. »Ich wusste nicht mal, dass Sie es mitbekommen würden. Ich hab bloß gedacht, vielleicht kommt zufällig wer vorbei.«

»Du wusstest es«, sagt Mrs. Duggan. »Ich hör so einiges. Aber ich mache damit, was ich will, nicht, was du oder sonst wer will.«

Lena reicht's, sie hat ihren Preis bezahlt. Sie sagt: »Dann werden Sie auch gehört haben, ob es da draußen Gold gibt oder nicht.«

Mrs. Duggan nickt, akzeptiert den Themenwechsel. Sie pustet Rauch aus und sieht zu, wie er sich an der Fensterscheibe kringelt.

»In meinem ganzen Leben«, sagt sie, »hab ich nicht mal andeutungsweise was von irgendwelchem Gold gehört. Die Leute erzählen, der alte Mick Feeney hätte davon gewusst und es für sich behalten, aber es gab mal eine Zeit, da hätte Mick Feeney mir alles gegeben, was er hatte, um von mir das zu kriegen, was er wollte, und er hat nie ein Wort darüber verloren. In den letzten achtzig Jahren hab ich jeden Feeney hier gekannt, und wenn einer von denen auch nur was von Gold geahnt hat, fress ich diesen Aschenbecher.« Sie drückt energisch ihre Zigarette aus und sieht Lena an. »Ich kann dir nicht sagen, ob's da draußen Gold gibt, aber ich kann dir sagen, dass nie irgendwer gedacht hat, es gäbe welches, jedenfalls nicht, bis Johnny und sein Engländer hier aufgetaucht sind und große Töne gespuckt haben. Was hältst du davon?«

»Johnny Reddy lügt, wenn er den Mund aufmacht«, sagt Lena. »Hätte mich mehr überrascht, wenn's tatsächlich wahr gewesen wäre.«

Mrs. Duggan schnaubt zustimmend. »Jetzt weißt du Bescheid. Was willst du damit anstellen?«

»Hab ich mir noch nicht überlegt«, sagt Lena. »Vielleicht gar nichts.«

»Es wird Ärger geben«, sagt Mrs. Duggan mit gemächlicher, lustvoller Vorfreude. »Ich weiß, du wolltest mir weismachen, dass du nicht im Voraus planst, aber wenn ich du wäre, würde ich diesmal eine Ausnahme machen.«

»Noreen oder Dessie haben Sie das nicht erzählt?«

»Wenn sie mich richtig gefragt hätten«, sagt Mrs. Duggan, »hätt ich's vielleicht getan. Aber die beiden sind gar nicht auf die Idee gekommen. Die denken, deine Schwester ist jetzt diejenige, die alles weiß. Ich bin bloß eine alte Schachtel mit abgelaufenem Verfallsdatum.« Der Sessel knarrt, als sie sich zurücklehnt, und ihr breiter Mund dehnt sich zu einem Lächeln. »Also sitze ich einfach ganz entspannt hier und schau zu, wie alle durchdrehen. Es macht mir nichts aus, wenn Dessie sich unbedingt zum Narren machen will. Ich bin bald nicht mehr da. Aber solange ich noch hier bin, nehme ich, was ich kriegen kann.« Sie deutet mit dem Kinn auf ihren Aschenbecher. »Leer den aus, wenn du gehst. Aber bloß nicht in den Recyclingeimer. Deine Schwester ist da furchtbar pingelig.«

Lena geht mit dem Aschenbecher in die Küche und leert ihn in den Mülleimer. Die Küche ist groß und hell und pieksauber. Unter Regalbrettern hängen Tassen, und auf dem langen Tisch liegt eine mit Früchten gemusterte Wachstischdecke. An einer Wand ist ein Whiteboard mit einer Spalte für jedes von Noreens Kindern, in die Trainingszeiten und Termine beim Kieferorthopäden eingetragen sind und wer einen neuen Hurlingschläger braucht. Lena nutzt die Gelegenheit und schreibt in jede Spalte: »Tu was Nettes für deine Mam.«

»Tja, mein Freund«, sagt Mart, als er und Cal über die Landstraße nach Hause gehen, schön gemächlich, um Marts Gelenke zu schonen. Die Sonne fängt gerade erst an, milder zu werden. Sie wirft ihrer beider Schatten scharf und schwarz auf die Straße oder lässt sie dicht neben ihnen an Mauern und Hecken entlangflattern. »Ich würde sagen, das hat gut geklappt.«

»Alle haben ziemlich glücklich gewirkt«, sagt Cal. Das war der Moment, der ihn wirklich irritierte: die spontanen Begeisterungs-

227

und Jubelrufe der Männer, als Rushborough die Waschpfanne mit den ersten glitzernden Teilchen darin hochhielt. Der Aufschrei wilden Erstaunens und echter Freude, als hätten sie alle die Luft angehalten und gespannt abgewartet, ob da wirklich was zu finden ist. Das Gold hat eine Realität außerhalb von ihnen und ihrem Handeln angenommen. Sie sind wie Gläubige, verzückt von der heiligen Wahrheit, die einer Reliquie innewohnt, obwohl sie doch wissen, dass die Reliquie eigentlich nur ein Stück Hühnerknochen ist.

»Ich hab mich nicht drauf verlassen«, erklärt Mart. »Bei Leuten wie Johnny Reddy musst du immer damit rechnen, dass was schiefläuft. Aber eines muss ich dem Kerl lassen: Diesmal war's nicht so. Alles wie geschmiert.«

»Bis jetzt«, sagt Cal.

»Bis jetzt«, bestätigt Mart. »Weißt du, was mich echt überrascht hat? Ich hab nicht gedacht, dass mich das den ganzen Tag kostet.« Er versucht, seinen Rücken zu strecken, und als es laut knackt, verzieht er das Gesicht. »Ich hab gedacht, man muss die Pfanne nur ein bisschen schütteln und den Dreck rauskippen, und schon geht's weiter zur nächsten Stelle. War nicht auf die ganze Schufterei gefasst. So lange rumzustehen ist was für dich und die anderen jungen Hüpfer, aber nix für einen wie mich.«

»Du hättest nach Hause gehen sollen«, sagt Cal. »Die Sache mir und den anderen jungen Hüpfern überlassen.«

»Hätte ich machen können«, räumt Mart ein, »aber hier bei uns ist nicht so viel los, dass ich es mir leisten kann, irgendwas zu verpassen. Außerdem, wer Johnny Reddy aus den Augen lässt, darf sich hinterher nicht beschweren.« Wieder lässt er seinen Rücken knacken und unterdrückt ein Stöhnen. »Ich werd schon wieder. Kommst du nachher runter zum Feiern? Du musst dich blicken lassen. Wir wollen doch nicht, dass unser Engländer sich fragt, ob was nicht stimmt.«

»Ich glaube kaum, dass er mich vermissen würde«, sagt Cal. »Er mag mich nicht besonders.« Rushborough war höflich zu ihm, mit dieser verkniffenen, blinzelnden Korrektheit, die Briten bei Leuten an den Tag legen, die sie nicht leiden können, und er hat ihn so wenig wie möglich beachtet. Cal konnte sehen, dass Johnny das nervös machte. Ein nervöser Johnny gefällt ihm.

»Ehrlich gesagt, ich glaube, selbst wenn doch, würde es ihm nicht auffallen«, sagt Mart. »Der hat andere Dinge im Kopf. Hast du sein Gesicht gesehen? Wie ein Kind, das gerade den Weihnachtsmann gesehen hat.«

»Jaja.« Cal sieht Rushborough wieder vor sich: schenkeltief im Fluss, die Waschpfanne erhoben wie eine Trophäe, die Zähne zu einem triumphierenden Grinsen gebleckt, Sonnenlicht glitzernd um ihn herum, während ihm Wasser die Arme herabläuft. Cal fand nicht, dass er wie ein Kind aussah. »Ich ess nur kurz was und dusche, dann komm ich hin. Bin total durchgeschwitzt.«

»Da wird dir jemand bei beidem gern behilflich sein«, sagt Mart grinsend, als sie um die Biegung kommen, und zeigt mit seinem Schäferstab auf Cals Einfahrt. »Aber vielleicht bist du danach noch genauso verschwitzt.«

Lenas Auto parkt vor dem Haus. Unwillkürlich beschleunigt Cal seine Schritte. Normalerweise freut er sich immer, Lenas alten blauen Škoda zu sehen, aber neuerdings löst alles Unerwartete die mulmige Befürchtung schlechter Nachrichten bei ihm aus. »Menschenskind, was hast du's eilig.« Mart grinst noch breiter, und Cal wird wieder langsamer.

In den letzten paar Tagen ist er immer angespannter geworden. Es gibt zu viele Kleinigkeiten, die ihm nicht gefallen. So gefällt ihm beispielsweise nicht, dass Johnny gestern mit am Fluss war, um bei der Verteilung des Goldes zu helfen. Cal hatte eigentlich gedacht, dass Johnny sich von diesem Teil des Plans fernhalten würde, aber dann war er mit ihnen zusammen am Ufer, und Cal versteht nicht, wieso. Auch seine eigene erzwungene Untätigkeit gefällt ihm nicht: Unter normalen Umständen richtet er seinen Instinkt, Dinge in Ordnung zu bringen, gern auf alte Stühle, aber die Umstände sind nicht normal, und die Situation verlangt nach sehr viel mehr als bloß danach, im Schlamm rumzustehen und einem bescheuerten Briten dabei zuzuschauen, wie er Schatzsucher spielt. Ihm gefällt nicht, wie Johnny Trey von ihm wegdrängt, so geschickt, wie Marts Hund auf Kommando ein Schaf aus der Herde drängt, und ihm gefällt nicht, dass er nicht dahinterkommt, welche Verwendung Johnny für Trey haben mag. Vor allem gefällt ihm nicht, dass Trey ihm Dinge verschweigt, obwohl er weiß, dass sie keineswegs verpflichtet ist, ihm irgendwas zu erzählen.

»Ich komm nicht mehr mit rein, um hallo zu sagen«, erklärt Mart. »Deine bessere Hälfte hat was gegen mich, schon gemerkt? Ich wüsste nicht, dass ich ihr irgendwas getan hab, aber sie ist nicht gerade verrückt nach mir.«

»Über Geschmack lässt sich nicht streiten«, sagt Cal.

»Wenn wir uns alle in Gold wälzen, kauf ich ihr vielleicht mal einen ganzen Wäschekorb voll Leckerchen für ihre Hunde, mal sehen, ob sie das umstimmt. Bis dahin lass ich euch lieber in Ruhe.«

»Bis später im *Seán Óg's*«, sagt Cal. Was ihm auch nicht gefällt, ist diese unausgesprochene Allianz mit Mart, die ihm irgendwie aufgezwungen wurde. Er hatte die Grenze zwischen ihnen beiden sorgfältig und klar abgesteckt, und sie hat zwei Jahre gut gehalten, obwohl Mart manchmal nur so zum Spaß an ihr rüttelte. Jetzt hat sie ihre Stabilität verloren. Johnny selbst mag ja bloß ein geschwätziger kleiner Scheißer sein, aber irgendwie hat er es geschafft, das ganze Dorf vom Kurs abzubringen.

»Keine Hektik«, sagt Mart. »Ich sag den Jungs, dass du dich verspätest, aber eine gute Entschuldigung hast.« Er hebt seinen Stab zum Abschied und trottet davon.

Lena sitzt in ihrem Schaukelstuhl auf der Veranda, genau wie Cal erwartet hat. Sie hat einen Schlüssel für sein Haus, aber in seiner Abwesenheit hineinzugehen ist eine Grenze, die sie nicht überschreiten will. Manchmal wünscht Cal, sie würde es tun. Ihm gefällt die Vorstellung, nach Hause zu kommen und sie auf seinem Sofa sitzen zu sehen, in ein Buch vertieft, eine Tasse Tee in der Hand.

Lena kam völlig überraschend für Cal. Nachdem seine Frau ihn verlassen hatte, dachte er, das Thema Frauen wäre für ihn ein für alle Mal erledigt. Er war als Zwanzigjähriger mit Donna zusammengekommen; sie war die einzige Frau, die er je begehrt hatte, und das Letzte, was er wollte, war, jemals eine andere zu begehren. Er hatte vor, einer von diesen Typen zu werden, die gerne mal nett und freundlich in einer Bar flirten und vielleicht hin und wieder einen One-Night-Stand haben, aber mehr auch nicht. Er weiß von Lena, dass es bei ihr etwas anders war, vielleicht weil ihr Mann sie nicht verlassen hat, sondern gestorben ist. Sie war nicht fest entschlossen, nie wieder einen Mann in ihr Leben zu lassen; sie hatte es sich bloß nicht vorstellen können. Und dennoch, irgendwie sind sie jetzt hier gelandet, wo auch immer das ist.

»Hey«, sagt er. »Alles in Ordnung?«

»Bestens«, sagt Lena, und Cal atmet auf. »Ich hab Rip rausgelassen, weil er sonst die Tür aus den Angeln gerissen hätte. Er ist mit meinen hinten auf der Wiese. Und ich könnte ein Glas von deinem Tee vertragen, falls du welchen im Kühlschrank hast.«

Der Sommer hat es geschafft, Lena endlich von Cals süßem Eistee zu überzeugen, den sie und Trey vorher mit extremem Argwohn betrachtet haben. Cal füllt zwei Gläser, gibt Eiswürfel und eine Scheibe Zitrone hinein und garniert sie mit Minze aus dem Topf auf der Veranda.

»Ich hab gehört, es war ein großer Tag«, sagt Lena und hebt dankend ihr Glas. »Ihr alle unten am Fluss, um das Gold rauszuholen, was ihr gestern reingetan habt. Der Kreislauf des Lebens.«

»Weiß das ganze Dorf Bescheid?«, fragt Cal. Er lässt sich in seinen Sessel fallen.

»Noreen weiß es von Dessie, und sie und ich reden wieder miteinander, deshalb weiß ich es von ihr. Ich würde aber nicht sagen, dass sie es der ganzen Welt erzählt hat. Mir gegenüber hat sie es nur erwähnt, weil sie dachte, ich wüsste es schon von dir. Wie ist es gelaufen?«

»Planmäßig, würde ich sagen. Dieser Rushborough war voll ausgerüstet – hatte eine Waschpfanne dabei und ein Sieb als Abdeckung und einen Magneten und eine Art Saugflasche und was weiß ich noch alles. Hat die ganze Zeit geredet. Seifengold, Umschichtung, Schwemmböden. Ich dachte schon, er würde uns hinterher abfragen.«

Cal trinkt sein Glas halb leer und wünschte, er hätte Bourbon reingetan. Mart hat recht, der Tag war anstrengender als gedacht. Plötzlich fühlt er sich ein bisschen hitzekrank oder sonnenkrank oder sonstwas-krank.

»Ich hab zwischendrin gedacht, dass wir vielleicht irgendwas falsch gemacht haben. Das Gold zu tief oder zu flach oder an der falschen Stelle im Fluss versenkt oder so. Und Rushborough würde es merken und aussteigen. Das Ganze abblasen und zurück nach London fahren. Wenn er abreisen würde, würde Johnny auch abhauen, bevor die Männer ihm eine Abreibung verpassen, weil er ihr Geld in den Sand gesetzt hat.« Er presst sich das kalte Glas an die Schläfe, spürt sein Blut dagegen pulsieren. »Aber ich schätze, Mart versteht was davon, weil Rushborough nämlich gewirkt hat, als wäre alles perfekt. Er hat davon geschwärmt, wie stolz seine Grandma wäre. Hat sich vor Glück gar nicht mehr eingekriegt.«

Lena sagt nichts. Sie dreht das Glas zwischen den Händen,

sieht zu, wie die Eiswürfel darin kreisen. Cal spürt, dass sie überlegt, wie sie ihm am besten etwas sagen soll. Seine Muskeln spannen sich erneut an. Wie die meisten Männer, die er kennt, findet er kaum etwas nervenaufreibender als eine Frau, die etwas auf dem Herzen hat. Er trinkt gierig noch mehr Tee, hofft, dass die Kälte sein Gehirn stärkt für das, was jetzt kommt.

»Ich war bei Mrs. Duggan«, sagt Lena. »Kennst du sie? Noreens Schwiegermutter. Die Dicke, die den ganzen Tag am Fenster sitzt und die Straße beobachtet.«

»Ich hab sie da gesehen«, sagt Cal. »Aber noch nie ein Wort mit ihr geredet.«

»Sie geht nicht viel aus dem Haus, nur in die Kirche. Hat Ischias. Aber bis vor etwa fünfzehn Jahren hat sie den Laden geführt. Sie wusste immer alles, was hier so passiert. Noch mehr als Noreen jetzt.«

Lena schaukelt sanft mit dem Stuhl vor und zurück, und ihre Stimme ist ruhig, doch Cal hört die Anspannung darin.

»So eine gab's auch da, wo mein Granddaddy lebte«, sagt er. »Die meisten Orte wären ohne besser dran.«

»Dasselbe würde ich normalerweise auch sagen. Heute bin ich mir da nicht mehr so sicher. Mrs. Duggan sagt, sie hat nie auch nur irgendeine Andeutung gehört, dass es in unserer Gegend Gold gibt. Sie ist achtzig, deshalb hat sie diese Bridie Feeney, Rushboroughs Großmutter, nicht gekannt, aber sie wird Bridies Brüder und Schwestern gekannt haben. Und Michael Duggan, von dem Rushborough behauptet, er hätte zusammen mit seiner Granny diese Goldnuggets gefunden, war Mrs. Duggans angeheirateter Onkel. Wenn sie nie was von irgendwelchem Gold gehört hat, dann hat das auch keiner von denen.«

Cal sitzt reglos da, versucht, das mit den anderen Dingen in Einklang zu bringen, die er weiß oder vermutet oder befürchtet. Die kränkliche Benommenheit ist wie weggebrannt; er ist so hellwach wie noch nie. »Denkst du, sie sagt die Wahrheit?«, fragt er.

»O ja. Das ist das Schlimmste an Mrs. Duggan: Sie hat immer recht. Es bringt nichts, alles zu wissen, wenn den Leuten nicht klar ist, dass sie dir auch wirklich glauben sollten.«

»Aber wo zum Teufel –?«

Cal kann nicht mehr sitzen bleiben. Er springt auf und läuft im Kreis um die Veranda. »Wo zum Teufel kommt der ganze Scheiß dann her? Hat Rushborough sich das Gold einfach ausgedacht, zusammen mit irgendwelchem Mist, den ihm seine Grandma erzählt hat, und dann hat er diesen dämlichen Scheißkerl Johnny benutzt, um hier einen Fuß in die Tür zu kriegen?« Er könnte sich dafür ohrfeigen, dass er das nicht schon vor Tagen durchschaut hat. Rushborough hat auf ihn nie wie ein Trottel gewirkt. Gleich auf den ersten Blick hat er gewirkt wie einer, der die Trottel auf Teufel komm raus abzockt. Alle anderen haben eine Entschuldigung dafür, das übersehen zu haben. Cal hat keine.

»Nein«, sagt Lena. »Ich glaube, die beiden machen gemeinsame Sache. Mir ist noch was anderes aufgefallen: Als Johnny hier ankam, sah er aus, als müsste er dringend zum Friseur. Das ist eine Kleinigkeit, aber sie passt überhaupt nicht zu ihm. Er hat immer gern einen eleganten Auftritt hingelegt. Ich hab mir gleich gedacht, dass er vor irgendwas wegläuft. Weil er in Schwierigkeiten steckt.«

Cal sagt: »Das hast du mir nicht erzählt.«

»Nein. Hab ich nicht. Hätte ja auch unwichtig sein können.«

»Also: Johnny und dieser Rushborough«, sagt Cal. Er setzt sich mühsam beherrscht wieder hin, zwingt seine Gedanken zur Ruhe. »Irgendwie ist ihnen in England der Boden unter den Füßen zu heiß geworden. Deshalb haben sie diese Geschichte ausgeheckt und sind hier aufgetaucht, um schnelles Geld zu machen und ihren Problemen zu entkommen.«

Er unterschätzt nicht das Ausmaß der Schwierigkeiten, in denen Johnny stecken könnte. Von Natur aus ist Johnny eindeutig ein kleiner Fisch, aber er besteht lediglich aus einem flotten Mundwerk und einem brauchbaren Lächeln. Er ist ein Luftikus ohne innere Stabilität. Falls er sich mit einem echten Schwergewicht angelegt hat, könnte er weit aus seiner natürlichen Bahn geschleudert werden.

»Aber wie?«, fragt Lena. »Heute haben sie Gold im Wert von höchstens ein oder zwei Riesen aus dem Fluss geholt. Für so wenig lohnt doch die ganze Mühe nicht.«

»Nee«, sagt Cal. Er denkt daran, wie Mart im Pub über Psychologie geredet hat. »Das war bloß der Anfang. Jetzt, wo sie die Männer ganz zappelig gemacht haben, werden sie mit irgendeinem Grund ankommen, warum sie noch mehr Geld brauchen. Bergbaukonzessionen oder Ausrüstung oder sonst irgendwas. Haben die Männer, Mart und PJ und die anderen, so viel Geld, dass es sich lohnt, sie auszunehmen?«

Lenas Stuhl schaukelt nicht mehr. »Sie werden was auf der hohen Kante haben«, sagt sie. »Con McHugh vielleicht nicht, der ist noch zu jung, aber die anderen. Und sie haben ihr Land. Jeder etwa fünfundzwanzig bis dreißig Hektar – Senan hat sogar vierzig. Das ist alles Familienbesitz, unverschuldet. Jeder von ihnen könnte morgen in eine Bank spazieren und ein paar Hektar für jeweils rund zehn Riesen beleihen oder sie als Sicherheit für ein Darlehen einsetzen.«

»Sie stecken schon knietief drin in der Sache«, sagt Cal. Er hat nie im Betrugsdezernat gearbeitet, aber er kannte einige Kollegen dort und weiß, wie so was läuft. »Wenn Johnny überzeugend genug auftritt, werden sie sich denken, es wäre Verschwendung, nicht noch einen Schritt tiefer reinzugehen.«

Lena schaukelt wieder sachte und langsam, denkt nach. »Sie werden's machen«, sagt sie. »Jedenfalls die meisten. Wenn sie wirklich glauben, dass es Gold gibt, auf ihrem Grund und Boden, oder auch nur geben könnte, werden sie keinen Rückzieher machen.«

Cal merkt, dass er stellvertretend für die Männer, die heute mit am Fluss waren, eine seltsame und tiefe Empörung empfindet. Er hat sein eigenes Problem mit ihnen, zumindest mit manchen, aber er muss an ihre Gesichter im Pub denken, als Rushborough den Ring auf den Tisch legte: ihre Stille, als ihr Land plötzlich zu etwas anderem wurde, etwas Strahlendem, in dem lang verborgene Botschaften ihrer Ahnen aufleuchteten. Im Vergleich zu dem, was Rushborough und Johnny vorhaben, wirkt das bisschen Gold, das sie im Fluss versenkt haben, wie kindlicher Unfug: ein paar Flaschen Bier klauen, einem Besoffenen die Augenbrauen wegrasieren. Cal lebt lange genug in Ardnakelty, um zu ahnen, dass die Bindung an ihr Land etwas tief in ihren Zellen Verankertes ist, das er nicht ermessen kann. Wenigstens Johnny hätte so klug sein müssen, sich nicht daran zu vergreifen, und er hätte erst recht niemals zulassen dürfen, dass sich irgendein Kerl mit englischem Akzent daran vergreift.

»Wenn die das rausfinden«, sagt er, »gibt's richtig Ärger.«

Lena betrachtet ihn. »Meinst du, sie sollten es rausfinden?«

»Ja«, sagt Cal. Eine gewaltige Welle der Erleichterung brandet in ihm auf. Endlich kann er etwas tun. »Ich meine, je eher, desto besser. Zur Feier des Tages treffen wir uns nachher noch im *Seán Óg's*. Dann erfahren es alle gleichzeitig.«

Lenas Augenbrauen heben sich. »Das wird unschön.«

»Je länger ich warte, desto unschöner wird's.«

»Du könntest es Johnny unter vier Augen sagen. Vom Pub mit ihm nach Hause gehen und ihm sagen, dass du es den Männern morgen erzählst, damit ihm Zeit bleibt, seine Sachen zu packen. Und damit das Ganze nicht aus dem Ruder läuft.«

»Nee«, sagt Cal.

»Sag ihm, es gibt noch andere, die Bescheid wissen. Nur für den Fall, dass Rushborough auf dumme Gedanken kommt.«

»Für die Leute hier ist Trey schon fast so was wie meine Tochter«, sagt Cal. Er bringt das nur mit Mühe über die Lippen, weil er es noch nie ausgesprochen hat und weil er nicht weiß, wie lange das noch so sein wird. Ihm ist schmerzlich bewusst, dass er Trey seit Tagen nicht gesehen hat. »Wenn ich Johnny vor Gott und der Welt zur Rede stelle, wissen alle, dass ich es war, der seinen Plan durchkreuzt hat. Dann wird keiner glauben, dass sie bei seinem Scheiß mitgemacht hat. Wenn ihr Dad wieder weg ist, kann sie weiter hier leben, ohne von irgendwem schikaniert zu werden.«

Kurzes Schweigen tritt ein. Drüben am Gemüsebeet haben die Hunde die Zombie-Vogelscheuche aktiviert und drehen völlig durch, drohen ihr aus sicherer Entfernung mit allerlei extremen Formen der Vernichtung. Die Tomatenpflanzen gedeihen gut; selbst von der Veranda aus kann Cal die rot leuchtenden Tupfen zwischen dem Grün sehen.

»Ich bin diesem Rushborough neulich morgens begegnet«, sagt Lena. »Ich war mit den Hunden spazieren, und er hat mich angesprochen.«

»Was hat er gesagt?«

»Nichts Besonderes. Sind die Berge nicht wunderschön, und so ein Wetter hat er in Irland nicht erwartet. Was auch immer du tust, nimm dich vor dem Mann in Acht.«

»Ich werde überhaupt nichts sagen, solange Rushborough da ist«, sagt Cal. »Er ist cleverer als Johnny. Er könnte es glatt schaffen, sich irgendwie rauszureden. Aber ich wette hundert Dollar, dass er sich nach ein paar Drinks verdrückt, damit Johnny und die anderen ordentlich darüber lästern können, wie sie ihn reingelegt haben. An dem Punkt komme ich dann ins Spiel.«

»Trotzdem«, sagt Lena. »Behalt ihn auch hinterher im Auge. Der Typ gefällt mir nicht.«

»Ja«, sagt Cal. »Mir auch nicht.«

Am liebsten würde er Lena erzählen, dass er seit Tagen das Gefühl hat, Trey nicht mehr finden zu können, dass er drei Nächte hintereinander Albträume hatte, in denen sie irgendwo auf dem Berg verschwand, dass er wünschte, er hätte ihr ein Handy gekauft und eine Tracker-App draufgeladen, so dass er seine Tage damit verbringen könnte, einfach nur still dazusitzen und zuzuschauen, wie ihr heller Punkt seine Bahnen zieht. Stattdessen sagt er: »Ich muss jetzt duschen und was essen. Wir treffen uns um sechs im *Seán Óg's*.«

Lena sieht ihn an. Dann kommt sie zu ihm, legt ihre Hand in seinen Nacken und küsst ihn voll und fest auf den Mund. Es fühlt sich an, als würde sie ihm einen Staffelstab übergeben oder ihn in die Schlacht schicken.

»Okay«, sagt sie, als sie sich aufrichtet. »Dann geh ich mal.«

»Danke«, sagt Cal. Ihr Duft ist in seiner Nase, sauber und sonnig wie trocknendes Heu. »Dass du mit Mrs. Duggan geredet hast.«

»Die Frau ist ein echter Albtraum«, sagt Lena. »An Noreens Stelle hätte ich ihr schon vor Jahren Gift in den Tee getan.« Sie pfeift auf den Fingern nach ihren Hunden, die prompt den Krieg mit der Vogelscheuche einstellen und mit langen, glücklichen Sätzen angerannt kommen. »Sag Bescheid, wie's gelaufen ist, Cal.«

»Mach ich.« Er schaut ihr nach, als sie zum Auto geht. Dann sammelt er die beiden Gläser ein und geht ins Haus, sucht schon nach den passenden Worten, die er benutzen wird, wenn der richtige Moment gekommen ist.

11

SO FRÜH AM Abend ist das *Seán Óg's* fast leer. Bloß ein paar alte Knaben essen getoastete Sandwiches und meckern über das Pferderennen im Fernsehen. Die meisten, die regelmäßig am Freitagabend herkommen, sind noch zu Hause und verdauen ihr Abendessen, um eine anständige Grundlage für die Mengen an Alkohol zu haben, die sie zu sich nehmen werden. Tageslicht dringt schräg durch die Fenster, lange helle Streifen, in denen träge Staubkörnchen schweben. Nur der Erker ist voll besetzt und laut. Die Männer sind gewaschen und gekämmt, tragen ihre guten Hemden. Ihre Gesichter und Hälse haben hier und da rote Flecken von der Sonne auf dem Fluss. Mittendrin hält Rushborough Hof. Er hat sich auf der Bank breitgemacht, erzählt mit ausladenden Armbewegungen irgendeine Geschichte und erntet alle Lacher, die er sich wünschen kann. Auf dem Tisch, zwischen den Gläsern und Bierdeckeln, von den farbigen Sonnenlichttupfen durch das Buntglas sattrot und grün und gelb gesprenkelt, steht das kleine Fläschchen mit Goldstaub.

»Entschuldigt die Verspätung«, sagt Cal in die Runde, während er einen Stuhl heranzieht und Platz für sein Pint auf dem Tisch findet. Er hat sich absichtlich Zeit gelassen. Er verspürt keinerlei Bedürfnis, mehr Zeit mit Rushborough und Johnny zu verbringen als nötig.

»Ich war auch spät dran«, sagt PJ zu ihm. Genau wie Bobby neigt PJ dazu, sich Cal anzuvertrauen, vielleicht weil Cal sie noch nicht so lange und gut kennt, dass er sie auf den Arm nehmen würde. »Hab Musik gehört. Ich war total kribbelig, als ich nach

Hause gekommen bin, hab überhaupt nicht still sitzen können. Ich wollte mich zum Abendessen hinsetzen und bin dauernd wieder aufgesprungen, weil ich die Gabel vergessen hab und dann die Milch und dann die Tomatensauce. Wenn ich so bin, bringt mich nur ein bisschen Musik wieder runter.«

Offensichtlich hat die Musik nur teilweise gewirkt. Das war eine sehr lange Rede für PJ. »Was hast du dir angehört?«, fragt Cal. Manchmal singt PJ seinen Schafen was vor, hauptsächlich Folksongs.

»Mario Lanza«, sagt PJ. »Der ist unheimlich beruhigend. Wenn ich mich genau umgekehrt fühle, wenn ich nicht aus dem Bett komme, hör ich mir diese Engländerin an, diese Adele. Die gibt einem wieder richtig Auftrieb.«

»Weshalb warst du denn so kribbelig?«, erkundigt Mart sich interessiert und schielt dabei zu Rushborough hinüber, um sich zu vergewissern, dass der nicht mithört. »Du hast doch die ganze Zeit gewusst, was im Fluss ist.«

»Stimmt«, sagt PJ kleinlaut. »Aber es war trotzdem ein spannender Tag.«

»So welche haben wir nicht oft«, gibt Mart zu.

Rushborough, der kurz Cal mustert, während die Männer über die Pointe seiner Geschichte lachen, hat den Schluss des Gesprächs mitbekommen. »Meine Güte, dann führt ihr hier aber ein aufregenderes Leben als ich, weil ich nämlich noch *nie* so einen Tag hatte«, sagt er lachend und beugt sich über den Tisch. »Ihr versteht doch wohl, was das bedeutet, oder? Es bedeutet, dass wir auf der richtigen Spur sind. Ich hab gewusst, dass da draußen Gold ist, ich hab's immer gewusst. Aber ich hatte Angst, ich hatte eine Riesenangst, dass die Beschreibung meiner Großmutter nicht genau genug ist. Sie hat mir ja schließlich keine Schatzkarte gegeben, mit einem X an der richtigen Stelle. Sie war sozusagen die Letzte bei einem Stille-Post-Spiel, das über Jahrhunderte hinweg gelaufen ist, hat einen Ort beschrieben, den sie seit Jahrzehnten nicht mehr gesehen hatte – so Anweisungen wie: ›Und dann folgst du dem alten Bachbett Richtung Westen, aber wenn du bei Dolans Weide ankommst, bist du schon zu weit‹, mein Gott« – er wirft sich auf der Bank nach hinten und breitet die Arme aus –, »manchmal hab ich mich gefragt, ob ich nicht komplett meschugge bin, dass ich hinter so was Vagem herjage. Sie hätte meilenweit falschliegen können, wirklich meilenweit. Ich war heute darauf gefasst, bloß Schlamm zu finden, sonst nichts, und mit hängendem Kopf wieder nach Hause zu fahren. Das heißt nicht, dass es reine Zeitverschwendung gewesen wäre, es war die Sache wert, schon allein weil ich euch kennengelernt und endlich das Dorf gesehen habe, aber ich kann's nicht leugnen: Ich wäre untröstlich gewesen. Am Boden zerstört.«

Cal hat berufliche Erfahrung mit Drecksäcken wie Rushborough, deren Lügen so viel Raum einnehmen, dass die Leute ihnen glauben, weil es einfach zu anstrengend wäre, es nicht zu tun. Er kann nicht unbedingt davon ausgehen, dass die Männer sich umstimmen lassen, wenn er seine Meinung sagt. Ihm ist deutlich bewusst, dass er ein Fremder ist, genau wie Rushborough, noch dazu ein Fremder, der ihnen schon mal Ärger gemacht hat.

»Aber das« – Rushborough nimmt das Fläschchen und hält es mit beiden Händen, als könnte er einfach nicht anders –, »das ist der Beweis. Meine Großmutter, Gott segne sie – ich werde, keine Ahnung, Blumen auf ihr Grab legen oder in der Kirche eine Kerze anzünden müssen, sie um Vergebung bitten, weil ich an ihr gezweifelt habe. Sie hat mich – wie sagt man? – nicht kerzengerade, nein, äh, genau, pfeilgerade zu der richtigen Stelle geführt –«

»Menschenskind«, sagt Johnny lachend und klopft Rushborough auf die Schulter. »Du bist ja total aus dem Häuschen. Du brauchst was zur Beruhigung, sonst kriegst du noch einen Herzinfarkt. Barty! Bring dem Mann mal einen Brandy.«

»Eine Runde Brandy für alle!«, ruft Rushborough lachend über die Schulter. »Ich weiß, ich weiß, ich bin aufgeregt, aber ist doch verständlich, oder? Da ist das Gold am Ende des Regenbogens!«

Das andere, was Cal auffällt, ist, wie viel Energie der Mann in seinen Auftritt legt. Er gibt sich nicht bloß erfreut und gerührt. Wenn er einen derart großen Aufwand betreibt, müssen er und Johnny vorhaben, Ardnakelty nach Strich und Faden auszunehmen.

Der Brandy wird mit einem Toast auf Rushboroughs Großmutter und vereinzelten Jubelrufen getrunken. Cal hebt seinen hoch, trinkt ihn aber nicht. Er wird von diesem Mann nichts annehmen. Er sieht, dass Rushboroughs Augen es registrieren.

»Nun denn, Männer«, Rushborough stellt sein Glas ab und unterdrückt ein Gähnen, »ich weiß nicht, ob's am Adrenalin liegt oder einfach nur an meinem beschämenden Großstadtleben, das seinen Tribut fordert, jedenfalls bin ich hundemüde.«

Es wird reichlich Protest geäußert, aber nicht so viel, dass Rushborough womöglich seine Meinung ändert und noch länger bleibt. Genau wie Cal sich gedacht hat, wollen die Männer etwas Zeit für sich.

»Würde es euch was ausmachen«, sagt Rushborough ein wenig verlegen und legt einen Finger auf das Fläschchen Goldstaub, »wenn ich das behalte? Ich lass es genau wiegen und zahle natürlich jedem von euch seinen Anteil. Aber – ich weiß, das ist sentimental, aber die ersten Früchte, versteht ihr? Ich würde mir gern was daraus machen lassen. Vielleicht eine neue Fassung für das Nugget meiner Großmutter. Wäre das in Ordnung?«

Alle halten das für eine wunderbare Idee, also steckt er das Fläschchen ein und verabschiedet sich wortreich. Der Pub füllt sich allmählich. Leute nicken Rushborough zu und heben ihre Gläser, als er an ihnen vorbeigeht, und er verteilt im Gegenzug sein Lächeln und winkt.

»Er ist drauf reingefallen«, sagt Con und beugt sich über den Tisch, sobald die Eingangstür hinter Rushborough zufällt. »Ist er doch, was? Er ist drauf reingefallen.«

»Der hat's gefressen«, sagt Senan. »Der Trottel.«

»Na, hör mal«, sagt Johnny und zeigt auf ihn. »Dafür muss man kein Trottel sein. Ihr wart absolut großartig, ihr alle. Ich hätt's fast selbst geglaubt. Deshalb hat's geklappt. Nicht weil er ein Trottel ist. Weil ihr eine Mordsvorstellung hingelegt habt.« Er prostet ihnen allen zu.

»Jetzt sei mal nicht zu bescheiden, Kleiner«, sagt Mart und lächelt ihn an. »Ehre, wem Ehre gebührt: Du hast die Hauptarbeit gemacht. Du kannst richtig überzeugend sein, wenn du willst.«

»Ich kenne Rushborough«, versichert Johnny ihm. »Ich weiß, wie man mit ihm umgehen muss. Ich werd euch nicht enttäuschen.«

»Und jetzt?«, will Francie wissen. Francie wirkt nach wie vor skeptisch. Sein Gesicht, knochig und schmallippig, mit buschigen Augenbrauen, sieht ohnehin die meiste Zeit so aus, doch sein üblicher Ausdruck hat sich verstärkt.

»Jetzt haben wir ihn.« Johnny lehnt sich entspannt auf der Bank zurück, und sein Gesicht strahlt vor Schadenfreude. »Der Kerl wird alles tun, was nötig ist, damit er mit richtigen Ausgrabungen anfangen kann. Wir müssen bloß sein Geld einsacken und ihn machen lassen.«

»Wenn auf meinem Land irgendwas von Wert ist«, sagt Francie, »und ich behaupte nicht, dass da was ist, will ich nicht eines Morgens aufwachen und feststellen, dass ich die Rechte an Millionen für ein paar Riesen abgegeben hab.«

»Scheiße, Francie«, sagt Johnny entnervt. »Was willst du eigentlich? Wenn du denkst, auf deinem Land liegen Millionen, dann sag Rushborough, du willst dich in sein Unternehmen einkaufen, und kassier deinen Anteil. Wenn du denkst, da ist nix, dann nimm die paar tausend für die Schürfrechte und lass ihn nach Herzenslust drauflos buddeln. Du kannst nicht beides haben. Also, was willst du?«

Cal begreift allmählich, was der nächste Schritt in Johnnys und Rushboroughs Plan ist. Er hält den Mund, lässt den Dingen noch eine Weile ihren Lauf. Je mehr Johnny sagt, desto mehr haben die Männer zu kauen, wenn Cal die Bombe platzen lässt.

»Das geht dich nix an«, sagt Francie zu Johnny. »Ihr könnt alle machen, was ihr wollt. Ich meine bloß, dass er nicht einfach auf mein Land spazieren und sich nehmen kann, was er will.«

»Heilige Scheiße, du bist echt bescheuert, weißt du das?«, blafft Sonny Francie an. »Alles läuft wie geschmiert, und du ziehst eine Fresse, als wär wer gestorben, und meckerst rum. Kannst du nicht einfach mal einen Abend lang die Klappe halten und uns anderen unseren Spaß lassen?«

»Er denkt voraus, verdammt nochmal«, blafft Senan. »Solltest du auch mal probieren.«

»Er ist ein verdammter Miesmacher.«

»Schnauze! Halt endlich die Schnauze und überlass den Männern mit Grips das Reden –«

Sie sind alle zu laut und hitzig. Cal spürt, wie die aufgeladene Atmosphäre vibriert. Irgendwer wird heute Abend Prügel beziehen. Cal ist klar, wenn er erst gesagt hat, was er zu sagen hat, wird mit an Sicherheit grenzender Wahrscheinlichkeit er derjenige sein.

»Weißt du, was?«, wendet sich Bobby plötzlich an Senan. »Du sagst den Leuten ein bisschen zu oft, sie sollen die Schnauze halten. Du bist hier nicht der Oberboss. Vielleicht solltest du zur Abwechslung selbst mal die Schnauze halten.«

Senan starrt Bobby an, als wäre dem gerade ein zweiter Kopf gewachsen. Bobby, selbst erschrocken über seine ungewohnte Courage, aber nicht bereit, klein beizugeben, richtet sich zu voller Größe auf und starrt zurück. Mart sieht aus, als könnte der Abend für ihn schöner nicht sein.

»Scheiße«, sagt Senan, »wenn schon die Aussicht auf Gold dich dermaßen verändert, möchte ich nicht erleben, was es mit dir macht, wenn auf deinem Land tatsächlich was gefunden wird. Dann drehst du komplett durch. Am Ende trippelst du mit einer Tiara und 'nem fetten Diamantring am Finger durch die Gegend und verlangst, dass die Leute ihn küssen –«

»Ich sage nur«, unterbricht Bobby ihn würdevoll, »dass er genauso viel Recht auf eine Meinung hat wie du.«

»Bist du dann Sir Bobby? Oder eher Eure Lordschaft?«

»Leute, kommt schon, lasst gut sein«, sagt Johnny beschwichtigend. Er hebt beide Hände, um den Streit zu beenden und alle wieder auf Kurs zu bringen. »Hört mal. Unser Francie hat nicht ganz unrecht. Er will nur sicher sein, dass er kriegt, was ihm zusteht. Was ist daran falsch? Wollen wir das nicht alle?«

»Und ob wir das wollen«, knurrt Senan.

»Klar, ich will auch nicht, dass der Mann alles einsackt, was auf meinem Land liegt«, sagt Con.

Die Stimmung verändert sich, leises zustimmendes Murmeln ist zu hören. »Müssen wir ihn lassen?«, fragt PJ besorgt.

»Ihr müsst überhaupt nix machen, was ihr nicht wollt«, beruhigt Johnny ihn. »Denkt drüber nach. Lasst euch Zeit. Es gibt nur eines, was ihr bedenken solltet: Falls ihr glaubt, dass da Gold ist, und beschließt, Rushborough zu fragen, ob ihr in sein Unternehmen investieren könnt, solltet ihr das bald tun. Sobald er Gold findet, werden die Anteile sehr viel teurer.«

Das lässt PJ verstummen. Er sucht Trost in seinem Pint, während er versucht, das alles zu verstehen. Sonny und Con wechseln fragende Blicke.

»Wie viel würde das kosten?«, fragt Dessie. »Investieren, mein ich.«

Johnny zuckt die Achseln. »Kommt drauf an, wie viele Anteile du haben willst, wie groß der Fund ist, mit dem er rechnet, und so weiter. Ich hab ein paar Tausender reingesteckt und 'nen ordentlichen Batzen dafür gekriegt, aber da hatte der Mann ja auch nur irgendein Märchen von seiner Granny vorzuweisen. Könnte sein, dass er jetzt mehr verlangt, nach heute.«

»Wenn wir alle zusammenhalten«, sagt Senan, »wird er das verlangen, was wir ihm sagen, sonst soll er in seinem eigenen Garten buddeln.«

»Ich kann nicht versprechen, dass er überhaupt Investoren sucht«, warnt Johnny sie. »Er hat noch andere Interessenten, drüben in London. Vielleicht hat er keinen Bedarf mehr an anderen.«

»Wie gesagt. Wenn wir alle mitmachen, kommt er an uns nicht vorbei.«

»Wer sagt denn, dass ich überhaupt was investieren will?«, sagt Francie.

Sonny wirft sich mit einem frustrierten Schrei auf der Bank nach hinten. »Himmelherrgott nochmal, du hast doch damit angefangen –«

»Leute, Leute«, beschwichtigt Johnny erneut. »Heute Abend muss keiner irgendwas entscheiden. Redet einfach mit Rushborough. Aber schön nett und vorsichtig. Nicht so, als hättet ihr es mit irgendeinem Rabauken auf dem Viehmarkt zu tun. Streckt einfach mal die Fühler aus und hört euch an, was er sagt.«

Cal ist das Warten satt. Er findet, das müsste reichen, um den Männern dabei zu helfen, die Situation aus einer neuen Perspektive zu betrachten, sobald sie seine Meinung gehört haben.

»Johnny«, sagt er. Er wird nicht laut, aber er lässt seine Stimme so viel Raum einnehmen, dass die Männer verstummen. »Ich hab eine Frage an Sie.«

Für einen ganz kurzen Moment starrt Johnny ihn an. Dann:

»Mein Gott«, sagt er gespielt erschrocken und legt eine Hand auf sein Herz. »Das klingt ja schrecklich ernst. Hab ich vergessen, meine Fernsehgebühren zu bezahlen, Officer? Sind die Reifen an unserer alten Karre abgefahren? Bitte, geben Sie uns noch eine Chance, ich flehe Sie an. Ich will auch ganz brav sein –«

Cal wartet darauf, dass ihm die Luft ausgeht. Die anderen Männer schauen zu. Einige, Sonny und Dessie und Bobby grinsen über Johnnys kleine Komikeinlage. PJ blickt nur verwundert drein. Senan und Francie lächeln nicht.

»Nein, Moment«, sagt Johnny, hebt einen Finger, als hätte Cal versucht, ihn zu unterbrechen, was er nicht getan hat. »Nicht verraten. Ich hab's. Ich war sehr böse, Officer. Ich hab die Straße überquert, ohne –«

Dann gleiten seine Augen über Cals Schulter zur Seite, und Treys Stimme sagt: »Dad.«

Cal fährt herum. Trey steht einfach da wie immer, Füße gespreizt, Hände tief in den Taschen, in einem alten blauen T-Shirt und ihren verwaschenen Jeans, doch Cal ist von ihrem unverhofften Anblick überwältigt. Vom Sommer gebräunt und von ihrer gemeinsamen Arbeit kräftiger, die Gesichtszüge stärker und markanter, als er sie von vor nur wenigen Tagen in Erinnerung hat, sieht sie nicht wie ein Kind aus. Sie sieht aus wie jemand, der auf sich selbst aufpassen kann. Cals Herz verkrampft sich so stark, dass er nicht atmen kann.

»Na, wen haben wir denn da?«, sagt Johnny nach einer Sekunde. »Was ist los, Schätzchen? Gibt's ein Problem zu Hause?«

»Nee«, sagt Trey. »Ich muss dir was erzählen.«

Johnnys Augenbrauen schnellen hoch. »Ach du liebes bisschen«, sagt er. »Das klingt ja sehr geheimnisvoll. Soll ich mit dir nach draußen kommen?«

»Nee. Hier ist okay.«

Johnny betrachtet Trey mit einem nachsichtigen Halblächeln,

aber Cal sieht ihm an, dass er rasend schnell überlegt. Er ist nicht direkt ratlos, aber irgendwas hat ihn überrumpelt. Irgendwas geht hier vor.

»Hast du vielleicht was angestellt«, sagt er, »und denkst, dass ich jetzt böse werde?« Er droht Trey spielerisch mit dem Finger. »Nee, schon gut. Daddy wird nicht böse. Hab schließlich selbst so einiges angestellt, als ich in deinem Alter war.«

Trey zuckt die Achseln. PJ, der sich als Zeuge familiärer Auseinandersetzungen offensichtlich unwohl fühlt, scharrt mit den Füßen und versucht, Mart in ein Gespräch zu verwickeln. Der achtet gar nicht auf ihn, sondern verfolgt das Drama ungeniert.

»Na gut«, entscheidet Johnny. »Komm, setz dich und erzähl mir, was los ist.« Er klopft neben sich auf die Bank. Trey geht zu ihm, bleibt aber stehen. Ihre Unterlippe sieht geschwollen aus.

»Als dieser Rushborough neulich Abend bei uns war«, sagt sie, »und dir erzählt hat, was seine Granny gesagt hat, ich meine, wo das Gold ist, da hab ich gelauscht.«

»Aha. Und du hast gedacht, deshalb würd ich böse werden?« Johnny lacht liebevoll zu ihr hoch und tätschelt ihr den Arm. Trey weicht nicht zurück. »Herzchen, der Versuchung hätte doch keiner widerstanden. War das alles? Wolltest du das einfach loswerden?«

»Nee«, sagt Trey. Sie hat Cal kein einziges Mal angesehen. Ihre Augen bleiben auf Johnny gerichtet. »Ich bin dahin gegangen, wo Rushborough gesagt hat. Hab ein bisschen rumgegraben. Einfach nur so. Aus Neugier.«

»Na, na«, sagt Johnny tadelnd und schüttelt den Kopf. »Was hast du dir dabei gedacht, Mädchen?«

»Hab das hier gefunden.« Sie zieht einen kleinen zerdrückten Schnellverschlussbeutel aus ihrer Jeanstasche.

»Nanu, was ist das denn?« Johnny nimmt den Beutel mit einem halb fragenden, halb belustigten Ausdruck und beugt den Kopf darüber. Unter den wachsamen Blicken der Männer dreht er ihn um und hält ihn ins Licht.

Cals Muskeln torpedieren ihn fast nach vorne, ehe er sich bremsen kann. Am liebsten würde er Johnny den Tisch ins Gesicht schleudern, Trey an den Schultern packen, sie herumwirbeln und schnellstmöglich von alldem hier wegbringen. Er bleibt still sitzen.

Johnny hebt den Kopf und starrt Trey an. »Wo hast du das her?«, fragt er.

»Hab ich doch gesagt«, antwortet Trey. »Wo der Mann gesagt hat. Direkt unten am Berg.«

Johnny blickt in die Runde. Dann wirft er den Beutel mitten auf den Tisch, zwischen die Gläser und Bierdeckel.

»Das ist Gold«, sagt er.

Im Hauptraum des Pubs galoppiert die Stimme des Fernsehkommentators mit den Pferden mit. Jemand flucht, ein anderer johlt.

Con, der sich vorgebeugt hat, um den Beutel in Augenschein zu nehmen, lacht als Erster los, dann Dessie, dann Sonny.

»Was?«, fragt Trey, verblüfft und gereizt.

»O Gott«, keucht Con. Auch Senan lacht jetzt. »Und wir planschen da in aller Herrgottsfrühe im Fluss rum, stehen bis zum Hals im Wasser –«

Bobby kriegt sich vor Lachen nicht mehr ein, schlägt mit den Händen auf den Tisch. »Wie wir ausgesehen haben –«

»Und Hunderte aus der eigenen Tasche«, bringt Sonny heraus, »dabei hätten wir bloß die da losschicken müssen –« Er zeigt auf Trey und kann sich vor Lachen nicht halten.

»*Was?*«

»Nichts«, sagt Johnny glucksend, tätschelt wieder ihren Arm. »Keiner lacht dich aus, Schätzchen. Wir lachen bloß über uns selber.«

Trey wirkt noch immer unsicher und eingeschnappt. Cal sieht zu Mart hinüber. Der lacht mit, aber seine Augen sind hellwach und klar, huschen zwischen Johnny und Trey hin und her.

»Das ist nur, weil wir uns für wunders wie schlau gehalten haben«, sagt PJ grinsend zu Trey. »Dabei waren wir saublöd.«

Trey zuckt die Achseln. »Wenn ihr's nicht wollt«, sagt sie und deutet mit dem Kinn auf den Beutel, »will ich es wiederhaben.«

»Wieso nicht?«, sagt Johnny, nimmt den Beutel und drückt ihn ihr in die Hand. »Das gönnt dir hier jeder. Hast du dir verdient. Oder wie seht ihr das?«

»Na los, steck's ein«, sagt Dessie noch immer kichernd und wedelt mit der Hand. »Wo das herkommt, gibt's noch jede Menge davon.«

»Kann sein«, sagt Trey und steckt den Beutel ein. »Wollt's euch bloß zeigen.«

»Ach, Schätzchen.« Johnny nimmt zerknirscht ihren Arm. Cal fragt sich allmählich, ob der Kerl überhaupt noch weiß, wie sie heißt. »Das hast du toll gemacht. Daddy ist mächtig stolz auf dich, genau wie die anderen netten Männer hier. Okay? Jetzt lauf nach Hause und sag deiner Mammy, sie soll das gut verwahren, dann lassen wir ein hübsches Halskettchen für dich draus machen.«

Trey zuckt die Achseln, zieht ihren Arm weg und geht. Ihr Blick gleitet einfach über Cal hinweg.

»Großer Gott, Männer«, sagt Johnny, fährt sich mit beiden Händen durchs Haar und sieht ihr mit einer Mischung aus Zuneigung und Staunen hinterher. »Ist das zu fassen? Ich hab nicht gewusst, ob ich sie umarmen oder verhauen soll. Das Kind bringt mich noch ins Grab.«

»Ihr Timing ist jedenfalls hervorragend«, sagt Mart freundlich. »Das muss man erst mal hinkriegen.«

»Wo hat sie das gefunden?«, fragt Senan.

»Scheiße, Mann.« Johnny starrt ihn ungläubig an. »Ist das dein Ernst? Ich liefere nichts für umsonst. Und selbst wenn doch, es würde euch überhaupt nichts nützen. Wie gesagt, es bringt nichts, ohne Schürferlaubnis loszulegen. Nein. Wir machen das ganz korrekt.«

»Direkt unten am Berg, hat sie gesagt«, flüstert Sonny Con zu. »Das müsste unser Land sein.«

»Moment.« Johnny sieht Cal an und hebt eine Hand, damit die anderen zuhören. »Mr. Hooper wollte mich was fragen, bevor Theresa ihn unterbrochen hat. Normalerweise würde ich mich ja für sie entschuldigen, aber diesmal denke ich, sie hatte was wirklich Wichtiges zu sagen, hab ich recht?«

»Verdammt recht«, bestätigt Sonny aus vollem Herzen.

Johnny sitzt da und lächelt Cal erwartungsvoll an.

»Schon gut«, sagt Cal. »Es war nichts.«

»Doch, doch. Es war irgendwas schrecklich Ernstes, Ihrem Gesicht nach zu schließen. Sie haben mich richtig erschreckt, Mann. Ich hab schon gedacht, ich hätte vielleicht Ihren Hund überfahren, ohne es zu merken.«

»Nicht dass ich wüsste«, sagt Cal. »So ernst kann es nicht gewesen sein, weil ich es schlicht vergessen hab. Fällt mir aber garantiert wieder ein. Dann sprech ich Sie bestimmt drauf an.«

»Machen Sie das«, sagt Johnny mit einem beifälligen Nicken. »So, Leute, ich denke, wir haben uns alle ein Gläschen von dem richtig guten Zeug verdient, was meint ihr? Ich schmeiß eine Runde. Wir trinken auf meine unternehmungslustige Tochter.«

»Nicht für mich«, sagt Cal. »Ich geh nach Hause.«

»Nicht doch«, sagt Johnny vorwurfsvoll. »So früh können Sie noch nicht gehen, das ist bei uns nicht üblich. Bleiben Sie noch ein bisschen. Ich bring Sie auch hinterher sicher nach Hause, falls Sie Angst haben, zu viel zu trinken. Ich denke, wir sollten uns sowieso mal unterhalten.«

»Nee«, sagt Cal. Er trinkt sein Bier aus und steht auf. »Wir sehen uns.« Als er geht, hört er Johnny etwas sagen, das mit lautem Gelächter quittiert wird.

Der Mond ist fast voll. Er macht die Bergstraße weiß und gefährlich schmal, ein dünnes Band der Sicherheit, das sich zwischen tiefdunklen wirren Formen im Heidemoor und gestaltlosen Baumschatten aufwärtswindet. Eine launische Brise streicht durch die hohen Äste, nimmt aber nichts von der Wärme aus der Luft. Cal, dessen Hemd bereits durchgeschwitzt ist, geht weiter bergauf, bis die Straße sich gabelt und er die Abzweigung nimmt, die zu den Reddys führt. Er ist dadurch zwar näher an dem Haus, als ihm lieb ist, aber er will nicht, dass zufällig jemand zur falschen Zeit vorbeikommt. Er setzt sich auf einen Felsbrocken im Schatten eines niedrigen, knorrigen Baums mit freier Sicht auf den Weg unter ihm und wartet.

Er denkt daran, wie Trey im Pub stand, den Blick auf Johnny gerichtet, das Kinn vorgeschoben, greifbar nah und doch unerreichbar. Er fragt sich, wo sie jetzt ist und was sie denkt und was mit ihrer Lippe passiert ist. Es schmerzt ihn zutiefst, dass er sie enttäuscht hat: Er hat keinen Weg gefunden, der es ihr ermöglicht hätte, damit zu ihm zu kommen.

Er begreift, dass das nicht verwunderlich ist. Als Johnny zurückkam, hatte Trey anfangs nichts für ihn übrig, doch je häufiger Cal ihn erlebt, desto stärker hat er den Eindruck, dass Treys Bruder Brendan seinem Vater in mancher Hinsicht ähnelte. Und Trey hat Brendan vergöttert. Wenn sie bei Johnny Wesenszüge aufblitzen sieht, von denen sie glaubte, sie für immer verloren zu haben, könnte es ihr schwerfallen, sich abzuwenden.

Cal weiß, auch wenn es keine Rolle spielt, dass Johnny nicht absichtlich versucht, seine Tochter in Gefahr zu bringen. Er bezweifelt, dass dieser geistige Tiefflieger überhaupt je einen Gedanken an das mögliche Ausmaß der Gefahr verschwendet hat. Johnny hat einen Plan, und alles läuft nach Plan, deshalb ist für ihn alles in Butter. Er hat keine Vorstellung davon, wie gefährlich es ist, derjenige zu sein, der einen Plan hat, während seine möglichen Opfer nichts dergleichen haben, aber stattdessen bereit sind, alles zu tun, was die Situation erfordert.

Das Unterholz knistert und zittert, während Geschöpfe darin ihre gewohnten Spuren ziehen. Ein Wiesel oder Hermelin flitzt leichtfüßig über den Weg, fein wie ein Pinselstrich, und verschwindet auf der anderen Seite. Der Mond bewegt sich, verlagert Schatten. Mit einem jähen Gefühl von etwas, das sich anfühlt wie eine gewaltige, aufsteigende Trauer, wünscht Cal, Johnny hätte noch ein Jahr länger gewartet, damit Cal ein bisschen mehr Zeit geblieben wäre, um Treys innere Risse zu kitten, bevor ihr Vater ins Dorf gerauscht kam, um alles kaputt zu machen.

Er hört Johnny, ehe er ihn sieht. Das dumme Arschloch kommt gemächlich den Berg rauf und trällert ein fröhliches Liedchen vor sich hin.

Im Schatten des Baumes steht Cal leise auf. Als Johnny nur noch drei Meter entfernt ist, tritt er hinaus auf den Weg.

Johnny macht einen Satz zur Seite, wie ein scheuendes Pferd. Dann erkennt er Cal und beruhigt sich wieder. »Scheiße, Mann, ich hätte fast einen Herzinfarkt gekriegt«, sagt er mit einer Hand an der Brust und ringt sich ein Lachen ab. »Machen Sie so was lieber nicht. Ein anderer hätte Ihnen eine reingehauen, wenn Sie ihn so erschrecken. Was machen Sie überhaupt hier draußen? Ich dachte, Sie wären längst zu Hause im Bett.«

Cal antwortet: »Sie haben gesagt, Sie wollten mit mir reden.«

»Meine Güte, Mann, immer mit der Ruhe. Es geht doch nicht um Leben und Tod. Das kann warten. Ich hab ordentlich gefeiert und bin jetzt nicht in der Lage, schwierige Gespräche zu führen. Und Sie auch nicht, wenn Sie so spät noch hier draußen rumhocken und sich Dornen in den Hintern sitzen. Wahrscheinlich haben Sie heute am Fluss zu viel Sonne abgekriegt. Gehen Sie nach Hause. Morgen spendier ich Ihnen einen Muntermacher, und dann können wir uns nett und höflich unterhalten.«

Cal sagt: »Ich hab zwei Stunden gewartet, um mir anzuhören, was Sie zu sagen haben. Also los: raus damit.«

Er sieht, dass Johnny ihn taxiert und nach Fluchtwegen sucht. Johnny ist nicht betrunken, aber wesentlich näher dran als Cal, und das Terrain bietet zu viele Überraschungen, um sich ohne einen nennenswerten Vorsprung aus dem Staub zu machen.

Johnny seufzt und fährt sich mit einer Hand durchs Haar. »Na schön«, sagt er, als würde er sich zusammenreißen, um dem aufdringlichen Yankee seinen Willen zu lassen. »Ich sage das wirklich nur ungern, aber mein Freund, Mr. Rushborough, mag Sie nicht. Er hat mir keinen Grund genannt, aber er kann Sie einfach nicht leiden. Sie machen ihn nervös, sagt er. Ich glaube, Sie passen einfach nicht in die Vorstellung, die er sich von dem Dorf gemacht hat, verstehen Sie, was ich meine? Die zotteligen alten Farmer, die nach Schafscheiße riechen und nur Guinness trinken und irische Lieder singen, so was will er haben. Ein cleverer Cop aus Chicago wie Sie …« Er hebt entschuldigend die Hände. »Der passt so gar nicht ins Bild. Ist echt nicht Ihre Schuld, aber Sie kommen seinem Traum in die Quere. Und Menschen werden furchtbar unleidlich, wenn man ihrem Traum in die Quere kommt.«

»Hm«, sagt Cal. »Wissen Sie, was? Ich hab mir schon so was gedacht. Vielleicht kann ich ja hellsehen.«

»Na ja, Sie sind ein erfahrener Mann«, erklärt Johnny. »Ein Mann, der so viel von der Welt gesehen hat wie Sie, der merkt, wenn ein anderer ihn nicht riechen kann. So was kommt vor, ganz ohne Grund. Aber Sie verstehen schon, was das für uns bedeutet, oder? Wenn Sie weiter mit an Bord bleiben, wird Rushborough nur immer unleidlicher werden, bis er sich schließlich sagt: ›Ach nee, das macht mir alles keinen Spaß mehr.‹ Und dann fährt er zurück nach London. Deshalb …« Er sieht Cal traurig an. »Deshalb muss ich Sie bitten auszusteigen, Mr. Hooper. Sie werden natürlich nicht leer ausgehen, machen Sie sich da mal keine Sorgen. Die Männer und ich, wir werden Ihnen Ihren Anteil aus unserem Gewinn zahlen. Es ist verdammt ungerecht, ich weiß, aber die Situation ist nun mal heikel, und entweder wir machen's so, oder wir verlieren den Mann komplett.«

»Schon klar.« Cal nickt. »Wie gesagt, ich bin nicht überrascht. Jetzt bin ich dran: Von mir aus ziehen Sie hier weiter Ihre krumme Tour ab, ist mir scheißegal. Wie Sie schon sagten, ich bin nicht von hier. Aber Sie ziehen Trey da nicht mit rein. Sie muss hier leben, wenn Sie und Dingsbums längst auf und davon sind.«

Er sieht Johnny an, dass er kurz davor ist, auf Empörter-Daddy-Modus zu schalten, es sich dann aber anders überlegt. Stattdessen macht er einen auf verblüfft und arglos. »Mann«, sagt er und breitet gekränkt die Arme aus, »ich hab sie in gar nichts reingezogen. Vielleicht hätte ich drauf achten sollen, dass sie uns nicht belauscht, aber woher hätte ich wissen sollen, dass sie loszieht und rumbuddelt? Und was ist denn so schlimm daran? Wir werden alle genug abkriegen, da muss man einem Kind doch nicht das bisschen Spaß –«

»Johnny«, sagt Cal, »reden Sie keinen Blödsinn. Sie haben Trey das Gold gegeben. Es gibt hier nichts zu finden.«

»Ach herrje«, sagt Johnny mit einem frustrierten Augenrollen. »Einer ist doch immer dabei. Der miese Pessimist. Die Spaßbremse. Ich verrat Ihnen, was wir machen: Ich geb Ihnen Ihre paar Euro zurück, damit Sie sich nicht mehr den Kopf zerbrechen müssen, was da draußen ist, und Sie können abschieben. Auf die Art sind wir alle glücklich und zufrieden.«

»Nix da«, sagt Cal. »Sie sind hier fertig. Sie packen jetzt Ihre

Sachen, nehmen Ihren Engländer und machen, dass Sie wegkommen.«

Im Mondlicht tritt Johnny einen Schritt zurück und zieht die Augenbrauen hoch. »Was soll das? Machen Sie Witze? Wollen Sie mich aus meinem eigenen Heimatdorf verjagen? Sie haben echt Nerven, Hooper.«

»Ich gebe Ihnen zwei Tage«, sagt Cal. »Damit haben Sie genug Zeit, sich irgendeine Geschichte auszudenken, die Trey aus allem raushält.«

Johnny lacht ihm ins Gesicht. »Menschenskind, für wen halten Sie sich? Vito Corleone? Sie sind nicht mehr in den Staaten. So läuft das hier nicht. Kommen Sie mal runter von der Palme. Holen Sie sich eine Tüte Popcorn, lehnen Sie sich zurück und genießen Sie die Show. Alles wird gut. Rushborough wird zufrieden abreisen, egal, ob wir was finden oder nicht –«

»Johnny«, sagt Cal. »Hören Sie mit dem Schwachsinn auf, sonst reißt mir wirklich der Geduldsfaden. Sie hintergehen nicht Rushborough. Sie hintergehen die Männer. Je mehr Geld ihr ihnen aus der Tasche zieht, desto mehr Ärger wird Trey haben, wenn die Sache auffliegt. Sie sind hier fertig.«

Johnny sieht ihn völlig ausdruckslos an. Dann stößt er ein kurzes, unsinniges Lachen aus. Er schiebt die Hände in die Taschen und schaut zur Seite, betrachtet die langen, weichen Rundungen der Berge vor den Sternen, um Zeit zu gewinnen und sich eine neue Taktik zu überlegen. Als er sich wieder Cal zuwendet, hat sein Tonfall allen heiteren Charme verloren, ist kühl und sachlich.

»Sonst was, Mann? Spiel hier nicht den harten Macker und denk mal eine Sekunde lang nach. Sonst was? Gehst du dann zu den Bullen und erzählst denen, dass du und deine Freunde versucht, einen armen Touristen zu bescheißen, aber du nicht mehr mitmachen willst? Oder gehst zu den Jungs und erzählst denen, dass sie es sind, die übers Ohr gehauen werden? Du tust so, als würde dir Theresa ja so am Herzen liegen: Was meinst du wohl, wie das für sie ausgeht?«

»Es gibt kein ›sonst‹«, sagt Cal. Er hätte jetzt gern seine Dienstwaffe. Er würde diesem kleinen Scheißkerl liebend gern die Eier wegschießen, weil er Trey gezeugt hat, die so viel Besseres verdient. »Du hast bis Sonntagabend.«

Johnny sieht ihn kurz an und seufzt. »Mann«, sagt er mit einer neuen, unverstellten Stimme, »wenn ich könnte, würde ich. Glaub mir. Meinst du etwa, ich will hier sein? Ich wär sofort weg, wenn ich die Wahl hätte.«

Zum ersten Mal, seit Cal ihn kennt, klingt er nicht so, als würde er ihm was vormachen. Er klingt müde und hilflos. Als er sich die Haare aus den Augen streicht, das Gesicht verzieht und nach Luft schnappt wie ein Kind, sieht er aus, als würde er sich am liebsten mitten auf den Weg legen und schlafen.

»Der Bus fährt viermal am Tag«, sagt Cal. »Hält direkt an der Hauptstraße. Nimm einen.«

Johnny schüttelt den Kopf. »Ich hab Schulden.«

»Das ist dein Problem. Nicht Treys.«

»Sie wollte helfen. Ich hab sie zu nichts gezwungen.«

»Du hättest nein sagen müssen.«

Johnny blickt Cal an. »Ich schulde Rushborough Geld«, sagt er. Seine Stimme ist so voller Ohnmacht und Angst, dass sie die Nachtluft tränkt. »Und er ist keiner, mit dem man sich anlegt.«

»Toll. Dann haben er und ich ja doch was gemeinsam.«

Wieder schüttelt Johnny den Kopf. »Nee, Mann«, sagt er, »du kannst groß daherreden, so viel du willst, aber ich hab gesehen, wie der Kerl einem kleinen Mädchen mit einer Rasierklinge Linien in den Arm geschnitten hat – einem Kind, nicht älter als meine Alanna –, bis der Daddy bezahlt hat.«

Cal sagt, ohne lauter zu werden: »Also hast du ihn hierhergebracht.«

Johnny antwortet mit einem Schulterzucken, sarkastisch und mit dem richtigen Maß an Bedauern: *Echt jetzt, was willst du denn, ein Mann muss tun, was ein Mann tun muss.* Und da endlich verpasst Cal ihm einen Faustschlag genau auf den Mund.

Johnny hat nicht damit gerechnet und geht hart zu Boden, landet mit einem dumpfen Schlag und dem Rascheln von Zweigen auf der Böschung. Aber er reagiert schnell, und als Cal auf ihn losgeht, reißt er einen Fuß hoch, um ihn in den Bauch zu treten. Er trifft jedoch nur seinen Oberschenkel, und Cal fällt mit seinem ganzen Gewicht auf ihn drauf, hört, wie die Luft aus ihm herauswürgt. Dann wird es chaotisch, ein Wirrwarr aus Ächzern und Ellbogen. Johnny kämpft besser, als Cal gedacht hat. Er kämpft verzweifelt und unfair, zielt auf die Augen und versucht, seine Finger in Mund oder Nasenlöcher zu krallen. Cal ist das nur recht. Er will keinen sauberen Kampf, nicht mit diesem Kerl.

Johnny rollt sie beide über Steine und Gestrüpp, will verhindern, dass Cal festen Halt findet und sein Gewicht einsetzt, presst sich so dicht an ihn ran, dass Cal nicht zu einem richtigen Schlag ausholen kann. Er riecht nach einem miesen, gepanschten Aftershave. Cal sieht seine Zähne aufblitzen, sieht Heide, ihm schießt der Gedanke durch den Kopf, wenn sie zu weit rollen und in einem Sumpfloch landen, wird der Berg sie verschlingen, und niemand wird es je erfahren.

Er packt Johnny an den adrett geschnittenen Haaren und rammt sein Gesicht in die Erde, aber Johnny erwischt Cals Ohr, versucht, es abzureißen, und dreht sich blitzschnell weg wie ein Fuchs, als Cal zurückschreckt. Cal verfolgt ihn blindlings auf allen vieren in dem verwirrenden Spiel von Mondlicht und Schatten, lauscht auf Johnnys Scharren und das schmerzliche Pfeifen seines Atems. Er bekommt ein Bein zu packen und zerrt Johnny zurück, drischt wahllos auf ihn ein. Ein wilder Fußtritt trifft ihn an der Stirn. Keiner von ihnen flucht oder schreit. Noch nie war

Cal in so einer nahezu lautlosen Schlägerei. Für den Fall, dass noch jemand oder irgendetwas anderes auf dem Berg unterwegs ist, wollen sie beide keine Aufmerksamkeit auf sich ziehen.

Er versucht, Johnnys Arme zu packen, bekommt einen Daumen ins Auge und sieht eine grelle Explosion von Sternen, aber der neue Schwall Wut gibt ihm die Kraft, ein Knie zwischen ihre Körper zu zwängen und es Johnny in die Eier zu rammen. Als Johnny sich japsend zusammenrollt, setzt Cal sich rittlings auf ihn und landet noch einen weiteren Treffer auf seiner Nase, nur um sein gutes Aussehen zu lädieren und ein oder zwei Frauen davor zu bewahren, auf seine Schmeicheleien hereinzufallen. Er zwingt sich, nicht weiterzumachen. Am liebsten würde er dem Kerl das Gesicht zu Brei schlagen, aber Johnny muss mitbekommen, was er zu sagen hat.

Johnny kriegt wieder Luft und versucht, ihn abzuschütteln, aber Cal ist wesentlich größer als er. Als Johnny ihm einen Finger ins Auge stechen will, hält Cal sein Handgelenk fest und biegt es nach hinten, bis Johnny aufschreit.

»Wenn du Montagmorgen noch hier bist«, sagt er so dicht an Johnnys Gesicht, dass er das Blut und die Alkoholfahne riechen kann, »erschieß ich dich und werf deine Leiche in ein Sumpfloch, wo sie hingehört. Verstanden?«

Johnny lacht und hustet Blut. Kleine Tröpfchen landen auf Cals Wange. Im Mondlicht sieht sein Gesicht, gesprenkelt und schwarz verschmiert und weiß, kaum noch aus wie ein Gesicht. Die Ränder verschwimmen mit dem Schwarz und Weiß des Gestrüpps unter ihm, als würde er sich auflösen.

»Nein, wirst du nicht, Mann. Sonst denkt Rushborough nämlich, ich wär abgehauen, und dann wird er sich meine Familie vorknöpfen, damit ich zurückkomme. Denkst du, er lässt Theresa in Ruhe?«

Cal verdreht sein Handgelenk noch etwas weiter, und Johnny

schnappt zischend nach Luft. »Deine Familie ist dir doch scheißegal, du Arschloch. Er könnte sie allesamt in einen Häcksler stopfen, und du würdest keinen Zentimeter aus deinem Versteck rauskommen. Das weiß er.«

»Dann macht er es einfach, um auf seine Kosten zu kommen. Du kennst den Mann nicht.«

»Ich kümmere mich um Rushborough. Du musst dich nur darum kümmern, deine Sachen zu packen.«

»Willst du ihn etwa auch im Sumpf versenken? Kleine Gratiswarnung von mir, Junge: Den überrumpelst du nicht so leicht wie mich. Wenn du dich mit dem anlegst, bist du es, der im Sumpf landet.«

Johnnys Stimme ist undeutlich, mit Blut verstopft. »Das Risiko geh ich ein«, sagt Cal. »Eins muss dir klar sein: Deine Chancen sind irgendwo anders wesentlich besser als hier. Du hast die ganze Welt, um Rushborough zu entkommen. Mir entkommst du nicht. Haben wir uns verstanden?«

Ihre Gesichter sind sehr nah beieinander. Johnnys Augen, nur durchbrochene Striche aus Licht und Schatten, signalisieren pure Verweigerung, wie die eines Tieres. Einen Moment lang denkt Cal, er wird ihm das Handgelenk brechen müssen. Dann sieht er die wilde Angst aufblitzen, als Johnny seinen Gedanken liest und begreift, dass Cal jedes Wort ernst meint.

»Ja!«, schreit Johnny gerade noch rechtzeitig. Er wirft den Kopf hin und her, will das Blut aus seinen Augen schütteln. »Scheiße, Mann, ich hab's kapiert. Geh endlich runter von mir.«

»Sehr gut«, sagt Cal. »Wurde auch Zeit.« Er rappelt sich hoch, spürt erstmals den pochenden Schmerz an verschiedenen Stellen und zerrt Johnny am Hemdkragen auf die Beine.

»Bye, Johnny«, sagt er. »War nett mit dir.« Durch den Kampf sind sie weiter vom Weg abgekommen, als er dachte. Er braucht einen Moment, um sich in dem Schattengewirr zu orientieren und Johnny in die richtige Richtung zu drehen. Dann gibt er ihm einen kräftigen Schubs, und Johnny stolpert davon, einen Ärmel an die blutende Nase gedrückt. Er bewegt sich mit der automatischen Folgsamkeit eines Mannes, der genug Kämpfe verloren hat, um das Reglement zu kennen. Cal widersteht dem Drang, seinen Abgang mit einem Tritt in den Hintern zu beschleunigen.

Er hat sich noch nicht überlegt, was er gegen Rushborough unternehmen wird, falls nötig. Sein Instinkt sagt ihm, dass Johnny bloß gebluft hat und dass Rushborough auch verschwinden wird, wenn Johnny weg ist. Cal hatte schon mit vielen Männern und auch Frauen zu tun, denen es Spaß macht, Menschen weh zu tun, aber das Gefühl hat er bei Rushborough nicht. Rushborough kommt ihm wie eine andere Art Raubtier vor, die eiskalte Art, die sich in ihre Beute verbeißt und erst loslässt, wenn man ihr eine Kugel verpasst. Ungeachtet dessen, was er gesagt hat, kann Cal nicht abschätzen, wie groß Johnnys Chancen sind, Rushborough abzuschütteln.

Er weiß, er muss die Möglichkeit in Betracht ziehen, dass Johnny ausnahmsweise mal die Wahrheit gesagt hat, aber das scheint ein Problem zu sein, mit dem er sich später befassen kann, wenn er das Blut einigermaßen abgewaschen hat. Er weiß auch, dass Johnny vielleicht doch nicht verschwindet.

Die Geräusche des davonwankenden Johnny verklingen in der Ferne. Cal geht zum Rand des Weges und lauscht, bis er ganz sicher ist, dass der Scheißer weg ist. Dann begutachtet er seine Blessuren. Er hat eine enteneigroße Beule über einer Augenbraue und einen dicken Bluterguss am Unterkiefer. Sein rechter Oberschenkel schmerzt, wo Johnnys Fuß tief in den Muskel gestoßen ist, irgendwas hat sein Hemd zerfetzt und ihm eine lange Schramme über die ganze Seite verpasst, und so ziemlich jede Stelle an ihm hat kleine Schürfwunden und Prellungen, aber das alles ist eher harmlos und müsste von allein heilen. Viel entscheidender ist, Johnny ist weitaus schlimmer dran, da ist er sich verdammt sicher.

Er fragt sich, wohin Johnny will, ob Trey zu Hause ist, was Johnny ihr sagt und was sie davon hält. Er fragt sich, ob er gerade Riesenbockmist gebaut hat. Es tut ihm nicht leid, dass er Johnny eine Abreibung verpasst hat – die war nötig, und eigentlich findet er, es war schon eine Leistung von ihm, sich so lange zurückzuhalten –, aber ihn beunruhigt die Tatsache, dass er es getan hat, weil er die Beherrschung verloren hat. Es fühlt sich unkontrolliert an, und diese Situation verlangt nach Kontrolle.

Auf dem Nachhauseweg lauscht er auf Bewegungen im Schatten.

Trey weiß, dass sie nicht als Einzige noch wach ist. Alle sind ins Bett gegangen, Liam schnarcht leise, und Maeve murmelt im Schlaf ihren Unmut vor sich hin, aber Trey hörte ihre Mutter im Elternschlafzimmer herumlaufen und hin und wieder ein lautes Stöhnen und Seufzen, wenn Alanna sich herumwälzt und hofft, dass jemand nachsieht, was mit ihr los ist. Das Haus kommt nicht zur Ruhe.

Trey hat sich auf dem Sofa ausgestreckt und streichelt geistesabwesend Banjos Kopf auf ihrem Knie. Banjos Pfote ist besser, aber er hält sie noch immer hoch und blickt jämmerlich drein, wenn er Leckerchen und Aufmerksamkeit will. Trey gibt ihm reichlich von beidem.

Sie wartet darauf, dass ihr Vater nach Hause kommt. Höchstwahrscheinlich ist er zufrieden mit ihr, aber bei ihm kann man sich nie sicher sein. Sie hat das Fenster geöffnet für den Fall, dass er ausrastet und sie das Weite suchen muss.

Sie hatte überlegt, sich an seinen Vorschlag zu halten, Noreen oder Mrs. Cunniffe das Fitzelchen Gold zu zeigen und ihnen das Reden zu überlassen. Das hätte nicht funktioniert. Wie allen in

Ardnakelty ist Trey auf einer tiefen, instinktiven Ebene bewusst, wie viel Macht Klatsch und Tratsch haben, aber in diesem Fall ist es die falsche Art von Macht. Etwas Greifbares, das die Männer plötzlich vor sich sehen, handfest und unbestreitbar, hat eine andere Art von Macht, an die sie nicht gewöhnt sind und der sie wenig entgegenzusetzen haben. Sie hat das Gold für sich selbst sprechen lassen.

Banjo zuckt im Schlaf, Augenbrauen hüpfen, und Pfoten beginnen zu scharren. »Schsch«, sagt Trey und lässt sein weiches Ohr durch ihre Finger gleiten, »ist ja gut«, und er entspannt sich wieder.

Am Morgen war sie bei Cal, um ihn zu warnen. Ihr war nicht ganz klar, wie genau sie das anstellen sollte, weil sie nicht will, dass Cal zu viel darüber weiß, was sie sich überlegt hat. Womöglich findet er, dass sie damit ihr Versprechen bricht, nichts wegen Brendan zu unternehmen, und sagt ihr, sie soll sich raushalten. Letzten Endes spielte es aber keine Rolle, weil Cal nicht zu Hause war. Trey wartete stundenlang auf seiner Veranda, aß mit Banjo die Schinkenscheiben, die sie mitgebracht hatte, um zum Lunch Sandwiches zu machen, aber Cal kam nicht. Er war mit den Männern draußen, machte bei etwas mit, wovon sie nichts wissen soll. Schließlich ging sie wieder.

Sie unterschätzt nicht, worauf sie sich eingelassen hat. Die Dinge, die sie früher gemacht hat – Noreen beklauen, mit ihren Freunden in verlassene Häuser einsteigen und den Whiskey ihrer Eltern trinken –, die waren Kinderkram. Das jetzt ist real. Es fühlt sich gut an.

Als sie ihren Dad an der Tür hört, denkt sie zuerst, er ist betrunken, weil er so schlurft und torkelt. Dann kommt er ins Wohnzimmer, und sie sieht sein Gesicht. Sie steht auf, und Banjo rutscht von ihrem Schoß.

Johnnys Augen gleiten über Trey hinweg, als wäre sie gar nicht da. »Sheila«, sagt er, dann lauter und wilder: »Sheila!« Er hat Blut um Mund und Kinn wie einen hellroten Bart, und sein Hemd ist vorne damit verkrustet. Wenn er mit dem rechten Fuß auftritt, humpelt er wie Banjo.

Sheila erscheint an der Tür und mustert ihn von oben bis unten. Sein Zustand scheint sie weder zu überraschen noch zu bestürzen. Es ist, als hätte sie seit seiner Rückkehr damit gerechnet, dass so etwas passiert.

»Deine Nase ist gebrochen«, sagt sie.

»Das weiß ich selbst«, blafft Johnny mit so viel Wut in der Stimme, dass Trey sich auf die Zehenspitzen stellt, aber er ist zu sehr mit sich selbst beschäftigt, um auf irgendwen sonst zu achten. Er betastet vorsichtig seine Nase und blickt dann prüfend auf seine Finger. »Mach mich sauber.«

Sheila geht raus. Johnny dreht sich um, als könnte er nicht still stehen, und sein Blick fällt auf Trey. Ehe sie reagieren kann, macht er einen Satz auf sie zu und packt ihr Handgelenk. Seine Augen wirken durch die geweiteten Pupillen fast schwarz, und er hat Blättchen im Haar. Er sieht animalisch aus.

»Du hast dem verdammten Yankee alles erzählt. Was zum Teufel –«

»Hab ich nicht!«

»Du bringst mich noch um. Willst du das? Ja?«

Er reißt an ihrem Handgelenk, presst die Finger hinein, will ihr weh tun. »Ich hab *kein Wort* gesagt, verdammt nochmal!«, schreit Trey ihn an, ohne zurückzuweichen. Banjo winselt.

»Und wieso weiß er dann Bescheid? Außer dir hat's keiner gewusst. Was soll der Scheiß, was für ein Spiel treibst –?«

Seine Hand an ihrem Handgelenk zittert in heftigen Krämpfen. Trey reißt sich mit so unerwarteter Leichtigkeit los, dass sie rückwärtsstolpert. Johnny starrt sie an, und einen Moment lang denkt sie, er wird auf sie losgehen. Falls ja, verpasst sie ihm einen

Schlag genau auf die gebrochene Nase. Ab jetzt wird sie sich dem Willen ihres Dads nur noch beugen, wenn es ihren eigenen Zwecken dient.

Vielleicht sieht Johnny das. Jedenfalls bleibt er, wo er ist. »Lena Dunne«, sagt er. Von den Verletzungen klingt seine Stimme belegt und hässlich. »Hast du mit der geredet? Die würde mich verpfeifen, wär überhaupt kein Problem für das eingebildete Miststück.«

»Ich hab *kein Wort* gesagt. Zu niemandem.«

»Und woher weiß Hooper es dann?«

»Vielleicht hat er es sich gedacht. Er ist nicht blöd. Bloß weil die anderen drauf reingefallen sind –«

Johnny dreht sich abrupt von ihr weg, taumelt durchs Zimmer, die Hände im Haar. »Das kommt dabei raus, wenn man sich mit Scheißbullen einlässt. Ich hab's gewusst, gleich auf den ersten Blick hab ich *gewusst*, der macht Ärger. Wieso hängst du überhaupt bei einem Bullen rum? Bist du bescheuert?«

»Weck die Kinder nicht auf«, sagt Sheila von der Tür aus. Sie hat einen Topf mit Wasser und ein altes rot kariertes Geschirrtuch geholt. »Setz dich.«

Johnny starrt sie kurz an, als hätte er vergessen, wer sie ist. Dann lässt er sich aufs Sofa fallen.

»Geh ins Bett«, sagt Sheila zu Trey.

»Du bleibst hier«, sagt Johnny. »Ich kann dich gebrauchen.«

Trey schiebt sich näher zur Tür, nur für alle Fälle, bleibt aber im Zimmer. Sheila setzt sich neben Johnny aufs Sofa, tunkt das Geschirrtuch ins Wasser und drückt es aus. Als sie sein Gesicht damit abtupft, zischt er. Sheila macht ungerührt weiter, mit kurzen systematischen Wischbewegungen, als würde sie Verschüttetes vom Herd putzen.

»Er hat nichts in der Hand«, sagt Johnny und zuckt zusammen, als Sheila an eine besonders empfindliche Stelle kommt. Er klingt, als würde er mit sich selbst reden. »Er kann sagen, was er will. Einem wie dem glaubt hier sowieso keiner.«

Es wird still im Raum, nur das Tropfen von Wasser, wenn Sheila das Tuch auswringt. Alanna hat aufgehört, sich herumzuwälzen. Das Wasser im Topf färbt sich rot.

»Sag mal.« Johnny wendet den Kopf, um Trey mit einem Auge anzusehen. »Du kennst den Mann. Wird Hooper überall im Dorf herumerzählen, dass es kein Gold gibt?«

»Keine Ahnung«, sagt Trey. »Vielleicht nicht.« Cals Verhältnis zu Ardnakelty ist ihr ein Rätsel. Er hätte allen Grund, gegen so manchen einen ausgeprägten Groll zu hegen, aber so freundlich und höflich, wie er zu allen ist, kann sie nichts erkennen. Das heißt aber nicht, dass er auf niemanden schlecht zu sprechen ist. Selbst wenn Cal sauer auf Johnny ist, weil der ihn reinlegen wollte, könnte er die Chance nutzen, sich zurückzulehnen und dabei zuzuschauen, wie das halbe Dorf Johnny auf den Leim geht. Er hat ihr Geschichten aus seiner Kindheit erzählt, deshalb weiß sie, dass seine Grundsätze Rache erlauben. Sie weiß auch, dass er sehr geduldig sein kann.

»Falls doch, werden die Leute ihm glauben?«

»Keine Ahnung. Ein paar schon.«

»Der verfluchte Francie Gannon. Dieser blöde alte Sausack sucht doch nur nach einem Vorwand, alles kaputt zu machen.« Johnny spuckt Blut in den Topf. »Francie brauch ich nicht. Weiß doch jeder, wie der ist. Was ist mit den anderen? Vertrauen die Hooper?«

Die Frage ist kompliziert, und Trey hat nicht vor, ins Detail zu gehen. »Irgendwie schon.«

Johnny lacht rau auf. »Nicht zu fassen. Ein verfickter Bulle und noch dazu ein Yankee, und mein eigenes Heimatdorf glaubt ihm mehr als mir.« Seine Stimme wird lauter. »Bei jeder Gelegenheit spucken mir die Scheißkerle ins Gesicht, als wär ich – Au!« Er zuckt zurück und schlägt wütend Sheilas Hand weg. »Scheiße, was war das?«

»Ich hab gesagt, du sollst die Kinder nicht wecken«, sagt Sheila.

Sie starren einander an. Für den Bruchteil einer Sekunde denkt Trey, er wird ihre Mam schlagen. Sie geht in Angriffshaltung.

Johnny lässt sich zurück aufs Sofa fallen. »Ist aber alles kein Weltuntergang«, sagt er. Seine Nase blutet noch immer. Sheila tupft sie ab. »Kein Grund zur Panik. Ein paar von den Jungs bleiben bestimmt dabei. Und die holen andere mit dazu. Wir finden schon einen Weg. Dauert vielleicht ein bisschen länger, aber am Ende schaffen wir das, ganz sicher.«

»Klar«, sagt Trey. »Das klappt schon. Ich helf dir auch.« Sie wird nicht zulassen, dass ihr Dad von der Bildfläche verschwindet, solange er diesen Männern bloß ein paar hundert Euro abgeknöpft hat. Brendan ist viel mehr wert.

Johnny konzentriert sich auf sie und bringt ein Lächeln zustande, das ihn zusammenzucken lässt. »Wenigstens eine glaubt noch an mich«, sagt er. »Tut mir leid, dass ich dich angeschnauzt habe. Das war dumm von Daddy. Ich hätte wissen müssen, dass du nichts verraten hast.«

Trey zuckt die Achseln.

»Das war heute Abend genial, wie du da in den Pub gekommen bist. Hätte mir selbst einfallen sollen. Die Gesichter von diesen Vollidioten, was? Ich hab gedacht, Bobby Feeney platzt gleich der dicke, fette Schädel.«

»Sie sind drauf reingefallen«, sagt Trey.

»Und wie sie drauf reingefallen sind. Die haben den Köder regelrecht verschlungen. Einfach herrlich. Ich hätte die ganze Nacht dabei zusehen können. Die werden noch merken, dass man sich besser nicht mit den Reddys anlegt, hm?«

Trey nickt. Sie hatte gedacht, sie würde es hassen, das Gold im Pub herumzuzeigen und Schwachsinn zu erzählen, während alle sie anstarren. Sie war nicht auf das jähe Gefühl von Macht gefasst gewesen. Sie hätte jeden dieser Männer am Nasenring durch die Manege führen können. Wenn sie gewollt hätte, wären sie alle aufgestanden und hätten ihr Bier stehen lassen, um ihr bereitwillig auf den Berg zu folgen, über all die Pfade, die sie auf der Suche nach Brendan abgelaufen war. Sie hätte die ganze Meute schnurstracks in den Sumpf führen können.

Sheila zieht Johnnys Kinn zu sich, damit sie die andere Hälfte seines Gesichts waschen kann. Er schielt über die Schulter, um Treys Blick aufzufangen. »Also, du musst noch eine Kleinigkeit für mich erledigen. Morgen früh gehst du runter zu diesem oberschlauen Hooper und sagst ihm nett und höflich, er soll sich doch bitte dir zuliebe um seine eigenen verfickten Angelegenheiten kümmern. Machst du das für mich?«

»Klar«, sagt Trey. »Kein Problem.« Sie will ebenso sehr wie ihr Dad, dass Cal sich raushält. Ihr ist nicht wohl dabei, mit ihrem Dad gemeinsame Sache zu machen.

»Erklär ihm, dass ihm sowieso keiner glauben wird. Dass er gar nichts erreicht, wenn er sich einmischt, dich bloß in Schwierigkeiten bringt. Das müsste reichen.« Johnny grinst sie schief an. »Und danach läuft alles wie geschmiert. Friede, Freude, Eierkuchen, hä?«

Die Tür quietscht. Alanna steht halb im Raum, halb draußen. Sie trägt ein altes T-Shirt von Trey und hat ihr Plüschhäschen unter den Arm geklemmt. »Was ist los?«, fragt sie.

»Geh wieder ins Bett«, sagt Sheila streng.

»Ach, Schätzchen.« Johnny reißt sich schlagartig zusammen und lächelt Alanna breit an. »Dein dummer alter Daddy ist hingefallen. Siehst du, wie ich aussehe? Deine Mammy macht mich gerade noch ein bisschen sauber, und dann komm ich und geb dir einen Gutenachtkuss.«

Alanna starrt ihn mit weit aufgerissenen Augen an. »Bring sie ins Bett«, sagt Sheila zu Trey.

»Komm.« Trey schiebt Alanna zurück in den Flur. Johnny winkt ihnen beiden nach und grinst dümmlich durch Blut und Geschirrtuch hindurch.

»Ist er wirklich hingefallen?«, will Alanna wissen.

»Nee«, sagt Trey. »Er hat sich geprügelt.«

»Mit wem?«

»Geht dich nix an.«

Sie will zu Alannas und Liams Zimmer, doch Alanna wird bockig und zieht an ihrem T-Shirt. »Will mit zu dir.«

»Nur wenn du Maeve nicht weckst.«

»Tu ich nicht.«

Im Zimmer ist es selbst bei geöffnetem Fenster zu heiß. Maeve hat ihre Decke weggestrampelt und liegt ausgestreckt auf dem Bauch. Trey dirigiert Alanna durch das Wirrwarr von Klamotten und wer weiß was sonst noch auf dem Boden. »So«, sagt sie und deckt sie beide zu. »Jetzt schlaf.«

»Ich will nicht, dass er hierbleibt«, verrät Alanna ihr in zu lautem Flüsterton. »Liam schon.«

»Er wird nicht bleiben«, sagt Trey.

»Wieso?«

»Weil er einfach so ist. Schlaf jetzt.«

Alanna nickt, akzeptiert das. Sie ist im Handumdrehen eingeschlafen, schnieft in den Kopf von ihrem Häschen. Ihr Haar riecht nach Gummibärchen und fühlt sich leicht klebrig an Treys Gesicht an.

Trey bleibt wach, lauscht auf die Stille im Wohnzimmer. Die Gardine bewegt sich träge in der sachten Brise. Einmal ist ein jäher, erstickter Schmerzensschrei von Johnny und ein zischendes Wort von Sheila zu hören. Trey vermutet, dass sie seine Nase gerichtet hat. Dann wird die Stille wieder zu einer Mauer, die die beiden abschirmt. Alannas Atem geht weiter ruhig und gleichmäßig.

Cal braucht lange, um nach Hause zu kommen. Seit sein Adrenalinpegel wieder abgesackt ist, fühlen sich seine Gliedmaßen schwer und steif an wie nasse Sandsäcke. Der Mond ist hinter den Bergen verschwunden, und die Nacht ist dunkel und drückend heiß. Als er endlich um die Kurve biegt und sein Haus in Sicht kommt, sind die Wohnzimmerfenster erleuchtet, klein und tapfer vor der schwarzen Masse der Berge.

Cal bleibt inmitten von Motten und Geraschel stehen, stützt sich mit beiden Händen auf die Mauer am Straßenrand und überlegt fieberhaft, wer der Eindringling sein könnte und wo er die Kraft hernehmen soll, ihn zu vertreiben. Er überlegt kurz, sich einfach hinzulegen, unter einer Hecke zu schlafen und sich morgen damit zu befassen.

Dann sieht er eine Gestalt am Fenster vorbeigehen. Selbst aus der Entfernung erkennt Cal an der Rückenlinie und dem wandernden Schimmer des Lampenlichts auf blondem Haar, dass es Lena ist. Er holt Luft. Dann richtet er sich auf und stolpert auf seinen großen dicken Sandsackfüßen durch Schlaglöcher die dunkle Straße hinunter nach Hause.

Die Hunde kündigen seine Heimkehr so früh an, dass Lena ihn bereits an der Tür begrüßt. Sie ist barfuß, und das Haus riecht nach Tee und Toast. Sie hat schon länger gewartet.

»Hey«, sagt Cal.

Lenas Augenbrauen heben sich, und sie zieht ihn ins Licht, damit sie sein Gesicht inspizieren kann. »Johnny, ja?«, fragt sie.

»Er sieht schlimmer aus als ich.«

»Sehr gut«, sagt Lena. Sie dreht seinen Kopf hin und her, begutachtet den Schaden. »Dessie ist nach Hause gekommen und hat Noreen von Treys Auftritt im Pub erzählt. Noreen war so schnell bei mir, dass sie Staubwölkchen aufgewirbelt hat. Ich hab gedacht, ich komm vorbei und hör mal, was du davon hältst. Sieht so aus, als hätte ich richtiggelegen oder fast.«

Cal zieht ihre Hand weg von seiner Wange und schlingt die Arme um sie. Er bleibt lange so stehen, drückt das Gesicht in die Wärme ihres Haars, spürt das gleichmäßige Klopfen ihres Herzens und die Stärke ihrer Hände auf seinem Rücken.

12

MART, DEN CAL schon erwartet hat, taucht am Morgen auf, als Lena gerade geht. Er bleibt so auffällig diskret wie nur möglich am Tor stehen und grinst von einem Ohr zum anderen, während Lena sich mit einem Kuss an der Tür von Cal verabschiedet. Sobald sie ihren Wagen anlässt, macht Mart ihr das Tor auf und winkt überschwänglich, als sie vorbeifährt. Lena hebt eine Hand, ohne ihn anzusehen.

Da Cal nicht gezwungen sein will, Mart ins Haus zu bitten, geht er zu ihm ans Tor. »Siehst du jetzt, was ich meine?«, seufzt Mart. »Sie kann mich einfach nicht leiden. Wenn ich ein sensibler Typ wäre, würde mich das mitten ins Herz treffen.«

Mart sieht zu, wie das Auto hinter Hecken verschwindet. Nichts an ihm deutet darauf hin, dass er Cals verschiedene Verletzungen bemerkt hat, die heute Morgen ziemlich schmerzhaft und kaum zu übersehen sind. »Worüber redet ihr beiden eigentlich?«, erkundigt er sich.

Die Frage verblüfft Cal. »Was zum Beispiel?«

»Genau das frage ich dich. Irgendwie hab ich nie viel Gelegenheit gehabt, mich mit Frauen zu unterhalten – abgesehen von meiner Mammy, und bei der hab ich immer schon vorher gewusst, was sie sagen würde. Also worüber redet ein Mann mit einer Frau?«

»Meine Güte, Mart«, sagt Cal. »Keine Ahnung.«

»Ich frag ja nicht, was du ihr beim Turteln alles ins Ohr säuselst. Ich frag nach Gesprächen. Ich mein, worüber ihr bei 'ner Tasse Tee plaudert oder so.«

»Über alles Mögliche«, sagt Cal. »Sachen, über die ich mit jedem reden würde. Worüber redest du denn mit den Männern im Pub?«

»Über alles Mögliche«, gibt Mart zu. »Guter Punkt, mein Lieber. Na ja, wenn die Neugier mich packt, werd ich mir 'ne Frau suchen müssen, die mit einem wie mir Tee trinkt, und es selbst rausfinden müssen.« Nachdenklich blickt er Lenas Auto hinterher. »Das hat Bobby vor, falls Johnny Reddy ihn zum Millionär macht: sich 'ne Frau besorgen. Ich weiß nicht, ob er meint, er kann eine bei Amazon bestellen, aber das hat er gesagt.« Er wirft Cal einen scharfen Blick zu. »Was meinst du dazu, mein Lieber? Macht der kleine Johnny uns alle zu Millionären?«

»Wer weiß«, sagt Cal. Rip kommt mit Kojak von seiner Patrouille zurückgefegt und reibt den Kopf an Cals Bein. Cal streichelt ihn. Er hat sich irgendwo unterwegs eine schöne Sammlung Kletten eingefangen.

»Johnny muss gestern Abend besoffener gewesen sein, als er ausgesehen hat«, redet Mart weiter. »Hast du ihn heute schon gesehen?«

»Nee«, sagt Cal.

»Er hat bei Noreen im Laden rumgelungert, als ich da war. Weißt du, was ihm gestern Abend passiert ist? Ist vom Weg abgekommen und Hals über Kopf den halben Berg runtergepurzelt. Solltest mal sehen, wie der aussieht. Als wär er gegen jeden Felsen geknallt, der da rumliegt.«

Johnny hat also die verschiedenen Risiken gegeneinander abgewogen und sich dafür entschieden, das Dorf nicht zu verlassen, und er will, dass das alle wissen. »Auf mich hat er nicht so betrunken gewirkt«, sagt Cal. »Jedenfalls nicht, als ich gegangen bin.«

»Ich hab nicht gezählt, wie viele Pints der Mann getrunken hat, aber er muss sie nur so in sich reingekippt haben, dass er von 'nem Weg abkommt, den er in- und auswendig kennt. Wie erklärst du dir das?«

»Ich schätze Johnnys Intelligenz nicht besonders hoch ein«, sagt Cal. »Ob besoffen oder nüchtern. Deshalb bin ich nicht überrascht, wenn er irgendwas Blödes anstellt.«

»Wohl wahr«, bestätigt Mart. »Dich dagegen halte ich nicht für blöd, mein Freund. Bist du auch den Berghang runtergefallen?«

»Nee«, sagt Cal. »In der Dusche ausgerutscht. Ich war wohl auch betrunkener, als ich dachte.«

»So eine Dusche ist mordsgefährlich«, räumt Mart widerspruchslos ein. »Mein Vetter oben in Gorteen ist drin ausgerutscht und mit dem Kopf aufgeknallt. Seitdem schielt er wie verrückt.«

»Dann hab ich ja noch Glück gehabt«, sagt Cal. Er geht in die Hocke und fängt an, Kletten aus Rips Fell zu zupfen.

»Bis jetzt«, sagt Mart. »Aber ich würd mich vor der Dusche in Acht nehmen, wenn ich du wär. Wenn die mal Blut geleckt haben, gibt's kein Halten mehr.«

»Sicher«, sagt Cal. »Vielleicht kauf ich mir so eine rutschfeste Matte.«

»Mach das. Sonst geraten die Dinge noch außer Kontrolle.« Mart blinzelt nachdenklich in den Himmel, scheint das Wetter einzuschätzen, das exakt so ist wie schon seit zwei Monaten. Cal geht das Wetter immer mehr gegen den Strich. Er ist zu der Erkenntnis gelangt, dass Irlands Geruch bei Regen einen großen Teil seiner Liebe zu dem Land ausmacht. Ohne diesen Geruch, vielschichtig und melancholisch und freizügig, fühlt er sich auf seltsame Weise beraubt.

»Weißt du, was?«, sagt Mart. »Vielleicht muss ich mir wirklich eine Frau zum Reden suchen. Die Männer sind nämlich verdammt vorhersehbar.«

»Tut mir leid«, sagt Cal. Rip windet sich und macht das Entfernen der Kletten so schwierig wie möglich, aber nicht, weil es ihn stört, sondern nur so zum Spaß.

»Soll ich dir noch was verraten, was mich an Männern wahnsinnig macht? Die Art, wie sie ihren Groll pflegen, wenn sie auf wen sauer sind. Frauen dagegen« – er stützt die Ellbogen aufs Tor, macht es sich für eine ausführliche Erklärung bequem –, »wenn eine Frau auf wen sauer ist, weiß das ganze Dorf Bescheid. Aber ein Mann? Der hegt seinen Groll zehn oder zwanzig oder dreißig Jahre lang, ohne irgendwem auch nur ein Wort davon zu sagen. Könnte sogar sein, dass derjenige, auf den er sauer ist, nichts davon weiß. Was soll das?«

»Da bin ich überfragt«, sagt Cal.

»Und dann, nachdem so ein Groll die ganze Zeit vor sich hin geköchelt hat und keiner irgendwas davon ahnt, passiert eines schönen Tages irgendeine Kleinigkeit – der Mann sieht vielleicht seine Chance oder hat bloß einen schlechten Tag oder ein bisschen zu viel getrunken –, und das Ganze kocht über. Ich kenn einen Burschen drüben in Croghan, der war auf dem einundzwanzigsten Geburtstag von seiner Tochter und hat seinem Schwager mit einer Flasche eins über den Schädel gezogen, wie aus dem Nichts. Das Einzige, was sie aus ihm rausgekriegt haben, war, dass der Schwager es verdient hatte, weil er auf der Taufe von derselben Tochter irgendeine dumme Bemerkung gemacht hatte.« Er schüttelt den Kopf. »So eine Unberechenbarkeit gefällt mir nicht. Rache kann schrecklich verstörend sein, mein Freund, wenn sie aus heiterem Himmel kommt.«

Rip ist langweilig geworden, und er hat angefangen, zu tänzeln und Pirouetten zu drehen, um Cal die Arbeit so schwierig zu machen, dass er aufgibt und Rip zurück zu Kojak lässt. »Bleib«, sagt Cal. Rip stößt ein gequältes Seufzen aus und lässt sich auf den Boden fallen.

»Aber es gibt Ausnahmen«, schränkt Mart ein. »Deine Trey ist ein Mädchen, aber ich würde sagen, falls sie irgendeinen Groll gegen wen mit sich rumträgt, würde sie den Mund halten. Ich dagegen, ich schlachte so einen Groll richtig aus; ich hab nicht oft einen, aber wenn doch, kriegt jeder alles haarklein erklärt, ob er's hören will oder nicht.«

Cal schiebt Rips Nase beiseite. Er lebt lange genug in Ardnakelty, um zu begreifen, dass Mart nicht einfach nur vor sich hin quasselt. Er versucht rauszufinden, ob Mart ihm irgendwas mitteilt oder um etwas bittet oder beides.

»Wie ist das bei dir, mein Freund?« Mart lehnt sich auf seinen Stab. »Wenn du so einen Groll gegen irgendwen hättest, würde ich die Einzelheiten kennen, oder würdest du sie für dich behalten? Ich würde sagen, du bist der große Schweiger, stimmt's?«

»Ich bin kein Einheimischer«, stellt Cal klar. »Für einen echten Groll musst du schon von hier sein.«

Mart legt den Kopf schief, denkt darüber nach. »Soll das heißen, wenn einer dich oder jemanden, der dir was bedeutet, schlecht behandelt oder dir einfach nur saublöd kommt, dass du dann die andere Wange hinhalten und das Ganze vergessen würdest, bloß weil du ein Yankee bist?«

»Ich kümmere mich um meine eigenen Angelegenheiten, mehr nicht«, sagt Cal. »Und ich versuche, mit allen gut auszukommen.« Allmählich sieht er klarer. Mart spricht auf seine eigene Art und in aller Gemütsruhe das Thema Rache an. Er will wissen, ob Cal, wenn er irgendwie an Informationen gekommen wäre, dass das Gold eine Luftnummer ist, sich zurücklehnen und dabei zuschauen würde, wie die Männer ihre Ersparnisse verzocken.

»Du bist für uns alle ein Vorbild«, erklärt Mart feierlich. »Ich weiß bloß nicht, wie viele sich daran halten würden. Eins kann ich dir sagen: Wenn das mit dem Gold schiefläuft, werden einige hier verdammt sauer.«

»Klar, kann ich mir vorstellen.« Cal versteht die Warnung.

»Besonders wenn die Jungs Geld in das Unternehmen von unserem Engländer stecken, weil sie das Stückchen Gold gesehen haben, das deine Trey gefunden hat, und das Ganze dann den Bach runtergeht.« Mart grinst. »Bobby wird sich ein Loch in den Bauch ärgern, wenn das mit seiner Internet-Frau nicht klappt.«

»Bobby ist in Ordnung«, sagt Cal. »Viele Frauen könnten von Glück sagen, jemanden wie ihn kennenzulernen.«

»Aber keine von denen wohnt in unserer Gegend. Das ist ein gutes Beispiel«, fügt Mart hinzu, weil ihm ein Gedanke gekommen ist, und um den zu betonen, zeigt er mit seinem Schäferstab auf Cal. »Alle wissen, dass Bobby ein Auge auf Lena geworfen hatte, bis du aufgetaucht bist und sie sich in dich verguckt hat. Sie hätte ihn sowieso nicht genommen, aber das weiß er ja nicht. Bobby benimmt sich nicht so, als hätte er einen Groll auf dich, aber du würdest es auch nicht merken, oder?«

Cal hat einen Entschluss gefasst, der eine dunkle, pochende Angst in ihm auslöst, doch er sieht keine andere Möglichkeit. »Mir ist scheißegal, wer was gegen Johnny hat«, sagt er und richtet sich von Rip auf. »Aber ich will auf keinen Fall, dass das Mädchen deshalb irgendwelche Probleme bekommt.«

Mart mustert ihn interessiert. »Die Theresa, die gestern Abend im Pub war und Gold rumgezeigt hat, das sie ausgegraben hat? Meinst du das Mädchen?«

»Ja. Das Mädchen.«

»Tja, wenn überhaupt Gold gefunden wird, hat sie nix zu befürchten. Johnny wird ein bisschen – wie hast du dich ausgedrückt – Probleme bekommen, falls es nicht reicht, dass die Jungs ihr Geld wieder rauskriegen. Aber deine Theresa hat keinem irgendwelche Versprechungen oder Angebote gemacht. Den Mist von ihrem Daddy wird das Dorf ihr nicht übelnehmen.« Er wirft Cal einen Blick zu. »Es sei denn, sie hat selbst irgendwas Dummes gemacht. Sagen wir, falls das Fitzelchen, das sie in den Pub gebracht hat, eine Finte war. Falls überhaupt kein Gold zu finden ist oder falls Johnny mit dem Geld von den Jungs abhaut. Das wär wirklich nicht gut.«

Cal schweigt. Nach einem Moment nickt Mart und betrachtet wieder prüfend den Himmel, lutscht nachdenklich an seinen Zähnen. »Wenn ich an deiner Stelle wär, mein Freund«, sagt er schließlich, »und ich bin heilfroh, dass ich's nicht bin, aber nur mal angenommen, ich wär's. Dann würd ich als Erstes Johnny Reddy begreiflich machen, dass er und sein Geschäftspartner sich aufs Pferd schwingen und im gestreckten Galopp verschwinden sollen.« Seine Augen gleiten kurz, ohne dass sich ihr Ausdruck verändert, über die Blutergüsse in Cals Gesicht. »Wenn die Nachricht nicht ankäme, würde ich ein paar Worte ins Ohr von jemandem flüstern, der mehr Schlagkraft hat. Und dann würd ich mal mit dem Mädchen reden. Ihr ein paar Dinge klarmachen. Ihr sagen, sie soll den Kopf einziehen, bis alles vorbei ist. Und um Himmels willen nicht noch mehr Dummheiten machen.«

»Und dann würden alle sie in Ruhe lassen.«

»Garantiert. Ich hab doch gesagt, sie kann nix dafür, dass Johnny ihr Daddy ist.« Mart lächelt Cal an. »Für uns ist sie sowieso dein Mädchen, egal, wer sie gemacht hat. Wenn du einen guten Ruf hast, hat sie den auch.«

Cal sagt: »Laut Mrs. Duggan hat es nie irgendwelche Gerüchte über Gold in der Gegend gegeben, bis Johnny Reddy sie aufgebracht hat.«

Das überrascht Mart. Seine Augenbrauen schnellen hoch, er starrt Cal einen Moment lang an, dann fängt er an zu lachen. »Dymphna Duggan«, sagt er. »Jesus, Maria und Josef und alle Heiligen, die's gibt. Ich hätt mir denken können, dass sie was weiß. Ich könnte mich in den Hintern treten, dass ich nicht vor dir an sie gedacht hab, ehrlich. Ich hätt sie natürlich nicht selbst fragen können, sie kann mich nicht ausstehen, aber ich hätte wen hinschicken können – wobei, hätte wahrscheinlich auch nicht viel gebracht. Die hat mehr Spaß am Zuschauen als an irgendwas, was die alten Tölpel ihr bieten können. Verrat's mir, Junge, sonst bringt mich die Neugier um: Wie hast du das aus ihr rausgekriegt? Dymphna Duggan hat in ihrem ganzen Leben noch nie eine derart hochkarätige Auskunft aus reiner Herzensgüte rausgerückt. Im Gegenzug hat sie bestimmt erstklassige Informationen verlangt. Was hast du ihr geliefert?«

»Geschäftsgeheimnis«, sagt Cal. Er denkt daran, wie Lena auf der Veranda auf ihn wartete, an die sirrende Anspannung, die sie verströmte. Er hat immer gewusst und problemlos akzeptiert, dass Lena Bereiche hat, die sie vor allen verbirgt, ihn eingeschlossen. Bei dem Gedanken, dass sie die für Mrs. Duggan offengelegt hat, wünscht er, er hätte Johnny noch viel gründlicher in die Mangel genommen.

Mart beäugt ihn abschätzend. »Weißt du, was?«, sagt er. »Ich hätte nicht gedacht, dass du irgendwas hast, womit du der Frau Appetit machen könntest. Sie ist nämlich ganz schön wählerisch, die alte Dymphna. Lena Dunne allerdings, deine Lena, das ist eine Frau voller Geheimnisse, jedenfalls soweit das hier möglich ist. Ich würde sagen, wenn sie unbedingt wollte, könnte sie dafür sorgen, dass Dymphna Duggan das Wasser im Mund zusammenläuft.«

Cal drückt eine Handvoll von Rips Kletten zusammen und stopft sie in die Hecke. »Na los«, sagt er und klopft Rip auf die Flanke »Lauf.« Rip rast los, um Kojak zu suchen.

»Tja«, sagt Mart, »wie auch immer, wenn Dymphna sagt, die Sache ist erstunken und erlogen, dann ist sie erstunken und erlogen. Ich muss zugeben, ich bin jetzt doch ein kleines bisschen stolz auf mich. Ich hab nämlich von Anfang an gewittert, dass die Geschichte reiner Blödsinn ist. Schön zu wissen, dass mein guter alter Instinkt noch funktioniert.«

»Johnny schuldet Rushborough Geld«, sagt Cal. »Und er hat Angst vor ihm. Deshalb will er nicht einfach abhauen.«

»Ach nee«, sagt Mart. »Gott hat dem kleinen Scheißer weniger Verstand mitgegeben als einem Esel. Die Sache will gut überlegt sein, mein Freund. Wenn ich was Unüberlegtes mache, gibt's einen heiligen Krieg, und den will keiner. Ich melde mich wieder bei dir. Bis dahin unternimm erst mal nix und warte ab.«

Er pfeift Kojak, der mitten im Lauf wendet und über die Wiese angerannt kommt. Rip galoppiert weit abgeschlagen mit freudig flatternden Ohren hinter ihm her. Mart schaut zu, wie das sonnenbeschienene hohe Gras um sie herumwogt.

Er sagt: »Falls es dir hilft, mein Freund, du hast das Richtige getan. Auch für deine Theresa. Keiner hier will ihr das Leben schwermachen. Wir wollen nur sicher sein, dass sie in guten Händen ist und richtig erzogen wird. Wenn sie ein bisschen vom Kurs abgekommen ist, nachdem dieser Vollpfosten aus heiterem Himmel hier aufgetaucht ist, wird ihr das keiner verübeln. Sie muss nur wieder auf die richtige Spur gebracht werden, dann geht das in Ordnung. Red mit ihr.«

»Das werde ich«, sagt Cal. Das Pochen der Angst hat sich ein wenig verlangsamt. Mart ist ein durch und durch praktischer Mann. Er hat keinerlei Skrupel, jemandem zu schaden, wenn er das für nötig hält, aber es zur Strafe oder aus Rache zu tun wäre in seinen Augen sinnlose Energieverschwendung. Falls es Cal gelingt, Trey zur Vernunft zu bringen, wird ihr nichts passieren. Er hat keine Ahnung, wann oder ob er die Gelegenheit dazu haben wird.

»Gemeinsam kriegen wir beide das im Handumdrehen geregelt«, sagt Mart und sieht ihn mit einem jähen boshaften Grinsen an. »Teamwork ist das Zauberwort, mein Lieber.«

»Halt mich auf dem Laufenden«, sagt Cal.

»Neulich Abend im Pub«, sagt Mart versonnen, »da hab ich dir doch gesagt, du sollst dich um deine eigenen Angelegenheiten kümmern und dich aus Johnnys raushalten, weißt du noch? Und jetzt denk ich zum ersten Mal im Leben, dass es genau richtig war, nicht auf mich zu hören. Die Welt ist schon manchmal komisch, mein Freund. Hält einen ständig auf Trab.«

Mart stapft die Straße hoch und pfeift dabei gedankenverloren irgendeine alte Melodie.

Cal fühlt sich, als wäre der Boden zu weich oder als wären seine Beine zu wackelig, um ihn zu tragen. Er hat Dinge in Bewegung gesetzt, ohne auch nur die geringste Ahnung zu haben, wie sie ausgehen werden, und Cal ist zu alt, um kein ungutes Gefühl dabei zu haben.

Lena ist schon ewig lange nicht mehr den Berg hinaufgegangen. Als sie noch ein wilder Teenager war und sich gern herumtrieb, waren sie und ihre Clique oft da oben, um Sachen zu machen, bei denen sie nicht erwischt werden wollten, und in den ersten schlimmen Monaten nach Seans Tod wanderte sie manchmal die halbe Nacht dort herum, bis sie so erschöpft war, dass sie schlafen konnte.

Durch die Sonne und die Hitze wirkt der Berg noch gefährlicher, nicht weniger, als würde er sich ermutigt fühlen, seine Risiken nicht länger zu verbergen, sondern sie herausfordernd zur Schau zu stellen. Die Heide auf dem Moor raschelt laut bei jedem Windhauch, was Lena grundlos herumwirbeln lässt. Richtige und falsche Pfade sehen heimtückisch gleich aus, winden sich zwischen den Bäumen hindurch. Die Steilhänge heben sich durch das welke Gestrüpp deutlich sichtbar ab, bedrohlich nah am Weg. Lena hat die Hunde wegen der Hitze zu Hause gelassen, aber sie bereut es ein wenig. Der Berg wirkt heute wie ein Ort, an dem ein bisschen Gesellschaft nicht schlecht wäre.

Trotzdem findet sie das Haus der Reddys problemlos, und sie hat den Zeitpunkt gut gewählt. Es ist später Vormittag; die meisten Leute sind unterwegs, gehen ihren Geschäften nach. Zwei zottelhaarige kleine Kinder, an deren Namen sie sich nicht erinnern kann, klettern auf einem zusammengezimmerten Klettergerüst aus Holzresten und Metall herum, aber von Banjo ist nichts zu sehen, und als Lena die Kinder fragt, ob ihr Dad oder Trey zu Hause ist, schütteln sie den Kopf, hängen sich an das Klettergerüst und starren sie unverwandt an.

Tatsächlich öffnet Sheila die Tür, mit einem Kartoffelschäler in der Hand und einem argwöhnischen Ausdruck im Gesicht. Als sie Lena sieht, vertieft sich der Argwohn. Es ist nicht persönlich gemeint, sondern nur die automatische Reaktion auf alles, was ohne Erklärung auftaucht.

»Ich hab dir was mitgebracht«, sagt Lena und hält ihr ein Glas Brombeermarmelade hin. Lena macht ihre eigene Marmelade hauptsächlich deshalb, weil sie ihr am besten schmeckt, aber sie kennt auch deren sonstige nützliche Eigenschaften. »Trey hat neulich welche bei mir gegessen und war total begeistert, und ich wollte ihr ein Glas mitgeben, hab's aber dann vergessen. Stör ich dich gerade bei was?«

Sheila blickt nach unten auf den Kartoffelschäler. Sie braucht einen Moment, bis ihr die passende Reaktion einfällt. »Ach so, nein«, sagt sie. »Kein Problem. Komm rein, ich mach uns Tee.«

Lena nimmt am Küchentisch Platz und stellt harmlose Fragen nach den Kindern, während Sheila die Kartoffeln aus dem Weg räumt und Wasser aufsetzt. Als sie halb so alt waren wie jetzt, hätte Lena ein Messer genommen und Sheila beim Kartoffelschälen geholfen. Sie wünscht, sie könnte das jetzt auch. Dann würde das Gespräch ungezwungener fließen. Aber so gehen sie nicht mehr miteinander um.

Sie weiß nicht, wann sie Sheila zuletzt gesehen hat. Sheila kommt so gut wie nie runter ins Dorf. Meistens schickt sie Trey oder Maeve zu Noreen, wenn sie was braucht. Aus Stolz, wie Lena vermutet hat. Früher war Sheila nicht bloß eine Schönheit, sondern auch eine Frohnatur, die gerne lachte und alle Sorgen beiseitewischte, weil schon alles gut werden würde. Und Ardnakelty ist voll von Neidern, die Optimismus als Beleidigung auffassen. Lena ist davon ausgegangen, dass Sheila ihnen keine Gelegenheit bieten wollte, sich schadenfroh an den Überresten von alldem zu weiden. Aber als sie Sheila jetzt sieht, denkt sie, es könnte auch daran liegen, dass die Frau einfach nicht mehr die Energie für den weiten Weg hat.

Sheila stellt den Tee auf den Tisch. Die Tassen haben ein altmodisches Dekor mit Häschen zwischen Wildblumen, verblasst vom vielen Spülen. »Ist fast zu heiß für Tee«, sagt sie.

»Cal macht jetzt immer Eistee«, sagt Lena. »Ohne Milch, bloß schwacher Tee mit Zucker und Zitrone, eiskalt aus dem Kühlschrank. Mir macht die Hitze nicht viel aus, aber ich muss zugeben, so ein Eistee tut gut.«

»Ich hasse die Hitze. Hier oben ist alles völlig verdorrt. Vom Wind raschelt es die ganze Nacht, und ich kann bei dem Lärm nicht schlafen.«

»Einige Leute haben sich einen Ventilator gekauft. Ich schätze, der würde das Geräusch übertönen, wenigstens teilweise.«

Sheila zuckt die Achseln. »Kann sein.« Sie trinkt ihren Tee stetig und mechanisch, als wäre das noch eine Aufgabe, die sie erledigen muss, bevor sie sich ausruhen kann.

»Johnny sieht gut aus«, sagt Lena. »Er hat sich gemacht in London.«

»Johnny ist derselbe wie immer«, sagt Sheila trocken. »Das hat nix mit London zu tun. Er würde egal wo derselbe bleiben.«

Lenas Geduld, um die es in dieser Woche ohnehin nicht zum Besten bestellt ist, hat nach dem anstrengenden Aufstieg noch weiter abgenommen. Sie hört mit dem Small Talk auf, der sie sowieso nicht weiterbringt.

»Ich wollte dir was sagen«, erklärt sie. »Wenn ich dir irgendwie helfen kann, sag Bescheid.«

Sheila hebt den Blick und sieht sie direkt an. »Wobei könntest du mir denn helfen?«

»Ich weiß nicht«, sagt Lena. »Falls du zum Beispiel für eine Weile eine Unterkunft brauchst.«

Sheilas Mundwinkel heben sich offenbar belustigt. »Du willst mich und meine vier Kinder aufnehmen?«

»Würde schon irgendwie gehen.«

»Du willst uns nicht bei dir haben.«

Lena ist entschlossen, sie nicht anzulügen. »Ich würde euch aufnehmen«, sagt sie.

»Warum sollte ich das machen? Er hat mich nicht geschlagen. Und das wird er auch nicht.«

»Vielleicht willst du ja von ihm weg.«

»Das hier ist mein Haus. Und er ist mein Mann.«

»Ja, stimmt. Deshalb solltest du vielleicht allen zeigen, dass er nichts mit dir zu tun hat.«

Sheila stellt ihre Tasse ab und blickt Lena an. Lena erwidert den Blick. Bis zu diesem Moment war sie nicht sicher, ob Sheila weiß, was Johnny vorhat. Bestimmt hat Sheila sich bei ihr dasselbe gefragt, falls sie sich überhaupt irgendwelche Gedanken gemacht hat. Lena ist froh über die neue Klarheit der Situation, so unberechenbar sie auch ist. Eines der vielen Dinge, die sie am Dorf stören, war schon immer das endlose Ratespiel nach dem Muster: Wer-weiß-dass-ich-weiß-dass-sie-weiß-dass-er-weiß.

Sheila fragt: »Wieso würdest du uns aufnehmen?«

»Ich hab deine Trey sehr ins Herz geschlossen.«

Sheila nickt, akzeptiert das. »Zuerst hab ich gedacht, du meinst, um der alten Zeiten willen. Das hätte ich dir nicht abgekauft. So bist du nie gewesen.«

»So war ich nie«, bestätigt Lena. »Aber vielleicht bin ich ja auf meine alten Tage so geworden. Hab ich noch nicht drüber nachgedacht.«

Sheila schüttelt den Kopf. »Ich bleib lieber hier. Ich will ihn im Auge behalten.«

»Wie du meinst«, sagt Lena. »Wenn du willst, nehm ich deine Kinder zu mir.«

»Den Kleinen geht's gut hier oben. Aber ich hab Trey gesagt, sie soll bei dir bleiben, bis er wieder weg ist.«

»Sie kann bei mir wohnen. Kein Problem.«

»Ich weiß, aber sie wollte nicht.«

»Sag's ihr noch mal. Und ich werde auch mit ihr reden.«

Sheila nickt. »Gut, dass es Leute gibt, die das in ihr sehen«, sagt sie, »dass sie Hilfe verdient hat. Sie sollte das Beste draus machen. Von mir hat das nie wer geglaubt.«

Lena denkt darüber nach. »Vielleicht haben die Leute ja gedacht, du hättest alles, was du wolltest. Ich hab das jedenfalls gedacht. Es ist sinnlos, einem Menschen aus etwas rauszuhelfen, was er selbst will.«

Sheila schüttelt kurz den Kopf. »Die haben gedacht, ich hätte bekommen, was ich verdient hab. Das ist was anderes.«

»Das denken die Leute hier verdammt oft«, räumt Lena ein. »Ich glaube, nach Seans Tod haben viele dasselbe über mich gedacht.«

»Ich hab Sean gemocht«, sagt Sheila. »Du hast dir den Richtigen ausgesucht.« Draußen im Hof schreit eines der Kinder, doch sie rührt sich nicht. »Jedenfalls gibt's jetzt einige, die mir helfen«, sagt sie. »In den letzten zwei Jahren. Die bringen mir zum Beispiel eine Ladung Torfsoden für den Winter. Haben den kaputten Zaun repariert.«

Lena sagt nichts. Sie weiß, warum das Dorf angefangen hat, Sheila zu helfen.

»Ich sollte ihnen ins Gesicht spucken«, sagt Sheila. »Aber ich kann's mir nicht leisten.«

Lena sagt: »Willst du mir ins Gesicht spucken?«

Wieder schüttelt Sheila den Kopf. All ihre Bewegungen haben etwas Knappes, Beherrschtes an sich, als müsste sie letzte Kraftreserven aufbieten, um den Tag zu überstehen. »Du tust das nicht, weil du dein Gewissen erleichtern willst«, sagt sie. »Du schuldest mir nichts. Und du tust es sowieso nicht für mich. Du tust es für Trey.«

»Also gut. Falls du die Kinder bringen willst, mach das.«

Diesmal sieht Sheila sie anders an, fast mit so was wie Interesse. »Alle würden dir Fragen stellen«, sagt sie. »Das hast du doch immer gehasst, wenn Leute ihre Nasen in deine Angelegenheiten stecken.«

Zum ersten Mal redet sie mit Lena wie mit einer ehemaligen Freundin. »Jetzt bin ich älter«, erwidert Lena. »Die sollen so viel fragen, wie sie wollen. Wird ihnen guttun. Bringt den Kreislauf in Schwung.«

»Was würdest du ihnen sagen?«

»Mal sehen. Vielleicht, dass der Engländer Jagd auf Bobbys Aliens macht, dass Johnny und er so einen hier ins Haus gebracht haben und du keine Lust mehr hast, Alienscheiße aufzuwischen.«

Sheila lacht. Das Lachen, hell und frei und jung, überrascht sie beide. Sheila klappt den Mund zu und blickt nach unten in ihre Tasse, als hätte sie was Unbedachtes getan.

»Doireann Cunniffe würde drauf reinfallen«, sagt Lena. »Du musst nur ernst dabei bleiben.«

Das entlockt Sheila ein schwaches Lächeln. »Hab ich noch nie gekonnt«, sagt sie. »Von uns allen hattest du das beste Pokerface. Ich hab doch immer irgendwann angefangen zu kichern und uns alle verraten.«

»Hat aber auch Spaß gemacht, uns hinterher rauszureden.«

Wieder kreischt eines der Kinder. Diesmal blickt Sheila kurz aus dem Fenster. »Wenn ich denen erzählen würde, was wir früher so alles gemacht haben, sie würden's nicht glauben. So wie ich heute aussehe. Die Kinder. Sie würden mir kein Wort glauben.« Dieser Gedanke scheint ihr zuzusetzen.

»Tja, so ist das nun mal«, sagt Lena. »Bestimmt haben unsere Eltern auch so einiges angestellt, was wir nicht geglaubt hätten.«

Sheila schüttelt den Kopf. »Ich würd's ihnen gern erklären. Sie irgendwie warnen. Gerade noch ist man ein Haufen von jungen, verrückten Chaoten und auf einmal … Erklär du es Trey. Dir wird sie glauben.«

»Sie ist fünfzehn«, gibt Lena zu bedenken. »Wir können froh sein, wenn sie in den nächsten paar Jahren überhaupt irgendwas glaubt, was Erwachsene ihr sagen.«

»Erklär's ihr«, wiederholt Sheila. Sie kratzt an etwas, das an ihrer Tasse klebt und sie offenbar stört. Das Kreischen draußen hat aufgehört. »Ich hab ihn einmal verlassen«, sagt sie. »Mitten in der Nacht. Er war besoffen eingeschlafen. Ich hab die Kinder ins Auto gepackt – bloß vier, das war vor Liam und Alanna – und bin losgefahren. Ich weiß noch, wie still alles war: der Regen auf der Windschutzscheibe, außer uns keine Menschenseele unterwegs. Die Kinder haben geschlafen. Ich bin stundenlang rumgefahren. Schließlich hab ich gewendet und bin zurückgekommen. Ich konnte nirgendwohin, was weit genug weg gewesen wäre.«

Ihre Finger umschließen jetzt ruhig die Tasse. »Ich bin mir vorgekommen wie eine Vollidiotin«, sagt sie. »Er hat's gar nicht mitgekriegt. Und das war gut so. Er hätte mich bloß ausgelacht.«

»Wenn dir irgendwas einfällt, was ich tun kann«, sagt Lena, »lass es mich wissen.«

»Vielleicht«, sagt Sheila. »Danke für die Marmelade.« Sie steht auf und fängt an, die Teesachen abzuräumen.

Cal spült gerade das Geschirr vom Mittagessen, als Trey und Banjo hereinkommen. Das Geräusch der Tür, die aufgerissen wird, trifft ihn mit einer so unverhältnismäßigen Welle der Erleichterung, dass es ihn fast von den Beinen reißt. »Hey«, sagt er. »Lange nicht gesehen.«

Trey inspiziert sein lädiertes Gesicht kurz mit einer unergründlichen Miene, doch dann gleitet ihr Blick ab. »Ich war gestern Morgen hier«, sagt sie. »Du warst nicht da.«

Die Tatsache, dass sie überhaupt gekommen ist, muss etwas Gutes bedeuten, aber Cal kann nicht sagen, ob sie nur hier war, um zu schreinern, oder ob sie mit ihm reden wollte. »Tja«, sagt er, »jetzt bin ich da.«

»Ja«, sagt Trey. Sie hockt sich hin, um Rip zu begrüßen und ihm die Schnauze zu reiben.

Sie hat nichts mitgebracht. Eigentlich mag Cal es nicht, wenn Trey mit irgendwas zu essen auftaucht – er verlangt kein Eintrittsgeld –, aber heute hätte ihn eine Packung Kekse oder ein Stück Käse oder egal was gefreut. Weil es bedeutet hätte, dass sie vorhat, länger zu bleiben.

»Was ist mit seiner Pfote?«, fragt er und zeigt auf Banjo.

»Bin über ihn gestolpert«, antwortet Trey einen Tick zu schnell. »Ist aber ein paar Tage her. Ihm geht's gut. Er will bloß ein paar Scheiben Schinken erbetteln.«

»Na, die haben wir hier«, sagt Cal. Er geht zum Kühlschrank und wirft Trey die Packung zu. Er fragt sie nicht nach ihrer Lippe, die wieder einigermaßen normal aussieht. Heute fragt offenbar keiner höflich nach irgendwas. »Willst du was essen?«

»Nee. Hab schon.« Trey setzt sich auf den Boden und fängt an, Schinkenstückchen an Banjo zu verfüttern.

»Nein danke«, sagt Cal automatisch, ehe er sich bremsen kann.

Trey verdreht die Augen, was ihn ein wenig beruhigt. »Nein danke.«

»Halleluja.« Cal gießt ihr Eistee ein. Seine Stimme hört sich für ihn selbst gekünstelt an. »Haben wir's doch noch geschafft. Hier, trink was. Wenn du bei der Hitze nicht genug trinkst, schrumpelst du ein.«

Wieder verdreht Trey die Augen, aber sie schüttet den Eistee in sich hinein und hält ihm dann das leere Glas hin, weil sie noch mehr will. »Bitte«, schiebt sie schnell hinterher.

Cal schenkt ihr nach und gießt sich selbst ein Glas ein. Er weiß, dass er mit ihr reden muss, aber vorher gönnt er sich einen Moment, in dem er einfach nur an der Arbeitsplatte lehnt und sie betrachtet. Sie wächst schon wieder aus ihrer Jeans raus; die Knöchel kommen zum Vorschein. Letztes Mal hat Sheila das erst nach Monaten bemerkt und ihr eine neue gekauft, während Trey sich weigerte, Geld von Cal anzunehmen, und Cal überlegte, wie er Sheila auf das Problem ansprechen könnte, ohne wie ein Perversling zu wirken, der jungen Mädchen auf die Beine glotzt. Damals hat er sich geschworen, beim nächsten Mal einfach in die Stadt zu fahren und ihr irgendeine blöde Jeans zu kaufen, und falls die ihr nicht gefällt, kann sie sie an Francies Schweine verfüttern.

»Ich hab meinen Dad gestern Nacht gesehen«, sagt Trey. »Als er nach Hause gekommen ist.«

»Ach ja?« Cal hält seine Stimme ausdruckslos, obwohl dieser Arsch offenbar keinerlei Bedenken hatte, seiner Tochter zu erzählen, wer ihn derart zugerichtet hat, und sie so zwischen die Fronten zu ziehen.

»Du hast ihn ganz schön vermöbelt.«

Vor zwei Jahren hätte sie gesagt: »Du hast ihm echt die Fresse poliert«, oder so ähnlich. Dieses »ganz schön vermöbelt« ist Cals Werk. »Wir haben uns geprügelt«, sagt er.

»Wieso?«

»Wir hatten eine Meinungsverschiedenheit.«

Trey hat ihr Kinn vorgeschoben, was bedeutet, dass es was zu klären gibt. »Ich bin kein *Baby* mehr, verdammt.«

»Das weiß ich.«

»Also, wieso hast du dich mit ihm geschlagen?«

»Okay«, sagt Cal. »Mir gefällt das Spiel nicht, das dein Dad treibt.«

»Das ist kein Spiel.«

»Trey. Du weißt, was ich meine.«

»Was gefällt dir daran nicht?«

Cal befindet sich wieder mal in einer Position, in die Trey ihn anscheinend regelmäßig bringt: Er kommt sich hilflos und völlig überfordert vor, wo es doch gerade jetzt extrem wichtig wäre, keinen Fehler zu begehen. Er hat keine Ahnung, was er sagen kann, ohne alles noch schlimmer zu machen.

»Ich werde nicht vor dir über deinen Daddy herziehen«, sagt er. »Das steht mir nicht zu. Aber die Dinge, die er tut ...« *Ich will nicht, dass du was damit zu tun hast,* möchte er ihr vermitteln, aber er hat kein Recht, überhaupt irgendwas für Trey zu wollen. »Die Leute hier werden irgendwann verdammt sauer auf ihn sein.«

Trey zuckt die Achseln. Rip drängelt Banjo beiseite, um seinen Anteil an Schinken und Zuwendung einzufordern. Sie drückt die beiden auseinander und benutzt für jeden eine Hand.

»Und wenn das passiert, wäre es wirklich sehr, sehr gut, wenn du nicht mittendrin in der Sache steckst.«

Trey wirft ihm einen kurzen, raschen Blick zu. »Die können mich mal. Alle. Ich hab keine Angst vor denen.«

»Ich weiß«, sagt Cal. »Das meine ich nicht.« Was er meint, ist ganz einfach – *Alles war gut, das zählt, mach es nicht kaputt* –, aber er findet nicht die richtigen Worte. Es spielen zu viele Dinge hinein, die ein Teenager wie Trey unmöglich begreifen kann, selbst wenn er sie alle erklären könnte: das volle Gewicht und die Tragweite von Entscheidungen, wie unvorstellbar und wie endgültig manches verlorengehen kann. Sie ist viel zu jung, um etwas von der Größe ihrer Zukunft in Händen zu halten. Er möchte dieses ganze verfluchte Gesprächsthema fallenlassen und mit ihr darüber streiten, ob sie nicht langsam mal zum Friseur muss. Er möchte ihr sagen, sie hat Hausarrest, bis sie wieder zur Vernunft kommt.

»Was denn dann?«, will Trey wissen.

»Er ist dein Daddy.« Cal sucht nach Worten. »Es ist ganz normal, dass du ihm helfen willst. Aber die Sache wird übel ausgehen.«

»Nicht wenn du den Mund hältst.«

»Denkst du wirklich, das würde was ändern? Im Ernst?«

Trey sieht ihn an, als hätte er den IQ eines Blumenkohls. »Du bist der Einzige, der Bescheid weiß. Wie sollen die anderen es rausfinden, wenn du nichts verrätst?«

Cal wird allmählich ungehalten. »Wie zum Teufel, sollen sie es denn *nicht* herausfinden? *Es gibt kein Scheißgold.* Ganz gleich, für wie blöd dein Dad sie hält, früher oder später werden sie das merken. Und dann?«

»Dann lässt mein Dad sich schon irgendeine Erklärung einfallen«, sagt Trey lapidar. »So was kann er gut.«

Cal verkneift sich etliche Kommentare, die besser ungesagt bleiben. »O ja, aber den Männern wird scheißegal sein, wie gut seine Erklärung ist. Die werden ihr Geld zurückhaben wollen. Falls du hoffst, sie gehen nachsichtiger mit ihm um, wenn du bei der Sache mitmachst, nur weil sie dich irgendwie respektieren –«

»Hab ich nie gedacht.«

»Gut. Das wird ihnen nämlich völlig egal sein. Du wirst genauso viel Ärger kriegen wie er. Willst du das?«

»Ich hab doch schon gesagt, die können mich alle am Arsch lecken.«

»Jetzt hör mal.« Cal holt tief Luft und senkt seine Stimme auf halbwegs normale Lautstärke. Er sieht die trotzige Haltung von Treys Schultern und hat das fatale Gefühl, dass alles, was er sagt, unvermeidlich das Falsche sein wird. »Eins ist doch klar, früher oder später ist die Sache vorbei. Und dann müssen dein Dad und Rushborough machen, dass sie wegkommen.«

»Ich weiß.«

Cal kann nicht genug von ihrem Gesicht sehen, um zu erkennen, ob sie die Wahrheit sagt. »Und klar ist auch, dass du darüber nachdenken musst, wie es dann weitergeht. Wenn du dich von nun an aus den Geschäften von deinem Dad raushältst, kann ich dir einigermaßen garantieren, dass die Leute dich in Ruhe lassen. Aber wenn –«

Das löst jähe Wut bei Trey aus. »Halt dich gefälligst da raus. Ich kann auf mich selbst aufpassen.«

»Okay«, sagt Cal. »Okay.« Wieder holt er tief Luft. Er möchte Trey vor Augen führen, was sie zu verlieren hat, aber im Augenblick weiß er nicht genau, was ihr wirklich wichtig ist, abgesehen von Banjo, und anscheinend weiß sie das auch nicht mehr. »Ganz gleich, was ich tue, wenn du bei der Sache weiter mitmachst, wird danach alles anders sein. Die Leute hier halten große Stücke auf dich. Du sagst, du willst nach der Schule Schreinerin werden. Und so gut, wie du bist, könntest du morgen deine eigene Werkstatt aufmachen und hättest mehr Aufträge, als du bewältigen könntest.«

Er meint, ihre Wimpern flattern zu sehen, als wäre er zu ihr durchgedrungen. »Wenn du deinem Dad weiter hilfst, kannst du das vergessen. Das Dorf wird dich nicht mehr so behandeln wie jetzt. Ich weiß, du sagst, das interessiert dich einen Scheißdreck, aber die Dinge sind nicht mehr so wie vor zwei Jahren. Du hast jetzt wirklich was zu verlieren.«

Trey blickt nicht auf. »Wie du gesagt hast: Er ist mein Dad.«

»Stimmt«, sagt Cal. Er reibt sich mit einer Hand fest über den

Mund. Er fragt sich, ob sie denkt, dass Johnny sie mitnimmt, wenn er verschwindet. »Ja. Aber wie du gesagt hast: Du bist kein Baby. Wenn du nichts damit zu tun haben willst, was dein Dad da treibt, hast du das Recht dazu. Daddy hin oder her.« Er hat den verrückten Impuls, ihr irgendwas anzubieten, Pizza, eine schöne neue Drehbank, ein Pony, was auch immer sie will, nur damit sie von der brennenden Zündschnur weggeht und nach Hause kommt.

Trey sagt: »Ich will aber.«

Kurzes Schweigen füllt den Raum. Sonnenlicht und das träge Brummen von Mähmaschinen dringen durch die Fenster. Rip hat sich auf den Rücken gerollt, um sich den Bauch kraulen zu lassen.

»Denk dran«, sagt Cal. »Du kannst es dir jederzeit anders überlegen.«

»Wieso stört es dich eigentlich, wenn diese Typen aufs Kreuz gelegt werden?«, will Trey wissen. »Du hast nix mit denen zu tun. Und sie haben dich ganz schön fertiggemacht, damals.«

»Ich will bloß Ruhe und Frieden«, sagt Cal. Plötzlich ist er völlig erschöpft. »Mehr nicht. Und bis vor ein paar Wochen hatten wir das. Es war gut. Ich fand's schön.«

»Kannst du beides haben. Steig einfach aus. Lass die anderen weitermachen.«

Das nimmt Cal wieder allen Wind aus den Segeln. Er kann Trey nicht sagen, dass er nicht aussteigen wird, solange sie dabei ist. Es wäre nicht fair, sie damit zu belasten. Das ganze Gespräch fühlt sich nicht mal wie ein Gespräch an, eher wie eine Aneinanderreihung von Steinmauern und Dornensträuchern.

»So einfach ist das nicht«, sagt er.

Trey schnaubt genervt.

»Wirklich nicht, Trey. Angenommen, ich steige aus: Was denken die anderen dann wohl, wenn die Sache den Bach runtergeht? Sie werden denken, ich hab's gewusst und es ihnen verschwiegen. Dann war's das mit Ruhe und Frieden.«

Trey blickt noch immer nicht von den Hunden auf. »Mein Dad will, dass ich dir sage, du sollst dich raushalten und dich um deinen eigenen Kram kümmern.«

»Ach nee«, sagt Cal.

»Er sagt, du hast nix in der Hand, und wenn du redest, bringst du mich bloß in Schwierigkeiten.«

»Hm«, sagt Cal. Er wünschte, er hätte Johnny einfach in ein Sumpfloch geworfen, als er die Gelegenheit dazu hatte. »Ich schätze, so kann man das auch sehen.«

Trey wirft ihm einen kurzen Blick zu, den er nicht deuten kann. »Ich will auch, dass du aussteigst.«

»Du?« Cal hat das Gefühl, als wäre ihm gerade ein Stein in den Magen geplumpst. »Wieso?«

»Einfach so. Geht dich nix an.«

»Aha«, sagt Cal.

Trey sieht ihn an, während sie Rip den Bauch streichelt, wartet darauf, dass er noch etwas sagt. Als Cal nichts mehr einfällt, fragt sie: »Also, kann ich meinem Dad sagen, dass du die Finger davon lässt?«

»Alles, was ich Johnny zu sagen habe, hab ich ihm letzte Nacht gesagt. Und«, schiebt Cal nach, obwohl er weiß, dass er lieber den Mund halten sollte, »wenn mir noch was einfällt, sag ich ihm das persönlich. Ich werde dich ganz sicher nicht als Vermittlerin benutzen.«

Einen Moment lang denkt er, Trey wird ihm widersprechen. Stattdessen steht sie abrupt zwischen den Hunden auf und sagt: »Können wir jetzt einfach mit dem Stuhl weitermachen?«

»Klar«, sagt Cal. Plötzlich hat er das Gefühl, dass ihm Tränen in den Augen brennen. »Legen wir los.«

Sie widmen dem Stuhl mehr Sorgfalt und Feingefühl, als er

eigentlich verdient, drechseln das Bein dreimal nach, schleifen es immer glatter, bis ein Baby daran nuckeln könnte. Die meiste Zeit schweigen sie bei der Arbeit. Sommerluft streift durchs Fenster, trägt den Geruch von Silage und Klee herein, weht Sägemehlflöckchen hoch und lässt sie langsam in den breiten Sonnenlichtstreifen tanzen. Als die Sonne vor dem Fenster verschwindet und die Hitze gegen Abend abnimmt, klopft Trey den Staub von ihrer zu kurzen Jeans und geht nach Hause.

13

IN DIESER NACHT ist das Haus still: Nach den Störungen in
der Nacht zuvor schlafen alle tief und fest. Trey will nicht ins Bett.
Ihr Leben fühlt sich nicht mehr normal an. Es ist mit zu vielen
Menschen und zu vielen Bedürfnissen bevölkert, so dass sie sich
nicht traut, es aus den Augen zu lassen, nicht mal, um zu schlafen. Stattdessen bleibt sie auf dem Sofa, schwitzt vor sich hin und
guckt sich im schmutziggelben Licht der Stehlampe eine trashige
Spätsendung an.

Als draußen taghelles Licht aufflammt und um die Vorhänge
herum ins Zimmer dringt, rührt sie sich nicht. Ihr Kopf ist leer,
kann nichts aufbieten, um darauf zu reagieren. Eine wilde Schrecksekunde lang denkt sie, dass Bobby Feeneys Ufos gelandet sind,
dass es die wirklich gibt, obwohl sie gar nicht an den Quatsch
glaubt. Eine weitere Schrecksekunde lang denkt sie, sie muss eingeschlafen sein, und es ist Morgen, aber im Fernseher läuft immer
noch dasselbe. Trey schaltet ihn ab. In der plötzlichen Stille hört
sie Motoren laufen, laut und dunkel.

Sie bleibt mitten im Wohnzimmer stehen und lauscht. Im übrigen Haus bewegt sich nichts. Banjo liegt in seiner Sofaecke und
schnarcht seelenruhig vor sich hin. In dem gleißenden blauwei-
ßen Licht hat der Raum etwas Albtraumhaftes, vertraute Gegenstände leuchten plötzlich grell und wirken bedrohlich. Draußen
dröhnen die Motoren weiter.

Trey schleicht vorsichtig durch den Flur zu ihrem Zimmer. Sie
denkt an das Fenster, doch ehe sie die Tür erreicht, sieht sie schon,
dass das blauweiße Licht auch dort eindringt. In dem Schein

leuchtet Maeves Gesicht unnatürlich, als wäre sie tief unter Wasser, unerreichbar.

»Mam«, sagt Trey, zu leise, um gehört zu werden. Sie weiß nicht, ob sie überhaupt will, dass ihre Mam aufwacht. Sie weiß nicht, was ihre Mam tun könnte.

Maeve rollt sich jäh im Bett herum und gibt einen verärgerten Laut von sich. Trey will sich nicht mit einer wachen Maeve, die Erklärungen verlangt, befassen müssen. »Mam«, sagt sie wieder, diesmal lauter.

Im Zimmer ihrer Eltern regt sich etwas. Sie hört Gemurmel und dann rasche Schritte. Sheila öffnet die Tür in ihrem geblümten Nachthemd, das schulterlange Haar offen und zerzaust. Hinter ihr ist Johnny in Boxershorts und T-Shirt dabei, sich die Hose anzuziehen.

»Da draußen ist was«, sagt Trey.

»Schsch«, sagt Sheila. Ihre Augen huschen durch den Flur. Maeve sitzt jetzt aufrecht im Bett, mit offenem Mund. Liam schreit.

Johnny schiebt sich an Sheila und Trey vorbei. Er geht durch den Flur zur Haustür. Dort verharrt er, legt lauschend ein Ohr an die Tür. Der Rest der Familie versammelt sich hinter ihm.

»Daddy«, sagt Maeve. »Was ist das?«

Johnny antwortet nicht. »Komm her«, sagt er zu Alanna und dreht sich zu ihr um, doch sie weicht mit einem hohen gepressten Wimmern zurück. »Dann eben du.« Er packt Liams Arm. »Jetzt heul nicht rum, verdammt nochmal. Keinem passiert was. Komm schon.« Er schiebt Liam vor sich, öffnet die Tür und bleibt im Türrahmen stehen.

Das Licht blendet sie aus allen Richtungen, verwandelt die Nachtluft in einen weißen Schleier. Das Dröhnen der Motoren ist lauter, ein sattes dunkles Knurren. Auf jeder Seite inmitten des Schleiers, schmerzlich grell, sind Kreise aus gebündeltem Licht, paarweise, wie Augen. Trey begreift erst nach einem Moment: aufgeblendete Scheinwerfer.

»Leute, was ist los?«, ruft Johnny munter und hebt einen Arm, um seine Augen abzuschirmen. Der Tonfall seiner Stimme steht im grotesken Widerspruch zu der bedrohlichen Szenerie. »Läuft hier 'ne Party, von der mir keiner was gesagt hat?«

Schweigen; nur das Grollen der Motoren und ein seltsames flatterndes Geräusch, wie windgepeitschte Wäsche auf der Leine. Als Trey über die Schulter ihres Dads späht, sieht sie Flammen. Mitten auf dem kahlen Hof steht eine verzinkte Blechtonne. Darin lodert ein Feuer. Die Flammen flackern gierig meterhoch, eine hohe zuckende Säule, die im rastlosen Wind schwankt.

»Ach, kommt schon, Leute«, ruft Johnny, jetzt mit einer Mischung aus Nachsicht und Ungeduld. »Ich hab Kinder, die schlafen wollen. Fahrt nach Hause. Wenn ihr mir was zu sagen habt, kommt morgen wieder, und wir unterhalten uns wie Erwachsene.«

Nichts. Der Wind packt einen brennenden Fetzen aus der Tonne und weht ihn hoch, bis er vor dem Nachthimmel verglüht. Trey blinzelt, versucht, die Männer oder auch nur die Autos zu sehen, aber das Licht ist zu grell. Alles dahinter wird von der Dunkelheit ausgelöscht. Die Luft ist fieberheiß.

»Mach die Tür zu«, sagt Sheila schneidend. »Mit dir drinnen oder draußen.«

Johnny dreht sich nicht zu ihr um.

»Ich hab gesagt, Tür zu.«

»Scheiße, Jungs«, ruft Johnny vorwurfsvoll. »Nehmt Vernunft an. Lasst den Quatsch und werdet mal wieder nüchtern. Wir unterhalten uns morgen.« Er zieht Liam zurück ins Haus und schließt die Tür.

Sie stehen in dem engen Flur, barfuß und zusammengedrängt in den bunt gemischten Klamotten, die sie zum Schlafen tragen.

Niemand rührt sich vom Fleck. Um sie herum fällt der blauweiße Lichtschein durch alle Türöffnungen.

»Wer ist das da draußen?«, flüstert Alanna. Sie sieht aus, als würde sie gleich losheulen.

»Die Jungs wollen uns ein bisschen ärgern«, sagt Johnny. Seine Augen huschen hin und her, wägen Optionen ab. Seine Blutergüsse sehen aus wie Löcher im Fleisch.

»Wieso brennt's da?«

»Das soll heißen, sie werden uns abfackeln«, sagt Sheila, an Johnny gerichtet.

Johnny lacht auf, wirft den Kopf in den Nacken. »Meine Fresse, hörst du dir eigentlich selbst mal zu?«, sagt er zu Sheila. »Mach nicht dauernd so ein Drama, Herrgott. Hier fackelt keiner irgendwen ab.« Er bückt sich, legt eine Hand auf Alannas Schulter und die andere auf Liams, grinst in ihre ausdruckslosen Gesichter. »Eure Mama macht bloß Spaß, Schätzchen, genau wie die Jungs da draußen. Die haben einen über den Durst getrunken, mehr nicht, und da haben sie sich gedacht, es wär doch lustig, uns einen kleinen Streich zu spielen.«

Er lächelt Liam und Alanna an. Als die beiden nicht reagieren, sagt er: »Wisst ihr, was? Wir spielen ihnen auch einen Streich, was meint ihr?«

»Wir schießen mit meinem Luftgewehr auf sie«, schlägt Liam vor.

Johnny lacht wieder, klopft ihm auf die Schulter, schüttelt aber bedauernd den Kopf. »Ah, nein. Würde ich gern, aber dann kriegen sie vielleicht richtig Angst, und das wollen wir doch nicht, oder? Nein, ich sag euch, was wir machen: Wir legen uns wieder ins Bett und beachten sie gar nicht mehr. Dann fühlen sie sich bestimmt wie ein Haufen Blödmänner, meint ihr nicht? Weil sie für nichts und wieder nichts den ganzen Weg hier raufgekommen sind.«

Sie sehen ihn an.

»Geht schlafen«, sagt Sheila. »Alle vier.«

Ein paar Sekunden lang reagieren sie nicht. Alannas Mund steht offen. Maeve sieht aus, als wolle sie widersprechen, weiß aber nicht, wie.

»Na los«, sagt Trey. Sie schiebt Alanna und Liam zu ihrem Zimmer und fasst Maeve am Arm. Maeve reißt sich los, doch nach einem Blick auf Johnny und Sheila zuckt sie übertrieben die Achseln und folgt Trey.

»Ich lass mich von dir nicht rumkommandieren«, sagt sie, als sie in ihrem Zimmer sind. Draußen auf dem Flur schweigen ihre Eltern.

Trey legt sich voll angezogen ins Bett und dreht Maeve den Rücken zu. Sie zieht sich die Decke über den Kopf, weil das Licht durchs Fenster zu grell ist. Sie spürt, dass Maeve noch eine Weile stehen bleibt, sie anstarrt. Schließlich gibt Maeve auf, seufzt genervt und wirft sich auf ihr Bett. Draußen dröhnen weiter die Motoren.

Nach einiger Zeit, als Maeves Atmung sich endlich im Schlaf verlangsamt hat, gleitet das Licht vom Fenster weg, und das Zimmer wird dunkel. Trey rollt sich im Bett herum und sieht zu, wie der Flur dunkel wird, als die Scheinwerfer sich nacheinander von den anderen Fenstern abwenden. Sie lauscht auf die Motoren, die sich langsam den Berg hinab entfernen.

»Was war letzte Nacht los?«, will Alanna beim Frühstück von Sheila wissen. Ihr Dad liegt noch im Bett.

»Nichts war los«, sagt Sheila. Sie stellt jedem von ihnen einen Becher Milch hin.

»Wer war das da draußen?«

Auch Liam beobachtet Sheila, während er die Kruste von seinem Toast zupft.

»Keiner war da draußen«, sagt Sheila. »So, jetzt wird gefrühstückt.«

Sheila sagt, das Haus muss mal gründlich geputzt werden, und vorher darf keiner von ihnen raus. »Ich muss nicht helfen«, sagt Liam und sieht Johnny erwartungsvoll an. »Jungs müssen nicht putzen.« Johnny – gerade aufgestanden, zerknautscht und nach Schweiß riechend – lacht und wuschelt Liam durchs Haar, aber er sagt: »Du hilfst deiner Mammy.«

Sheila beauftragt Maeve, das Wohnzimmer aufzuräumen, Trey und Alanna sollen das Bad putzen, während sie und Liam sich die Küche vornehmen. Maeve dreht den Fernseher laut, irgendeine dümmliche Talkshow mit viel Gejohle und Gelächter, aus Wut, weil sie sich nicht mit ihren Freundinnen treffen darf.

»Hier«, sagt Trey und sprüht Putzmittel rund ums Waschbecken. »Wisch das sauber.«

Alanna nimmt den Schwamm. »Da waren doch Leute draußen.« Sie schielt zu Trey hinüber, will ihre Reaktion sehen.

»Ja«, sagt Trey. Sie macht sich auf weitere Fragen gefasst, doch Alanna nickt nur und fängt an, das Waschbecken zu scheuern.

Johnny bleibt die meiste Zeit im Schlafzimmer. Ein paarmal telefoniert er. Trey hört ihn auf und ab tigern, während er spricht, schnell und leise mit einem gelegentlichen Aufflammen von Dringlichkeit, das rasch wieder unterdrückt wird. Er redet mit Rushborough, und Rushborough ist sauer. Sie versucht, ihn zu belauschen, will wissen, wie wütend der Mann ist und was Johnny ihm erzählt, um ihn zu beruhigen, aber jedes Mal, wenn sie sich der Schlafzimmertür nähert, taucht Sheila aus der Küche auf und schickt sie zurück an die Arbeit.

Johnny kommt ins Bad, als Trey dabei ist, die Wände abzuwaschen. Trey fand die Wände ohnehin schon sauber, aber wenn sie sagt, sie ist hier fertig, lässt Sheila sich nur irgendwas anderes einfallen, das sie machen soll. Alanna ist langweilig geworden. Sie sitzt auf dem Badewannenrand und singt vor sich hin, irgendein ausgedachtes Liedchen ohne Anfang und Ende.

»Wie läuft's?«, fragt ihr Dad. Er lehnt im Türrahmen und lächelt sie an.

»Super«, sagt Trey. Sie will nicht mit ihm reden. Irgendwie hat er Mist gebaut. Er, sie und Rushborough zusammen hatten ganz Ardnakelty am Haken, sie hätten es fertigmachen können, und irgendwie hat er es geschafft, alles zu vermasseln.

»Sieht echt toll aus.« Johnny inspiziert das Bad anerkennend. »Ich schwöre, wenn ihr fertig seid, erkennen wir das Haus nicht wieder. Dann denken wir, wir wohnen in einem Luxushotel.«

Trey schrubbt weiter. »Komm mal her«, sagt Johnny. »Du bist doch von uns die mit dem hellsten Köpfchen. Falls es einer weiß, dann du. Wer war das letzte Nacht da draußen?«

»Keine Ahnung«, sagt Trey. Alanna singt noch immer, aber Trey ist ziemlich sicher, dass sie genau zuhört. »Hab nix sehen können.«

»Was schätzt du, wie viele es waren?«

Trey zuckt die Achseln. »Acht, vielleicht. Vielleicht weniger.«

»Acht«, wiederholt Johnny. Er trommelt nachdenklich mit den Fingern auf dem Türrahmen, als hätte sie etwas ungeheuer Bedeutsames gesagt. »Das ist doch gar nicht so schlecht, oder? Damit bleiben jede Menge Leute übrig, die nichts damit zu tun haben wollten. Weißt du, was?« Seine Stimme hebt sich, wird munterer, und er zeigt mit einem Finger auf Trey. »Das könnte im Endeffekt sogar gut für uns sein. Die Leute hier sind ziemlich eigensinnig. Wenn ein paar alte Miesmacher rumerzählen, das Ganze wär eine Scheißidee, werden sich viele denken, die sind bloß neidisch, und erst recht auf stur schalten.«

Er sagt das so, dass es nicht bloß wahrscheinlich klingt, sondern völlig plausibel. Trey möchte ihm glauben und hasst sich dafür.

»Wir müssen bloß rausfinden, welche welche sind«, sagt Johnny. »Du gehst morgen runter ins Dorf und hörst dich bei Noreen um. Achte drauf, wer freundlich zu dir ist und wer kurz angebunden. Geh zu Lena Dunne. Rede mit deinem Yankee, vielleicht hat der ja irgendwas gehört.«

Trey sprüht noch mehr Putzmittel an die Wände.

»Aber nicht heute«, sagt ihr Dad, ein Grinsen in der Stimme. »Gut Ding will Weile haben. Schadet denen nix, wenn sie ein bisschen im eigenen Saft schmoren, hab ich recht?«

»Ja«, sagt Trey, ohne ihn anzusehen.

»Da oben hast du eine Stelle vergessen.« Ihr Dad zeigt darauf. »Du machst das prima. Weiter so. Ausdauer ist eine Tugend, hä?«

Nach dem Lunch gehen Sheila, Trey und Maeve auf den Hof, um die Überreste des Feuers zu beseitigen. Sie haben einen Putzeimer und den großen Suppentopf dabei, beide mit Wasser gefüllt. Um sie herum zirpen Grillen, und die Sonne erfasst sie mit voller Wucht. Sheila sagt den Kleinen, sie sollen im Haus bleiben, aber die wollen zugucken, deshalb wagen sie sich bis zur Eingangsstufe und hängen sich an die Tür. Alanna nuckelt an einem Keks.

Die Blechtonne war voller Lumpen und Zeitungen, die jetzt verkohlt und brüchig sind, mit welligen Rändern. Noch immer steigt dünner Rauch aus dem Wust. Als Trey die Tonne anfasst, ist sie heiß.

»Geh weg.« Sheila wuchtet den Eimer mit lautem Ächzen auf den Rand der Tonne und kippt das Wasser hinein. Ein wütendes Zischen ertönt, und eine Dampfwolke steigt auf.

»Mehr«, sagt Sheila. Trey schüttet das Wasser aus dem Suppentopf hinein. Die Reste in der Tonne werden zu einer matschigen Masse.

»Holt die Harke«, sagt Sheila. »Und den Spaten. Irgendwas mit einem langen Stiel.«

»Wozu denn?«, will Maeve wissen. »Es ist doch aus?«

»Ein Funke, und der ganze Berg brennt. Holt die Sachen.«

In dem Schuppen am hinteren Ende des Hofs sind Gartengeräte noch aus der Zeit, bevor sie geboren wurden, als Sheila versuchte, den Hof in einen Garten zu verwandeln. Trey und Maeve schlurfen durch verstreute schwarze Fetzen, die unter ihren Schuhen zerbröseln. »Ich hasse die Männer«, sagt Maeve. »Die sind ein Haufen verfickter Arschlöcher.«

»Denen ist aber scheißegal, ob du sie hasst«, sagt Trey. Sie und Maeve haben sich nie sonderlich gemocht, jedenfalls nicht, seit sie alt genug waren, um den Unterschied zu bemerken, und heute mögen sie beide niemanden besonders.

Sie räumen eine mit Spinnweben behangene Trittleiter und eine verrostete Schubkarre beiseite, um eine Harke, eine Hacke und einen Spaten hervorzukramen. »Es ist nicht Daddys Schuld«, sagt Maeve trotzig, als sie wieder an der Tonne sind. Niemand antwortet ihr.

Sie tauchen die Stiele der Gartengeräte in die Tonne und rühren, löschen eventuelle Glutnester. Ein starker, beißender Gestank steigt auf. »Das ist ekelhaft«, sagt Maeve und rümpft die Nase.

»Halt die Klappe«, sagt Trey.

»Halt du doch die Klappe.«

Sheila wirbelt herum und verpasst ihnen beiden eine Ohrfeige, so schnell, dass sie nicht rechtzeitig zurückspringen können. »Ihr haltet jetzt alle beide die Klappe«, sagt sie und dreht sich wieder zu der Tonne um.

Der Matsch darin ist zäh, bildet Klumpen, die an den Stielen pappen. Schließlich zieht Sheila die Harke heraus und macht schwer atmend einen Schritt zurück. »Schmeißt das Ding weg«, sagt sie mit einem Nicken Richtung Tonne. »Und kommt sofort wieder nach Hause, sonst versohl ich euch beiden den Hintern.«

Sie nimmt den Eimer und den Suppentopf und geht zurück ins Haus.

Trey und Maeve schleifen die Tonne mit vereinten Kräften ums Haus und ein Stück den Berg hinauf. Es gibt da eine Schlucht, in der sie große Sachen entsorgen, die sie nicht mehr brauchen, kaputte Fahrräder und Alannas zu klein gewordenes Kinderbett. Die Tonne ist unhandlich und schwer. Sie schrammt mit lautem, nervtötendem Knirschen über den Hof, hinterlässt eine breite Bahn nackter Erde und eine nasse Spur aus schwarzer Brühe. Als sie auf den unwegsamen Pfad gelangen, müssen sie immer wieder anhalten, um sie über Wurzeln und Gestrüpp zu hieven.

»Du hältst dich für so toll«, sagt Maeve. Sie klingt, als wäre sie den Tränen nahe. »Und jetzt guck, was du gemacht hast.«

»Du hast doch keine Ahnung von gar nix«, sagt Trey. Vom Schleifen der Tonne tun ihr die Arme weh; Fliegen schwirren um ihr schweißnasses Gesicht, aber sie hat keine Hand frei, um sie zu verscheuchen. »Du blöde Kuh.«

Die Schlucht klafft mit tödlicher Plötzlichkeit am Berghang auf. Ihre Wände sind steil und felsig, stellenweise mit kräftigen, zähen Büschen und hohen Unkrautbüscheln betupft. Ganz unten, zwischen dem Gestrüpp in dem ausgetrockneten Wasserlauf, blitzt die Sonne auf irgendetwas anderem, das weggeworfen wurde.

»Du hast es mit Absicht vermasselt«, sagt Maeve. »Du hast gar nicht gewollt, dass er zurückkommt.«

Sie schwingen die Tonne gemeinsam über den Rand der Schlucht. Sie hüpft in großen Zickzackbögen nach unten Richtung Bachbett, lässt bei jedem Aufprall ein tiefes, unheilvolles Donnern ertönen.

»Ich geh jetzt«, sagt Trey, als sie nach dem Abendessen den Tisch abräumen. Sheila hatte nichts im Haus, deshalb gab es bloß einen faden Eintopf aus Kartoffeln, Möhren und Brühwürfeln. Johnny lobte den Geschmack in höchsten Tönen und erzählte irgendwas von schicken Restaurants, in denen traditionelle irische Küche voll angesagt ist. Außer Liam hatte niemand Hunger.

»Du gehst nirgendwohin«, sagt Sheila.

»Ich will bloß ein bisschen rumlaufen.«

»Nein. Mach den Abwasch.«

»Später.« Trey kann ihre Gesichter keine Sekunde länger ertragen. Die Luft fühlt sich an, als würde sie von allen Seiten auf sie eindrücken. Sie muss sich bewegen.

»Du machst das sofort.«

»Du kannst sowieso nicht raus«, sagt Johnny beschwichtigend. »Ich geh mir gleich selbst ein bisschen die Beine vertreten. Du musst hierbleiben und deiner Mammy helfen, solange ich weg bin.«

»Ich will nicht, dass du gehst«, sagt Maeve zu ihm und zieht einen Schmollmund. »Bleib hier.« Sie schmiegt sich an Johnnys Seite. Er lächelt und streicht ihr übers Haar.

»Benimm dich nicht wie ein Baby«, sagt Trey.

»Tu ich gar nicht!«, faucht Maeve. Ihre Lippen beben. »Ich will meinen Daddy!«

»Du bist *elf*, verdammt nochmal.«

»Ich hab Angst!«

»Du kotzt mich an.«

Maeve tritt Trey gegen das Schienbein. Trey verpasst ihr einen so festen Stoß, dass sie rückwärts gegen die Arbeitsplatte taumelt. Maeve kreischt und geht auf sie los, will Trey mit den Fingernägeln durchs Gesicht kratzen, aber Trey erwischt sie am Handgelenk und schlägt ihr mit der Faust in den Bauch. Maeve ringt keuchend nach Luft und will Treys Haar packen, aber das ist zu kurz. Irgendwo lacht Liam zu laut, als würde er nur so tun, kann aber nicht aufhören.

Ihr Dad geht dazwischen. Auch er kriegt sich vor Lachen nicht mehr ein. »Ist ja gut, ist ja gut, ist ja gut, regt euch ab«, sagt er und schiebt sie mit den Händen auf ihren Schultern auseinander. »Du lieber Himmel, nun guckt euch unsere zwei Hitzköpfe an. Aber jetzt ist Schluss. Überlasst so was den großen starken Kerlen. Zerkratzt euch nicht die hübschen Gesichter. Alles in Ordnung, Maeve, Schätzchen?«

Maeve bricht in Tränen aus. Trey schüttelt die Hand ihres Dads von der Schulter und geht zur Spüle, um den Abwasch zu machen. Sie fühlt sich, als würde sie mit jeder Sekunde tiefer im Sumpf versinken, als würde der Berg sie nach unten ziehen.

Bevor er geht, steckt Johnny den Kopf in Treys Zimmer, in das sie sich geflüchtet hat, um von den anderen wegzukommen. Maeve ist schon eine Weile in der Dusche. Trey würde drauf wetten, dass sie das ganze heiße Wasser absichtlich aufbraucht.

»Da ist ja meine kleine Wilde«, sagt ihr Dad. Er hat sich aufgehübscht, trägt ein frisches Hemd, und seine Haare sind zu einer adretten Tolle gekämmt. Trey kann sein Aftershave riechen. Er sieht aus, als hätte er ein Date. »Du tust jetzt brav, was deine Mammy dir sagt, und kümmerst dich um die Kleinen. Und keine Zankerei mehr mit Maeve. Sie ist bloß ein bisschen durcheinander. Sie kann ja nichts dafür, dass sie nicht so groß und tapfer ist wie du.«

Trey zuckt die Achseln. Sie ist dabei, Banjo zu bürsten. Normalerweise genießt er das, dreht sich hin und her, damit sie auch ja die besten Stellen erwischt, aber heute Abend ist ihm so heiß, dass er bloß daliegt, als wäre er geschmolzen. Sie hat mit dem Gedanken gespielt, die ausgebürsteten Haare in Maeves Bett zu legen, aber so ein kindischer Quatsch passt nicht zu der Situation, in der sie alle sich befinden.

»Und zerbrich dir bloß nicht den Kopf.« Ihr Dad droht ihr mit dem Finger. »Heute Nacht macht garantiert keiner irgendwas.

Nach dem Unfug von letzter Nacht schlafen die alle tief und fest. Solltest du auch.«

»Und wieso darf ich dann nicht raus?«

»Na, na«, sagt Johnny vorwurfsvoll. »Ich weiß ja, du vermisst deine Freunde, aber ein bisschen Verantwortungsgefühl würde dir nicht schaden. Es ist bloß für eine Nacht. Morgen kannst du wieder losziehen.«

Trey antwortet nicht. Johnny schlägt einen anderen Ton an. »Ach, Schätzchen. Ist verdammt schwer, die Älteste zu sein, was? Wenn Brendan sich endlich die Hörner abgestoßen hat und nach Hause kommt, geht's dir wieder besser. Dann bist du wieder eine von den Kleinen, und der arme Kerl kann zusehen, wie er mit euch fertigwird.«

Trey will nicht an Brendan denken. Sie hält den Blick auf Banjo gerichtet.

»Während ich weg bin«, sagt Johnny, »erzähl den anderen einfach, dass alles bestens ist. Das wird es nämlich sein. Ich erledige heute meinen Teil, und du erledigst morgen deinen Teil, und dann läuft die Sache wieder wie geschmiert.«

»Was machst du denn heute Abend?«, fragt Trey.

»Na hör mal.« Johnny tippt sich an die Nase. »Ich will nicht zu viel verraten. Dies und das und noch ein bisschen was anderes. Ruh dich einfach aus. Du hast morgen einen anstrengenden Tag.« Er zwinkert Trey zu, reckt einen Daumen nach oben, und weg ist er.

Trey will nicht schlafen, aber nach den letzten beiden Nächten kann sie nicht dagegen an. Sie fällt immer wieder in einen verschwitzten Dämmerzustand, schreckt auf, weil sie Dinge wahrnimmt, die real oder geträumt sein könnten – eine sich schließende Tür, eine fremde Stimme, die ihr »Warte …!« ins Ohr zischt, einen Lichtkegel, das hartnäckige Blöken eines Schafs –, und döst wieder ein, wenn sie verblassen. Maeve wälzt sich kläglich murmelnd hin und her.

Als Trey zum x-ten Mal halb wach wird und rings um die Vorhänge Morgenlicht sieht, setzt sie sich schwerfällig auf. Es ist still im Haus. Sie will nicht dabei sein, wenn alle aufstehen, ihr Dad einen Arm um sie legt und ihr Anweisungen gibt, Maeve schmollt und um seine Aufmerksamkeit buhlt. Sie trägt ihre Schuhe in die Küche, füttert Banjo und schmiert Butter auf ein paar Scheiben Brot, während er frisst. Sie wird sie irgendwo draußen im Schatten essen und darauf warten, dass Ardnakelty zum Leben erwacht, damit sie anfangen kann, den Schaden zu beurteilen.

Sie hegt noch immer einen Funken Hoffnung, dass es ihrem Dad gelingt, seinen Plan umzusetzen. Wie sie zu Cal gesagt hat: Johnny ist gut darin, sich Geschichten auszudenken und Leute dazu zu bringen, sie zu glauben. Außerdem sitzt ihm die Angst im Nacken. Er könnte es schaffen. Der Hoffnungsfunken glimmt nur schwach und droht jedes Mal zu erlöschen, wenn sie an die Flammensäule im Hof denkt, aber mehr hat sie nicht, deshalb hält sie ihn am Leben.

Das Blöken, das sie in der Nacht gehört hat, war real: Ein paar Schwarzkopfschafe, jedes mit einem aufgesprühten roten Farbfleck am rechten Hinterbein, zockeln auf dem Hof herum und fressen, was sie können. Malachy Dwyers Herde hat mal wieder ein Loch in der Mauer rings um ihre Weide entdeckt oder geschaffen. Als Banjo begeistert losbellt, flüchten sie erschrocken zwischen die Bäume. Trey ändert ihren Plan. Sie mag Malachy, der ihr als Kind immer kleinere Besorgungen auftrug und der sich an die Regel der Bergmenschen hält, keine Fragen zu stellen. Anstatt untätig abzuwarten, bis die Leute aufwachen, wird sie den Berg hinaufgehen und Malachy sagen, dass seine Schafe ausgebüxt sind. Bis sie ihm geholfen hat, alle wieder einzufangen, wird es spät genug sein, um runter in den Laden zu gehen.

Noch ehe sie zum Tor hinaus ist, schwitzt sie schon. Die Sonne ist gerade erst aufgegangen, aber heute ist selbst der Bergwind nur ein müder Hauch, und die Luft ist so schwer, dass Trey das Gefühl hat, sie drückt ihr aufs Trommelfell. Sie bräuchten ein Gewitter, doch der Himmel ist genauso stumpfsinnig wolkenlos wie schon seit Wochen.

Als sie sich der Gabelung nähern, wo ihre Straße auf diejenige trifft, die sich von weiter oben herabwindet, bleibt Banjo wie angewurzelt stehen und hebt witternd die Nase. Dann rennt er los, verschwindet um die Biegung.

Trey hört sein alarmiertes Geheul, das Signal, dass er etwas gefunden hat, durch die Bäume und das flirrende Sonnenlicht aufsteigen. Sie pfeift nach ihm, weil sie fürchtet, er ist auf noch mehr Schafe von Malachy gestoßen, doch er lässt sich nicht blicken. Und als sie um die Biegung kommt, liegt ein Toter mitten auf dem Weg.

14

DER TOTE LIEGT genau an der Stelle, wo die beiden Wege aufeinandertreffen. Er liegt auf der linken Seite, der rechte Arm und das rechte Bein seltsam angewinkelt, mit dem gekrümmten Rücken zu Trey. Obwohl sie zehn Schritte entfernt ist und sein Gesicht nicht sehen kann, hat sie keinerlei Zweifel, dass er tot ist. Banjo steht vor ihm, Beine gespreizt, Nase in die Luft gereckt, und heult die Bäume an. »Banjo.« Trey geht näher heran. »Braver Hund. Gut gemacht. Jetzt komm her.«

Banjos Geheul verklingt zu einem Winseln. Als Trey erneut pfeift, kommt er angerannt und drückt die Nase in ihre Hand. Sie streichelt ihn und redet leise auf ihn ein, während sie den Toten betrachtet. Mit seinem Hinterkopf stimmt was nicht. Die Schatten biegen sich irgendwie in ihn hinein.

Im ersten Moment hat sie spontan und ganz selbstverständlich angenommen, dass der Tote ihr Dad ist. Der schmale Körperbau würde passen, und das Hemd ist weiß und sauber. Doch als sie jetzt länger hinschaut, wird sie unsicher. Das Schattengewirr der Äste und das diffuse Licht der tiefen Morgensonne erschweren die Sicht, aber das Haar sieht zu hell aus.

»Braver Hund«, wiederholt Trey und tätschelt Banjo noch einmal. »Jetzt mach Sitz. Bleib.« Sie lässt ihn zurück und bewegt sich vorsichtig in einem weiten Bogen um den Toten herum.

Es ist Rushborough. Seine Augen sind halb offen, und die Oberlippe ist hochgezogen, so dass es aussieht, als würde er irgendwas hinter Trey anfletschen. Sein Hemd ist vorne dunkel und steif getrocknet.

Trey hat noch nie einen Toten gesehen. Schon viele tote Tiere, aber noch nie einen Menschen. Seitdem sie weiß, was mit Brendan passiert ist, hat sie das dringende Bedürfnis, eine Leiche zu sehen. Nicht Brendans. Sie will unbedingt herausfinden, wo er liegt, aber nicht, um ihn zu sehen, sondern um hinzugehen und die Stelle zu markieren, als Zeichen der Verachtung für diejenigen, die ihn dort hingebracht haben.

Sie geht neben dem Toten in die Hocke und betrachtet ihn lange. Sie begreift das als Teil des Wechselspiels zwischen ihr und dem, was auch immer es war, das zuerst Cal und dann Rushborough nach Ardnakelty geführt hat. Sie ist nicht davor zurückgeschreckt, und im Gegenzug hat es ihr das hier vor die Füße gelegt.

Die Vogelstimmen und das Licht gewinnen an Kraft, während der Tag sich weitet. Es kommt Trey so vor, als sollte das Ding zu ihren Füßen nicht mehr als Mensch betrachtet werden. Als Mensch, als Rushborough, ist es unbegreiflich, derart falsch, dass ihr Kopf es kaum erfassen kann, ohne zu zerspringen. Aber wenn sie es lediglich als einen beliebigen Gegenstand hier auf dem Berg betrachtet, wird es einfach. Mit der Zeit wird der Berg es sich einverleiben, wie er das auch mit welkem Laub und Eierschalen und Kaninchenknochen macht, und er wird es in etwas anderes verwandeln. So gesehen, ergibt es Sinn, klar und unkompliziert.

Sie bleibt, wo sie ist, bis der Tote zu einem natürlichen Teil des Berges geworden ist und sie ihn anschauen kann, ohne dass ihr Verstand rebelliert. Ein paar von Malachys Schafen trotten am Rand der oberen Straße entlang und kauen gemächlich Gras.

Das Geräusch eines klingelnden Telefons wirkt wie ein Feueralarm. Trey und Banjo zucken beide zusammen. Es kommt aus Rushboroughs Tasche.

Trey versteht es als Warnung. Früher oder später wird jemand hier vorbeikommen. Trey weiß, dass andere Leute den toten Körper nicht als etwas sehen werden, das den langsamen Abläufen des Berges überlassen bleiben sollte, und sobald sie diese Stelle verlässt, wird auch sie das nicht mehr können. Das macht ihr nichts aus. Genau wie der Berg ist sie durchaus in der Lage, sich die Leiche zunutze zu machen.

Die Befreiung, die damit einhergeht, wird ihr nur allmählich bewusst. In der veränderten Landschaft, die dadurch entstanden ist, muss sie sich nicht mehr an ihren Vater hängen. Sie muss sich nicht mehr danach richten, was er tut und denkt und will. Er ist unwichtig. Er wird ohnehin bald verschwinden, und für ihre Zwecke ist er schon so gut wie weg. Sie ist jetzt auf sich allein gestellt, kann tun und lassen, was sie will.

Sie steht auf, ruft Banjo mit einem Fingerschnippen zu sich und macht sich auf den Weg ins Tal, nicht im Laufschritt, aber in einem schnellen, gleichmäßigen Tempo, das sie auf der ganzen Strecke beibehalten kann. Hinter ihr klingelt Rushboroughs Handy erneut.

Cal wacht früh auf und kann nicht wieder einschlafen. Ihn beunruhigt, dass gestern absolut nichts passiert ist. Er hat zu Hause auf Lena gewartet, die nicht kam, und auf Mart, der sich ebenfalls nicht blicken ließ, und auf Trey, von der er wusste, dass sie nicht kommen würde. Er ist in den Laden gegangen, wo Noreen ihm eine neue Sorte Cheddar verkauft hat und Senans Frau ihnen haarklein schilderte, wie ihrem Ältesten ein Weisheitszahn gezogen wurde. Er hat seine verdammten Tomatenpflanzen gegossen. Nicht mal an der Vogelscheuche hatte sich jemand zu schaffen gemacht. Cal weiß nur allzu gut, dass anderswo jede Menge passiert ist. Ihn beunruhigt das Geschick, mit dem alles von ihm ferngehalten wurde.

Und es ist Montagmorgen. Damit läuft die Frist ab, die er

Johnny gesetzt hat, um zu verschwinden. Ganz gleich, was außerhalb von Cals Gesichtsfeld vor sich gegangen ist, im Laufe des Tages wird er den Berg raufmüssen und nachsehen, ob Johnny noch da ist, was der Fall sein wird, und dann muss er entscheiden, wie er darauf reagieren soll. Cal hat noch nie jemanden getötet, und er will nun wirklich nicht mit Treys Daddy anfangen, aber nichts zu tun ist keine Option. Er tendiert dazu, das nutzlose Arschloch in sein Auto zu verfrachten, zum Flughafen zu fahren, ihm ein Ticket, egal wohin, zu kaufen und zuzusehen, bis Johnny durch die Sicherheitskontrollen durch ist, und zwar unter Anwendung aller erforderlichen Maßnahmen, um den Mann zur Kooperation zu zwingen. Er hält es für möglich, dass der rückgratlose Waschlappen vielleicht sogar erleichtert ist, weil ihm die Entscheidung abgenommen wird, besonders wenn Cal noch ein bisschen Geld zuschießt. Falls das nicht funktioniert, wird er sich auf Methoden verlegen müssen, die weniger Spielraum für Widerspruch bieten. So oder so, es wird ein langer Tag werden.

Schließlich gibt Cal den Versuch auf, noch mal einzuschlafen. Er macht sich Rührei mit Speck und lässt die Highwaymen schön laut über den iPod laufen, um auf andere Gedanken zu kommen. Das Frühstück ist fast fertig, als Rip aufspringt und zur Tür läuft. Trey und Banjo sind ebenfalls früh aufgestanden.

»Hey«, sagt Cal, bemüht, sich die unverhoffte Freude nicht anmerken zu lassen. Er hatte nicht damit gerechnet, Trey wiederzusehen, bevor ihr Vater die Stadt verlassen hat, wenn überhaupt. »Du kommst gerade richtig. Hol mal noch einen Teller.«

Trey bleibt an der Tür stehen. »Rushborough ist tot«, sagt sie. »Liegt oben am Berg.«

Cal spürt, wie alles in ihm erstarrt. Er dreht sich vom Herd um, sagt: »Wie, tot?«

»Irgendwer hat ihn umgebracht.«

»Bist du sicher?«

»Ja. Sein Kopf ist eingeschlagen, und ich glaub, er ist auch erstochen worden.«

»Okay«, sagt Cal. »Okay.« Er geht zum iPod und stellt ihn ab. Die Gefühle überschlagen sich in ihm, doch Überraschung zählt nicht dazu. Es kommt ihm vor, als hätte ein Teil von ihm diesen Moment wie selbstverständlich vorausgesetzt und nur auf die Nachricht gewartet. »Wo?«

»Unterhalb von uns, wo sich die Straße gabelt. Mitten auf der Straße.«

»Ist die Polizei schon da?«

»Nee. Außer mir weiß es noch keiner. Ich hab ihn gefunden. Bin direkt hergekommen.«

»Gute Entscheidung.« Er macht den Herd aus. Ihm bleibt die Luft weg vor Erleichterung, weil Trey damit zu ihm gekommen ist, aber ihr Gesicht verrät ihm nicht, wie viel sie ihm verschweigt, ob sie vor lauter Schock zu ihm wollte oder um vor etwas sehr viel Größerem Schutz zu suchen.

»Okay«, sagt er, kippt Rührei und Speck in Rips Napf, auf den sich beide Hunde mit Begeisterung stürzen. »Wir lassen den beiden hier ihren Spaß.« Er öffnet den Schrank unter der Spüle und schnappt sich ein frisches Paar von den Latexhandschuhen, die er gelegentlich für die Gartenarbeit oder zum Schreinern benutzt. »Schauen wir uns die Sache mal an.«

In Cals klapprigem Pajero fischt Trey ein Knäuel Küchenpapier aus ihrer Gesäßtasche, in dem einige zerquetschte Butterbrotscheiben zum Vorschein kommen, über die sie sich hermacht. Sie wirkt erstaunlich gefasst: nicht zittrig, nicht blass und mit gesundem Appetit. Cal traut dem nicht so ganz, ist aber dennoch froh darüber.

»Wie fühlst du dich?«, fragt er.

»Gut«, sagt Trey. Sie bietet ihm ein Butterbrot an.

»Nein danke«, sagt Cal. Offenbar gehen er und Trey wieder

normal miteinander um. Sämtliche Komplikationen zwischen ihnen scheinen wie weggewischt, als hätte es die nie gegeben oder als spielten sie keine Rolle mehr.

»Es ist ein Schock, einen Toten zu sehen«, sagt er. »Ich hab das oft erlebt, und es fällt mir noch immer nicht leicht. Besonders wenn du nicht damit rechnest.«

Trey denkt darüber nach, während sie akkurat die Kruste von ihrem Brot abbeißt, um sich das weiche Mittelstück bis zum Schluss aufzubewahren. »Es war echt seltsam«, sagt sie schließlich. »Anders, als ich gedacht hab.«

»Inwiefern?«

Trey überlegt lange. Ein paar Farmer sind bereits draußen auf ihren Weiden, aber die Straßen sind noch leer. Bislang haben sie nur ein einziges Auto passiert, irgendein Typ in einem Businesshemd, der sich früh auf seinen weiten Weg zur Arbeit gemacht hat. Die Wahrscheinlichkeit ist groß, dass noch niemand sonst Rushborough entdeckt hat.

Als Cal schon nicht mehr auf eine Antwort wartet, sagt Trey: »Ich hab gedacht, es wäre schlimmer. Ich mein, ich bin nicht hart oder so, als würd ich sagen: ›Ey, keine große Sache für mich.‹ Es war ’ne große Sache. Nur eben nicht schlimm.«

»Tja«, sagt Cal. »Das ist gut.« So ruhig war sie nicht mehr seit dem Tag, als ihr Dad aufgetaucht ist. Er weiß nicht, wie er das deuten soll.

»Er war sowieso bloß ein Wichser«, schiebt Trey nach.

Cal biegt von der Landstraße auf den Bergweg, der unbefestigt, schmal und kiesig ist. Ginster peitscht gegen die Autofenster, und Staubwolken wirbeln von den Reifen auf. Cal drosselt das Tempo.

»Trey«, sagt er. »Ich muss dich was fragen, und bitte werd nicht gleich wütend.«

Trey sieht ihn an, kaut, runzelt die Stirn.

»Falls du was damit zu tun hast – irgendwas, falls du zum Beispiel nur für irgendwen aufgepasst hast, ob einer kommt, und gar nicht gewusst hast, was der vorhat –, dann muss ich das jetzt wissen.«

Treys Gesicht verfinstert sich augenblicklich. Ihr Argwohn schlägt Cal auf den Magen. »Wieso?«

»Weil wir dann nämlich anders vorgehen werden.«

»Wie anders?«

Cal denkt, er sollte sie vielleicht anlügen, aber das wird er nicht tun. »Falls du nichts damit zu tun hast«, sagt er, »werden wir die Polizei anrufen. Falls doch, laden wir den Kerl hinten ins Auto, fahren ihn den Berg hoch, schmeißen ihn in eine Schlucht und tun so, als wäre nichts gewesen.«

Als er kurz zu Trey hinüberblickt, ist er total überrascht, weil sich ihr Gesicht zu einem breiten Grinsen verzogen hat. »Du bist ja ein toller Cop«, sagt sie.

»Na ja«, sagt Cal. Erleichterung durchströmt ihn mit einer solchen Wucht, dass er kaum noch fahren kann. »Ich bin im Ruhestand. Ich muss nicht mehr brav sein. Also, lass hören: Hast du irgendwas damit zu tun?«

»Nee. Hab ihn bloß gefunden.«

»Das verkompliziert die Sache. Wäre sehr viel einfacher gewesen, den Scheißkerl irgendwo oben am Berg loszuwerden.«

»Wenn du unbedingt willst, sag ich, ich war's«, schlägt Trey hilfsbereit vor.

»Besten Dank«, sagt Cal, »aber lieber nicht. Ich seh mir die Sache an, und dann verständigen wir die Polizei. Du wirst ihnen erzählen müssen, wie du ihn gefunden hast.«

»Kein Problem«, sagt Trey. »Ich will's ihnen erzählen.«

Sie sagt das so prompt und bestimmt, dass Cal zu ihr rüberschaut, aber sie widmet sich schon wieder ihrem Frühstück. »Ich weiß, du willst, dass ich mich raushalte«, sagt er. »Aber wenn du mit den Cops redest, erzähl lieber nichts von dem Gold. Früher oder später werden sie sowieso davon erfahren, aber sie müssen nicht unbedingt hören, dass du was damit zu tun hattest, zumindest nicht aus deinem Mund. Ich weiß nicht genau, was da alles Illegales gelaufen ist, weil ja jeder jeden übers Ohr hauen wollte, aber mir wär lieber, du musst es nicht auf die harte Tour herausfinden. Das heißt nicht, dass du die Polizei anlügen sollst« – als er sieht, dass Trey immer breiter grinsen muss –, »ich meine bloß: Falls die es nicht ansprechen, musst du das auch nicht.«

Sein Rat ist höchstwahrscheinlich völlig überflüssig – Dinge nicht anzusprechen ist eine von Treys Kernkompetenzen –, doch Cal will auf Nummer sicher gehen. Trey verdreht so stark die Augen, dass ihr ganzer Kopf beteiligt ist, was ihn beruhigt.

Inzwischen können sie die Weggabelung mit dem unförmigen Hubbel genau in der Mitte sehen. Cal hält an. Die Straße ist hier ein breiter zweispuriger Feldweg, trocken und kiesig, mit einer durchbrochenen Linie aus welkem Gras in der Mitte.

»Okay«, sagt er, als er die Fahrertür öffnet. »Bleib auf dem Gras.«

»Vorhin bin ich auf dem Weg gegangen«, sagt Trey. »Bis ganz dicht an ihn ran. Krieg ich deswegen Ärger mit den Bullen?«

»Nee. Das war ganz normal. Auf dem Boden wird's ohnehin keine Fußabdrücke von uns geben. Ich will bloß kein Risiko eingehen.«

Etwa dreieinhalb Meter von der Leiche entfernt, wo sich die Straße zur Gabelung weitet, bleiben sie stehen. Rushborough sieht deplatziert aus, ein Ding der Unmöglichkeit, das absolut nicht hierhergehört, als wäre es aus einem von Bobbys Ufos gefallen. Durch die gekrümmte Haltung sind seine schicken Klamotten gedehnt und verdreht. In der stillen Luft bewegt sich nicht mal sein Haar.

»Banjo hat ihn zuerst gefunden«, sagt Trey neben Cal. »Er hat geheult.«

318

»Er ist ein guter Hund«, sagt Cal. »Er weiß, dass er dich verständigen muss, wenn was wichtig ist. Hast du ihn so liegen lassen? Gibt's irgendwelche Veränderungen?«

»Nee. Bloß, dass jetzt Fliegen an ihm dran sind.«

»Tja«, sagt Cal. »So ist das nun mal. Bleib hier stehen. Ich schau ihn mir kurz genauer an.«

Cal muss Treys Schlussfolgerung zustimmen, dass der Mann ermordet wurde. Auf seiner Brust wimmelt es von Fliegen; als Cal sie verscheucht, steigen sie in einem wütenden Schwarm auf, und Cal sieht das schwarz verkrustete Blut vorne an seinem Hemd. Auch an seinem Hinterkopf sitzen Fliegen, und unter ihnen ist eine tiefe Kerbe. Knochensplitter und Hirnmasse sind kurz zu sehen, bevor die Fliegen sich wieder niederlassen.

Trey beobachtet ihn, bleibt auf Abstand. Unter der Leiche ist Blut dunkel in die Erde gesickert, aber bei dieser Art von Verletzungen müsste es sehr viel mehr Blut sein. Die obere Seite von Rushboroughs Gesicht ist milchig weiß, die untere, dicht am Boden, ist lila marmoriert. Er wurde nach seinem Tod hierhergebracht, aber nicht lange danach.

Cal weiß, dass man ein Opfer nicht berühren sollte, aber er weiß auch, dass es Stunden dauern könnte, bis die Rechtsmedizin hier eintrudelt, und manche Informationen können nicht so lange warten. Er holt die Latexhandschuhe aus der Tasche und zieht sie an. Trey beobachtet weiter und schweigt.

Rushboroughs Haut ist kalt. Sie fühlt sich kälter an als die Luft, doch Cal weiß, dass das eine Sinnestäuschung ist. Sein Kiefergelenk ist steif erstarrt, ebenso sein Ellbogen, doch Finger und Knie lassen sich noch bewegen. Die Rechtsmedizin kann Temperaturen und Gott weiß was alles berücksichtigen, um den ungefähren Todeszeitpunkt zu berechnen. Die Fliegen sind erbost über den Störenfried und umschwirren Cals Gesicht wie sirrende Bomber.

»Wir sollten ihn zudecken«, sagt Trey. »Wegen denen.« Sie deutet mit dem Kinn auf die Fliegen. »Du hast doch hinten im Auto so eine Plane.«

»Nix da.« Cal richtet sich auf, streift die Handschuhe ab. »Wenn wir das machen, verteilen wir Fasern und Hundehaare und was weiß ich noch alles auf ihm. Wir lassen ihn, wie er ist.« Er ertappt sich dabei, dass er nach seinem Funkgerät tastet, um die Zentrale anzurufen. Stattdessen zieht er sein Handy aus der Tasche und wählt 999.

Der Cop, mit dem er verbunden wird, hat seinen Morgenkaffee noch nicht intus und rechnet offensichtlich damit, dass sich irgendein Farmer über die Vogelscheuche seines Nachbarn beschweren will, doch Cals Tonfall lässt ihn aufhorchen, noch ehe ihm erklärt wird, worum es geht. Sobald Cal ihm begreiflich gemacht hat, wo genau sie sind, was eine Weile dauert, verspricht der Mann, dass in einer halben Stunde Kollegen vor Ort sein werden.

»Jetzt hast du dich angehört wie ein richtiger Bulle«, sagt Trey, nachdem Cal aufgelegt hat.

»Ich kann's noch, wenn ich muss.« Cal steckt sein Handy ein. »Auf jeden Fall war er ganz Ohr.«

»Müssen wir hierbleiben, bis die kommen?«

»Unbedingt. Sonst kommt vielleicht jemand anders vorbei, trampelt noch ein bisschen mehr hier rum und ruft dann selbst die Cops an. Wir bleiben.« Er bietet nicht an, die Stellung zu halten und Trey nach Hause gehen zu lassen. Er will sie im Auge behalten.

Die Hitze nimmt zu. Cal wollte wieder ins Auto steigen, wo die Klimaanlage einigermaßen funktioniert, aber inzwischen haben sich einige Krähen auf den höheren Ästen der Bäume um Rushborough niedergelassen und beäugen interessiert die Lage unter ihnen. Cal lehnt sich gegen die Kühlerhaube des Autos, von wo aus er sie im Auge behalten und nötigenfalls wegscheuchen kann. Trey hievt sich neben ihm auf die Kühlerhaube.

Cal hat kein Problem damit, warten zu müssen. Er ist vielmehr froh über die Gelegenheit, in Ruhe nachdenken zu können. Eigentlich kann er nicht viel Nachteiliges an Rushboroughs Tod sehen. Soweit er das beurteilen kann, hat der Mann allen anderen bloß einen Haufen Ärger eingebracht. Noch entscheidender ist, jetzt, wo er Rushborough vom Hals hat, wird Johnny seinen mageren Hintern wahrscheinlich schleunigst in Bewegung setzen und irgendwohin verschwinden, wo sich einem Feingeist wie ihm bessere Möglichkeiten bieten. Für Cal sieht das eindeutig nach einer Win-win-Situation aus.

Andererseits ist ihm klar, dass die Polizei das nicht so bewerten darf, und an dem Punkt kommt der mögliche Nachteil zum Tragen. Je nachdem, wer den Mistkerl getötet hat und wie schwer es wird, den oder die Täter zu ermitteln, könnte dieser Nachteil sogar erheblich sein. Im Idealfall war es Johnny, der Rushborough ins Jenseits befördert hat, und zwar so stümperhaft, dass bei ihm noch im Laufe des Tages die Handschellen klicken. Cal wagt es nicht, auf so viel Glück zu hoffen. Es gibt zu viele andere, weniger wünschenswerte Möglichkeiten.

Unter anderem die Möglichkeit, dass Rushboroughs Mörder seine Arbeit noch nicht als beendet ansieht. Es gibt jede Menge Leute, die Grund haben, stinksauer auf Rushborough zu sein, und deren Wut vielleicht nicht bei ihm endet. Mart hat gesagt, Trey würde keine Probleme bekommen, und Marts Wort hat im Dorf Gewicht, aber Mart ist nicht Gott, auch wenn er das vielleicht anders sieht, und garantieren kann er nichts.

»Wo führt die Straße hin, wenn man an eurem Haus vorbei ist?«, fragt Cal und deutet mit dem Kopf auf den unteren Weg. »An einem Stück Sumpf vorbei und in den Wald und dann?«

»Dann kommt erst mal lange nichts«, sagt Trey, »dann das

Haus von Gimpy Duignan. Dahinter haben früher die Murtagh-Brüder gewohnt, aber Christy ist gestorben, und Vincent ist ins Heim gekommen. Dann kommt nur noch Moor.«

»Und die da?« Cal nickt in Richtung der oberen Gabelung. »Malachy Dwyer und dann wer?«

»Seán Pól Dwyer, gut eine halbe Meile dahinter. Danach bloß noch Weiden und Wald, bis es wieder abwärtsgeht, runter nach Knockfarraney. Auf der anderen Seite wohnt die alte Mary Frances Murtagh.«

»In Knockfarraney hat Rushborough doch gewohnt, oder?«

Trey nickt. Sie rutscht von der Motorhaube und geht zur Beifahrertür. »Unten im Tal. In dem alten Cottage, das Rory Dunne an Touristen vermietet.«

»Das kenn ich«, sagt Cal. Rushborough könnte also auf dem Weg von oder zu seinem Cottage, von oder zu den Reddys und von oder nach Ardnakelty gewesen sein, wurde unterwegs überfallen und dann an dieser Stelle abgelegt, um den Kreis der Verdächtigen zu erweitern. Andererseits könnte er auch irgendwo anders getötet und dann hierhergebracht worden sein, um eine falsche Spur zu legen. »Hast du ihn gestern gesehen?«

Trey kramt in Cals Handschuhfach herum. Vermutlich sucht sie die Wasserflasche, die er bei diesem Wetter immer dort aufbewahrt. »Nee. Ich war den ganzen Tag zu Hause, und er hat sich nicht bei uns blicken lassen. Jetzt klingst du wieder wie ein Bulle.«

»Nein«, sagt Cal. »Ich klinge bloß wie ein ganz normaler Mensch, der gern wissen möchte, was hier passiert ist. Willst du das etwa nicht?«

Trey hat die Wasserflasche gefunden. Sie schließt die Autotür. »Nee«, sagt sie. »Ist mir scheißegal.«

Sie lehnt sich gegen die Autotür, trinkt die Flasche halb leer und reicht sie dann Cal. Sie hat Rushboroughs Leiche kaum eines Blickes gewürdigt, seit Cal wieder am Wagen ist. Es wäre ganz verständlich, wenn sie den Anblick meiden wollte, aber Cal glaubt nicht, dass das der Grund ist. Trey wirkt entspannt, als wäre der Tote kaum da, bloß eine schwache Präsenz, die ihrem heimischen Territorium nichts anhaben kann. Wie auch immer sie sich mit ihm arrangieren musste, sie hat es getan, ehe sie zu Cal kam.

In den letzten zwei Jahren hat er einigermaßen gelernt, Trey einzuschätzen, aber heute ist sie ihm ein Rätsel, und er kann nicht zulassen, dass sie ihm in einer solchen Situation ein Rätsel bleibt, weil sie noch nicht alt oder gefestigt genug ist. Er fragt sich, ob sie überhaupt mal daran gedacht hat, welche Folgen und Auswirkungen Rushboroughs Tod haben könnte.

Drei oder vier Schwarzkopfschafe zockeln auf dem Weg und zwischen den Bäumen herum, fressen Unkraut. »Weißt du, wem die Schafe gehören?«, fragt Cal.

»Malachy Dwyer. In unserem Hof waren auch welche. Ich wollte zu ihm und ihm sagen, dass sie frei rumlaufen, aber dann ...« Trey deutet mit dem Kopf auf den Toten.

»Klar, dass du da nicht mehr an die Schafe gedacht hast«, sagt Cal und gibt ihr die Wasserflasche zurück. Malachys Schafe sind also vor Tagesanbruch ausgebrochen und haben auf allen eventuellen Fuß- oder Reifenspuren herumgetrampelt, die ein Mörder möglicherweise zurückgelassen hat. Außerdem haben sie jede Witterung überdeckt, die ein Spürhund hätte aufnehmen können. Schafe laufen regelmäßig frei in der Gegend rum, weil die meisten Bergweiden von uralten, notdürftig ausgebesserten Steinmauern umfriedet sind. Keiner stört sich groß dran, und auf lange Sicht landen sie sowieso alle wieder da, wo sie hingehören. Aber dieser Ausbruch ist jemandem sehr gelegen gekommen.

Die Krähen haben sich inzwischen auf niedrigere Äste gewagt, testen aus, wie weit sie gehen können. Sie sind schmutzig aschgrau mit einem schmeißfliegenartigen Schimmer auf den schwarzen Flügeln. Ihre Köpfe zucken hin und her, so dass sie Cal und Trey im Auge behalten können, während sie zugleich gierig Rushborough taxieren. Cal bückt sich, hebt einen mittelgroßen Stein auf und wirft ihn in ihre Richtung, worauf sie träge ein paar Äste höher flattern, unbeeindruckt: Sie haben Zeit.

»Wenn du mit den Cops redest«, sagt er, »darfst du wahrscheinlich einen Erwachsenen dabeihaben. Ich kann das machen, wenn du willst. Oder du könntest deine Mutter bitten. Oder deinen Dad.«

»Du«, sagt Trey prompt.

»Okay.« Sie hat sich an ihn gewandt und nicht an Johnny, nachdem sie Rushborough gefunden hatte, obwohl Johnnys Interesse an dieser neuen Entwicklung erheblich größer sein müsste. Irgendetwas hat sich für sie verändert. Cal wüsste sehr gerne, was und ob es mit dem Toten zu tun hat, der da auf der blutgetränkten Erde liegt. Er glaubt Trey, dass sie nichts damit zu tun hatte, wie die Leiche dahin kam, doch die Frage, was sie möglicherweise weiß oder vermutet, ist weniger leicht zu beantworten. »Sobald die Polizei eintrifft, fahren wir beide zu mir nach Hause. Die können da mit dir reden, wenn sie hier fertig sind. Wir bieten ihnen Tee an und so.«

Die Schafe haben aufgehört zu fressen und heben die Köpfe, blicken die Straße hoch in Richtung von Treys Elternhaus. Cal hört Schuhe auf Kies knirschen, sieht etwas Weißes zwischen den Bäumen blitzen.

Es ist Johnny Reddy höchstpersönlich, frisch rasiert und gewaschen, der eilig den Weg herunterkommt wie ein Mann, der Wichtiges zu tun hat. Er sieht als Erstes Cals roten Pajero und bleibt stehen.

Cal sagt nichts. Trey auch nicht.

»Na, hallo und guten Morgen euch beiden«, sagt Johnny. Er legt übertrieben freundlich den Kopf schief, aber Cal sieht die

Verunsicherung in seinen Augen. »Was ist denn los? Wartet ihr etwa auf mich?«

»Nee«, sagt Cal. »Wir warten zusammen mit deinem Kumpel Rushborough da drüben.«

Johnny sieht hin. Sein ganzer Körper erstarrt, und sein Mund klappt auf. Der Schock wirkt echt, aber Cal nimmt nichts, was Johnny sagt oder tut, für bare Münze. Selbst wenn seine Reaktion echt ist, könnte sie einfach bedeuten, dass er überrascht ist, die Leiche an dieser Stelle zu sehen, nicht, dass er überhaupt nicht auf sie gefasst war.

»Ach du Scheiße«, sagt Johnny, als er wieder atmen kann. Er macht einen instinktiven Schritt auf Rushborough zu.

»Ich muss dich bitten, nicht näher ranzugehen, Johnny«, sagt Cal mit seiner Cop-Stimme. »Wir wollen den Tatort nicht kontaminieren.«

Johnny bleibt, wo er ist. »Ist er tot?«

»O ja. Dafür hat jemand gründlich gesorgt.«

»Wie?«

»Seh ich aus wie ein Arzt?«

Johnny versucht, sich zusammenzureißen. Er betrachtet Cal und schätzt ab, wie hoch die Wahrscheinlichkeit ist, dass er ihn dazu überreden kann, Rushborough in ein Sumpfloch zu werfen und das Ganze zu vergessen. Cal hat keine Lust, ihm bei der Entscheidung zu helfen. Er sieht ihn nur ausdruckslos an.

Schließlich kommt Johnny, das große Genie, zu dem Schluss, dass Cal wohl kaum dabei mitmachen würde. »Geh nach Hause«, sagt er streng zu Trey. »Na los. Geh nach Hause zu deiner Mammy und bleib da. Und erzähl das hier keinem.«

»Trey hat die Leiche gefunden«, erklärt Cal ruhig und sachlich. »Sie wird eine Aussage machen müssen. Die Polizei ist schon unterwegs.«

Johnny starrt ihn mit purem Hass an. Cal, der schon seit Wochen das gleiche Gefühl Johnny gegenüber empfindet, ohne etwas dagegen tun zu können, starrt zurück und genießt jede Sekunde.

»Du erzählst den Bullen nichts von dem Gold«, befiehlt Johnny seiner Tochter. Trey mag die Tragweite der Situation hier nicht ganz erfassen, Johnny dagegen definitiv. Cal kann förmlich sehen, wie seine Gehirnzellen sich überschlagen. »Hast du verstanden? Kein verficktes Wort.«

»Na, na, was für eine Ausdrucksweise«, ermahnt Cal ihn.

Johnny bleckt die Zähne beim Versuch eines Lächelns, bringt aber eher eine Grimasse zustande. »Dir muss ich das bestimmt nicht sagen«, wendet er sich an Cal. »Du willst den ganzen Ärger doch auch nicht.«

»Du meine Güte.« Cal kratzt sich den Bart. »Daran hab ich noch gar nicht gedacht. Ich werd's mir merken.«

Johnnys Grimasse wird noch angespannter. »Ich muss wohin. Darf ich bitte in die Richtung da weitergehen, Officer?«

»Von mir aus«, sagt Cal. »Ich bin sicher, die Polizei findet dich schon, wenn sie dich braucht. Und mach dir mal keine Sorgen um uns. Wir kommen zurecht.«

Johnny wirft ihm noch einen bitterbösen Blick zu, dann geht er zwischen den Bäumen hindurch, um einen weiten Bogen um die Leiche zu schlagen, und hastet den oberen Weg hinauf, in Richtung der Dwyers und zufällig auch in Richtung von Rushboroughs Ferienhaus. Cal erlaubt sich die Hoffnung, dass der Wichser ausrutscht und kopfüber in eine Schlucht stürzt.

»Ich wette, der will deine Kamera holen«, sagt Trey. »Rushborough hat sie mir abgenommen. Ich wollte sie zurückklauen, hat sich aber keine Gelegenheit ergeben.«

»Hm«, sagt Cal. Die Kamera hat ihn gedanklich beschäftigt, genau wie die Tatsache, dass ziemlich genau ab dem Zeitpunkt, als Trey die geschwollene Lippe hatte, plötzlich keine Rede mehr von ihr war. »Was ist denn da drauf, das Rushborough wollte?«

»Du und die anderen, wie ihr das Gold in den Fluss tut.«

Kurzes Schweigen tritt ein.

»Hast du mitgekriegt, dass ich da war?«

»Nein«, sagt Cal vorsichtig. Sie sieht ihn nicht an. Sie beobachtet den Weg, über den ihr Vater verschwunden ist, die Augen gegen die Sonne zusammengekniffen. »Ich hatte irgendwie das Gefühl, aber nein, gewusst hab ich's nicht. Warum hast du das gefilmt?«

»Weil ich's Rushborough zeigen wollte. Damit er sich verpisst.«

»Klar«, sagt Cal. Er ordnet seine Gedanken neu. Trey hat die Aufnahmen nicht einfach nur hinter Johnnys Rücken gemacht. Sie hat sie gemacht, sorgsam geplant, um ihn in die Pfanne zu hauen. Jetzt kann sich Cal noch weniger erklären, wieso sie Johnnys niedliches kleines Goldnugget im Pub rumgezeigt hat.

»Ich hab nicht gewusst, dass du da sein würdest«, sagt Trey. »Am Fluss. Hast du mir nicht erzählt.«

Sie dreht die Wasserflasche zwischen den Knien, hat den Kopf darüber gebeugt. Falls sie Cal aus den Augenwinkeln beobachtet, kann er es nicht sehen.

»Du denkst, ich hätt's dir sagen sollen.«

»Ja.«

»Wollte ich auch. Am Tag davor, als ich dir die Kamera geliehen hab. Aber dann ist dein Dad aufgekreuzt und hat dich mit nach Hause genommen, und ich hatte keine Gelegenheit mehr.«

»Wieso warst du mit denen da? Am Fluss?«

Dass sie ihn das fragt, rührt Cal: Sie kennt ihn gut genug, um davon ausgehen zu können, dass er nicht dabei war, um irgendeinen blöden Touristen übers Ohr zu hauen. »Ich wollte das Ganze im Auge behalten«, sagt er. »Rushborough ist mir von Anfang an zwielichtig vorgekommen, und ich hatte das Gefühl, dass die Situation aus dem Ruder laufen könnte. Ich hab gern eine genaue Vorstellung davon, was um mich rum so läuft.«

»Du hättest es mir von Anfang an sagen sollen. Ich bin verdammt nochmal kein Kind mehr. Das hab ich dir schon oft gesagt.«

»Ich weiß.« Cal tastet sich noch immer so behutsam und vorsichtig wie möglich vor. Er wird sich hüten, sie anzulügen, aber er wird sich auch hüten, ihr zu sagen, dass er auf sie aufpassen muss. »Ich hab wirklich nicht gedacht, du wärst zu jung, um es zu verstehen oder so. Ich hab bloß gedacht, dass Johnny nun mal dein Dad ist.«

»Er ist ein verfickter Kotzbrocken.«

»Da geb ich dir recht«, sagt Cal. »Aber ich wollte dich nicht in eine schwierige Lage bringen, indem ich mich anhöre, als würde ich über ihn oder seine tolle Idee herziehen, und ich wollte dich auch nicht nach Informationen ausquetschen. Ich hab gedacht, ich sollte dich deine eigenen Entscheidungen treffen lassen. Ich wollte bloß wissen, wie sich alles entwickelt.«

Trey lässt sich das durch den Kopf gehen, dreht weiter die Flasche. Cal überlegt, ob er, wo sie schon mal dabei sind, die Tatsache ansprechen soll, dass sie ihm auch so einiges verschwiegen hat, entscheidet sich aber dagegen. Er merkt ihr an, dass sie nach wie vor manches für sich behält. Noch immer kommt sie ihm unerreichbar vor. Wenn er jetzt versucht, ihr nahezukommen, und sie ihn anlügt, wird sie sich nur noch weiter entfernen. Er wartet ab.

Schließlich blickt sie zu Cal hoch und nickt. »Sorry, dass deine Kamera futsch ist«, sagt sie. »Ich bezahl sie dir.«

»Mach dir darüber mal keine Gedanken«, sagt Cal. Sämtliche Muskeln in ihm lockern sich ein wenig. Vielleicht hat er nicht alles wieder in Ordnung gebracht, aber diesmal hat er es immerhin geschafft, nicht alles noch schlimmer zu machen. »Gut möglich, dass dein Dad sie dir gibt, damit du sie mir zurückbringst. Nachdem er einiges von der Speicherkarte gelöscht hat.«

328

Trey pustet Luft aus dem Mundwinkel. »Der schmeißt sie eher ins Moor.«

»Nee«, sagt Cal. »Er wird nicht wollen, dass ich Stunk mache und die Sache auffliegt. Er wird die Aufnahmen löschen und die Kamera zurückgeben. Wirst schon sehen.«

Trey dreht den Kopf, weil sie hinter ihnen ein Auto hört. Sie können es immer wieder kurz durch die Bäume hindurch auf der gewundenen Straße sehen: klotzig, weiß-blau, ein Streifenwagen.

»Die Bullen«, sagt sie.

»Jepp«, sagt Cal. »Die waren ziemlich schnell.«

Er dreht sich um und blickt ein letztes Mal auf das stumme Ding in den streifigen Schatten. Es sieht kümmerlich und nebensächlich aus, etwas, das zwar jetzt im Weg ist, aber vom nächsten kräftigen Windstoß fortgeweht wird. Im Gegensatz zu Trey ist Cal bewusst, wie gewaltig, weitreichend und unaufhaltsam die Veränderung sein wird, die dieses Auto mit sich bringt.

15

DIE ZWEI UNIFORMIERTEN Polizisten könnten Brüder sein: jung, kräftig, kerngesund, mit dem gleichen adretten Haarschnitt und dem gleichen üblen Sonnenbrand. Beide sehen aus, als hätten sie einen solchen Moment in ihrer Berufslaufbahn noch nie erlebt, und sie gehen besonders korrekt vor, um sich gegenseitig zu beweisen, dass sie wissen, was zu tun ist. Sie nehmen Cals und Treys Personalien auf, fragen Trey, um welche Uhrzeit sie den Toten entdeckt hat – was mit einem nichtssagenden Achselzucken und »früh« beantwortet wird – und ob sie ihn angefasst hat. Sie notieren auch Rushboroughs Namen – Cal bezweifelt, dass es der richtige ist, behält das aber für sich – und wo er gewohnt hat. Cal schätzt mit leisem Bedauern, dass Johnny längst weg sein wird, wenn sie da ankommen.

Die Uniformierten fangen an, Flatterband zwischen den Bäumen zu spannen. Einer von ihnen scheucht ein paar Schafe weg, die neugierig näher gekommen sind. »Ist das in Ordnung, wenn wir zu mir nach Hause fahren, Officer?«, fragt Cal den anderen. »Trey hilft mir bei Schreinerarbeiten, und wir müssen noch einen Auftrag fertigstellen.«

»Kein Problem«, sagt der Polizist mit einem förmlichen Nicken. »Die Detectives werden Ihre Aussagen aufnehmen müssen. Sie sind beide unter dieser Nummer erreichbar, ja?«

»Richtig«, sagt Cal. »Wir verbringen fast den ganzen Tag bei mir.« Er blickt zu Trey hinüber, und sie nickt. Die Krähen haben sich unbeirrbar wieder den unteren Ästen genähert.

Auf der Fahrt ins Tal fragt Trey: »Was werden die machen?«

»Wer?«

»Die Detectives. Wie finden die raus, wer ihn umgebracht hat?«

»Na ja«, sagt Cal. Er schaltet einen Gang runter und bremst ab. Er hat in den Bergen von North Carolina Auto fahren gelernt, aber dieser abschüssige Hang macht ihn manchmal immer noch nervös. Als die Straße gebaut wurde, hat noch keiner an Autos gedacht. »Die Kriminaltechnik wird forensische Beweise sichern. Zum Beispiel fremde Haare und Fasern, die sich an der Leiche befinden und die später mit einem Verdächtigen oder seinem Haus oder seinem Auto abgeglichen werden. Auch von Rushborough werden Haare und Fasern gesichert, weil die vielleicht auf den Verdächtigen übertragen wurden, und es werden Proben von seinem Blut genommen, denn da, wo er getötet wurde, wird jede Menge davon zu finden sein. Sie werden Spuren unter seinen Fingernägeln sichern und Proben von den Blutflecken nehmen, weil er vielleicht mit dem Täter gekämpft hat und dessen DNA an ihm haften geblieben ist. Sie werden nach Hinweisen suchen, die verraten, wie und aus welcher Richtung er dahin gekommen ist, wo du ihn gefunden hast. Und sein Handy wird ausgelesen werden, um festzustellen, mit wem er telefoniert hat, ob er mit irgendwem Ärger hatte.«

»Was ist mit den Detectives? Was machen die?«

»Hauptsächlich Leute vernehmen. Sich umhören, wer ihn zuletzt gesehen hat, wohin er unterwegs war, ob er sich mit irgendwem gestritten hat. Kontakt zu seiner Familie aufnehmen, seinen Freunden, seinen Bekannten, feststellen, ob er Probleme hatte – Liebesleben, Geld, Geschäfte, was auch immer. Irgendwelche Feinde.«

Trey sagt: »Der hatte bestimmt Feinde. Nicht bloß hier.«

»Ja«, sagt Cal. »Glaub ich auch.« Er fährt im Schneckentempo an einer Seitenstraße vorbei, reckt den Hals, um sicherzugehen, dass nicht gerade jemand unbekümmert angerast kommt. Er wäre sich gern sicher, dass Treys Interesse an Polizeimethoden rein theoretischer Natur ist. »Hat er dir vor ein paar Tagen die geschwollene Lippe verpasst?«

»Ja«, sagt Trey, als wäre sie gedanklich mit anderen Dingen beschäftigt. Sie zieht sich in ein Schweigen zurück, das den ganzen Weg bis zu Cals Haus anhält.

Während er eine frische Portion Rührei mit Speck brät und Trey den Tisch deckt, schickt Cal eine SMS an Lena: Jemand hat Rushborough umgebracht. Oben am Berg.

Er kann sehen, dass sie sie gelesen hat, aber es dauert einen Moment, ehe sie antwortet. Komme nach der Arbeit vorbei. Trey, die mit Tischdecken fertig ist und auf dem Boden sitzt, wo sie gedankenverloren die Hunde streichelt, reagiert nicht auf das Piepen des Handys. Cal schickt Lena ein Daumen-hoch-Emoji und konzentriert sich wieder auf die Pfanne.

Beim Essen schweigen sie weiter. Als sie schließlich in die Werkstatt gehen, ist Cal zu dem Entschluss gelangt, dass er den Detectives nichts von irgendwelchem Gold erzählen wird, zumindest noch nicht. Er will sich aus dem Durcheinander heraushalten, damit er in jede Rolle schlüpfen kann, die er für Trey spielen muss, sobald er herausgefunden hat, welche das sein könnte. Das müsste machbar sein. Mit Sicherheit wird die Polizei zumindest die oberen ein oder zwei Schichten der Goldgeschichte herausfinden, aber was die Details angeht, wird es schwierig für sie werden. Cal hat am eigenen Leib erfahren, mit welch beeindruckender Gründlichkeit Ardnakelty Verwirrung stiften kann, wenn es entsprechend motiviert ist. Die Detectives können sich glücklich schätzen, wenn sie jemals ein verlässliches Gefühl dafür bekommen, was zum Teufel da eigentlich gelaufen ist, geschweige denn, wer alles mitgemacht hat. Und als Außenseiter kann Cal glaubhaft versichern, dass er die Vorgänge im Dorf gar nicht so genau mitbekommt. Im normalen Alltag hätte er irgendeine vage Schwachsinnsgeschichte von irgendwelchem Gold gehört, vermischt mit Mossies Feenhügel und Gott weiß was noch alles, ihr aber keine besondere Beachtung geschenkt. Er vermisst den normalen Alltag.

Es ist fast Mittag, und sie bohren gerade Dübellöcher, als Banjo die Ohren aufstellt, Rip eine wütende Kaskade von Heulern ausstößt und beide Hunde zur Tür laufen. »Die Bullen«, sagt Trey. Ihr Kopf schnellt hoch, als hätte sie darauf gewartet. Sie steht vom Boden auf, holt tief Luft und schüttelt sich kurz wie ein Boxer, bevor er in den Ring steigt.

Plötzlich überkommt Cal das drängende Gefühl, dass er irgendwas übersehen hat. Er will sie aufhalten, sie zurückrufen, aber es ist zu spät. Ihm bleibt nur, sich den Staub abzuklopfen und ihr zu folgen.

Und tatsächlich, als sie ins vordere Zimmer gehen, hält gerade ein auffällig unauffälliger Wagen präzise neben dem Pajero. Es sitzen zwei Männer drin.

»Die wollen nur hören, wie du ihn gefunden hast«, sagt Cal, während er die Hunde mit einem Fuß daran hindert, aus der Tür zu stürmen. »Fürs Erste. Sprich deutlich, nimm dir Zeit, wenn du überlegen musst. Falls du dich an etwas nicht erinnerst oder unsicher bist, sag es einfach. Das ist alles. Keine Angst.«

»Ich hab keine Angst«, erwidert Trey. »Alles bestens.«

Cal weiß nicht, wie oder ob er ihr sagen soll, dass das nicht unbedingt wahr ist. »Der Typ ist bestimmt von der Mordkommission«, erklärt er, »oder wie die das hier nennen. Der wird anders sein als der Officer aus der Stadt, der dich zusammenscheißt, wenn du zu oft die Schule schwänzt.«

»Gut«, sagt Trey mit Bestimmtheit. »Der ist nämlich ein verfickter Vollidiot.«

»Keine Kraftausdrücke«, sagt Cal, aber nur reflexartig. Sein Blick ist auf den Mann gerichtet, der jetzt auf der Beifahrerseite aussteigt. Er ist ungefähr in Cals Alter, untersetzt und so kurzbeinig, dass er sich die Hose seines Anzugs bestimmt hat kürzen lassen, und er hat einen federnden, munteren Gang. Er ist mit einem von den Muskelprotzzwillingen gekommen, der ihm vermutlich das lästige Notizenmachen abnehmen soll, damit er sich voll und ganz auf sein Gegenüber konzentrieren kann.

»Ich bin höflich«, beruhigt Trey ihn. »Wirst schon sehen.« Cal fühlt sich alles andere als beruhigt.

Der Detective heißt Nealon. Er hat struppiges grau meliertes Haar, ein pummeliges, humorvolles Gesicht und sieht aus wie ein Mann, der einen gut gehenden Familienbetrieb leiten könnte, vielleicht einen Haushaltswarenladen. Cal ist sicher, dass er dieses Aussehen zu nutzen weiß: Der Mann ist kein Dummkopf. Er geht freundlich auf Rip und Banjo ein, bis die beiden sich wieder beruhigen, und dann nimmt er das Angebot einer Tasse Tee an, damit er sich an den Küchentisch setzen und mit Cal und Trey plaudern kann, während die beiden herumhantieren, was ihm die Möglichkeit verschafft, sie zu beobachten. Als Cal sieht, dass sein Blick über Treys zu kurze Jeans und ihren Nichthaarschnitt gleitet, muss er sich beherrschen, um Nealon nicht rundheraus zu sagen, dass sie keine verwahrloste Kleinkriminelle ist, sondern ein gutes Mädchen auf einem guten Weg mit anständigen Menschen im Rücken, die dafür sorgen, dass ihr keiner krumm kommt.

Trey kriegt es prima allein hin, ihre Anständigkeit zu beweisen. Sie verhält sich für Cals Geschmack verdächtig zuvorkommend: Fragt Nealon und den Officer, ob sie Milch nehmen, arrangiert Kekse auf einem Teller, antwortet in ganzen Sätzen auf die albernen Fragen zu Schule und Wetter. Cal wüsste für sein Leben gern, was sie vorhat.

Er selbst, das weiß er, ist schwerer einzuordnen, und sein lädiertes Gesicht macht es nicht unbedingt leichter. Nealon erkundigt sich, wo er herkommt und wie ihm Irland gefällt, und Cal liefert die eingeübten, netten Antworten, die er jedem gibt. Er lässt seinen ehemaligen Beruf erst mal unerwähnt, weil er sehen will, wie der Mann arbeitet, wenn er nichts davon weiß.

»Also«, sagt Nealon, als sie alle mit Tee und Keksen versorgt sind. »Sie beide haben schon einen ziemlich aufregenden Tag hinter sich, was? Und dabei ist gerade erst Mittag. Ich will versuchen, das hier schnell über die Bühne zu bringen.« Er lächelt Trey an, die ihm gegenübersitzt. Der Officer hat sich aufs Sofa zurückgezogen und Notizblock und Stift gezückt. »Weißt du, wer der Mann war, den du gefunden hast?«

»Mr. Rushborough«, sagt Trey prompt. Sie sitzt sogar gerade. »Cillian Rushborough. Mein Dad hat ihn in London kennengelernt.«

»Dann ist er hier, um deinen Daddy zu besuchen?«

»Nicht wirklich. Die beiden sind nicht direkt befreundet. Seine Familie war von hier. Ich glaub, er war hauptsächlich deshalb hier.«

»Aha, so einer also«, sagt Nealon nachsichtig. Cal kann seinen Akzent nicht zuordnen. Der Mann spricht schneller und gleichförmiger als die meisten hier, aber mit einer Bestimmtheit, die normale Sätze irgendwie provokant klingen lässt. Das hat was Städtisches an sich. »Wie war er so? Netter Mann?«

Trey zuckt die Achseln. »Ich bin ihm nur ein paarmal begegnet. Hab nicht besonders auf ihn geachtet. Er war okay. Ein bisschen eingebildet.«

»Kannst du sagen, wann genau du ihn gefunden hast?«

»Ich hab kein Handy«, sagt Trey. »Und keine Uhr.«

»Macht nichts«, sagt Nealon munter. »Dann müssen wir eben ein bisschen rechnen. Mal sehen, ob ich das richtig verstanden habe: Du hast die Leiche gefunden, bist geradewegs hierher zu

Mr. Hooper gelaufen, und ihr beide seid mit dem Auto zurück zum Fundort gefahren. Stimmt das so?«

»Ja.«

»Mr. Hooper hat uns um neunzehn Minuten nach sechs angerufen. Wie lange vorher seid ihr da oben angekommen?«

»Höchstens ein paar Minuten.«

»Sagen wir, um Viertel nach, ja? So ist's einfacher. Wie lange dauert die Fahrt da rauf?«

»Zehn Minuten. Vielleicht fünfzehn. Die Straße ist nicht besonders gut.«

»Verstehst du, was ich hier mache?«, fragt Nealon und lächelt Trey an wie ein lieber Onkel.

»Klar. Rückwärts rechnen.«

Trey spielt gut mit: aufmerksam, ernst, willig, aber nicht übertrieben hilfsbereit. Cal hat einen Moment gebraucht, um zu erkennen, dass sie das macht und warum sie plötzlich so fremd wirkt. Er hat sie noch nie irgendwas vorspielen sehen. Er wusste gar nicht, dass sie dazu in der Lage ist. Er fragt sich, ob sie sich das bei Johnny abgeguckt hat oder ob die Fähigkeit schon immer da war, um bei Bedarf abgerufen zu werden.

»Ganz genau«, sagt Nealon. »Wir sind also bei ungefähr sechs Uhr, als ihr von hier losgefahren seid. Wie lange warst du hier?«

»Vielleicht eine Minute. Ich hab's Cal erzählt, und wir sind los.«

»Also immer noch gegen sechs. Wie lange brauchst du für den Weg bis hierher?«

»Eine halbe Stunde etwa. Vielleicht ein bisschen länger. Ich bin schnell gelaufen. Also muss ich kurz vor halb sechs losgegangen sein.«

Cals Bedürfnis herauszufinden, was Trey da macht, hat sich verstärkt. Unter normalen Umständen würde sie sich eher die Finger abkauen, als dem Cop von sich aus auch nur ein überflüssiges Wort zu sagen.

»Das läuft ja wie geschmiert«, sagt Nealon anerkennend. »Wie lange warst du oben bei der Leiche, bevor du hierhergekommen bist?«

Trey zuckt die Achseln und greift nach ihrer Tasse. Zum ersten Mal gerät ihr Rhythmus ins Stocken. »Keine Ahnung. Eine Weile.«

»Eine lange Weile?«

»Etwa fünfzehn Minuten. Vielleicht auch zwanzig.«

»Kein Problem«, sagt Nealon leichthin. Cal weiß, dass er ihr Zögern registriert hat und darauf zurückkommen wird, wenn Trey denkt, er hätte es vergessen. Cal hat diese Szene so oft durchgespielt, dass es ihm vorkommt, als würde er sie doppelt sehen: einmal von seinem gewohnten Platz auf Nealons Stuhl aus, wo er die eigene Balance aus Freundlichkeit und Beharrlichkeit unaufhörlich austariert, während seine Einschätzung der Situation allmählich präziser wird, und einmal von seinem tatsächlichen Sitzplatz aus, eine völlig andere Perspektive, bei der die Balance der eigenen Verteidigung dient und das Risiko plötzlich wahnsinnig hoch und emotional ist. Beide Positionen gefallen ihm überhaupt nicht.

»Also«, sagt Nealon, »bei wie viel Uhr sind wir jetzt? Als du ihn entdeckt hast?«

Trey überlegt. Sie ist wieder in der Spur, seit es nicht mehr um die Zeit geht, die sie allein bei dem Toten verbracht hat. »Muss dann wohl so kurz nach fünf gewesen sein.«

»Na bitte«, sagt Nealon erfreut. »Wir haben's rausgekriegt. Hab ich's nicht gesagt?«

»Ja. Wir haben's rausgekriegt.«

»Kurz nach fünf«, sagt Nealon und legt freundlich den Kopf schief wie ein verschmuster Hund. »Da warst du aber mächtig früh auf den Beinen. Hattest du was Bestimmtes vor?«

»Nee. Ich …« Trey zieht kurz eine Schulter hoch. »Ich hab in der Nacht Geräusche gehört. Wollte nachsehen, wo die herge-kommen sind. Ob was passiert war.«

Das muss Nealon aufhorchen lassen, aber er lässt sich nichts anmerken. Der Mann hat Erfahrung. »Ach ja? Was denn für Ge-räusche?«

»Stimmen. Und ein Auto.«

»Unmittelbar bevor du aufgestanden bist? Oder früher in der Nacht?«

»Früher. Ich hab nicht richtig schlafen können, zu heiß. Bin wach geworden und hab draußen was gehört.«

»Kannst du ungefähr sagen, um wie viel Uhr?«

Trey schüttelt den Kopf. »Es war jedenfalls so spät, dass meine Mam und mein Dad geschlafen haben.«

»Hast du sie geweckt?«

»Nee. Ich hab gewusst, dass es nicht bei uns am Haus war, zu weit weg, deshalb hat mir das keine Angst gemacht oder so. Aber ich bin zu unserem Tor rausgegangen, nachsehen. Weiter die Straße runter waren Lichter, wie Scheinwerfer. Und Männerstim-men.«

Nealon sitzt immer noch ganz locker auf seinem Stuhl und trinkt seinen Tee, aber Cal spürt förmlich, wie die Anspannung in ihm vibriert. »Wo die Straße runter?«

»Ungefähr da, wo der Mann war, an der Gabelung. Könnte ge-nau an der Stelle gewesen sein oder noch ein bisschen näher.«

»Du hast nicht nachgesehen, oder?«

»Ich bin ein kleines Stück die Straße runter, aber dann bin ich stehen geblieben. Ich hab gedacht, die wollten vielleicht nicht, dass jemand sie sieht.«

Das klingt ziemlich plausibel. Oben am Berg geht so einiges vor sich: schwarzbrennen, Müll wird heimlich abgeladen, Diesel wird über die Grenze geschmuggelt, wahrscheinlich noch ille-galere Sachen. Wer hier aufwächst, weiß, dass man sich besser von so was fernhält. Aber nichts davon hat sie Cal gegenüber erwähnt.

»Damit hattest du vermutlich recht«, sagt Nealon. »Hast du sie gesehen?«

»Nicht richtig. Bloß Männer, die rumgelaufen sind. Die Scheinwerfer haben mich geblendet, und die Männer waren im Dunkeln. Hab nicht erkennen können, was sie gemacht haben.«

»Wie viele waren es?«

»Ein paar. Ich meine, nicht sehr viele. Vielleicht vier oder fünf.«

»Hast du welche von ihnen erkannt?«

Trey überlegt einen Moment. »Nee. Ich glaub nicht.«

»Ist gut«, sagt Nealon leichthin, doch Cal hört das unausgesprochene *fürs Erste*: Falls Nealon einen Tatverdächtigen findet, wird er zurückkommen. »Hast du irgendwas verstehen können, von dem, was sie gesagt haben?«

Trey zuckt die Achseln. »Nur so kurze Bemerkungen. Einer hat gesagt: ›Da drüben‹, und ein anderer hat gesagt: ›Menschenskind, immer mit der Ruhe.‹ Und irgendwer hat gesagt: ›Scheiße, komm endlich in die Gänge.‹ Tschuldigung.«

»Ich hab schon Schlimmeres gehört«, grinst Nealon. »Sonst noch was?«

»Bloß hin und wieder mal ein Wort. Hat aber keinen Sinn ergeben. Die sind hin und her gelaufen, deshalb waren sie noch schwerer zu verstehen.«

»Hast du irgendeine Stimme erkannt?«, fragt Nealon.

Trey überlegt oder tut überzeugend so als ob, starrt stirnrunzelnd in ihre Tasse. »Nee«, sagt sie schließlich. »Tut mir leid. Aber es waren alles Männer. Ich mein, nicht so jung wie ich. Erwachsene.«

»Wie haben sie geredet? Hast du erkennen können, ob sie Iren waren, Einheimische oder so?«

»Iren«, sagt Trey, ohne zu zögern. »Von hier.« Cal hebt den

Kopf, als er den Ton in ihrer Stimme hört, wie ein Pfeil, der sein Ziel genau ins Herz trifft – und er begreift.

Nealon sagt: »Was meinst du mit ›von hier‹? Das County, das Dorf, Westirland?«

»Ardnakelty. Schon direkt hinterm Berg oder auf der anderen Seite vom Fluss reden die Leute anders. Die waren von hier.«

»Bist du dir da ganz sicher?«

»Hundertpro.«

Die Geschichte ist von A bis Z gelogen. Endlich begreift Cal, dass Trey nie die Gehilfin ihres Vaters war. Sie spielt ein einsames Spiel, und das von Anfang an. Als sich ihr die Gelegenheit bot, hat sie Ardnakelty auf einen Irrweg geschickt, auf die Suche nach imaginärem Gold. Jetzt, wo die Lage sich geändert hat, setzt sie Nealon geschickt auf die Männer an, die ihren Bruder getötet haben.

Sie hat Cal versprochen, nie etwas wegen Brendan zu unternehmen, doch das jetzt ist gerade weit genug von Brendan entfernt, dass sie sich einreden kann, es zählt nicht. Sie hat klar gesehen, dass sie nie wieder so eine Chance bekommen wird, also hat sie sie ergriffen. Cals Herz wummert schwer in seiner Brust, das Atmen fällt ihm schwer. Als er sich Sorgen machte, dass Treys Kindheit Risse in ihr hinterlassen hat, lag er falsch. Das sind keine Risse, das sind Sollbruchstellen.

Nealons Miene hat sich nicht verändert. »Was würdest du sagen, wie lange du da draußen warst?«

Trey denkt nach. »Ein paar Minuten vielleicht. Dann ist der Motor von dem Auto angesprungen, und ich bin zurück ins Haus. Wollte nicht, dass die mich sehen, falls sie zu uns hochkommen.«

»Und? Sind sie?«

»Ich glaub nicht. Als sie weggefahren sind, war ich schon in meinem Zimmer, das geht nach hinten raus. Aber es hat sich angehört, als würden sie in die andere Richtung fahren. Kann ich nicht genau sagen. Da oben gibt's ein komisches Echo.«

»Wohl wahr«, bestätigt Nealon. »Was hast du danach gemacht?«

»Hab mich ins Bett gelegt. Was die da gemacht haben, hatte nix mit uns zu tun. Außerdem war ja wieder alles ruhig.«

»Aber als du dann früh wach wurdest, bist du doch mal nachsehen gegangen.«

»Genau. Ich hab nicht wieder einschlafen können. Es war zu heiß, und meine Schwester, die schläft mit mir im selben Zimmer, hat geschnarcht. Außerdem wollte ich sehen, was die da gemacht haben.«

Jetzt weiß Cal, warum Trey sich mit ihrer Entdeckung an ihn und nicht an Johnny gewandt hat. Das hatte nichts mit Gefühlen zu tun. Sie ist nicht zu ihm gekommen, weil sie ihm im Ernstfall mehr vertraut oder weil sie nach dem Schock seinen Trost gesucht hat. Es ging ihr um die Chance, diese Geschichte zu erzählen. Johnny hätte Rushborough in irgendeine Schlucht geworfen und dafür gesorgt, dass Trey nichts gesehen und nichts gehört hat und nie auch nur in die Nähe eines Detectives kommt.

»Und da hast du ihn gefunden«, sagt Nealon.

»Mein Hund hat ihn zuerst gefunden.« Trey zeigt auf Banjo, der mit Rip in der dunkelsten Ecke neben dem Kamin liegt und mit bebenden Flanken in der Hitze hechelt. »Der dicke Bursche da. Er ist vorgelaufen und hat geheult. Dann bin ich hin und hab's gesehen.«

»Das war ein Schock«, sagt Nealon, gerade mitfühlend genug. Der Mann ist gut. »Bist du nah an ihn rangegangen? Hast du ihn berührt? Ihn bewegt? Überprüft, ob er tot war?«

Trey schüttelt den Kopf. »Musste ich gar nicht. Hab ich ihm angesehen.«

»Du warst ungefähr zwanzig Minuten da, hast du gesagt«, ruft

Nealon ihr wie beiläufig in Erinnerung. Seine kleinen blauen Augen sind sanft und interessiert. »Was hast du die ganze Zeit gemacht?«

»Bloß da gekniet. Mir war schlecht. Konnte mich eine Weile nicht bewegen.«

Diesmal antwortet Trey prompt, weil sie Zeit hatte, sich die Antwort zu überlegen, aber Cal glaubt ihr nicht. Er hat gesehen, wie das Leiden eines Tiers Trey zutiefst erschütterte, aber niemals der Anblick eines toten Lebewesens. Was auch immer sie bei Rushboroughs Leiche gemacht hat, sie hat auf keinen Fall darauf gewartet, dass sich ihr Magen beruhigt. Bei dem Gedanken, sie könnte Beweise manipuliert haben, zuckt er innerlich zusammen.

»Das ist ganz normal«, sagt Nealon tröstend. »So geht's uns allen beim ersten Mal. Ich kenn einen Kollegen, der seit zwanzig Jahren dabei ist, ein großer, kräftiger Kerl, ungefähr so wie Mr. Hooper, und dem wird immer noch ganz schwummerig, wenn er einen Toten sieht. Hast du dich denn übergeben müssen?«

»Nee. Nach einer Weile ging's wieder.«

»Wolltest du nicht möglichst schnell weg von der Leiche?«

»Doch. Aber ich hab gedacht, wenn ich aufstehe, muss ich vielleicht kotzen, oder mir wird schwindlig. Also hab ich mich nicht bewegt. Hab die Augen zugemacht.«

»Hast du den Mann überhaupt nicht angefasst?«

Das hat er schon mal gefragt, aber falls Trey es bemerkt, erwähnt sie es nicht. »Nee. Schei… Sorry. Nie im Leben.«

»Kann ich verstehen. Ich würde ihn auch nicht anfassen wollen.« Nealon lächelt Trey erneut an. Sie ringt sich ein schwaches Lächeln ab. »Du hast also eine kleine Atempause eingelegt, bis du wieder klar denken konntest, und als es dir besser ging, bist du direkt hierher.«

»Genau.«

Nealon nimmt sich noch einen Keks und lässt sich das durch

den Kopf gehen. »Dieser Rushborough«, sagt er, »der lag doch nur ein paar Minuten von eurem Haus entfernt. Wieso bist du nicht zu deiner Mammy und deinem Daddy gelaufen?«

»Er war mal Detective«, sagt Trey mit einem Nicken in Cals Richtung. »Ich hab gedacht, er wird wissen, was zu tun ist, besser als meine Eltern.«

Nealon braucht nur den Bruchteil einer Sekunde, um das zu verdauen und seine Verblüffung in ein breites Grinsen zu verwandeln. »Mannomann«, sagt er. »Es heißt zwar, Gleich und Gleich erkennt sich leicht, aber ich hatte keine Ahnung. Ein Kollege, hm?«

»Chicago Police Department«, sagt Cal. Sein Herz wummert noch immer, aber er hat seine Stimme unter Kontrolle. »Früher mal. Ich bin im Ruhestand.«

Nealon lacht. »Meine Güte, ist das nicht verrückt? Da kommen Sie um die halbe Welt gereist, um Ihren Job hinter sich zu lassen, und geraten an einen Mordfall.« Er wirft einen Schulterblick auf den Officer, der aufgehört hat zu schreiben und sie mit offenem Mund anstarrt, unsicher, was er von dieser neuen Entwicklung halten soll. »Wir haben heute richtig Glück, hm? Ein Detective als Zeuge. Mannomann, was will man mehr?«

»Hier bin ich kein Detective.« Schwer zu sagen, ob sich hinter Nealons Worten eine kleine Spitze verbirgt –, Cal hat noch immer nicht herausgefunden, wie lange man in Irland leben muss, um zuverlässig erkennen zu können, wann die Leute einen verarschen –, aber er hat genug Kompetenzgerangel erlebt, um das von vornherein klarstellen zu wollen. »Außerdem war ich nie in der Mordkommission. Eigentlich weiß ich nur, dass man einen Tatort sichert und dann auf die Spezialisten wartet, also hab ich genau das getan.«

»Und ich weiß das zu schätzen, Mann«, sagt Nealon aus vollem Herzen. »Na los, lassen Sie hören: Was haben Sie gemacht?« Er lehnt sich auf seinem Stuhl zurück, um Cal die Bühne zu überlassen, und knabbert seinen Keks.

»Als ich am Fundort ankam, erkannte ich den Mann als Cillian Rushborough. Ich bin ihm ein paarmal begegnet. Ich habe mir Handschuhe angezogen« – Cal zieht die Handschuhe aus der Tasche und legt sie auf den Tisch – »und mich vergewissert, dass er tot war. Seine Wange war kalt. Kiefer und Ellbogen waren starr, aber seine Finger konnten noch bewegt werden, ebenso wie sein Knie. Ansonsten habe ich ihn nirgendwo berührt, sondern die Polizei verständigt.«

Er denkt, er hat eine gute Mischung aus korrekt und höflich hinbekommen. Er denkt auch, dass Nealon das registriert und analysiert.

»Großartig«, sagt Nealon und nickt seinem Kollegen zu. »Gut gemacht. Und dann sind Sie bis zum Eintreffen der Officer vor Ort geblieben?«

»Ja. Wir haben an meinem Auto gewartet, in einigen Metern Abstand.«

»Haben Sie sonst noch jemanden gesehen, während Sie da oben waren?«

»Treys Dad kam vorbei. Johnny Reddy.«

Nealon hebt die Augenbrauen. »O Mann, schlimm, wenn du so erfährst, dass dein Freund tot ist. Wie hat er es verkraftet?«

»Er hat ziemlich schockiert gewirkt«, sagt Cal. Trey nickt.

»Aber er ist nicht bei euch geblieben?«

»Er ist weiter den Berg rauf.«

»Wir werden uns mit ihm unterhalten müssen«, sagt Nealon. »Hat er gesagt, wo er hinwollte?«

»Das hat er nicht erwähnt«, antwortet Cal.

»Na ja, in einem so kleinen Dorf läuft er uns bestimmt bald über den Weg«, sagt Nealon zuversichtlich. Er trinkt seinen letzten Schluck Tee, schiebt seinen Stuhl vom Tisch zurück und signalisiert dem Officer mit einem Blick, dass sie fertig sind. »Gut. Vielleicht haben wir später noch ein paar Fragen, und Sie beide werden in die Stadt aufs Revier kommen müssen, um Ihre Aussagen zu unterschreiben, aber ich würde sagen, das bringt uns erst mal weiter. Danke für den Tee und für Ihre Zeit.« Er zieht seine Anzughose zurecht, damit sie bequem unter dem Bauch sitzt. »Würden Sie mich zum Wagen begleiten, Mr. Hooper, nur für den Fall, dass mir noch etwas einfällt, das ich Sie fragen möchte?«

Cal will eigentlich kein Vieraugengespräch mit Nealon, nicht bevor er Zeit gehabt hat, seine Gedanken neu zu ordnen. »Gern«, sagt er und steht auf. Trey fängt an, die Tassen abzuräumen, zügig und geschickt wie eine Kellnerin.

Draußen ist die Hitze drückender geworden. »Gehen Sie schon mal zum Wagen«, sagt Nealon zu dem Officer. »Ich will eine rauchen.« Der Officer marschiert davon. Sein Rücken sieht verkrampft aus.

Nealon holt eine Packung Marlboro aus der Tasche und hält sie Cal hin, der den Kopf schüttelt. »Sehr vernünftig«, sagt Nealon. »Ich sollte auch aufhören, meine Frau liegt mir damit in den Ohren, aber Sie wissen ja, wie das ist.« Er zündet sich eine an und nimmt einen tiefen, genüsslichen Zug. »Kennen Sie das Mädchen gut?«

»Ziemlich gut«, sagt Cal. »Ich bin jetzt gut zwei Jahre hier. Ich erledige Schreinerarbeiten, und Trey hilft mir meistens, wenn keine Schule ist. Sie hat ein Händchen dafür, überlegt, es als Beruf zu machen, wenn sie mit der Schule fertig ist.«

»Würden Sie sagen, sie ist vertrauenswürdig?«

»Ich hab sie immer so eingeschätzt«, sagt Cal nach kurzem Nachdenken. »Sie ist in Ordnung. Zuverlässig, fleißig, vernünftig.«

Am liebsten würde er sagen, dass Trey lügt wie gedruckt, aber die Option hat er nicht. Unabhängig davon, was Nealon noch alles herausfindet oder nicht herausfindet, hat er jetzt eine Person, die rundheraus zugegeben hat, dass sie morgens am Berghang war, wo Rushborough abgelegt wurde. Wenn ihre Geschichte erfunden ist, muss Nealon – der das Glück hat, nie von Brendan Reddy gehört zu haben – davon ausgehen, dass sie entweder jemand anderen schützt oder sich selbst. Cal kann nicht beurteilen, ob Trey die Konsequenzen ihres Tuns nicht durchdacht hat oder, falls doch, ob sie ihr einfach egal sind.

»Wäre sie der Typ, der sich, sagen wir mal, Dinge einbildet?«, fragt Nealon. »Oder vielleicht eine Geschichte ausdenkt, um sich interessant zu machen? Oder einfach gern ein bisschen ausschmückt und dazuerfindet?«

Cals Lachen ist echt. »Gott, nein. Für so was hat sie nichts übrig. Die spannendste Geschichte, die ich je von ihr gehört hab, war, wie ihr Mathelehrer ein Buch nach jemandem geworfen hat. Und mehr hab ich auch nicht erfahren. ›Mr. Soundso hat ein Buch nach einem Schüler geworfen, weil der ihn geärgert hat, aber er hat nicht getroffen.‹ Sie hat überhaupt nicht den Drang, sich interessant zu machen.«

»Das ist gut«, sagt Nealon und lächelt zu ihm hoch. »Genau solche Zeugen wollen wir haben, was? Sie ist ein Glücksfall für mich. In Gegenden wie dieser hier, am Arsch der Welt, würden die meisten Leute ums Verrecken nicht mit der Polizei reden.«

»Trey hat sich an mich gewöhnt«, sagt Cal. »Vielleicht hat's damit zu tun.«

Nealon nickt, offenbar zufrieden mit der Erklärung. »Eins noch: Wird sie bei ihrer Geschichte bleiben, was meinen Sie? Oder kriegt sie kalte Füße, falls die Sache vor Gericht kommt?«

»Sie wird dabei bleiben«, sagt Cal.

»Selbst wenn wir einen von ihren Nachbarn überführen?«

»Ja«, sagt Cal. »Selbst dann.«

Nealons Augenbrauen schnellen hoch. »Alle Achtung.« Er legt

den Kopf in den Nacken, um Rauch nach oben zu pusten, weg von Cal. »Was ist mit dem Akzent? Hat sie recht damit, dass schon im nächsten Dorf die Leute anders reden als hier?«

»Angeblich ja«, sagt Cal. »Ich kann den Unterschied nicht hören, aber mein Nachbar behauptet, die Leute auf der anderen Flussseite klingen wie eine Herde Esel, also hört er da was.«

»In so abgelegenen Gegenden ist das vielleicht wirklich noch so«, sagt Nealon. »Zumindest bei den Älteren. Da, wo ich herkomme, reden die meisten Jugendlichen, als wären sie gerade aus L. A. eingeflogen, ehrlich. Das Mädchen klingt zumindest irisch.« Er nickt in Richtung Haus und Trey. »Ihr Dad, wie heißt der noch mal, Johnny? Was ist das für einer?«

»Ich bin ihm nur ein paarmal begegnet«, sagt Cal. »Als ich herkam, war er schon länger in London, ist erst vor ein paar Wochen zurückgekommen. Die Einheimischen, die ihn von früher kennen, können Ihnen da mehr sagen.«

»Alles klar. Ich werde sie fragen. Aber Ihre professionelle Meinung wäre mir trotzdem wichtig. Soweit ich weiß, ist er der Einzige, den der Tote hier kannte. Das muss mich interessieren. Wie schätzen Sie ihn ein?«

Nealon hat zumindest fürs Erste beschlossen, dass Cal den Dorfpolizisten abgibt, dessen bodenständige Ortskenntnis hilfreich für die Ermittlung ist. Cal lässt sich gern darauf ein. »Ganz freundlicher Bursche«, sagt er mit einem Achselzucken. »Aber in gewisser Weise auch ein Windhund. Redet viel, lächelt viel, arbeitslos.«

»So Typen kenn ich«, sagt Nealon mit Nachdruck. »Ich sorge dafür, dass ich bequem sitze, wenn ich ihn befrage. So einer redet gern über sich selbst, bis einem die Ohren abfallen. Was ist mit diesem Rushborough? War der auch so?«

»Der hat auf mich nicht diesen Taugenichtseindruck gemacht. Er soll irgend so ein reicher Geschäftsmann gewesen sein, aber ich weiß nicht, ob das stimmt. Er schien vor allem ganz begeistert von der Gegend hier. Hatte jede Menge Geschichten von seiner Großmutter auf Lager und wollte sich die Orte ansehen, von denen sie ihm erzählt hatte. Und er geriet schier aus dem Häuschen, als sich herausstellte, dass ein Mann aus dem Dorf ein entfernter Verwandter von ihm war.«

»So Typen kenn ich auch«, grinst Nealon. »Meistens sind es Yankees wie Sie. Kommt nicht oft vor, dass Briten für unsere Grüne Insel ins Schwärmen geraten, aber Ausnahmen gibt's immer. Stammt Ihre Familie eigentlich auch von hier?«

»Nee«, sagt Cal. »Keinerlei Verbindung. Mir hat Irland bloß gut gefallen, und dann hab ich ein Haus gefunden, das ich mir leisten konnte.«

»Wie gehen die Einheimischen mit Ihnen um? Die haben bestimmt nicht den Ruf, besonders fremdenfreundlich zu sein.«

»Hm«, sagt Cal. »Zu mir waren sie ganz nett. Ich will nicht behaupten, wir wären Busenfreunde oder so, aber wir kommen gut miteinander aus.«

»Schön zu hören.« Nealon hat seine Zigarette fast bis zum Filter geraucht. Er betrachtet den kümmerlichen Rest wehmütig und drückt ihn dann an seiner Schuhsohle aus. »Wenn das Ihr Fall wäre«, sagt er, »gibt es jemanden, den Sie besonders unter die Lupe nehmen würden?«

Cal lässt sich mit der Antwort Zeit. Der Officer sitzt kerzengerade im Auto, die Hände am Lenkrad, und ignoriert entschlossen die Krähen, die ihn vor lauter Begeisterung über ein neues Ziel von oben verspotten und Eicheln auf den Wagen schmeißen.

»Ich würde mir Johnny Reddy vornehmen«, sagt er schließlich. Ihm bleibt keine andere Wahl: Johnny ist die richtige Antwort, und falls das ein Test ist, muss Cal ihn bestehen.

»Ach ja? Gab's Probleme zwischen ihm und Rushborough?«

»Ich weiß nicht, was die beiden in London miteinander zu tun hatten. Ich meine …« Cal zuckt die Achseln. »Natürlich hätte Rushborough sich in den paar Tagen, die er hier war, irgendwen zum Feind machen können. Vielleicht indem er jemandem die Freundin ausspannt, obwohl ich eigentlich nicht glaube, dass er der Typ für so was war. Wie gesagt, ich war nie in der Mordkommission, hab also keinerlei Erfahrung auf dem Gebiet. Aber ich würde mit Johnny anfangen.«

»Jaja, der, schon klar.« Nealon schwenkt den Zigarettenstummel mit einer wegwerfenden Handbewegung, als wüsste er, dass Cal mehr auf dem Kasten hat. »Aber gibt's da noch irgendwen, der ein bisschen durchgeknallt ist, ich meine, dem Sie ungern nachts auf der Straße begegnen würden? Der Dorfirre, um es mal deutlich zu sagen. Ich weiß, die Kleine hat gesagt, dass sie vier oder fünf Männer gehört hat, aber selbst ein Irrer kann Freunde haben, Verwandte, Leute, die ihm helfen würden, wenn's hart auf hart kommt.«

»So einen gibt's hier eigentlich nicht«, sagt Cal. »Viele von den Männern sind ein bisschen schrullig, einfach weil sie schon zu lange allein leben, aber ich glaub nicht, dass einer von ihnen so durchgeknallt ist, irgendeinen Touristen abzumurksen, bloß weil ihm sein Gesicht nicht passt.«

»Ein *englischer* Tourist, wohlgemerkt«, sagt Nealon, als wäre ihm dieser Gedanke gerade gekommen. »Es gibt noch immer einige, die heftig auf die Briten reagieren, besonders hier, nahe der Grenze. Fällt Ihnen da jemand ein?«

Cal überlegt. »Nein«, sagt er. »Im Pub singen sie schon mal Lieder, in denen die Engländer die Bösen sind. Inzwischen sing ich die selbst mit, seitdem ich den Text einigermaßen kenne.«

»Machen wir doch alle«, räumt Nealon mit einem leisen Lachen ein. »Nein, ich meine jemanden, der wild rumflucht, sobald was über den Norden in den Nachrichten kommt, oder sich drüber auslässt, was man mit den Royals machen sollte, so was in der Art.«

Cal schüttelt den Kopf. »Nee.«

»Na schön. Aber fragen musste ich das.« Nealon beobachtet die Krähen, von denen jetzt einige auf seinem Autodach herumhüpfen. Cal fühlt sich irgendwie geschmeichelt: Die Krähen mögen ihn ja andauernd ärgern, aber sie erlauben niemandem sonst, sich irgendwelche Freiheiten herauszunehmen. Der Officer hämmert gegen das Dach, und sie flattern davon. »Noch irgendwas, das ich wissen sollte? Hat dieser Rushborough mit jemandem besonders viel Zeit verbracht? Irgendwelche Probleme mit der Familiengeschichte vielleicht? Eine alte Fehde oder ein Besitzstreit um ein Stück Land?«

»Nicht dass ich wüsste.« Cal hat noch nie eine Ermittlung bewusst behindert. Es kam schon mal vor, dass sich keiner besonders Mühe gab herauszufinden, wer was mit einem hochkarätigen Drecksack gemacht hatte, dem niemand eine Träne nachweinte, aber das war eine stillschweigende Übereinkunft. Jetzt legt er erstmals einem anderen Detective absichtlich Steine in den Weg. Das Gefühl, doppelt zu sehen, ist verschwunden. Er fragt sich, wie lange Nealon brauchen wird, bis ihm das auffällt.

»Falls Ihnen noch was einfällt, melden Sie sich bei mir. Ich geb Ihnen meine Karte. Was ist denn da passiert?«, erkundigt er sich beiläufig und übergangslos und zeigt auf Cals Stirn.

»Bin in der Dusche ausgerutscht«, sagt Cal, während er Nealons Visitenkarte einsteckt. Er schätzt, dass Johnny sein eigenes Gesicht höchstwahrscheinlich damit erklären wird, dass Cal ein tollwütiger Psycho ist, der vermutlich nur so zum Spaß unschuldige Touristen ermordet, aber er schätzt auch, dass Nealon zu lange bei der Polizei ist, um einem Windhund eher zu glauben als einem anderen Cop, selbst wenn in der Aussage des Windhunds zufällig ein Körnchen Wahrheit steckt.

Nealon, der seine Kippe noch mal zusätzlich auf dem Boden ausdrückt, nickt, als würde er ihm glauben, was er vielleicht auch wirklich tut. »Mann, genau dann braucht man die netten Nachbarn«, sagt er. »Wenn's Probleme gibt, wenn's ein bisschen heikel wird. Sie hätten bewusstlos werden und tagelang hilflos da liegen können, wenn Sie keine Nachbarn hätten, die auf Sie achten. So was ist ungeheuer wichtig.«

»Einer der Vorteile, wenn man Schreinerarbeiten macht«, sagt Cal. »Früher oder später kommt garantiert wer vorbei und will seinen Stuhl oder was auch immer abholen.«

»Dann lass ich Sie jetzt lieber wieder an die Arbeit«, sagt Nealon und schiebt den Zigarettenstummel zurück in die Packung. Er streckt die Hand aus. Cal bleibt nichts anderes übrig, als sie zu schütteln, und er sieht, wie Nealons Blick kurz auf seine zerschrammten Knöchel fällt. »Wir halten Sie auf dem Laufenden. Vielen Dank noch mal.«

Er nickt Cal zu und stapft zu seinem Wagen. Eine der Krähen landet auf der Motorhaube, sieht dem Officer in die Augen und kackt.

Trey hat die Tassen gespült und ist zurück in die Werkstatt gegangen. Sie sitzt im Schneidersitz zwischen den sorgfältig ausgelegten Teilen des Stuhls auf dem Boden, mischt Beizfarben an und testet sie auf einem Reststück der Eichenschwelle. »Das ist gut gelaufen«, sagt sie und blickt zu Cal hoch.

»Ja«, antwortet Cal. »Hab ich doch gesagt.«

»Hat er dich sonst noch was gefragt?«

»Bloß, ob du vertrauenswürdig bist. Ich hab ja gesagt.«

Trey widmet sich wieder ihren Farbmischungen. »Danke«, sagt sie knapp.

Manchmal, wenn Trey ihn vor ein Rätsel stellt, fragt Cal Alyssa um Rat. Sie arbeitet mit gefährdeten Jugendlichen und hat ihm schon oft die richtigen Tipps gegeben. Diesmal kann er sich nicht mal ansatzweise vorstellen, wo er anfangen sollte.

»Wo kommt dieser Nealon her?«, fragt er. »Ich konnte seinen Akzent nirgendwo hintun.«

»Dublin. Die halten sich für besonders toll.«

»Sind sie das?«

»Keine Ahnung. Kenn keinen aus Dublin. Ich fand ihn nicht besonders toll.«

»Täusch dich nicht«, sagt Cal. »Der Mann weiß genau, was er tut.«

Trey zuckt die Achseln, pinselt sorgfältig Holzbeize auf die Schwelle.

Cal sagt: »Trey.« Er hat keine Ahnung, was als Nächstes kommen sollte. Am liebsten würde er die Tür so fest zuknallen, dass Trey sich zu Tode erschreckt, ihr den Pinsel aus der Hand reißen und sie anbrüllen, bis es endlich in ihren verdammten Schädel reingeht, was sie mit dem sicheren Ort gemacht hat, den er ihr bietet und für den er sich den Arsch aufgerissen hat.

Trey hebt den Kopf und blickt ihn an. Cal sieht ihren trotzigen Blick und das vorgebeugte Kinn und weiß, dass er nichts erreichen wird. Er will nicht hören, dass sie ihn anlügt, nicht in dieser Sache.

»Ich hab ganz viele davon gemacht«, sagt sie. »Guck mal.«

Sie hat sich große Mühe gegeben: neun oder zehn perfekte Streifen in leicht unterschiedlichen Schattierungen. Cal atmet tief ein. »Okay«, sagt er. »Gute Arbeit. Die hier und die da könnten passen. Warten wir ab, bis sie getrocknet sind. Soll ich uns was zu essen machen?«

»Ich glaub, ich muss nach Hause«, sagt Trey. Sie drückt den Deckel auf die Dose mit der Holzbeize. »Meine Mam macht sich garantiert Sorgen. Inzwischen weiß sie das mit Rushborough bestimmt schon.«

»Ruf sie doch an.«

»Nee.«

Sie ist wieder unerreichbar geworden. Er weiß nicht mehr, wozu sie fähig ist. Auch als er noch dachte, sie hätte nichts von der Raffinesse, die andere Teenager entwickeln, lag er falsch. Sie hat sie sich bloß für den entscheidenden Moment aufgespart oder genau darauf ausgerichtet.

»Okay«, sagt er. Er möchte die Türen abschließen, die Fenster vernageln, sie beide hier im Haus verbarrikadieren, bis Treys Verstand wieder richtig funktioniert oder, zumindest, bis das alles überstanden ist. »Wir räumen hier auf, und dann fahr ich dich.«

»Ich kann laufen.«

»Nein«, sagt Cal. Er ist froh, endlich etwas gefunden zu haben, wo er sich durchsetzen kann. »Ich fahr dich. Und du bist ab jetzt vorsichtig da draußen. Wenn irgendwas passiert, was dich beunruhigt, oder wenn du einfach bloß herkommen willst, rufst du mich an. Ich hol dich sofort ab.«

Er rechnet damit, dass Trey die Augen verdreht, aber sie nickt bloß und säubert ihren Pinsel mit einem Lappen. »Klar«, sagt sie. »Okay.«

»Okay«, sagt Cal. »Auf dem Regal ist noch mehr Terpentin, falls du welches brauchst.«

»Ich hab aufgeschrieben, wie ich die Proben gemischt hab.« Trey zeigt auf die Schwelle. »Immer direkt daneben.«

»Gut. Erleichtert die Arbeit, wenn wir uns für eine entschieden haben.«

Trey nickt, sagt aber nichts. In ihrer Stimme lag ein Hauch von Abschied, als ob sie nicht damit rechnet, dann dabei zu sein. Cal möchte etwas sagen, findet aber nicht die richtigen Worte.

Wie sie da auf dem Boden sitzt, in einem schlaksigen Wirrwarr aus Beinen und Schnürsenkeln, die Haare auf einer Seite ganz zerzaust, sieht sie wieder wie das Kind aus, das sie war, als er sie kennenlernte. Er weiß nicht, wie er sie davon abhalten soll, den Weg einzuschlagen, den sie sich ausgedacht hat, deshalb bleibt ihm keine andere Wahl, als ihr zu folgen, nur für den Fall, dass sie ihn irgendwann unterwegs brauchen sollte. Sie bestimmt jetzt, wo es langgeht, ganz gleich, ob das je ihre Absicht war oder nicht. Er wünscht, er könnte ihr das irgendwie klarmachen und sie bitten, mit Bedacht zu handeln.

16

SELBST OBEN AUF dem Berg ist es drückend heiß. Banjo hat die ganze Zeit im Auto laut gewinselt, um deutlich zu machen, dass dieses Wetter die reinste Tierquälerei ist. Cal ist einen Umweg gefahren, auf der anderen Seite des Berges hoch und über den Gipfel, um den Tatort zu meiden.

Als sein Auto in einer Staubwolke verschwindet, bleibt Trey am Tor stehen und lauscht, ohne auf Banjos dramatisches Hecheln zu achten. Die Geräusche, die von der Weggabelung heraufklingen, sind alltäglich: sorglose Vögel und gelegentlich ein kurzes, leises Rascheln – keine Stimmen oder schwerfällige menschliche Bewegungen. Trey schätzt, dass die Polizei mit ihrer Arbeit fertig ist und Rushborough weggebracht hat, um irgendwas unter seinen Fingernägeln rauszukratzen und Fäden von seiner Kleidung zu zupfen. Sie wünscht, sie hätte das schon früher gewusst, als sie die Gelegenheit hatte, es sich zunutze zu machen.

Sie hört das Knirschen von Schritten und wendet den Kopf. Ihr Dad taucht zwischen den Bäumen am Rande des Hofes auf und kommt auf sie zu, winkt aufgeregt.

»Na, da ist mein Schätzchen ja endlich«, sagt er mit vorwurfsvollem Blick. Ein kleines Stück von einem Zweig steckt in seinem Haar. »Wurde aber auch Zeit. Ich hab auf dich gewartet.«

Banjo quetscht sich durch die Stäbe des Tors und strebt zum Haus und seinem Wassernapf. »Ist doch erst Mittag«, sagt Trey.

»Ich weiß, aber an so einem Tag kannst du nicht einfach verschwinden, ohne deiner Mammy Bescheid zu sagen. Wir haben uns Sorgen gemacht. Wo bist du gewesen?«

»Bei Cal«, sagt Trey. »Hab auf den Detective warten müssen.«
Ihr Dad liefert keine Erklärung, was er da zwischen den Bäumen
gemacht hat, aber Trey weiß es. Er hat draußen auf sie gewartet,
weil er möglichst alles über den Detective erfahren will, bevor er
mit ihm zusammentrifft. Als er gehört hat, dass ein Auto kommt,
hat er sich versteckt wie ein kleines Kind, das eine Fensterscheibe
zerdeppert hat.

»Ach Gott, ja, stimmt«, sagt Johnny und schlägt sich an die
Stirn. Trey glaubt keine Sekunde, dass er sich Sorgen um sie gemacht hat, aber besorgt ist er auf jeden Fall: Seine Füße scharren
wie die eines Boxkämpfers. »Hooper hat ja gesagt, dass sie mit dir
reden müssten. Hab ich bei der ganzen Aufregung glatt vergessen.
Wie ist es gelaufen? Waren sie nett zu dir?«

Er hat Glück: Trey will nämlich auch mit ihm reden. »Ging
so«, sagt sie. »War bloß ein Detective und noch einer, der Notizen
gemacht hat. Die waren in Ordnung.«

»Gut. Gehört sich auch so, dass sie nett zu meiner Kleinen
sind«, sagt Johnny und droht mit dem Finger. »Sonst kriegen sie's
mit mir zu tun. Was wollten die wissen?«

»Bloß, wie ich den Mann gefunden hab. Um wie viel Uhr das
war. Ob ich ihn angefasst hab, was ich gemacht hab, ob ich wen
gesehen hab.«

»Hast du denen erzählt, dass ich vorbeigekommen bin?«

»Cal hat's ihnen gesagt.«

Hinter Johnny bewegt sich etwas im Wohnzimmerfenster. Die
Lichtspiegelung auf der Scheibe lässt die Gestalt verschwimmen,
so dass Trey sie erst nach einem Moment erkennt. Es ist Sheila,
die sie beobachtet, die Arme vor dem Bauch verschränkt.

Johnny wischt sich mit einem Fingerknöchel über den Mundwinkel. »Okay«, sagt er. »Alles gut, keine Panik. Ich krieg das hin.
Was ist mit dem Gold? Hast du davon was erzählt? Oder bloß erwähnt?«

»Nee.«

»Haben die danach gefragt?«

»Nee.«

»Was ist mit Hooper, hat der was gesagt?«

»Nee. Die haben ihn bloß dasselbe gefragt wie mich. Was er mit Rushborough gemacht hat, ob er ihn angefasst hat und so. Von Gold hat er nix gesagt.«

Johnny bellt ein kurzes, böses Lachen in den Himmel. »Hab ich mir gedacht. So sind die verfickten Bullen. Hooper poliert jedem armen Schwein die Fresse, das ihm vielleicht was verheimlicht, hat er bestimmt schon zigmal gemacht, aber wenn's um seinen eigenen Arsch geht, kann er wunderbar die Schnauze halten.«

Trey sagt: »Ich hab gedacht, du wolltest nicht, dass die davon erfahren.«

Das lenkt seine Aufmerksamkeit wieder auf sie. »Menschenskind, nein. Du hast das super gemacht. Und selbst wenn sie dich doch irgendwann mal danach fragen, du hast nie was von irgendwelchem Gold gehört, ist das klar?«

»Klar«, sagt Trey. Sie ist noch unschlüssig, wie oder ob sie sich das mit dem Gold zunutze machen kann.

»Ich beschwer mich ja nicht über Hooper«, beruhigt Johnny sie. »Ich bin heilfroh, dass er die Klappe gehalten hat. Ich meine nur: Es gibt eine Regel für die und eine für alle anderen. Vergiss das nie.«

Trey zuckt die Achseln. Er sieht scheiße aus: älter und blass, bis auf die Blutergüsse, die sich allmählich zu einem trüben Grün verfärben, das sie an Cals Vogelscheuche erinnert.

»Was hast du über mich und Rushborough gesagt? Hast du gesagt, wir waren Freunde oder was?«

»Hab gesagt, dass du ihn wohl von London her gekannt hast, aber dass er nicht hergekommen ist, um dich zu besuchen oder so. Bloß, weil seine Familie von hier war.«

»Gut«, sagt Johnny. Er atmet tief und geräuschvoll aus. Jedes Mal, wenn zwischen den Bäumen etwas raschelt, huschen seine Augen dorthin. »Gut, gut, gut. Das hör ich gern. Gutes Mädchen.«

Trey sagt: »Ich hab dem Detective erzählt, ich hätte letzte Nacht Leute weiter unten auf der Straße reden hören. Also bin ich rausgegangen, und da waren Männer unten an der Gabelung, wo ich den Mann gefunden hab. War nicht nah genug dran, um sie zu sehen, aber es waren Männer, die geredet haben, als wären sie von hier.«

Johnny hört endlich auf zu zappeln. Er starrt sie an. »Stimmt das?«

Trey zuckt die Achseln.

Nach einem Moment schlägt Johnny so fest auf die oberste Stange des Tors, dass es zittert, wirft den Kopf in den Nacken und prustet los. »Das gibt's doch gar nicht«, sagt er lachend, »von wem hast du das bloß? Mein Mädchen! Du bist genau wie dein Daddy. Nicht zu fassen, wie viel Grips du hast. Wenn Grips bezahlt würde, müssten wir uns nicht mit so einem bisschen Gold abgeben, wir würden in Geld schwimmen –« Er reißt das Tor auf und will Trey umarmen, doch sie macht einen Schritt nach hinten. Johnny registriert es gar nicht, oder falls doch, macht es ihm nichts aus. »Du hast kapiert, worauf diese Bullensäcke hinauswollten, hä? Du warst denen meilenweit voraus. Du hast dir gesagt, die hängen meinem armen Daddy keinen Mord an. Das ist mein Mädchen.«

»Du solltest denen dasselbe erzählen«, sagt Trey. »Falls die denken, ich hätte mir das ausgedacht, um mich wichtigzumachen.«

Johnny hört auf zu lachen und lässt sich das durch den Kopf gehen. »Keine schlechte Idee«, sagt er schließlich. »Aber nein. Wenn ich dasselbe wie du sage, denken die, ich hab dich dazu angestiftet. Ich weiß, was wir machen: Ich werde sagen, ich hab gehört, wie du rausgegangen bist, irgendwann in der Nacht. Und wahrscheinlich hätte ich hinter dir hergehen sollen« – er tigert hektisch hin und her, denkt beim Reden nach –, »aber ich war im Halbschlaf. Und ich hab mir eingebildet, irgendwo Stimmen zu hören, deshalb hab ich gedacht, du wolltest dich heimlich mit deinen Freunden treffen, vielleicht auch mal was mit ihnen trinken. Den Spaß wollte ich dir nicht verderben, haben wir doch alle in dem Alter mal gemacht, wenn nicht noch Schlimmeres. Deshalb hab ich dich gehen lassen. Aber ich hab dich nicht wieder reinkommen hören, und als ich heute Morgen aufgestanden bin und du nicht da warst, hab ich angefangen, mir ein bisschen Sorgen um mein Mädchen zu machen. Also bin ich los, dich suchen, und deshalb war ich so früh schon unterwegs. Na?« Er bleibt stehen, breitet die Arme aus und lächelt Trey an. »Passt doch alles ganz wunderbar zusammen, was?«

»Ja.«

»Na bitte. Fix und fertig für die Cops. Jetzt können die kommen, wann sie wollen. Große Klasse von dir, dass du mir gleich alles erzählt hast.«

Trey weiß, er wird das Gespräch mit dem Detective gut hinkriegen. Ihr Dad ist nicht blöd. Er kann sich ziemlich geschickt anstellen, solange ihn jemand mit mehr Weitblick auf der richtigen Spur hält. Trey hat Weitblick.

»Eins noch«, sagt Johnny, »wo wir schon mal dabei sind. Weißt du noch, dass ich gestern Abend spät nach dem Essen noch einen Spaziergang gemacht hab? Bloß um mal den Kopf freizubekommen?«

»Ja.«

Johnny droht ihr mit dem Finger. »Nein, hab ich nicht. Wir wissen nicht, um wie viel Uhr Mr. Rushborough gestorben ist, oder? Könnte genau um die Zeit gewesen sein, als ich draußen rumgelaufen bin, wo ich nur die Vögel als Zeugen hab. Und wir wollen doch nicht, dass dieser Detective auf dumme Gedanken kommt, seine Zeit vertut und einen Mörder davonkommen lässt. Deshalb war ich den ganzen Abend zu Hause, hab nach dem Essen die Küche gemacht und dann Fernsehen geguckt. Hast du verstanden?«

»Ja«, sagt Trey. Sie ist damit einverstanden. Wenn ihr Dad unter Verdacht geriete, würde das ihren Plan gefährden. »Hast du's Mam und den Kleinen schon gesagt?«

»Hab ich. Ist alles in trockenen Tüchern. Mach dir deswegen mal keine Gedanken. Ihr seid doch alle kleine Schlauköpfchen, was?«

»Könnte sein, dass Alanna sich verplappert«, sagt Trey. »Ich sag ihr, sie soll überhaupt nicht mit dem Detective reden und einfach so tun, als hätte sie Angst vor ihm.«

Ihr Dad zwinkert ihr zu. »Genial. Sie kann sich an den Rockzipfel von ihrer Mammy hängen und keinen Piep sagen. Ist viel leichter für sie, als sich dies und das merken zu müssen. Oh, und weißt du, was?« Er schnippt mit den Fingern, als es ihm einfällt. »Ich hab Hoopers Kamera für dich besorgt. Liegt in deinem Zimmer. Hab ich heute Morgen gemacht, nachdem ich euch getroffen hatte. Ich hab mir gedacht, du wirst bestimmt nicht wollen, dass Hooper in die Sache reingezogen wird, deshalb bin ich hin und hab die Kamera geholt, bevor die Bullen sie finden. Behalt sie noch ein paar Tage, dann gibst du sie ihm zurück, schön nett und ganz nebenbei. Erzähl ihm, du wärst mit deinem Schulprojekt fertig. Keine Bange, ich hab die Aufnahmen vom Fluss gelöscht.«

»Okay«, sagt Trey. »Danke.«

»Also alles in bester Ordnung«, sagt Johnny froh. »Nicht für den armen Mr. Rushborough natürlich«, schiebt er nach und bekreuzigt sich, »Gott hab ihn selig. Aber uns kann nichts passieren. Der Detective wird sich ein bisschen mit uns unterhalten und nichts Interessantes erfahren, und dann zieht er weiter und geht irgendwelchen anderen armen Schweinen auf den Geist. Und die Jungs, die neulich Nacht hier waren, lassen uns auch in Zukunft in Ruhe. Alles geregelt: Wir leben glücklich und zufrieden bis an unser seliges Ende.«

Praktischerweise scheint ihm sein Plan, der Familie ein Luxusleben zu bieten, komplett entfallen zu sein, verdrängt von den neuen Umständen und Erfordernissen. Trey war ohnehin davon ausgegangen, dass es so kommen würde, aber die Gründlichkeit, mit der das passiert, beeindruckt sie dennoch. In den letzten zwei Wochen hat sie ihre Ziele selbst ein paarmal verändert, aber sie weiß zumindest noch, dass es die alten mal gab.

Bei dem Gedanken fällt ihr etwas ein. »Musst du deine Schulden immer noch zurückzahlen?«, fragt sie.

»Rushboroughs paar Kröten?« Johnny lacht. »Das ist vorbei. Schnee von gestern. Ich bin frei wie ein Vogel.«

»Und wenn seine Kumpel hier auftauchen?«

»Gott, nein. Die haben jetzt genug um die Ohren. Mehr als genug.« Er sieht sie mit einem breiten, beruhigenden Lächeln an. »Zerbrich dir darüber mal nicht dein kleines Köpfchen.«

Trey sagt: »Also verschwindest du jetzt?«

Johnny stutzt, fragt dann vorwurfsvoll. »Wie kommst du denn da drauf?«

»Jetzt musst du Rushborough nichts mehr zurückzahlen. Und ohne ihn steckt bestimmt keiner mehr Geld in die Suche nach eurem Gold.«

Johnny kommt näher, beugt sich vor, um mit ihr auf Augenhöhe zu sein, und legt seine Hände auf ihre Schultern. »Denkst du wirklich, ich würde euch und eure Mammy allein lassen, wo ihr es mit dem großen bösen Detective zu tun habt? Gott, nein. Ich bleibe hier, solange ihr mich braucht.«

Trey übersetzt das mühelos: Wenn er sich jetzt vom Acker macht, wirkt das verdächtig. Sie wird ihn erst loswerden, wenn die Detectives ihre Arbeit erledigt haben. Das stört sie nicht mehr so sehr, wie es noch vor ein paar Tagen der Fall gewesen wäre. Wenigstens könnte sich das Arschloch ausnahmsweise mal als nützlich erweisen. »Klar«, sagt sie. »Super.«

Er sieht sie an, als wäre das Gespräch noch nicht beendet. Trey kommt der Gedanke, dass er darauf wartet, von ihr gefragt zu werden, ob er Rushborough getötet hat. Sie glaubt, er könnte es getan haben – schließlich hatte er Todesangst vor dem Mann, und es erfordert nicht viel Mut, jemanden von hinten niederzuschlagen –, aber sie vermutet, dass er lügen wird, wenn sie fragt, und außerdem ist es ihr sowieso egal. Sie hofft bloß, dass er, falls er es getan hat, schlau genug war, keine Spuren zu hinterlassen. Sie erwidert seinen Blick.

»Ach, Schätzchen, du siehst total geschafft aus.« Johnny neigt mitfühlend den Kopf. »Muss ein furchtbarer Schock gewesen sein, ihn so zu finden. Weißt du, was dir guttun wird? Mal richtig ausschlafen. Geh rein und lass dir von deiner Mammy was Gutes zu essen machen und dich dann ins Bett packen.«

Plötzlich hat Trey gründlich die Schnauze voll. Sie sollte total zufrieden mit sich sein, alles läuft wie geschmiert, aber ihr Dad kotzt sie an, und sie vermisst Cal so sehr, dass sie am liebsten den Kopf in den Nacken legen und den Himmel anheulen würde wie Banjo. Das ist idiotisch, wo sie doch den halben Tag mit Cal verbracht hat, aber es kommt ihr vor, als wäre er Millionen Meilen weit weg. Sie hat sich an das Gefühl gewöhnt, Cal alles erzählen zu können. Das tut sie zwar nicht, aber sie könnte, wenn sie wollte. Was sie jetzt tut, wird sie ihm niemals erzählen können, weil Cals Grundsätze ihm nicht erlauben, Detectives in einem Mordfall glattweg anzulügen, um Unschuldige reinzureiten. Was seine Grundsätze anbelangt, ist Cal unbeugsam. Er ist auch unbeugsam, wenn es darum geht, sein Wort zu halten, was er genauso ernst nimmt wie Trey, und falls er das Ganze nicht so sieht wie sie, wird er denken, dass sie ihr Wort bricht – das Versprechen, das sie ihm wegen Brendan gegeben hat. Cal würde ihr vieles verzeihen, aber das nicht.

Sie weiß nicht mehr, ob sich das alles lohnt. Letztlich macht das keinen Unterschied: Sie tut das nicht, weil es sich lohnt, sondern weil es getan werden muss. Aber es drückt ihre Stimmung noch tiefer.

Sie will tatsächlich nur noch schlafen, aber in diesem Moment verachtet sie ihren Dad zu sehr, um in seiner Nähe zu bleiben, nachdem sie erreicht hat, was sie von ihm wollte. »Ich treff mich jetzt mit meinen Freunden«, sagt sie. »Wollte bloß Banjo hierlassen. Ist draußen für ihn zu heiß.«

Das wäre gar nicht verkehrt. Sie kann über den Berg gehen, ein paar Freunde besuchen und anfangen, ihre Geschichte unter die Leute zu bringen. Sobald die Wurzeln schlägt, wird sie sich verbreiten, von Treys Spur ablenken und schließlich bei Nealon landen.

»Denk dran, dass du mit Alanna reden musst«, erinnert Johnny sie, als sie sich abwendet. »Du kommst so gut mit ihr klar, dass sie alles tut, was du ihr sagst.«

»Mach ich, wenn ich wieder da bin«, sagt Trey über die Schulter. Sheila steht noch immer am Fenster und beobachtet sie.

Kaum hat Cal sich an die Möhrenernte gemacht, taucht Mart auf. Die Krempe seines albernen Strohhuts wippt, als er angestapft kommt. Rip springt auf und versucht, Kojak zu einem Wettrennen zu animieren, aber Kojak hat keine Lust. Er schmeißt sich in den dürftigen Schatten der Tomatenpflanzen und bleibt hechelnd liegen. Die schwüle Luft ist dick wie Suppe. Cal hat schon den Rücken seines T-Shirts durchgeschwitzt.

»Verdammt große Möhren«, sagt Mart und stochert mit seinem Schäferstab in Cals Eimer. »Irgendwer klaut dir mal eine und verpasst deiner Vogelscheuche einen schönen Pimmel.«

»Hab jede Menge übrig«, sagt Cal. »Bedien dich.«

»Vielleicht mach ich das. Ich hab ein Rezept aus dem Internet für 'nen marokkanischen Lammbraten; der würde mit ein paar Möhren den richtigen Pfiff kriegen. Haben die in Marokko überhaupt Möhren?«

»Keine Ahnung«, sagt Cal. Er weiß, warum Mart hier ist, aber er hat keine Lust, ihm die Arbeit abzunehmen. »Falls nicht, sollte jemand sie mit ihnen bekanntmachen. Das wär doch was für dich.«

»Und wie soll ich das anstellen? In unserer Gegend gibt's nicht viele Marokkaner.« Mart sieht zu, wie Cal die nächste Möhre herauszieht und die Erde abbürstet. »Also«, sagt er. »Treffen sich ein Engländer, ein Ire und ein Amerikaner in einem Goldrausch, und der Engländer kommt nicht mehr raus. Stimmt es, dass deine Theresa ihn gefunden hat?«

»Jepp«, sagt Cal. »Ist mit dem Hund Gassi gegangen, und da lag er.« Er kann sich nicht erklären, wie Mart an diese Information gekommen ist. Vielleicht hat ein Bergbewohner sie die ganze Zeit, während sie bei dem Toten waren, im Wald versteckt beobachtet.

Mart holt seinen Tabaksbeutel hervor und beginnt, sich eine Zigarette zu drehen. »Hab gesehen, dass die Polizei dich heute Morgen besucht hat, um munter drauflos zu detektieren und zu schnüffeln. Auf unseren Straßen bleibt ihr Auto bestimmt nicht lange auf Hochglanz. Was waren das für Typen?«

»Der Officer hat nicht viel gesagt.« Cal rupft die nächste Möhre aus der Erde. »Der Detective scheint sein Handwerk zu verstehen.«

»Du kannst das ja beurteilen. Wer hätte das gedacht, mein Freund: Nach so langer Zeit bist du endlich mal zu was nutze.« Mart leckt das Zigarettenpapierchen mit gekonntem Schwung an. »Ich freu mich drauf, mit denen zu quatschen. Hab noch nie mit einem Detective geredet, und du sagst, wir haben's mit einem Prachtexemplar zu tun. Kommt er vom Lande?«

»Dublin. Behauptet Trey.«

»Ach, verdammt«, sagt Mart angewidert. »Wie soll mir denn die Unterhaltung mit ihm Spaß machen, wenn ich mir die ganze Zeit dieses Geräusch anhören muss? Schlimmer als der Bohrer beim Zahnarzt.« Sein Feuerzeug funktioniert nicht. Er mustert es gequält, schüttelt es, probiert es erneut. Diesmal mit Erfolg. »Hast du schon irgendeine Ahnung, in welche Richtung er denkt?«

»So früh denkt er wahrscheinlich noch gar nichts. Und falls doch, würde er's mir nicht sagen.«

Mart hebt eine Augenbraue. »Ach nein. Wo du doch praktisch ein Kollege von ihm bist?«

»Ich bin nicht sein Kollege«, sagt Cal. »Ich bin bloß einer von vielen, die es gewesen sein könnten. Und ich bin garantiert nicht sein Kollege, sobald er erfährt, was wir da am Fluss getrieben haben.«

Mart wirft ihm einen belustigten Blick zu. »Ach Gottchen, du Ärmster. Hast du etwa deswegen Nervenflattern?«

»Mart«, sagt Cal und richtet den Oberkörper auf. »Die werden es rausfinden.«

»Hast du's ihm erzählt?«

»Es kam nicht zur Sprache«, sagt Cal. Marts Grinsen wird breiter. »Aber irgendwer wird's tun, früher oder später.«

»Meinst du?«

»Ach komm, Mann. Das ganz County weiß, dass Rushborough nach Gold gesucht hat. Die Hälfte der Leute wird wissen, dass wir Gold in den Fluss geschmissen haben. Irgendwer wird reden.«

Mart lächelt ihn an. »Ehrlich, du hast dich bei uns prima eingelebt, und manchmal vergess ich glatt, dass du ein Zugezogener bist. Fühlt sich nämlich wirklich so an, als wärst du schon ewig hier.« Er lässt einen dünnen Rauchfaden durch die Zähne entweichen, der in der reglosen Luft vor ihm schweben bleibt, sich langsam auflöst. »Keiner wird irgendwas darüber erzählen, mein Freund. Jedenfalls nicht dem Detective. Und falls doch …« Er zuckt die Achseln. »In unserer Gegend gibt's wahnsinnig viele Gerüchte. Da erzählt einer dem anderen, was die Frau vom Cousin seiner Tante gesagt hat, und übertreibt hier und da ein bisschen, damit's auch wirklich interessant ist … Dabei geraten die Geschichten mächtig aus den Fugen. Bestimmt hat da einer bloß was falsch verstanden.«

»Und wenn sie der Sache nachgehen? Nach Online-Käufen von Gold suchen, die in den letzten Wochen hierhergeliefert worden sind? Dann stoßen sie sofort auf deinen Namen.«

»Ich trau den Londoner Banken nicht von hier bis da«, erklärt Mart. »Ich sag dir, nach dem ganzen Brexit-Mist könnten die jeden Moment Pleite machen. Da hat doch jeder vernünftige Mensch einen Teil seiner Ersparnisse lieber da, wo er sie in die Hand nehmen kann. Dieselbe Finanzstrategie würde ich dir auch empfehlen, mein Lieber. Goldstandard: Was Besseres gibt's nicht.«

»Die werden Rushboroughs Handy auslesen. Und Johnnys.«

»Menschenskind, dein Insiderwissen macht was her«, sagt Mart bewundernd. »Hab gewusst, es zahlt sich noch aus, dass wir dich behalten haben. Ich verrat dir, warum ich mir keine Gedanken darum mache, was auf den Handys sein könnte. Weil diese beiden Mordskerle nicht bloß zwei Stümper waren, die mal was riskieren, wie ich und die anderen Jungs. Die beiden sind Profis. Die haben an alles gedacht.«

»Johnny hat in seinem ganzen Leben noch nie an alles gedacht«, widerspricht Cal.

»Vielleicht nicht«, räumt Mart ein. »Aber dieser Rushborough hat ihn an der kurzen Leine gehalten. Bei dem ist Johnny keinen Zentimeter aus der Reihe getanzt. Ich sage dir: Auf den Handys ist nix.« In seiner Stimme liegt eine lapidare, sanfte Endgültigkeit.

»Okay«, sagt Cal. »Vielleicht wird die Polizei das mit dem Gold nie beweisen können. Aber sie wird davon erfahren. Vielleicht nicht, was Rushborough und Johnny abziehen wollten, aber was du und die anderen vorhattet.«

»Und du«, ruft Mart ihm in Erinnerung. »Ehre, wem Ehre gebührt.«

»Meinetwegen. Entscheidend ist doch, damit hat jemand ein Motiv. Rushborough hat das mit dem Fluss rausgekriegt, er wollte zu den Cops, irgendwer hat es mit der Angst bekommen und ihn zum Schweigen gebracht. Oder jemand hat Rushboroughs Schwindel durchschaut und war stinksauer deswegen.«

»Glaubst du, so war's?«, will Mart wissen.

»Das hab ich nicht gesagt. Aber ich bin sicher, dass Detective Nealon diese Möglichkeit genauer untersucht.«

»Der Mann kann von mir aus untersuchen, so viel er will«, sagt Mart und winkt großspurig mit seiner Zigarette ab. »Ich wünsche ihm viel Glück. Aber ich würde nicht gern in seiner Haut stecken. Er kann das fetteste Motiv der Welt haben, das bringt ihm nichts ohne einen Mann am anderen Ende. Nur mal angenommen, rein theoretisch, irgendwer fängt tatsächlich von dem Gold an. Paddy Joe sagt, er hat's von Michael Mór gehört, und Michael Mór sagt, Michael Beag hätt's ihm erzählt, und Michael Beag sagt, es könnte Pateen Mike gewesen sein, der darüber geredet hat, aber das war nach sechs Pints, deshalb könnte er's nicht beschwören, und Pateen Mike sagt, er hat's von Paddy Joe. Eins garantier ich dir: Keine Menschenseele wird zugeben, am Fluss dabei gewesen zu sein, oder den Namen von jemandem nennen, der mitgemacht hat. Falls das Gold überhaupt zur Sprache kommt, wird's bloß eins von diesen blödsinnigen Gerüchten sein, die in so kleinen Käffern wie unserem schon mal die Runde machen. Morgennebel, mein Freund, um's mal poetisch auszudrücken. Sobald du ihn packen willst, löst er sich auf.« Er greift in die Luft und hält eine leere Hand hoch. »Irgendwer wird ein Motiv haben, klar, aber wer soll das sein? Da drehen wir uns dann im Kreis, mein Lieber.«

Cal wendet sich wieder seinen Möhren zu. »Vielleicht«, sagt er.

»Mach dir keinen Kopf«, sagt Mart. »Jedenfalls nicht deswegen.« Er wirft seinen Zigarettenstummel auf den Boden und drückt ihn mit der Spitze seines Schäferstabs aus. »Eins würd ich gern wissen, mein Freund«, sagt er. »Rein interessehalber. Warst du es?«

»Nee«, sagt Cal. Er stochert mit seiner Handgabel um eine widerspenstige Möhre herum. »Wenn ich jemanden kaltgemacht hätte, wäre das Johnny gewesen.«

»Ergibt Sinn«, bestätigt Mart. »Ehrlich, mich wundert, dass das nicht schon längst jemand erledigt hat. Aber man soll die Hoffnung nicht aufgeben; vielleicht kommt das ja noch. War es das Mädchen?«

»Nein«, sagt Cal. »Denk nicht mal dran.«

»Zugegeben, mir fällt kein Grund ein, warum sie sich die Mühe hätte machen sollen«, sagt Mart leutselig, ohne auf Cals Ton zu reagieren, »aber bei Menschen weiß man nie. Trotzdem, wenn du das sagst, glaub ich dir einfach mal.«

»Ich sollte dich dasselbe fragen«, kontert Cal. »Du hast gesagt, du würdest wegen Rushborough und Johnny und dem ganzen Schwindel was unternehmen. Hast du?«

Mart schüttelt den Kopf. »Inzwischen solltest du mich wirklich besser kennen, mein Lieber. Das wäre überhaupt nicht mein Stil, überhaupt nicht. Ich bin ein Mann der Diplomatie, jawohl. Kommunikation. Du bist fast nie zu irgendwas Extremem gezwungen, wenn du ein Händchen dafür hast, dich verständlich zu machen.«

»Du solltest in die Politik gehen«, sagt Cal. Er kann sich vorstellen, dass Mart jemanden tötet, aber erst, wenn alle weniger aufwendigen Optionen erschöpft sind.

»Weißt du, was?«, sagt Mart erfreut. »Das hab ich auch schon oft gedacht. Wenn ich die Farm nicht hätte, würde ich gern im Parlament sitzen und meinen Grips gegen die Vögel da einsetzen. Mit dem Schwachkopf von den Grünen, der so ein verkniffenes Nonnengesicht hat, würd ich's locker aufnehmen. Der Spinner hat keine Ahnung von nix.«

Er beugt sich ganz bedächtig zu dem Eimer vor, um seine kaputte Hüfte zu schonen, und trifft eine sorgfältige Auswahl. »Ich fänd's gut, wenn Johnny es war«, sagt er. »Wäre das nicht für alle Beteiligten das Beste? Dann wären wir die beiden Galgenvögel auf einen Schlag los. Keine Frage: Wenn ich's mir aussuchen dürfte, würde ich auf Johnny tippen.«

Er richtet sich mit einer Handvoll Möhren wieder auf. »Im Endeffekt ist völlig egal, was ich denke oder was du denkst«, sagt er. »Wichtig ist bloß, was unser guter Freund und Helfer aus Dublin denkt. Und da müssen wir abwarten und schauen, wohin der Wind ihn weht.« Er zeigt Cal die Möhren. »Die koch ich mir jetzt. Falls du irgendwelche Marokkaner siehst, schick sie zum Essen zu mir rüber.«

Lena hat den ganzen Tag über den Mord an Rushborough nachgedacht und weiß noch immer nicht, was sie davon halten soll. Sie hofft, dass Cal ihr mit seiner beruflichen Erfahrung etwas Klarheit verschaffen kann. Als sie bei ihm ankommt, hat er einen Riesenberg Möhren auf dem Küchentisch liegen und ist dabei, sie zu schälen, klein zu schneiden und in Gefrierbeutel zu packen. Lena, die weiß, wie Cal tickt, fasst das als kein gutes Zeichen auf. Es ist, als würde er sich auf einen harten Winter vorbereiten oder auf eine Belagerung.

Sie hat eine neue Flasche Bourbon mitgebracht. Während Cal

ihr von seinem Vormittag erzählt, gießt sie ihnen beiden einen Drink mit viel Eis ein und setzt sich ihm gegenüber an den Tisch, um das Schnippeln zu übernehmen. Cal schält die Möhren, als hätten sie seine Familie bedroht.

»Ich wette, der Detective ist gut«, sagt er. »Nealon ist locker, angenehm im Umgang, lässt sich Zeit, aber man merkt ihm an, dass er knallhart werden kann, wenn's sein muss. Wenn man ihn mir früher als Partner zugeteilt hätte, hätte ich mich nicht beschwert.«

»Glaubst du, er kriegt raus, wer's war?«, fragt Lena. Sie schneidet ein Stück Möhre ab und isst es.

Cal zuckt die Achseln. »Kann ich noch nicht sagen. Ich trau es ihm jedenfalls zu.«

»Tja«, sagt Lena vorsichtig, »je früher er ihn schnappt, desto schneller haben wir ihn vom Hals.«

Cal nickt. Schweigen tritt ein. Nur das leise monotone Klicken von Schäler und Messer, das Seufzen der schlafenden Hunde und das Brummen eines fernen Treckers sind zu hören.

Lena weiß, Cal wartet darauf, dass sie ihn fragt, ob er Rushborough getötet hat, aber das wird sie nicht tun. Stattdessen trinkt sie einen Schluck von ihrem Bourbon und sagt: »Ich hab dem Mann kein Haar gekrümmt. Nur dass du's weißt.«

Als sie Cals verblüffte Miene sieht, muss sie lachen, und nach einem Moment grinst er auch. »Na ja, die Frage wäre ziemlich taktlos gewesen«, sagt er, »aber ich bin froh, das zu hören.«

»Sonst hättest du vielleicht heute Nacht vor Angst nicht einschlafen können«, erklärt sie. »Hätte mich zu sehr gestört, wenn du dich im Bett rumwälzt und dich fragst, ob eine gemeingefährliche Irre neben dir liegt.«

»Tja«, sagt Cal. »Dito. Ich weine dem Kerl keine Träne nach, aber ich hab ihm auch kein Haar gekrümmt.«

Das hat Lena sich ohnehin gedacht. Sie glaubt nicht, dass Cal unfähig ist zu töten, aber wenn er es täte, dann nicht diesen Mann und nicht so. Trey braucht ihn in ihrer Nähe; dadurch sind ihm die Hände gebunden.

Sie sagt: »Also, auf wen tippst du?«

Cal nimmt sich die nächste Möhre vor und schüttelt den Kopf. »Das hat Nealon mich auch gefragt. Ich hab gesagt, Johnny. Ich weiß nicht, ob ich das wirklich glaube, aber er fällt mir einfach als Erster ein.«

»Er ist gestern Abend bei mir aufgetaucht.«

Cals Kopf fährt hoch. »Johnny?«

»Höchstpersönlich.«

»Was hat er gewollt?«

»Er wollte, dass ich ihn aus seinem eigenen Schlamassel rette. Es hat sich rumgesprochen, dass das mit dem Gold erstunken und erlogen ist.«

»Ja«, sagt Cal. »Ich hab's Mart erzählt.«

Von dem Moment an, als sie wegfuhr und Mart winkend an Cals Tor stand, hat Lena vermutet, dass es so kommen würde. Trotzdem spannen sich ihre Schultern an, als sie jetzt die Bestätigung hört. Lena, die schon oft als kalt bezeichnet wurde und zugibt, dass daran durchaus etwas Wahres ist, erkennt Kälte bei anderen: Unter all der Redseligkeit und Verschmitztheit, die auch Teil von ihm sind, ist Mart eiskalt. Sie versteht, warum Cal getan hat, was er getan hat. Sie hofft bloß, dass es die richtige Entscheidung war.

»Tja«, sagt Lena, »Mart hat auf dich gehört. Johnny sagt, er hat eine Warnung bekommen. Er wusste nicht genau, von wem, aber sie war eindeutig: Mach, dass du wegkommst, oder wir fackeln dein Haus ab.«

»Sind die *wahnsinnig* geworden?!« Cal legt das Schälmesser hin.

»Was hast du denn erwartet?«

»Dass Mart ihm erklärt, dass seine tolle Idee geplatzt ist und es keinen Sinn mehr macht hierzubleiben. Dass ein paar von ihnen ihn vielleicht verprügeln, keine Ahnung. Ich wollte bloß Trey aus dem ganzen Mist rausholen. Doch nicht, dass ihr Zuhause *abgebrannt* wird.«

Er ist kurz davor, den Berg hinaufzurasen und Trey aus dem Haus zu zerren, notfalls mit Gewalt. »Die werden das Haus nicht anstecken«, sagt Lena. »Jedenfalls nicht, wenn die Familie drin ist. Auf so was achten die Jungs.«

»Scheiße«, sagt Cal. »Was zum Teufel mach ich eigentlich hier in diesem verdammten Dorf?«

»Johnny hatte gestern Abend bloß Panik«, sagt Lena. »Er hat das Ganze nicht zu Ende gedacht, ist tiefer reingeraten als erwartet und hat den Kopf verloren. Er ist schon immer nur dann klargekommen, wenn alles so lief, wie er das wollte.«

»Okay«, sagt Cal. Er schüttelt die jähe Angst ab und zwingt sich, weiter seine Möhren zu schälen. »Was wollte er denn von dir? Was solltest du für ihn tun?«

»Mit Leuten reden. Mit dir. Noreen. Dafür sorgen, dass die Hunde zurückgepfiffen werden.«

»Aha«, sagt Cal. »Warum ausgerechnet du?«

Lena sieht ihn mit einer hochgezogenen Augenbraue an. »Denkst du, ich hab nicht die erforderlichen diplomatischen Fähigkeiten?«

Sie erntet dafür kein Schmunzeln. »Du kümmerst dich nicht darum, was im Dorf vor sich geht. Johnny ist kein Trottel, also wird er das wissen. Wieso wendet er sich dann an dich?«

Lena zuckt die Achseln. »Ich würde sagen, genau deswegen. Er hat sich gedacht, mir wäre egal, dass er versucht hat, das ganze Dorf auszunehmen. Angefangen hat er mit ›um der alten Zeiten willen – du weißt, das hab ich nicht verdient, ich bin kein Engel, aber du weißt, ich bin nicht so schlecht, wie die meinen, du bist die Einzige, die mir je eine Chance gegeben hat‹, und so weiter. Er ist verdammt charmant, wenn er will, unser Johnny, und gestern Abend wollte er. Richtig Schiss hat er gehabt.«

»Wow«, sagt Cal. »Klingt wirklich charmant. ›Hey, ich steck in der Klemme, weil ich ein kriminelles Arschloch bin und nicht mal besonders clever, wärst du so lieb und hilfst mir da raus?‹«

»Ich hab ihm mehr oder weniger das Gleiche gesagt: Sein armes missverstandenes Ego wäre nicht mein Problem. Dann hat er die Taktik geändert: Wenn ich ihm schon nicht um seinetwillen helfen wolle, müsse ich es für Trey tun.«

»Überraschung.« Wenn Lena ihn nicht so gut kennen würde, wäre ihr seine kurz aufflammende Wut entgangen.

»Er hat gesagt, dass er Rushborough Geld schuldet – wusstest du das?«

»Ja.«

»Und er müsste dafür sorgen, dass die Sache klappt, sonst würde Trey entweder zusammengeschlagen oder ihr Zuhause abgefackelt, und das könnte ich doch nicht wollen. Inzwischen hatte ich die Nase voll von ihm. Ich hab gesagt, Trey wäre ihm doch scheißegal, denn sonst würde er sich nach London verpissen und sein ganzes Chaos mitnehmen. Wir haben uns nicht im Guten verabschiedet.«

Cal runzelt die Stirn. »Ist er handgreiflich geworden?«

Lena schnaubt verächtlich. »Gott, nein. Er hat die Fassung verloren, aber Genaueres weiß ich nicht, weil ich ihm die Tür vor der Nase zugemacht hab. Irgendwann ist er dann abgezogen.«

Cal wird still, und Lena beobachtet sein Gesicht, während er nachdenkt. Die Falte zwischen seinen Augenbrauen entspannt sich, und er sieht konzentriert und in sich gekehrt aus. »Um wie viel Uhr war er bei dir?«

»Um acht, glaub ich. Oder kurz danach.«

»Wie lange ist er geblieben?«

»Ungefähr eine halbe Stunde.«

Lena hat sich gefragt, ob Cal reagieren würde wie ein Cop. Jetzt endlich tut er's.

»Er hat die Fassung verloren«, sagt Cal. »Wie genau? Hat er geweint und gebettelt oder getobt und an deine Tür gehämmert?«

»Irgendwas dazwischen. Ich bin in die Küche und hab ein bisschen Musik angemacht, deshalb hab ich nicht alles mitbekommen, aber es klang dramatisch. Ziemlich viel Brüllerei, dass es meine Schuld wäre, wenn sie alle verbrennen würden, und ob ich damit weiterleben könnte. Ich hab ihn nicht beachtet.«

»Hast du gesehen, in welche Richtung er danach gegangen ist?«

»Ich hab nicht aus dem Fenster geguckt. Wollte nicht erleben, dass auf einmal seine Visage vor mir auftaucht.«

»Gibt's noch andere, an die er sich vielleicht gewandt hat, damit die die Hunde zurückpfeifen?«

Lena überlegt und schüttelt dann den Kopf. »Kann ich mir nicht vorstellen. Die meisten hatten vorher schon nichts für ihn übrig. Und alle haben sich begeistert auf die Sache mit dem Gold eingelassen: Wenn sie rausgekriegt haben, dass das Ganze totaler Schwachsinn ist, sind sie bestimmt der Meinung, dass er es verdient hat, wenn man ihm das Dach über dem Kopf anzündet. Könnte sein, dass vielleicht irgendwo eine Frau noch eine Schwäche für ihn hat, aber falls ja, wäre er wohl zu der gegangen, bevor er zu mir gekommen ist.«

»Er könnte Rushborough getötet haben«, sagt Cal. »Du hast gesagt, er war panisch. Als er gemerkt hat, dass du ihm nicht helfen willst, könnte er verzweifelt gewesen sein. Vielleicht hat er sich zum Trost ein paar hinter die Binde gekippt, genug, um unvernünftig zu werden. Dann hat er Rushborough angerufen und ihm irgendeinen Grund genannt, warum sie sich treffen müssten.«

Lena beobachtet ihn, sieht, wie der Detective in ihm weiterarbeitet, Szenarien vergleicht, sie prüfend von allen Seiten betrachtet und abklopft, ob sie auch standhalten.

»Könnte er so was tun?«, fragt Cal sie. »Was meinst du?«

Lena denkt über Johnny nach. Sie erinnert sich an den frechen hübschen Jungen, mit dem sie geklaute Süßigkeiten geteilt hat. Die Erinnerungen übertragen sich zu leicht auf den Erwachsenen. Er hat sich nicht verändert, nicht so, wie er es hätte tun sollen. Für einen Moment wird ihr klar, wie seltsam ihr Leben sich entwickelt hat, dass sie jetzt darüber nachdenkt, ob er als Mörder in Frage käme, während sie am Tisch eines Ausländers sitzt.

»Betrunken und verzweifelt«, sagt sie, »vielleicht. In ihm ist nichts, das ihn davon abhalten würde. Ich hab ihn nie als dermaßen gewalttätig erlebt, aber ich hab ihn auch nie dermaßen in die Enge getrieben erlebt. Sonst hatte er immer einen Ausweg.«

»Das meine ich ja«, sagt Cal. »Diesmal hat er keinen Ausweg sehen können. Ich würde eindeutig auf Johnny tippen, wenn da nicht die Tatsache wäre, dass Rushborough nach seinem Tod bewegt worden ist. Man hätte ihn irgendwo liegen lassen können, aber man hat ihn mitten auf die Straße gelegt, wo er nach wenigen Stunden gefunden werden musste. Ich kann mir nicht erklären, warum Johnny das tun sollte. Er hätte ihn einfach in den Sumpf werfen und allen erzählen können, Rushborough wäre nach London gefahren und er wolle hinter ihm her und ihn zurückholen, um dann auf Nimmerwiedersehen zu verschwinden.«

»So hätte er's gemacht«, bestätigt Lena. »Johnny war nie der Typ, der sich mit Problemen rumschlägt, die er irgendwie vermeiden kann.«

»Ich hätte gern, dass Johnny es war«, sagt Cal, »aber das lässt mir keine Ruhe.« Er reicht ihr die nächste geschälte Möhre über den Tisch.

Lena kennt die Anzeichen, wenn Cal ihr etwas verschweigt. Seine Schultern sind zu sehr hochgezogen, und er sieht ihr immer nur kurz in die Augen. Neben dem Offensichtlichen bedrückt ihn noch etwas anderes.

»Hast du Nealon von dem Gold erzählt?«, fragt sie.

»Nein. Und ich hab Trey gesagt, sie soll auch den Mund halten.«

Lena überspielt ihre Überraschung mit einem Schluck Bourbon. Sie weiß, dass er seinen Job hinter sich lassen wollte, aber sie glaubt nicht, dass er sich so weit davon entfernen wollte, jedenfalls nicht, bis Trey Schutz brauchte.

»Tja«, sagt sie, »das kann sie ja gut.«

»Mart ist der Meinung«, sagt Cal, »dass alle hier dasselbe machen werden.«

»Damit könnte er recht haben«, sagt Lena. »Und dann wird dieser Nealon nicht viel herausfinden, das ihm weiterhilft. Wir müssen abwarten, wie der Hase läuft.«

»Nealon wird mir nichts verraten.«

»Ich rede nicht von Nealon, ich meine das Dorf.«

Die Verblüffung in Cals Gesicht verrät ihr, dass er daran noch nicht mal gedacht hat. Nur weil er überdeutlich gesehen hat, wozu das Dorf fähig ist, hat er geglaubt, er kennt auch dessen Grenzen. Angst um Cal erfasst Lena mit solcher Macht, dass sie sich einen Moment lang nicht bewegen kann. Nach zwei Jahren in Ardnakelty ist er immer noch naiv, so naiv wie die Touristen, die hier nach grünen Kobolden und rothaarigen jungen Irinnen mit Schultertüchern Ausschau halten; so naiv wie Rushborough, der angerauscht kam, um die dummen Eingeborenen abzuzocken, und der jetzt tot ist.

»Was wird denn so geredet?«

»Ich bin direkt von der Arbeit hergekommen«, sagt Lena, »müsstest du eigentlich riechen. Außer mit dir hab ich noch mit niemandem geredet. Morgen geh ich zu Noreen und find's raus.«

Am liebsten würde sie aufstehen und schnurstracks zum Laden

gehen, aber das wäre sinnlos. Am Nachmittag war bestimmt ganz Ardnakelty dort, um Noreen, diese leistungsstarke Maschine, mit Informationen und Spekulationen zu füttern und gespannt abzuwarten, was im Gegenzug herauskommt. Morgen, wenn Noreen Gelegenheit hatte, ihre Ernte durchzusehen, wird Lena eine Möglichkeit finden, sie allein zu erwischen.

Cal sagt: »Trey serviert Nealon das Dorf auf einem Silbertablett.«

Weniger seine Bemerkung als vielmehr der Ton seiner Stimme lässt Lena aufhorchen, und sie hört auf zu schnippeln. »Wie das?«

»Sie hat ihm erzählt, sie hätte letzte Nacht Männer reden und rumlaufen hören, genau an der Stelle, wo die Leiche lag. Männer, die geredet haben wie Einheimische.«

Lena erstarrt wieder, während sie das verarbeitet. »Stimmt das?«

»Nee.«

Eine Mischung aus Stolz und Bewunderung raubt Lena den Atem. Vor langer Zeit, als sie ein Teenager war und Ardnakelty aus tiefster Seele hasste, konnte sie sich immer nur vorstellen, so schnell und so weit wie möglich abzuhauen. Nie wäre sie auf die Idee gekommen, den Kampf aufzunehmen und das Dorf in die Luft zu jagen.

Sie sagt: »Glaubt der Detective ihr?«

»Bis jetzt. Warum auch nicht? Sie war ziemlich überzeugend.«

»Was wird er damit anfangen?«

»Jede Menge Fragen stellen. Gucken, was dabei rauskommt. Und dann weitersehen.«

Lena bekommt wieder Luft. Sie sagt: »Ich hab das Gefühl, ich hätte das kommen sehen müssen.«

»Wie denn?«

»Keine Ahnung. Irgendwie.« Sie denkt daran, wie Trey sie fragte, wer das mit Brendan gemacht hat. Sie ist froh, dass sie keine Vermutung geäußert hat.

»Ja«, sagt Cal. Er hört mit dem Schälen auf und fährt sich mit der Hand durchs Gesicht. »Hätte ich wahrscheinlich auch kommen sehen müssen. Ich hab's nicht für möglich gehalten, weil sie mir ihr Wort gegeben hat, nichts wegen Brendan zu unternehmen, aber ich schätze, jetzt denkt sie, der Zufall hat ihr ein Hintertürchen beschert.«

Seine Stimme klingt belegt, es schwingt zu vieles darin mit: Zorn und Angst und Schmerz. »Wie weit wird sie gehen?«

»Wer weiß? Nealon könnte morgen die Hälfte der Männer aufs Revier vorladen und Trey ihre Stimmen identifizieren lassen, und ich hab keine Ahnung, was sie dann macht. Jemanden identifizieren oder nicht. Ich hab keine Ahnung mehr, was in ihrem Kopf vorgeht.«

Lena sagt: »Sollen wir irgendwas machen?«

»Was denn? Denkst du etwa, sie hört auf mich, wenn ich ihr sage, dass ich weiß, was sie vorhat, und dass es ein bescheuerter, gefährlicher, beschissener Plan ist, der damit enden könnte, dass sie zusammengeschlagen wird oder man ihr Zuhause abfackelt oder was auch immer die Leute hier sich so alles einfallen lassen? Dann passt sie höchstens noch besser auf, dass ich nichts mitkriege. Also, was zum Teufel soll ich tun?«

Lena schweigt. Unter normalen Umständen neigt Cal nicht dazu, seine Stimmungen an anderen auszulassen. Sie ist nicht verärgert deswegen, fragt sich aber zutiefst beunruhigt, wozu er fähig ist, wenn er so weit getrieben wird.

Cal wird wieder ruhiger. »Meinst du, sie würde auf dich hören?«

»Wahrscheinlich nicht. Ich glaube, ihre Entscheidung steht.«

»Ja. Glaub ich auch.« Er sinkt auf dem Stuhl nach hinten und greift nach seinem Glas. »Soweit ich das sehe, gibt es im Moment absolut nichts, was wir tun können.«

Lena sagt: »Kommt sie zum Abendessen?«

Cal reibt sich die Augen. »Ich glaub nicht. Ist wahrscheinlich auch besser so. Ich würde sie nämlich am liebsten ohrfeigen und ihr sagen, sie soll verdammt nochmal Vernunft annehmen.«

Lena weiß, es ist an der Zeit, das Thema zu wechseln. »Wenn wir was kochen«, sagt sie, »sollte es unbedingt irgendwas mit Möhren sein.«

Cal lässt die Hände sinken, blinzelt und betrachtet den Tisch, als hätte er vergessen, womit sie beschäftigt waren. »Stimmt. Ich wusste nicht, ob die was werden. Hab noch nie Möhren angebaut. Ich glaub, ich hab zu viele ausgesät.«

Lena hebt eine Augenbraue. »Findest du?«

»Das ist nur die Hälfte. Der Rest ist noch draußen.«

»Ach du Schande«, sagt Lena. »Das hast du jetzt von deinem Zurück-zur-Natur. Du wirst so lange Möhren essen, bis du orange aussiehst. Möhrensuppe zum Lunch, Möhrenomelett zum Abendessen –«

Cal bringt ein Grinsen zustande. »Du kannst mir beibringen, wie man Möhrenmarmelade macht. Fürs Frühstück.«

»Na los«, sagt Lena, leert ihr Glas und steht auf. Sie denkt, der Abend erlaubt eine Ausnahme von ihrer Ich-koche-nicht-Regel. »Wir machen Möhrenfrikassee.«

Sie einigen sich schließlich auf gebratenes Rindfleisch mit sehr, sehr viel Möhren. Cal legt Steve Earle auf, während sie kochen. Die Hunde wachen von dem Duft auf und kommen in die Küche, weil sie hoffen, dass etwas für sie abfällt. Durch die Musik und ihre Unterhaltung und das Brutzeln der Pfanne hinweg kann Lena um sie herum in der warm-goldenen Luft förmlich das hastige Wispern und Tuscheln des Dorfes hören.

17

FÜNFUNDVIERZIG MINUTEN bevor der Laden überhaupt aufmacht, sieht Lena Noreen mit hochgekrempelten Ärmeln ganz oben auf der Trittleiter stehen und hektisch Artikel aus den Regalen nehmen, um die Mindesthaltbarkeitsdaten zu überprüfen – eine Aufgabe, von der Lena weiß, dass sie normalerweise nur freitags erledigt wird. »Morgen«, sagt sie, als sie aus dem kleinen Hinterzimmer lugt, in dem Noreen Akten, Probleme und den Wasserkocher aufbewahrt.

»Falls du hier bist, um mir zu sagen, wer den Engländer umgebracht hat«, zischt Noreen und zeigt drohend mit einer Dose Thunfisch auf sie, »kannst du dich gleich wieder verziehen. Mir schwirrt der Schädel vor Ideen und Theorien und – was hat Bobby Feeney noch mal gehabt? – Hypothesen, was zum Teufel ist das eigentlich?«

»Ich hatte mal 'ne Hypothese«, sagt Lena. »Hab ich zu einer Hochzeit getragen. Soll ich uns eine Tasse Tee machen?«

»Was redest du denn da? Zu welcher Hochzeit?«

»War ein Witz«, sagt Lena. »Ich hab keine Ahnung, was Bobby erzählt hat. Kamen Aliens drin vor?«

»Was glaubst du denn? Bobby hat sich in den Kopf gesetzt, dass dieser Rushborough ein Agent der Regierung war. Und dass er hergeschickt worden ist, um einen Alien zu fangen und nach Dublin zu bringen. Das mit dem Gold war bloß ein Vorwand, damit er unauffällig in den Bergen rumsuchen konnte. Hast du so was schon mal gehört?«

»Ich würde sagen, es klingt nicht verrückter als ein paar andere

Erklärungen, die gerade im Umlauf sind«, erwidert Lena. »Willst du nun Tee oder nicht?«

Noreen steigt mühsam von der Leiter und lässt sich auf eine untere Stufe plumpsen. »Bloß keinen heißen Tee. Hast du dir je vorstellen können, dass ich mal so was sage? Guck dir an, wie ich aussehe. Ich bin klatschnass, als wär ich schwimmen gewesen. Dabei ist es noch nicht mal halb acht.« Sie zupft an ihrer Bluse und fächelt Luft an ihre Brust. »Ich hab die Nase gestrichen voll von der Hitze. Hör auf meine Worte: Ich mach den Laden dicht und zieh nach Spanien, jawohl. Da gibt's wenigstens Klimaanlagen.«

Lena hievt sich auf die Theke. »Cal macht Eistee. Ich hätte dir welchen mitbringen sollen.«

»Das Zeug macht einem den Magen kaputt, so ohne Milch und alles. Und beweg deinen Hintern von meiner Theke.«

»Ich rutsch runter, bevor du aufmachst«, sagt Lena. »Soll ich dir helfen?«

Noreen starrt verächtlich die Dose Thunfisch an, die sie noch immer in der Hand hält. »Weißt du, was, scheiß drauf. Ich mach's ein andermal. Wenn irgendein Trottel einen abgelaufenen Pudding kauft, mir doch egal. Geht sowieso allen nur um den neusten Klatsch.«

Lena hat noch nie gehört, dass Noreen sich beklagt, weil Leute den neusten Klatsch hören wollen. »Gestern war wohl das ganze Dorf hier, was?«

»Das kannst du laut sagen. Sämtliche Erwachsenen und Kinder im Umkreis von Meilen. Crona Nagle, weißt du noch? Die ist jetzt zweiundneunzig, ist seit einer Ewigkeit nicht mehr aus dem Haus gegangen, aber gestern hat sie sich von ihrem Enkel herfahren lassen. Und natürlich hatte sie auch eine ganz eigene bescheuerte Theorie. Sie meint, Johnny Reddy ist es gewesen, weil Melanie O'Halloran sich mal aus dem Haus geschlichen hat, um ihn zu treffen, und als sie zurückkam, hat sie nach Whiskey und Aftershave gerochen. Ich hatte schon ganz vergessen, dass Crona ja Melanies Granny ist. Kann aber gut verstehen, dass sie das nicht jedem auf die Nase gebunden hat. Melanie, mein ich.«

»Ich schätze mal, Crona ist nicht die Einzige, die auf Johnny tippt«, sagt Lena und reckt sich, um einen Apfel aus dem Obstregal zu nehmen.

Noreen wirft ihr einen seltsamen Seitenblick zu. »Es gibt da so einige, stimmt. Die Frage ist bloß, warum sollte Johnny den Mann umbringen wollen? Der Kerl war doch für ihn die Gans, die goldene Eier legt. Ohne den hat Johnny kein Vermögen mehr zu erwarten, und er ist bei uns nicht mehr der tolle Hecht. Jetzt wird ihm keiner mehr einen Drink spendieren und über seine Witzchen lachen. Er ist bloß wieder derselbe kleine Lümmel, dem man keine fünf Pence leihen würde. Außerdem …« Sie sieht die Dose Thunfisch an, als hätte sie vergessen, dass es die gibt, und schiebt sie wahllos in ein Regal mit Spülbürsten. »Dessie meint, er will nicht, dass Johnny verhaftet wird«, sagt sie. »Er meint, Johnny ist ein Waschlappen. Wenn dieser Detective ihn in die Mangel nimmt, plaudert er alles über den Quatsch mit dem Gold aus und versucht, die Jungs irgendwie in Schwierigkeiten zu bringen, um den Verdacht von sich abzulenken. Es wär ihm egal, was das für Sheila und die Kinder bedeutet, es würd ihm nur darum gehen, seine eigene Haut zu retten. Und Dessie ist nicht der Einzige. Die Leute wollen nicht, dass es Johnny war.«

Lena kramt Kleingeld aus ihrer Tasche, zeigt Noreen ein Fünfzig-Cent-Stück und legt es auf die Kasse, um den Apfel zu bezahlen. »Und wen haben sie dann auf dem Zettel?«

Noreen pustet Luft aus. »Nimm irgendwen, und ich hatte bestimmt einen im Laden, der den Namen genannt hat. Und dann vermischen sie ihre Ideen, bis du überhaupt nicht mehr weißt, wer was gedacht hat. Ciaran Maloney zum Beispiel ist reingekommen und hat gesagt, es war bestimmt bloß eine besoffene Schlägerei, aber dann hat er mit Bobby geredet, und er ist nicht so blöd, Bobbys Quatsch zu glauben, aber hinterher hat er laut darüber nachgedacht, ob Rushborough nicht vielleicht eine Art Inspektor war und nach Leuten gesucht hat, die Zuschüsse beantragen, auf die sie gar keinen Anspruch haben …« Sie schüttelt entnervt den Kopf. »Ein paar glauben, es ging irgendwie um Grund und Boden. Die meinen, das Gold war bloß eine Art Vorwand, dass Rushborough durch seine Granny Anspruch auf ein Stück Land hatte und hergekommen ist, um es sich genauer anzusehen, und dass jemand was dagegen hatte. Ich weiß ja, dass die Feeneys echte Weicheier sind, aber selbst die würden einem Fremden nicht so einfach ihr Land überlassen. Na los, gib mir auch mal einen Apfel, vielleicht kühlt der mich ab.«

Lena wirft ihr einen Apfel zu und legt noch mal fünfzig Cent auf die Kasse. Noreen reibt den Apfel an ihrer Hose sauber. »Clodagh Moynihan ist sicher – inzwischen todsicher –, dass Rushborough ein paar junge Leute überrascht hat, als sie gerade Drogen genommen haben, und dass die ihn aus dem Weg geräumt haben. Keine Ahnung, was Clodagh sich so unter Drogen vorstellt. Ich hab sie gefragt, wieso die so was mitten in der Nacht auf einer Bergstraße machen sollten, aber mit der Frau ist ja nicht zu reden. Wenn sie in der Schule nicht so furchtbar fromm gewesen wäre, wüsste sie vielleicht ein bisschen besser Bescheid.«

Lena kommt der Gedanke, dass sie offenbar als Einzige im ganzen County keine Vermutung hat, wer Rushboroughs Mörder ist.

»Tja«, sagt sie nach einem weiteren Biss in ihren Apfel, »zum Glück müssen wir das Problem ja nicht lösen. Das hat dieser Detective am Hals. Hast du ihn schon kennengelernt?«

»Hab ich. Er ist gegen Mittag reingekommen und wollte doch tatsächlich Sandwiches bei mir kaufen. Am liebsten hätte ich gesagt, dass mein Laden ja wohl keine Imbissbude ist. Aber dann hab ich ihn doch rüber zu Bartie geschickt.«

Noreen macht wirklich manchmal Sandwiches für Leute, die sie mag. Nealon fällt offenbar nicht in diese Kategorie, was Lena seltsam vorkommt: Sie hätte gedacht, dass Noreen, diese talentierte Amateurin, begeistert die Chance auf einen kleinen Plausch mit einem Profi nutzen würde. »Wie ist er so?«, fragt sie. »Ich bin ihm noch nicht begegnet.«

»Hat ein blödes Dauerlächeln an sich«, sagt Noreen finster. »Kommt hier rein, macht einen auf superfreundlich, reißt Witze übers Wetter, und wenn er 'nen Hut aufgehabt hätte, hätte er ihn vor Tom Pat Malone glatt abgenommen. Doireann Cunniffe hätte sich vor lauter Begeisterung fast in die Hose gemacht, ehrlich. Aber ich trau keinem Charmeur über den Weg.« Sie schlägt rachgierig die Zähne in ihren Apfel.

»Cal meint, der Mann weiß, was er tut«, sagt Lena.

Wieder bemerkt sie diesen seltsamen Seitenblick von Noreen. »Was ist?«, fragt sie.

»Nix. Was denkt Cal denn, wer's gewesen ist?«

»Cal ist im Ruhestand. Er denkt, dass das nicht sein Problem ist.«

»Tja«, sagt Noreen. »Dann hoffen wir mal, dass er recht hat.«

»Na los«, sagt Lena. »Raus mit der Sprache.«

Noreen seufzt und wischt sich mit dem Handrücken den Schweiß von der Stirn. »Weißt du noch, wie ich dir gesagt hab, du sollst endlich Nägel mit Köpfen machen und ihn heiraten? Und wie du mich richtig abgekanzelt hast? Ich hätte dich ohrfeigen können. Aber jetzt denke ich, dass du ausnahmsweise mal recht damit hattest, nicht auf mich zu hören.«

»Und wieso bitte schön?«

Noreen sitzt auf der Trittleiter, die Ellbogen auf die Knie gestützt und dreht den Apfelstiel zwischen den Fingern.

»Alle mögen deinen Cal«, sagt Noreen. »Das weißt du. Er ist ein netter Kerl, ein Gentleman, und das wissen auch alle. Aber wenn dieser Nealon anfängt, den Leuten Druck zu machen …«

Lena begreift. »Wenn die Wölfe zu nah kommen«, sagt sie, »müssen sie einen aussuchen, den sie aus der Kutsche schubsen.«

»Ach herrje, jetzt sei nicht gleich so dramatisch. Keiner schubst hier irgendwen. Bloß … ich mein, keiner will erleben, dass sein Vetter oder Schwager als Mörder hinter Gitter kommt.«

»Dann schon lieber ein Zugezogener.«

»Würdest du doch auch so sehen, oder? Wenn's nicht um Cal ginge.«

»Mir fallen so einige ein, die ich nur zu gern im Knast sehen würde«, sagt Lena. »Gibt's wirklich welche, die so bescheuert sind, dass sie tatsächlich glauben, er war's? Oder sagen sie das bloß, weil's so schön bequem ist?«

»Ist doch egal, oder? Sie sagen es jedenfalls.«

»Wie viele?«

Noreen blickt nicht auf. »Genug.«

Lena sagt: »Und falls Nealon ihnen auf die Pelle rückt, werden sie's ihm sagen.«

»Nicht geradeheraus. Keiner wird Cal wegen irgendwas beschuldigen. Bloß … du weißt doch, wie das läuft.«

Ja, das weiß Lena. »Erklär's mir«, sagt sie trotzdem. »Ich sterbe nämlich vor Neugier. Warum hat er's getan? Vielleicht aus Jux? Oder hat er gedacht, ich wäre ganz hin und weg von Rushboroughs weltmännischer Art?«

»Ach, Helena, zum Donnerwetter nochmal, jetzt sei nicht so. Ich bin es schließlich nicht, die so was sagt. Ich hab denen gesagt, ihr seid verrückt, hab ich gesagt, Cal hat genauso wenig damit zu tun wie ich. Ich erzähl dir's nur, damit du weißt, was los ist.«

»Und ich frage dich nur: Warum sollte Cal Rushborough umbringen?«

»Das hab ich nie behauptet. Aber hier weiß jeder, dass er für Trey alles tun würde. Falls Rushborough so ein Perverser war und sie vielleicht angetatscht hat –«

»Hat er nicht. Der Mann war ein Halunke, das ja, aber nicht von der Sorte. Reicht den Leuten das ganze Drama nicht schon, ohne dass sie noch was Neues dazuerfinden?«

»Du weißt vielleicht, dass der Mann ihr nix getan hat. Aber der Detective weiß das nicht.«

Lena ahnt, wie das ablaufen wird. Ganz allmählich wird sich Gerede im Dorf verbreiten, ziellos, unbestimmt. Niemand wird je sagen oder auch nur andeuten, dass es am einfachsten wäre, wenn Rushborough von dem Yankee drüben im alten Haus von den O'Sheas ermordet worden wäre, aber nach und nach wird sich der Gedanke verdichten und Gestalt annehmen. Und irgendwann wird eine Frau aus dem Dorf Nealon gegenüber fallenlassen, dass Rushborough ihre halbwüchsige Nichte irgendwie unangenehm angestarrt hat; dann wird jemand anderes lobend erwähnen, dass Cal wie ein Vater für Theresa Reddy ist, ihr großer Beschützer; wieder jemand anderes wird darauf hinweisen, dass Rushborough als Freund von Johnny bestimmt öfter oben im Haus der Reddys war; ein anderer wird beiläufig bemerken, dass Sheila, die bestimmt ihr Bestes tut, nicht so auf das Kind aufpasst, wie sie sollte. Im Gegensatz zu Johnny kann Cal gefahrlos ans Messer geliefert werden. Er lebt lange genug hier, um zu wissen, dass Treys Ruf im Dorf genau wie seiner ruiniert wäre, falls er Nealon von dem Gold erzählt.

»Ich weiß, dass du dich gern aus allem raushältst«, sagt Noreen. »Du denkst, ich bin blind oder blöd oder was weiß ich, aber das stimmt nicht. Was glaubst du denn, warum ich von Anfang an unbedingt wollte, dass du Cal kennenlernst? Ich fand's schrecklich, dass du so einsam warst, und ich wusste, dass für dich kein Mann aus der Gegend in Frage kommt, weil du nichts mit dem

Dorfleben zu tun haben willst. Und wenn die Leute jetzt anfangen zu reden … Du wärst todunglücklich, wenn du da reingezogen würdest.«

»Tja«, sagt Lena, »zu spät. Cal und ich haben auf dich gehört. Weiß ja schließlich jeder hier, dass du immer recht hast. Wir werden heiraten.«

Noreens Kopf fliegt hoch, und sie starrt Lena an. »Ist das dein Ernst?«

»Mein voller Ernst. Ich bin hergekommen, weil ich dir das erzählen wollte. Was meinst du, was steht mir besser, Blau oder Grün?«

»Du kannst nicht in Grün heiraten, das bringt Unglück – heilige Muttergottes, Helena! Ich weiß nicht, ob ich dich beglückwünschen soll oder – wann?«

»Wir haben noch keinen Termin festgemacht«, sagt Lena. Sie wirft das Apfelgehäuse in den Mülleimer und rutscht von der Theke. Sie muss zurück zu Cal und ihm die Neuigkeit berichten, bevor jemand vorbeikommt, um ihm zu gratulieren. »Aber du kannst den ganzen Dummschwätzern erzählen, dass er jetzt kein Zugezogener mehr ist. Wenn einer Cal den Wölfen zum Fraß vorwerfen will, muss er mich gleich mitwerfen, und das wird nicht leicht. Erzähl ihnen das und sorg dafür, dass sie's auch kapieren.«

Cal ist in seiner Werkstatt und beizt ein gedrechseltes Stück Holz. Es kommt Lena merkwürdig vor, ihn allein dort anzutreffen. Er hat keine Musik laufen, sitzt einfach mit gebeugtem Kopf am Arbeitstisch und pinselt ruhig und bedächtig vor sich hin. Zum ersten Mal wirkt die Werkstatt mit ihrer Ordnung und den sorgsam sortierten Werkzeugen wie der tapfere Versuch eines Rentners, sich zu beschäftigen.

Er blickt auf, als ihr Schatten durchs Fenster fällt. »Hey. Alles okay?«

»Besser denn je«, sagt Lena. »Ich wollte dich nur rasch vorwarnen: Ich hab Noreen erzählt, wir hätten uns verlobt. Ich dachte, das solltest du wissen.«

Cals Gesichtsausdruck lässt sie losprusten. »Steck den Kopf zwischen die Knie«, befiehlt sie. »Sonst kippst du mir noch aus den Latschen. Keine Bange: Ich hab nicht die Absicht, irgendwen zu heiraten.«

»Aber was soll … ?« Cal möchte offensichtlich sagen, *was soll der Scheiß*, hat aber das Gefühl, das könnte unhöflich rüberkommen.

Das Lachen hat Lena gutgetan. »Über Rushborough sind zig Versionen von Blödsinn im Umlauf«, sagt sie. »In einer davon kommst du vor. Ich hab mir gedacht, der sollte ich lieber gleich den Garaus machen, ehe sie sich festsetzt. Die Leute überlegen es sich zweimal, bevor sie Gerüchte über Noreens zukünftigen Schwager verbreiten.«

»Okay«, sagt Cal. Er sieht noch immer dermaßen verdattert aus, dass Lena grinsen muss. »Okay. Wenn du … Okay. Ich meine, ich hab nichts dagegen, aber … Was erzählen die Leute denn so?«

»Nicht viel.« Lena zuckt die Achseln. »Sie setzen einfach Gerüchte in die Welt, probieren aus, was wie bei den anderen ankommt. Du kennst das doch. Ich will bloß nicht, dass sich alle mit dieser Version anfreunden.«

Cal sieht sie an, hakt aber nicht nach.

Lena weiß, dass es eine Zeit gab, in der er mit dem Gedanken spielte, kehrtzumachen und schnurstracks wieder zu verschwinden. Ein Teil von ihr wünscht um seinetwillen, er hätte es getan.

»Scheiße«, sagt Cal unvermittelt, als ihm etwas klarwird. »Der verdammte Pub. Wenn ich das nächste Mal hingehe, löchern die mich wie einen Schweizer Käse. Was hast du mir da eingebrockt, Frau?«

»Jetzt hör mir mal gut zu«, sagt Lena streng. »Du hast keine

Ahnung, was für dämliche Sprüche ich mir gefallen lassen muss, weil ich mit einem Zugezogenen und Bullen zusammen bin, noch dazu mit einem, der einen Bart trägt. Jetzt bist du mal an der Reihe, also beschwer dich nicht.«

»Ich krieg schon genug Mist zu hören, weil ich hergekommen bin und ihnen die Frauen wegnehme. Wenn wir uns wirklich verloben, füllen sie mich wahrscheinlich bis zur Bewusstlosigkeit mit Selbstgebranntem ab und laden mich in einem Hochzeitskleid vor deiner Tür ab.«

»Würde dir wunderbar stehen«, sagt Lena. »Hoffentlich denken sie auch an den Schleier.«

Sie weiß, dass er sich fragt, was Trey davon halten wird. Fast schlägt sie vor, dass sie Trey die Wahrheit sagen sollten – das Mädchen kann nun wahrhaftig den Mund halten –, aber sie bremst sich. Irgendetwas ist zwischen Cal und Trey im Gange, alles ist unbeständig und zerbrechlich. Lenas Einmischung könnte leicht noch mehr Schaden anrichten.

»Komm mal her«, sagt sie, beugt sich ins Fenster und streckt beide Hände nach ihm aus. »Wenn ich mich je verloben würde, wärst du, weiß Gott, nicht die schlechteste Wahl.« Als er ans Fenster kommt, gibt sie ihm einen Kuss, der ihn alles und jeden in Ardnakelty vergessen lassen soll, wenigstens für ein paar Augenblicke.

Genau wie Cal prophezeit hat, stürzt sich Ardnakelty freudig auf die Gelegenheit, ihn gründlich durch den Kakao zu ziehen. Gleich nach dem Abendessen taucht Mart vor seiner Tür auf. Er hat sein flaumiges graues Haar glatt gegelt, und der alberne Strohhut sitzt in einem kecken Winkel auf seinem Kopf. »Zieh dein bestes Hemd an, mein Lieber«, befiehlt er. »Ich lad dich auf ein Bier ein.«

»O Mann«, sagt Cal verlegen. »Du hast es schon gehört, was?«

»Klar hab ich's gehört. Das muss gefeiert werden.«

»Ach nee, Mart. Komm schon. Ist doch keine große Sache. Ich hab bloß gedacht, wir sind schon so lange zusammen, dass –«

»Es ist eine große Sache, ob's dir passt oder nicht. Du hast hier Freunde, die dir gratulieren wollen, wie sich das gehört, und nach den letzten Wochen brauchen wir was zu feiern. Beim Hurling haben wir verloren, also ist junge Liebe das Zweitbeste. Das kannst du uns nicht nehmen. Jetzt zieh diesen sägemehlverstaubten Fetzen aus, schmeiß dich in gute Klamotten, und los geht's.« Er fuchtelt mit den Händen, als wäre Cal ein bockiges Schaf. »Und beeil dich. Meine Zunge ist trocken wie Gandhis Sandalen.«

Cal fügt sich in das Unvermeidliche und geht ins Haus, um sich ein Hemd anzuziehen. Er weiß, dass er auch unabhängig von irgendwelchen Verlobungen einen Abend im *Seán Óg's* braucht. Er muss in Erfahrung bringen, wie Treys Geschichte angekommen ist und welche Wellen sie geschlagen hat.

Wie sich herausstellt, hat Mart immerhin davon abgesehen, das ganze Dorf zu der Feier einzuladen. Im Erker sitzen nur die Männer, die Cal am häufigsten sieht, Senan und Bobby und PJ und Francie und auch Malachy Dwyer, was nichts Gutes ahnen lässt, doch Cal ist froh, dass bislang keine Flaschen mit Selbstgebranntem zu sehen sind. Ansonsten ist der Pub wie immer an Wochentagen nur spärlich besucht. Vier hagere alte Männer spielen in einer Ecke Karten, und zwei weitere sitzen wortkarg an der Bar und geben gelegentlich ein Brummen von sich. Sie nicken knapp, als Cal und Mart hereinkommen, aber keiner von ihnen ist zu Gesprächen aufgelegt. Der lebende Rushborough hat alle hergelockt, um ihn zu taxieren und über ihn zu sprechen. Der tote Rushborough ist ein Thema, über das man im stillen Kämmerlein oder überhaupt nicht spricht.

Cal wird mit großem Getöse begrüßt: »Da kommt die Braut!«, »Dead Man Walking!«, »Barty, zapf dem Burschen ein Pint, damit er seinen Kummer ertränken kann!«

»Ist ja gut, Leute«, sagt Cal und schiebt sich, so schnell er kann, auf die Sitzbank.

»Wir freuen uns bloß, dass du da bist«, erklärt Bobby. »Kann ja keiner wissen, wann wir dich das nächste Mal sehen.«

»Das hier«, sagt Malachy und klopft auf den Tisch, »ist eine Gedenkfeier. Für dein soziales Leben, möge es in Frieden ruhen. Lena wird dir nicht mehr erlauben, mit so Gesindel wie uns zu feiern.«

»Doch, wird sie«, widerspricht Francie. »Du hättest doch auch keine Lust, dir jeden Abend diesen dicken bärtigen Schädel anzugucken.«

»Ich hätte keine Lust, ihn mir überhaupt anzugucken«, sagt Senan und setzt sich auf der Bank bequemer hin, um zur Sache zu kommen. »Was denkt Lena sich bloß? Ich hab gedacht, sie wär eine vernünftige Frau.«

»Ich glaube, sie hat zu viel Sonne abgekriegt«, sagt PJ. »Sollte sich mal untersuchen lassen.«

»Ach nee, die Liebe ist unerklärlich«, sagt Mart weise. »Sie sieht Seiten an ihm, die wir nicht kennen.«

»Oder aber sie ist schwanger«, sagt Malachy. »Ist sie?«

»Dafür ist Lena ein bisschen zu alt«, sagt Senan. »Er übrigens auch. Ist in dem Alter denn noch ein bisschen Schwung im Jo-Jo, Mann?«

»*Wie bitte?*« Cal muss lachen.

»Noch ein bisschen Pulver im Rohr. Noch ein bisschen Drall im Ball. Scheiße, Mann, zwing mich nicht, es auszusprechen. Läuft's noch zwischen euch?«

»Er ist kein junger Hüpfer mehr«, bestätigt Mart, der Cal interessiert beäugt. »Aber er ist ja ein Yankee. Und die essen so viele Hormone und künstliches Zeug, dass sie vielleicht ein irres Supersperma haben. Hast du Supersperma, mein Freund?«

»Spielt doch keine Rolle«, sagt Malachy. »Wenn er erst verheiratet ist, lässt sie ihn eh nicht mehr ran. Genieß es, solange es noch geht, Mann.« Er prostet Cal zu.

»*Falls* es noch geht«, wirft Senan ein. »Er hat meine Frage noch nicht beantwortet.«

»Ihr könnt mich mal«, grinst Cal mit rotem Kopf. Trotz allem merkt er, dass er die Situation genießt.

»Dabei hab ich dir gerade ein Pint bestellt«, sagt Mart vorwurfsvoll. »Undank ist der Welt Lohn. Ich sollte es selbst trinken.«

»Jetzt erzähl schon«, sagt Senan. »Bei euch beiden lief's doch wie geschmiert. Wieso willst du so was Gutes kaputt machen?«

»Ich denke mal, er hat sich Religion eingefangen«, sagt Bobby. »Die Yankees fangen sich dauernd Religion ein. Und dann dürfen sie keine Nummer mehr schieben, außer sie sind verheiratet.«

»Religion?«, sagt Senan. »Alle hier sind katholisch. So was fängst du dir doch nicht ein wie die Windpocken. Entweder du bist es von Geburt an oder gar nicht.«

»Hat nicht an der Religion gelegen«, sagt Mart. »Der Grund sind die unsicheren Zeiten. Manche Leute werden furchtbar nervös, wenn sich die Ereignisse so überschlagen, und dann suchen sie nach irgendwas, das ihnen Sicherheit gibt. Wartet's ab: Demnächst gibt's hier 'ne ganze Epidemie von Hochzeiten. Hochzeiten und Babys. Also seht euch vor.«

Das Bier kommt, und die Männer stoßen so laut auf Cals Heirat an, dass sogar aus dem Hauptraum ein paar vereinzelte Glückwünsche herübergerufen werden. »Ein langes, glückliches Leben euch beiden«, sagt Francie zu Cal, als er sich den Schaum von der Oberlippe wischt. »Und möge es nie ein böses Wort zwischen euch geben.« Vor vielen Jahren hat Francie die Frau, die er liebte, nicht bekommen und ist von jeder Art Romantik leicht gerührt.

»Wo wir schon mal dabei sind«, sagt Mart und hebt erneut sein Glas. »Auf uns. Jetzt wirst du uns nicht mehr los, mein Freund.

Ich schätze mal, daran hast du nicht gedacht, als du dich vor ihr hingekniet hast. Hast du dich hingekniet?«

»Klar«, sagt Cal. »Wenn ich was mache, dann auch richtig.«

»Sehr vernünftig«, sagt Malachy. »Bring's hinter dich, bevor die alten Gelenke den Geist aufgeben und sie dir wieder hochhelfen muss.«

»Bis dass der Tod uns scheidet«, sagt Mart und stößt sein Glas an Cals. »Jetzt gehst du nirgendwo mehr hin.«

»Hatte ich auch nicht vor«, sagt Cal.

»Ich weiß. Aber du hättest es gekonnt, wenn du gewollt hättest. Du warst ein freier Mann. Jetzt haben die Bedingungen sich geändert, psychologisch gesehen.«

»Heutzutage kann man sich auch scheiden lassen«, wirft Senan ein. »Wenn er mal genug von unserer Dummschwätzerei hat, kann er sich von Lena und uns scheiden lassen und in den Sonnenuntergang reiten.«

»Nee«, sagt Mart schmunzelnd. Sein Blick ruht nachdenklich auf Cal. »Ich glaub nicht, dass unser Freund hier der Scheidungstyp ist. Wenn er mal sein Wort gegeben hat, hält er es auch, komme, was da wolle.«

»Ich hab schon eine Scheidung hinter mir, die dich widerlegt«, gibt Cal zu bedenken.

»Aber ich wette, sie hat dich abserviert, nicht umgekehrt. Wenn sie dich nicht rausgeschmissen hätte, wärst du immer noch da. Hab ich recht?«

»Was bist du, mein Therapeut?«, fragt Cal. Ihm ist bewusst, dass es an diesem Abend nicht nur oder nicht mal hauptsächlich um seine Verlobung geht. Alle hier haben Dinge auf dem Herzen, die sie ihm erzählen oder ihn fragen wollen, und Dinge, die sie einander über ihn erzählen wollen. Nichts davon wird deutlich ausgesprochen werden. Mangelnde Klarheit ist die Grundhaltung dieser Männer, eine Art Multifunktionswerkzeug, das nicht nur

Angriffs- und Verteidigungswaffen bietet, sondern auch ein breites Spektrum an Vorsichtsmaßnahmen. Das einzig Kluge, das Cal tun kann, ist, möglichst den Mund zu halten und gut aufzupassen. Der Alkohol ist ein Risiko. Falls Malachy eine Flasche Selbstgebrannten unter dem Tisch hat, kann Cal einpacken.

»Ich wär ein prima Therapeut«, sagt Mart. »Bei mir gäb's nicht diesen Quatsch von wegen ›Erzählen Sie mir von Ihrer Kindheit‹. Der soll doch nur dafür sorgen, dass du immer wiederkommst, bis dein Konto leer ist. Ich würde praktische Lösungen anbieten.«

»Du wärst sauschlecht«, sagt Senan. »Wenn irgendeine arme Socke zur dir käme, damit du was gegen seine Depressionen machst, würdest du bloß sagen, er soll sich ein Hobby zulegen und einen Hut mit Ohrenklappen oder Pailletten oder so 'nem Scheiß. Die Hälfte der Leute würde sich umbringen, ehe das Jahr um ist. Dauernd würde man Schüsse aus den Bergen hören.«

»Im Gegenteil«, sagt Mart würdevoll. »Man würde zufriedene Männer mit eleganten Kopfbedeckungen hören, wie sie Posaune spielen oder ihren Galileo studieren. Du kommst doch zu mir, wenn du und Lena mal eine schwierige Phase habt, nicht wahr, mein Freund?«

»Klar«, sagt Cal. »Du kannst mir dann einen Zylinder verpassen.«

»Dir würde so eine Waschbärmütze mit Schwanz dran besser stehen.«

»Demnächst musst du dann die Heiratsmeile laufen«, sagt Malachy zu Cal und lehnt sich auf der Bank zurück.

»Ach ja?«, fragt Cal. »Was ist das?« Er nimmt einen kräftigen Schluck von seinem Pint. Jeder der Männer wird ihm zur Feier des Tages eins spendieren, und dann wird er eine Runde ausgeben müssen, um seine Dankbarkeit zu zeigen; und obwohl er der Größte und Kräftigste von allen ist, haben die anderen über Jahre hinweg ein sehr viel intensiveres Training absolviert. Er hat sich zum Abendessen einen Hamburger gemacht, der so groß wie sein Kopf war, trotzdem steht ihm ein anstrengender Abend bevor.

»Ist 'ne alte Ardnakelty-Tradition«, erklärt Malachy. »Mein Granddad hat gesagt, die gab's schon ewig, als sein Granddad jung war. Weiß keiner, wie lange es die schon gibt. Vielleicht seit Tausenden von Jahren.«

»Was muss ich dabei machen?«, erkundigt sich Cal.

»Du nimmst eine Fackel«, erläutert Malachy, »und du zündest sie im Feuer von deinem Kamin an. Hast du einen Kamin?«

»Ist doch egal«, unterbricht Senan. »Ich hab meine mit 'nem Zippo angemacht. Hat keinen interessiert.«

»Ich hab einen Kamin«, sagt Cal. »Aber bei dem Wetter würde ich ihn lieber nicht anmachen.«

»Ich leih dir mein Zippo«, sagt Senan. Zu Malachy: »Red weiter.«

»Du läufst mit der Fackel durchs Dorf«, sagt Malachy, »dann einmal um das Haus von deiner Zukünftigen und dann zurück zu deinem. Damit alle sehen, dass du das Feuer der beiden Häuser zusammenbringst.«

»Und du läufst in Unterhose«, sagt Francie. »Um zu zeigen, dass du kerngesund bist und eine Familie gründen kannst. Ich hab gehört, dass die Männer früher nackt gelaufen sind, aber dann hat die Kirche das verboten.«

»Hm«, sagt Cal. »Dann muss ich mir noch ein paar anständige Boxershorts kaufen.«

»Das ist der eigentliche Grund, warum die meisten hier jung heiraten«, sagt Malachy zu Cal. »Weil sie dann noch eine gute Figur machen. Wer will schon einen Kerl mit dicker Wampe die Straße runterkeuchen sehen?«

»Ich hatte 'nen Körper wie Jason Momoa«, behauptet Senan. »Als er noch bei *Baywatch* war.«

»Erzähl keinen Quatsch«, sagt Francie. »Deine Beine waren so käsig, die haben im Dunkeln geleuchtet.«

»Was hatte ich für *Muckis*! Ich war ein verdammt scharfer Hengst.«

»Na toll«, sagt Cal und blickt betreten auf seinen Bauch. »Ich fang mal lieber an, ein bisschen Sport zu machen.«

»Wenigstens hast du dich im Sommer verlobt«, tröstet Francie ihn. »Der da – Senan – hat sich an Silvester verlobt, und dem sind die Eier dermaßen eingefroren, dass er schon dachte, er müsste die Hochzeit abblasen.«

»Verdammt«, sagt Cal. »Da bin ich in nächster Zeit aber ein viel beschäftigter Mann. Bei mir zu Hause gibt's nämlich auch gewisse Traditionen, und die muss ich abarbeiten.«

»Musst du eine Fahne schwenken?«, fragt Mart interessiert. »Die Yankees schwenken bei jeder Gelegenheit ihre Fahne. Wir machen das nicht, weil wir uns denken, die meisten Leute haben wahrscheinlich schon gemerkt, dass wir Iren sind.«

»Keine Fahne«, sagt Cal. »Aber ich muss ihrem Daddy ein Tier bringen, das ich selbst erlegt hab, um zu zeigen, dass ich eine Familie ernähren kann. Aber Lenas Daddy lebt nicht mehr, deshalb muss ich damit wohl zu ihrem ältesten Bruder.«

»Mike mag Kaninchenbraten«, sagt PJ hilfsbereit. »Überhaupt isst er richtig gern Fleisch.«

»Da bin ich aber froh«, sagt Cal. »Wär schwierig für mich, wenn er Vegetarier wäre.«

»Deine Möhren waren teilweise richtig schmackhaft, das kann ich dir sagen«, wirf Mart ein.

»Vielleicht leg ich auch noch ein paar dazu«, sagt Cal. »Außerdem muss ich ein Bett bauen. Heutzutage lassen die meisten Männer das einfach von einem Schreiner machen, aber in der Hinsicht hab ich ja Glück.«

»Meine Fresse«, sagt Malachy mit hochgezogenen Augenbrauen. »Da bist du aber wirklich ein viel beschäftigter Mann.«

»Sag ich ja.« Cal lächelt ihn an. »Und zwischendurch muss ich irgendwie auch noch Zeit für die schöne alte Tradition finden, einem Mann in die Augen zu sehen und ihm zu sagen, ich lass mich nicht verarschen.«

Das wird mit brüllendem Gelächter quittiert, und Malachy muss ein paar Schläge auf die Arme einstecken. »Ich hab's euch gesagt«, erklärt Mart amüsiert. »Ich hab euch gesagt, der Mann ist kein bescheuerter Tourist, der auf euren Blödsinn reinfällt. Ich hätte mit euch um Geld wetten sollen.«

»Ist ja gut«, grinst Malachy. »Den Versuch war's wert. Wär doch ein Anblick für die Götter gewesen, wenn er in Unterhose die Straße runtergetrabt wär.«

»Ich hätte mir eine von Jason Momoa gekauft«, sagt Cal. »Senan zu Ehren.«

»Das mit dem Kaninchen hast du ihm glatt abgekauft«, sagt Mart schadenfroh und pufft Malachy gegen die Schulter. »Gib's zu.«

»Hab ich nicht. Ich wollte bloß –«

»Musst du Mike wirklich ein Kaninchen bringen?«, will PJ von Cal wissen, weil er Klärungsbedarf hat.

»Nee«, sagt Cal. »Aber wahrscheinlich sollte ich mich ein bisschen bei ihm einschleimen und ihn mal auf ein Bier einladen.«

»Apropos: meine Runde«, sagt Senan. »Barty! Noch mal dasselbe!«

Cal leert sein Pint, um Platz für das nächste zu machen. Obwohl er schon so lange hier ist, gelingt es den Männern noch immer, ihn mit der perfekten, unerschütterlichen Einigkeit zu beeindrucken, die sie für eine gemeinsame Sache an den Tag legen. Immerhin hat er den Test bestanden, aber er macht sich nicht vor, dass es der letzte gewesen sein wird.

Mart grinst Malachy und Senan immer noch hämisch an, während die beiden sich vehement verteidigen. »Ich hab Lena mal gefragt, ob sie mich heiraten will«, sagt Bobby leise zu Cal, während die anderen laut streiten. »Ich hab irgendwie damit gerechnet, dass sie nein sagt, aber ich wollt's wenigstens versuchen. Ich hab gewusst, dass sie mich nicht deswegen auf den Arm nehmen würde, verstehst du? Es gibt hier so einige, wenn du denen einen Antrag machen würdest, würden sie dir das dein Leben lang vorhalten.«

»Na ja«, sagt Cal. »Ich muss zugeben, ich bin froh, dass sie dir einen Korb gegeben hat.«

»Auch wieder wahr«, sagt Bobby erstaunt. »Alles Schlechte hat auch sein Gutes, so sagt man doch, oder? Bloß jetzt gibt's keine mehr hier, die ich fragen kann.« Er seufzt in sein Glas. »Das hat mir bei der Sache mit dem Gold gefallen«, sagt er. »Dass ich gedacht hab, ich hätt 'ne Chance.«

»Du hast dir bloß was drauf eingebildet, einen vornehmen Verwandten zu haben«, sagt Senan zu ihm.

»Nein«, erwidert Bobby traurig. »Ich fand's schön, eine Chance zu haben. Dabei hab ich gar keine gehabt. Und jetzt ist er tot, ermordet, und selbst wenn ich eine Chance gehabt hätte, hab ich jetzt keine mehr.«

Das Bier steigt Bobby allmählich zu Kopf. »Ich hab im Traum nicht daran gedacht, dass er ermordet wird«, erklärt er Cal. »Mit so was rechnet doch kein Mensch. Und jetzt laufen hier Detectives rum, stören die Leute beim Abendessen. Meine Mammy hatte die ganze Nacht Schwierigkeiten mit der Verdauung.«

Als er die Detectives erwähnt, verstummen die anderen Gespräche. Die Füße der Männer scharren unter dem Tisch, dann sind alle ruhig.

»Mir hat der Kerl nicht gefallen«, sagt Francie. »Dieser Detective. Nealon.«

»Aalglatt ist der«, sagt PJ. »Gerissen. Und tut so, als wär er's nicht.«

»Ich hätte dem kleinen Scheißer fast eine verpasst«, sagt Senan. »Sitzt da bei mir in der Küche, lobt den Tee von meiner besseren Hälfte, scheißfreundlich, als wär er ein alter Kumpel, und dann sagt er aus heiterem Himmel zu mir: ›Ich mache eine Liste von allen Leuten, die Probleme mit Rushborough hatten. Fällt Ihnen da noch jemand ein?‹ Ich hab nix dagegen, dass er Fragen stellt, ist ja sein Job, aber ich hab was dagegen, dass er mich für so blöd hält, dass ich auf so was reinfalle.«

»Der Mann kommt schließlich aus Dublin«, sagt Malachy mit ironisch verzogenem Mundwinkel. »Die denken immer, wir würden auf ihren Schwachsinn reinfallen.«

Bobby wendet sich besorgt an Cal. »Zu mir hat er gesagt: ›Ist noch nicht nötig, dass Sie aufs Revier kommen, fürs Erste können wir uns hier unterhalten.‹ Wie meint der das? Fürs Erste?« Er hält sein Glas mit beiden Händen umklammert.

»Wenn du nicht so grottenschlecht Karten spielen würdest«, sagt Senan, »würdest du so einen Bluff durchschauen. Der hat versucht, dich zu verunsichern, damit du dich verplapperst. So arbeiten die. Stimmt doch, oder?«, will er von Cal wissen.

»Manchmal«, sagt Cal. Die Atmosphäre im Erker hat sich verdichtet. Allmählich nähern sie sich dem eigentlichen Anliegen des Abends.

»Ich bin dem Mann bis jetzt noch nicht begegnet«, sagt Mart verärgert. »Er ist bei mir gewesen, aber da war ich gerade unterwegs. Als ich zurückkam, hatte er eine hübsche kleine Karte unter der Tür hindurchgeschoben. Auf der stand, dass er es demnächst noch mal versucht.«

»Nun sag schon«, fordert Senan Cal auf. »Was denkt der sich?«

»Wieso fragst du ihn das?«, sagt Mart. »Woher soll er das wissen?«

»Weil er ein verdammter Detective ist. Die fachsimpeln miteinander, machen doch alle.«

»Für diesen Nealon ist er kein verdammter Detective. Da ist er ein Verdächtiger, genau wie du und ich.«

»Stimmt das?« Senan sieht Cal an. »Verdächtigt er dich?«

»Wenn ja, würde er es mir nicht verraten«, sagt Cal. »Aber ja, wahrscheinlich, wie alle anderen. Ich war hier. Ich kannte Rushborough. Er kann mich nicht ausschließen.«

»Du kannst keiner Fliege was zuleide tun«, sagt Mart zu ihm. »Jedenfalls nicht ohne guten Grund. Das werde ich Detective Nealon auch sagen.«

»Wie fühlt sich das an?«, erkundigt sich Malachy und betrachtet Cal mit einem Grinsen, in dem ein Funken Bosheit mitschwingt. »Mal auf der falschen Seite zu stehen?«

»Fühlt sich eigentlich nach gar nichts an.« Cal zuckt die Achseln und greift nach seinem Pint. »Bin einfach zufällig da gelandet.« In Wahrheit fühlt es sich extrem und aufwühlend ungewohnt an. Es hat die ominöse Eindringlichkeit eines Sirenenalarms: Alles kann passieren.

»Hat dieser Nealon dich verhört?«

»Er wollte genau wissen, wie die Leiche gefunden wurde«, sagt Cal. »Mehr eigentlich nicht.«

»Großer Gott.« Bobby ist tief betroffen. »Und ich hab dich noch gar nicht gefragt. Wie ist das gewesen? Warst du total geschockt?«

»Er ist *Detective*«, sagt Senan zu ihm. »Du Trottel. Er hat früher schon Tote gesehen.«

»Mir geht's gut«, beruhigt Cal Bobby. »Danke.«

»War er schlimm zugerichtet? Rushborough, mein ich. Nicht Nealon.«

»Der Mann war tot«, sagt Francie. »Schlimmer geht's eigentlich nicht.«

»Ich hab gehört, die Eingeweide sind ihm aus dem Bauch gequollen«, sagt Bobby. Seine Augen sind rund. Cal weiß, dass Bobby in der Lage ist, ehrlich erschüttert zu sein und sich ehrlich um Cals Gemütszustand zu sorgen und gleichzeitig nach Informationen zu bohren, die ihm nützlich sein könnten.

»Ich fand, sein Bauch sah okay aus«, sagt er.

»Ich weiß, woher du das hast«, sagt Mart zu Bobby. »Deine Mammy hat's von Clodagh Moynihan gehört. Ich weiß das, weil ich es ihr erzählt hab. Ich kann das Weib nicht ausstehen. Ich wollte, dass sie aus Noreens Laden verschwindet, damit ich in Ruhe einkaufen kann, und ich hab gewusst, wenn ich ihr das erzähle, rennt sie los, um es Gott und der Welt zu erzählen, ehe Noreen dazu kommt.«

»Also«, sagt Senan auffordernd zu Cal. »Was denkt Nealon sich?«

»Sag du's mir«, antwortet Cal. »Du weißt wahrscheinlich mehr als ich. Was vermutet Nealon?«

»Er vermutet, einer aus dem Dorf war's«, sagt Francie. »Garantiert.«

Kurzes Schweigen tritt ein. PJ kratzt an irgendwas auf der Tischplatte. Mart fischt eine Mücke aus seinem Pint.

»Hm«, sagt Cal. Er hat das Gefühl, dass sie eine Reaktion von ihm erwarten. »Wie kommst du darauf?«

»Weil seine Leute im ganzen Dorf rumfragen, wer vorletzte Nacht oben am Berg war«, sagt Senan. »Die fragen das nicht in Knockfarraney oder in Lisnacarragh oder drüben auf der anderen Flussseite. Bloß hier.«

»Der hat mich mit seiner Fragerei ganz durcheinandergebracht«, sagt PJ und reibt sich bei dem Gedanken daran den Kopf. »Er hat nicht gefragt: ›Waren Sie oben am Berg? Kennen Sie wen, der da war?‹ Darauf hätt ich leicht antworten können. Aber das ging so in dem Stil: ›Was würde man mitten in der

Nacht da oben machen? Gäbe es einen triftigen Grund, da oben zu sein? Wie steht es mit Ihren Nachbarn, welchen Grund könnten die gehabt haben?‹ Dazu ist mir nix eingefallen, überhaupt nix.«

»Der *wollte* dich durcheinanderbringen«, sagt Francie.

»Ich bin ja sowieso immer da oben«, sagt Malachy, »da brauch ich keinen Grund. Mich hat er gefragt, was für Autos in der Nacht bei mir vorbeigefahren sind, von hier rauf oder wieder runter. Die auf der anderen Seite haben ihn überhaupt nicht interessiert. Der hat unser Dorf im Visier.«

Alle am Tisch sehen Cal an. Er erwidert die Blicke und hält den Mund. Treys Geschichte hat Wurzeln geschlagen und greift um sich, breitet unsichtbar ihre Triebe aus.

»Tja, genau das überrascht mich einigermaßen«, sagt Mart. Er lehnt sich auf seinem Platz zurück und betrachtet die feuchten Flecken an der Decke. »Detective Nealon hat sich da was in den Kopf gesetzt, und ich versteh nicht, wieso. Soweit ich weiß, hat er das Thema Gold nie angesprochen. Falls irgendwer ihm was davon erzählt hat, behält er das für sich. Also was bringt ihn dazu, sich ausgerechnet auf unser kleines Ardnakelty zu konzentrieren?« Er legt den Kopf schief und sieht Cal forschend an.

»Könnte alles Mögliche sein«, sagt Cal. »Vielleicht hat er Rushboroughs Handy ausgewertet und festgestellt, dass der die ganze Nacht hier unten war.«

»Oder vielleicht hat er einen Zeugen«, sagt Mart mit einem nachdenklichen Ton in der Stimme, als wäre das Wort fremd und interessant. »Was würde das wohl bedeuten, mein Freund? Was könnte ein Zeuge denn gesehen haben?«

Cal hat zu schnell getrunken, weil er höflich sein wollte und um seine Dankbarkeit zu zeigen. Trotz des Hamburgers steigt ihm der Alkohol allmählich zu Kopf. Er spürt plötzlich und eindringlich, genau wie es zweifellos beabsichtigt ist, die Einsamkeit seiner Position. Nealon beäugt ihn, weil er ihn für einen Einheimischen hält, und die Einheimischen beäugen ihn, weil sie ihn für einen Cop halten, dabei ist er in Wahrheit keins von beidem und kann sich in keins von beidem flüchten. Ganz gleich, wer gerade eine Wagenburg bildet, er bleibt außen vor, in der Dunkelheit, wo Raubtiere herumschleichen. Das macht ihm keine Angst – Cal ist immer pragmatisch mit Angst umgegangen, spart sie sich für Situationen auf, in denen die Gefahr greifbar und unmittelbar ist –, aber die Einsamkeit sitzt ebenso tief. Er weiß, das Land draußen vor dem Fenster ist klein und voller geschäftiger Menschen, doch heute scheint das warme Licht des Sonnenuntergangs, das auf das Buntglas fällt, eine gewaltige, gesichtslose Leere zu umfassen, als könnte er zur Tür hinausgehen und laufen, bis er tot umfällt, ohne je ein menschliches Gesicht zu sehen oder einen Ort, der ihm Schutz bietet.

»Ich hab keine Ahnung«, sagt er. »Ich bin kein Gedankenleser. Falls irgendwelche Leute behaupten, Nealon hätte einen Zeugen, frag die.«

»Es gibt einen ganzen Haufen an Möglichkeiten«, seufzt Mart, »wenn man mit so einem wie diesem Engländer zu tun hat. Selbst tot ist dem Mistkerl nicht zu trauen. Der Mann war ein schmieriger Typ, wirklich mit Vorsicht zu genießen.« Er schielt zu Cal hinüber. »Mein Freund, verrat uns doch mal, was deine Theresa von ihm gehalten hat. Sie hat ihn ja öfter zu sehen gekriegt als unsereins, wo er doch ein Freund von ihrem Daddy war. Fand sie ihn schmierig?«

»Bestimmt nicht«, wendet Malachy ein. »Wenn sie so ein ungutes Gefühl gehabt hätte, hätte Cal den Mann doch nie auch nur in ihre Nähe gelassen. Stimmt doch, oder?«

Cal spürt Gefahr aufsteigen wie flimmernde Hitze von einer Straße. »Ich hab mir von ihr nicht sagen lassen müssen, dass der Mann ein Schlitzohr war«, sagt er. »Da bin ich von ganz allein drauf gekommen.«

»Stimmt«, bestätigt Mart. »Du hast mir schon da drüben an der Bar gesagt, dass er dir nicht gefällt.«

»Ich hab die Schnauze gestrichen voll von Rushborough«, erklärt PJ jäh und lautstark. »Ich hab ihn vorher schon sattgehabt, und es wird bloß noch schlimmer. Die Dürre macht mich fertig. Ich muss schon Winterfutter verfüttern. Wenn das so weitergeht, muss ich Vieh verkaufen. Ich kann's mir nicht leisten, über irgendwas anderes nachzudenken. Der ist hergekommen und hat mich abgelenkt, mir Hoffnung gemacht. Jetzt ist er tot und lenkt mich immer noch ab. Der Kerl soll einfach weg sein.«

Meistens hört niemand besonders auf PJ, aber sein Ausbruch löst einhelliges Kopfnicken und leise Zustimmung aus. »Geht uns allen genauso«, sagt Senan und hebt sein Glas. »Wir hätten den Scheißkerl gleich wieder aus dem Dorf jagen sollen, als er hier aufgetaucht ist.«

»Der junge Con McHugh ist am Boden zerstört«, sagt PJ zu Cal, das lange Gesicht vor Sorge zerfurcht. »Er meint, bei dem Wetter braucht er ein Wunder, um das Jahr zu überstehen. Er hat irgendwie gedacht, dieser Rushborough wär das Wunder.«

»Schön blöd von ihm«, sagt Senan und kippt den letzten Rest von seinem Bier in sich hinein.

»Haben wir doch alle gedacht«, sagt Bobby leise. »Nicht bloß Con.«

»Dann schön blöd von uns allen.«

»Con berappelt sich wieder«, erklärt Francie. »Der schmust ein bisschen mit seiner Frau rum und kommt drüber weg. Sonny, dem geht's wirklich nicht gut. Hat ein großes Mundwerk, aber manchmal wird er total schwermütig.«

»Deshalb ist er auch nicht hier, um dir zu gratulieren«, sagt PJ zu Cal. »Wär er eigentlich, aber ihm war nicht danach.«

»Sonny wär gern derjenige, der Rushborough umgelegt hat«,

sagt Francie. »Er hat ihm kein Haar gekrümmt, aber er wünschte, er hätte sein Gewehr genommen und den Mann weggepustet.«

»Tun wir alle«, sagt Senan. »Der Kerl ist hier angerauscht gekommen und hat so getan, als wär er unsere Rettung. Dabei hat er uns die ganze Zeit nach Strich und Faden beschissen.«

Mart, der von seiner Ecke aus alles stumm beobachtet hat, richtet sich auf. »Vergesst den Kerl. Er war bloß ein Schädling, der sich auf unser Land verirrt hat und erschossen wurde. Mehr nicht.«

»Er war gar nicht mein Vetter«, sagt Bobby ruhig und ein wenig traurig. »Ich hätt's wissen müssen. Im Grunde hab ich's auch gewusst. Ich wollt's bloß nicht wissen. So ähnlich wie, als ich Lena gefragt hab, ob sie mich heiratet. All die Sachen, die mich am meisten enttäuschen, hab ich von Anfang an gewusst.«

»Er war von keinem von uns ein Vetter oder Nachbar oder irgendwas«, sagt Mart. »Es gab keinen Grund, warum er nicht hätte versuchen sollen, uns um unser Geld zu bringen, genau wie er jeden anderen übers Ohr gehauen hätte, der ihm zufällig über den Weg gelaufen wäre. So sind Schädlinge nun mal: Die fressen, was sie finden. Johnny Reddy ist dagegen ein anderer Fall.«

»Der kleine Johnny hat seine eigenen Leute verraten«, sagt Francie. Seine tiefe, schleppende Stimme fühlt sich an, als würde ein dunkles Beben vom Fußboden nach oben durch die Sitzbank und den Tisch laufen. »Das ist eine Schweinerei. Eine echte Schweinerei.«

»Und dann auch noch an einen Engländer«, sagt Malachy. Bei dem Wort geraten die Männer in Bewegung. Cal spürt etwas Altes in der Luft, Geschichten, die zu lange zurückliegen, um noch erzählt zu werden, aber in den Knochen dieser Männer tief verankert sind. »Er hat uns wie Vieh zusammengetrieben und an den Engländer verkauft.«

»Nicht bloß uns«, sagt Mart. »Er hat unsere Eltern und unsere

Großeltern und alle verkauft. Hat den Engländer mit ihren Geschichten gefüttert, bis er prall voll damit war und reden konnte, als hätte er echtes, reines Ardnakelty-Blut in den Adern, und dann hat er ihn auf uns losgelassen. Er hat gute Arbeit geleistet, der kleine Johnny, das muss ich ihm lassen. Als Rushborough unsere Version von ›Black Velvet Band‹ gesungen hat, bin ich ihm echt auf den Leim gegangen.«

»Er hat gewusst, dass mein Urgroßvater in den Brunnen gefallen ist«, sagt Francie. »Die Geschichte ging ihn einen Scheißdreck an. Mein Urgroßvater wär fast gestorben, das ganze Dorf hat wie verrückt geschuftet, um ihn rauszuholen. Das haben sie nicht gemacht, damit irgendein scheißenglisches Schlitzohr in Angeberschuhen versucht, mich um das zu bringen, was mir gehört.«

»Weißt du, was Johnny außerdem an Rushborough verkauft hat?«, sagt Mart zu Cal. »Er hat ihm unsere Notlage verkauft. Es ist ein hartes Jahr für uns, mein Freund, und mit jedem Tag ohne Regen wird es härter. Letztes oder vorletztes Jahr hätten wir den Engländer vielleicht ausgelacht, aber in diesem Sommer waren wir leichte Beute für jeden Blender, der uns ein bisschen Hoffnung gemacht hat, an die wir denken konnten, wenn's uns schlecht ging. Johnny hat das gewusst, und er hat's ausgenutzt.«

Die Männer bewegen sich noch immer, langsam und schwerfällig, sie dehnen die Hälse und lockern die Schultern, als würden sie sich für einen Kampf bereit machen.

»Wisst ihr, was das Wort ›vogelfrei‹ bedeutet?«, fragt Mart in die Runde. »Wisst ihr, wo das herkommt? Früher wurde ein Mann, der seine eigenen Leute verraten hatte, für vogelfrei erklärt. Wenn ihn einer schnappte, konnte er mit ihm machen, was er wollte. Er konnte ihn an Händen und Füßen fesseln und der Obrigkeit übergeben, wenn ihm danach war. Oder er konnte ihn windelweich prügeln oder am nächsten Baum aufknüpfen. Das Gesetz bot ihm keinen Schutz mehr.«

Francie wendet sich an Cal. »Wärst du damit einverstanden, ich meine, als Gesetzeshüter? Es wär nämlich verdammt praktisch. Du hast den Drecksack wahrscheinlich eh nicht leiden können, und dann wärst du nicht mehr für ihn verantwortlich.«

»Ich wäre sowieso nicht für ihn verantwortlich«, sagt Cal. »Weil ich hier kein Gesetzeshüter bin.«

»Genau«, sagt Mart zu Francie. »Das hab ich dir schon zigmal gesagt. Also halt die Klappe und hör mir zu, dann lernst vielleicht auch mal was. So einem Vogelfreien blieb praktisch nur eins übrig: Er musste machen, dass er wegkam. Abhauen, sich möglichst weit weg in Sicherheit bringen und irgendwo neu anfangen, wo ihn keiner kannte. Und ich würde sagen, dass Johnny in den letzten paar Tagen gründlich über diese Möglichkeit nachgedacht hat.«

»Ich hätte nicht nur drüber nachgedacht«, sagt Malachy, einen Mundwinkel zu einem süffisanten Lächeln verzogen. »Wenn ich er wäre, hätte ich längst die Beine in die Hand genommen. Anscheinend ist Johnny mutiger als ich.«

»Nee, nicht mutiger.« Mart hebt den Zeigefinger. »Aber vielleicht schlauer. Mal angenommen, der schöne Johnny haut ab – was würde Detective Nealon dann wohl vermuten, was meinst du, mein Freund?«

»Ich bin dem Mann erst einmal begegnet«, sagt Cal. »Da kann ich auch nur raten, genau wie du.«

»Tu nicht so«, sagt Mart. »Du weißt, worauf ich hinauswill. Wenn du der Ermittler wärst, würdest du denken, dass Johnny verduftet ist, weil er den Engländer umgebracht hat. Stimmt's?«

»Der Gedanke würde mir kommen«, sagt Cal.

»Und du würdest nach ihm suchen. Also nicht du allein. Du hättest Leute hier und drüben in England, die nach ihm Ausschau halten. Und die guten alten Computer würden heiß laufen.«

»Ich würde ihn finden wollen«, sagt Cal.

»Das weiß Johnny«, sagt Mart. »Deshalb ist er hiergeblieben. Er ist in Deckung gegangen, kommt nicht in Noreens Laden spaziert, um seinen Charme bei jedem armen Schwein spielen zu lassen, das gerade vorbeikommt, aber er ist hier.« Er nickt Richtung Fenster. Draußen schwindet das Licht, sammelt sich trübe im Buntglas. Cal denkt an Johnny irgendwo oben an dem dunkler werdenden Berghang, in der Falle, jeder Nerv angespannt, und an Trey, wie sie methodisch weiterverfolgt, was sie in Gang gesetzt hat.

»Und er wird hierbleiben«, sagt Mart, »ein Fleck auf der Landkarte, bis eines von drei Dingen passiert.« Er hebt einen Finger. »Nealon führt ihn in Handschellen ab. Und dann wird er wie ein Vögelchen singen.« Ein zweiter Finger. »Oder Johnny bekommt es so mit der Angst – vor Nealon oder jemand anderem –, dass er sich aus dem Staub macht.« Ein dritter. »Oder aber Nealon kassiert jemand anderen ein, und Johnny denkt, er kann gefahrlos abhauen.«

»Wenn Nealon ihn ordentlich in die Mangel genommen hat«, sagt Francie, »würde er garantiert abhauen.«

»Das Leben ist eine Waage, mein Freund«, sagt Mart zu Cal. »Ständig wägen wir die Dinge ab, vor denen wir die größte Angst haben, um zu sehen, welches am schwersten wiegt. Genau das macht Johnny Reddy gerade. Würde mir gefallen, wenn sich seine persönliche Waage in die richtige Richtung neigt. Dir nicht?«

Cal kann sich kaum etwas vorstellen, das ihm besser gefallen würde, als Nealon auf Johnnys Fährte zu hetzen. Er ist sicher, dass die Männer schon eine prima Strategie parat haben, und mit ihm an Bord wäre es leichter, Nealon dafür zu erwärmen. Er merkt, dass ihm die Vorstellung, einen Detective anzulügen, scheißegal ist, wenn er sich das kleine Arschloch Johnny damit ein für alle Mal vom Hals schafft – und Treys Plan im Keim erstickt wird, bevor er ihr um die Ohren fliegt.

Trey hat glasklar signalisiert, dass das nicht Cals Territorium ist und er kein Recht hat, darin einzudringen. Es ist ihre Heimat, nicht seine, ihre Familie und ihr Kampf. Was immer sie auch für einen Scheiß verzapft hat, er bringt es nicht über sich, ihr in den Rücken zu fallen. Sie ist kein kleines Kind mehr. Er kann ihr keine Entscheidungen abnehmen und in ihrem Interesse seine eigenen treffen. Sie hat ihren Plan. Ihm bleibt nichts anderes übrig, als ihr zu folgen und darauf zu hoffen, dass er in der Nähe ist, wenn etwas schiefläuft.

»Einer der Gründe, warum ich den Dienst quittiert hab«, sagt er, »war der, dass ich mich nicht mehr mit Leuten abgeben wollte, die ich nicht mag. Johnny Reddy ist ein Scheißkerl, und ich mag ihn nicht. Das heißt, ich habe nicht vor, je wieder irgendwas mit ihm zu tun haben. Ich werde versuchen, keinen Gedanken mehr daran zu verschwenden, dass er je hier aufgetaucht ist.«

Keiner der Männer sagt etwas dazu. Sie trinken und beobachten Cal. Matte Farbflecken von dem Fenster gleiten über ihre Ärmel und Gesichter, wenn sie sich bewegen.

Mart trinkt einen Schluck von seinem Bier und betrachtet Cal nachdenklich. »Weißt du, was, mein Lieber«, sagt er, »ich hab noch ein Hühnchen mit dir zu rupfen. Wie lange bist du jetzt hier, zwei Jahre?«

»Zweieinhalb«, sagt Cal. »Fast.«

»Und du weigerst dich noch immer, *Twenty-Five* zu spielen. Ich hab ja Geduld mit dir gehabt, weil du dich erst einleben musstest, aber inzwischen nimmst du hier bloß Platz weg, und zwar reichlich. Wird Zeit, dass du dich nützlich machst.« Er bewegt sich steif auf der Sitzbank und fischt ein abgegriffenes Kartenspiel aus seiner Hosentasche. »So.« Er knallt die Karten auf den Tisch. »Ich hoffe, Johnny hat dir noch ein bisschen Geld übrig gelassen. Das verlierst du nämlich jetzt, mach dich drauf gefasst.«

»Weißt du, was bei *Twenty-Five* dazugehört?«, fragt Malachy und bückt sich unter den Tisch.

»Ach du Scheiße«, sagt Cal.

»Hör auf zu jammern.« Malachy hält eine Zwei-Liter-Flasche Lucozade mit einer harmlos wirkenden klaren Flüssigkeit hoch. »Mit ein paar Gläschen davon bist du besser auf Zack. Dann lernst du doppelt so schnell.«

»Und eine Verlobung ohne das Zeug gilt nicht«, erklärt Mart. »Barty! Bring uns mal ein paar Schnapsgläser.«

Cal verabschiedet sich innerlich von allem, was er für den nächsten Tag geplant hat. Zum Glück war es nicht viel. Die Angelegenheit heute Abend war so ernst, dass Malachy mit dem Selbstgebrannten noch gewartet hat, damit alle einen einigermaßen klaren Kopf hatten, aber jetzt ist sie abgehandelt, zumindest vorläufig. Mart mischt die Karten geschickter, als man bei seinen wulstigen Fingern vermuten würde. Senan hält die Flasche gegen das Licht und betrachtet sie mit zusammengekniffenen Augen, als würde er die zu erwartende Qualität des Gesöffs abschätzen.

»Du hast Lena gefragt, ob sie dich heiratet?«, sagt PJ verblüfft zu Bobby. Sein Kopf fliegt hoch, während er über das Gespräch nachdenkt. »Also Lena Dunne?« Prompt nehmen alle Bobby wegen des Heiratsantrags auf die Schippe und PJ wegen seiner langen Leitung. Und nur der Gründlichkeit halber fangen sie wieder an, Cal zu verarschen. Die Wärme kehrt zurück, füllt die Atmosphäre stärker als zuvor. Was Cal zu schaffen macht, ist der Umstand, dass sie real ist, genau wie alles andere, was an diesem Abend im Erker zu spüren war.

18

JOHNNY GEHT HÖCHSTENS bis zum Rand des Grund-
stücks. Tagsüber schläft er unruhig, taucht alle paar Stunden auf,
um eine Tasse Kaffee oder ein Sandwich zu verlangen, das er
meistens nicht mal anrührt, und tigert an der Hofgrenze entlang,
raucht, späht zwischen die Bäume und zuckt beim schrillen Zirpen der Heuschrecken zusammen. Manchmal guckt er mit den
Kleinen auf dem Sofa fern und bringt Alanna zum Lachen, indem er Geräusche macht wie Peppa Wutz. Einmal spielt er mit
Liam ein bisschen Fußball auf dem Hof, bis das Rascheln der
Bäume ihn nervös macht und er wieder ins Haus geht.

Nachts ist er wach: Trey hört das unablässige schwache Ge-
brabbel des Fernsehers, das Knarren der Dielenbretter, wenn er
herumläuft, das Öffnen und Schließen der Haustür, wenn er kurz
hinausschaut. Sie weiß nicht, vor wem er Angst hat. Vielleicht vor
Cal oder vor den Männern im Dorf. Ihrer Meinung nach wäre
seine Angst in beiden Fällen begründet.

Er hat noch immer Angst vor Nealon, obwohl die Befragungen
gelaufen sind wie geschmiert. Sheila hat irgendwelche verborgenen Energiereserven angezapft und wurde plötzlich normaler, als
Trey für möglich gehalten hätte, bot höflich Tee und Wasser an,
lachte, wenn der Detective Witze über das Wetter und die Straßen machte. Maeve und Liam, für die die Polizei der Feind ist,
seit Noreen ihnen das erste Mal damit drohte, weil sie Süßigkeiten geklaut hatten, erklärten Nealon, ohne mit der Wimper zu
zucken, dass Johnny am Sonntag den ganzen Tag zu Hause war.
Alanna lugte schüchtern unter Treys Arm hervor und versteckte

sich gleich wieder, wenn Nealon sie ansah. Sie waren alle großartig, wie dafür geboren. Als der Wagen des Detectives sich den
Berg hinunter entfernte, war Johnny vor Begeisterung ganz aus
dem Häuschen, umarmte alle, die in seine Nähe kamen, lobte
ihren Grips und ihren Mut, versicherte ihnen, sie wären aus dem
Schneider und müssten sich um gar nichts mehr Sorgen machen.
Er schreckt noch immer jedes Mal hoch, wenn er ein Auto hört.

Trey hält sich nicht im Hof auf. Sie ist genauso ruhelos wie ihr
Dad, nicht vor Angst, sondern vom Warten. Sie weiß nicht, ob
der Detective ihre Aussage geglaubt hat, ob er ihr nachgeht, ob er
Fortschritte macht oder ob er sie einfach ignoriert hat. Sie hat
keine Ahnung, wie lange es dauern wird, bis ihre Geschichte Wirkung zeigt, ob sie überhaupt Wirkung zeigen wird. Cal könnte
ihr das sagen, aber sie hat Cal nicht mehr.

Sie geht aus; nicht runter ins Dorf und nicht zu Cal, aber um
sich abends mit ihren Freunden zu treffen. Sie steigen in ein bau-
fälliges Cottage ein und sitzen da, teilen sich eine geklaute Packung Zigaretten und ein paar Flaschen Cider, die Aidans Bruder
für ihn gekauft hat. Tief unten hockt die Sonne schwer auf dem
Horizont und färbt den Westen dunkelrot.

Ihre Freunde, von denen keiner aus Ardnakelty kommt, haben
nichts gehört, was ihr weiterhilft. Ihnen ist der Detective so ziemlich egal; sie wollen vor allem über Rushboroughs Geist reden,
der anscheinend schon auf dem Berg herumspukt. Callum Bailey
behauptet, ein durchsichtiger Mann wäre durch die Bäume auf
ihn zugekommen, hätte mit den Zähnen geklappert und Äste abgerissen. Das erzählt er nur, um Chelsea Moylan Angst einzujagen, damit er sie nach Hause bringen und vielleicht mit ihr knut-
schen kann, aber natürlich hat Lauren O'Farrell den Geist dann
auch gesehen. Lauren glaubt immer alles und will bei allem dabei
sein, also erzählt Trey ihr, in der Nacht, als Rushborough ermordet wurde, wären Männer in einem Auto auf dem Berg gewesen.

Und prompt hat Lauren in derselben Nacht aus dem Fenster geguckt und Autoscheinwerfer gesehen, die sich den Berg hinaufbewegten und auf halber Höhe anhielten. Das wird sie jedem erzählen, dem sie über den Weg läuft, und früher oder später wird irgendwer es dem Detective erzählen.

Das Zusammensein mit ihren Freunden ist jetzt anders. Trey fühlt sich älter als sie – und isoliert. Die anderen albern rum wie immer, wohingegen sie alles, was sie sagt, genau abwägt. Sie spürt die Wucht und Tragweite jedes Wortes, während ihre Freunde alles leichtnehmen. Ehe der Cider ausgetrunken ist, macht sie sich auf den Nachhauseweg. Sie betrinkt sich nie, aber sie ist leicht beschwipst, so dass der dunkle Berghang an den Rändern zu zerfließen scheint und schwer einzuschätzen ist, als könnten sich die Räume außerhalb ihres Blickfeldes auf sie zubewegen oder sich unvorstellbar schnell ausdehnen. Als sie nach Hause kommt, riecht ihr Dad ihre Fahne und lacht, und dann gibt er ihr einen Klaps auf den Hinterkopf.

Auch Maeve geht aus. Sie hat Freunde unten im Dorf, zumindest die Hälfte der Zeit hat sie welche; die übrige Zeit haben sie irgendeinen komplizierten Riesenkrach und reden nicht miteinander. »Wo willst du hin?«, fragt Trey, als sie sieht, dass Maeve irgendwas Bescheuertes mit ihren Haaren macht und sich vor dem Badezimmerspiegel hin und her dreht.

»Geht dich nichts an«, sagt Maeve. Sie versucht, die Tür mit einem Fuß zuzudrücken, aber Trey blockiert sie.

»Du hältst verdammt nochmal die Klappe«, sagt Trey. »Kein Wort über irgendwas.«

»Spiel dich nicht so auf«, sagt Maeve.

Trey hat keine Energie für einen Streit mit Maeve. In letzter Zeit fühlt sie sich manchmal wie ihre Mam, so hohl und leer, dass sie zusammenklappen könnte. »Halt einfach die Klappe«, sagt sie.

»Du bist bloß eifersüchtig«, sagt Maeve. »Weil du Daddy helfen solltest und Mist gebaut hast, und jetzt schickt er dich nicht mehr los, um Sachen rauszufinden. Jetzt schickt er mich.« Sie grinst Trey im Spiegel an, zupft eine Haarsträhne zurecht und mustert noch mal prüfend ihr Profil.

»Was für Sachen?«

»Sag ich dir nicht.«

»Komm endlich da raus«, sagt Johnny. Er ist in T-Shirt und Boxershorts hinter Trey aufgetaucht.

»Ich geh jetzt los, Daddy«, sagt Maeve und lächelt ihn breit an.

»Braves Mädchen«, sagt Johnny mechanisch. »Du bist deinem Daddy eine große Hilfe.« Er tätschelt ihr schwach den Kopf, als sie sich an ihn drückt, und schiebt sie dann weiter in die Diele.

»Was soll sie für dich rausfinden?«, fragt Trey.

»Ach, Schätzchen«, sagt Johnny. Er kratzt sich die Rippen und bringt ein halbherziges Lachen zustande. Er ist unrasiert, seine adrett geschnittenen Haare fallen ihm schlaff in die Stirn. Er sieht scheiße aus. »Du bist noch immer die Nummer eins als meine rechte Hand. Aber unsere Maeve muss doch auch mal was zu tun haben. Die arme Kleine hat sich ausgeschlossen gefühlt.«

»Was soll sie rausfinden?«, fragt Trey erneut.

»Nix Besonderes.« Johnny winkt ab. »Ich weiß bloß gern, woher der Wind weht, mehr nicht. Was die Leute sich erzählen, was für Fragen der Detective stellt, wer was weiß. Ich will einfach auf dem Laufenden bleiben, wie jeder vernünftige Mensch – Wissen ist Macht, das sollte –« Noch ehe er die Badezimmertür hinter sich schließt, hört Trey seinem Gefasel schon längst nicht mehr zu.

Als Maeve am Abend mit selbstzufriedener Miene zurückkommt, sitzt Johnny auf dem Sofa und stiert den Fernseher an. Sie schiebt sich unter seinen Arm und sagt: »Daddy, rate mal, was ich gehört hab.«

»Hallo.« Johnny reißt sich aus seiner Lethargie und lächelt sie an. »Da ist ja Daddys kleine Geheimagentin. Lass hören. Wie ist es gelaufen?«

Trey sitzt im Sessel. Sie hat Johnnys Raucherei und sein ständiges Hin-und-her-Zappen zwischen den Kanälen ertragen, weil sie bei Maeves Rückkehr dabei sein wollte. Sie beugt sich vor, nimmt die Fernbedienung und schaltet den Fernseher aus.

»Alles mega«, sagt Maeve triumphierend. »Meine Freunde sagen, ihre Dads drehen langsam durch, weil andauernd der Detective bei ihnen reinschneit und mit ihnen redet, als hätten sie den Typen aus London umgebracht. Und Bernard O'Boyle hat Baggy McGrath eine reingehauen, weil der Detective gesagt hat, Baggy hätte gesagt, Bernard wär in der Nacht hier oben gewesen, und Sarah-Kate darf sich nicht mehr mit Emma treffen, weil der Detective den Dad von Sarah-Kate gefragt hat, ob er die Engländer hasst, und Sarah-Kates Mam denkt, das hätte ihm Emmas Mam eingeredet. Siehst du? Der Detective glaubt nicht, dass du es warst.«

Trey rührt sich nicht. Euphorie rauscht ihr wie Whiskey durch jede Ader; sie hat Angst, sich zu bewegen, weil ihr Dad und Maeve es ihr ansehen könnten. Nealon tut das, was sie ihm nahegelegt hat, stapft brav den Weg entlang, den sie ihm vorgezeichnet hat. Da unten am Fuß des Berges, zwischen den hübschen kleinen Weiden und den gepflegten adretten Häuschen, ist Ardnakelty dabei, sich selbst zu zerfleischen.

»Na, da schau her«, sagt Johnny, der reflexartig Maeves Schulter reibt. Er blickt ins Leere und blinzelt schnell, denkt nach. »Das sind prima Neuigkeiten, was?«

»Geschieht ihnen recht«, sagt Maeve. »Weil sie so gemein zu dir gewesen sind. Stimmt's?«

»Stimmt genau«, sagt Johnny. »Das hast du ganz toll gemacht, Schätzchen. Daddy ist stolz auf dich.«

»Jetzt musst du dir keine Sorgen mehr machen«, sagt Maeve

und schmiegt sich noch enger an ihn. Sie grinst Trey an und zeigt ihr den Stinkefinger, hält ihn dicht am Körper, damit Johnny es nicht sieht. »Alles in Butter.«

Von da an geht Johnny gar nicht mehr aus dem Haus. Wenn Maeve mit ihm kuscheln will und dumme Fragen stellt oder wenn Liam ihn anbettelt, draußen mit ihm Fußball zu spielen, tätschelt er sie geistesabwesend und wendet sich ab. Er riecht nach Whiskey und kaltem Schweiß.

Trey wartet weiter. Sie tut, was ihr gesagt wird, erledigt Arbeiten im Haus und macht ihrem Dad Sandwiches, und wenn es nichts zu tun gibt, geht sie nach draußen. Sie läuft stundenlang in den Bergen herum, setzt sich zwischendurch unter einen Baum, sobald Banjo sein Hecheln zu melodramatischem Winseln steigert. Cal hat gesagt, sie soll draußen vorsichtig sein, aber das ist sie nicht. Sie vermutet, dass ihr Dad Rushborough umgebracht hat, und er wird ihr nichts tun. Selbst wenn sie sich irrt, wird ihr auch sonst keiner was tun, solange Nealon überall herumschwirrt.

Die Trockenheit hat Gestrüpp und Heidekraut am Berghang zurückgedrängt, und zwischen den Wiesen und Mooren sind hier und da seltsame Senken und Gesteinsformationen zum Vorschein gekommen. Trey inspiziert jede Mulde, weil sie zum ersten Mal eine Chance sieht, die Stelle zu finden, wo Brendan begraben ist. Immer öfter lässt sie Banjo zu Hause, damit sie bis zur Erschöpfung herumwandern kann, ohne auf ihn Rücksicht nehmen zu müssen. Sie findet Schafsknochen, kaputtes Werkzeug zum Torfstechen, die Überbleibsel von Gräben und Grundmauern, aber nichts von Brendan.

Sie fühlt sich, als wäre sie nicht in ihrem eigenen Leben, sondern irgendwo anders, als hätte sie sich mehr und mehr davon gelöst, seit ihr Dad an dem Morgen zurück ins Dorf kam, und jetzt ist die letzte Verbindung abgerissen, und sie driftet gänzlich außerhalb davon. Ihre Hände, die Kartoffeln schälen oder Wäsche falten, sehen aus, als gehörten sie jemand anderem.

Sie denkt nicht darüber nach, dass sie Cal vermisst. Sie läuft einfach den ganzen Tag damit herum wie mit einem gebrochenen Knöchel und legt sich abends damit schlafen. Das Gefühl ist vertraut. Nach ein paar Tagen wird ihr klar, dass sie sich so gefühlt hat, nachdem Brendan verschwunden war.

Damals konnte sie nicht damit leben. Jetzt ist sie älter, und sie hat sich das selbst ausgesucht. Sie hat kein Recht, sich zu beschweren.

Cal wartet auf Trey. Sein Kühlschrank ist voll mit Pizzazutaten, und er hat eine Dose mit der besten Holzbeize fertig gemischt parat, als könnte er sie damit irgendwie herbeilocken. Er geht davon aus, dass sie das mit ihm und Lena inzwischen gehört hat, kann sich aber nicht ansatzweise vorstellen, was sie davon hält. Er möchte ihr die Wahrheit sagen, aber dafür müsste er sie sehen.

Stattdessen sieht er Nealon, der schweratmend die Einfahrt heraufgestapft kommt, Jackett über den Arm gehängt und Hemdsärmel hochgekrempelt. Cal, von Rip vorgewarnt, erwartet ihn an der Tür.

»Detective. Kleiner Spaziergang bei der Hitze?«

»Gott, nein.« Nealon wischt sich die Stirn. »Da würde ich wegschmelzen. Ich hab meinen fahrbaren Untersatz auf der Straße abgestellt, damit Ihre Vögel ihn nicht wieder vollkacken. Anscheinend haben Sie mehr Nachsicht als ich. An Ihrer Stelle hätte ich die kleinen Scheißer längst abgeknallt.«

»Die waren schon vor mir hier«, sagt Cal. »Ich versuche bloß, mich mit ihnen zu vertragen. Möchten Sie ein Glas Wasser? Eistee? Ein Bier?«

»Wissen Sie, was?« Nealon wippt auf den Fußballen, und ein spitzbübisches Grinsen breitet sich auf seinem Gesicht aus. »Ein

Bier wär jetzt genau das Richtige. Meine Jungs können ruhig mal ein Weilchen ohne mich weitermachen. Merken die gar nicht.«

Cal bietet Nealon Lenas Schaukelstuhl auf der Veranda an und holt Gläser und zwei Dosen Budweiser aus dem Haus. Er weiß ganz genau, dass Nealon sich bei so einer Ermittlung nicht einfach mal eine Pause gönnt, um sich ein kühles Helles zu genehmigen und ein bisschen zu plaudern, und mit Sicherheit weiß Nealon, dass er das weiß. Der Mann will was von ihm.

»Cheers«, sagt Nealon und stößt mit Cal an. Er hebt sein Glas, bewundert die Aussicht und die Schwalben, die wie Kunstflieger zwischen gelben Stoppelfeldern und einem strahlend blauen Himmel hin und her jagen. »Gott, ist das schön, trotz allem. Ich weiß, Sie sind dran gewöhnt, aber ich komm mir vor wie im Urlaub.«

»Ist wirklich schön«, sagt Cal.

Nealon wischt Bierschaum von seiner Oberlippe und lehnt sich im Schaukelstuhl zurück. Er hat einen grau melierten Bartschatten bekommen, seit Cal ihn das letzte Mal sah, gerade genug, um ein bisschen zerknittert und harmlos zu wirken. »Menschenskind, das Teil ist bequem. Wenn ich nicht aufpasse, schlaf ich noch ein.«

»Danke für das Kompliment«, sagt Cal. »Hab ich selbst gebaut.«

Nealon zieht die Augenbrauen hoch. »Stimmt, Sie haben was von Schreinerarbeiten gesagt. Nicht schlecht.« Mit einem nachlässigen Klaps auf die Armlehnen tut er den Stuhl als ganz hübsch, aber unwichtig ab. »Ehrlich gesagt, ich bin nicht so faul, wie ich mich gebe. Ich bin beruflich hier. Ich hab mir gedacht, Sie hätten nichts dagegen, wenn ich Sie in dem Fall auf den neusten Stand bringe. Und ich muss gestehen, ich wäre froh über eine zweite Meinung von jemandem, der sich hier auskennt. Sozusagen von einem ortskundigen Berater.«

»Ich helfe gern.« Cal streichelt Rip den Kopf, will ihn beruhigen, doch der Hund ist noch immer aufgekratzt durch den unverhofften Besuch. Er flitzt davon, durch den Garten und zum Tor hinaus auf die hintere Wiese, um die Schwalben zu ärgern. »Weiß aber nicht, ob ich Ihnen viel nützen kann.«

Nealon winkt ab, als wäre Cal zu bescheiden, und trinkt noch einen Schluck Bier. »Der Tote hieß nicht Rushborough«, sagt er. »Haben Sie sich das schon gedacht?«

»Ich hatte so meine Zweifel«, sagt Cal.

Nealon grinst ihn an. »Wusste ich's doch. Unsereins hat einen Riecher für so Typen, was?«

»Ich war mir nicht sicher«, sagt Cal. »Wer war er?«

»Ein Kerl namens Terence Blake. Ziemlich fieser Vertreter. Kam tatsächlich aus London, wo die Polizei ihn schon länger im Visier hatte. Er hat ein bisschen in Geldwäsche gemacht, ein bisschen in Drogen, ein bisschen in Zuhälterei – hatte sozusagen ein breit gefächertes Portfolio, unser Terry. Er war kein ganz großer Gangsterboss, hat sich aber eine anständige kleine Organisation aufgebaut.«

»Hm«, sagt Cal. Er wird immer misstrauischer. Eigentlich sollte ihm Nealon das nicht erzählen. »Hat Johnny Reddy für ihn gearbeitet?«

Nealon zuckt die Achseln. »Die Kollegen in London haben Johnny Reddy nicht auf dem Radar, aber das muss nichts heißen. Wenn der nur eine Randfigur war, könnten sie ihn übersehen haben. Johnny sagt, er hatte von nichts eine Ahnung. Er weiß nur, dass ein netter Typ namens Cillian Rushborough ihn im Pub angequatscht hat, und als Johnny erwähnte, dass er bald zurück nach Ardnakelty wollte, meinte Rushborough, er würde sich den Ort zu gern mal anschauen. Johnny ist völlig schockiert, dass das alles nicht stimmt. Echt fassungslos.«

Cal fragt nicht, ob Nealon das ganz oder teilweise glaubt. Ihm sind die Rahmenbedingungen dieses Gesprächs bewusst. Er darf Fragen zur Faktenlage stellen, obgleich er vielleicht keine oder unwahre Antworten bekommen wird. Sich nach Nealons Gedanken zu erkundigen würde zu weit gehen.

»Hatte Blake irgendwelche Kontakte hier?«, fragt er.

»Gute Frage«, sagt Nealon anerkennend. »Ich hatte denselben Gedanken. Aber Fehlanzeige, soweit wir bislang wissen. Die ganze Geschichte von seiner Granny, die angeblich aus Ardnakelty stammte, ist Schwachsinn nach allem, was wir rausgefunden haben.«

Im Unterbewusstsein hat Cal wohl erwartet, dass ein irischer Detective anders klingen würde als seine Kollegen von früher. Der Tonfall ist auch anders, ebenso Slang und Satzbau, doch das alles ist unterlegt mit denselben schonungslosen, treibenden Rhythmen.

Nealon neigt den Kopf und betrachtet sein Bierglas. »In diesen kleinkriminellen Organisationen gibt's immer Zoff. Gut möglich, dass Blake mal für eine Weile untertauchen musste. Dann ist er Johnny über den Weg gelaufen, genau wie Johnny sagt, und hat sich gedacht, warum eigentlich nicht Ardnakelty.«

Cal sagt: »Dann könnte ihm also jemand hierhergefolgt sein.«

»Wäre denkbar, ja«, bestätigt Nealon.

Falls Nealon in diese Richtung ermittelt, heißt das, dass er Treys Geschichte erst mal auf Eis gelegt hat. Cal würde zwar gern hören, dass er einen Grund gefunden hat, sie als irrelevant abzutun, aber er kann es sich nicht leisten, Nealon wissenzulassen, dass ihm das Thema wichtig ist. Was Nealon betrifft, muss Treys Geschichte unhinterfragt bleiben.

Nealon sagt: »Also, wenn jemand Blake von London hierhergefolgt ist und ihn dann mitten in der Nacht auf dem Berg da aufgespürt hat, dann muss ich sagen, alle Achtung.«

»Auch wieder wahr«, sagt Cal. »Hat sein Handy irgendwas gebracht?« Er hat diese Unterhaltung schon so oft geführt, dass sie ihm so leichtfällt wie vom Muskelgedächtnis gesteuert. Ob ihm das nun gefällt oder nicht, es ist eine Wohltat, etwas zu tun, das ihm keinerlei Mühe macht. Deshalb erzählt Nealon ihm das alles: Er will den Cop in ihm wecken oder ihn daran erinnern, dass er nie etwas anderes war. Genau wie den Männern im Pub geht es Nealon darum, sich Cal zunutze zu machen.

Nealon antwortet mit einem Achselzucken. »Ist ein Wegwerfhandy, nur ein paar Wochen alt. Ich würde sagen, Blake hat sich alle paar Monate ein neues zugelegt. Und er hat keine SMS oder WhatsApps verschickt. Er war clever, hat nie was schriftlich gemacht. Jede Menge Gespräche mit den Londoner Leuten und jede Menge mit Johnny Reddy, auch ein paar ziemlich lange an dem Tag vor seinem Tod. Laut Johnny haben sie sich darüber unterhalten, was es hier alles Interessantes zu sehen gibt.« Das sarkastische Zucken seiner Mundwinkel verrät, dass ihn die Erklärung nicht überzeugt hat. »Und zwei verpasste Anrufe von Johnny an dem Morgen, als Sie ihn gefunden haben. Als er schon tot war.«

»Johnny ist nicht blöd«, sagt Cal. »Wenn er jemanden umbringen würde, wär er schlau genug, ihn noch ein paarmal anzurufen.«

Nealon sieht ihn mit einer hochgezogenen Augenbraue an. »Sie würden also noch immer wetten, dass es Johnny war?«

»Bei so was geb ich keine Wetten ab«, erwidert Cal. »Ich will damit nur sagen, dass diese Anrufe Johnny meiner Meinung nach nicht ausschließen.«

»Lieber Himmel, nein. Er kommt in Frage. Aber das tun viele andere auch.«

Cal wird nicht fragen, wer noch. Seine beste Vermutung, wenn er denn eine anstellen müsste, ist, dass Trey zufällig irgendwie recht hatte: Einer oder mehrere aus dem Dorf haben Blake alias Rushborough umgebracht und ihn auf der Bergstraße abgelegt, damit Johnny ihn findet, in der Annahme, dass Johnny ihn im nächstbesten Sumpf oder in der nächstbesten Schlucht entsorgen und dann abhauen würde. Aber bevor er das erledigen konnte, kreuzte Trey auf.

Sie schweigen einen Moment und schauen zu, wie Rip im Zickzack über die Wiese rast, immer wieder hochspringt und nach den Krähen schnappt. Nealon schaukelt in seinem Stuhl locker und gemächlich vor sich hin.

»Hat er schon mal eine erwischt?«, fragt er.

»Bloß ein paar Ratten«, sagt Cal. »Er würde furchtbar gern eine Krähe erwischen, weil die ihn immer ärgern, aber ich glaub, da stehen seine Chancen schlecht.«

»Man kann nie wissen, Mann.« Nealon hebt mahnend einen Finger. »Unterschätzen Sie ihn nicht. Auf jeden Fall ist er hartnäckig. Ich halte viel von guter alter Hartnäckigkeit.«

Die Schwalben, unbeeindruckt von Rips Hartnäckigkeit, drehen Loopings über seinem Kopf, als wäre er nur zu ihrem Zeitvertreib da. Cal ist sicher, dass Nealon zu seinem Bier gern eine rauchen würde, aber er hat nicht um Erlaubnis gefragt. Er ist der perfekte Gast, hält sich zurück. Cal bietet es ihm nicht an. Er hat nicht die Absicht, der perfekte Gastgeber zu sein.

»Wir haben den Obduktionsbericht«, sagt Nealon. »Blake ist irgendwann zwischen Mitternacht und zwei Uhr morgens gestorben. Er hat einen wuchtigen Schlag mit einem Hammer oder irgendwas Ähnlichem auf den Hinterkopf bekommen. An dem wär er wahrscheinlich ohnehin innerhalb von ein oder zwei Stunden gestorben, aber dazu ist es nicht gekommen. Irgendwer hat ihm drei tiefe Messerstiche in die Brust verpasst. Einer hat das Herz erwischt, und, zack, eine Minute später war er tot.«

»Dazu braucht man Kraft«, sagt Cal.

Nealon zuckt die Achseln. »Ein bisschen, ja. Ein kleines Kind hätte das nicht geschafft. Aber vergessen Sie nicht, dass Blake bewusstlos war. Unser Täter hatte reichlich Zeit, die richtige Stelle zu finden und sich auf das Messer zu stützen, um es durch den Muskel zu treiben. Dafür musst du kein mordsmäßiger Bodybuilder sein. Das hilft uns also überhaupt nicht weiter. Allerdings gibt's einen Hoffnungsschimmer: Der Körper war total verdreckt. Voll mit Spurenmaterial: Erde, Fasern, Blätter, Insekten, Spinnweben, Rostpartikel, Kohlenstaub. Einiges klebte in seinem Blut, ist also dahingekommen, nachdem er getötet worden war. Und nicht alles davon stammte vom Fundort.«

»Ich hab mir gedacht, dass er bewegt worden ist«, sagt Cal. Und als Nealon fragend eine Augenbraue hochzieht: »Da war nicht genug Blut.«

»Einmal ein Cop …«, sagt Nealon und nickt. »Gut erkannt.«

»Tja«, sagt Cal, »passt auch zu dem, was das Mädchen gesehen hat.«

Nealon geht nicht darauf ein. »Ihnen ist klar, was diese vielen Spuren bedeuten«, sagt er. »Wenn wir den Tatort finden oder das Auto, mit dem er transportiert wurde, dürfte es ein Leichtes sein, eine Übereinstimmung zu finden.« Sein Blick gleitet langsam durch Cals Garten, verweilt mit mildem Interesse kurz auf dem Steinschuppen. »Aber wie finden wir die? Sie wissen ja selbst, dass ich nicht so einfach einen Durchsuchungsbeschluss für jedes Haus und jedes Auto kriege. Dafür brauch ich den guten alten hinreichenden Verdacht.«

»Verdammt«, sagt Cal. »Lange her, dass ich die zwei Wörter gehört hab. Und ich hab sie kein bisschen vermisst.«

Nealon lacht. Er streckt die Beine aus und gibt einen Laut zwischen Seufzer und Stöhnen von sich. »Mannomann, tut das gut. Ich hab mal ein Päuschen gebraucht. Das Kaff hier macht mich wahnsinnig.«

»Die Leute sind gewöhnungsbedürftig«, sagt Cal.

»Ich rede doch nicht von den Leuten, Mann. An Hinterwäldler bin ich gewöhnt. Ich meine das Dorf und die Gegend. Wenn der Kerl sich in der Großstadt hätte umbringen lassen oder auch nur in einer Stadt, die halbwegs den Namen verdient, hätte ich mit Hilfe der Handys tracken können, wo überall er und Sie und alle anderen sich aufgehalten haben. Haben Sie doch früher selbst gemacht. Ist heutzutage so leicht, wie bei 'ner Runde *Pac-Man* zuzuschauen.« Nealon macht es mit erhobenen Fingern vor. »Piep-piep-piep, da kommt Blake, piep-piep-piep, da kommt eins von den Gespenstern und frisst ihn auf. Piep-piep-piep, da komm ich mit meinen Handschellen und führ das Gespenst ab. Aber hier …« Er schlägt die Augen zum Himmel. »Gottverdammmich. Hier ist der Empfang scheiße. Hier ist das WLAN scheiße. GPS funktioniert ganz gut, bis man nah an den Berg oder zwischen die Bäume kommt, dann ist Ende Gelände. Ich weiß, dass Blake bis gegen Mitternacht irgendwo in der Nähe von seinem Cottage war, aber ab dann: Chaos. Er ist den Berg auf dieser Seite halb hoch, einen Moment später ist er auf der anderen Seite, dann wieder zurück, dann ist er schon fast in Boyle … Das geht die ganze verdammte Nacht so.«

Er schüttelt den Kopf und tröstet sich mit einem Schluck Bier. »Wenn ich einen Verdächtigen im Visier habe«, sagt er, »kann ich versuchen, ihn zu tracken, aber das wird aufs Gleiche hinauslaufen. Vorausgesetzt, der Kerl hat sein Handy überhaupt dabei. Heutzutage gucken ja alle *CSI* und wissen mehr über Forensik als ich.«

»Ich hab mal einen Jungen festgenommen, der in ein Haus eingebrochen war«, sagt Cal. »Der Bursche hatte zu viele Krimis geguckt. Hat mich kackfrech gefragt, ob ich denn seine DNA hätte, Fasern, was weiß ich noch alles. Ich hab ihm Aufnahmen von Überwachungskameras gezeigt, auf denen der Blödmann weglief. Er meinte, das ist von hinten, ihr könnt nicht beweisen, dass ich das bin. Ich hab gesagt, stimmt, aber siehst du den Passanten da, der zusieht, wie du wegrennst? Du spiegelst dich in seiner Hornhaut. Wir haben das Bild vergrößert und mit den biometrischen Daten von deinem Polizeifoto abgeglichen. Der Armleuchter ist eingeknickt wie ein Strohhalm.«

Nealon lacht schallend los. »Menschenskind, das ist herrlich. Wäre wunderbar, wenn unser Mann auch so blöd wäre, aber …« Er hört auf zu lachen. Stattdessen seufzt er. »Wenn ja, hätte ich schon irgendwas gefunden. Aber wir haben mit jedem Mann im Umkreis geredet, und kein einziger ist mir irgendwie verdächtig vorgekommen.«

Cal weiß, dass er sich ködern lässt, aber er fragt trotzdem: »Sie konzentrieren sich also weiter auf das Dorf?«

Nealons Blick huscht kurz zu ihm rüber, interessiert und taxierend. »Die Aussage von Theresa Reddy hat sich bestätigt. Jedenfalls soweit ich das überprüfen kann. Ihr Dad sagt, er hat in der Nacht Stimmen gehört und dass sie rausgegangen ist, aber er hat gedacht, sie wolle sich bloß heimlich mit ein paar Freunden treffen, deshalb hat er sie gelassen. Ihre Mam sagt, sie hat nichts gehört, erinnert sich aber, dass Johnny sich im Bett aufgesetzt hat, als würde er auf irgendwas lauschen, und sich dann wieder hingelegt hat. Und meine Jungs haben ein anderes Mädchen gefunden, drüben bei Kilhone; sie sagt, sie hätte Scheinwerfer gesehen, die den Berg rauffuhren und auf halber Höhe anhielten.«

»Tja«, sagt Cal. »Das müsste Ihnen doch weiterhelfen.«

»Trotzdem könnten Sie mit Johnny recht behalten«, versichert Nealon ihm. »Er könnte Kumpel haben, die bereit wären, ihm beim Transport einer Leiche zu helfen, wenn's hart auf hart kommt. Und er und seine bessere Hälfte könnten nach Strich und Faden lügen. Theresa hat nicht nachgesehen, ob ihr Daddy im Bett war, ehe sie rausging.«

»Haben Sie Reifenspuren gefunden?«, fragt Cal. »Fußspuren?«

»O ja. Beides, rund um die Stelle, wo der Tote gefunden wurde.

425

Aber alles bloß kleine Teilabdrücke hier und da. Der Rest ist von den verdammten Schafen zertrampelt worden. Und wegen der Trockenheit in der letzten Zeit können wir nicht sagen, welche Spuren frisch sind und welche schon tagelang da waren. Oder sogar Wochen.« Er greift nach seinem Glas. »Dublin ist vielleicht nicht so schön wie die Landschaft hier, aber wenigstens muss ich mir da keine Sorgen machen, dass Schafe durch meinen Tatort trampeln.«

Er lacht, und Cal lacht mit.

»Theresas Aussage ist also unstrittig«, sagt Nealon, »bis jetzt. Und es ist gut, dass wir die Sache auf Ardnakelty eingrenzen können. Aber kein Einziger im Dorf gibt zu, oben in der Nähe vom Fundort gewesen zu sein.«

»Würde mich auch eher überraschen, wenn einer das täte«, sagt Cal. »Ob schuldig oder unschuldig.«

Nealon schnaubt. »Auch wieder wahr. Außerdem stehen wir ja noch am Anfang. Ich hab nur vorläufige Gespräche geführt, bin noch keinen hart angegangen. Immer schön höflich und mit Samthandschuhen.« Er lächelt Cal an. »Wird Zeit, sie aus der Deckung zu locken.«

Er wird das gut machen – und gründlich. Cal kann sich nicht entscheiden, ob er den Mann mag oder nicht – die Dynamik zwischen ihnen ist so vielschichtig, dass er sich kein klares Bild von ihm machen kann –, aber mit ihm zusammengearbeitet hätte er gern.

»Es wäre großartig, wenn Theresa noch mal genauer überlegen würde, ob ihr nicht doch ein Name zu einer der Stimmen einfällt«, sagt Nealon. »Vielleicht könnten Sie sie fragen. Ich hatte den Eindruck, dass sie auf Sie hört.«

»Ich frag sie, wenn ich sie das nächste Mal sehe«, sagt Cal. Er will unter keinen Umständen, dass Trey genauer wird. »Ich weiß aber nicht, wann das sein wird. Wir treffen uns nicht regelmäßig.«

»Wie steht's mit Ihnen?«, fragt Nealon und schielt über sein Glas hinweg zu Cal hinüber. »Ist Ihnen noch was eingefallen? Oder vielleicht irgendwas zu Ohren gekommen?«

»Ich bitte Sie.« Cal sieht ihn fassungslos an. »Glauben Sie ernsthaft, irgendwer hier würde ausgerechnet mir was erzählen?«

Nealon lacht. »Ha, verstehe. Diese Dörfler gucken Sie mit dem Arsch nicht an, weil die meinen, Sie könnten jedes Wort gegen sie verwenden. Aber Sie hätten ja trotzdem was aufschnappen können. Womöglich unterschätzen die Leute Sie, und das wäre ein Fehler.«

»Die meisten versuchen bloß, aus mir rauszukriegen, was ich von Ihnen gehört hab. Im Gegenzug haben sie nicht viel zu bieten.«

»Sie könnten ihnen Fragen stellen«, schlägt Nealon vor.

Sie blicken einander an. Über der Wiese wirbeln die Zwitscher- und Trillerrufe der Schwalben durch die warme Luft.

»Das könnte ich«, sagt Cal, »aber ich glaube kaum, dass ich Antworten bekäme.«

»Das wissen Sie erst, wenn Sie's versuchen.«

»Hier denken sowieso schon alle, ich wäre ganz dicke mit Ihnen, Detective. Wenn ich anfange, neugierige Fragen zu stellen, erzählen die mir bloß einen Riesenhaufen Schwachsinn.«

»Hätte nix dagegen. Sie wissen doch, wie das läuft, Mann. Ein paar ehrliche Antworten wären natürlich super, aber schon ein paar richtige Fragen an die richtigen Leute könnten einiges in Bewegung setzen.«

»Ich lebe hier«, sagt Cal. »So sieht's aus. Und wenn Sie Ihre Zelte abgebrochen haben und weg sind, muss ich noch immer hier leben.«

Er hat nie etwas anderes in Erwägung gezogen, doch es laut auszusprechen löst ein unerwartetes Gefühl in ihm aus.

»Kein Problem«, sagt Nealon leichthin. Er ist zu routiniert, um weiter zu insistieren, wenn es vergeblich sein wird. »Einen Versuch war's wert.« Er lehnt sich wieder in dem Schaukelstuhl zurück und dreht ihn ein Stück, um sich die andere Wange von der Sonne bescheinen zu lassen. »Verdammte Hitze. Ich muss aufpassen, sonst seh ich aus wie ein gekochter Hummer, wenn ich nach Hause komme. Meine Frau wird mich nicht wiedererkennen.«

»Die Sonne brennt ordentlich«, räumt Cal ein. Er glaubt nicht an Nealons Frau. »Ich hatte überlegt, mir den Bart abzurasieren, aber alle meinten, dann säh ich zweifarbig aus.«

»Würden Sie garantiert.« Nealon betrachtet Cals Gesicht, lässt seinen Blick gemächlich über die Blutergüsse gleiten, die zu schwachen gelbgrünen Schatten verblasst sind. »Warum haben Sie sich mit Johnny Reddy geprügelt?«, fragt er.

Cal erkennt die Veränderung, die neue Stoßrichtung des Gesprächs. Er hat sie schon oft gespürt, aber damals war immer er derjenige, der den Schalter umlegte. Nealon stellt etwas klar: Cal kann ein Cop sein, aber er kann auch ein Verdächtiger sein. Genau wie der Mann gesagt hat: Er will ihn aus der Deckung locken.

»Ich hab mich nicht geprügelt«, sagt er. »Ich bin Gast in diesem Land. Ich halte mich an die Regeln.«

»Johnny sagt was anderes. Und Ihr Gesicht auch.«

Cal hat das selbst schon zu oft gemacht, um drauf reinzufallen. »Tja«, sagt er und hebt eine Augenbraue, »dann sollten Sie *ihn* nach dem Grund fragen.«

Nealon grinst ungeniert. »Nee. Johnny sagt, er ist besoffen vom Weg abgekommen und hingefallen.«

»Dann stimmt das vermutlich.«

»Ich hab neulich Ihre Fingerknöchel gesehen. Die sind inzwischen verheilt.«

Cal blickt verwundert auf seine Finger. »Vielleicht waren sie zerkratzt. Das passiert mir oft bei der Arbeit.«

»Kann ich mir vorstellen«, sagt Nealon. »Wie geht Johnny mit Theresa um?«

»Ganz okay«, sagt Cal. Darauf war er gefasst, und er hat keineswegs das Gefühl, sich Sorgen machen zu müssen. Er ist auf der Hut, aber das war er ohnehin. »Er wird keinen Preis als Vater des Jahres bekommen, aber es gibt sehr viel schlechtere Exemplare.«

Nealon nickt, als würde er gründlich darüber nachdenken. »Was ist mit Blake?«, fragt er. »Wie ist der mit ihr umgegangen?«

Cal zuckt die Achseln. »Soweit ich weiß, hat er sie kaum zur Kenntnis genommen.«

»Soweit Sie wissen.«

»Wenn sie Probleme mit ihm gehabt hätte, hätte sie's mir gesagt.«

»Vielleicht, vielleicht auch nicht. Bei Teenagern weiß man nie. Hat Blake wie einer gewirkt, der sich für junge Mädchen interessiert?«

»Er ist nicht mit einem Schild rumgelaufen, auf dem PERVERSLING stand«, sagt Cal. »Mehr kann ich Ihnen dazu nicht sagen. Ich hab den Mann nur ein-, zweimal gesehen.«

»Immerhin oft genug, um zu erkennen, dass er ein schmieriger Typ war«, wendet Nealon ein.

»Ja. Das war nicht schwer.«

»Tatsächlich? Haben andere das auch erkannt?«

»Mir gegenüber hat keiner was gesagt. Aber ich glaube nicht, dass ich der Einzige war. Als ich hierhergezogen bin, hab ich keinem erzählt, was ich früher beruflich gemacht hab, aber innerhalb einer Woche wussten alle, dass ich mal Cop war. Ich würde wetten, dass zumindest einige von ihnen Blake durchschaut haben.«

Nealon lässt sich das durch den Kopf gehen. »Gut möglich«, pflichtet er bei. »Keiner hat irgendwas Schlechtes über den Mann gesagt, doch wie wir ja schon festgestellt haben, sind die Leute hier aalglatt – oder vorsichtig, wenn Ihnen das lieber ist. Aber selbst wenn sie ihn durchschaut haben, wieso hätten sie ihn umbringen sollen? Sie wären dem schmierigen Drecksack einfach aus dem Weg gegangen.«

Vielleicht will Nealon ihn auf die Probe stellen, aber das glaubt Cal nicht. Mart hat recht behalten: Keiner hat ein Wort über das Gold verloren. »Höchstwahrscheinlich«, sagt er. »Hab ich auch gemacht.«

Nealon lächelt Cal an. »Hier unten im Flachland, mit Abstand zu den Bäumen, funktioniert GPS«, versichert er ihm. »Falls ich Ihr Handy überprüfen muss, haben Sie nichts zu befürchten, vorausgesetzt, Sie waren in der fraglichen Nacht zu Hause.«

»War ich«, sagt Cal. »Den ganzen Abend und die ganze Nacht, bis Trey am Morgen bei mir aufgetaucht ist. Aber wenn ich draußen gewesen wäre, um irgendwen umzubringen, hätte ich mein Handy zu Hause gelassen.«

»Klar hätten Sie das«, pflichtet Nealon ihm bei. Er streckt seine Beine bequemer aus und trinkt genüsslich einen Schluck Bier. »Ich verrate Ihnen eine interessante Sache, die bei dem Handy-Tracking rausgekommen ist«, sagt er. »Ich hab mir die Genehmigung besorgt, Johnnys Handydaten einzusehen, weil er der engste bekannte Kontakt des Toten war. Der gute Johnny sagt, er war den ganzen Tag und die ganze Nacht zu Hause, bevor Blake gefunden wurde. Die ganze Familie sagt dasselbe. Aber Johnnys Handy sagt was anderes. Tagsüber hat es gemacht, was Handys auf dem Berg da so machen, und ist von der einen Seite zur anderen Seite bis zum verdammten Polarkreis rumgehüpft. Aber am Abend hat er mächtig was für seine Fitbit-Schrittzahl getan. Er ist vom Berg runter, muss hier vorbeigekommen sein – haben Sie ihn gesehen?«

»Nee«, sagt Cal. »Wir machen uns keine Freundschaftsbesuche.«

»Hab ich mitbekommen, ja.« Wieder huscht Nealons Blick zu

Cals Blutergüssen. »Johnny war eine Zeitlang drüben bei Mrs. Lena Dunne. Das ist doch Ihre Verlobte, nicht?«

»Stimmt«, sagt Cal. »Solange sie nicht zur Vernunft kommt.«

Nealon lacht. »Da machen Sie sich mal keine Sorgen. Ich hab ihre sonstigen Optionen kennengelernt. Hat sie Johnny an dem Abend gesehen?«

»Hat sie nicht erwähnt«, sagt Cal. »Fragen Sie sie.«

»Das werde ich«, versichert Nealon ihm.

»Nach dem, was Sie gesagt haben, ist Blake nicht an dem Abend gestorben«, stellt Cal fest.

»Nein. Und außerdem war Johnny gar nicht in der Nähe von Blakes Cottage. Aber wenn mich jemand anlügt, weckt das mein Interesse. Und …«, er hebt sein Glas in Cals Richtung, »Sie haben erwähnt, dass Johnny vorbeigekommen ist, als Sie bei der Leiche auf meine Kollegen gewartet haben. Raten Sie mal, wohin er von da aus gegangen ist.«

Cal schüttelt den Kopf.

»Er sagt, er hat einen Spaziergang gemacht, um sich nach dem grässlichen Schock wieder zu beruhigen. Der Ärmste.« Nealon schlägt die Augen zum Himmel. »Aber er ist runter zu Blakes Airbnb. Er war ungefähr fünfzehn Minuten da, dann hat sein Handy wieder angefangen, den Bergtanz zu machen, also ist er wahrscheinlich schnurstracks nach Hause. Er hat keinen Schlüssel zu Blakes Cottage, soweit wir wissen, aber ein Ersatzschlüssel liegt unter einem Stein neben der Tür, wo jeder als Erstes nachgucken würde. Das ist dann schon seine zweite Lüge.« Er blickt Cal vielsagend an.

»Heißt aber noch nicht, dass er der Täter ist«, sagt Cal. Er ist nicht so dumm, Nealon auf Johnny zu hetzen, selbst wenn er das wollte. »Blake könnte irgendwas gehabt haben, von dem Johnny nicht wollte, dass Sie es in die Hände bekommen. Ein zweites Handy vielleicht.«

Nealon beäugt Cal neugierig. »Ich dachte, Johnny stände ganz oben auf Ihrer Verdächtigenliste.«

»Ich hab keine Verdächtigenliste«, sagt Cal.

»Tja.« Nealon schaukelt gemütlich vor und zurück. »Ich vermute, er weiß etwas, selbst wenn er nicht der Täter ist. Vielleicht hat er irgendwas gesehen, als er draußen unterwegs war, vielleicht hat Blake erwähnt, dass er irgendwen treffen wollte oder dass er mit irgendwem Streit hatte. Johnny tut bei mir ganz locker – hab nichts gesehen, nichts gehört –, aber er verschweigt was, garantiert. Ich bring ihn noch zum Reden. Dürfte nicht allzu schwer werden, ihn aus der Fassung zu bringen. Ihm muss klar sein, dass ich ihn im Visier hab.«

Cal nickt zustimmend. Nealon hat die Taktik gewechselt. Wenn Cal kein Interesse hat, für ihn zu spionieren, und keine Angst hat, als Verdächtiger zu gelten, kann er ihm trotzdem noch nützlich sein. Nealon liefert ihm kleine Informationshäppchen, von denen er hofft, dass sie als Köder im Dorf verteilt werden, um die Leute aus der Deckung zu locken. Sie sollen erfahren, dass er anhand der Spuren in der Lage sein wird, den Tatort oder einen Wagen, der den Toten transportiert hat, ausfindig zu machen, dass er Handys trackt, dass Johnny irgendwas weiß und es ausplaudern wird.

»Johnny redet gern und viel«, sagt Cal. »Viel Glück.«

»Besten Dank.« Nealon schlägt sich klatschend auf die Beine. »Leider werde ich nicht dafür bezahlt, hier zu sitzen und mich zu erholen. Ich geh mal ein bisschen Staub aufwirbeln.« Er leert sein Glas und steht auf. »Sie und das Mädchen müssen bei Gelegenheit noch aufs Revier kommen und Ihre Aussagen unterschreiben.«

»Selbstverständlich«, sagt Cal. »Ich frag sie, wann sie in den nächsten Tagen Zeit hat, und nehme sie mit.«

»Machen Sie ihr eines klar«, sagt Nealon. »Sobald ich das

schriftlich habe, ist das eine ganz andere Nummer. Dann gibt's kein Zurück.«

»Sie ist nicht dumm.«

»Das hab ich gemerkt.« Nealon streicht sein Hemd über dem Bauch glatt. »Falls sie gelogen hat, um ihren Dad oder jemand anderen zu schützen – was würden Sie da machen?«

»Oha«, sagt Cal und grinst ihn an, als hätte er einen guten Witz gerissen. »Muss ich mir einen Anwalt besorgen?«

»Kommt drauf an«, sagt Nealon, genau wie Cal es schon tausendmal gesagt hat, und grinst zurück. »Meinen Sie, Sie brauchen einen?«

»Ich bin Amerikaner, Mann.« Cal grinst weiter. »Das ist unser Lebensmotto. Im Zweifelsfall nimm dir einen Anwalt.«

»Danke für das Bier«, sagt Nealon. Er hängt sich sein Jackett über den Arm und sieht Cal an. »Ich wette, Sie waren ein guter Detective«, sagt er. »Ich hätte gern das Vergnügen gehabt, mit Ihnen zu arbeiten.«

»Dito«, sagt Cal.

»Vielleicht haben wir ja noch Gelegenheit dazu, so oder so. Man weiß nie, was noch kommt.« Nealon späht zur Wiese hinüber, wo Rip sich schwindelig getobt hat und im Kreis trottet, aber noch immer nach den Schwalben schnappt. »Sieh sich das einer an«, sagt er. »Hartnäckigkeit. Irgendwann erwischt er eine.«

»Lass hören, mein Freund«, sagt Mart am nächsten Tag, als er mit einem Salatkopf bei Cal auftaucht, um sich für die Möhren zu revanchieren – Mart hat bisher nie den Impuls gehabt, sich für irgendwas bei Cal zu revanchieren. »Was hat der Sheriff von dir gewollt?«

»Er wollte die Kacke zum Dampfen bringen«, sagt Cal. Er hat's satt, um den heißen Brei herumzureden. Von der ständigen Rumdruckserei kriegt er schon fast Ausschlag, und wenn er ein Fremder ist und bleibt, hat er auch das Recht, sich wie einer zu benehmen. »Er wollte, dass ich ihm dabei helfe. Hab ich aber nicht vor.«

»Das kriegt er auch ohne dich hin«, stellt Mart fest. »Heute Morgen hat er den armen Bobby Feeney drei Stunden lang gepiesackt. Das ist eine Schweinerei. Es ist in Ordnung, wenn er einen wie mich in die Mangel nimmt, einen, dem es Spaß macht, ein bisschen die Klingen zu kreuzen. Aber es ist nicht in Ordnung, wenn ein harmloser Trottel wie Bobby danach praktisch in Tränen aufgelöst ist, weil er denkt, er wird als Mörder verhaftet, und dann kümmert sich keiner mehr um seine Mammy.«

»Der Mann macht seine Arbeit«, sagt Cal. »Das heißt, er sucht sich das schwächste Glied.«

»Schwächstes Glied, so ein Quatsch. Bobby kommt prima zurecht, wenn du ihn in Ruhe machen lässt und nicht total durcheinanderbringst. Wir verarschen ihn ja selbst andauernd nach Strich und Faden, aber das heißt nicht, dass so ein Kerl aus der Großstadt das Recht hat, ihn fertigzumachen. Senan kocht vor Wut, das kann ich dir sagen.«

»Senan sollte sich lieber dran gewöhnen«, sagt Cal. »Nealon wird sich jeden vorknöpfen, den er will.«

»Senan ist nicht der Einzige«, sagt Mart. Er sieht Cal in die Augen. »Es gibt so einige hier, denen das alles überhaupt nicht passt, überhaupt nicht.«

»Dann sollten sich lieber alle dran gewöhnen.« Cal versteht, was ihm verklickert wird. Mart hat gesagt, keiner würde Trey die Sache übelnehmen, aber das war, bevor es einen Toten gab und ein Detective ins Spiel kam. Cal weiß besser als Mart, wie unaufhaltsam eine Mordermittlung alles tektonisch verschiebt, was sich ihr in den Weg stellt. »Dafür kannst du dich bei demjenigen bedanken, der Rushborough umgebracht hat.«

»Eine verdammte Idiotie war das«, sagt Mart mit tiefem Missfallen. »Ich versteh ja, wieso einer diesem Arschloch eins über den Schädel ziehen wollte. Da mach ich keinem einen Vorwurf. Ich hätt's selbst gern getan. Aber es war verdammt idiotisch.« Sein Zorn ist abgekühlt. Er steht da und überlegt. »Unser kleiner Jux hat mich schwer enttäuscht«, erklärt er. »Ich hab gedacht, wir hätten den Sommer über ein bisschen Spaß, und jetzt guck dir an, was draus geworden ist.«

»Du hast gesagt, wir könnten uns auf interessante Zeiten gefasst machen«, ruft Cal ihm in Erinnerung.

»Hätte nicht gedacht, dass sie so verdammt interessant werden. Das ist, als würdest du dir ein leckeres Curry bestellen, und dann kriegst du eins mit so einer superscharfen Chili, dass dir der Kopf wegfliegt.« Mart hängt seinen Gedanken nach, schaut blinzelnd zu den Krähen auf ihrer Eiche hinüber, die laut über die Hitze schimpfen. »Und anscheinend hat der Mann für seinen Geschmack immer noch nicht genug Kacke zum Dampfen gebracht, wenn er versucht, dich mit an Bord zu kriegen«, sagt er. »Was heißt das denn jetzt, mein Freund? Heißt das vielleicht, dass er mit seiner Ermittlung feststeckt? Oder vielleicht, dass er eine Spur hat und nach irgendwas sucht, das ihn weiterbringt?«

»Ich hab keinen blassen Schimmer, was das heißt«, sagt Cal. »Die meiste Zeit schaff ich's mit Müh und Not, halbwegs mitzukriegen, was du oder die anderen meinen, und das kostet mich so viele Gehirnzellen, dass ich für Nealon keine mehr übrig hab.«

Mart kichert, als hielte er das für einen Witz. »Dann frag ich dich was anderes«, sagt er. »Der Sheriff scheint mir keiner zu sein, der leicht aufgibt. Deshalb glaub ich nicht, dass er mit eingezogenem Schwanz nach Dublin abzieht, falls er nicht weiterkommt. Hab ich recht, oder hab ich recht?«

»Der bleibt hier«, sagt Cal. »Bis er gefunden hat, was er sucht.«

»Na, dann müssen wir dem Ärmsten ein bisschen behilflich

sein.« Mart lächelt Cal an. »Keiner will, dass er uns hier ewig auf die Nerven geht und alle möglichen schwächsten Glieder zur Schnecke macht.«

»Ich bin niemandem bei irgendwas behilflich«, erklärt Cal. »Ich bin raus.«

»Das wären wir alle gern, mein Freund«, sagt Mart. »Lass dir den Salat schmecken. Ich nehm immer ein bisschen Senf und Essig und rühr alles gründlich zusammen, aber das ist nicht jedermanns Sache.«

Johnny sind die Zigaretten ausgegangen, deshalb schickt er Trey runter in Noreens Laden, neue kaufen. Diesmal sträubt sie sich nicht. Maeve trägt immer dick auf, und sie würde alles sagen, wovon sie meint, dass ihr Dad es gern hören würde. Trey möchte selbst ein Gefühl für die Stimmung im Dorf bekommen.

Schon vor dem Laden kann sie Long John Sharkeys Stimme hören, laut und aggressiv: »… und das in meinem eigenen Haus, verdammt nochmal …« Als sie die Tür aufdrückt, steht er an der Theke eng zusammen mit Noreen und Mrs. Cunniffe. Beim Klingeln der Türglocke drehen sich alle drei um.

Trey nickt in ihre ausdruckslosen Gesichter. »Tag«, sagt sie.

Long John richtet sich von der Theke auf und tritt auf sie zu, versperrt ihr den Weg. »Hier gibt's nix für dich«, sagt er.

Long John ist nicht lang – die Leute nennen ihn bloß so, weil er ein steifes Knie hat, seit eine Kuh ihn getreten hat –, aber er ist gebaut wie ein Bulle, hat den gleichen bösen, glotzäugigen Blick. Er schüchtert die Leute ein, und das weiß er. Trey war früher auch eingeschüchtert. Jetzt fasst sie seinen Blick als ein gutes Zeichen auf.

»Ich brauch Milch«, sagt sie.

»Dann kauf sie woanders.«

Trey rührt sich nicht vom Fleck.

»Ich entscheide, wer in meinen Laden kommt«, blafft Noreen. Long John lässt Trey nicht aus den Augen. »Deinem verfluchten Vater sollte man die Fresse polieren«, sagt er.

»Sie hat sich ihren Vater nicht ausgesucht«, weist Noreen ihn zurecht. »Jetzt geh nach Hause, sonst schmilzt deine Butter.«

Long John schnaubt, doch nach einem Moment schiebt er sich mit einem kleinen Rempler an Trey vorbei und knallt die Tür so fest hinter sich zu, dass die Glocke wie wild bimmelt.

»Was ist denn mit dem los?« Trey deutet mit dem Kinn hinter ihm her.

Mrs. Cunniffe zieht die Lippen zwischen ihre vorstehenden Zähne und schielt zu Noreen hinüber, die jetzt mit schnellen, zackigen Bewegungen eine neue Kassenrolle einlegt und nicht so aussieht, als würde sie antworten. Trey wartet.

Noreen kann sich nun mal keine Chance entgehen lassen, Informationen weiterzugeben. »Die Detectives haben ihm furchtbar zugesetzt«, teilt sie Trey kühl mit. »Und nicht bloß ihm. Ihretwegen sind alle mit den Nerven fertig. Die haben Long John total durcheinandergebracht, und da ist ihm rausgerutscht, dass Lennie O'Connor mal einen Kerl aus Kilcarrow zusammengeschlagen hat, weil der sich an seine Frau ranmachen wollte, und jetzt wollen die Detectives doch tatsächlich von Lennie wissen, was Rushborough zu Sinéad gesagt hat, und Lennie sagt, Long John darf seine hintere Weide nicht mehr pachten, deshalb weiß er nicht, wohin mit seinen Kälbern.« Sie knallt die Kasse zu. Mrs. Cunniffe zuckt zusammen und kreischt auf. »Und wenn dein Daddy diesen Saftsack nicht hierhergebracht hätte, wär das alles nicht passiert. Das ist los.«

Trey spürt wilden Triumph in sich aufbranden. Sie wendet sich den Regalen zu, nimmt wahllos Brot- und Kekspackungen heraus, damit die beiden es ihr nicht ansehen. Das Gefühl ist so gewaltig, dass sie meint, sie könnte Noreens Theke mit einem einzigen Tritt umkippen und die Wände durch den Druck ihrer Hände in Brand setzen.

Jetzt muss sie nur noch ihr Ziel genauer anvisieren. Lena hat gesagt, sie könnte eine Vermutung anstellen, wer Brendan getötet hat, und Trey vertraut Lenas Vermutungen. Sie muss sie nur irgendwie zum Reden bringen.

»Und zwei Schachteln Marlboro«, sagt sie, als sie ihre Einkäufe auf die Theke legt.

»Du bist noch keine achtzehn.« Noreen tippt die Sachen ein, ohne Trey anzusehen.

»Nicht für mich.«

Noreens Mund wird schmal. Sie haut fester auf die Tasten der Kasse.

»Ach, Noreen, nun gib dem Kind schon, was es haben will.« Mrs. Cunniffe winkt auffordernd. »Du musst lieb zu ihr sein, wo ihr doch bald praktisch verschwägert seid.« Sie stößt einen hellen Ton aus, ein *Hi-hi-hi*, das ihr bis nach draußen nachhallt, als sie den Laden verlässt.

Trey sieht Noreen fragend an, wartet auf eine Erklärung, doch Noreens Mund ist noch verkniffener geworden, und sie kramt unter der Theke nach den Zigaretten.

»Was meint sie damit?«

»Das mit Cal und Lena«, sagt Noreen knapp. Sie wirft die Marlboros auf die Theke und tippt sie mit einem flotten *Ding* ein. »Das macht dann achtundvierzig sechzig.«

»Was ist denn mit Cal und Lena?«

Noreen blickt scharf auf, fast argwöhnisch. »Dass sie heiraten.«

Trey starrt sie an.

»Wusstest du das nicht?«

Trey zieht einen Fünfziger aus der Tasche und gibt ihn ihr.

»Ich hätte gedacht, Lena würd dich erst um Erlaubnis fragen«, sagt Noreen halb zickig, halb neugierig.

»Geht mich nix an«, sagt Trey. Sie lässt ihr Wechselgeld fallen und muss es vom Boden aufklauben. Noreens spekulierender Blick folgt ihr, bis sie zur Tür hinaus ist.

Die Mienen der drei alten Männer, die auf dem Mäuerchen um die Mariengrotte sitzen, verändern sich nicht, als sie an ihnen vorbeigeht. »Bestell deinem Daddy einen schönen Gruß«, sagt einer von ihnen.

19

LENA HÄNGT WIEDER Wäsche auf, als sie sieht, dass Mart Lavin angestapft kommt, über die Weide, die mal ihr und Sean gehörte und jetzt im Besitz von Ciaran Maloney ist. Ihr erster Impuls ist, ihn von ihrem Grund und Boden zu scheuchen. Stattdessen erwidert sie sein Winken und schwört, sich einen Wäschetrockner zu kaufen, weil das verdammte Dorf ihr offenbar nicht mal mehr das Vergnügen gönnt, in Ruhe die Wäsche aufzuhängen. Kojak, der voraustrabt, begrüßt Nellie schnuppernd durch den Zaun. Lena lässt den beiden einen Moment Zeit, dann ruft sie Nellie mit einem Fingerschnippen bei Fuß.

»Die ist schneller trocken, als du sie aufgehängt kriegst«, sagt Mart, als er nahe genug ist. »Bei der Bullenhitze.«

»Kein Ende in Sicht«, sagt Lena, bückt sich und nimmt den nächsten Armvoll Wäsche. Mart Lavin hat sich noch nie bei ihr blicken lassen, auch nicht, als Sean noch lebte.

»Jetzt sag mal.« Mart stützt sich bequem auf seinen Schäferstab und lächelt sie an. Kojak lässt sich zu seinen Füßen nieder und fängt an, Kletten aus seinem Fell zu zupfen. »Was hör ich da? Du hast dich mit dem einzigartigen Mr. Hooper verlobt?«

»Ist doch ein alter Hut«, sagt Lena. »Ich dachte, das hättest du schon vor Tagen gehört.«

»Oh, das hab ich allerdings. Und ich hab deinem Verlobten gebührend gratuliert, obwohl er sich inzwischen bestimmt davon erholt hat. Aber ich hab dich nicht gesehen, um dich zu beglückwünschen, und heute kam mir der Gedanke, dass ich das tun sollte. Wo wir doch bald Nachbarn sind.«

»Vielleicht«, sagt Lena, »vielleicht auch nicht. Wir haben noch nicht entschieden, wo wir wohnen wollen.«

Mart sieht sie schockiert an. »Du kannst doch von dem Mann nicht verlangen, dass er sich von dem Haus trennt, nachdem er so viel Arbeit reingesteckt hat, damit es so wird, wie er es haben will. Ganz zu schweigen von der ganzen Arbeit, die ich reingesteckt hab, damit *er* halbwegs so wird, wie ich ihn haben will. Ich hab keine Lust, noch mal von vorne anzufangen. Bei den Häuserpreisen heutzutage würd ich's wahrscheinlich mit einem bescheuerten Hipster zu tun kriegen, der schales überteuertes Weißbier trinkt und jeden Tag zur Arbeit nach Galway pendelt. Nein, du musst in den sauren Apfel beißen und zu uns rüberziehen. PJ und ich sind die besten Nachbarn, die du dir wünschen kannst. Frag deinen Verlobten. Der wird dir das bestätigen.«

»Vielleicht behalten wir beide Häuser«, sagt Lena. »Eins für den Winter und eins als Ferienhaus. Du erfährst es natürlich als Erster.«

Mart antwortet mit einem beifälligen Kichern. »Eilt ja nicht. Ich glaub kaum, dass du schon die Tage zählst, bis du vor dem Altar stehst. Hab ich recht?«

»Sobald der Termin steht, bekommst du deine Einladung. Mit schickem Prägedruck und so.«

»Zeig doch mal den Ring, na los. Soll ich nicht angeblich Glück in der Liebe haben, wenn ich ihn kurz am eigenen Finger drehe?«

»Der ist beim Juwelier, wird angepasst«, sagt Lena. Sie hat dieses Gespräch mit jeder Frau im Dorf geführt und beschlossen, falls sie je noch mal der Impuls überkommt, einen unbedachten Entschluss zu fassen, lässt sie sich einweisen. Sie kramt noch ein paar Wäscheklammern aus ihrem Beutel.

Mart beobachtet sie. »War eine gute Entscheidung, das mit der Verlobung«, sagt er. »Eine kluge Entscheidung.«

441

»Komisch, das hat Noreen auch gesagt. Ihr beide habt verdammt viel gemeinsam.«

Mart hebt eine Augenbraue. »Tatsächlich?« Er verlagert das Gewicht, um seinen Tabaksbeutel aus der Tasche zu ziehen. »Hast du was dagegen, wenn ich rauche?«

»Die Luft gehört mir nicht«, sagt Lena.

»Ich persönlich«, sagt Mart und lehnt seinen Stab behutsam gegen ihren Zaunpfahl, »bin absolut dafür, dass du den Burschen heiratest. Wie gesagt, ich hab ihm die Ecken und Kanten abgeschliffen, aber das Ergebnis ist noch ausbaufähig. Manchmal hört er nicht so auf mich, wie er sollte. In letzter Zeit macht mir das Kopfzerbrechen. Aber jetzt bist du ja für ihn verantwortlich, und wir können zusammen über das Problem reden.«

Lena schlägt resolut ein T-Shirt aus, um es zu glätten. »Ich hab niemandem was über Cal zu sagen.«

Mart lacht. »Großer Gott, du hast dich überhaupt nicht verändert.« Er bröselt Tabak auf sein Zigarettenpapier. »Wenn's Ärger mit dem Mann oder mit Theresa gibt, werden die Leute sich an dich wenden. Und jetzt wende ich mich an dich.«

Das überrascht Lena nicht, sie hat damit gerechnet. Trotzdem kommen ihr Bedenken.

»Zum Glück sind sie ja beide nicht der Typ, der Ärger macht«, sagt sie. »Es sei denn, sie haben keine andere Wahl.«

Mart überhört das. »Ich mag deinen Zukünftigen«, sagt er. »Ich bin nicht besonders gefühlsduselig, deshalb weiß ich nicht, ob ich sogar sagen würde, dass er mir ans Herz gewachsen ist, aber ich mag den Mann. Ich hab Respekt vor ihm. Ich will nicht erleben, dass er zu Schaden kommt.«

»›Einen netten Verlobten hast du da‹«, sagt Lena. »›Wär ein Jammer, wenn ihm was passieren würde.‹«

Mart legt den Kopf schief, um sein Zigarettenpapier anzulecken, und schielt dabei zu ihr rüber. »Ich weiß, du bist nicht gerade begeistert von der Vorstellung, dass du und ich auf derselben Seite sind. Aber da sind wir nun mal gelandet. Du wirst das Beste draus machen müssen.«

Lena hat genug von Marts bedeutungsschwangeren Andeutungen. Sie wendet sich von der Wäscheleine ab und sieht ihn an. »Was schwebt dir da vor?«

»Der gute Detective Nealon treibt sich im ganzen Dorf rum«, sagt Mart. »Er verhört die Leute, obwohl er das nicht so nennt. ›Hätten Sie Zeit für ein kurzes Gespräch?‹ So drückt er sich aus, wenn er plötzlich vor der Tür steht. Sehr höflich. Als könnte irgendeiner ihm sagen: ›Mach, dass du wegkommst, Bürschchen, mir brennt das Essen an‹, und er würde dann brav abziehen, kein Problem. War er schon bei dir?«

»Noch nicht. Aber vielleicht hab ich ihn auch verpasst.«

»Ich würde sagen, er fängt mit den Männern an. Und ich würde sagen, ich weiß auch, warum. Mich hat er mitten in unserem netten Plauderstündchen so ganz nebenbei gefragt: ›Waren Sie Sonntagnacht oben auf dem Berg?‹ Ich hab ihm gesagt, dass ich nur mal in den Garten hinterm Haus gegangen bin, weil Kojak da ein bisschen Ärger mit einem Fuchs hatte. Und dann hat Detective Nealon mir verraten, er hätte gehört, dass sich ein paar Männer oben am Berg rumgetrieben haben, ziemlich genau um die Zeit, als Rushborough gestorben ist, und ziemlich genau an der Stelle, wo er gefunden wurde. Und dass er mit denen reden muss, weil sie etwas gesehen oder gehört haben könnten, was wichtig für die Ermittlung ist. Falls nötig, könnte er eine ›akustische Gegenüberstellung‹, so hat er das genannt, mit seinem Zeugen machen, aber es wäre für alle einfacher, wenn die Jungs die Sache abkürzen und sich bei ihm melden.« Mart inspiziert seine Zigarette und kneift einen losen Tabakfaden ab. »Und genau das«, sagt er, »könnte man als problematisch bezeichnen.«

»Cal hat nichts dergleichen zu Nealon gesagt«, erwidert Lena.

»Natürlich nicht. Hab ich auch nie geglaubt. Weder ich noch sonst wer.«

»Und was hat er dann damit zu tun?«

»Rein gar nix«, antwortet Mart prompt. »Darum geht's mir ja: Ich will, dass das so bleibt. Wenn ich schon einen Zugezogenen als Nachbarn haben muss, könnte ich es sehr viel schlechter treffen.«

»Er ist kein Zugezogener mehr«, sagt Lena. »Er ist mein Verlobter.«

Marts Augen gleiten über sie, nicht auf die achtlose Art, wie ein Mann eine Frau taxiert, sondern nachdenklich, als würde er einen Hütehund begutachten, ob der bösartig werden könnte und wie gut er bei Fuß gehen wird.

»Das mit der Verlobung war eine gute Entscheidung«, sagt er wieder. »Ich hab seitdem kein böses Wort mehr über deinen Kerl gehört. Aber falls Detective Nealon weiter so eine Plage bleibt, wird sich das ändern. Ich will ehrlich mit dir sein: Du hast nicht denselben Einfluss wie, na, sagen wir, Noreen oder Angela Maguire oder irgendeine andere Frau, die das Damen-Hurling-team trainiert und Spenden für die Kirchengemeinde sammelt und bei Tee und Cremeschnittchen über andere lästert. Wenn Mr. Hooper Noreens Verlobter wäre oder Angelas, würde sich keiner trauen, ihn in die Pfanne zu hauen. Wie die Dinge liegen, lassen sie ihn lieber in Ruhe, aus Respekt vor dir genauso wie aus Respekt vor ihm. Aber wenn's nicht anders geht, liefern sie ihn hübsch verpackt Detective Nealon aus. Wenn's nicht anders geht, tu ich das auch.«

Lena wusste das schon, aber aus seinem Munde und in diesen Worten wird es ihr mit neuer Eindringlichkeit klar. Cal ist ein Fremder, und sie hat die letzten dreißig Jahre versucht, sich selbst zu einer Fremden zu machen. Es ist ihr nur halb gelungen, aber wenn der Feind näher kommt, reicht das schon.

Sie sagt: »Ihr könnt ausliefern, wen oder was ihr wollt. Ohne Beweise kann Nealon niemanden in den Knast bringen.«

Mart nimmt seelenruhig seinen Strohhut ab und fächelt sich träge Luft zu. »Weißt du, was mir wirklich auf den Zeiger geht?«, fragt er. »Kurzsichtigkeit. Die ist die reinste Epidemie. Da halte ich einen Mann für ganz vernünftig – oder eine Frau oder ein Kind –, und plötzlich, aus heiterem Himmel, macht diese Person irgendeinen Unfug, der zeigt, dass sie sich nicht mal zwei Minuten Zeit genommen hat, um die Sache zu durchdenken. Und, zack, schon ist wieder ein Stückchen von meinem Glauben an die Menschheit dahin. Ich hab nicht so viel davon auf Lager, dass ich mir leisten könnte, noch mehr zu verlieren. Ganz ehrlich, am liebsten würde ich vor den Leuten auf die Knie fallen und sie anflehen, sich die zwei Minuten Zeit zu nehmen und die Sache zu Ende zu denken.«

Er pustet Rauch aus und sieht zu, wie er sich langsam in der reglosen Luft ausbreitet. »Ich weiß nicht, wer Nealon den ausgemachten Blödsinn erzählt hat, da wären Männer oben auf dem Berg gewesen«, sagt er. »Also, nur mal angenommen, es war die kleine Theresa Reddy, die das behauptet hat. Kannst du dich mal kurz darauf einlassen?«

Lena antwortet nicht.

»Und sagen wir außerdem, du hast recht, und es gibt nicht genug, um Mr. Hooper den Mord anzuhängen. Oder wir sagen, für Detective Nealon kommt er als Verdächtiger nicht in Frage – die Cops sind ja schließlich dafür bekannt, dass sie auf der ganzen Welt zusammenhalten. Und wir sagen, es gibt keinen Beweis, dass irgendwer sonst in der Nacht da oben war. Dann würde der arme Detective Nealon mit leeren Händen dastehen – bloß, da gibt's jemanden, den er schon längst im Visier hat.«

Lenas Hände fühlen sich schwach an, ehe sie begreift, wieso. Sie schweigt weiter und beobachtet ihn.

»Es gibt jemanden, der rundheraus zugibt, am Tatort gewesen zu sein. Dieser Jemand sagt, da waren ein paar Männer, kann es aber nicht beweisen. Und dieser Jemand könnte guten Grund gehabt haben, dem Engländer den Tod zu wünschen. Wir wissen alle, dass Rushborough Johnny in der Hand hatte, und wir wissen alle, dass Johnny Reddy, ohne mit der Wimper zu zucken, sein eigen Fleisch und Blut verkaufen würde, um seine Haut zu retten.«

Er beobachtet Lena unter seinen buschigen Augenbrauen hinweg, fächelt sich weiter Luft zu. Irgendwo blökt ein Schaf, ein vertrauter, genügsamer Laut, weit weg auf den Weiden.

»Denk das mal zu Ende«, sagt Mart. »Was würde passieren? Und was würde danach passieren?«

Lena sagt: »Was willst du von mir?«

»Der schöne Johnny Reddy hat Rushborough umgebracht«, sagt Mart sanft, aber mit großer Endgültigkeit. »Es ist traurig, das über einen Mann sagen zu müssen, den wir alle schon als Kind gekannt haben, aber mal ehrlich: Johnny war schon immer ein Charmeur, jedoch nie das, was man einen Mann mit Gewissen nennen würde. Einige sagen, Johnny kann's nicht gewesen sein, weil Rushborough ihm lebend mehr genutzt hat als tot, aber Fakt ist, alle beide haben irgendwelche ungelösten Probleme aus London mitgebracht. Johnny hat dem Mann ziemlich viel Geld geschuldet, und der war nicht der Typ, der das einfach so hinnimmt, wenn er seine Kohle nicht zurückkriegt. Deshalb ist Johnny nach Hause gekommen: Er hat gehofft, die Leute hier hätten genug Mitleid mit einem von ihnen, dass sie an ihr Erspartes gehen würden, damit ihm keiner die Beine bricht oder noch Schlimmeres antut. Und deshalb ist Rushborough ihm gefolgt, um zu verhindern, dass Johnny ihm durch die Lappen geht. Vielleicht haben ein paar Leute irgendwelche wilden Gerüchte über Gold gehört, aber ich würde sagen, die Geschichte hat Johnny rumerzählt, um zu erklären, warum sie beide überhaupt hier waren.«

Er wedelt höflich mit seinem Hut den Zigarettenrauch von Lena weg und sieht sie fragend an. »Soweit alles einigermaßen verständlich?«

»Ich kann dir folgen«, sagt Lena.

»Sehr gut«, sagt Mart. »Also, Johnny hat ein bisschen Erfolg gehabt. Falls nötig, werden 'ne Menge Leute aussagen, dass er sie um Geld angepumpt hat. Ein paar haben ihm sogar ein bisschen was gegeben, um der alten Zeiten willen.« Er lächelt Lena an. »Ich geb zu, ich selbst hab ihm ein paar hundert geliehen. Mir war klar, dass ich die nie wiedersehe, aber wahrscheinlich bin ich im Grunde meines Herzens ein alter Softie. Vielleicht hat dein Cal ja dasselbe gemacht, Theresa zuliebe? Und vielleicht würde auf seinem Kontoauszug zu sehen sein, dass er ein paar hundert abgehoben hat, kurz nachdem Johnny zurückgekommen ist?«

Lena betrachtet ihn wortlos.

»Wie auch immer«, sagt Mart, »Johnny hat's nicht geschafft, den vollen Betrag zusammenzukratzen, und Rushborough wollte sich nicht mit weniger zufriedengeben. Ein paar Leute werden sagen, dass Johnny in den letzten Tagen vor Rushboroughs Tod noch mal bei ihnen war und wieder um Geld gebettelt hat, dass er gesagt hat, es würde um Leben und Tod gehen. Vielleicht bist du ja eine von ihnen. Vielleicht hat Johnny genau das gemacht, als er an dem Abend, bevor's passiert ist, an deine Tür gehämmert und rumgebrüllt hat.«

Er hebt eine fragende Augenbraue in Lenas Richtung. Sie schweigt weiter.

»Johnny hat Panik gehabt«, sagt Mart. »Kein Wunder: Er konnte nicht abhauen: Wenn Rushborough ihm einmal gefolgt war, würde er das wieder tun. Außerdem hätte Johnny sich sowieso nicht einfach aus dem Staub gemacht und seine Frau und die Kinder schutzlos zurückgelassen, wo dieser Kerl doch auf Rache aus war. Kein anständiger Mann würde so was tun.«

Lena versucht gar nicht erst, ihren ungläubigen Ausdruck zu verbergen. »Ich bin heute gnädig gestimmt«, erklärt Mart. »Schadet nix, an das Gute im Menschen zu glauben. Jedenfalls, Johnny hat keinen anderen Ausweg mehr gesehen. Er hat sich irgendwo auf dem Berg mit Rushborough verabredet. Vielleicht hat er gesagt, er hätte das Geld doch noch zusammengekriegt. War furchtbar blöd von Rushborough, sich an so einer einsamen Stelle mit ihm zu treffen, aber jeder kann mal zu selbstsicher werden, besonders wenn er's mit einem wie Johnny Reddy zu tun hat. Doch statt ihm das Geld zu geben, hat Johnny ihn umgebracht. Ich hab gehört, er hat ihn mit 'nem Fäustel eins über den Schädel gezogen, aber ich hab auch gehört, er soll ihn mit 'nem Schraubenzieher erstochen haben, entweder mitten ins Herz oder mitten ins Auge. Du weißt nicht zufällig was Genaueres darüber?«

»Nicht mehr als du«, sagt Lena. »Noreen hat gehört, er wär mit einem Stein erschlagen worden. Aber dann hat sie gehört, er wär mit einem Messer erstochen worden. Vielleicht hat ihm auch einer die Kehle durchgeschnitten. Mehr weiß ich nicht.«

Es ist ihr zuwider, ihm überhaupt zu antworten. Es ist eine Kapitulation.

»Detective Nealon hat deinem Zukünftigen nichts erzählt?«

»Hat er mir jedenfalls nicht gesagt.«

»Macht nix«, sagt Mart friedfertig, wirft seine Kippe auf die Erde und tritt sie aus. »Ist 'ne ziemlich tragische Geschichte, und das Fremdenverkehrsamt wird nicht begeistert sein, aber man kann's nicht allen recht machen. Die meisten Touristen, die wir hier sehen, sind sowieso nach irgendwo anders unterwegs, oder sie haben sich verfahren, ist also nicht weiter schlimm.«

Hinter seinem Kopf schwirren Vögel am blauen Himmel. Die Berge sind ein diffuser Schatten am Rande von Lenas Gesichtsfeld.

»Das fügt sich alles ganz wunderbar zusammen«, fährt Mart

fort. »Da wär bloß noch ein klitzekleines Problem, nämlich die Geschichte, dass ein paar Männer aus dem Dorf in der fraglichen Nacht da oben irgendwas Übles angestellt haben. Solange Nealon das im Kopf hat, wird's ihm schwerfallen, sich guten Gewissens auf Johnny festzulegen oder jedenfalls nur auf Johnny. Und mir wär lieb, wenn Detective Nealon ein gutes Gewissen hätte.«

Er drückt sich den Hut wieder auf den Kopf. »In der Nacht war keiner auf dem Berg«, sagt er. »Bloß Rushborough und Johnny. Wer auch immer was anderes behauptet, sollte noch mal zu Detective Nealon gehen und die Sache klarstellen. Ich sag nicht, dass die Person gesehen haben muss, wie Johnny spätabends aus dem Haus ging, nicht zwingend, aber es wär ganz hilfreich.«

Zu seinen Füßen rollt Kojak sich herum und seufzt heftig. Mart bückt sich mühsam und krault ihm den Hals.

»Falls dieser ausgemachte Blödsinn zufällig von der kleinen Theresa kommt«, sagt er, »wär ihr keiner böse, weil sie sich was ausgedacht hat, um ihren Daddy zu schützen. Nicht mal der Detective könnte ihr das verübeln. Solange sie Vernunft annimmt und einsieht, dass es Zeit wird, die Wahrheit zu sagen.«

Er richtet sich auf und klopft seine Taschen ab, vergewissert sich, dass auch alles da ist, wo es hingehört. »Wenn du mal drüber nachdenkst, ist es bloß gerecht«, sagt er. »Ganz egal, wer Rushborough umgebracht hat, der Auslöser für das alles war Johnny Reddy.«

In dem Punkt ist Lena mit ihm einer Meinung. Mart sieht es ihr an, sieht auch, dass sie es nicht zugeben will. Er grinst belustigt.

»Johnny wird sich nicht so leicht geschlagen geben«, sagt sie. »Falls er verhaftet wird, wird er dem Detective von dem Gold erzählen. Versuchen, euch alle in die Scheiße zu reiten.«

»Mit Johnny werd ich schon fertig«, sagt Mart. »Mach dir um

den mal keine Gedanken.« Er schnippt mit dem Finger in Kojaks Richtung und lächelt sie an. »Bring du einfach dein Haus in Ordnung, Mrs. Cooper. Ich glaub an dich. Du bist die Beste.«

Eine von Lenas größten Freuden im Leben sind ausgedehnte Spaziergänge in und um Ardnakelty. Sie hat ein Auto, geht aber wenn möglich zu Fuß, und sie betrachtet das als eine der wichtigsten Entschädigungen dafür, dass sie geblieben ist. Es gibt kaum ein Gebiet, auf dem Lena sich für eine Expertin hält, aber sie empfindet eine süße Genugtuung, wenn sie hier am Duft der feuchten Erde sogar mit verbundenen Augen den März vom April unterscheiden kann oder wenn ihr schon allein die Bewegungen der Schafe auf den Weiden verraten, wie die vergangene Jahreszeit war. Kein anderer Ort könnte ihr eine Landkarte bieten, die so unauslöschlich in ihren Körper und in ihre Sinne eingestanzt ist.

Heute fährt sie den Berg hoch. Sie tut das nicht gern – nicht nur, weil ihr dadurch der Spaziergang entgeht, sondern auch, weil sie im Moment lieber im Freien wäre, wo sie jede Nuance des Berges wahrnehmen könnte. Das Auto isoliert sie, und ihr könnte etwas entgehen. Aber sie hofft, dass sie nach ihrem Gespräch mit Trey das Auto brauchen werden. Die Hunde hat sie zu Hause gelassen.

Johnny öffnet die Tür. Zum ersten Mal, seit er wieder in Ardnakelty ist, hat er das Gesicht, das er verdient: alt, verhärmt und stoppelig mit einem schwachen Whiskeyschleier in den Augen. Selbst seine Eitelkeit ist verschwunden. Er scheint Lenas kurzen Schock kaum zu registrieren.

»Da schau her«, sagt er mit einem Lächeln wie ein nervöser Tick, »Lena Dunne. Was führt dich denn hier rauf? Hast du Neuigkeiten für mich?«

Lena sieht, wie seine Gedanken zwischen Hoffnung und Argwohn hin und her schwanken. »Nee«, sagt sie. »Ich wollte Theresa sprechen, falls sie da ist.«

»Was willst du denn von ihr?«

Lena sagt: »Dies und jenes.«

»Sie ist drinnen«, sagt Sheila in der dunklen Diele hinter Johnny. »Ich hol sie.« Sie verschwindet wieder.

»Danke!«, ruft Lena ihr nach. Zu Johnny sagt sie: »Mein Beileid.«

»Hä?« Er braucht einen blinzelnden Augenblick, um zu begreifen, was sie meint. »Ach Gott, ja. Rushborough. Aber, ähm, mir geht's gut – er wird mir fehlen, klar, aber wir waren nicht befreundet oder so. Ich hab ihn kaum gekannt, bloß von damals im Pub. Also mir geht's gut, wirklich.«

Lena sagt nichts weiter dazu. Johnny will sich lässig an den Türrahmen lehnen, aber dafür sind seine Muskeln zu angespannt. Er wirkt einfach nur verkrampft und linkisch. »Na?«, sagt er. »Was erzählt man sich denn so unten bei euch?«

»Du solltest demnächst mal runterkommen und es selbst rausfinden«, sagt Lena. »Sei ruhig ein bisschen stolz auf dein Werk.«

»Ach, jetzt hör aber auf, was redest du denn da?«, entgegnet Johnny. »Das hat nichts mit mir zu tun. Ich hab Rushborough kein Haar gekrümmt. Ich kümmere mich hier oben bloß um meinen eigenen Kram, sag keinem ein Wort, sag Nealon kein Wort. Das weiß doch jeder. Oder etwa nicht?«

»Ich hab keine Ahnung«, sagt Lena. »Frag die Leute doch selbst.« Sie kann verstehen, dass er panisch ist. Johnny steckt in der Klemme, und das gleich mehrfach. Falls Nealon Treys Geschichte glaubt, wird das Dorf seine Wut an Johnny Reddy auslassen. Falls Nealon ihr nicht glaubt, steht Johnny ganz oben auf seiner Liste. Falls Johnny abhaut, wird Nealon nach ihm fahnden. Zum ersten Mal in seinem Leben sieht Johnny keinen Ausweg. Sie empfindet kein Mitleid mit ihm.

Hinter ihm taucht Trey in der Diele auf, Banjo dicht neben ihr. Ein Blick in ihr Gesicht verrät Lena, dass es nicht leicht werden wird.

»Komm mit, wir machen einen Spaziergang«, sagt sie zu Trey. »Lass Banjo hier.«

»Das ist doch mal eine gute Idee«, sagt Johnny. »Genießt die Sonne und quatscht ein bisschen. Nicht zu lange, wohlgemerkt, du sollst deiner Mammy mit dem Essen helfen, aber vielleicht kann ja auch Maeve –«

Trey wirft Lena einen kurzen, argwöhnischen Blick zu, widerspricht aber nicht. Sie kommt heraus und macht Banjo und Johnny die Tür vor der Nase zu.

Sie gehen die Straße bergauf, entfernen sich ein gutes Stück vom Haus. Trey schweigt, und Lena lässt sich Zeit, versucht, Treys emotionale Verfassung zu sondieren. Genau wie Cal hat sie einigermaßen gelernt, die Stimmungen des Mädchens zu deuten, aber heute hat sie eine Ausstrahlung, die Lena nicht einordnen kann, irgendwie unnachgiebig und schon fast feindselig. Sie gibt ein hartes, schnelles Tempo vor und hält möglichst viel Abstand zwischen sich und Lena.

Gimpy Duignan, der mit nacktem Oberkörper in seinem Hof steht und Staubschichten von seinem Auto wäscht, dreht sich um und hebt grüßend die Hand, als er ihre knirschenden Schritte hört. Sie nicken ihm zu, ohne langsamer zu werden. Die Hitze hat sich verändert, ist drückender und schwerer geworden. Zwischen den hohen Fichten ist das Blau des Himmels dick und verschmiert wie Farbe.

»Ich wär sowieso zu dir runtergekommen«, sagt Trey. Sie sieht Lena nicht an. »Muss dich was fragen.«

»Schieß los.«

»Brendan«, sagt Trey. »Du hast gesagt, du hättest eine Vermutung, wer's war.«

Lena ist überwältigt von ihrem starken Verlangen, Trey alles zu geben, was sie hat. Seit Generationen hat dieses Dorf förmlich darum gebettelt, dass jemand kommt und sich ihm mit aller Kraft entgegenstellt, seine zahllosen, unausgesprochenen Regeln in die Luft sprengt und alle an dem Staub ersticken lässt. Wenn Trey das Rückgrat und den Willen dazu besitzt, hat sie die Chance verdient. Lena wünscht nur, sie selbst wäre so gewesen, damals, als sie noch jung genug und wild genug war, alles andere wegzuwerfen.

Jetzt ist sie zu alt dafür. Die Risiken, die sie heute eingeht, sind Risiken des mittleren Alters, sorgsam abgewogen, um mit möglichst geringem Schaden die besten Ergebnisse zu erzielen. Cal und Trey und ihr eigenes reiferes Ich halten sie unter Kontrolle. Sie wäre vielleicht noch bereit, sich selbst aufs Spiel zu setzen; die beiden wird sie nicht aufs Spiel setzen.

»Stimmt«, bestätigt sie. »Und ich hab gesagt, dass es bloß eine Vermutung ist.«

»Ist mir egal. Du kennst alle hier. Deshalb liegst du mit deiner Vermutung wahrscheinlich richtig. Ich muss es wissen.«

Lena versteht genau, was Trey da macht. Theoretisch findet sie es sogar gut. Trey hätte sich entscheiden können, weiter wie wild auf den Ort zu schießen, der sie immer nur schlecht behandelt hat. Stattdessen zielt sie ruhig und präzise, und Lena ist wie sie der Meinung, dass eine so ernste Angelegenheit Präzision verdient. Sie hat keine Ahnung, wie sie Trey die gewaltige Kluft zwischen Theorie und Praxis begreiflich machen soll.

»Ich verstehe, was du vorhast«, sagt sie. »Nur damit du's weißt.«

Trey blickt kurz zu ihr hinüber, doch dann nickt sie, ist nicht überrascht. »Ich will bloß die drankriegen, die das mit Brendan gemacht haben«, sagt sie. »Bloß die. Die anderen will ich raushalten.«

Sie kommen an dem verlassenen Haus der Murtaghs vorbei. Schindeln sind vom Dach gefallen, und gelb blühende Ambrosia wächst hüfthoch bis zur Tür. Ein Vogel, den irgendetwas Unsichtbares erschreckt hat, fliegt aus den Bäumen oberhalb von ihnen auf. Lena schaut sich nicht um. Falls jemand sie beobachtet, wird die Tatsache, dass sie mit Trey redet, nur Gutes bewirken. Mittlerweile wird Mart rumerzählt haben, dass er Lena zur Räson gebracht hat.

»Deshalb muss ich's jetzt wissen«, sagt Trey. »Bevor dieser Nealon sich auf die Falschen einschießt.«

»Na schön«, sagt Lena. »Angenommen, ich sage dir, was ich vermute; aber es ist eben nichts Handfestes und beruht lediglich darauf, dass mir die Nase von dem einen nicht gefällt und dass der andere damals irgendwie komisch gewirkt hat. Willst du dann vor Gericht aussagen, du hättest gehört, dass genau diese Typen Rushboroughs Leiche da abgelegt haben?«

»Ja. Wenn's sein muss.«

»Und wenn ich falschliege?«

Trey zuckt die Achseln. »Anders geht's nicht.«

»Und wenn sie beweisen können, dass sie nicht da waren?«

»Dann erwisch ich eben bloß die, die das nicht können. Immer noch besser als keinen. Ich hab mir das alles längst überlegt.«

»Und was dann? Du kommst wieder her und reparierst mit Cal weiter Möbel? Als wäre nie was gewesen?«

Als Cals Name fällt, beißt Trey die Zähne zusammen. »Darüber denk ich nach, wenn's so weit ist. Ich will bloß Namen von dir. Keine guten Ratschläge.«

Lena hat während der ganzen Fahrt darüber nachgedacht, wie sie vorgehen soll, konnte aber das dunkle, hartnäckige Gefühl nicht abschütteln, dass sie völlig überfordert ist. Jemand anders sollte das machen, Noreen oder Cal oder jemand, der ungefähr weiß, wie man mit Teenagern umgeht. Sie jedenfalls nicht. Treys Füße stampfen mit schnellem, lautem Knirschen auf Erde und Schotter. Sie strahlt mühsam beherrschte Ungeduld aus.

»Hör mir zu«, sagt Lena. Die Sonne attackiert sie wie eine physische Kraft, drückt sie nieder. Lena tut etwas, von dem sie sich geschworen hat, es niemals zu tun: Sie unterwirft ein Kind dem Willen dieses Dorfes. »Es wird dir nicht gefallen, aber hör mir trotzdem zu. Ich werde dir keine Namen nennen, weil sie dir nichts bringen würden. Du müsstest schon saublöd sein, wenn du Männer nur aufgrund von irgendwelchen halb erfundenen Vermutungen ins Gefängnis bringst, und du bist nicht blöd.« Sie spürt, wie sich Treys ganzer Körper versteift, sich dagegen wehrt. »Und jetzt, wo du stinksauer auf mich bist«, sagt sie, »will ich etwas von dir. Ich will, dass du zu diesem Nealon gehst und ihm sagst, dass du Sonntagnacht keine Menschenseele hier auf dem Berg gesehen hast.«

Trey bleibt stehen, störrisch wie ein Maultier. »Mach ich nicht«, sagt sie kategorisch.

»Ich hab ja gesagt, es wird dir nicht gefallen. Ich würde dich nicht drum bitten, wenn's nicht sein müsste.«

»Ist mir scheißegal. Du kannst mich nicht dazu zwingen.«

»Hör mir einfach mal kurz zu: Das ganze Dorf ist wegen Nealon das reinste Wespennest. Die Leute drehen durch. Wenn du bei deiner Geschichte bleibst —«

»Ich bleib dabei. Geschieht denen allen recht, wenn sie —«

»Du behauptest, du hättest das durchdacht, und ich sage dir jetzt, das hast du nicht. Nicht mal annähernd. Denkst du, die da unten drehen einfach nur Däumchen und lassen dich machen?«

»Das ist meine Sache. Nicht deine.«

»Du redest wie ein Kind: ›Du kannst mich nicht zwingen, ich mach, was ich will, kümmere dich um deinen eigenen Kram —‹«

Trey sagt Lena mitten ins Gesicht: »Ich *bin kein verdammtes Kind mehr.*«

»Dann red auch nicht wie eins.«

Sie stehen sich auf dem Weg gegenüber. Treys Körperhaltung

sieht aus, als wollte sie jeden Moment zuschlagen. »Du sagst mir nicht, was ich machen soll. Sag mir, wer das mit Brendan war, und dann lass mich verdammt nochmal in Ruhe.«

Lena merkt, dass sie plötzlich und zum ersten Mal seit langer Zeit die Beherrschung verliert. Nie im Leben hätte sie sich vorstellen können, dass sie den Sommer damit verbringt, sich bis zum Hals in den Strudel des Ardnakelty-Dramas zu verstricken, in dem Dymphna Duggan ihre tiefsten Geheimnisse ausgräbt und Mart Lavin sie besucht, um über ihre Beziehung zu sprechen. Sie hätte das für niemanden auf der Welt getan, außer für Trey und möglicherweise Cal, und jetzt wird sie von dieser sturen kleinen Mistgöre dafür auch noch angepampt. »Ich würd dich furchtbar gern in Ruhe lassen. Ich hab nicht die geringste Lust, mich in diesen verdammten –«

»Dann tu's doch. Geh nach Hause. Verpiss dich, wenn du mir nicht helfen willst.«

»Was glaubst du denn, was ich hier gerade mache? Ich *versuche*, dir zu helfen, auch wenn du zu –«

»So eine Hilfe will ich nicht. Verpiss dich, lauf zu Cal, dann könnt ihr beide euch gegenseitig helfen. Ich will dich nicht hier haben.«

»Halt jetzt endlich mal die Klappe und hör mir zu. Wenn du so weitermachst, wird das Dorf Nealon erzählen, Cal hätte Rushborough umgebracht.« Lena wird lauter. Ihr ist scheißegal, ob alle im Umkreis sie hören. Täte dem Kaff ganz gut, endlich mal etwas laut ausgesprochen zu hören.

»Die können mich alle mal kreuzweise«, blafft Trey ebenso laut zurück. »Cal auch. Und du auch, wenn du mich wie ein Kind behandelst, mir überhaupt nix sagst –«

»Er hat bloß versucht, dich zu schützen. Wenn er –«

»Ich hab ihn nie drum gebeten, mich zu schützen! Ich hab euch beide nie um irgendwas gebeten, bloß –«

»Was zum Teufel redest du da? Was spielt das für eine Rolle?«

»Das *Einzige*, worum ich dich je gebeten hab, war, mir zu sagen, wer Brendan umgebracht hat, und du hast mich einfach auflaufen lassen. Ich bin dir überhaupt nix schuldig.«

Lena würde sie am liebsten schütteln, bis sie Vernunft annimmt. »Dann würd's dir also nichts ausmachen, wenn Cal ins Gefängnis kommt, ja?«

»Er kommt nicht in den Knast. Ohne Beweise kann Nealon ihm gar nix.«

»Doch, kann er. Nämlich dann, wenn Cal gesteht.« Trey öffnet den Mund, aber Lena lässt ihr keine Gelegenheit, irgendwas zu sagen. »Wenn Nealon keine Beweise gegen Cal oder sonst wen findet, wird er sich auf die Person konzentrieren, die in der Nähe war, als Rushborough ermordet wurde. Das Dorf wird ihn dabei kräftig unterstützen. Alle wissen, dass du sie in die Scheiße geritten hast. Die wetzen jetzt schon die Messer. Sie werden Nealon dein angebliches Motiv liefern, ihm erzählen, Rushborough hätte dich oder deine Geschwister missbraucht –«

»Ich hab keinen Schiss vor denen. Die können meinetwegen erzählen, was sie wollen –«

»Halt die Klappe und hör mir mal *eine Sekunde lang* zu, verdammt! Wenn Nealon dich aufs Korn nimmt, was meinst du wohl, was Cal dann macht?«

Trey verstummt.

Lena lässt ihr reichlich Zeit, ehe sie sagt: »Er wird sagen, er hat's getan.«

Trey holt aus und schlägt zu, zielt auf ihr Gesicht. Lena hat halb damit gerechnet, kann den Schlag aber nur so eben abwehren. Sie starren einander schweratmend an, beide in Kampfpose, bereit.

»Kinderkram«, sagt Lena. »Versuch's ruhig noch mal, wenn du willst. Es wird nichts ändern.«

Trey wirbelt herum und geht mit schnellen Schritten weiter bergauf, das Kinn auf die Brust gedrückt. Lena folgt ihr ebenso schnell.

»Du kannst so oft ausflippen, wie du willst, aber genau das wird er machen. Willst du das zulassen?«

Trey beschleunigt das Tempo, doch Lena hat längere Beine. Sie hat gesagt, was sie sagen wollte, aber sie wird Trey nicht einfach so gehen lassen.

Sie sind jetzt hoch am Berghang, haben die Fichtenwäldchen hinter sich gelassen und das offene Heidemoor erreicht. Hier oben beobachtet sie jedenfalls niemand mehr. Kurze heiße Windstöße fegen vom Gipfel herab, zerren mit der gedankenlosen Zerstörungswut eines Kindes an den Heidesträuchern. Richtung Westen sieht der Himmel diesig und trüb aus.

Trey sagt, ohne den Kopf zu heben: »Wollt ihr heiraten?«

Darauf war Lena nicht gefasst, obwohl sie das Gefühl hat, dass sie damit hätte rechnen müssen. »Nein«, sagt sie. »Ich dachte, das wär dir klar. Ich hab dir doch gesagt, dass die Ehe nichts mehr für mich ist.«

Trey ist wieder stehen geblieben. Sie starrt Lena herausfordernd an, weiß nicht, ob sie ihr glauben soll. »Wieso sagen denn alle, dass ihr heiratet?«

»Weil ich es ihnen erzählt hab. Ich wollte, dass das Dorf Cal in Ruhe lässt. Hätte auch geklappt, aber dann hast du ihnen Nealon auf den Hals gehetzt und sie ganz hibbelig gemacht.«

Trey klappt den Mund zu. Sie geht langsamer weiter, den Blick gesenkt, denkt nach. In der Heide um sie herum surren und flirren Insekten.

»Hör mal, wenn wir wirklich beschlossen hätten zu heiraten«, sagt Lena, »meinst du nicht, du hättest das vor Noreen erfahren?«

Trey hebt jäh den Blick, trottet dann aber weiter, wirbelt mit den Spitzen ihrer Turnschuhe Staub auf. Inzwischen wirkt ihr

Schweigen nicht mehr stur und bockig. Ihr Verstand ist damit beschäftigt, das zu verarbeiten.

»War blöd von mir«, sagt sie unvermittelt. »Dass ich gedacht hab, ihr würdet heiraten, mein ich. Nicht das andere.«

»Macht nix«, sagt Lena. »Jeder kann mal blöd sein. Ist bloß gerade ein schlechter Zeitpunkt dafür.«

Trey verfällt wieder in Schweigen. Lena lässt ihr die Zeit, die sie braucht. Irgendwo tief in Treys Kopf beginnen Dinge, sich zu verschieben: Platten reiben aneinander, zermalmen alte Vorstellungen und heben neue an die Oberfläche, schneller und schmerzhafter, als sie sollten.

Trey fragt: »Woher weißt du, dass ich es war, die Nealon das gesagt hat? Das mit den Männern in der Nacht auf der Straße?«

»Von Cal. Und er hat gesagt, es wäre totaler Blödsinn.«

»Er hat gewusst, dass ich mir das ausgedacht hab?«

»Allerdings, ja.«

»Wieso hat er mir das nicht gesagt? Mir oder Nealon?«

»Er war leider Gottes der Meinung, das müsste deine Entscheidung sein«, sagt Lena. »Nicht seine.«

Trey verdaut auch das eine Weile. »Weiß er, dass du zu mir raufwolltest?«

»Nein«, sagt Lena. »Ich weiß nicht, ob er das gut oder schlecht gefunden hätte. Aber ich wär so oder so gekommen. Du hast ein Recht darauf zu wissen, was vor sich geht.«

Trey nickt. Zumindest darin stimmt sie mit Lena überein.

»Ich versteh ja, dass du Rache nehmen willst«, sagt Lena. »Aber du *musst* an die Konsequenzen denken, ob dir das nun gefällt oder nicht. Das meine ich damit, dass du dich nicht wie ein Kind benehmen sollst. Kinder denken nicht an Konsequenzen. Erwachsene haben keine andere Wahl.«

»Mein Dad macht das nicht«, sagt Trey. »An die Konsequenzen denken.«

»Stimmt. Ich glaub auch nicht, dass dein Dad erwachsen ist.«

Trey blickt nach oben. In dieser Höhe sind um sie herum hauptsächlich Himmel und ein weiter Saum aus Heide, der die Luft mit einer wilden, berauschenden Süße erfüllt. Ein Habicht, der auf Luftströmungen dahingleitet, ist bloß ein schwarzer Fleck vor dem Blau.

»Ich hatte alles Recht der Welt, es ihnen heimzuzahlen.« Ein tieftrauriger Ton drückt ihre Stimme nieder. »Egal wie.«

»Ja«, sagt Lena. Sie begreift, dass sie gewonnen hat. »Das hattest du.«

»Es lief super«, sagt Trey. »Ich hab alles richtig gemacht. Es hätte geklappt. Und dann kommt irgendein Arschloch und bringt Rushborough um und macht alles kaputt.«

Die Art, wie ihr Kopf nach hinten sinkt, wie ihre Augen über den Himmel gleiten, macht den Eindruck, als hätte sie keine Kraft mehr: Sie hat sich zu sehr angestrengt, hat einen zu langen Weg hinter sich, sie muss zu viel aufgeben. Lena bereut nicht, das von ihr zu verlangen, aber sie wünscht aus tiefstem Herzen, sie könnte Trey geradewegs zu Cal fahren und die beiden losschicken, damit sie ein Kaninchen zum Abendessen schießen, anstatt mit ihr in die Stadt zu kutschieren und sie einem Detective auszuliefern. Zum tausendsten Mal wünscht sie, Johnny Reddy wäre niemals nach Hause gekommen.

»Ich kann verstehen, dass du stinksauer bist.«

»Tja«, sagt Trey. »Okay.«

Lena muss unwillkürlich schmunzeln.

»Was ist?«, fragt Trey sofort gereizt.

»Nichts. Du klingst wie Cal, mehr nicht.«

»Hm«, sagt Trey genau wie Cal immer, und dann müssen sie beide tatsächlich lachen.

Trey sitzt mit einer Cola und einer Tüte Chips im Büro des schäbigen kleinen Polizeireviers vor einem abgewetzten Schreibtisch mit MDF-Platte, auf der in einer Ecke ein diskretes Aufzeichnungsgerät steht, und legt eine prima Vorstellung hin. Lena, im Hintergrund auf einem wackeligen Stuhl neben einem Aktenschrank, ist bereit, sie bei eventuellen Ausrutschern zu warnen, indem sie auf dem Stuhl hin und her rutscht, aber das war bisher nicht erforderlich. Im Grunde hat sie das auch nicht erwartet. Als sie Trey gebeten hat, das hier zu tun, war ihr klar, dass viele Erwachsene davor zurückschrecken würden. Sie weiß ebenfalls, dass Cal so etwas niemals von Trey verlangt hätte, weil sie in seinen Augen schon mehr als genug im Leben hat bewältigen müssen. Lena sieht das anders. Ihrer Ansicht nach ist Trey aufgrund ihrer schweren Kindheit zu mehr imstande als die meisten Gleichaltrigen. Und wenn sie daraus bei Bedarf Kapital schlägt, dann bringt das, was sie durchgemacht hat, zumindest noch etwas Gutes.

Nealon macht es ihr leicht. Er hantiert herum, setzt Wasser auf und plaudert locker drauflos, beklagt sich munter über die Nachteile seines Jobs: Dauernd muss er in Pensionen übernachten, seiner Frau die Erziehung der Kinder überlassen, immerzu Leute nerven, die alle was Besseres zu tun haben, als mit ihm zu reden. Lena beobachtet ihn und denkt an Cal, denkt, dass er solche Situationen tausendmal erlebt haben muss. Bestimmt war er gut; sie sieht ihn förmlich dabei vor sich.

»Und es ist ganz anders als in den Krimis im Fernsehen«, erklärt Nealon, während er für Lena und sich selbst Tee eingießt, »wo die immer bloß ein einziges Mal mit irgendwem reden, und schon sind sie fertig. Im echten Leben redest du erst mal mit allen, und dann kommt einer an und sagt, er muss ein paar Sachen richtigstellen. Und du bist natürlich von seiner Aussage ausgegangen, als du die anderen befragt hast, also fängst du wieder von vorne an. Nehmen Sie Milch? Zucker?«

»Nur Milch, danke. Kommt so was oft vor?«, fragt Lena nach. »Dass Leute ihre Aussage ändern?«

»Ach, ich bitte Sie.« Nealon reicht ihr eine große fleckige Tasse, auf der DAD JOKE CHAMPION steht. »Sie glauben ja gar nicht, wie oft. Wenn die Leute das erste Mal mit mir reden, sind sie nicht drauf vorbereitet, verstehen Sie, was ich meine? Sie fühlen sich in der Defensive, deshalb behalten sie manches für sich oder erfinden irgendeinen Blödsinn. Dann gehen sie nach Hause und denken: *Was zum Teufel war das denn?* Und dann brauchen sie ewig lange, bis sie wieder zu mir kommen und alles geraderücken, weil sie Angst haben, sie kriegen Schwierigkeiten.«

Trey sieht nervös zu ihm hoch, weicht aber dann seinem Blick aus. »Und? Kriegen die Schwierigkeiten?«

Nealon blickt überrascht. »Himmel, nein. Wieso sollten sie?«

»Weil sie Ihre Zeit verschwendet haben.«

Nealon rückt seinen Schreibtischstuhl zurecht, lacht. »Aber das macht einen großen Teil von meinem Job aus: Zeitverschwendung. Ich muss zig Formulare ausfüllen, dabei weiß ich, dass kein Schwein sich die je anguckt, aber ich muss es trotzdem machen. Hör mal, kann ich auch ein paar Chips haben?«

Trey hält ihm die Tüte hin. »Danke sehr«, sagt Nealon und sucht sich bedächtig ein paar Chips aus. »*Cheese-and-Onions*, das einzig Wahre. Ich erklär's dir: Sagen wir, irgendein Kerl erzählt mir einen Haufen Schwachsinn, kommt aber zur Vernunft und meldet sich wieder bei mir, um alles zurückzunehmen, ehe ich mich bis auf die Knochen blamiere. Wenn ich dem jetzt die Hölle heißmache, spricht sich das rum, und wenn dann der Nächste am liebsten reinen Tisch machen würde, wird er schön die Klappe halten, meinst du nicht?«

»Klar.«

»Und wenn alle zufrieden sind«, sagt Nealon mit einem wohli-

gen Seufzen, lehnt sich auf dem Stuhl zurück und stellt die Tee-
tasse auf seinen Bauch, »bin ich auch zufrieden.«

Trey schielt über die Schulter zu Lena hinüber. Lena nickt auf-
munternd. Sie versucht, wie eine respektable Stütze der Gesellschaft zu wirken, aber sie ist aus der Übung.

»Was ich Ihnen an dem Tag erzählt hab«, sagt Trey und verstummt. Ihr Gesicht ist verkniffen vor Anspannung. Nealon
schlürft seinen Tee und wartet.

»Dass ich Männerstimmen gehört hab. In der Nacht, als der
Mann gestorben ist.«

Nealon legt den Kopf schief. »Ja?«

»Hab ich mir ausgedacht«, sagt Trey zu ihrer Cola-Dose.

Nealon setzt ein duldsames Lächeln auf und droht ihr mit
einem Finger, als hätte er sie beim Schuleschwänzen erwischt.
»Ich hab's gewusst.«

»Ehrlich?«

»Hör mal, Kind, ich hab den Job schon gemacht, als du noch
Windeln getragen hast. Da werd ich ja wohl merken, wenn mir
wer einen Bären aufbinden will, sonst könnte ich nämlich einpacken.«

»Tut mir leid«, murmelt Trey. Sie lässt den Kopf hängen, zupft
an der Haut um ihren Daumennagel.

»Schon gut. Weißt du, was? Wenn du für mich meine Spesen-
abrechnung ausfüllst, sind wir quitt. Was meinst du?«

Trey bringt ein leises schnaubendes Lachen zustande.

»Na bitte«, sagt Nealon lächelnd. »Dann lass mal hören: War
irgendwas an der Geschichte wahr?«

»Ja. Der Morgen, wie ich ihn gefunden hab. Das ist alles genau
so gewesen, wie ich gesagt hab.«

»Ah, schön«, sagt Nealon. »Das erspart uns einige Arbeit. Was
ist mit der Nacht davor?«

Trey hebt eine Schulter.

»Warst du überhaupt draußen?«

»Nee.«

»Hör auf, an deinen Fingernägeln zu zupfen«, ermahnt Nealon sie. Nachdem er Johnny kennengelernt hat, ist er offenbar zu dem Schluss gelangt, dass Trey sich nach einer Vaterfigur sehnt. »Die Haut kann sich entzünden. Hast du Stimmen von draußen gehört?«

Trey gehorcht, legt die Hände flach auf die Oberschenkel. »Nee. Das hab ich mir ausgedacht.«

»Scheinwerfer gesehen? Ein Auto gehört?«

»Nee.«

»Dann fangen wir am besten noch mal von vorne an«, sagt Nealon gut gelaunt. »Du hast also die ganze Nacht durchgeschlafen, ja? Du bist früh wach geworden und hast mit dem Hund einen Spaziergang gemacht?«

Trey schüttelt den Kopf. »Du musst es laut sagen«, fordert Nealon sie auf und tippt auf das Aufnahmegerät. »Für das Ding hier.«

Trey wirft einen genervten Blick auf das Gerät, dann atmet sie tief ein und redet weiter. »Ich bin nachts aufgewacht, wie ich gesagt hab. Weil mir zu heiß war. Hab einfach so rumgelegen – hab überlegt aufzustehen und fernzusehen, aber ich hab den Arsch nicht hochge…, ich mein, ich konnte mich nicht aufraffen. Nach 'ner Weile …«

Sie hört auf zu reden und sieht zu Lena hinüber. »Du machst das gut«, beruhigt Lena sie. »Sag ihm einfach die Wahrheit, mehr nicht.«

»Ich hab wen rumlaufen hören«, sagt Trey. Sie spricht jetzt abgehackt. »Im Haus, mein ich. Ganz leise. Und dann ging die Tür auf, die Haustür, und wieder zu. Also bin ich ins Wohnzimmer und hab aus dem Fenster geguckt. Wollte wissen, wer das war.« Sie blickt zu Nealon hoch. »Nicht aus Neugier oder so. Hätte ja mein Bruder sein können, aber der ist noch klein, und manchmal schlafwandelt er –«

»Hör mal.« Nealon grinst sie an. »Ich hab überhaupt nichts dagegen, wenn einer neugierig ist. Je neugieriger, desto besser. Hast du jemanden gesehen?«

Trey holt gepresst Luft. »Ja«, sagt sie. »Meinen Dad.«

»Was hat er gemacht?«

»Er hat nix gemacht. Ist bloß zum Tor raus.«

»Okay«, sagt Nealon bemüht locker. »Bist du sicher, dass er das war? Im Dunkeln?«

»Klar. Es war fast Vollmond.«

»Was meinst du, was er vorhatte?«

»Zuerst …« Trey senkt den Kopf noch tiefer, kratzt an irgendwas auf ihrer Jeans. »Zuerst hab ich gedacht, er würde abhauen. Uns verlassen. Weil er das schon mal gemacht hat. Ich wollte schon rauslaufen und versuchen, ihn aufzuhalten. Aber er hat das Auto stehen lassen, deshalb …« Wieder hebt sie eine Schulter. »… hab ich mir gedacht, es wär okay. Dass er bloß einen Spaziergang macht, weil er auch nicht schlafen kann.«

Ihr Kopf kommt hoch, und sie sieht Nealon direkt an. »Ich hab gewusst, wenn ich Ihnen das sage, denken Sie, dass er diesen Rushborough umgebracht hat. Und das hat er nicht. Die haben sich gut verstanden. Hatten nie Streit oder so. An dem Abend hat mein Dad noch erzählt, dass er mit Rushborough zu dem alten Kloster in Boyle fahren wollte, weil der auf Geschichte stand – ich mein, so hat er über ihn geredet, einfach wie über einen Bekannten, dem er die Gegend zeigen will, nicht als würd er ihn –«

»Oha, Mädchen, hol mal Luft.« Nealon lehnt sich zurück und hebt beide Hände. »Sonst kriegst du noch Herzklabastern. Ich schwöre, ich hab noch nie jemanden ins Gefängnis gebracht, weil er nachts einen Spaziergang gemacht hat. Dein Dad wollte wahrscheinlich nur mal frische Luft schnappen. Wie lange war er weg?«

Trey schweigt einen Moment. »Keine Ahnung. Ich bin wieder ins Bett.«

»Sofort? Oder hast du noch eine Weile gewartet?«

»Ein bisschen.«

»Na, nun sag schon, wie lange ungefähr? Zehn Minuten? Halbe Stunde? Stunde?«

»Vielleicht eine halbe Stunde? Könnte auch weniger gewesen sein. Hat sich bloß lang angefühlt, weil ich …« Wieder das einseitige Schulterzucken.

»Weil du Angst hattest, dass er sich aus dem Staub gemacht hat«, sagt Nealon sachlich. »Hätte ich auch gehabt. Und du bist ihm nicht nach, nur um sicherzugehen?«

»Nee. Ich hatte nicht wirklich Angst. Ich wollte nur aufbleiben, bis er zurückkommt. Bloß …«

»Bloß, er ist nicht zurückgekommen.«

»Muss er irgendwann, aber ich bin müde geworden. Fast eingeschlafen. Deshalb bin ich wieder ins Bett. Dann bin ich früh wach geworden und hab mich gefragt, ob er wieder da ist. Also hab ich im Zimmer von meinen Eltern nachgesehen.«

»Und? War er da?«

»Ja. Hat geschlafen. Aber da war ich dann richtig wach. Und Banjo, mein Hund, wollte raus, und ich hatte Angst, dass er die anderen weckt. Deshalb bin ich mit ihm nach draußen.«

»Und dann hast du Rushborough gefunden.«

»Ja. Der Rest war genau, wie ich's Ihnen erzählt hab.« Trey atmet kurz durch, fast ein Seufzer. Ihr Gesicht hat sich entspannt: Der schwierige Teil ist vorbei. »Deshalb bin ich auch so lange dageblieben, bevor ich zu Cal gegangen bin. Ich habe überlegt, was ich machen soll.«

Lena achtet inzwischen nicht mehr darauf, ob Trey sich verplappert. Sie sitzt ruhig da, hält ihre Tasse mit beiden Händen und nimmt die neuen Feinheiten wahr, die sich in Trey entfalten. Komplexitäten, die sie noch vor wenigen Monaten verstandesmäßig nicht hätte erfassen können, geschweige denn geschickt in die Tat umsetzen. Trey mag ja gerade das tun, was Ardnakelty will, aber sie hat ihre ganz eigenen Gründe und Ziele. Sie ist dabei nicht das Geschöpf des Dorfes, oder Lenas oder Cals, sie erhebt sich als ihr ureigenes Geschöpf. Lena weiß, dass sie Angst um Trey haben sollte, davor, wohin diese Unbezähmbarkeit sie führen könnte – Cal hätte Angst davor –, aber sie empfindet nichts dergleichen. Was sie empfindet, ist eine Explosion von Stolz, die so heftig durch sie hindurchschießt, dass sie glaubt, Nealon müsste es spüren und sich zu ihr umdrehen. Sie verzieht keine Miene.

»Eine Frage«, sagt Nealon, kippelt seinen Stuhl nach hinten und trinkt einen Schluck Tee. »Spielt keine Rolle für die Ermittlung, einfach nur aus Neugier: Was hat dich heute bewogen, deine Meinung zu ändern?«

Trey antwortet mit einem verlegenen Achselzucken. Nealon wartet.

»Ich war blöd, vorher. Hab's vermasselt.«

»Inwiefern?«

»Ich hab nicht gedacht, dass ich irgendwen in Schwierigkeiten bringe. Ich wollte bloß, dass Sie meinen Dad in Ruhe lassen. Ich hab gedacht, wenn ich keine Namen nenne, könnten Sie auch keinem auf die Pelle rücken …«

»Und stattdessen«, sagt Nealon mit einem Grinsen, »bin ich allen auf die Pelle gerückt. Meinst du das?«

»Ja. Ich hab Schei…, ich hab Mist gebaut. Ich hätte nicht – damit hab ich überhaupt nicht gerechnet. Hab nicht richtig nachgedacht.«

»Ach herrje, du bist fünfzehn«, sagt Nealon nachsichtig. »Teenager denken nie weit voraus, das ist ihr Job. Hat Mrs. Dunne vielleicht etwas zu dir gesagt, weshalb du deine Meinung geändert hast?«

»Nee. Ich meine, irgendwie schon, aber eigentlich nicht. Lena ist zu uns raufgekommen und hat gesagt, sie fährt mich her, damit ich dieses Aussagedings unterschreibe, weil meine Mam wegen der Kleinen ja nicht wegkann. Und da hab ich ihr dasselbe erzählt wie Ihnen gerade, weil's mir keine Ruhe gelassen hat und ich mir gedacht hab, sie wird wissen, was ich machen soll. Ich hatte mir überlegt, ich sag Ihnen bloß, dass ich mir das Ganze ausgedacht hab. Nicht, dass mein Dad nachts rausgegangen ist. Aber …« Wieder schielt Trey zu Lena hinüber. »Lena hat gemeint, ich sollte Ihnen alles erzählen. Sie hat gemeint, wenn ich was weglasse, würden Sie das merken, und dann würden Sie mir überhaupt nix mehr glauben.«

»Mrs. Dunne ist eine kluge Frau«, sagt Nealon. »Es war richtig von dir, es mir zu sagen. Dein Daddy könnte irgendwas gesehen haben, als er draußen war – vielleicht etwas, was er für unwichtig hält oder was er einfach vergessen hat, weil ihn der Mord an seinem Bekannten so geschockt hat. Aber es könnte etwas sein, das ich wissen sollte.«

»Ich weiß, dass er gesagt hat, er wär nicht draußen gewesen«, sagt Trey. Ihr Gesicht spannt sich wieder an. »Aber mein Dad, er … er hat Angst vor der Polizei. Hatte ich auch, bis ich Cal, Mr. Hooper, kennengelernt hab. Mein Dad hat genau wie ich gedacht, wenn er Ihnen erzählt, dass er draußen war –«

»Jetzt hör mir mal zu, Theresa«, sagt Nealon. »Du hast niemandem geschadet außer demjenigen, der diesen armen Kerl umgebracht hat. Und du hast ja selbst gesagt, dass dein Dad überhaupt keinen Grund hatte, das zu tun.«

Es ist die beruhigende, felsenfeste Stimme, mit der Lena auf verängstigte Pferde einredet. Nealon brennt darauf, Johnny festzunehmen, auch wenn er dafür Trey mit dem Wissen leben lassen muss, ihren Vater ins Gefängnis gebracht zu haben. Lena ist plötzlich heilfroh, dass Cal aus dem Beruf raus ist und so etwas nicht mehr machen muss.

»Ja«, sagt Trey erleichtert. »Ich mein, nein, er hat's nicht getan. Er hat diesen Rushborough *gemocht*, hat nie was Schlechtes über ihn gesagt, und –«

»Weißt du, was, Theresa?«, unterbricht Nealon sie und blickt auf die Uhr an der Wand. »Es ist fast Essenszeit, und ich weiß ja nicht, wie es bei euch ist, aber ich hab Kohldampf. Falls ich noch weitere Fragen hab, kann ich mich ja bei dir melden, aber ich würde sagen, für heute machen wir Schluss, okay?«

Lena weiß, worum es ihm geht: Er will Treys Aussage unter Dach und Fach bringen, bevor sie es sich vielleicht anders überlegt. »Klar.« Trey holt zittrig Luft. »In Ordnung.«

»Und jetzt pass gut auf«, sagt Nealon plötzlich ernst. Er klopft auf den Schreibtisch, damit Trey ihm auch wirklich zuhört. »Ich werde den netten Mann da draußen bitten, deine Aussage zu tippen, und dann musst du sie unterschreiben. Eins muss dir klar sein: Sobald du das unterschreibst, ändert sich alles. Dann hört der Spaß auf. Dann haben wir nämlich ein rechtsgültiges Dokument im Rahmen einer Mordermittlung. Falls du irgendwas gesagt hast, was nicht stimmt, ist jetzt der Zeitpunkt, das zu klären, sonst könntest du ernsthafte Schwierigkeiten bekommen. Hast du mich verstanden?«

Er klingt wie ein strenger Daddy, und Trey reagiert wie ein braves Kind, nickt heftig und sieht ihm in die Augen. »Ich weiß. Ich hab's verstanden. Ehrenwort.«

»Keine Überraschungen mehr?«

»Nee. Versprochen.«

Ihre Stimme klingt fest, endgültig. Eine Sekunde lang hört Lena wieder diesen tiefen Ton der Trauer, der darin mitschwingt.

Nealon hört nur die Bestimmtheit. »Ausgezeichnet«, sagt er. »Gut gemacht.« Er schiebt seinen Stuhl vom Schreibtisch zurück. »Ich lass das jetzt tippen, dann kannst du es durchlesen und kontrollieren, ob alles korrekt ist. Möchtest du noch eine Cola, während wir warten?«

»Okay«, sagt Trey. »Ja, bitte. Und sorry.«

»Kein Problem«, sagt Nealon. »Besser spät als nie, hm? Befragung endet um siebzehn Uhr dreizehn.« Er schaltet das Aufnahmegerät aus und steht auf, sieht Lena mit hochgezogenen Augenbrauen an. »Ich muss unbedingt eine rauchen – nimm dir bloß kein Beispiel daran, Theresa, ist eine widerliche Angewohnheit. Mrs. Dunne, könnten Sie auch ein bisschen frische Luft gebrauchen?«

»Keine schlechte Idee«, sagt Lena, die den Wink verstanden hat. Sie steht auf, wirft Trey einen Blick zu, um sich zu vergewissern, dass sie nichts dagegen hat, allein gelassen zu werden, doch Trey sieht sie nicht an.

Das Polizeirevier ist ein kleines kastenförmiges Gebäude mit reinweißem Anstrich in einer hübschen Reihe von bonbonfarbenen Häusern. Einige Kinder schieben Tretroller die leicht ansteigende Straße hoch und rollen kreischend wieder nach unten. Ein paar Mütter in einem Vorgarten behalten sie im Auge, lachen über irgendwas, wischen Babynasen sauber und halten Kleinkinder davon ab, Erde zu essen, alles gleichzeitig.

Nealon hält Lena seine Zigarettenpackung hin und grinst, als sie ablehnt. »Ich hab mir gedacht, falls Sie rauchen, würden Sie vielleicht nicht wollen, dass die Kleine das mitkriegt«, sagt er. »Ich fand, frische Luft wär eine gute Ausrede.«

»Ich würd nicht versuchen, das vor ihr zu verheimlichen. Ihr entgeht nicht viel.«

»Das hab ich gemerkt.« Nealon legt den Kopf nach hinten und

mustert Lena – sie ist größer als er. »Helena Dunne«, sagt er. »Mal sehen: Noreen Duggan ist Ihre Schwester, und Cal Hooper ist Ihr Partner. Lieg ich da richtig?«

»Ganz genau«, sagt Lena. Sie lehnt den Rücken gegen die Mauer, um sich kleiner zu machen. »Pech für die beiden.«

»Na bitte«, sagt Nealon selbstzufrieden. »Langsam krieg ich den Durchblick. Ich war vor ein paar Tagen bei Ihnen, um ein bisschen zu plaudern, aber Sie waren nicht da.«

»Wahrscheinlich arbeiten.«

»Muss wohl.« Nealon zieht eine Zigarette aus der Packung und hält sie zwischen Daumen und Zeigefinger, scheint darüber nachzudenken. »Ihr Partner, Hooper, war dabei, als Theresa mir die erste Version ihrer Geschichte erzählt hat. Er hat gesagt, sie wär vertrauenswürdig.« Er zieht eine Augenbraue hoch: Das war als Frage gemeint.

»Ist sie auch, ja«, sagt Lena. »Oder war sie jedenfalls. Aber in den letzten Wochen ist sie nicht ganz sie selbst. Die Rückkehr von ihrem Daddy hat sie ein bisschen aus der Bahn geworfen. Sie war schon immer ganz vernarrt in ihn.«

»Mädchen und ihre Daddys«, sagt Nealon verständnisvoll. »Das ist schön. Meine Jüngste ist noch so klein, dass sie mich für Supermann hält, und das genieß ich, solange es geht. Die Ältere ist dreizehn, Gott steh mir bei. Sie findet alles, was ich sage, einfach nur peinlich. Ist Theresa denn nicht sauer auf ihren Dad, weil er abgehauen ist?«

Lena denkt kurz darüber nach. »Ich glaube nicht. Sie ist total aus dem Häuschen, weil er wieder da ist. Und hat viel zu viel Angst davor, dass er wieder verschwindet.«

Nealon nickt mehrmals. »Verständlich. Wird er?«

Lena vergewissert sich mit einem Blick über die Schulter, dass Trey ihnen nicht gefolgt ist, und sagt dann leise: »Ich würde sagen, ja.«

»Die arme Kleine«, sagt Nealon. »Das war nicht leicht für sie, mir die Wahrheit zu sagen. Gut, dass Sie sie dazu gebracht haben. Ich weiß das zu schätzen.« Er lächelt sie an. »Um ehrlich zu sein, ich bin angenehm überrascht. In so Dörfern wie Ihrem überschlagen sich die Leute normalerweise nicht gerade vor Hilfsbereitschaft gegenüber unsereins.«

»Mein Verlobter ist Polizist«, sagt Lena. »Oder war es. Deshalb seh ich die Dinge ein bisschen anders als die meisten bei uns.«

»Klingt einleuchtend«, räumt Nealon ein. »Wie haben Sie die Kleine dazu gebracht?«

Das ist der schwache Punkt in Treys und ihrer Geschichte, und Lena ist nicht so dumm, so zu tun, als gäbe es ihn nicht. Sie lässt sich Zeit mit der Antwort. Nach der Vorstellung, die Trey vorhin hingelegt hat, wird Lena sie auf keinen Fall hängen lassen.

»Wissen Sie«, sagt sie, »das war gar nicht so schwer, wie ich gedacht hatte. Sie war schon fast von allein so weit. Sie brauchte nur noch ein bisschen Zuspruch. Ihretwegen ist das ganze Dorf in heller Aufregung, aber ich glaub, das muss ich Ihnen nicht erst sagen.« Sie wirft Nealon einen Blick zu, der halb spöttisch, halb bewundernd ist. Er neigt den Kopf in gespielter Bescheidenheit.

»Trey hätte sich denken können, dass es so kommt«, sagt Lena, »hat sie aber nicht. Sie war ganz aufgewühlt, weil sie dachte, Sie würden die Falschen festnehmen und sie wäre dran schuld. Zuerst wollte sie das mit ihrem Dad weglassen, aber ich hab ihr gesagt, das hätte keinen Sinn. Sie würden sich denken können, dass sie sich ihre erste Geschichte nicht ohne Grund ausgedacht hat, und Sie würden so lange nachhaken, bis sie mit der Wahrheit rausrückt. Das hat ihr eingeleuchtet. Aber ich denke, es ging ihr vor allem darum, nicht weiterlügen zu müssen. Wie gesagt, sie kann nicht gut lügen. Es stresst sie zu sehr.«

»Manche Leute sind so.« Nealon nickt. Er dreht seine Zigarette, die er noch immer nicht angezündet hat, zwischen zwei Fingern.

Lena versteht seine Botschaft: Sie sind nicht hier draußen, um Luft zu schnappen, frische oder verrauchte. »Was halten Sie von ihrem Dad?«

Lena zuckt die Achseln und atmet geräuschvoll aus. »Johnny ist Johnny. Er ist ein Windhund, aber ich würde nicht sagen, dass er wirklich ein schlechter Mensch ist. Aber man weiß ja nie.«

»Wohl wahr«, sagt Nealon. Er schaut zu den Roller-Kindern hinüber. Eines ist hingefallen und weint. Eine Mutter guckt nach, ob es blutet, umarmt das Kind und schickt es zurück zu den anderen. »Eins würde mich interessieren. An dem Abend vor Rushboroughs Tod war Johnny eine gute halbe Stunde bei Ihnen. Was hat er gewollt?«

Lena holt Luft und stockt dann.

»Na, na«, sagt Nealon trocken und droht ihr mit dem Finger. »Ich hab Ihnen doch erzählt, dass ich Töchter habe. Ich weiß, wenn jemand überlegt, ob er mir die Wahrheit sagen soll oder nicht.«

Lena lacht verschämt. Nealon lacht mit. »Ich kenne Johnny schon mein ganzes Leben«, erklärt sie. »Und ich mag Trey.«

»Herrje, Mrs. Dunne, ich werde den Mann nicht gleich in Ketten legen, wenn Sie was Falsches sagen. Wir sind hier nicht im Fernsehen. Ich will bloß wissen, was er gewollt hat. Falls Johnny Ihnen nicht erzählt hat, dass er vorhat, Rushborough den Schädel einzuschlagen, bringen Sie ihn nicht ins Gefängnis. Oder hat er das gesagt?«

Lena lacht wieder. »Natürlich nicht.«

»Gut. Dann haben Sie nichts zu befürchten. Also würden Sie jetzt bitte aufhören, mich auf die Folter zu spannen?«

Lena seufzt. »Johnny wollte sich Geld von mir leihen. Er hat gesagt, er hat Schulden.«

»Hat er auch gesagt, bei wem?«

Lena wartet eine halbe Sekunde, bevor sie den Kopf schüttelt. Nealon sieht sie forschend an. »Aber … ?«

»Aber er hat gesagt: ›Der Mann ist mir bis hierher gefolgt, der wird jetzt nicht aufgeben.‹ Deshalb hab ich gedacht …«

»Sie haben gedacht, er meint Rushborough.«

»Ja, hab ich.«

»Und Sie könnten richtiggelegen haben«, sagt Nealon. »Haben Sie Johnny Geld gegeben?«

»Nein«, sagt Lena mit Nachdruck. »Das hätte ich nie wiedergesehen. Der Mistkerl schuldet mir noch fünf Pfund von damals, als wir siebzehn waren und ich ihm Geld für die Disco geliehen hab.«

»Wie hat er reagiert? Ist er wütend geworden? Pampig? Hat er Ihnen gedroht?«

»Johnny? Ach was, nein. Er hat ein bisschen auf die Tränendrüse gedrückt, so von wegen ›um der alten Zeiten willen‹, und als er gemerkt hat, dass das nichts bringt, hat er aufgegeben und ist abgezogen.«

»Wohin?«

Lena zuckt die Achseln. »Da hatte ich ihm schon die Tür vor der Nase zugemacht.«

»Kann ich Ihnen nicht verdenken«, sagt Nealon grinsend. »Hören Sie, würden Sie mir einen Gefallen tun? Ich will das Mädchen nicht noch länger vom Abendessen abhalten, aber würden Sie morgen wieder herkommen, damit wir Ihre Aussage aufnehmen können?«

Lena denkt daran, was Mart Lavin über Nealon gesagt hat, dass er so tut, als hätte man eine Wahl. »Kein Problem«, sagt sie.

»Hervorragend.« Nealon steckt seine ungerauchte Zigarette zurück in die Packung. Der Gesichtsausdruck, den Lena kurz an ihm wahrnimmt, als er den Kopf wieder hebt, ist so heiß und gierig wie Lust, der siegesgewisse Blick eines Mannes auf eine Frau, von der er weiß, dass er sie haben kann. »Und keine Sorge«, fügt er beruhigend hinzu. »Ich werde das weder Johnny noch sonst irgendwem gegenüber erwähnen. Mir liegt nichts daran, anderen das Leben schwerer zu machen.«

»Ah, das ist toll«, sagt Lena und lächelt ihn erleichtert an. »Tausend Dank.« Eine von den Müttern, die ein Baby auf der Hüfte wiegt, beobachtet sie über die Straße hinweg. Sie tritt zu den anderen und sagt etwas, und alle drehen sich um, schauen zu, wie Nealon und Lena zurück ins Polizeirevier gehen.

Als die Autotüren zuschlagen und Nealon am Eingang zum Revier eine Hand zum Abschied hebt, fällt Treys artige Höflichkeit von ihr ab. Das Schweigen, in das sie sich zurückzieht, ist so schwer, dass Lena förmlich spürt, wie es sich um sie herum aufschichtet wie Schnee.

Lena müsste schon ziemlich unverfroren sein, wenn sie Trey jetzt mit tröstenden Worten oder Lebensweisheiten käme. Stattdessen respektiert sie das Schweigen, bis sie aus der Stadt raus und auf der Landstraße sind. Dann sagt sie: »Du warst gut.«

Trey nickt. »Er hat mir geglaubt.«

»Stimmt, ja.«

Lena rechnet damit, dass Trey fragt, was jetzt als Nächstes passiert, aber das tut sie nicht. »Was wirst du Cal erzählen?«

»Ich werde ihm gar nichts erzählen«, antwortet Lena. »Ich denke, du solltest ihm die ganze Wahrheit sagen, aber das ist deine Entscheidung.«

»Er wird wütend sein.«

»Vielleicht. Vielleicht auch nicht.«

Wieder verfällt Trey in Schweigen. Sie lehnt den Kopf an das Beifahrerfenster und starrt nach draußen auf die vorbeiziehende Landschaft. Auf der Straße herrscht reger Feierabendverkehr. Daneben, unberührt vom hektischen Rhythmus der Autos, sucht Vieh in aller Ruhe nach ein bisschen Grün auf den vergilbten Wiesen.

Lena fragt: »Wo soll ich dich absetzen?«

Trey holt tief Luft, als hätte sie vergessen, dass Lena da ist. »Zu Hause«, sagt sie. »Danke.«

»In Ordnung.« Lena setzt den Blinker. Sie nimmt die längere Route, die gewundenen Straßen auf der anderen Bergseite und über die Kuppe, damit möglichst wenig Leute aus Ardnakelty sie sehen. Der Tag heute wird sich noch früh genug herumsprechen. Lena schielt zu Trey rüber, sieht, wie ihre Augen methodisch über den Berghang hin und her wandern, als würde sie nach etwas suchen, von dem sie weiß, dass sie es niemals finden wird.

20

CAL SPÜLT DAS Geschirr vom Abendessen, als es an der Tür klopft. Mart steht davor und klimpert mit seinen Autoschlüsseln. »Sattel dein bestes Pony, mein Freund«, sagt er. »Wir haben was zu erledigen.«

Cal sagt: »Und was bitte schön?«

»Johnny Reddy hat uns lange genug geärgert«, sagt Mart. »Lass den Hund hier.«

Cal hat die Nase gestrichen voll davon, sich wie ein blödes Schaf von Mart und seinen Plänen und seinen indirekten düsteren Warnungen herumscheuchen zu lassen. »Sonst was?«, fragt er.

Mart blinzelt und sieht ihn an. »Sonst nichts«, sagt er sanft. »Ich geb dir keine Befehle, Mann. Wär gut, wenn du dabei wärst, mehr nicht.«

»Johnny Reddy ist nicht mein Problem, das hab ich dir doch schon gesagt.«

»Ach, verdammt«, sagt Mart entnervt. »Du heiratest eine von unseren Frauen, mein Lieber. Du ziehst eins von unseren Kindern groß, warum auch immer. Du ziehst Tomaten auf einem Stück von unserem Land. Was willst du denn noch?«

Cal steht an der Tür, mit dem Spüllappen in der Hand. Mart wartet geduldig, drängt ihn nicht. Hinter ihm, in der warmen Abendluft, flattern die Jungkrähen dieses Jahres immer selbstbewusster mit den Flügeln, purzeln durcheinander und spielen Fangen.

»Ich hol nur eben meinen Schlüssel«, sagt Cal. Dann geht er zurück in die Küche und legt den Spüllappen weg.

Das leise Gemurmel des Fernsehers dringt aus dem Wohnzimmer, aber das Haus fühlt sich trotzdem wie verwaist an, tief in Stille versunken. Trey spürt, dass ihr Dad aus dem Haus gegangen ist. Sie weiß nicht, was sie davon halten soll. Seit dem Mord an Rushborough hat er ihr Grundstück nicht mehr verlassen.

Ihre Mam ist in der Küche. Sheila sitzt am Tisch, schält nichts, stopft nichts, sitzt einfach nur da und isst einen dick mit Brombeermarmelade bestrichenen Toast. Trey kann sich nicht erinnern, wann sie ihre Mam das letzte Mal so untätig gesehen hat.

»Hatte Lust auf was Süßes«, sagt Sheila. Sie fragt nicht, wo Trey so lange mit Lena war. »Willst du auch was? Vom Abendessen ist nix mehr da.«

Trey sagt: »Wo ist Dad hin?«

»Senan Maguire und Bobby Feeney haben ihn abgeholt.«

»Wo wollten die mit ihm hin?«

Sheila zuckt die Achseln. »Sie werden ihn schon nicht umbringen«, sagt sie. »Außer er schaltet auf stur, vielleicht.«

Trey ist in den letzten Tagen so viel durch den Kopf gegangen, dass sie ihre Mutter gar nicht mehr richtig wahrgenommen hat. Zuerst weiß sie nicht, was ihr an Sheila seltsam vorkommt, doch dann begreift sie, dass sie seit Wochen niemanden mehr gesehen hat, der so friedlich wirkt. Sie hat den Kopf nach hinten gelegt, um sich das Gesicht von der warmen Abendsonne durchs Fenster bescheinen zu lassen. Zum ersten Mal sieht Trey in den hohen Wangenknochen und dem weit geschwungenen Mund die Schönheit, von der Johnny geredet hat.

Trey sagt: »Ich war mit Lena in der Stadt. Bei der Polizei. Ich hab denen erzählt, dass ich in der Nacht keinen hier oben gehört hab, bloß, dass Dad rausgegangen ist.«

Sheila beißt in ihren Toast und überlegt einen Moment. Dann nickt sie. »Haben sie dir geglaubt?«

»Ja. Ich denk schon.«

»Dann nehmen sie ihn fest.«

»Keine Ahnung. Auf jeden Fall holen sie ihn ab und stellen ihm Fragen.«

»Meinst du, die durchsuchen hier alles?«

»Wahrscheinlich. Ja.«

Sheila nickt wieder. »Die werden finden, was sie suchen«, sagt sie. »Wartet alles draußen im Schuppen auf sie.«

In der langgezogenen Stille plappert der leise Fernseher munter weiter.

Sheila deutet mit dem Kinn auf den Stuhl ihr gegenüber. »Setz dich«, sagt sie.

Die Beine des Stuhls schaben stumpf über das Linoleum, als Trey ihn unter dem Tisch hervorzieht. Sie setzt sich. Ihr Verstand ist erstarrt.

»Ich hab verstanden, was du gemacht hast«, sagt Sheila. »Zuerst wolltest du nur deinen Vater loswerden, genau wie ich. Stimmt's?«

Trey nickt. Das Haus fühlt sich an wie ein Ort in einem Traum: Die verblichenen Tassen, die unter dem Schrank an Haken hängen, scheinen in der Luft zu schweben, die zerkratzte Emaille des Herds leuchtet unwirklich. Sie fürchtet nicht, dass eines ihrer Geschwister hereingerannt kommt oder dass Nealon an die Haustür klopft. Nichts wird sich bewegen, ehe sie und ihre Mutter hier fertig sind.

»Es war sinnlos«, sagte Sheila. »Das war mir schon früh klar. Er würde nirgendwohin gehen, solange er diesen Rushborough im Nacken sitzen hatte. Er hat die ganze Zeit bloß daran gedacht, wie er an das Geld kommt.«

Trey sagt: »Das weiß ich.«

»Ich weiß, dass du das weißt. In der Nacht, als er und Cal die Schlägerei hatten, hab ich ihm das Blut abgewaschen, und er hat so getan, als wär ich gar nicht da. Er hat mich nicht gesehen. Aber ich *war* da. Ich hab gehört, was er gesagt hat. Er hat dich dazu gebracht, ihm zu helfen.«

»Er hat mich nicht dazu gebracht. Ich wollte das.«

Sheila sieht sie an. »Das Dorf kennt keine Gnade«, sagt sie. »Sobald du dich mit denen anlegst, fressen sie dich bei lebendigem Leib. Du wärst verloren gewesen, so oder so.«

»Ist mir scheißegal«, sagt Trey. Ihr Verstand setzt allmählich wieder ein. Ihr wird mit voller Wucht klar, dass ihre Mutter für sie ein Rätsel ist. Sie könnte alles Mögliche unter ihrem Schweigen verborgen haben.

Sheila schüttelt knapp den Kopf. »Ich hab schon ein Kind an dieses Dorf verloren«, sagt sie. »Ich werde nicht noch eins verlieren.«

Brendan ist eine blitzartige Schneise in der Luft zwischen ihnen, hell und lebendig.

Trey sagt: »Deshalb wollte ich Dad ja helfen. Um es denen heimzuzahlen. Er hat mich nicht benutzt, ich hab ihn benutzt.«

»Das weiß ich«, sagt Sheila. »Du liegst genauso falsch wie er, weil du denkst, ich krieg nichts mit. Ich hab es von Anfang an gewusst. Und ich hätt's niemals zugelassen.«

»Du hättest mich machen lassen sollen«, sagt Trey. Sie merkt, dass ihre Hände zittern. Vor Zorn, wie sie erst nach einem Moment begreift.

Sheila sieht sie an. »Du wolltest dich an ihnen rächen«, sagt sie.

»Es hätte geklappt! Ich hatte alles geregelt. Ich hatte die Schweine in der Hand!«

»Nicht so laut«, sagt Sheila. »Sonst kommen die Kleinen rein.«

Trey hört sie kaum. »Alle sind voll drauf reingefallen. Du hättest mich einfach bloß machen lassen müssen. Verdammte Scheiße. Warum hast du dich überhaupt eingemischt?« Sie springt vor Wut auf, aber sobald sie steht, weiß sie nicht, was sie machen soll. Als Kind hätte sie irgendwas geschmissen, irgendwas zertrümmert. Sie will es wieder tun. »Du hast alles kaputt gemacht.«

Im Licht der Sonne sind Sheilas Augen blau wie Flammen. Sie blinzelt nicht. »Du bist meine Rache«, sagt sie. »Dich richtet keiner zugrunde, dafür sorge ich.«

Trey stockt der Atem. Die abblätternde mattweiße Farbe der Wände ist gleißend hell, und das fleckige Linoleum hat einen heißen, bedrohlichen Glanz, als würde es jeden Moment hochkochen. Sie kann den Boden unter ihren Füßen nicht mehr spüren.

»Setz dich hin«, sagt Sheila. »Ich rede mit dir.«

Nach einem Moment setzt Trey sich wieder. Ihre Hände auf dem Tisch fühlen sich anders an, surren mit einer seltsamen neuen Kraft.

»Cal hat auch gewusst, was du treibst«, sagt Sheila. »Deshalb hat er deinen Dad verprügelt: Er wollte genauso sehr wie ich, dass der wieder verschwindet. Aber dein Dad war nicht bereit dazu. Am Ende hätte Cal ihn töten müssen. Oder Rushborough, einen von beiden.«

Sie betrachtet ihre Toastscheibe und greift nach dem Messer, um noch mehr Marmelade daraufzustreichen. Sonne fängt sich im Glas, lässt es dunkel rotblau funkeln wie einen Edelstein.

»Ich wusste von deinem Dad, wie viel Angst er hatte: Cal hätte es beinahe schon in der Nacht getan, als sie sich geprügelt haben. Beim nächsten Mal oder dem übernächsten hätte er's getan.«

Trey weiß, dass das stimmt. Jeder und jede um sie herum verändert sich, angetrieben von kaum beherrschbaren Motiven. Die blank gescheuerte Maserung des Tisches sieht zu deutlich aus, um real zu sein.

»Cal ist deine Chance, mehr vom Leben zu haben als das hier«, sagt Sheila. »Ich konnte nicht zulassen, dass er ins Gefängnis geht. Du kannst ohne mich klarkommen, falls du musst.« Ihre Stimme ist sachlich, als spräche sie etwas aus, das sie beide nur zu gut wissen. »Also hab ich mir gedacht, dass ich das für ihn erledigen muss.«

Trey fragt: »Warum Rushborough? Warum nicht Dad?«

»Ich hab deinen Daddy geheiratet. Ich hab ihm was versprochen. Rushborough war mir völlig fremd.«

»Du hättest Dad nehmen sollen. Er hat Rushborough schließlich hergeholt.«

Sheila tut das mit einem kurzen Kopfschütteln ab. »Das wär eine Sünde gewesen«, sagt sie. »Ich hätt's getan, wenn's gar nicht anders gegangen wär, aber es war nicht nötig. Rushborough hat genügt. Vielleicht hätte ich es anders gemacht, wenn ich gewusst hätte, dass du diesen Quatsch von Männern hier oben am Berg erzählen würdest, vielleicht. Ich weiß nicht.«

Sie überlegt einen Moment kauend, zuckt dann die Achseln. »Am Anfang haben mich noch die Kleinen davon abgehalten«, sagt sie. »Cal würde dich zu sich nehmen, wenn ich ins Gefängnis müsste, aber die anderen hätte er nicht nehmen können. Das wär ihm gar nicht erlaubt worden. Ich wollte auf keinen Fall, dass sie ins Heim kommen, und ich wollte auch nicht, dass deine große Schwester ihr Leben in Dublin aufgeben und zurückkommen muss, um sich um sie zu kümmern. Das hat mir die Hände gebunden.«

Trey denkt an die letzten Wochen, sieht ihre Mam Kartoffeln schälen und Dads Hemden bügeln und Alanna die Haare waschen, und die ganze Zeit hat sie unaufhörlich an ihrem Plan gearbeitet.

»Aber dann ist Lena Dunne hier gewesen und hat gesagt, sie würde uns aufnehmen«, sagt Sheila. »Uns alle. Sie ist die Letzte, von der ich das erwartet hätte, aber Lena war immer eine, die Wort hält. Wenn ich dafür in den Knast gegangen wäre, hätte sie die Kleinen genommen, bis ich wieder rauskomme.«

Trey sieht Cal vor sich, still und ruhig an seinem Küchentisch, während sie den Detective nach Strich und Faden belügt. Der Gedanke an ihn hat so viel Kraft, dass sie kurz meint, Cal riechen zu können, Holzspäne und Bienenwachs. Sie sagt: »Und mich. Cal würde mich nicht wollen.«

Sheila sagt ohne Schärfe, aber mit Bestimmtheit: »Er würde tun, was getan werden muss. Genau wie ich das getan hab.« Sie lächelt Trey über den Tisch an, bloß ein kurzes Flackern und ein anerkennendes Nicken. »Ist jetzt sowieso nicht mehr nötig. Nicht, nachdem du heute mit der Polizei geredet hast. Die werden deinen Dad holen, falls er noch mal herkommt. Falls nicht, werden sie nach ihm fahnden.«

Trey sagt: »Die werden herausfinden, dass du es warst. Nicht er.«

»Wie denn?«

»Das hat Cal mir erklärt. Die haben Leute, die Spuren sichern. Nach Übereinstimmungen suchen.«

Sheila wischt einen Klecks Marmelade von ihrem Teller und leckt den Finger ab. »Dann verhaften sie mich eben«, sagt sie. »Hab ich ohnehin mit gerechnet.«

Treys Verstand arbeitet wieder, entwickelt eine ruhige, kalte Dynamik, die sich unaufhaltsam anfühlt. Sie geht die Dinge durch, die Cal ihr gesagt hat. Falls Haare und Fasern von Sheila an Rushboroughs Leichnam gefunden werden, gibt's dafür eine Erklärung. Sie könnten von Johnny übertragen worden sein. Die frei laufenden Schafe haben ihre Fußabdrücke zertrampelt.

Sie fragt: »Wie hast du's gemacht?«

»Ich hab Rushborough angerufen«, sagt Sheila, »und er ist hergekommen. Hat sich kein bisschen gewundert. Er hat mich ja auch nie wahrgenommen.«

Cal hat gesagt, die Polizei würde Rushboroughs Handy auslesen. »Wann hast du ihn angerufen? Mit deinem Telefon?«

Sheila beobachtet sie. Der Ausdruck in ihren Augen ist eigenartig, fast so was wie Verwunderung. Eine Sekunde lang denkt Trey, sie lächelt.

»In der Nacht«, sagt sie, »als dein Daddy eingeschlafen war. Mit seinem Handy, weil ich gedacht hab, Rushborough geht vielleicht nicht ran, wenn er die Nummer nicht kennt. Ich hab ihm erzählt, ich hätte Geld gespart, aber das hätte ich deinem Daddy verschwiegen, weil er es mir sonst wegnimmt. Dass ich es Rushborough geben würde, wenn er von hier verschwindet und deinen Daddy mitnimmt.« Sie denkt zurück, knabbert an Toastkruste. »Er hat mich ausgelacht. Hat gesagt, dein Daddy schuldet ihm zwanzig Riesen und ob ich mir das von meiner Sozialhilfe abgespart hätte? Ich hab gesagt, ich hätte fünfzehntausend von meiner Granny geerbt und beiseitegelegt, um dich mal aufs College zu schicken. Da hat er nicht mehr gelacht. Er hat gesagt, das würde reichen, die restlichen fünf würd er gern abschreiben, wenn er dafür aus diesem Drecksloch rauskäme, und außerdem würd er sie sich sowieso irgendwie von deinem Daddy holen. Er hat anders geredet«, fügt sie hinzu. »Bei mir hat er das vornehme Getue aufgegeben.«

Trey fragt: »Wo hast du dich mit ihm getroffen?«

»Draußen am Tor. Ich hab ihn zum Schuppen geführt, gesagt, da wäre das Geld versteckt. Den Hammer hatte ich in der Tasche von meinem Sweatshirt. Ich hab gesagt, das Geld wär in der Werkzeugkiste im Regal, und als er sich gebückt hat, um die rauszuholen, hab ich zugeschlagen. Ich hab's im Schuppen gemacht, für den Fall, dass er schreit oder kämpft, aber er ist einfach so zusammengeklappt. Dieser große böse Drecksack, vor dem dein Daddy eine Heidenangst hatte: Keinen Mucks hat er gemacht.«

Wenn Rushborough sich nicht gewehrt hat, dann ist kein Blut von Sheila an ihm, keine Hautreste von ihr unter seinen Nägeln.

Seine Leiche, irgendwo außer Reichweite in Nealons Gewahrsam, ist harmlos.

»Ich hatte schon das Küchenmesser griffbereit in den Schuppen gelegt«, sagt Sheila. »Das scharfe, das wir immer für Fleisch nehmen. Als er tot war, hab ich ihn in die Schubkarre gepackt und die Straße runtergebracht.« Sie inspiziert das letzte Stück von ihrem Toast, denkt nach. »Ich hatte so ein Gefühl, als würde mich jemand beobachten«, sagt sie. »Könnte Malachy Dwyer gewesen sein oder Seán Pól vielleicht. Die Schafe haben sich nicht selbst rausgelassen.«

»Du hättest ihn in die Schlucht schmeißen können«, sagt Trey.

»Was hätte er mir denn da unten genutzt? Dein Daddy sollte wissen, dass er tot war, damit er wieder verschwindet. Am liebsten hätte ich ihn bei uns vor die Tür gelegt, aber ich wollte nicht, dass ihr mich seht.«

Sheila wischt mit dem Toaststück die letzte Marmelade vom Teller auf. »Und das war's«, sagt sie. »Ich hab das Richtige getan, für dich, auch wenn ich das früher nie getan hab. Diesmal hab ich getan, was du brauchtest.«

Trey fragt: »Hast du Handschuhe getragen?«

Sheila schüttelt den Kopf. »War mir egal.«

Trey sieht den Schuppen mit Beweisen aufleuchten wie Irrlichter: Fingerabdrücke auf dem Hammer, der Schubkarre, der Tür, dem Regal, im Blut, doppelte Fußspuren auf dem Boden. Rushboroughs Leiche spielt keine Rolle; die Gefahr ist hier.

»Die Sachen, die du getragen hast«, sagt sie. »Weißt du noch, welche das waren?«

Sheila sieht sie an, und der seltsame Ausdruck in ihren Augen verstärkt sich zu einem schwachen Lächeln. »Ja«, sagt sie.

»Hast du sie noch?«

»Natürlich. Ich hab sie gewaschen. War auch nötig.«

Trey sieht die vertrauten ausgeblichenen T-Shirts und Jeans

ihrer Mutter übersät mit hell leuchtenden Spuren: Rushboroughs Haare, Fasern von Hemdstoff, Blutspritzer, tief ins Material eingesickert.

»Hol sie trotzdem«, sagt sie. »Auch die Schuhe.«

Sheila schiebt ihren Stuhl zurück und steht auf. Sie lächelt Trey jetzt offen an, und ihr Kopf hebt sich wie der eines wilden stolzen Mädchens. »Na bitte«, sagt sie. »Ich hab's gewusst: Wir tun, was getan werden muss.«

Die Sonne geht unter. Draußen auf den Weiden färbt das Licht das Gras golden, aber hier, am Fuß des Berges, ist der Schatten dunkel wie die Dämmerung. Die Hitze ist anders, nicht das schonungslose Brennen vom Himmel herab, sondern die drückende, aufgestaute Hitze des Tages, die aus der Erde steigt. Die Männer schweigen und warten. Sonny und Con stehen Schulter an Schulter. PJ tritt von einem Bein aufs andere, bringt trockene Grasbüschel zum Rascheln. Francie raucht. Dessie pfeift eine tonlose Melodie durch die Zähne und hört dann auf. Mart lehnt auf einem Spaten. Francie hat einen Hurlingschläger unter den Arm geklemmt, und PJ schwingt geistesabwesend den Stiel einer Spitzhacke. Cal beobachtet sie unauffällig und versucht abzuschätzen, was sie hier vorhaben oder bereit sind zu tun.

Von weiter weg hinter der Biegung der Straße dringt das Geräusch von Senans Kombi schwach zu ihnen. Der Wagen hält an der Böschung neben den anderen Autos, und Francie tritt seine Zigarette aus. Johnny steigt aus dem Kombi und kommt durch das Gras und die niedrigen Büsche auf sie zu. Senan und Bobby folgen dicht hinter ihm wie Wachleute.

Als er nahe genug ist, blickt Johnny von einem zum anderen und lacht schwach. »Was soll das werden, Leute?«, fragt er. »Meine Güte, ihr guckt alle furchtbar ernst aus der Wäsche.«

Mart hält ihm den Spaten hin. »Fang an zu graben«, sagt er.

Johnny wirft einen ungläubigen Blick darauf, grinst. Cal sieht ihm an, dass sein Verstand hektisch nach Fluchtwegen sucht. »Tut mir leid«, sagt er. »Ich hab nicht die richtigen Klamotten an, um –«

»Du hast gesagt, hier gibt's Gold«, sagt Sonny. »Also lass sehen.«

»Herrje, Leute, ich hab doch nie gesagt, dass es genau hier ist. Rushborough hat die Stellen nie so genau festgelegt. Und mal ehrlich, ich hab euch von Anfang an gesagt, dass das Ganze auch –«

»Hier ist okay«, sagt Francie.

»Ach, nun kommt schon«, sagt Johnny. »Das soll wohl meine Strafe sein, weil ich Rushborough hergeholt hab, was? Aber ich hab mehr verloren als jeder von euch, und ich bin nicht –«

Mart sagt: »Fang an zu graben.«

Nach einem Moment schüttelt Johnny den Kopf, als würde er ihnen widerwillig einen Gefallen tun, tritt vor und nimmt den Spaten. Er sucht kurz den Augenkontakt mit Cal. Cal erwidert seinen Blick.

Johnny stößt den Spaten mit einem leisen sandigen Schaben in die Erde und treibt ihn mit dem Fuß tiefer hinein. Der Boden ist hart getrocknet; das Spatenblatt dringt nur ein paar Zentimeter tief. Johnny blickt kurz hoch und sagt trocken: »Das wird die ganze Nacht dauern.«

»Dann halt dich mal ran«, sagt Con.

Wieder sieht Johnny reihum in ihre Gesichter. Keines von ihnen zeigt eine Regung. Er beugt sich wieder über den Spaten und gräbt weiter.

Sie wollen nicht ins Auto steigen. Irgendwie spüren sie alle, dass etwas in der Luft liegt, das sie nicht verstehen und das ihnen unheimlich ist, deshalb setzen sie sich trotzig zur Wehr. Liam schreit herum, will wissen, wo sie hinfahren und wieso und wo Daddy ist, bis Sheila ihren brüllenden und strampelnden Sohn auf die Rückbank des Autos bugsiert. Alanna schluchzt jämmerlich, klammert sich an Treys Beine und muss mit sanfter Gewalt von ihr weggeschoben werden, während Sheila über den Hof rennt, um Liam wieder einzufangen und zurück ins Auto zu verfrachten, wo sie ihm einen Klaps gibt, damit er auch ja drinbleibt. Selbst Banjo versteckt sich unter Treys Bett. Als Trey ihn nach draußen schleift, jault er verzweifelt und versucht, sich in die Erde zu buddeln, so dass sie ihn schließlich zum Auto tragen muss. Die Verriegelung des Kofferraums ist kaputt. Sie haben so viel Zeug reingestopft, dass der Deckel immer wieder aufspringt, und jedes Mal wenn das passiert, versucht Banjo, über die Rückbank zu entkommen.

Maeve legt sich ins Bett, zieht die Decke über den Kopf und weigert sich, wieder aufzustehen. Trey versucht, sie rauszuzerren, versucht, sie zu schlagen, aber Maeve tritt nur nach ihr und bleibt liegen. Sheila hat mit den anderen genug zu tun und kann nicht helfen. Trey hat keine Zeit für so einen Mist. Nealon könnte jeden Moment auftauchen.

Sie kniet sich neben Maeves Bett. An den Umrissen unter der Decke ist zu erkennen, dass Maeve sich die Ohren zuhält, also kneift Trey ihr fest in den Arm. Maeve kreischt auf und tritt um sich.

»Hör mir zu«, sagt Trey.

»Verpiss dich.«

»Hör zu, oder ich kneif dich noch mal.«

Nach einem Moment nimmt Maeve die Hände von den Ohren. »Ich komm nicht mit«, sagt sie bockig.

»Dieser Detective will Daddy abholen«, sagt Trey.

Schlagartig hört Maeve auf, sich zu wehren. Sie zieht sich die Decke vom Kopf und starrt Trey an. »Wieso? Hat er den Mann umgebracht?«

»Rushborough war ein fieser Typ«, sagt Trey. »Daddy hat uns

nur beschützt. Und jetzt müssen wir ihn beschützen. Ich werde verhindern, dass der Detective ihn schnappt.«

»Wie denn?«

Draußen ertönt die Hupe des Autos. »Kann ich dir jetzt nicht so schnell erklären«, sagt Trey. »Der Detective ist auf dem Weg hierher. Du musst Mammy helfen, die Kleinen wegzubringen, schnell.«

Maeve starrt Trey misstrauisch an. Ihr Haar ist ganz zerzaust, weil sie unter der Decke gesteckt hat. »Daddy ist doch gar nicht hier. Der ist mit ein paar Männern unterwegs.«

»Ich weiß. Die verpfeifen ihn, wenn wir uns nicht beeilen.« Trey hat die Nase gestrichen voll davon, sich Geschichten auszudenken, die andere hören wollen. Sie will Maeve weghaben, will die anderen weghaben, damit sie ungestört zur Tat schreiten kann. »Nun komm endlich«, sagt sie.

Nach einem Moment kickt Maeve die Decke weg und steht auf. »Bau ja keinen Scheiß«, sagt sie zu Trey, als sie beide nach draußen gehen.

Sheila hat das Tor aufgemacht und sitzt bei laufendem Motor am Steuer. »Warte, bis du das Auto unten siehst«, sagt sie durchs Fenster zu Trey. »Und dann renn, so schnell du kannst.«

»Alles klar«, sagt Trey.

Maeve knallt die Beifahrertür zu. Sheila greift mit einer Hand aus dem Fenster und drückt kurz Treys Arm. »Nicht zu fassen«, sagt sie. Ihr Lächeln ist wieder zurück. »Mit dir hatte ich nie gerechnet.« Dann legt sie den Gang ein und fährt los, aus dem Tor und die Straße hinunter.

Trey sieht zu, wie die Staubwolke des Autos träge über den Hof treibt, golden im letzten Sonnenlicht, das durch die Kiefern fällt, und sich dann auflöst. Das Motorgeräusch verklingt. Die Vögel, ungerührt von dem ganzen Geschrei und der Aufregung, bereiten sich auf die Nacht vor, flattern zwischen Bäumen hin und her und streiten um die besten Plätze. In der dämmerigen Luft und mit den Spiegelungen der Bäume auf den Scheiben, die wie geschlossene Fensterläden wirken, sieht das Haus aus, als stünde es seit Wochen leer. Zum ersten Mal in ihrem ganzen Leben kommt es Trey friedlich vor.

Sie überlegt, ob sie noch ein letztes Mal hindurchgehen soll, aber ihr ist nicht danach. Sie hat Brendans Armbanduhr schon aus dem Schlitz in der Matratze geholt und ans Handgelenk geschnallt. Sie hätte gern noch den Couchtisch mitgenommen, den sie bei Cal gebaut hat, aber sie weiß nicht, wohin damit. Ansonsten gibt es im Haus nichts, was sie behalten möchte.

Sie bückt sich, hebt den Ersatzkanister Benzin auf, den ihre Mutter im Hof zurückgelassen hat, und geht zum Schuppen.

Der Schatten des Berges fällt jetzt weit über die Weiden, und der Himmel ist zu einem matten, ausgelaugten Zartlila verblasst. Das Loch im Boden wird größer, aber nur langsam. Johnny ist ein schwächlicher Hänfling im Vergleich zu den festen, gestählten Körpern um ihn herum. Er ist außer Atem, und die Pausen zwischen den Spatenstichen werden länger. Cal achtet kaum auf ihn. Johnny, der wochenlang das Zentrum des Ardnakelty-Universums war, ist nicht mehr wichtig. Er kann nichts mehr tun, das irgendetwas ändern würde. Cal beobachtet die Männer, die Johnny beobachten.

»Kommt schon, Leute.« Johnny hebt den Kopf und streicht sich mit dem Unterarm Haare aus den Augen. »Hier gibt's nix zu finden. Wenn es euch um Gold geht, dann lasst mich euch wenigstens die Stellen zeigen, von denen Rushborough gesagt hat, da wär welches. Ich kann's nicht garantieren, hab ich auch nie getan, aber –«

»Du bist noch nicht tief genug«, sagt Senan. »Mach weiter.«

Johnny stützt sich auf den Spaten. Schweiß glänzt auf seinem

Gesicht und färbt sein Hemd unter den Armen dunkel. »Wenn's euch um das Geld geht, das zahl ich euch zurück. Der ganze Aufstand hier ist doch total übertrieben –«

Con sagt: »Wir wollen dein Geld nicht.«

»Leute«, sagt Johnny. »Jetzt hört mir doch mal zu. Gebt mir ein paar Wochen Zeit, allerhöchstens, dann seid ihr mich endgültig los. Ehrenwort. Ich warte nur noch ein bisschen ab, bis mir dieser Nealon nicht mehr im Nacken sitzt. Dann bin ich weg.«

»Du wartest drauf, dass er sich stattdessen einen von uns vornimmt«, sagt Bobby. Eigentlich ist Bobby ein lustiger kleiner Mann, aber die Wucht seines Zorns hat diese Seite von ihm weggebrannt: Heute würde sich keiner über ihn lustig machen. »Du Arschloch!«

»Es wär überhaupt nicht gut, wenn Nealon mich festnimmt. Ehrlich. Ich würde nie ein Wort darüber verlieren, was wir am Fluss gemacht haben, das wisst ihr doch, aber auf meinem Handy ist so einiges. Wenn der anfängt, mich unter die Lupe zu nehmen, stecken wir alle in der Scheiße. Wenn ihr bloß noch ein bisschen warten würdet, bis –«

»Halt die Schnauze«, sagt Francie. Seine barsche Stimme übertönt Johnnys, zerschneidet sie. »Grab weiter.«

Der Berg fühlt sich anders an. Trey balanciert auf der Steinmauer gegenüber von ihrem Tor und beobachtet die Straße tief unten, wartet auf das Auto von ihrer Mam. Die Weiden sollten die träumerische Ruhe des Abends verströmen, doch stattdessen liegen sie unter einem dichter werdenden Wolkenschleier und sind mit einem seltsamen bläulichen Schimmer überzogen. In Treys näherer Umgebung flackern Schatten lautlos im Gebüsch, und Äste schwanken ohne Wind. Die Luft siedet. Trey hat das Gefühl, aus jeder Richtung gleichzeitig beobachtet zu werden, von Hunderten verborgenen, starren Augen. Sie denkt daran, wie sie sich als

Kind auf diesem Berg bewegt hat, in dem Gefühl, übersehen zu werden, weil sie zu unbedeutend war, um Aufmerksamkeit verdient zu haben, bloß noch so ein halbwüchsiges wildes Wesen, dem man freien Lauf lassen konnte. Jetzt ist sie es wert, beobachtet zu werden.

Ein Ginsterbusch raschelt jäh und laut wie eine bewusste Provokation, und Trey fällt beinahe von der Mauer. Zum ersten Mal versteht sie, was ihren Dad ins Haus getrieben und die letzten Tage dort gefangen gehalten hat.

Sie erkennt darin eine unvermeidliche Reaktion auf das, was sie Nealon erzählt hat. Etwas hat ihr die Chance auf Rache beschert, genau wie es ihr Cal beschert hat, aber diesmal hat sie es abgewiesen. Was auch immer hier oben ist, es ist nicht mehr auf ihrer Seite.

Sie plant die Route, die sie nehmen wird, über Weiden und Mauern, den schnellsten Weg runter ins Tal, wenn man den Berg so gut kennt wie sie. Es wird dunkel, aber die sommerliche Dämmerung dauert noch lange. Sie wird genug Zeit haben. Sie wird vorsichtig sein.

Der silberne Hyundai ihrer Mam taucht unten auf der Straße auf, winzig klein auf die Entfernung, aber immer noch erkennbar, und er fährt schnell. Licht spiegelt sich auf ihm, als er in Lenas Einfahrt biegt. Trey springt von der Mauer.

Lena sitzt mit einer Tasse Tee und einem Buch auf dem Sofa, aber sie liest nicht. Sie denkt auch nicht nach. Sie sieht sowohl Treys Gesicht als auch Cals vor ihrem geistigen Auge, seltsam ähnlich mit ihren distanzierten, entschlossenen Mienen, aber sie lässt sie in Ruhe, versucht nicht herauszufinden, was sie mit ihnen machen soll. Die Luft fühlt sich stickig und unruhig an, drängt von allen Seiten heran. Das Abendlicht vor dem Fenster hat einen giftigen Stich, grünlich lila, wie etwas Fauliges. Lena bleibt ruhig sitzen, wappnet sich für das, was kommen mag.

Die Hunde zucken und schnaufen gereizt in ihrer Ecke, wollen dösen und gehen sich gegenseitig auf die Nerven. Lena trinkt ihren Tee und isst ein paar Kekse, nicht weil sie hungrig ist, sondern solange sie noch die Gelegenheit dazu hat. Sie hört ein Auto die Auffahrt hochkommen, und obwohl sie nicht damit gerechnet hat, steht sie auf, ohne wirklich überrascht zu sein, und geht zur Haustür.

Das Auto platzt aus allen Nähten: Sheila und die Kinder und Banjo springen aus den Türen, Müllsäcke voller Kleidung hängen aus dem Kofferraum. »Du hast gesagt, du nimmst uns auf, wenn's sein muss«, sagt Sheila auf der Türschwelle. Sie hat Alanna an der Hand und eine prallvolle Reisetasche über die Schulter gehängt. »Tust du's?«

»Ja klar«, sagt Lena. »Was ist passiert?«

Banjo quetscht sich an ihren Beinen vorbei zu den Hunden, aber Trey ist nirgends zu sehen. Lenas Herzschlag verändert sich, wird langsam und schwer.

»Bei uns brennt's«, sagt Sheila. Sie schiebt sich die Tasche höher auf die Schulter, damit sie Liams Arm packen und ihn davon abhalten kann, auf Lenas großen Geranientopf zu klettern. »Am Schuppen. Ich schätze, Johnny hat eine Zigarette weggeschmissen, die nicht ganz aus war.«

»Wie schlimm ist es?«, fragt Lena. Sie versteht nicht, was hier vor sich geht. Sie hat das Gefühl, dass alles irgendeinen Sinn ergibt, den sie nicht erkennt.

Sheila zuckt die Achseln. »Das Feuer ist noch klein. Aber alles ist knochentrocken. Wer weiß, wie schnell es um sich greift.«

»Welches Feuer?«, fragt Liam. Er versucht, sich aus Sheilas Griff zu winden. »Da ist kein Feuer.«

»Es ist hinterm Schuppen«, erklärt Maeve ihm. »Deshalb hast du's nicht gesehen. Halt die Klappe.«

»Hast du die Feuerwehr verständigt?«, fragt Lena. Sie kann sich

Sheilas Ruhe nicht erklären. Das ist nicht ihre übliche bleierne Schutzwand der Unerreichbarkeit; es ist die lebhafte, hellwache Kaltblütigkeit von jemandem, der geschickt und intuitiv eine komplizierte Situation meistert. Lena schaut über die Schulter nach hinten zum Berg, doch ihr Haus versperrt die Sicht.

»Mach ich jetzt«, sagt Sheila und zieht ihr Handy aus der Tasche. »Da oben hab ich keinen Empfang.«

»Woher weißt du das?«, will Alanna von Maeve wissen.

»Hat Trey gesagt. Halt die Klappe.«

Alanna lässt sich das durch den Kopf gehen. »Ich hab das Feuer gesehen«, sagt sie.

Lena fragt: »Wo ist Trey?«

Sheila, Handy an einem Ohr, eine Hand auf dem anderen, sieht sie kurz an. »Sie kommt gleich«, sagt sie.

»Ist sie da oben? Ist Johnny bei ihr?«

»Sie kommt gleich«, wiederholt Sheila. »Ich hab keine Ahnung, wo er ist.« Dann wendet sie sich ab. »Hallo, ja, ich will ein Feuer melden.«

Die Tür zum Schuppen schwingt auf, bringt den Wust von Sachen in der Schubkarre ans Tageslicht. Benzingeruch strömt wie ein dichter Schimmer nach draußen. Trey nimmt die Whiskeyflasche, die sie neben der Tür abgestellt hat, und kramt das Ersatzfeuerzeug ihres Dads aus der Hosentasche. Sie zündet den benzingetränkten Lappen im Hals der Flasche an, wirft sie in den Schuppen und rennt schon los, noch ehe sie das Splittern von Glas hört.

Hinter ihr flammt der Schuppen mit einem einzigen großen, sanften *Wusch* auf, und ein gefährliches Knistern wird immer lauter. Am Tor blickt Trey noch einmal zurück, um auf Nummer sicher zu gehen. Der Schuppen ist eine Feuersäule; schon züngeln die ersten Flammen an den Fichtenzweigen.

Trey rennt. Als sie auf die Mauer springen will, ertönt ein Geräusch irgendwo in den Ritzen zwischen den Steinen, ein hohles Schaben, wie Knochen auf Stein. Trey verliert vor Schreck das Gleichgewicht und strauchelt. Sie fällt hin, spürt, wie ihr Fuß unter ihr nach innen wegknickt. Als sie aufstehen will, kann ihr Knöchel ihr Gewicht nicht tragen.

Der Rhythmus des Spatens ist Teil von Cals Gedanken geworden, etwas, das er noch lange hören wird, wenn er diesen Ort verlässt. Johnny sinkt nach jedem Spatenstich in sich zusammen. Das Loch ist jetzt hüfttief, lang und breit genug, um einen kleinen Mann aufzunehmen. Ringsherum am Rand ist Erde aufgehäuft.

Der Himmel hat sich verdunkelt, aber nicht nur durch die einbrechende Nacht: Von irgendwo ist eine bedrohliche lilagraue Wolkendecke aufgezogen, obwohl Cal keinen Wind spürt. Er hat so lange keine Wolken mehr gesehen, dass sie sich fremd anfühlen, den Himmel unnatürlich nah erscheinen lassen. Die Weiden haben eine seltsame, diffuse Leuchtkraft, als würde die Luft selbst das verbleibende Licht erzeugen.

Johnny verharrt erneut, stützt sich schwer auf den Spaten, legt den Kopf in den Nacken. »Hooper«, sagt er. Cal kann seinen Atem tief in der Brust hören. »Du bist doch ein vernünftiger Mann. Willst du bei so 'ner üblen Sache mitmachen?«

»Ich mach bei gar nichts mit«, sagt Cal. »Ich bin überhaupt nicht hier.«

»Sind wir alle nicht«, sagt Sonny. »Ich trink gerade ein paar Dosen zu Hause vor der Glotze.«

»Ich spiel Karten mit den beiden hier«, sagt Mart und zeigt auf PJ und Cal. »Und ich gewinne, wie üblich.«

»Hooper«, sagt Johnny wieder, beschwörend. Seine Augen blicken wild. »Du willst doch nicht zulassen, dass sie Theresa ihren Daddy wegnehmen.«

»Du bist nie ein Vater für sie gewesen«, sagt Cal. »Und keiner wird dir eine Träne nachweinen.« Er sieht Marts kleines grimmiges Lächeln der Anerkennung über das tiefer werdende Loch hinweg.

Er ist nach wie vor unsicher, ob die Männer nur hier sind, um Johnny aus dem Dorf zu jagen, oder ob sie Schlimmeres vorhaben. Johnny, der sie länger und besser kennt als Cal, glaubt, dass sie Schlimmeres vorhaben.

Cal könnte versuchen, es ihnen auszureden. Vielleicht hätte er sogar Erfolg. Sie sind schließlich keine skrupellosen Verbrecher. Er weiß nicht, ob er es versuchen wird, wenn's drauf ankommt. Seine persönlichen Grundsätze verbieten es, einen Mann totprügeln zu lassen, selbst so ein kleines Arschgesicht wie Johnny, aber er hat seine Grundsätze hinter sich gelassen. Ihn interessiert nur noch, dass Trey hat, was sie braucht, ob das nun ein abwesender Vater ist oder ein toter.

»Leute«, sagt Johnny. Er stinkt nach Schweiß und Angst. »Leute, ich schwöre. Ich tu, was ihr wollt, egal was. Ihr müsst es mir nur sagen. Sonny, Mann, ich hab dir schon mal aus der Patsche geholfen –«

Cals Handy piept. Eine Nachricht von Lena.

Sheila und die Kinder sind bei mir. Trey ist noch oben am Haus. Hol sie.

Johnny redet noch immer. Als Cal den Kopf hebt, riecht er einen schwachen Hauch Rauch in der Luft.

Er dreht sich Richtung Berg um und scheint ewig dafür zu brauchen. Hoch oben auf der breiten Flanke ist ein kleiner, zuckender orangeroter Fleck. Eine Rauchsäule zeichnet sich leuchtend vor dem Himmel ab.

Die anderen Männer drehen sich ebenfalls um. »Das ist bei mir«, sagt Johnny ausdruckslos. Der Spaten fällt ihm aus der Hand. »Das ist mein Haus.«

»Ruf die Feuerwehr«, sagt Cal zu Mart. Dann läuft er los, Gestrüpp zerrt an seinen Hosenbeinen auf dem Weg zu seinem Auto.

Er ist fast da, als er hinter sich stampfende Schritte und Keuchen hört. »Ich komm mit«, presst Johnny atemlos heraus.

Cal antwortet nicht und wird auch nicht langsamer für ihn. Als er den Wagen erreicht, ist Johnny kurz hinter ihm. Während er versucht, mit Fingern, die sich dick und taub anfühlen, den Schlüssel ins Zündschloss zu stecken, reißt Johnny die Beifahrertür auf und wirft sich ins Auto.

Trey zischt vor Schmerz durch zusammengebissene Zähne, als sie sich an der Mauer hochzieht und daran abstützt, um zum nächsten Baum zu wanken. Das Prasseln und Lodern der Flammen wird lauter, durchsetzt mit seltsamen Knall- und Knackgeräuschen. Sie späht über die Schulter und sieht, dass ein Teil des Fichtenwäldchens aus Feuer besteht, jede einzelne Nadel vollkommen und glühend in der Dämmerung.

Der Baum ist von der Dürre ausgetrocknet, aber es gelingt ihr trotzdem erst beim vierten Versuch, unter Einsatz ihres ganzen Gewichts einen Ast abzubrechen. Sie landet schwer auf ihrem Knöchel, und ihr wird kurz schwindelig vor Schmerz. Sie muss sich über die Mauer lehnen und mehrmals tief durchatmen, bis sie wieder klar sehen kann.

Ihr ist bewusst, dass sie vielleicht sterben wird, aber sie hat keine Zeit, sich Gedanken darüber zu machen. Sie polstert ein Ende des Astes mit ihrem Hoodie und schiebt es sich in die Achselhöhle. Dann humpelt und hüpft sie, so schnell sie kann, den Weg hinunter.

Vögel fliegen panisch aus den Fichten und Ginsterbüschen zu beiden Seiten auf, kreischen wilde, schrille Warnrufe. Die Luft riecht nach Rauch, und die Hitze wirbelt sie durcheinander:

Kleine Dinge tanzen und trudeln vor Treys Gesicht, Asche-flocken, Flammenfetzen. Erst jetzt merkt sie, wie steil der Weg wirklich ist. Wenn sie schneller humpelt, wird sie stürzen. Sie darf auf keinen Fall ihre Krücke verlieren oder sich noch schlimmer verletzen.

Sie hält ihr Tempo konstant, den Blick auf den Boden gerichtet, um größeren Steinen auszuweichen. Hinter ihr steigert sich das Rauschen des Feuers zu einem Brüllen. Sie schaut nicht zurück.

»Großer Gott«, sagt Johnny und atmet übertrieben auf, »was bin ich froh, dass ich da weg bin.«

Cal, der mit Vollgas Schlaglöchern ausweicht, hört ihn kaum. Das Einzige, was für sie arbeitet, ist die windstille Luft. Der Brand wird sich in diesem knochentrockenen Land schon von allein schnell genug ausbreiten, aber ohne Wind, der ihn in verschiedene Richtungen treiben würde, wird er bergauf züngeln. Trey wird auf dem Weg nach unten sein.

Johnny beugt sich näher zu ihm. »Die hätten mich nicht umgebracht oder sonst was Perverses mit mir gemacht. Das ist dir doch klar, oder? Ich und die Jungs, wir kennen uns schon ewig. Die hätten mir nicht ernsthaft was getan. Die sind ja nicht irre. Die wollten mir bloß Angst einjagen, mein ich, bloß um –«

Cal biegt schlingernd nach links in die Straße, die den Berg raufführt. Er sagt: »Halt verdammt nochmal die Klappe, sonst bring ich dich eigenhändig um.« Eigentlich will er sagen: *Falls Trey irgendwas passiert, bring ich dich eigenhändig um.* Ihm ist nicht klar, wie genau Johnny dafür verantwortlich ist, aber dass er es ist, daran hat er keinen Zweifel.

Oberhalb von ihnen, zu nah, ist das Feuer, eine brutale, orangerot pulsierende Hintergrundbeleuchtung der Bäume. Cal wünscht sich Trey mit solcher Inbrunst herbei, dass er hinter jeder Biegung der Straße ernsthaft damit rechnet, sie im Scheinwerferkegel den Weg herabkommen zu sehen, aber nirgends ist ein menschliches Wesen in Sicht. Er lenkt den Wagen mit einer Hand, um auf sein Handy zu schauen: keine Nachricht von Lena.

An der Gabelung, wo Rushborough abgelegt wurde, steigt Cal auf die Bremse. Er wagt es nicht, noch weiter zu fahren, weil sie den Wagen brauchen werden, um es hier wieder rauszuschaffen, falls sie zurückkommen. Er schnappt sich seine Wasserflasche und das zerlumpte Handtuch, mit dem er immer die Scheiben wischt, kippt Wasser auf das Handtuch und reißt es in der Mitte durch. »Hier«, sagt er und wirft Johnny eine Hälfte zu. »Du kommst mit. Vielleicht sind zwei nötig, um sie zu tragen. Mach mir ja keinen Ärger, sonst schmeiß ich dich da rein.« Er deutet mit dem Kinn den Berg hoch auf das Feuer.

»Leck mich«, sagt Johnny. »Du warst bloß meine Mitfahrgelegenheit. Ich wär auch ohne dich hier.« Er springt aus dem Auto, wickelt sich das Handtuch um den Kopf und läuft den Weg zu seinem Haus hoch, ohne auf Cal zu warten.

Cal war noch nie so nah an einem großen Feuer. In seinem alten Job hatte er gelegentlich mit den Überresten von Bränden zu tun, matschige schwarze Asche und beißender Gestank, vereinzelt aufsteigende letzte Rauchfäden, aber das war nichts im Vergleich zu dem hier. Es hört sich an wie ein Tornado, ein gewaltiges, unaufhörliches Tosen, durchbrochen von lautem Krachen, Kreischen, Stöhnen, Geräuschen, die umso schrecklicher klingen, als sie unerklärlich sind. Über den Baumwipfeln brodelt Rauch in mächtigen Schwaden gen Himmel.

Johnny kann nur wenige Schritte vor ihm sein, aber die Dunkelheit bricht schnell herein, die Luft ist verschleiert, und der flackernde Feuerschein ist irritierend. »Johnny!«, schreit Cal. Er fürchtet, dass Johnny ihn nicht hören kann, doch nach einem Moment ertönt eine laute Stimme. Er läuft in die Richtung, kann eine Gestalt ausmachen und packt Johnnys Arm. »Wir müssen zusammenbleiben«, schreit er ihm ins Ohr.

Sie hasten den Weg hoch, haben sich linkisch untergehakt und die Köpfe gesenkt, als kämpften sie gegen einen Schneesturm an. Die Hitze attackiert sie wie etwas Massives, das sie zurückdrängen will. Jeder Instinkt in Cals Körper schreit danach nachzugeben. Er muss seine Muskeln zwingen, sich weiter vorwärtszubewegen.

Er weiß, dass Trey schon längst über irgendeinen geheimen Pfad geflohen sein könnte, oder aber sie ist eingeschlossen hinter den Flammen, wo er sie unmöglich erreichen kann. Die Luft ist rauchgeschwängert und erfüllt von glühenden Fetzen, die von Strudeln mitgerissen werden. Ein Hase flitzt über den Weg, praktisch direkt vor ihren Füßen, ohne auch nur in ihre Richtung zu blicken.

Das prasselnde Tosen hat sich in eine infernalische Raserei gesteigert. Ein Stück vor ihnen verschwindet der Weg in einer wabernden Rauchwand. Ihre schiere Undurchdringlichkeit lässt Cal und Johnny unwillkürlich verharren.

Das Haus der Reddys liegt dahinter, und alles dahinter ist verloren. Cal bindet sich den nassen Lappen fester ums Gesicht und holt tief Luft. Er spürt, wie Johnny es ihm gleichtut.

Für den Bruchteil einer Sekunde sieht das, was da aus dem Rauch gehumpelt kommt, nicht wie ein lebendiger Mensch aus. Rußverschmiert, zur Seite gekrümmt, wankend, eine der am Berg verborgenen toten Seelen, von den Flammen erweckt und belebt. Cal sträuben sich die Nackenhaare. Neben ihm stößt Johnny einen Schreckenslaut aus.

Dann blinzelt Cal und sieht Trey, rauchgeschwärzt und hinkend, ein Arm verkrampft durch den Druck ihrer behelfsmäßigen Krücke. Ehe sein Verstand überhaupt begreifen kann, ob sie tot ist oder lebt, rennt er schon zu ihr.

Treys Sinne haben sich aufgespalten. Sie sieht Cals Augen und aus irgendeinem Grund auch die von ihrem Dad, sie hört ihre Stimmen Wörter aussprechen, sie spürt Arme am Rücken und unter den Oberschenkeln, aber nichts davon kommt bei ihr an. Rauch treibt zwischen ihnen, hält sie getrennt. Sie ist nirgendwo, bewegt sich zu schnell.

»Halt ihren Fuß hoch«, sagt Cal. Es gibt einen harten Aufprall, als sie mit dem Hintern auf dem Boden landet.

Plötzlich nimmt sie Dinge wieder wahr. Sie sitzt auf der Erde mit dem Rücken an einem Reifen von Cals Auto. Ihr Dad ist vorgebeugt, die Hände auf die Knie gestützt, und ringt nach Atem. Dünne Rauchschwaden treiben ohne Eile den Weg hinab und zwischen die Bäume. Unterhalb von ihnen liegen die Straße und die Heidebüsche im Halbdunkel; oberhalb von ihnen steht der Berg in Flammen.

»Trey«, sagt Cal dicht vor ihrem Gesicht. Er hat irgendwas Rotes und Weißes um den Kopf. Der Teil seines Gesichts, den sie sehen kann, ist verschmiert und schweißnass. »Trey, hör mir zu. Kriegst du einigermaßen Luft? Tut dir was weh?«

Treys Knöchel tut saumäßig weh, aber das fühlt sich unwichtig an. »Nee«, sagt sie. »Und ich krieg Luft.«

»Okay«, sagt Cal. Er richtet sich auf, zieht das Handtuch vom Kopf und verzieht das Gesicht, als er eine Schulter lockert. »Schaffen wir dich ins Auto.«

»Ohne mich, Mann«, sagt Johnny noch immer schweratmend und hebt beide Hände. »Ich riskier nicht Kopf und Kragen und komm wieder mit. Ich hab Schwein gehabt, dass ich lebend da rausgekommen bin.«

»Von mir aus«, sagt Cal. »Trey. Ab ins Auto. Sofort.«

»Moment noch«, sagt Johnny. Er kniet sich vor Trey auf den Boden. »Theresa.« Er packt ihre Arme, schüttelt sie kurz beschwörend, damit sie ihm in die Augen sieht. In dem flackernden

Mischmasch aus Dämmerung und Feuerschein sieht sein Gesicht alt und unstet aus, fremd. »Ich weiß, du denkst, dass ich bloß zurückgekommen bin, weil ich dem Dorf ein bisschen Geld abluchsen wollte, aber das stimmt nicht. Ich wollte sowieso zurückkommen. Schon ganz lange. Aber ich wollte in einem schicken Luxusauto voller Geschenke für euch alle kommen, eine Bonbonkanone aus dem Fenster abschießen, eurer Mammy Brillanten schenken. Es allen zeigen. Ich weiß auch nicht, wieso alles schiefgegangen ist.«

Trey sagt nichts, blickt über seine Schulter in den Rauch. Sie versteht nicht, warum er ihr das erzählt, wo es doch überhaupt nichts ändert. Ihr kommt der Gedanke, dass er einfach bloß reden will – nicht weil er aufgewühlt ist, sondern weil er nun mal so tickt. Ohne ein Gegenüber, das ihm zuhört, ihn lobt oder bedauert, existiert er kaum. Wenn er es ihr nicht erzählt, ist es nicht real.

»Okay«, sagt Cal. »Nichts wie weg hier.«

Johnny überhört ihn und redet schneller. »Hast du schon mal geträumt, dass du von irgendwas Hohem runterfällst oder in ein tiefes Loch stürzt? Du fühlst dich prima, und im nächsten Moment bist du weg vom Fenster? Ich hab mein ganzes Leben lang das Gefühl gehabt, in so einem Traum zu sein. Als würde ich die ganze Zeit abrutschen, mich festkrallen und trotzdem immer weiterschlittern, und es hat nie einen Moment gegeben, in dem ich die Chance gesehen hab, das irgendwie aufzuhalten.«

Cal sagt: »Wir müssen hier weg.«

Johnny holt tief Luft. »Ich hab nie eine Chance gehabt«, sagt er. »Das will ich dir nur sagen. Und wenn der Kerl hier dir eine Chance bietet, dann nutze sie.«

Er hebt den Kopf, lässt den Blick über den Berghang gleiten. Das Feuer breitet sich aus, aber hauptsächlich bergauf. Rechts und links davon sind noch immer breite Streifen unberührt und dunkel: Auswege.

»Folgendes ist passiert«, sagt er. »Als Hooper und ich hier angekommen sind, haben wir uns getrennt: Er hat den Weg genommen, und ich bin durch den Wald auf die Rückseite vom Haus,
falls du von da kommst. Als Hooper dich gefunden hat, wusste er,
dass es bei dem Krach nichts bringt, nach mir zu rufen, und das
Feuer war schon so nah, dass er nicht mehr versuchen konnte,
mich zurückzuholen. Danach hat mich keiner mehr gesehen. Hast
du das verstanden?«

Trey nickt. Johnnys Talent für Geschichten erfüllt endlich
einen guten Zweck. Die hier ist einleuchtend und so nah an der
Wahrheit, dass die Leute sie glauben werden, während er durch
sämtliche Maschen schlüpft und entkommt. Und macht ihn endlich zum Helden.

Johnny sieht sie immer noch eindringlich an, seine Finger fest
um ihre Arme, als wollte er noch etwas anderes von ihr. Aber sie
ist nicht bereit, ihm auch nur ein Körnchen von irgendwas zu geben. »Hab's kapiert«, sagt sie und entwindet sich seinem Griff.

»Hier«, sagt Cal. Er zückt sein Portemonnaie und gibt Johnny
ein paar Geldscheine.

Johnny steht auf, starrt auf das Geld und lacht. Er ist wieder zu
Atem gekommen. Mit hocherhobenem Kopf und dem Schein
des Feuers, der sich in seinen Augen spiegelt, sieht er wieder jünger aus – und spitzbübisch. »Donnerwetter«, sagt er, »der Mann
denkt aber auch an alles. Ich glaub, ihr zwei beide werdet gut miteinander auskommen.«

Er zieht sein Handy aus der Tasche und schleudert es zwischen
die Bäume, ein langer, kraftvoller Wurf in die Flammen. »Bestell
deiner Mammy, dass es mir leidtut«, sagt er. »Ich schick euch mal
eine Ansichtskarte, wenn ich irgendwo gelandet bin.«

Er dreht sich um und rennt leichtfüßig wie ein kleiner Junge
die Straße hoch, die zu Malachy Dwyers Haus und dann über
den Berg auf die andere Seite führt. Sekunden später ist er weg,

verschwunden in der Dämmerung und dem Wald und den dünnen Rauchschwaden.

Irgendwo weit weg, unter dem wortlosen Brüllen des Feuers, hört Trey ein ansteigendes Jaulen: Sirenen. »Komm jetzt«, sagt Cal.

21

DER RAUCH WIRD dichter. Cal packt Trey unter den Achseln, zieht sie hoch und wirft sie praktisch in den Wagen.

»Scheiße, verfluchte! Was hast du dir bloß dabei gedacht?«, sagt er und knallt die Tür zu. Am liebsten würde er ihr eine runterhauen. »Du könntest *tot* sein.«

»Bin ich aber nicht«, erwidert Trey.

»Gottverdammmich«, sagt Cal. »Schnall dich an.«

Reifen knirschen über Schotter, als er den Wagen wendet und den Berg runterfährt. Die trägen Rauchschwaden erwecken den Eindruck, als würde die Straße unter den Scheinwerferkegeln wogen wie Wasser. Cal möchte Gas geben, aber er kann nicht riskieren, in eins der vielen Schlaglöcher zu geraten und hier oben stecken zu bleiben. Also fährt er langsam und vorsichtig und versucht, das lodernde Tosen zu ignorieren, das hinter ihnen anschwillt. Irgendwo ertönt ein Krachen mit solcher Wucht, dass er die Vibration im Wagen spürt, als ein Baum umstürzt.

Die Sirene wird lauter, direkt vor ihnen, und kommt schnell näher. »*Scheiße* –«, sagt Cal halblaut. Die Straße ist zu eng für Gegenverkehr, es gibt keinen Seitenstreifen, auf den er ausweichen könnte. Ihm bleibt nur rückwärtszufahren, zurück ins Feuer.

»Bieg rechts ab.« Trey hat sich vorgebeugt. »Genau hier. Jetzt.«

Ohne zu wissen, was er tut, reißt Cal das Lenkrad herum, sieht die Scheinwerfer über Baumstämme gleiten, spürt, wie die Reifen über irgendwas hinwegholpern, und ist plötzlich auf einem Pfad, so schmal und zugewuchert, dass er zwei Jahre lang daran vorbeigefahren ist, ohne ihn zu bemerken. Aber es gibt ihn.

Hinter ihnen auf der Straße jault die Sirene vorbei und wird wieder leiser.

»Pass auf«, sagt Trey. »Der schlängelt sich.«

»Passt das Auto da überhaupt durch?«

»Ja. Wird gleich breiter.«

Trotz der geschlossenen Fenster ist Rauch ins Auto gedrungen, hängt in der Luft und kratzt Cal in der Kehle. Er zwingt sich, den Fuß vom Gas zu nehmen, während er durch die Windschutzscheibe späht und versucht, den undeutlichen Pfad zu erkennen, der sich scheinbar ziellos zwischen Bäumen hindurchwindet, deren Äste am Wagen entlangkratzen. »Wo führt der hin?«

»Runter ins Tal. Kommt ein Stück vom Dorf entfernt an der Hauptstraße raus.«

Aus der Dunkelheit zischen Dinge quer durch die Scheinwerferkegel, kleine springende Tiere, panische Vögel. Cals Herz hämmert wie verrückt, und er steigt jedes Mal auf die Bremse. Der Wagen rumpelt schwankend über den holprigen Pfad, und Trey muss sich mit aller Kraft festhalten. »Links«, sagt sie, als die Scheinwerfer eine undurchdringliche Baumgruppe vor ihnen beleuchten, und Cal biegt nach links ab. Er hat keine Ahnung, wo er ist oder in welche Richtung er fährt. »Links«, sagt Trey erneut.

Dann lichten sich die Bäume allmählich, weichen hohen Gräsern und Ginsterbüschen. Sie haben den dichtesten Rauch hinter sich gelassen. Kleine helle Fenster leuchten unverdrossen zwischen den Weiden im Tal, und am westlichen Horizont ist noch immer ein letzter schwacher türkisfarbener Hauch zu sehen. Die Welt ist noch da. Langsam kann Cal sich wieder orientieren.

»Lena hat mich heute in die Stadt gefahren«, sagt Trey unvermittelt. »Zu diesem Nealon. Ich hab ihm gesagt, dass ich in der Nacht nichts gesehen hab. Bloß, dass mein Dad aus dem Haus gegangen ist.«

»Okay«, sagt Cal nach einem Moment. Er kann mit Mühe noch genügend restliche Gehirnzellen aktivieren, um zumindest teilweise aufzudröseln, was das bedeutet. »Ist er das?«

Trey zuckt die Achseln.

Cal hat nicht mehr die nötigen Reserven für vorsichtige Formulierungen. »Wieso hast du's dir anders überlegt?«

»Wollte ich einfach«, sagt Trey. Sie stockt, als hätte sie sich selbst überrascht. »Ich wollte das«, wiederholt sie.

»Einfach so«, sagt Cal. »Klar, hätte ich mir denken können. Nachdem du das ganze Dorf durch die Mangel gedreht hast, bist du heute Morgen aufgestanden und hast dir gedacht: ›Scheiß drauf, mir ist langweilig, ich glaub, ich fahr mal in die Stadt und lass mir was Neues einfallen –‹«

Trey fragt: »Bist du sauer auf mich?«

Cal weiß nicht mal ansatzweise, wie er darauf antworten soll. Einen Moment lang hat er das Gefühl, gleich in irres Gelächter auszubrechen. »Gott, Trey«, sagt er. »Ich hab keine Ahnung.«

Trey sieht ihn an, als hätte er den Verstand verloren. Cal atmet tief durch und schafft es, sich einigermaßen wieder in den Griff zu bekommen. »Vor allem bin ich froh, dass dieser ganze Scheiß anscheinend bald überstanden ist«, sagt er. »Und dass du es geschafft hast, lebend da oben rauszukommen. Alles andere steht auf meiner Prioritätenliste ziemlich weit unten.«

Trey nickt, als würde das Sinn ergeben. »Glaubst du, mein Dad hat's rausgeschafft?«, fragt sie.

»Ja. Das Feuer breitet sich schnell aus, aber in seiner Richtung müsste noch eine Weile alles frei sein. Er wird sich irgendwie durchschlagen. Das tun Typen wie er immer.« Cal hat keine Lust, noch irgendwas Nettes über Johnny Reddy zu sagen. Seiner Meinung nach war es schon mehr als großmütig von ihm, dass er der Versuchung widerstanden hat, den Wichser mitten hinein ins Feuer zu schubsen.

Sie haben den Fuß des Berges erreicht. Cal biegt auf die Straße Richtung Dorf und versucht, ruhiger zu atmen. Seine Hände zittern so stark, dass er das Lenkrad kaum noch halten kann. Er muss langsam fahren, damit sie nicht im Straßengraben landen.

Trey sagt: »Wo fahren wir hin?«

»Zu Lena. Deine Mama und die anderen sind schon da.«

Trey schweigt kurz. Dann sagt sie: »Können wir nicht zu dir fahren?«

Plötzlich spürt Cal, dass ihm Tränen in die Augen schießen. »Klar.« Er blinzelt, um die Straße wieder klar sehen zu können. »Wieso nicht?«

Trey stößt einen tiefen Seufzer aus. Sie rutscht tiefer in ihren Sitz, macht es sich bequem und blickt aus dem Seitenfenster, betrachtet das Feuer mit dem ruhigen Blick eines Kindes, das während einer langen Autofahrt die Landschaft vorbeiziehen sieht.

Lena macht das Gästebett für Sheila und die beiden Kleinen und legt für Maeve Bettzeug aufs Sofa. Sie hilft Sheila, die vielen Säcke aus dem Kofferraum zu holen und sie nach Schlafsachen und Zahnbürsten zu durchwühlen. Sie stellt Milch und Tassen und Kekse auf den Tisch, als kleinen Imbiss vor dem Schlafengehen. Sie ruft Cal nicht an. Sobald er kann, wird er sie anrufen. Sie hat das Handy in ihre Jeanstasche gesteckt, damit sie es vibrieren spürt, egal, wie viele Leute gerade reden. Außer Sheilas scheint es das einzige Telefon in ganz Ardnakelty zu sein, das nicht klingelt. Einmal vibriert es, und sie lässt alles fallen, um ranzugehen, aber es ist Noreen. Lena lässt die Mailbox anspringen.

Es ist dunkel geworden, doch über dem Berg leuchtet ein unruhiges, pulsierendes Orange. Selbst hier unten hängt der stechende Geruch von brennendem Ginster in der Luft. Draußen auf der Straße jaulen Sirenen vorbei, aber Lena und Sheila tun so, als würden sie sie nicht hören. Lena kennt Trey gut genug, um sicher zu sein, dass es irgendeinen Plan gegeben haben muss. Doch Sheilas immer bedrückteres Schweigen, als die Zeit vergeht und Trey nicht kommt, verrät ihr auch, dass irgendwas schiefgegangen sein muss.

Liam ist quengelig und bockig, zappelt herum und klettert auf Möbel, will alle zehn Sekunden wissen, wo sein Daddy ist. Weder Lena noch Sheila haben die innere Ruhe, sich mit ihm zu beschäftigen. Sheila hat genug mit Alanna zu tun, die ihr T-Shirt nicht ausziehen will, und bei allem Verständnis für Liams Gemütslage würde Lena ihm am liebsten sagen, er soll verdammt nochmal die Klappe halten. Letztlich ist es Maeve, die ihn an die Hand nimmt, Lena um die Bürsten der Hunde bittet und ihm vorschlägt, ihnen das Fell zu striegeln. Die beiden haben so was offensichtlich noch nie gemacht, aber allmählich findet Liam den richtigen Rhythmus und wird ruhiger. Als Lena mit Handtüchern vorbeikommt, hört sie, dass er Maeve halblaut irgendwas fragt und sie zu ihm sagt, er soll still sein.

Als ihr Handy endlich vibriert, eilt Lena so hastig zur Hintertür hinaus, dass sie fast einen Stuhl umstößt. »Cal«, sagt sie und schließt die Tür hinter sich.

»Wir sind bei mir zu Hause. Trey und ich.«

Lena bekommt weiche Knie und setzt sich schwer auf die Steinstufe. »Sehr gut«, sagt sie. Ihre Stimme klingt ruhig und fest. »So weit alles in Ordnung?«

»Sie hat sich den Knöchel verstaucht und ein paar kleinere Verbrennungen. Nichts Gravierendes.«

Auch seine Stimme ist bemüht ruhig. Was auch immer da oben passiert ist, es war schlimm. »Das wird wieder«, sagt Lena. »Hat sie was gegessen?«

»Wir sind gerade erst angekommen. Aber ja, sie jammert schon rum, sie wär halb verhungert. Ich hab gesagt, ich ruf dich erst an, und dann mach ich ihr was zu essen.«

»Na bitte. Ich würde sagen, solange sie Hunger hat, geht's ihr gut, jedenfalls so einigermaßen.«

Sie hört Cal lange und tief durchatmen. »Sie wollte mit zu mir«, sagt er. »Sie kann eine Weile hierbleiben, falls Sheila nichts dagegen hat.«

»Das wird sie auch müssen«, sagt Lena. Auch sie atmet jetzt tief durch und lehnt sich mit dem Rücken an die Hauswand. »Ich hab hier keinen Platz mehr für sie, höchstens noch die Badewanne.«

»Von dem Reddy-Haus ist nichts mehr übrig. Viel mehr weiß ich nicht.«

»Sheila meint, Johnny hat eine brennende Kippe weggeschmissen.«

Kurzes Schweigen am anderen Ende. Dann: »Johnny war unten im Tal, als das Feuer ausbrach.«

Lena hört, was in seiner Stimme mitschwingt, und denkt daran, dass Mart Lavin gesagt hat, er würde sich um Johnny kümmern. »Wahrscheinlich hat es eine Weile vor sich hin gekokelt«, sagt sie, »bis es dann aufgeflammt ist.«

Erneutes Schweigen, während Cal darauf lauscht, was unausgesprochen bleibt, und Lena in der rauchgeschwängerten Dunkelheit sitzt und seinem Lauschen lauscht. »Wahrscheinlich«, sagt er schließlich. »Wenn der Brand gelöscht ist, wird sowieso keiner mehr feststellen können, wie er ausgebrochen ist.«

»Wo steckt Johnny jetzt?«

»Abgehauen. Ich hab ihm noch ein bisschen Geld gegeben, als kleine Starthilfe. Ich kann nicht beschwören, dass er's vom Berg runtergeschafft hat, und es wär wahrscheinlich gut, wenn die Leute davon ausgehen, dass er's nicht geschafft hat. Aber ich würde sagen, er ist davongekommen.«

Lena ist erleichtert, nicht wegen Johnny, sondern wegen Trey, die nicht mit dem Gedanken leben muss, für den Tod ihres Vaters mitverantwortlich zu sein. »Wurde auch Zeit«, sagt sie.

»Und gerade noch rechtzeitig«, sagt Cal. »Der Bursche steckte wirklich bis zum Hals in der Scheiße.«

»Ja, ich weiß.«

»Und es wäre für ihn noch schlimmer gekommen. Trey hat mir erzählt, dass ihr beide bei Nealon wart.«

Lena kann nicht abschätzen, was er davon hält. »Ich hatte gehofft, dass sie es dir sagt«, erklärt sie. »Ich war unsicher. Sie hatte Angst, du würdest sauer auf sie sein.«

»Gottverdammte Teenager«, sagt Cal hitzig. »Ich hab so viele Gründe, stinksauer zu sein, dass ich lieber gar nicht erst damit anfange, sonst bin ich das ganze Jahr damit zugange. Das Problem ist, sie will mir nicht sagen, warum sie es sich anders überlegt hat. Das ist ihre Entscheidung, aber falls ihr irgendwer Druck gemacht hat, will ich das wissen.«

»Kein Druck«, sagt Lena. »Sie ist zur Vernunft gekommen, mehr nicht.«

Sie ist froh, dass Cal nicht weiter nachfragt. Die Antworten könnten für ihn eine Belastung oder eine Komplikation darstellen, und beides kann er im Moment nicht gebrauchen. Nach einem Moment sagt er: »Ich glaub nicht, dass Johnny den Mann umgebracht hat.«

»Ich auch nicht. Aber er kann sich wenigstens einmal im Leben als nützlich erweisen.«

Sie suchen einander, wenn sie schweigen, tasten sich näher. Es reicht Lena nicht, Cal nur im luftleeren Raum per Telefon zu erleben. Sie will ihn berühren können.

»Hast recht«, sagt Cal. »Ist sowieso nicht mehr mein Problem. Mich interessiert bloß, dass er weg ist.«

Lena sieht in Gedanken Nealon vor sich, wie nackter Triumph sein Gesicht erfüllt. »Als du noch Detective warst«, sagt sie, »wenn dir klarwurde, dass du den Täter schnappen wirst – was hast du da empfunden?«

Schweigen. Sie denkt schon, dass Cal sie fragen wird, wie zum Teufel sie jetzt auf so was kommt. Stattdessen sagt er: »Erleichterung, hauptsächlich. Als hätte ich eine total verkorkste Situation wieder in Ordnung gebracht. Als ich irgendwann gemerkt hab, dass ich das nicht mehr so empfinde, hab ich den Dienst quittiert.«

Lena muss unwillkürlich lächeln. Sie vermutet, obwohl sie das bestimmt für sich behalten wird, dass Cal doch nicht so gern mit Nealon zusammengearbeitet hätte, wie er glaubt. »Gute Entscheidung«, sagt sie. »Deshalb ist Rushborough jetzt nicht dein Problem.«

»Gott sei Dank«, sagt Cal. »Ich muss Trey was zu essen machen. Ich wollte dir bloß vorher Bescheid geben.«

»Ich komm nachher rüber«, sagt Lena. »Ich warte noch, bis die Kinder im Bett sind, zeig Sheila, wo alles ist, und dann komm ich.«

»Ja«, sagt Cal mit einem langgezogenen Seufzen. »Das wäre schön.«

Als Lena auflegt, tritt Sheila leise aus der Tür und zieht sie hinter sich zu. »War das Cal?«, fragt sie.

»Ja. Trey und ihm geht's gut. Sie sind bei ihm zu Hause.«

Sheila schnappt nach Luft und atmet dann langsam aus. Sie setzt sich neben Lena auf die Stufe. »Okay«, sagt sie. »Eine Sorge weniger.«

Beide schweigen einen Moment. Lena weiß, dass Sheila ihr absichtlich Zeit gibt, die Fragen zu stellen, die sie wahrscheinlich hat – aus Gründen der Fairness, weil sie ihre Familie aufgenommen hat. Aber Lena hat keine Fragen, jedenfalls keine, auf die sie die Antwort hören will.

»Johnny ist über alle Berge«, sagt sie. »Cal hat ihm ein bisschen Geld gegeben. Wenn er Glück hat, glauben alle, er ist im Feuer umgekommen.«

Sheila nickt. »Noch eine Sorge weniger«, sagt sie. Sie streicht mit den Händen über ihre Oberschenkel.

Der Himmel ist so dunkel wie die Weiden, so dass sie zu einer grenzenlosen Weite verschmelzen. Inmitten der Schwärze hängt hoch oben ein heller halbrunder Kreis aus Orange, über dem dichte Rauchschwaden, seltsam von unten beleuchtet, brodeln und wabern.

»Cal sagt, euer Haus ist weg.«

»Hab ich mir schon gedacht, dass davon nur noch Asche übrig bleibt.« Sheila legt den Kopf nach hinten, um den Brand zu beobachten. »Ich hab's immer schon gehasst.« Sie verzieht keine Miene. »Wir werden dir nicht lange zur Last fallen. Ein paar Wochen höchstens. Falls das Haus von den Murtagh-Brüdern nicht abbrennt, kann ich doch mal fragen, ob wir da einziehen können. Oder ich komm sogar ganz runter vom Berg. Vielleicht lässt Rory Dunne uns in dem Cottage wohnen, statt es über Airbnb zu vermieten. Alanna kommt nächsten Monat in die Schule, dann könnte ich mir einen Halbtagsjob suchen.«

»Ihr könnt gern hierbleiben, bis ihr was anderes gefunden habt«, sagt Lena. »Besonders wenn Maeve und Liam weiter die Hunde bürsten. Bei der Hitze diesen Sommer verlieren die dermaßen viel Haare, dass ich damit Teppichböden verlegen könnte.«

Sheila nickt. »Ich geh mal rein und sag den Kindern, was mit ihrem Daddy ist. Sie machen sich Sorgen. Sie werden traurig sein, dass er weg ist, jedenfalls Maeve und Liam, aber ich erklär ihnen, dass er jetzt wenigstens in Sicherheit ist. Darüber freuen sie sich bestimmt.«

»Gut«, sagt Lena. »Irgendwer sollte sich freuen.«

Sheila prustet los, und Lena merkt, wie sich das angehört hat. »Och, nein«, widerspricht sie, muss aber selbst lachen. »Das war mein Ernst.«

»Ich weiß, ja, das weiß ich. Und du hast ja recht. Bloß, du hast das so gesagt, wie —« Sie lachen beide viel heftiger als angebracht, so heftig, dass Sheila den Kopf auf die Knie legen muss. »Wie wenn einer vor einem versifften Klo steht und sagt: ›*Irgendwer* sollte hier mal putzen –‹«

»›– aber ich tu's nicht –‹«

»Lieber Himmel –«

»Mammy?« Alanna steht in der Tür. Ihre Beine sind nackt, und sie trägt ein übergroßes rotes T-Shirt, das Lena schon an Trey gesehen hat.

»Oh, Mannomann«, sagt Sheila. Sie kriegt sich langsam wieder in den Griff und wischt sich die Augen. »Komm her.« Sie streckt einen Arm nach Alanna aus.

Alanna bleibt, wo sie ist, verwirrt und misstrauisch. »Was ist denn so lustig?«

»War bloß ein langer Tag«, sagt Sheila. »Wir sind alle müde. Komm schon her.«

Nach einem Moment sinkt Alanna auf die Stufe und schmiegt sich in Sheilas Armbeuge. »Wo ist Trey?«

»Bei Cal.«

»Bleibt sie da?«

»Ich weiß nicht. Wir haben eine Menge Dinge zu entscheiden. Wir sind noch ganz am Anfang.«

Alanna nickt. Ihre Augen schauen zum Berg hoch, ernst und verträumt.

»Schlafenszeit«, sagt Sheila. Sie steht auf und hebt Alanna mit einem angestrengten Ächzen hoch. Alanna schlingt die Beine um sie, blickt weiter über die Schulter ihrer Mutter hinweg auf das Feuer.

»Ab ins Bett«, sagt Sheila und trägt sie hinein. Lena bleibt noch eine Weile sitzen, lauscht den Geräuschen von Leuten, die sich bettfertig machen. Sie hat keine Lust, das zum Dauerzustand werden zu lassen, aber nur für ein paar Wochen fühlt es sich gut an, wieder andere Menschen im Haus zu haben.

Der Hunger macht Trey erheblich mehr zu schaffen als ihr Knöchel, der tennisballgroß und lila verfärbt, aber offenbar nicht gebrochen ist, und auch mehr als die roten Flecken und Brandblasen von glühenden Funken auf ihren Armen. Cal, dem immer noch die Hände zittern, hat nicht mehr die Energie, ihr etwas Gehaltvolles zu kochen. Er verbindet den Knöchel und macht ihr ein Sandwich, dann noch eins, und schließlich packt er Brot und Butter und Wurst und Käse auf den Tisch und lässt sie spachteln, was das Zeug hält.

Er beobachtet sie genau, versucht, sich jedes Wort in Erinnerung zu rufen, das Alyssa im Laufe der Jahre über Traumata und verzögerte Reaktionen und Bindungsabbruch gesagt hat, aber er kann beim besten Willen nichts feststellen, das irgendwie auffällig wäre. Trey sieht vor allem ausgehungert aus – und extrem verdreckt. Er würde unheimlich gern wissen, was letztendlich wichtiger für sie war als ihre Rache, aber er hat mehr und mehr das Gefühl, dass sie nie bereit sein wird, ihm das zu verraten.

Wahrscheinlich sollte er mit ihr über so einiges reden, aber vor allem über das Feuer: die Menschen, die alles verlieren könnten, die Tiere, deren Lebensraum vernichtet ist, die Feuerwehrleute, die sich in Gefahr bringen. Er wird es nicht tun. Zum einen ist er im Moment vor Erleichterung dermaßen aufgelöst, weil sie hier ist und offenbar unversehrt, dass er sich nicht in der Lage fühlt, ihr ins Gewissen zu reden. Zum anderen würde es nichts bringen. Falls Trey ihr Elternhaus angezündet hat, dann wollte sie Beweise vernichten. Cal kann sich nur einen Grund dafür vorstellen, und gegen den würde nichts anderes ins Gewicht fallen.

»Ich werde dich nicht fragen«, sagt er unvermittelt.

Trey sieht zu ihm hoch, kaut.

»Nach gar nichts. Wenn du das Bedürfnis hast, es mir zu erzählen, jederzeit, ich würd's gern hören. Aber ich werde dich nicht fragen.«

Trey denkt einen Moment darüber nach. Dann nickt sie und stopft das letzte dicke Sandwichstück in sich hinein. »Kann ich duschen?«, fragt sie mit vollem Mund. »Bin dreckig.«

Cal geht nach draußen, während sie im Bad ist. Er stützt die Arme auf die Mauer an der Straße und beobachtet das Feuer, als Mart die Straße entlanggestapft kommt. Selbst mit dem orangeroten Glühen am Himmel ist es so dunkel, dass Cal das Knirschen seiner Schritte hört, bevor seine Gestalt sich vor den Hecken abzeichnet. Er erkennt Mart am Gang, der noch unrunder ist als sonst, und Mart stützt sich schwer auf seinen Stab: Von dem langen Stillstehen, während er Johnny beim Graben zugeschaut hat, ist er ganz steif geworden.

»Hey«, sagt Cal, als er nah genug ist.

»Ah.« Marts Gesicht verzieht sich zu einem Lächeln. »Da ist er ja, wie er leibt und lebt. Mehr wollte ich gar nicht wissen: Du bist gesund und munter wieder da. Jetzt kann ich mit gutem Gewissen meinen Schönheitsschlaf machen.«

»Jepp«, sagt Cal. »Danke, dass du nachgucken kommst.« Sein erzwungener Schulterschluss mit Mart ist vorbei, aber zwischen ihnen hat sich etwas verändert, ob ihm das nun gefällt oder nicht.

Mart schnuppert. »Heiliges Kanonenrohr«, sagt er zu Cal, »du stinkst fürchterlich nach Rauch. Schrubb dich mal lieber gründlich ab, bevor deine bessere Hälfte dich besucht, sonst bleibt sie auf Abstand. Warst du nah am Feuer?«

»Nur ganz kurz«, sagt Cal. »Hab Trey ins Auto verfrachtet und mich vom Acker gemacht. Sie ist drinnen. Sheila und die anderen Kinder sind bei Lena.«

»Ah, das hör ich gern.« Mart lächelt ihn an. »Bin froh, dass alle in Sicherheit sind. Was ist mit dem schönen Johnny, mein Freund? Hast du ihn ins Feuer geschubst, oder wo steckt der Bursche?«

»Johnny hat gedacht, Trey wär noch im Haus«, sagt Cal. »Er ist rauf und wollte auf die Rückseite, nach ihr suchen. Keine Ahnung, was aus ihm geworden ist.«

»Donnerwetter«, sagt Mart anerkennend. »Da wird einem ja richtig warm ums Herz: Dieser miese Versager hat sich für sein Kind geopfert. Ich glaub, das wird richtig gut ankommen. Er hat versucht, was wiedergutzumachen, und dabei seine wohlverdiente Strafe gekriegt, das ist ja schon fast filmreif. Hast du ihn nun geschubst oder nicht? Nur mal so unter uns.«

»War nicht nötig«, sagt Cal. »Er ist abgehauen.«

Mart nickt, nicht überrascht. »Das hat er schon immer am besten gekonnt«, sagt er. »Ist doch schön, wenn die Talente eines Mannes sich wirklich mal als nützlich erweisen. Hat er gesagt, wo er hinwill?«

»Nee«, sagt Cal. »Und ich hab ihn auch nicht gefragt, weil es egal ist. Er hat's nicht mehr runter vom Berg geschafft, mehr muss keiner wissen.«

Mart sieht ihn an und fängt an zu kichern. »Na, wer hätte das gedacht«, sagt er. »Endlich hab ich dich so weit, dass du so richtig dazugehörst. Jetzt weißt du, wie's hier läuft, mein Lieber. Von nun an gibt's für dich kein Halten mehr.«

»Selbst wenn Johnny durchgekommen ist«, sagt Cal, »er wird von der Bildfläche verschwinden, und er kommt nicht noch einmal zurück. Wir sind ihn los. Und Nealon hält Johnny für den Täter, also sind wir den auch los.«

»Ach nee.« Marts Augenbrauen hüpfen. »Das ist doch mal eine gute Nachricht. Die beiden sollen bleiben, wo der Pfeffer wächst.«

»Seh ich auch so«, sagt Cal. Mart fragt nicht, wieso Nealon seine Meinung geändert hat. Cal hat auch nicht damit gerechnet.

»Kann ich mir vorstellen. Weißt du, was?«, fragt Mart nachdenklich. Er blickt zum Berg hinüber, wo das Feuer weiter um sich greift. »Ein paar waren von Anfang an dafür, Johnnys Haus abzufackeln und den ganzen Quatsch mit den Spaten und so bleiben zu lassen. Die Welt ist schon verrückt, wenn man so drüber nachdenkt. Egal, was du machst, am Ende kommt alles aufs Gleiche raus.«

»Hast du irgendwas gehört, wie schlimm es ist?«, fragt Cal.

»Gimpy Duignan und seine Frau sind aufgefordert worden, ihr Haus zu verlassen, genau wie Malachy und Seán Pól und alle, die noch höher wohnen, und auch noch ein paar drüben auf der anderen Seite. Die Jungs von der Feuerwehr hoffen, dass sie es unter Kontrolle kriegen, bevor es so weit kommt, aber es hängt alles vom Wind ab.« Mart blinzelt in den Himmel. »Vielleicht nicht nur vom Wind. Ich hab gedacht, ich hör mich das nie wieder sagen, aber soll ich dir mal was verraten, mein Freund? Es sieht nach Regen aus.«

Cal schaut nach oben. Der Himmel ist tief und sternenlos. Es liegen eine Schwere und ein rastloses Kribbeln in der Luft, die nichts mit dem Feuer zu tun haben.

»Falls ich recht hab«, sagt Mart, »wird's vielleicht doch nicht ganz so schlimm. Die Schafe da oben sind schlauer als die meisten Menschen. Beim ersten leichten Rauchgeruch haben die gemacht, dass sie wegkommen. Wahrscheinlich verlieren wir ein bisschen Wald und jede Menge Ginster, aber wen juckt's? Gibt bloß mehr Weideland, und wir können wahrhaftig jede Hilfe gebrauchen, die wir kriegen können. Solange nicht noch mehr Häuser abbrennen, könnte das sogar ein Glücksfall für uns sein.« Er wirft Cal einen forschenden Blick zu. »Du hast nicht zufällig irgendeine Ahnung, wie das Feuer ausgebrochen ist?«

»Sheila Reddy denkt, Johnny ist schuld«, sagt Cal. »Aus Versehen. Hat eine Kippe weggeschmissen, die nicht ganz aus war.«

Mart lässt sich das durch den Kopf gehen, während er weiter den Himmel betrachtet. »Klingt einleuchtend«, sagt er schließlich. »Über Tote soll man ja nicht schlecht reden, und ich tu's auch nicht gerne, aber Johnny hat einfach nie die Folgen seines Verhaltens bedacht. So was würde genau zu ihm passen.«

Cal sagt: »Hättet ihr ihn wirklich umgebracht?«

Marts Gesicht verzieht sich zu einem Grinsen. »Was heißt denn hier ›ihr‹?«

»Okay«, sagt Cal. »Hatten *wir* vor, ihn umzubringen?«

»Sag du's mir, mein Freund. Du warst mit von der Partie. Sag du's mir.« Plötzlich fällt ihm etwas ein, und er fängt an, in seiner Hosentasche zu kramen. »Guck mal, ich muss dir was zeigen. Als ich nach Hause gefahren bin, hab ich im Scheinwerferlicht deinen komischen Plastikzombie gesehen. Ich bin ja ein aufmerksamer Mensch, deshalb ist mir gleich aufgefallen, dass da was anders war. Also hab ich angehalten und bin hingegangen. Und jetzt rate mal, was der Bursche auf dem Kopf hatte.«

Er schüttelt irgendwas mit einem triumphierenden Schlenker aus und hält es Cal vor die Nase. Cal muss genau hinsehen, um zu erkennen, was es ist: Marts Fischerhut mit dem orangen Tarnmuster.

»Der Kerl war sauer, dass ich ihm das Ding abgenommen hab«, sagt Mart, »aber ich hab einen Kampf hingelegt wie Rocky Balboa, das kann ich dir sagen. Keiner kommt zwischen mich und meinen Hut.«

»Ich fass es nicht«, sagt Cal. Er hat zwar die ganze Zeit den Mund gehalten, aber immer vermutet, dass Mart recht hatte und Senan hinter dem Verschwinden des Hutes steckte. »Senan ist unschuldig.«

»Ganz genau.« Mart wedelt mit dem Hut vor Cal. »Ich geb gerne zu, wenn ich mich geirrt hab. Senan war nämlich drüben mit dir und mir und den anderen zusammen, als irgendwer den hier deiner Vogelscheuche aufgesetzt hat. Ich schulde dem Mann eine Entschuldigung und ein Bier. Also wer hat mir denn nun den Hut geklaut, hä? Mit der Frage solltest du dich beschäftigen, wenn du mal wieder Lust kriegst, Detective zu spielen, mein Freund.«

Er setzt sich den Hut fest auf den Kopf und gibt ihm einen zufriedenen Klaps. »Ende gut, alles gut«, sagt er. »Das ist meine Devise.« Er hebt seinen Stab zum Abschied und humpelt die Straße entlang in die Dunkelheit, pfeift eine muntere kleine Melodie und versucht, alle seine Gelenke gleichzeitig zu schonen.

Treys Elternhaus hat – oder hatte – nur ein Bad und nie genug warmes Wasser, deshalb nutzt sie bei Cal die Gelegenheit, die längste Dusche ihres Lebens zu nehmen, ohne dass jemand an die Tür hämmert. Ihren verletzten Fuß hat sie auf einen Hocker gestellt, den Cal und sie gebaut haben, als sie noch kleiner war, damit sie Sachen oben aus den Regalen holen konnte. Das heiße Wasser reizt ihre Verbrennungen; sie hat kleine wunde, kahle Stellen im Haar.

Bilder des Tages schießen ihr zusammenhanglos durch den Kopf: Nealon, der seinen Stuhl nach hinten kippelt, Bäume in Flammen, Lena, die den Weg hochmarschiert, Benzin, das in die volle Schubkarre plätschert, die Hände ihrer Mam im Sonnenlicht auf dem Tisch. Außer dem Feuer scheinen sie alle Jahre her zu sein. Vielleicht wird sie irgendwann etwas bei diesen Bildern empfinden, doch im Moment ist das Einzige, was sie spürt, Erleichterung, weil sie bei Cal zu Hause ist.

Als sie aus der Dusche kommt, ist Cal nirgends zu sehen, aber Rip schläft friedlich in seiner Ecke, deshalb ist sie nicht beunruhigt. Sie setzt sich aufs Sofa, verbindet ihren Knöchel neu und schaut sich um. Sie mag diesen Raum. Er hat eine Klarheit, einen Platz für jeden einzelnen Gegenstand. Die Bücher liegen ordentlich gestapelt unter der Fensterbank. Sie könnte Cal ein Bücherregal bauen.

Trey verwirft die Idee gleich wieder. Das wäre eine dumme,

kindische Gegenleistung dafür, dass er sie aufgenommen hat. Sie hat doch bereits, endlich, etwas wirklich Großes gefunden, das sie ihm geben konnte: ihre Rache. Sie hat ihre Schulden bei ihm auf eine Art beglichen, die es unmöglich macht, zu irgendwelchem Kinderkram wie Schinkenscheiben und Bücherregalen zurückzukehren. Sie und Cal haben jetzt eine ganz andere Basis.

Sie findet ihn draußen an der Mauer zur Straße, wo er das Feuer beobachtet. »Hey«, sagt er und wendet den Kopf, als er ihre Schritte auf dem Gras hört.

»Hey«, sagt Trey.

»Mit dem Fuß solltest du nicht rumlaufen. Schone ihn.«

»Mach ich«, sagt Trey. Sie stützt die verschränkten Arme neben seinen auf die Mauer. Sie vertraut darauf, dass er nicht mit ihr reden wird, jedenfalls über nichts, was Nachdenken erfordert. Sie hat in den letzten Wochen so viel geredet und so viel nachgedacht, dass es ihr für den Rest ihres Lebens reicht.

Das Feuer am Berghang ist heruntergebrannt und lodert jetzt hell entlang der Gipfellinie. Die vertraute Silhouette hebt sich flammend vor tiefer Schwärze ab. Trey fragt sich, wie viele andere Leute im Dorf jetzt vor ihren Türen oder an Fenstern stehen und das Schauspiel betrachten. Sie hofft, jeder Mann und jede Frau von ihnen erkennt es als das, was es ist: Brendans Begräbnisfeuer.

»Hat eure Mama ein paar Klamotten für euch mitnehmen können?«, fragt Cal.

»Ja. Sogar die meisten.«

»Gut. Lena kommt später vorbei. Ich werde sie bitten, dir Sachen zum Wechseln mitzubringen. Die da riechen verraucht.«

Trey zieht den Halsausschnitt ihres T-Shirts hoch und schnuppert. Der Geruch ist beißend, dunkel und holzig. Sie beschließt, das T-Shirt so zu lassen, wie es ist. Sie wird Brendans Armbanduhr darin einwickeln. »Frag sie, ob sie auch Banjo mitbringen kann«, sagt sie.

»Und morgen«, sagt Cal, »fahr ich mit dir in die Stadt und kauf dir eine Jeans, die auch über deine verdammten Knöchel geht.«

Trey muss grinsen. »Damit ich anständig aussah, oder was?«

»Jawohl«, sagt Cal. Trey kann das widerwillige Schmunzeln hören, das auch in seine Stimme dringt. »Ganz genau. Du kannst nicht rumlaufen und Gott und aller Welt deine Knöchel zeigen. Irgendwann kriegt eine kleine alte Dame noch einen Herzinfarkt, wenn sie dich so sieht.«

»Ich brauch keine neue Jeans«, sagt Trey reflexartig. »Meine ist voll in Ordnung.«

»Werd bloß nicht frech«, sagt Cal, »sonst geh ich zum Friseur, wo wir schon mal da sind, und lass mir den Bart komplett abrasieren. Dann kannst du meinen Kinnwarzen guten Tag sagen.«

»Ich hab's mir anders überlegt«, sagt Trey. »Ich will sie kennenlernen. Also weg mit dem Bart.«

»Nee«, sagt Cal. »Nicht mehr nötig. Das Wetter schlägt um. Riech mal: Wir kriegen Regen.«

Trey hebt den Kopf. Er hat recht. Der Himmel ist zu dunkel, um Wolken ausmachen zu können, aber die Luft weht ihr über die Wangen, ist kühl und feucht in ihrer Nase, Moos und nasser Stein unter dem penetranten Rauch. Es treibt etwas von Westen heran, sammelt sich über ihnen.

Sie fragt: »Wird der das Feuer löschen?«

»Wahrscheinlich, zusammen mit der Feuerwehr. Oder zumindest alles so nass machen, dass es sich nicht weiterausbreiten kann.«

Trey blickt zu dem Berg hinauf, wo Brendan liegt und sie sich beinahe zu ihm gesellt hätte. Ihre Chance, ihn zu finden, die ohnehin nie groß war, ist jetzt dahin. Das Feuer wird alle Spuren vernichtet haben, die ihr hätten auffallen können. Falls sein Geist je da war, ist er jetzt eine züngelnde Flamme, die sich im Rauch nach oben windet und im Nachthimmel verschwindet. Sie merkt zu ihrer eigenen Überraschung, dass sie damit leben kann. Sie vermisst Brendan wie eh und je, aber diese nagende Bedürftigkeit hat sich verloren. Auch mit ihm hat sie jetzt eine andere Basis.

Etwas Federleichtes trifft ihre Wange. Als sie die Stelle berührt, spürt sie einen feuchten Tupfen.

»Regen«, sagt sie.

»Jepp«, sagt Cal. »Das wird die Farmer erleichtern. Willst du reingehen?«

»Nee.« Sie müsste total kaputt sein, fühlt sich aber nicht so. Die kühle Luft ist eine Wohltat. Sie könnte die ganze Nacht hier draußen bleiben, bis das Feuer aus ist oder bis der Morgen kommt.

Cal nickt und stützt seine Arme bequemer auf die Mauer. Er schreibt Lena eine Nachricht wegen Banjo und den Sachen zum Wechseln und zeigt Trey das Daumen-hoch-Emoji, das Lena zurückschickt. Die Krähen, wach und nervös in ihrem Baum, geben heisere Kommentare zur Lage der Dinge ab und befehlen einander, den Schnabel zu halten.

Die Flammenlinie hat sich weiter über den Horizont ausgedehnt, folgt den Senken und Höhen des Bergkamms. Das Geräusch des Feuers dringt ganz schwach und sanft bis zu ihnen wie das Muschelecho eines fernen Ozeans. Es ist spät, doch ringsherum, so weit das Auge reicht, sind die Felder und Weiden mit den kleinen gelben Lichtern der Häuser gesprenkelt. Niemand schläft, alle halten Wache.

»Echt schön«, sagt Trey.

»Ja«, sagt Cal. »Finde ich auch.«

Während Regen ihre Haut immer dichter besprenkelt, betrachten sie die leuchtenden Umrisse des Berges im Nachthimmel.

DANKSAGUNG

Ein Riesendankeschön schulde ich Darley Anderson, dem besten Verbündeten und Verfechter, den eine Autorin haben kann, und allen Mitarbeiterinnen der Agentur, insbesondere Mary, Georgia, Rosanna, Rebeka und Kristina; ebenso meinen wunderbaren Lektorinnen Andrea Schulz und Harriet Bourton für ihre fast magische Fähigkeit, genau zu erkennen, was dieses Buch sein sollte, und mir dann zu zeigen, wie ich es erreichen kann; den Superstars Ben Petrone, Nidhi Pugalia, Bel Banta, Rebecca Marsh und allen beim Verlag Viking US; Olivia Mead, Anna Ridley, Georgia Taylor, Ellie Hudson, Emma Brown und allen bei Viking UK; Cliona Lewis, Victoria Moynes und allen beim Verlag Penguin Ireland; Susanne Halbleib und allen bei den S. Fischer Verlagen; Steve Fisher von APA; Ciara Considine, Clare Ferraro und Sue Fletcher, die all dies in die Wege geleitet haben; Aja Pollock für ihr Lektorat mit Adleraugen; Darren Haggar für ein umwerfendes Cover; Peter Johnson für Tipps zur Zubereitung von Kaninchen; Graham Murphy, der herausgefunden hat, was an einem Montag im Juli nicht im Fernsehen läuft; Kristina Johansen, Alex French, Susan Collins, Noni Stapleton, Paul und Anna Nugent, Ann-Marie Hardiman, Oonagh Montague, Jessica Ryan, Jenny und Liam Duffy, Kathy und Chad Williams und Karen Gillece für Lachen, Gespräche, Unterstützung, Kreativität, Abende, an denen wir uns im Winter am Strand die Füße abfrieren, und all die anderen wichtigen Dinge; schließlich meiner Mutter, Elena Lombardi, meinem Vater, David French, und, jedes Mal noch mehr, meinem Mann, Anthony Breatnach.

Tana French
Der Sucher

»**Ein außergewöhnlicher Kriminalroman, der im Grunde
nobelpreiswürdig ist.**«
Westdeutsche Allgemeine Zeitung

Cal Hooper, ehemaliger Cop aus Chicago, hat sich in den
Westen von Irland geflüchtet. Die Natur scheint friedlich,
im Dorf nimmt man ihn freundlich auf. Da springt sein
langjährig trainierter innerer Alarm an: Er wird beobachtet.
Immer wieder taucht ein Kind bei ihm auf. Auf den umlie-
genden Farmen kommen auf seltsame Weise Tiere zu Tode.
Cal gerät in eine Suche, die niemanden verschont.

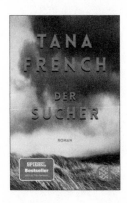

Aus dem Englischen von Ulrike Wasel
und Klaus Timmermann
496 Seiten, broschiert

Weitere Informationen finden Sie auf
www.fischerverlage.de